湖北省公益学术著作出版专项资金
Hubei Special Funds for Academic and Public-interest Publications

荆楚全書·第一輯

田子壽詩集 田國華詩集（上册）

（明）田九齡 （明）田宗文 著
李傳鋒 吴燕山 李詩選 校注

長江出版傳媒
湖北人民出版社

圖書在版編目（CIP）數據

田子壽詩集 / (明) 田九齡著 ; 李傳鋒, 吴燕山,李詩選校注. 田國華詩集 / (明) 田宗文著 ; 李傳鋒,吴燕山, 李詩選校注. — 武漢 : 湖北人民出版社, 2023.12

ISBN 978-7-216-10640-5

Ⅰ. ①田… ②田… Ⅱ. ①田… ②田… ③李… ④吴… ⑤李… Ⅲ. ①古典詩歌 - 詩集 - 中國 - 明代 Ⅳ. ①I222.748

中國國家版本館CIP數據核字（2023）第062515號

責任編輯：楊　猛
封面設計：劉舒揚
責任校對：范承勇
責任印製：肖迎軍

出版發行：湖北人民出版社	**地址**：武漢市雄楚大道268號
印刷：武漢郵科印務有限公司	**郵編**：430070
開本：787毫米×1092毫米　1/16	**印張**：40
字數：667千字	**插頁**：2
版次：2023年12月第1版	**印次**：2023年12月第1次印刷
書號：ISBN 978-7-216-10640-5	**定價**：158.00元（全二册）

本社網址：http://www.hbpp.com.cn
本社旗艦店：http://hbrmcbs.tmall.com
讀者服務部電話：027-87679656
投訴舉報電話：027-87679757

前　言

一、田氏叔侄的生平概略

田子壽和田國華是叔侄倆，且志趣相投，同出土司世家，同出一個師門，長期在一起切磋詩文，都有詩集傳世，常以晉代“二阮”自況，在明朝嘉靖到萬曆年間共同開拓了土家詩文鼎盛時代，故而傳下“土家二阮”的美名。

土司制度是我國13—18世紀數代封建王朝在少數民族地區通過分封地方首領世襲官職，以統轄管理當地土民的一種特殊政治制度。它發端於唐、宋的羈縻之策，在元代形成雛形，到明朝“永樂、成化定制”趨於完備，終結於清雍正年間的“改土歸流”大潮。通過這種制度，中央政權實現了對西南地區少數民族的長期、有效管理，保持了族群文化多樣性傳承，推動了各族群對統一國家的理解和認同，體現了古代中國“齊政修教、因俗而治”的管理智慧。

明成化年間，中央王朝基本確定了對於各地土司的政治規範，隨後又進一步從精神文化層面提出了在土司地區推行漢學教育的一系列定規，從正統九年（1444）開始，成化十七年（1481）出臺規定，弘治十二年（1499）再次重申：“土官應襲子弟，悉令入學，漸染風化，以格頑冥。如不入學者，不准承襲。”朝廷的這一系列定規，促進了民族地區對於漢文化的學習和交流，也爲容美田氏家族詩歌興盛創造了大的文化氛圍和土壤條件。

容美土司處於鄂西南漢土交接之處，有“自漢歷唐，世守容陽”之說。正史記載，從元至大元年（1308）以“新容米峒”部落面世，直到清雍正十三年（1735）改土歸流，前後經歷三朝427年，田氏始終是這一方的土著首領。從講土家語到識漢字、講漢話，田氏家族歷經墨—天—田的演進變化，獲姓爲“田”。前期歷經麥、墨、田、光、勝、潮、保、田、爵、九、宗、楚、田、霖等十四代380餘年。若從第九代田世爵傳承：田世爵——田九霄（田九龍、田九璋、田九齡）——田宗愈（田宗文即田國華、田宗元、田宗愷、田宗鼎、田宗陽）——田楚産（田楚球、田楚庚）——田玄（田圭、田勸、田勳）——田霈霖（田既霖、田甘霖）——田舜年——田旻如（末代土司王），田子壽、田國華當爲容美田氏第十代、十一代。

田氏自田世爵這一代重教崇文，且“八子課讀，有不嗜學者，斥與豚犬同繫同食，以激辱之”（《田氏族譜》）。從此帶來了容美土司歷史性的轉折，開創了容美土司“詩禮傳家”的家風，使田氏由衰轉盛，迅速中興，并爲其後田氏家族作家群的興起奠定了堅實基礎。容美土司子弟普遍外出求學，司内興學，大量從山外引進人才，使得經濟發展，茶道延伸，宗教興盛；借向朝廷的定期進貢，利用奉調出征，擴大外出學習交流，使得田氏家族子弟詩學大進。田氏家族詩人群由田九齡開山肇起，田國華緊隨其後，此後歷代相繼，至田世爵之七代裔孫田舜年更是廣交漢儒名流，博古通今，在田氏土司家族中習詩爲文成果最豐，把田氏家族作家群的創作推向了高峰。

田子壽，湖廣容美（今湖北省鶴峰縣）人，名九齡，字子壽，自號八溟山人。爲容美宣撫使田世爵第六子。此前文書俱稱：其生卒年不載。

田子壽的出生時間，根據他的詩《庚寅元日立春》尾句“何人解致椒花頌，直取南山作壽杯”推論，歲次“庚寅”應是他出生的年份。他的一首五言律詩《重九生日感懷》已經明白説他是九月初九出生。又據明太史嚴守昇所撰《田氏世家》，田子壽的長兄田九霄生於1523年，次兄田九龍生於1526年。因此排序第六的田子壽，生於嘉靖九年庚寅歲九月初九日（公曆爲1530年10月23日）是可以採信的。

然而，田子壽辭世的時間仍存疑。鶴峰博物館現存墓碑兩塊，均載：故於“皇明萬曆十九年三月”。其墓址在今鶴峰縣中營鄉的鍋場灣（當地人俗稱“歌唱灣”），小地名就叫“六老爺墳坪”，遺址殘存有被毁壞的墓坑和墓圍。2014 年出版的《中華覃氏志・鶴峰卷》之“覃龍”條目下記載：“容美著名詩人田子壽與覃龍公情同手足，後期在三房溪龍公家度過天年，葬六老爺墳坪。”覃龍之妻爲田氏，係田子壽同胞姐妹。據説，當年毁墓者惟見陪葬品爲成了廢鐵的一對寶劍和雙刀。田子壽書劍伴其一生，此隨葬品亦可印證該墓不僞。田子壽侄兒田宗文《挽六季父四韻》稱：“白日泉臺掩，陽春大塊新。”可推田子壽謝世於農曆“陽春”三月。又據田子壽詩《哭川樓師》分析：川樓即吴國倫，辭世於萬曆二十一年（1593）六月二十三日。以此推論，則田子壽當在吴國倫辭世之後亡故。當是萬曆二十一年六月之後，或可是“小陽春”十月。田子壽存世 60 餘年，而確切辭世時間存疑，有待史料發掘和考證。

田子壽有二子。長子田宗鼎，有田子壽詩《武當道上示兒宗鼎》爲證。孫羽侯所作序言亦言及：“（田子壽）屬其子宗鼎，以蒙爲請。又數載，宗鼎果以子壽詩來。”次子田宗陽，係今田氏五峰支系之祖，殁葬五峰沙子埡百戰坡。田宗陽長子田楚林繁衍石梁司支系。田宗陽次子田楚庚殁葬灣潭大面通塔坪，生有二子：田勸爲長樂坪支系祖，殁葬白燕寺；田勳爲水濜司支系祖。田楚庚和田勸、田勳父子眼見雍正朝在雲貴川“改土歸流”之慘烈，於雍正六年（1728）前後辭官去職，從容美中府（鶴峰）遷徙到長樂坪、水濜司（五峰）兩地，避開了“改土歸流”的大潮衝擊，且得以傳承《田氏一家言》等文獻資料。

田子壽當年的紫芝亭、五峰茶墅等遺址已無迹可尋，但仍遺留下一些蛛絲馬迹耐人尋味：田子壽避居澧水多年（具體位置待考），依然回歸鶴峰，殁葬鍋場灣；其子孫殁葬五峰沙子埡百戰坡、通塔坪等地，這其中至少有一處或是田子壽所居住過的故地。

現據資料推斷他的人生軌迹大致可分爲八個時段：

少年啓蒙，家塾嚴課階段。田子壽自幼受到良好的家學啓蒙，漢學道路上的引路人是他的蒙學先生。

長陽縣庠習舉子業階段。田子壽在鄰近的長陽縣庠攻習科舉之業，受到當時長陽知縣陳元勳的賞識，被補作“庠序博士”；但他毅然放棄科舉之路回歸家鄉。

中府任職，博學廣讀階段。田子壽回家後擔任一般土官，但“老六”的身份没有可能承襲，田子壽不甘平庸，另闢蹊徑，選擇了“刻意爲詩”的人生道路。

游歷交友，開闊視野階段。田子壽按照“讀萬卷書，行萬里路”的古訓，憑藉一身豪氣，書劍走天下，“少游吴越，經天台，臨滄海，大觀遠覽，思放氣豪”。其間，他參與了父兄在江浙抗倭之戰。數番游歷使他開闊了視野，增長了閱歷，磨礪了詩情，結交了詩友，爲他的詩歌創作注入了激情與活力。

從華容孫斯億學詩階段。田子壽期望名師指點和提携，經人引薦而結識了華容孫斯億，後拜孫斯億爲師并隨其學詩，這一階段是他文學人生破繭成蝶的黄金時期。

同田宗文澧州避難唱和階段。五十歲以後，不願攪合到家族内鬥中去的田子壽、田宗文叔侄先後避居澧州，構築草堂，傍水而居，以“二阮”自詡，寄情山水，相携遠游。這一階段，當是田子壽詩文最豐産的時期。

五峰茶墅定居階段。五峰茶墅或稱“五峰家墅”，是田子壽在五峰長官司茶山之中爲妻兒構築的安居之所，是遠離容美中府的領屬之地。漂泊多年之後回到妻兒身邊。這段時間，生活相對穩定。他的主要活動應該是整理作品，籌劃付梓之事。

貧病交加，深山寄居階段。田子壽年近花甲之時，因故被迫投靠親友頤養天年，雖然生活狀況不佳，但他依然沉浸在詩詞境界裏，至死不悔。他的晚年究竟發生了什麽變故以至落入窘境，有待新的史料印證。

田國華（1565—1594），湖廣容美（今湖北鶴峰縣）人，名宗文，自號楚騷館主。有一子，名楚球。

田國華身爲容美土司王族後裔，亦是武陵山區土家族接受漢文化的先驅之一，他的律詩風格自成一體，浸透在其短促的人生之中。

田國華的母親顯係"善詩"才女，對田國華的影響深刻，當是田國華詩歌的啓蒙老師。田國華之父田九龍，爲田世爵之次子，俗稱二爺。因其兄長田九霄於1562年早亡，且無子男，裔孫弱不堪立，田九龍攝政，八年後於1570年承襲容美宣撫使之職。田九龍生有四子，田國華爲第三子。生母"吴姬"，係田九龍在沿海抗倭期間"東禦樓娶"。田九龍的庶出兒子心存非分之想，遂成嫡庶紛争，其長子田宗愈攝事僅七個年頭就於1593年5月早卒；田九龍無奈而爲嫡長孫田楚産請給冠帶，自己以高齡攝政。田楚産被迫携妻帶子，避居忠峒十餘年。

避開家族争鬥之禍是田九齡與田國華叔侄移居"澧浦"的主要原因。先是嘉靖三十八年（1559），田子壽因避其大哥田九霄峻刻嫉妒之鋒芒，徙居五峰莊、澧水，縱情詩歌。直到其二哥田九龍攝政、襲職後，環境有所改善，方纔回到容美司。到了1583年左右，容美司内風雲再起，田子壽和田國華叔侄爲避開嫌疑和牽連，聯袂徙居澧水之畔。田子壽回到原來營構的草廬，田國華的母親不習慣武陵山地生活習俗，田國華以"奉母出山"爲由，客居澧水之濱，就近營構草廬"楚騷館"，叔侄成爲近鄰。

二、田氏叔侄詩集的内容及特點

清同治版《宜昌府志》稱："容美司以詩名家，自子壽始。"明人胡震亨在《讀書雜録》中記載："土司子弟工詩者有田氏二子，一田宗文，字國華，宣撫九龍之子。……一田九齡，字子壽，號八溟山人，即國華叔。叔侄自相師友，皆萬曆年中人也。"明人王同軌所著《耳談類增》，亦有此二人條目，所言内容與上近同。

明代初期，萎弱冗沓的文風被前後"七子"聲勢浩大的復古運動所廓清，成爲當時詩派的主流。田氏叔侄就是在這種文化激蕩的氛圍中進入詩歌創作領域的。

在田子壽的詩歌創作的航道上，孫斯億是燈塔一般的人物。

華容孫斯億（1529—1590），字兆孺，號雲夢山人，出生世宦書香之家，明代文壇評價他“文法秦漢，詩步盛唐，名若孟浩然”。認爲他“博學宏詞，爲布衣雄長”。其一生“所歷天下郡國十之五、所探名山水十之七、所交天下賢豪大夫士十之九”。孫斯億僅比田子壽年長一歲，田子壽却終生視其爲恩師，尊重有加。《田子壽詩集》收録的田子壽有關恩師的詩作有18首之多。孫斯億不僅指導田子壽提高寫作水平，亦爲他引薦結識了當朝“後七子”中的王世貞、吴國倫等衆多文化名人，兩家遂成世交，交好長達百餘年。孫斯億後期協助田子壽籌備詩集定稿付梓，并首先爲田詩寫下字字珠璣的序言，給予田詩極高評價：“近體絶句，多唐遺音；歌行，寔效四子；樂府古詩，悉可造《文選》。”師生欲將田詩傳世的夙願，身後由他們的兒子完成。孫斯億的幫助使得田詩迅速提昇到可以和“後七子”等詩文名家同登大雅的地位，也有力地促進了田氏家族詩文創作的繁榮和發展，促進了田氏詩派的形成和文學地位的提高，更是促進了容美土司打破自我封閉、擴大交往、走向開放，進而形成土漢文化交融的新局面。

吴國倫是由孫斯億推薦給田子壽的文壇重量級人物。吴國倫（1524—1593），字明卿，號川樓子、惟楚山人、南岳山人等，乃是明朝嘉靖、萬曆年間著名文學家，明“後七子”後期的文壇盟主。經人推介看了田子壽的詩稿後，當即大呼“詩异”，欣然命筆爲其詩集作序。他在序言中認爲：楚人對於聲韻詩歌有着與生俱來的天賦。吴國倫十分賞識田子壽，認爲他雖然生長於西南邊徼的溪峒之間，竟然胸懷奇志，超衆拔俗，即便是與江漢文壇諸人相比，也可稱得上是“詩异”；更何况他隨孫斯億學詩，却不墨守成規而有自己的獨立思考，就更增添了田子壽的奇异之處。

通過孫斯億父子引薦，田子壽得以結識西陵殷無美、南京柱下史楊邦憲、博南周象賢等人。他們賞識田子壽的人品和詩歌才情，均一一爲之作序，客觀評價，美言褒獎，充盈全篇。他們認爲田子壽的才具得不到社會認可或朝堂重用，十分可惜。

田子壽的文學成就及詩歌特點：

樹立起了一面學習漢文化的旗幟。田子壽吸納漢文化精髓，爲我所用，内心深處有一種對漢文化强烈的認同感，自覺地學習先進文化，學習古聖先賢的詩文。田子壽的詩歌無論數量、題材、類型，還是社會影響和人文思想價值，都是武陵土家同時代其他詩人無法比擬的。詩人有詩文“二十卷”，見存詩500餘首，從年代、詩量、影響，堪稱中國土家族詩壇開山之作，是土家族文學的第一個高峰。詩人樹起的這面旗幟，直接影響到容美土司田氏家族的數代後裔。他們學習漢文化蔚然成風，詩文作品不斷問世，綿延數百年，發展成爲一個龐大的家族詩文團隊，且人人有集。這不僅在土家族歷史上絶無僅有，在華夏文壇也不多見。

促進民族團結，提昇本民族形象。詩人重視本土民族傳統文化傳承，對巴渝文化無比熱愛。他在思想深處認爲，巴渝本土文化只有同漢文化融爲一體，纔能發揚光大；武陵土人文化和中原文化結合之後就更加燦然可觀。田子壽一生漫游廣交，與詩友唱酬甚多，詩集中出現的有名有姓者不下百餘人次，客觀上起到了促進民族團結交往的作用。詩人以自己的真才實學和在詩壇的實力影響折服了他所接觸的漢區文人，得到他們的認可甚至推崇。從而也使得漢區文人重新認識遠居深山的這個“貝錦卡”族群，使他們真實地感受到“土人不土，南蠻不蠻”，提高了土家族的知名度和正面形象。

保持本民族特色，盡顯民族語言的美妙。詩人的筆下將土司故鄉的奇山秀水、人文自然都描繪得栩栩如生。武陵山裹的風土人情在詩人的筆下酣暢淋漓，情趣盎然。田詩保留了土家族豐富的文化元素，顯現出土家族的文化特徵。詩人作爲貝錦卡後裔，深諳本民族的語言，骨子裹浸透土家人的智慧與機巧，他的詩作漢文字運用得心應手，詩韻雋永。詩作中將前人的詩句、奥妙無窮的成語、典故信手拈來，將漢字通假和同音借字等修辭手法運用得别開生面。

兼收并蓄，超拔流俗，盡顯詩异。田子壽主要接觸、吸納的是“後七子”的復古文學主張，但詩人也以其自由的個性，摒棄門户之見，言其所言，走自己的創作道路。他崇尚李白、杜甫，連飲酒的習性都學“詩仙”，善豪飲，常以“酒徒”自嘲，但是他却從不酒後亂性，倒是趁醉賦詩，豪情勃發；他不是醉生夢死，而是在其中尋得詩歌的靈感。詩人没有在擬古的潮流中拘泥，始終保持了自己“沖融大雅、聲調和諧”的風貌，作品不乏巫風楚韻。

鍾情故鄉山水，自信容陽即是桃花源。詩人寄情故鄉山水，抒發對家鄉熱愛的真情實感。詩人確信自己的故鄉就是陶淵明筆下的“桃花源”，既是政治理想的表露，更是對故鄉山水充滿深情。在他看來，家鄉容美處處都是桃源美景，都是“避秦”勝地。

敢愛亦敢恨，生平不偶俗。詩人在逆境中張揚個性，始終保持民族本色。他窮困潦倒而不忘朋友；舊衣破鞋亦堅守文人品格；參悟禪機也不失美好願景。其軍旅詩把個人的感受同國家、民族的興衰聯繫在一起。懷古探幽，崇尚英雄，歌頌真善美，是他永恒的詩歌主題。田子壽憤世嫉俗，敢説敢寫，敢愛敢恨，顯露出詩人的坦蕩胸襟，將自己的情緒宣泄得淋漓盡致。

致力於傳承和創新。詩人注重藝術規則的傳承却又不乏創新。田詩上追李、杜，近學七子，意境深遠，格律嚴整。如以代言體作的《王昭君》，以第一人稱抒發真情實感，藝術上頗具創新。他的擬古之作在意境上時有翻新。詩人所處的時代存在“南倭北虜”的邊患，容美司土軍數次奉調抗倭，石柱司土軍數次北上抗金，詩人曾親臨烽火前綫，并留下數首詩章。詩人感受邊塞兵將的愛恨情仇。詩人筆下寫閨怨，隱去怨情，而寫女性支持夫君從軍報國的一面，詩中不再是怨婦難以打發孤獨的不眠之夜，而是爲了使邊關的親人早日换上新的征衣而夜夜紡織。這種思婦形象使前人此類作品中缺少的愛情成分得以昇華，將土司故鄉婦女形象描繪得有血有肉。

田子壽的詩也有一定的時代局限性。主要是受復古思潮影響，存在句擬字摹、食古不化的傾向。部分詩章過於講究形式詞藻，加之亦佛亦道，用典太頻，讓人費解。由於詩人出身於土司王室，其作品缺少反映現實生活而接地氣的文學内容。詩人佛、道、儒兼收并蓄，始終陷於出世與入世、隱逸與仕進、理智與感情的矛盾之中不能自拔。爲了給作品找到出路或者適當改善自己的生存環境，他的部分應酬之作亦不乏攀附干謁之嫌。其詩基本不涉家族事，是什麽原因使他刻意回避，還有待考證。但田子壽的詩歌存在的不足和局限瑕不掩瑜，田子壽是五百年前楚西（武陵山區）的“詩异”，是田氏家族詩群的開山鼻祖，是中國土家族先祖吸納學習漢文化的旗幟，這是不争的事實。

田國華的文學成就及詩歌特點：

田國華的作品受孫斯億、區海的影響很大。田國華由叔父田子壽引薦而與孫氏家族交集，且拜在孫斯億門下學詩。田子壽將自己結識的山外文人雅士逐步推介給田國華，也有力地促進了田國華詩文創作的提高和發展，促進了田氏詩派的形成和文學地位的提高，促進了容美土司打破自我封閉、擴大交往、走向開放，進而形成土漢文化交融，與漢民族和睦相處的新局面。區海則是指區大相。區大相（1549—1616），字用孺，號海目，廣東佛山市高明區阮埇村人。工於詩，詩律板嚴，字句凝練，爲明代嶺南詩家之最。1608年從仕途急流勇退，稱病回鄉八年，與兩個兒子終日吟咏唱和，最終成就了在詩壇的地位。著有《太史詩集》等。區大相一生最重要的貢獻，就是促進了明代詩歌的寫作風氣的改變。田國華游歷時得以在京城結識在翰林院任職的區海，就教其詩詞格律，受益匪淺。

田國華短暫的一生充滿“楚騷”情結。他索居澧水，自號楚騷館主。容美田氏詩人深受楚辭影響，與他們所處的地域趨近和民族的交融有着天然的聯繫。容美屬古代的巴楚結合地帶，其東部地區完全屬於楚文化地帶，“下里巴人”和“陽春白雪”在這裏同生共長。屈原的精神深深地影響着田國華短暫的一生。楚辭的内容和風格在田國華的詩歌裏無處不在，詩人同情屈原的遭遇，崇敬屈原的人品思想，大部分詩作中都表現出對惠政的贊美和愛國愛民的思想，與屈原成爲跨代知音。田國華敢於指責昏聵的時政和作威作福的權貴，他崇敬屈原，憑吊屈原，感慨其遭遇，充滿感傷。田氏詩中悲憤情感與《離騷》一脉相承。而且詩人對於自身所生活的地理環境充滿故鄉情結，自有一種“桃源”認同，詩人筆下的容美民俗風情迷人多姿，其山水詩清幽、自然、空靈，其描寫没有意象的堆砌，而動静聲色皆清雅可觀。田國華將營建的居所稱作“離騷草堂”，書齋題額“楚騷館”，他自己成爲當然的“楚騷館主”。

田氏叔侄情深誼重，以魏晉竹林七賢之“二阮”自詡。田子壽與田國華叔侄二人惺惺相惜，重文耽詩，成爲田氏家族詩人群的先驅和翹楚。按照時序而論，田子壽是田氏家族詩人群的開山之祖，田國華則緊隨其後，成爲侄、孫輩和後裔的楷模。田子壽和田國華都是司内公認的學識優長者，他們不願攪合到家族内鬥中去，無奈選擇避居澧州。他們構築草堂，傍水而居，過着自由的半隱居生活。叔侄倆切磋學問，唱和詩文，相携遠游，寄情山水，日子過得清貧而充實。魏晉時期的阮籍叔侄同列竹林七賢，并稱“大小阮”，是田子壽和田國華欣慕和效仿的先賢。於是，以田子壽稱“大阮”，田國華呼“小阮”，并且逐漸得到文人朋友圈的認同。叔侄二人共同師承雲夢師（湖南華容孫斯億），與孫氏族人也結下了深厚的友誼，尤以孫鵬初、孫習孺二人爲最，常有酬唱往來。在較長一段時間内，叔侄二人一起游歷，廣交天下名士。從現存詩作和殘存詩題中得知，與田子壽酬唱贈答、交往者 80 餘人，在田國華詩作裏面出現的約爲 70 餘人，且多有與田子壽交集者（參見附件）。

田國華自幼體弱多病，詩歌多憂鬱蕭瑟之語。己丑歲（1589），國華下湘江進見雲夢師後，便去了洞庭君山約玄璞子煉藥。田國華之所以“奈何數奇，命不逮顔氏子”，大抵與多病之身服用有毒丹藥有關。田國華的詩雖不及田子壽老練成熟，却表現手法飄逸，詩格業已老成。田國華因身世之感，思鄉、思親之情，對楚辭的仰慕，令其詩多悲凉之音。

在澧水，在太岳，在居家時，在旅游時，都會不斷涌出憂鬱蕭瑟之語。1590年，雲夢師病逝。“二阮”赴華容吊唁，淚灑湘江。嗣後，田國華覺得身體漸差，便回“離騷草堂”整理詩集。遂卒於澧水“離騷草堂”。

三、田氏家族文獻的流傳與整理

田氏家族文獻的形成和流傳是一個歷史過程。

田世爵作爲容美宣撫司中興之主，以詩書爲義方，聘請漢師進司任教，嚴課子弟，開啓了容美土司打開山門主動接納和學習漢文化的先河。明太史嚴守昇稱：“田氏自漢歷唐以逮今日，世守容陽，立德、立功、立言者指不勝屈，盖人人有集，數十世矣。”田子壽亦爲學習漢文化奮鬥終生。

田子壽的詩歌是其一生離鄉背井，骨肉分離，書劍飄零，天涯孤旅的真實寫照。他一生創作的詩稿有二十卷之多。他中年以後開始爲其作品尋找出路，他背着這些稿本，首先找到他的師長孫斯億求序，隨後又經孫斯億推薦而在武昌得見下雉吴國倫、西陵殷都、巴陵楊邦憲，在玄岳武當山得到博南周紹稷等人的序言。他按照師友的指點授意，將詩稿精挑細選，加以編纂。待到萬曆二十九年（1601）其子田宗鼎遵照遺囑，持稿本禮請孫斯億之子孫羽侯作序定稿時，分門别類，已臻完備。遵照田子壽的遺願，詩集題名爲《一家言》。其從重孫田玄在天啓七年將其付梓時按照吴國倫的序言命名爲《田子壽詩集》，而《一家言》的書名則被百年之後的田舜年編輯家族詩文叢集時借用爲《田氏一家言》。可惜田舜年在編輯《田氏一家言》時，田子壽的詩稿已經散失殆盡，連已經刊刻的《田子壽詩集》也只見殘卷，他只得將田子壽殘卷百餘首詩定名爲《紫芝亭詩集》編入《田氏一家言》。

田楚産遺命興文業。田楚産一生坎坷，無暇吟詩作賦，只能在政治争鬥的漩渦裏周旋掙扎。面對時艱，田楚産仍念念不忘籌集資金，準備將先輩文稿付梓，其良苦用心已在《田國華詩集·跋》裏言及。這篇跋文寫完不久，田楚産即遇難身故。正是因爲這道遺命，纔有了其子田玄後來刊刻付梓兩位前輩詩集的舉動。

田玄首刊田氏詩集。田玄字太初，號墨顛，他一生文治武功非比尋常，是第一位土司爵爺詩人，其作品最著名的是晚年驚悉明朝覆滅，與三個兒子“相率步韻”，共成詩 40 首而編爲《笠浦合集》，連同所著《金潭咏》刻行於世，惜後來均毀於兵燹；其孫田舜年編輯《田氏一家言》時，將他的遺詩命名爲《秀碧堂詩集》入編。田玄於明天啓五年（1625）35 歲時襲職，兩年之後就刊刻了《田子壽詩集》和《田國華詩集》，并且親自撰寫了《田子壽詩集跋》。此舉比田舜年編輯《田氏一家言》整整早了 60 年，留下了一份難能可貴的土家族文藝作品的精彩遺産。

田甘霖搜集前人詩稿待鐫。田玄去世後，其三個兒子霈霖、既霖、甘霖相繼承襲司職，田甘霖襲職於容美多事之秋，他一生充滿傳奇色彩，其詩沉鬱跌宕，具有王者之氣，讀來令人蕩氣回腸。田甘霖晚年將軍政事務交給長子田舜年操持，自己醉心詩酒，故而創作頗豐。手鈔本《田氏一家言》裏，他的《敬簡堂詩集》存有 97 題 182 首，失散 30 首有存目。晚年的田甘霖致力於搜羅前人詩稿，爲其子田舜年日後編輯《田氏一家言》做了前期準備。

田舜年發奮著述、編輯，集田氏詩文之大成。田舜年（1639—1706），字韶初，號九峰，自幼受到父母的文學、音律熏陶，一生酷愛文藝創作和戲曲。康熙十四年（1675）襲職後，勳績顯著。田舜年與漢族文學名士頻繁交往、對話，爲土漢文學藝術交流做出了不可磨滅的貢獻。他與文安之、嚴守昇、蔣玉淵、毛會建、顧彩等長時期詩文酬唱；與大戲劇家孔尚任書墨往來，在容美地區移植并盛演孔尚任戲劇《桃花扇》，一度形成“南桃氣候”。田舜年於清康熙十八年（1679）至康熙二十八年，將容美土司六代九人的詩作結集爲《田氏一家言》，證實了明末清初容美土家田氏家族詩人群體是一個重要的存在。這個家族詩人的群體延續二百多年，這不僅是土家文學史的一個奇觀，在中國文學史上也不多見。雖然中國文學史上家族文學群體代不乏人，魏晉時期的“三曹”，宋代的“三蘇”，晚明的“三袁”等。這些文學家族，其共同特徵是或父子，或兄弟，是共時性的，而田氏則兩朝六代九人二百多年，是一個歷時性的延續，甚至影響到了他們的後裔。而且田氏家族詩人都有清高自許、峭勁逍遖的個性，那是一種超越物質之上而追求精神生活的文化氣質。田舜年當年欣聞文壇九老同集黄鶴樓爲會，就争取入清詩之選，後又發奮完成了《田氏一家言》的編輯并付梓。他利用山外戰亂頻仍，容美司相對平静而可避世的契機，收留了大批江漢文士，并請嚴守昇爲序，自己作跋，歷時十年方成。他搜尋六代九位田氏詩人詩詞 4000 餘首，汰選 2000 餘首付梓，題名《田氏一家言》。以其卓越的勞績完成了田氏詩派集大成的歷史使命，把綿延百年的容美土司文學浪潮推向高峰，爲田氏諸詩人的部分詩作能够流傳後世奠定了基礎。因此而言，田舜年居功至偉。同時，我們也發現田舜年在編輯《田氏一家言》時，在詩集的排序、詩篇的取捨上存有明顯的封建正統思想，這也是一個值得研究的話題。

關於田氏家族文獻的發掘和整理：

田氏家族文獻可分爲三部分，即明代的田氏“二阮”詩集、清代集成的《田氏一家言》（目前只見手鈔殘本）和晚清民國時期的田氏一家詩文續墨。

2015 年發現面世的《田子壽詩集》和《田國華詩集》，不僅很大程度上彌補了《田氏一家言》的殘缺遺憾，同時，也給田氏詩群研究和遺稿搜尋工作以很大鼓舞。我們此次校注的田氏“二阮”詩集，獲取自上海圖書館館藏善本複印件，這是迄今爲止發現的容美田氏唯一的足本和舊刻本，這個刻本是基本完整且可以確信的。從刻版字體和風格分析，《田子壽詩集》與《田國華詩集》的雕刻母版似乎并非出自一人之手。《田國華詩集》一卷是楷體，共有 19 個刻板頁面；《田子壽詩集》八卷則是宋體，多達 80 個刻板頁面。就其質量效果分析，《田國華詩集》的母本刻板明顯優於《田子壽詩集》母本刻板。至此，目前缺失嚴重的反倒是田舜年的《白鹿堂詩選》七卷、詩餘一卷、填詞一卷，有待繼續發掘。

目前所言的《田氏一家言》是後世幾經抄傳的稿本，脱胎於 1983 年“長樂坪獻本”。經整理後大部分進入了《容美土司史料匯編》（中共鶴峰縣委統戰部、五峰縣委統戰部等 1984 年編印）一書，計有存詩 352 題 514 首，詞 8 題 9 闋。

清雍正十三年（1735）的“改土歸流”，如同狂風巨浪一般蕩滌了容美土司的領地，不僅徹底摧毀了幾百年的彈丸方國，也將這個家族積澱了數百年的土家族文獻資料焚毀殆盡。好在“改土歸流”大潮將至的前夕，田氏家族的一支，約在雍正五六年間，辭官避遷五峰長樂坪，得以保存下來一批諸如《田氏一家言》《容陽族譜》等家族文獻資料。待到清咸豐元年（1851），長樂縣修縣志之際，田泰斗（字一山）自薦爲此效力，出所存藏家書填補縣志沿革、文藝諸篇。田泰斗眼見家傳書籍爲蟲蠹所殘，無奈之下，禮請一批文友、弟子代爲鈔録，以便繼續保存。繼而至 1944 年，田泰斗謝世近百年後，長樂坪田氏家族續修《容陽族譜》，聘請姻親張西園先生主筆，爲延續文脉，組織四人再次將傳鈔下來的文書複抄一遍，致使田培林先生成爲保存這批文化資料的傳人。這批資料經整理後大部分編入了《容美土司史料匯編》。手鈔殘本《田氏一家言》公開面世，引起各界學者、專家的高度關注，對其研究校注的書籍不在少數，主要有 1999 年 10 月由中央民族大學出版社出版的陳湘鋒、趙平略《〈田氏一家言〉詩評注》；2000 年 12 月由五峰土家族自治縣民宗局支持許楚安、趙志武、李德成編注的内部圖書《紫芝亭詩集》；2003 年 3 月由湖北人民出版社出版的鄧斌、向國平《遠去的詩魂》；2011 年 1 月由湖北人民出版社出版的田虞德《〈田氏一家言〉解讀》；2013 年 9 月由湖北人民出版社出版的周西之、熊先群《〈田氏一家言〉注》等；還有歷年來散見於全國各高等院校學報及科研機構的有關論文。這些研究成果各有所長，《遠去的詩魂》一書還獲得了全國少數民族文學創作“駿馬獎”。在校注《田子壽詩集》《田國華詩集》過程中，我們發現以上研究、校注所依據的版本均是幾經鈔傳的“手鈔本”，其中存在諸多錯、異。我們將以“底本”爲據，對《田氏一家言》重新校注。

晚清、民國時期，長樂坪田子壽的直系後裔田浩如、田嶺南、田卓然、田錦然（武昌首義戰士田飛鳳）等，以田泰斗爲代表的五代六人，繼承“家陣法”，續寫“小春秋”，創作并遺存下來600多首詩歌和30餘篇散文，延續田氏文脉近200年。尤其是田泰斗的《望鶴樓詩鈔》集詩420餘首，所著“五峰竹枝詞”有巴渝遺風，在後世文壇占有一席之地。這一文學現象并非孤立存在，它是容美田氏家族文學在“改土歸流”之後的前承後繼，是土家族詩歌之花在中華文學大觀園裏的四季開放。把《田氏一家言》及其後裔創作視作整體，迄今爲止，詩歌和散文總量已經超過1600首（篇），實在不容小覷。

隨着關注和發掘的深入，還不斷有新發現。明人胡震亨《讀書雜録》中發現田九齡佚詩一首《寄懷王行甫》；吴國倫的明萬曆十二年（甲申）《甔甀洞稿》目録中，不僅有卷之四十三中的《田子壽集序》，而且卷之六十五七言律詩中有《有感寄田將軍子壽》；明萬曆年間，張登仕《九洞讀書記》載：“山頂之陽有九洞……”明朝監察史張一鯤自號“九洞居士”，年少在石洞中設榻潛心苦讀，與其父張登仕、學友田損之、田子壽四人同住洞内，相互砥礪切磋，朝夕相對，六年不輟。

我們期待着有更多的人來關注容美田氏家族詩歌現象，有更多的人來關心土家族文學。

李傳鋒、吴燕山、李詩選於2018年3月

校注例説

一、此次整理校注工作，以明朝天啓七年田玄刊刻的《田子壽詩集》《田國華詩集》爲底本，同時參考了1983年長樂坪田氏後人所獻手鈔本《田氏一家言》中的《紫芝亭詩集》《楚騷館詩集》等相關版本。在校注中把田玄刊刻的《田子壽詩集》《田國華詩集》稱作“底本”；因至今未見《田氏一家言》刊刻本，便把幾經傳鈔的《紫芝亭詩集》《楚騷館詩集》稱作“手鈔本”。

二、通假字、借音字、錯訛字予以説明。

三、底本錯、衍、脱之處，已據相關資料儘量予以訂正。少量存疑處保留原貌并予以説明。底本原缺字或難以辨認之字，今以“□”表示。

四、爲便於大衆讀者閲讀和欣賞，對詩中的部分字詞進行注音。并引用少量名家例句，以供參考。

五、“二田”詩集中部分詩一題多首，原刻接排不分。凡屬校注者分首排列注釋，則用括號註明其順序。對於田舜年編入家族文集《田氏一家言》中《紫芝亭詩集》《楚騷館詩集》的一部分詩，本書今用“*”在目録題頭標出，并保留嚴平子的旁批。

總目録

田子壽詩集

（明）田九齡　著

目　　録

田子壽詩集序

田子壽居澧水，顧刻意爲詩〔1〕。近體絶句，多唐遺音；歌行，寔效四子；樂府古詩，悉可造《文選》〔2〕。每囊以示予，予輒爲評竄，久之，子壽益進。今秋訪予洞玄亭〔3〕，論文曰："余子壽若有得焉，子惟《阿干》《武溪》歌于徼外〔4〕，而顧漢晉大雅；曲江〔5〕，越人，其詩盛唐名家；矧我朝聖化遠被，而子壽生提封乎〔6〕？"子壽少游吴越，經天台，臨滄海，大觀遠覽，思放氣豪〔7〕；襄事父昆，淬礪忠孝〔8〕。故其作有二南指歸〔9〕，不待住錫而興、文翁而成、鄭回而純者也〔10〕。予于子壽交最深，因題其端云。

歲丙子仲冬望日〔11〕，華容孫斯億兆孺甫書〔12〕。

【校注】

〔1〕顧：却。刻意：用盡心思。

〔2〕歌行：即歌行體。我國古詩的一種體裁。四子：當指初唐四杰——王勃、楊炯、盧照鄰、駱賓王。此四人對於唐代歌行體實有奠基之功。《文選》：指《昭明文選》，是我國現存最早的文學總集，由南朝·梁·蕭統編。

〔3〕洞玄亭：當是孫斯億的讀書、寫作之地。

〔4〕《阿干》：《阿干之歌》。《晉書·四夷傳·吐谷渾》："鮮卑謂兄爲阿干，廆追思之，作《阿干之歌》，歲暮窮思，常歌之。"《武溪》：《武溪深行》。馬援在南征交趾時創作了這首詩，全詩古樸質實，描寫了武溪邊地幽深蠻荒、瘴疫四散之狀。

〔5〕曲江：張九齡，越地曲江（今廣東韶關）人，世稱"張曲江"。

〔6〕提封：猶版圖、疆域。

〔7〕吴越：指春秋吴越故地（今江浙一帶）。天台：即天台山。在浙江省天台縣北，仙霞嶺的東支。爲佛教天台宗的發源地。

〔8〕襄事父昆：襄事，幫助辦事；父昆，父輩和兄長。淬礪：焠火和磨礪以使刀劍堅利，比喻刻苦磨練。

〔9〕二南指歸：二南，指《詩經》中的《周南》《召南》；指歸，同“旨歸”，旨趣意向。

〔10〕住錫：謂僧人在某地居留。文翁：名黨，字仲翁，廬江舒地人，西漢循吏。鄭回：唐天寶年間爲四川西瀘縣令，後任南詔清平官（宰相）。他秉政用事，積極推進漢化，促使南詔與唐恢復友好關係。文翁、鄭回都是推進漢文化的美善之人。

〔11〕歲丙子仲冬望日：即明萬曆四年（1576）十一月十五日。

〔12〕華容孫斯億兆孺：孫斯億（1529—1590），出生於華容孫氏文學世家，爲田子壽之師，明代文壇對其評價很高。

田子壽詩集序

往歲華容孫兆孺過訪，盖談其徒田生能詩云。乃者，使使三千里外，以其詩來問序[1]。予蹶然曰："有是哉[2]！"生師事兆孺，而猶有所不盡信，顧其使來遠矣。即楊子所進，予麾之，不已甚乎[3]？因取其詩一再過，則兆孺業已檃括之，曾不浮譽生一詞，而生其人與詩盖相當云[4]。夫楚自鬻子爲周文王師，其後遂多博雅文學士[5]；至《離騷》備風人之旨，儒者經之，以爲詞賦祖[6]。楚人于聲詩，其天性也。乃若田氏，處巫黔谿洞間，自高帝定天下，世世内附稱藩臣，何至負奇如生[7]？裒然拔流俗外，而游諸名人達士間，稱詩异矣[8]；即兆孺能授之詩，而不能盡信詩，玆增异哉！夫白狼歸義，是歌筰都[9]；而勑勒之歌，率本鮮卑語，詩固不擇地而興矣[10]。秦穆公得由余于西戎，用以定霸，何論文學聲詩哉[11]！予觀生之爲詩，盖有感于袍袜不得自試，又海内晏然，無所用其武，日占占喋喋，與被毳控弦之士出没茆箐間，無豪也[12]。乃慕三閭之牢愁，漱鬻熊氏之餘潤，而發之詩[13]，以自舒其感慨激昂之氣，庶幾有所托而爲名高[14]。乃兆孺獨檃括其詩而不言其志，宜生不盡信哉！生名九齡，字子壽，因題之曰田子壽集。

歲辛巳重九日[15]，大梁方岳下雉吴國倫明卿甫撰[16]。

【校注】

〔1〕過訪：登門探訪。生：古時對正在求學階段或已經具備一定學問的人的稱呼。乃者：往日。

〔2〕蹶然：突然站起來。蹶，疾起貌。

〔3〕楊子所進：即摒棄主觀判斷美醜的標準。典出《韓非子・説林》。

〔4〕檃括：亦作“檃栝”，本爲矯正竹木邪曲的工具，揉曲叫檃，正方稱括，後泛指矯正。又引申爲就原有的文章、著作加以剪裁、改寫。

〔5〕鬻子：又稱鬻熊子，楚國的先祖，曾爲周文王之師。博雅：學識淵博，品行雅正。

〔6〕儒者經之：讀書人尊它（指《離騷》）爲典範。祖：祖先，此指發端之源。

〔7〕聲詩：即樂歌，吟唱詩歌。宋・歐陽修《相州晝錦堂記》：“勒之金石，播之聲詩。”巫黔谿洞：巫谿、黔江，代指武陵山區。負奇：胸懷奇志。元・迺賢《投贈趙祭酒二十韻》：“鄙人自致慚無術，男子平生謾負奇。”

〔8〕裒然：指人的才能出衆。拔：超拔。達士：見識高超、不同於流俗的人。

〔9〕白狼歸義：東漢明帝永平年間，汶山（今四川茂縣一帶）以西部族首領白狼王獻給漢朝《白狼王歌》三首，表明慕化歸義。《白狼王歌》以漢字記音并譯意，首載於《東觀漢記》。反映該部牧獵情況及與内地經濟文化的聯繫。筰都：筰都國，西漢初西南夷國，都於筰都（今四川漢源一帶）。《通典》：“筰都者……居處略與汶山夷同。”句謂《白狼五歌》所反映的是筰地習俗。

〔10〕勑勒，底本譌爲“較勒”。鮮卑，底本譌爲“鮮早”。

〔11〕由余：周携王的後人，秦穆公喜其才而留任爲上卿（即宰相）。由余爲秦穆公出謀劃策，幫助秦國攻伐西戎等十二個戎國，遂稱霸西戎，使秦位列春秋五霸。

〔12〕袍蔌不得自試：言身懷本領却不得一試。晏然：安寧、安定。占占喋喋：低聲小語貌。被毳控弦之士：指漁獵之人。無豪：没有了豪壯之氣。

〔13〕三閭：即屈原。屈原曾爲楚國三閭大夫。牢愁：憂愁，憂鬱。

〔14〕庶幾：或許可以。有所托：有所寄托，有所追求。

〔15〕辛巳重九日：明萬曆九年（1581）九月九日，吳國倫時年 57 歲。

〔16〕吳國倫：字明卿，號川樓子，南岳山人。明朝嘉靖、萬曆年間著名文人，文壇後七子領袖。大梁：爲戰國時期魏國的都城，萬曆三年，吳國倫任職河南大梁。

田子壽詩集序

往從孫兆孺集中見答田子壽詩，而未見子壽詩；昨辱以詩贈，則見子壽詩而未見子壽他詩〔1〕；今爛然以巨帙示，觀止此矣〔2〕。斯亦楚西徼之鉅麗矣〔3〕。語云："三家之市，無千金之子。"其居使之然也〔4〕。今子壽長在絶域，生而貴倨，同業無徒，藏書不備于輓近〔5〕，而匠心矢筆俱一一與古人合〔6〕。非有獨照之識、專詣之氣者，能至是邪〔7〕？此不佞所爲服膺也。且又欲以僕爲介紹而見之乎弇州先生第〔8〕！千里負笈，裹糧爲難；若僕何難？齒頰風生〔9〕！夫與王詞輔鬼語一夕，玄理頓勝，而况親見吾弇州者乎〔10〕！足下詩當愈益大進。然楚有李本寧太史者，足下亦不可不見，且住近，宜先之。若僕可無見矣〔11〕。辱以詩叙見委，會歲暮多故，不能累千言爲君揄揚〔12〕。以一行作吏，便雅道日損〔13〕。今天厚足下，以彼其才而又悉寬閒日月以相假，僕見子壽之詩之進而未其止也〔14〕。

嘉平十九日〔15〕，瑯邪侍弟殷都拜首書〔16〕。

【校注】

〔1〕辱：謙辭，承蒙。

〔2〕爛然：猶燦爛的樣子。這裏指形制規模顯著。巨帙：大的書套，因以爲大部頭書籍的代稱。

〔3〕鉅麗：謂規模宏大而華麗。

〔4〕"三家"句：宋·蘇軾《仁宗皇帝御飛白記》有云："合抱之木，不生於步仞之丘；千金之子，不出於三家之市。"指家庭和社會環境對人的成才影響極大。

〔5〕絶域：極其遥遠的地方，這裏指化外。貴倨：亦作“貴踞”，指尊貴者。田子壽父兄均爲宣撫使，故云。同業無徒：指没有同學者可以相互競比與互助。藏書不備於輓近：指藏書大都是古代典籍。輓近，同“晚近”。

〔6〕匠心矢筆：匠心，多指文學藝術創作工巧的構思。矢筆：指詩文遣詞造句精準有穿透力。

〔7〕獨照之識：獨到的見解和學識。專詣之氣：專心致志、苦心孤詣做學問的精神。邪：同“耶”。

〔8〕不佞：謙辭，用作自稱，猶言“不才”。服膺：牢記在心中。弇州先生第：指王世貞先生的府邸。王世貞號弇州山人，“明後七子”領袖人物之一。

〔9〕負笈：背着書箱。裹糧：帶着乾糧。常形容求學的艱辛。若僕何難：假若是我（要見王世貞）有何難。齒頰風生：動動嘴。

〔10〕王詞輔：指文壇領袖王世貞。鬼語：猶“夢語”，“夢話”。該句説即使做夢見到王世貞跟他交談一番（都會有很大收穫）。玄理頓勝：深奥、玄妙的道理，頓時就會進入通透的佳境。

〔11〕李本寧：名李維楨（1547—1626），字本寧，湖廣京山人，明隆慶二年（1568）進士。曾由庶吉士授編修，故稱太史。

〔12〕叙：同“序”。見委：委托我。會歲暮多故：適逢年底事情多。揄揚：宣揚誇贊。

〔13〕以一行作吏：因詩人們做了官。雅道日損：追求高雅之路（指詩文）的時候一天天減少。

〔14〕寬閒日月：從容充分的時間。

〔15〕嘉平十九日：指農曆十二月十九日。

〔16〕瑯邪：今山東省東南沿海地區的古地名。侍弟：舊時官員對同僚的謙遜的自稱；田子壽并未從政，這裏的“侍弟”是借用。殷都：字無美，號海岱，時居西陵。

田子壽詩集序

往先君子爲子壽序所爲詩，蓋古選、近體粲然備也[1]。既游於武當，交周象賢；抵西陵，友殷無美；客郢，與載陽王孫游。爰以通下雉吴先生，已在士安之叙，不啻長安之紙[2]。辛卯，蒙奔喪、營夢塢，而子壽不遠千里，慘然端木[3]。已，出其詩，屬删而録[4]。蒙以哀慟留簡牘。未卒業，子壽亦溘然先逝[5]。將死，喟然嘆曰："千里一士，誰爲定吾文者[6]？"屬其子宗鼎，以蒙爲請[7]。又數載，宗鼎果以子壽詩來。其古選、近體已削成一家言，而詩始善[8]，且諸君子論其詩詳矣，無俟蒙。蒙請申其志[9]。昔曹子建志其左以姦宄，後雲興于瀛洲，豈不聞世有神仙哉[10]！曠視遐覽，不入流俗，此上志之定操，遠人之極軌也[11]。子壽之明，超然衆咻，絶類離倫[12]。庶幾豪杰而猶結輿紫芝，寄情玄牝黄白之好，垂老無悶[13]。豈其志有不逮哉[14]？無亦懷才自放，遁世好修，爲楚左徒[15]，爲晉嵇、阮，而乘龍遠游，聞鸞長嘯，則亦其不得已之心乎[16]？不然，何子壽之卓也！若其詩，則諸君子論之矣。

時萬曆念九歲如月既望[17]，翰林庶吉士華容湘山孫羽侯撰[18]。

【校注】

〔1〕先君子：已經亡故的父親，指孫斯億。粲然：顯著明白。

〔2〕周象賢：周紹稷，字象賢，雲南永平人。時任襄陽知府。殷無美：殷都，時任夷陵郡守。載陽王孫：指載陽王的孫子輩。爰：於是。下雉：今湖北武穴之富池口，時隸江夏郡，乃吴國倫故鄉，吴先生即吴國倫。士安：所指今無考。不啻：不亞於。長安之紙：借用"洛陽紙貴"的典故，喻作品爲世所重，

風行一時。

〔3〕辛卯：萬曆十九年，即1591年。蒙：自稱謙詞。營夢塢：修葺墳墓的委婉説法。慘然端木：表情悲慘，舉止端莊肅穆。

〔4〕已：上述諸事辦完後。屬：古同"囑"。刪而録：（對詩稿）歸類、刪改、鈔録。

〔5〕簡牘："簡"爲竹片、木片，"牘"爲木板。爲典籍、書信的通稱。未卒業：事情没有完成。溘然：突然、猝然。此處證實田子壽從華容吊念孫斯億回容美不久即辭世。

〔6〕一士：《吕氏春秋·觀士》："千里而有一士，此肩也。"指能胜任"定吾文"之事的人。

〔7〕宗鼎：田子壽長子。以蒙爲請：請我爲之定稿。

〔8〕削成：精心挑選、刪削、編輯而成。一家言：這裏似有二層意思，一是自成一體，一是一人所創。由此可見，田子壽實爲田氏詩派的開山鼻祖。始善：指詩稿編排已經臻於完美。

〔9〕諸君子論：指孫斯億、吴國倫等人的"序"論。

〔10〕曹子建：即三國時魏國的曹植，是建安文學的代表性詩人。志其左：記載在他的書桌左邊（以警示自己）。姦宄：竊盜或作亂的壞人。雲輿：傳神仙以雲爲車，故稱。後來泛指華美的車子。瀛洲：傳説中的東海仙山。

〔11〕曠視遐覽：眼界寬闊而久遠。流俗：流行於社會上的風俗習慣。上志定操：高尚人格和確定不移的操守。遠人：指遠方之人或异族。田子壽爲武陵山中容美土司人，故云。極軌：最高的法式、楷模。

〔12〕超然衆咻：即超脱於世俗之上。咻：音 xiū，吵嚷。絶類離倫：超過衆人和同輩。

〔13〕結興：集結的興志或寄托。紫芝：紫色靈芝，靈芝中的珍品，喻純潔而高雅。紫芝一直是田子壽心中崇高理想追求的象徵，他將居處之亭命名爲紫芝亭，晚年自稱紫芝翁，正是他這種追求的體現。玄牝：道家指天地萬物生成變化的本源。黄白之好：指喜好道家煉丹之術。

〔14〕不逮：比不上。

〔15〕懷才自放：有才能而自我放逐。遁世好修：逃離世俗，自我修煉。爲楚左徒：將自己修煉成屈原一類的人。

〔16〕晉嵇、阮：指魏晉“竹林七賢”中的嵇康和阮籍。嵇康字叔夜，西晉時著名思想家、音樂家、文學家。正始末年，與阮籍等竹林名士共倡玄學新風，主張“越名教而任自然”“審貴賤而通物情”。生活上寄情於山水田園，不拘世俗禮節。乘龍遠游：非實指，指游覽廣泛。聞鸞長嘯：即抒發豪情壯志。

〔17〕念九歲：即明萬曆二十九年（辛丑，1601）。念，通“廿”。如月：即農曆二月。既望：十六日。

〔18〕孫羽侯：字鵬初，號湘山，孫斯億之子。

田子壽詩集序

容司密邇蘭州，衣冠文物與荆澧不相上下〔1〕。世氏鉤鎔鼓鑄，俱以文字爲命脉〔2〕。世不貴异物，僅僅古籍裒然〔3〕。東樓西室，操觚無問寒暑，夜分猶炙火光〔4〕。童兒幼學時，師氏即授以史鑒一部，漸長，愈益融通，口津津，不落世俗一語〔5〕。嗟嗟，此子壽公之所由來遠也〔6〕。今據子壽詩講，子壽明敏特達。其實無人不慧，無慧不長，以炯炯雙眸，并未接三代以下片語隻字，是以與世俗塵凡爲永隔〔7〕。中間駸駸驟馳，摭及初唐、盛唐，聊爲滿座社游齒頰生寒風耳〔8〕。其實子壽食無兼味，腑腸榮衛，一無所藏垢納污，又何所潰亂厥衷〔9〕？嗟嗟，此子壽公當于古人中求之也〔10〕。竊又窺其造詣，以《十九首》爲指規，方且迤邐長虹，點綴黻藻，優而游之始〔11〕。迨及采石江頭、白帝城邊，爲李爲杜，以足騷壇雅意。嗟嗟，此子壽公之大概也〔12〕。不佞從公車未上時，所日接君家兄弟之雅翰者甚夥〔13〕。每竊屬拊掌，曾爲之説曰：翼國何長！文字何揚！無殺伐之在耳，無金璧之攘攘〔14〕。雞鳴時聞稽古，五夜染翰無疆〔15〕。未鑿混沌，未溺澆狂〔16〕。是以聲翻宇内，與達士詞人而頡頏〔17〕。莫計攸組，莫竟抵長〔18〕。嗟乎哉！譬彼紫荆，九世靈長〔19〕。况兼道脉，飛屑雄談〔20〕。凌唐虞，駕漢魏，穆穆皇皇，以佐君王〔21〕！

南柱下史巴陵楊邦憲撰〔22〕。

【校注】

〔1〕容司：即容美土司，時爲容美宣撫司，在明清之交晉昇爲宣慰司，領掌椒山、五峰、石梁、水濜等安撫司。密邇：很接近。蘭州，是對荆州、澧州的美稱，因此地爲楚之故國，盛産蘭花。屈原曾在詩中多篇多處提到楚之蘭花。

衣冠文物：指生活風俗和文化物産。荆澧：荆州和澧州，當時都是離容美土司最近的湖廣行省所屬的兩個府郡。

〔2〕世氏：指田氏數代人。鉤鎔鼓鑄：比喻用好的規範法則處世行事。

〔3〕不貴异物：不看重珍奇异寶。古籍裒然：藏書很多。裒，音 póu，聚集。

〔4〕操觚：抓握木簡，代指讀書，意手不釋卷。夜分：夜半。炙：烤，喻深夜撥亮火光。

〔5〕師氏：本職官名，後亦泛指老師。史鑒：《史記》與《資治通鑒》。爲史書二大代表作品，後以史鑒泛指有關歷史方面的書籍。津津：形容興味濃厚的樣子。

〔6〕嗟嗟：嘆詞，表示感慨、贊美等。所由來：能力的形成因素和經歷。

〔7〕詩講：詩裏所表達出的觀念，透露出的信息。明敏：聰明機敏。特達：特出，突出。炯炯雙眸：指目光犀利，見識獨特。三代：指夏商周三代，代指華夏文明。

〔8〕駸駸驟馳：形容馬跑得很快的樣子，比喻事業進展得很快。駸，音 qīn。摭及：選取、摘取或挑剔。社游：團體交游。齒頰生寒風：面頰有寒風吹過。形容給人以非同尋常的感受。

〔9〕兼味：兩種以上的菜肴。榮衛：中醫指人體的營養作用或血液循環功能的一個方面。血爲榮，氣爲衛。厥：代詞，相當於“其”。

〔10〕“此子壽”句：田子壽這人在今人中難找，須在古人中尋覓。

〔11〕竊：私下。《十九首》：指《古詩十九首》。指規：宗旨和意向所在。迤邐長虹：像長虹一樣連續不斷。黻藻：黻音 fú，原指絲綢花紋，這裏指文采。

〔12〕迨及：達到。采石江頭：指李白殞身處。白帝城：位於重慶奉節縣瞿塘峽口的長江北岸，著名詩人李白、杜甫、白居易、劉禹錫、蘇軾、黄庭堅、范成大、陸游等都曾登白帝城，游夔門，留下大量詩篇，因此白帝城又有“詩城”之美譽。

〔13〕不佞：謙辭，我。公車未上時：赴舉子試以前。公車：漢代以公家車馬遞送應徵的人，後以“公車”代稱舉人應試。君家：這裏指田子壽家。雅翰：

借指詩文畫圖，常用以美稱別人的作品。甚夥：很多。

〔14〕拊掌：拍掌。表示讚揚的肢體語言。翼：護衛。文字何揚：謂詩文是多麼顯露彰明。“無殺伐”句：没有疆場殺伐的嘶吼，也没有金錢的擾攘。金璧，金銀璧玉，代指錢財。攘攘，紛亂擁擠的樣子。

〔15〕雞鳴：天明之前。稽古：考察古代事迹以明辨是非。五夜：五更。染翰：取筆蘸墨書寫。無疆：這裏是不止之意。

〔16〕未鑿混沌：没有陷於混亂之中。澆狂：刻薄狂妄。

〔17〕聲翻宇内：名聲飛傳天下。達士詞人：見識高超、不同凡俗、擅長文學詞章的人。頡頏，底本譌爲“頡頑”。指不相上下，可以抗衡。

〔18〕攸組：長的冠帶，這句話説田子壽這人不計較官階高低。抵長：“抵掌長談”之意。

〔19〕譬彼紫荆：借用南朝京兆尹田真兄弟三人因爲一株紫荆花樹而和睦的典故。田真、田慶、田廣兄弟欲分家，堂下紫荆樹忽然枯萎，田家受感動，决定不分家，荆樹即復生。這裏借指作者與田子壽兄弟般的情誼永世久長。靈長：綿延久長。

〔20〕道脉：猶道統，大道脉傳。飛屑雄談：高談闊論，唾沫紛飛，形容博聞健談。

〔21〕穆穆：言談、思想深遠的樣子。皇皇：美盛鮮明的樣子。

〔22〕柱下史：爲御史的别稱；南柱下史指留都南京的御史。巴陵：岳陽古稱。楊邦憲：岳陽人。萬曆年間曾任順德府、温州府等處知府、留都南京柱下史。

田子壽詩集序

澧水田子壽者，宣府君介弟也[1]。從華容孫兆孺得學詩肯綮，遂昌其詩[2]。余因兆孺得其人久矣，今年子壽游玄岳，介兆孺書訪余漢上，贄之詩，有味哉，禁臠也[3]！既而盡出所梓，屬余評之，則熊蹯豹胎，鼎臑脾臄，雜然前陳[4]。誠有如兆孺所序者，余安所容其喙也哉[5]！子壽生長徼服而能超然自拔如此，其可嘉者[6]。因思《禹貢》所書，九州物産非不瑰瑋佳麗，然而珠、香、象、犀、玳瑁奇物，皆出自海嶠寥絶之域[7]。而中國以爲珍，則知天下之寶固有不盡於中國所有者也[8]。若子壽者，豈不誠然哉！乃落落不售於世者[9]，何也？昔李供奉稱三百年一人，而竟爲世所憤[10]；杜工部風雅絶世，棲遲于西川幕下[11]；司馬太史下理[12]；楊子雲墮閣[13]；韓昌黎、蘇子瞻鬱鬱于潮惠之間[14]。豈不謂貴知我者希耶？抑别有説也[15]？兆孺稱“子壽少游吴越，經天台，歸滄海，大觀遠覽，思放氣豪”。今又游玄岳而歸，則所以廓盈視而盱駭矚者，又當何如[16]？吾知今而後，珠、香、象、犀、玳瑁之珍雖欲自秘不可得已[17]。是爲序。

歲庚辰三月吉，博南周紹稷象賢甫識[18]。

【校注】

〔1〕宣府：即宣撫使。時任容美宣撫使爲田九龍。介弟：尊稱他人的弟弟，或對自己弟弟的愛稱。田子壽爲田九龍六弟。

〔2〕肯綮：筋骨結合的地方，比喻最重要的關鍵。

〔3〕玄岳：今湖北武當山，傳説真武神（即玄武神）曾在此修道。明永樂中尊真武爲帝，成爲道教勝地，因名此山爲太岳，亦名玄岳。贄：古時初次拜

見尊長所送的禮物。漢上：指漢水中下游荆襄一帶，這裏特指襄陽。禁臠：比喻珍美的、獨自占有而不容别人染指的東西。

〔4〕所梓：印刷之物。熊蹯豹胎：熊的足掌、豹的胎兒，指最爲珍貴的野味佳肴。鼎臑脾腱：代指煮熟的精細菜餚。

〔5〕余安所容其喙：句謂不容己多口舌。

〔6〕徼服：邊徼地區。超然自拔：超出塵世，自我提高。

〔7〕《禹貢》：指《尚書·禹貢》，《尚書》中一篇記録地理方位的典籍。瑰瑋佳麗：珍貴奇异，景物美好。珠、香、象、犀、玳瑁：爲五種珍品，珍珠、麝香、象牙、犀牛角、玳瑁。海嶠：大海高山。寥絶：人烟稀少與世隔絶。

〔8〕中國：中原一帶，這裏指朝廷直接管理的地區。

〔9〕落落：形容跟别人合不來。不售於世：不被世人接受認可。

〔10〕李供奉：即李白。李白於唐玄宗天寶元年秋應詔入長安，入翰林院做“待詔翰林”，又稱“供奉翰林”。“而竟”句：指李白後來得罪權貴而丢官之事。

〔11〕“杜工部”句：杜甫曾在四川劍南節度使嚴武帳下做參謀，兼檢校工部員外郎，後世又稱他杜工部。

〔12〕司馬太史下理：指司馬遷因爲爲李陵説情遭受宫刑之事。下理：下交廷尉（後世稱大理寺）治罪。

〔13〕楊子雲墮閣：即揚雄被逼跳樓。楊子雲，即揚雄，字子雲。他以司馬相如的賦爲模式，寫了不少華麗的辭賦，傳至京師，爲漢成帝所喜，召爲給事黄門郎。王莽篡權後，揚雄不願同流合污，不參與朝政，在天禄閣校書，同時自己埋頭著書。但還是没有逃脱厄運，被逼無奈，跳天禄閣自殺致殘，鬱鬱而死。

〔14〕“韓蘇”句：指韓昌黎和蘇東坡恃才傲物被貶官之事。韓愈曾貶謫潮州，蘇東坡曾貶謫惠州。

〔15〕貴知我者：重視和瞭解我的人。

〔16〕廓盈視：開闊視野，增長見識。盱駭矚：增長非凡見識。盱，張目，觀看。疑爲“紆”之譌。駭矚，讓人驚奇的見聞。王勃《滕王閣序》：“山原曠

其盈視，川澤紓其駭矚。”

〔17〕“吾知”句：意爲自己知道從今往後即使想把那些珍寶私藏起來，已經是不可能的了（所以索性介紹給衆人）。

〔18〕博南：古縣名，治所在今雲南永平西南。周紹稷：字象賢。雲南永平人。萬曆六年（1578）曾參修《鄖陽府志》，任襄陽知府時修復仲宣樓，故有賢名。

卷之一　古樂府

俠客篇

翩翩豪俠士，霜電掣吴鈎[1]。驊騮金鞈鞞[2]，矯若浮雲流。杯酒眉睫間，屠人去舊丘[3]。朝騖邯鄲道[4]，夕醉咸陽樓。生平重然諾，捐軀非所尤[5]。一爲諸侯客，長從諸侯游。争持白璧壽，競奉千金酬[6]。詭辭移五嶽，側足傾九州。策勳著簡牘[7]，俠烈古今留。胡爲偃蹇士[8]，撫劍獨含愁。

【校注】

〔1〕霜電：霜雪和雷電，喻兵器光澤。掣：音 chè，拽、拉，形容速度極快。吴鈎：吴鈎是春秋時期流行的一種彎刀，它以青銅鑄成，是冷兵器裏的典範，充滿傳奇色彩，後被歷代文人寫入詩篇，成爲馳騁疆場，勵志報國的精神象徵。唐・李賀《南園十三首・其五》有句："男兒何不帶吴鈎，收取關山五十州。請君暫上凌烟閣，若個書生萬户侯。"

〔2〕驊騮：音 huá liú，赤色的駿馬。唐・杜甫《奉簡高三十五使君》："驊騮開道路，鷹隼出風塵。"鞈鞞：金色的護甲。鞈，音 gé，古代用皮革和金屬片製的護胸甲。

〔3〕舊丘：故鄉，故居。唐・杜甫《後出塞》："戰伐有功業，焉能守舊丘。"

〔4〕騖：音 wù，奔跑。邯鄲道：比喻求取功名的道路，亦指仕途，參《枕中記》。唐・岑參《邯鄲客舍歌》："客從長安來，馳馬邯鄲道。"

〔5〕尤：怨恨、抱怨。

〔6〕“争持”句：争相拿着白璧來祝壽，指受人尊重。競，底本作“兢”，兩字底本不分，徑改。

〔7〕“策勳”句：記功勳於策書之上。策、簡、牘：都是君主對臣下封土、授爵、記功的簡册和文書。

〔8〕偃蹇：驕傲、傲慢。

紫騮馬

犖犖紫騮馬[1]，秋風掣電開。雕弓交虎韔[2]，錦帕覆龍媒[3]。元自天池出[4]，今從月窟來[5]。未行千里道，寧識出群材[6]。

【校注】

〔1〕犖：音 luò，分明、明顯。

〔2〕虎韔：虎皮製的弓袋。韔，音 chàng。

〔3〕龍媒：唐·顔師古注《漢書》引應劭曰：“言天馬者乃神龍之類，今天馬已來，此龍必至之效也。”後因稱駿馬爲“龍媒”。

〔4〕天池：山西寧武有天池。唐貞元十五年（799），朝廷在天池周圍設皇家牧監，放牧戰馬。此或非實指。

〔5〕月窟：傳説月的歸宿處，泛指邊遠之地。唐·李白《蘇武》：“渴飲月窟水，飢飡天上雪。”

〔6〕寧識：怎麽知道。出群材：出類拔萃的人才。

從軍行[1]

烽火夜相聞，長驅入虜群[2]。旗翻青海月，陣擁黑山雲[3]。露布朝馳塞[4]，燕山早勒勳[5]。横行沙磧外[6]，一舉净妖氛。

【校注】

〔1〕從軍行：是古樂府題，屬樂府《相和歌辭・平調曲》，大多寫軍旅生活的艱苦和征人思婦兩地相思的痛苦。

〔2〕虜群：指敵方陣地。

〔3〕青海月、黑山雲：與“羌笛”“關山月”“燕山”“胡騎大漠”等詞語常是邊塞詩特定符號，往往并非實指。

〔4〕露布：亦稱露板，文書不緘封，公開宣布之意。古代用稱檄文、捷報或緊急文書。三國・魏・曹操《讓縣自明本志令》：“人有勸術（袁術）使遂即帝位，露布天下。”

〔5〕勒勳：記載功勳。勒，本是刻石意。《後漢書・班超梁慬傳論》：“享受爵位，薦功祖廟，勒勳於後，亦一時之志士也。”

〔6〕沙磧：即沙漠，大漠。磧，音 qì。

邯鄲才人嫁爲厮養卒婦〔1〕

少年盛客飾〔2〕，誤入崇臺裏〔3〕。三千粉黛中，玉顔誰與比。芳心固自持，蛾眉翻見毀〔4〕。一辭金屋下〔5〕，恩若東流水。昔爲苑内花，今成道傍李。身遠邯鄲城，夢度邯鄲里。委身良匪惜〔6〕，固自羞旖旎〔7〕。君王不見察，賤妾徒已矣。

【校注】

〔1〕邯鄲才人：指邯鄲籍的明宫才人。才人，皇宫妃嬪稱號，才人屬於后、妃以外的散職嬪妃，地位在散妃中，排在婕妤、昭儀、美人之後。厮養卒：是指砍柴做飯的小兵，也泛指地位低下的兵卒。

〔2〕盛客飾，疑爲“盛容飾”之誤，指容顔姣好。

〔3〕崇臺：指高臺層樓。這裏指皇家宫廷。

〔4〕“蛾眉”句：因爲美貌，反而遭到旁人的詆毀。

〔5〕金屋：這裏代指皇宫。

〔6〕委身：女子將身體交給男人，謂委身以許。見唐·白居易《琵琶行》序："委身爲商人婦。"良匪：實在不，的確不是。唐·盧照鄰《咏史四首》："百金孰云重，一諾良匪輕。"

〔7〕羞旖旎：羞怯柔美貌。

湘江曲[1]

皎皎天邊月，悠悠湘水流。翠華何處歇[2]，錦瑟不勝秋[3]。雁度南雲遠，霜回北渚愁[4]。至今路旁竹，淚涕不曾收[5]。

【校注】

〔1〕湘江曲：是一首古樂府曲，唐·張籍宦游湖南時創作的一首《湘江曲》流傳很廣，曲云："湘水無潮秋水闊，湘中月落行人發。送人發，送人歸，白蘋茫茫鷓鴣飛。"

〔2〕翠華：指天子儀仗中以翠羽爲飾的旗幟或車蓋，也代稱御車或帝王。漢·司馬相如《上林賦》："建翠華之旗，樹靈鼉（tuó）之鼓。"

〔3〕錦瑟：漆有錦紋的瑟，形似古琴，每弦一柱，但無徽位。唐·杜甫《曲江對雨》："何時詔此金錢會，暫醉佳人錦瑟旁。"

〔4〕北渚：北面的水涯。《楚辭·九歌·湘君》："鼂騁騖兮江皋，夕弭節兮北渚。"

〔5〕"至今"句：指瀟湘一帶特有的斑竹，傳爲舜二妃娥皇、女英灑淚所致，有"斑竹一枝千滴淚"之説。

王明君[1]

妾本良家子，承恩委後房[2]。六年希召幸[3]，空撫黄金牀。君寵適自誤，遠嫁入窮荒。前旌既已抗[4]，辭訣何倉皇[5]。徒將幽怨意，只尺對君王[6]。轅馬悲具馳[7]，琵琶飲恨長。漢德非不競[8]，漫以柔遠方。漢兵非不勇，漫以息疆埸[9]。勉强事和戎[10]，騣騣入旃墻[11]。尊我胡母分[12]，强臨椎髻鄉[13]。加我閼氏號，忍棄漢宫妝。願假飛鴻翼，拊之江南翔[14]。飛鴻不我顧，伫泣起徬徨。昔重匣中璽[15]，今爲草上霜。蛾眉如有意，甘逐秋蓬飈[16]。畫工憐念久，筆底發清狂[17]。

【校注】

〔1〕王明君：即王昭君。名嫱，字昭君，晉時爲避司馬昭諱稱明妃，後多因之。與西施、楊玉環、貂蟬并稱中國古代四大美女。王昭君出生在西漢南郡秭歸長江邊一個普通的民家。漢元帝建昭元年（前38）被選入宫。據説，王昭君入宫數年，因無力向畫師毛延壽行賄，畫師將她的御覽畫像畫得很一般，使漢元帝不寵幸昭君。南匈奴單于呼韓邪來朝，漢元帝敕以五女賜之。王昭君入宫數年，不得見御，積悲怨，乃請掖庭令求行。呼韓邪臨辭大會，帝召五女以示之。昭君“丰容靚飾，光明漢宫，顧影裴回，竦動左右。帝見大驚，意欲留之，而難於失信，遂與匈奴”。王昭君于是下嫁匈奴單于呼韓邪，被封爲寧胡閼氏，成爲大漢與匈奴和親停息邊争的友好使者，傳爲千年佳話。至今其墳墓仍在呼和浩特市南郊，稱爲“青冢”。古今以王昭君爲題材創作的詩詞很多，像田子壽這樣以第一人稱創作的實屬少見，堪稱代言體力作。

〔2〕後房：後宫姬妾之房，也代指姬妾。

〔3〕召幸：特指嬪妃被帝王召見臨幸。

〔4〕“前旌”句：抗旌，舉旗意。三國·魏·曹植《應詔》：“前驅舉燧，後乘抗旌。”

〔5〕倉皇：匆忙急迫。

〔6〕只尺：同“咫尺”，形容距離短。

〔7〕具馳：一起行駛。

〔8〕漢德：漢家的品德。不競：不强勁。底本作“不兢”，徑改。

〔9〕漫：彌漫。這裏是懷柔、順從的意思。息疆埸：停止打仗，平息紛争。

〔10〕和戎：指與少數民族或他國媾和修好。

〔11〕入旃墻：進入帳篷、氈房。旃，音 zhān，同“氈”。

〔12〕胡母分：胡人王后名分，即下句所説的“閼氏號”。閼氏：音 yān zhī，原爲女性裝飾用的胭脂古稱，後意義擴展爲漢朝的公主、匈奴皇后稱號。《漢書注》曰：“閼氏，匈奴皇后號也。”

〔13〕椎髻：一撮之髻，其形如椎，當是漢代時匈奴人的裝束。

〔14〕“拊之”句：拍動翅膀飛回南方。

〔15〕璽：皇帝用的印叫璽，臣民所用稱爲印。這裏代指王權。

〔16〕秋蓬飃：像秋蓬一樣隨風飛揚。

〔17〕畫工：指毛延壽。

名都篇〔1〕

名都富妖艷，京洛多少年〔2〕。提携萬金劍，照耀白玉鞍。呼鷹東郊道〔3〕，戲馬上蘭間〔4〕。勇能捷鳴鏑〔5〕，巧能輕金丸。往來倏庭擊〔6〕，左右匆焱還〔7〕。長驅浮雲騎，狡兔不及前。滿彀明月弓〔8〕，雙隼落雲端〔9〕。觀者咸辟易〔10〕，衆工驚便嬛〔11〕。暮歸入俠邪〔12〕，胡姬巧笑顔。挾瑟彈當爐〔13〕，美酒羅玉盤。舉杯屬所私〔14〕，詎辭斗十千〔15〕。袒跣躍呼盧〔16〕，意氣各翩翩。日月不相待，寧惜光景遷。出門夜如何，明星耿睹天〔17〕。

【校注】

〔1〕名都篇：屬於樂府《雜曲歌·齊瑟行》歌辭。多寫京都人的生

活，其中以俠客、走卒、紈絝少年居多。古樂府中最著名的《名都篇》是三國·魏·曹植寫的，有名句："名都多妖女，京洛出少年。寶劍值千金，被服麗且鮮。"

〔2〕京洛：本指京城洛陽，因東周、東漢曾在此建都。後人寫詩假托京洛，實指京城。

〔3〕東郊道：洛陽街道名，也泛指東邊城郊的道路。

〔4〕上蘭間：是古洛陽賽馬場的名稱，具體位置失考。

〔5〕鳴鏑：漢·司馬遷《史記·匈奴列傳》："冒頓乃作鳴鏑。"鳴爲響聲，鏑爲箭頭，鳴鏑就是響箭。

〔6〕倏：音 shū，倏然，速度極快。

〔7〕匆：匆匆，急速意。燚：火花。還：回轉。

〔8〕滿彀：拉滿弓。彀，音 gòu，使勁張弓。明月弓：即滿月弓，彎弓開如滿月。

〔9〕隼：音 sǔn，是一種飛行速度極快的猛禽，又叫矛隼，飼養馴熟後，可以幫助打獵，亦稱"鶻"（gǔ）。

〔10〕辟易，避開，退避。唐·顧況《從軍行》："怒目時一呼，萬騎皆辟易。"

〔11〕便嬛：音 biàn xuān，姿態輕盈美好貌。這裏代指美女。漢·司馬相如《上林賦》："若夫青琴宓妃之徒……靚妝刻飾，便嬛綽約。"

〔12〕俠邪：同"狹邪"，小街曲巷，因娼妓多處此中，也代指"妓女"或"妓院"。

〔13〕當爐：酒肆。

〔14〕所私：偏愛的事物。

〔15〕斗十千：即斗酒十千。意爲不怕酒價貴。

〔16〕袒：脱去或敞開上衣，露出身體的一部分。跣：赤脚。呼盧：古代一種賭博游戲。

〔17〕耿：指明亮，光明的意思。

美女篇[1]

美女出南國，淑貌侔瓊甤[2]。秀毓窈窕中[3]，足不踰芳閨。惠心殊幽静，婀娜多容儀。首耀黄金釵，瑱縣白玉綬[4]。佩以大秦珠[5]，珊瑚紹繚之[6]。羅紈制裙襦[7]，綺組繽紛垂[8]。姗姗步春風，姣服明朝曦[9]。手調緑綺琴，當窗理徽詞[10]。舉體若游龍，吐氣蘭熏滋。行者坐嘆息，休者以忘饑。蹇修亦何勞[11]，雁幣不以時[12]。羞稱豪俠子，詎慕輕薄兒[13]。所希在嘉耦[14]，非敢愛弱姿。中懷匪所托[15]，盛年甘自悲[16]。君子苟未得，金石良不移。

【校注】

〔1〕美女篇：是詩人仿前人《美女篇》古曲創作的樂府詩。三國·魏·曹植之《美女篇》開篇描寫："美女妖且閑，采桑歧路間。柔條紛冉冉，落葉何翩翩。"中間又有名句："羅衣何飄飄，輕裾隨風還。顧盼遺光彩，長嘯氣若蘭。"

〔2〕淑貌：美麗的容貌，南朝·江淹《效阮公》："忼慨少淑貌，便娟多令辭。"侔：音 móu，等同。瓊甤：音 qióng ruí，玉花。甤，草木花實下垂貌。

〔3〕秀毓：靈秀養育。毓，養育，孕育。窈窕：幽靜美好貌。

〔4〕瑱：音 tiàn，古人冠冕上垂在兩側的裝飾物，用玉、石、貝等制成。白玉綬：白玉裝飾的衣帶。

〔5〕大秦珠：是指大秦國出産的珠子，後泛指遠方异域所産之寶珠。大秦：古國名，又名犁軒（jiān）、海西，古代史書對羅馬帝國的稱呼。漢·辛延年《羽林郎》："頭上藍田玉，耳後大秦珠。"

〔6〕紹繚：音 shào liáo，纏繞。《樂府詩集·鼓吹曲辭》："雙珠玳瑁簪，用玉紹繚之。"

〔7〕羅紈：泛指精美的絲織品。唐·杜甫《園官送菜》："點染不易虞，絲麻雜羅紈。"裙襦：古代婦女服裝的總稱，上身爲襦（短衫、短襖），下身爲裙。襦，音 rú，同"襦"。

〔8〕綺組：美麗的絲帶。綺，音 qǐ，有文彩的絲織品。組，本意是繩索，這裏指衣服上的絲帶。

〔9〕“姣服”句：美麗的衣服在晨曦裏散發光明。

〔10〕理徽詞：調弄優美的樂章。徽詞，優美的聲音，也指嘉訊。

〔11〕蹇修：傳説中伏羲氏之臣，古賢者。《楚辭·離騷》：“解佩纕以結言兮，吾令蹇修以爲理。”漢·王逸注：“蹇修，伏羲氏之臣也。”

〔12〕雁幣：雁與幣帛，古時用爲聘問或婚嫁時之聘儀。唐·楊衡《夷陵郡内敍别》：“雁幣任野薄，恩愛緣義深。”不以時：不論時日，即隨時遵從禮儀。

〔13〕輕薄兒：輕佻浮薄的男子。

〔14〕嘉耦：同“佳偶”。

〔15〕中懷：即内心，漢·蘇武《别詩》：“幸有弦歌曲，可以喻中懷。”

〔16〕盛年：指年少之時，出自於晉·陶淵明《雜詩》：“盛年不再來，一日難再晨。”

白馬篇〔1〕

五陵豪俠子，白馬耀銀鞍。手提切玉劍，辟易萬人看〔2〕。五侯争致幣，七貴競交歡〔3〕。襢裼暴猛獸〔4〕，鳴弦接飛翰〔5〕。虓虎避勇悍〔6〕，鷹隼謝攫搏〔7〕。飛符馳絶塞〔8〕，厲馬度三韓〔9〕。兵聲翻瀚海，殺氣摧黑山。一戰空王庭〔10〕，再戰滅皋蘭〔11〕。威名千載上，永著玉門關。羞爲劇孟輩〔12〕，殺人閭里間〔13〕。當令身許國，圖畫列臺端〔14〕。

【校注】

〔1〕白馬篇：仿古樂府。三國·魏·曹植《白馬篇》有名句：“仰手接飛猱，俯身散馬蹄。狡捷過猴猿，勇剽若豹螭。”被衆人推崇。

〔2〕辟易：見本卷《名都篇》解釋。

〔3〕五侯、七貴：泛指王公貴族。唐·李白《流夜郎贈辛判官》："昔在長安醉花柳，五侯七貴同杯酒。"

〔4〕襢裼：音 tǎn xī，脱去上衣。暴：空手搏擊。《詩·鄭風·大叔于田》："襢裼暴虎，獻于公所。"宋·朱熹注："暴，空手搏獸也。"

〔5〕鳴弦接飛翰：張弓射飛鳥。與曹植《名都篇》之"仰手接飛鳶"、《白馬篇》之"仰手接飛猱"義近。

〔6〕虓虎：咆哮的老虎，用於形容將領的作戰勇猛，出自《詩·大雅·常武》："王奮厥武，如震如怒，進厥虎臣，闞如虓虎。"虓，音 xiāo，虎吼。

〔7〕鷹隼：泛指兇猛的鳥，比喻兇狠而令人畏懼或勇猛的人。

〔8〕飛符：緊急傳送的兵符。絶塞：極險惡的邊塞。

〔9〕厲馬："厲兵秣馬"省稱。磨好兵器，餵好馬，形容準備戰鬥。三韓：朝鮮半島南部古代居民的總稱，包括馬韓、辰韓和弁韓三支，其名始見於《後漢書·東夷列傳》。

〔10〕王庭：少數民族统治中心。

〔11〕皋蘭：指蘭州皋蘭山，是古代兵家相争的戰略要塞。漢武帝元狩二年（前 121）春，匈奴侵擾，武帝就曾派遣驃騎將軍霍去病出隴西至此，斬匈奴首八千餘級。

〔12〕劇孟：洛陽人，西漢著名游俠。吴楚叛亂時。周亞夫由京城去河南，得劇孟，十分喜悦，認爲劇孟的能力可頂一個侯國。後因用其事比喻大將能力突出。

〔13〕閭里：古代城鎮中有圍墻的住宅區，借指平民區，又稱"閭左"。

〔14〕臺端：唐朝用以稱侍御史。

遠游篇〔1〕

九土未足步〔2〕，一隅安可羈〔3〕。迫厄從時俗〔4〕，鬱結獨增悲。俛仰天地間〔5〕，擾擾欲何施〔6〕。咄嗟菲薄質〔7〕，良匪金石姿〔8〕。一舉思遠游，天路隨所之。道逢赤松子〔9〕，手翳金莖芝〔10〕。飲我以沆瀣〔11〕，授我以無爲。振駕層城顛〔12〕，濯足咸池湄〔13〕。六鰲抃蓬矯〔14〕，九陽晞扶枝〔15〕。大壑鼓元氣〔16〕，列缺届太儀〔17〕。瀏覽臨六漠〔18〕，茫茫苦無涯。始聞至貴言，可與天地期。

【校注】

〔1〕遠游篇：原是三國·魏·曹植的樂府詩之一。

〔2〕九土：九州的土地，指國土。《國語·魯語上》："共工氏之伯九有也，其子曰后土，能平九土。"未足步：不足以走完。

〔3〕羈：馬絡頭，引申爲限制、羈絆。《漢宫儀》："馬云羈、牛云縻，言制四夷如牛馬之受羈縻也。"

〔4〕迫厄：猶困厄。漢·趙曄《吴越春秋·闔閭内傳》："(扈子)乃援琴爲楚作《窮劫》之曲，以暢君之迫厄之暢達也。"從時俗：順應時尚。

〔5〕俛仰：低頭和仰頭。

〔6〕擾擾，指紛亂、煩亂貌。《國語·晉語六》："唯有諸侯，故擾擾焉。"

〔7〕咄嗟：吆喝，叱咤。晉·葛洪《抱朴子·勤求》："令人怛然心熱，不覺咄嗟。"菲薄：微薄。《後漢書·章帝記》："予末小子，質又菲薄。"

〔8〕良匪：實在不是。

〔9〕赤松子：又名赤誦子，號左聖南極南岳真人左仙太虚真人，古代神話傳説中的上古仙人，相傳爲神農時雨師，能入火自焚，隨風雨而上下。

〔10〕手翳：用手遮擋。金莖：即"金莖銅柱"。傳説漢代人相信神仙可以降露人間，飲服神露，能長生不老。漢武帝劉徹建造了銅柱和承露仙人，以承接天上的甘露。唐·杜甫《秋興》詩之五："蓬萊高闕對南山，承露金莖霄漢間。"

〔11〕沆瀣：音 hàng xiè，指夜間水氣，露水。漢·司馬相如《大人賦》："呼吸沆瀣兮餐朝露。"

〔12〕振駕：振奮車駕。層城：古代神話中崑崙山上的高城。漢·張衡《思

玄賦》："登閬風之層城兮，構不死而爲牀。"唐・李善注："《淮南子》曰：崑崙虛有三山，閬風、桐版、玄圃，層城九重。"

〔13〕濯足：語出《孟子・離婁上》："滄浪之水清兮，可以濯我纓；滄浪之水濁兮，可以濯我足。"本謂洗去脚污，後以"濯足"比喻清除世塵，保持高潔。咸池：傳説西方王母娘娘擁有很多年輕貌美的侍女，而咸池是專供仙女洗澡的地方。湄：音 méi，岸邊，水與草交接的地方。《詩・秦風・蒹葭》："所謂伊人，在水之湄。"

〔14〕六鰲：神話中負載五仙山的六隻大龜。唐・李白《登高丘而望遠海》："登高丘，望遠海，六鰲骨已霜，三山流安在？""六鰲"句：三國・魏・曹植《遠游篇》："靈鰲戴方丈，神岳儼嵯峨。"《楚辭・天問》："鰲戴山抃，何以安之？"清・蔣驥《山帶閣注楚辭》："《玄中記》：巨靈之龜，背負蓬萊山而抃。"矯：舉。漢・王逸注："矯，舉也。"

〔15〕九陽：古代傳説的日出處，也單指太陽。晞：音 xī，破曉。扶枝：扶桑樹枝。《山海經・海外東經》："湯谷上有扶桑，十日所浴，在黑齒北，居水中。有大木，九日居下枝，一日居上枝。"

〔16〕大壑：即大海。唐・元稹《和樂天送客》："大壑浮三島，周天過五均。"元氣：泛指宇宙自然之氣。

〔17〕列缺：指閃電。列缺實際上指打雷時電光閃射之處：猶如天裂開了一道缺口。唐・李白《夢游天姥吟留別》："列缺霹靂，丘巒崩摧，洞天石扇，訇然中開。"太儀：《楚辭・遠游》："朝發軔於太儀兮，夕始臨乎於微閭。"漢・王逸注："太儀，天帝之庭，習威儀之處也。"

〔18〕瀏覽：亦作"流攬"。周流觀覽，大略地看。《文選・枚乘〈七發〉》："流攬無窮，歸神日母。"臨六漠：到達六合。六漠，也稱六幕。《楚辭・遠游》："經營四荒兮，周流六漠。"

飛龍篇[1]

層城窈窕[2]，樓閣輝煌。道逢仙子，手翳金光[3]。驂駕飛龍[4]，游日遐荒[5]。玉虬服駟[6]，彩虹承箱[7]。望舒前導，玉女從行[8]。瓊瑶爲佩[9]，沆瀣爲漿[10]。奉我仙藥，授我奇方。長跽服食[11]，延壽無疆。

【校注】

〔1〕飛龍篇：原是三國·魏·曹植的四言樂府名篇，全詩如下："晨游泰山，雲霧窈窕。忽逢二童，顏色鮮好。乘彼白鹿，手翳芝草。我知真人，長跪問道。西登玉臺，金樓複道。授我仙藥，神皇所造。教我服食，還精補腦。壽同金石，永世難老。"

〔2〕層城：見本卷《遠游篇》注释。

〔3〕手翳：見本卷《遠游篇》注释。

〔4〕驂：古代指駕在車兩旁的馬，也稱驂馬。

〔5〕遐荒：洪荒，邊遠荒僻之地。遐，遠。

〔6〕玉虬服駟：役使玉龍，乘玉龍。服，作。

〔7〕彩虹承箱：彩虹托舉車箱。承，奉、受。

〔8〕望舒：是神話傳説中爲月駕車的女神。戰國·屈原《楚詞·離騷》："前望舒使先驅兮。"漢·王逸注："望舒，月御也。"從行：行路排成行。行，音 háng。

〔9〕佩，底本譌作"佩"。

〔10〕沆瀣：見本卷《遠游篇》注释。漿：酒漿。

〔11〕跽：音 jì，雙膝着地，上身挺直，表敬重。

鬥雞篇〔1〕

走馬伎易盡〔2〕，鳴鷹厭飛楊〔3〕。娱目復悦耳，樂極誠未央。衆賓争角戲，更啓鬥雞房。群雄各蹀躡〔4〕，赴戰何昂昂。芥羽雜塵屑，朱目絃星光〔5〕。耀身斜引敵〔6〕，怒勢殊莫當〔7〕。翕赫儼雷合〔8〕，迅擊竟隼翔〔9〕。畢命效九勝〔10〕，寧顧摧金芒。長鳴當戰罷，得勢淩彼蒼。由來季郈輩〔11〕，怒目懷參商〔12〕。

【校注】

〔1〕鬥雞篇：仿三國·魏·曹植的樂府雜曲歌詞《鬥雞篇》，曹詩中有“嘴落輕毛散，嚴距往往傷。長鳴入青雲，扇翼獨翱翔”等生動的鬥雞場面描寫。

〔2〕走馬：跑馬。這裏指的馭馬之術。伎：同“技”，技巧。

〔3〕鳴鷹：古時北方民族的一種賽鷹游戲。飛楊：同“飛揚”。

〔4〕群雄：這裏指鬥雞，因爲都是雄雞，故稱。蹀躡：頓足，踏步，相當於拉開決戰架勢，躍躍欲試。

〔5〕芥羽：芥，通“介”。《左傳》昭公二十五年：“季郈之雞鬥，季氏介其雞，郈氏爲之金距。”唐·孔穎達疏引鄭司農曰：“介，甲也，爲鸡著甲。”絃：同“絢”，文彩貌。

〔6〕耀身：（向對方）炫耀着（自己强健的）身體。

〔7〕殊莫：很難，實在難以。

〔8〕翕赫：盛大、煊赫。漢·揚雄《甘泉賦》：“翕赫曶霍，霧集蒙合兮。”唐·李善注：“翕赫，盛貌。”儼雷合：儼然如雷聲猝然響起，形容動作突然。

〔9〕“迅擊”句：出擊時竟然能像飛翔的鷹隼一樣迅速。

〔10〕畢命：絶命，喪生，這裏是“拼命”“竭盡全力”意。九勝：九戰全勝，意爲完勝。

〔11〕季郈輩：指善鬥雞的人。相傳春秋時魯大夫季平子和郈昭伯是兩個出

名的鬥雞人。故後人以“季郈輩”代指鬥雞者。郈，音 hòu。

〔12〕懷參商：抱着對立情緒。參，音 shēn，参星；商，商星。二者在星空中此出彼没，古人以此比喻彼此對立、不和睦或親友因隔絶不能相見。

吴趨行〔1〕

蜀琴且勿奏，趙瑟且勿弦〔2〕。我有吴趨曲，試歌向君前。吴趨調頗工，請自館娃宫〔3〕。繽紛盛女樂，西子寵最崇。都城宛閶闔，回帶鬱雲虹〔4〕。重門象天地，二八水陸通〔5〕。胥臺臨四遠〔6〕，游目五湖中。濬池富鱗甲，茂苑足羆熊〔7〕。東山瓌寶錯，海陵紅粟充〔8〕。土風亦何麗，建國亦何雄〔9〕。泰伯樹高節，仲雍楊厥風〔10〕。慕義延陵子，克讓廩亦同〔11〕。言游信豪杰，文學誰比隆。專諸與要離〔12〕，節俠類效忠。嗣王甘敵豢，佞幸夸武功〔13〕。種蠡并適越，霸垂翻在東〔14〕。才置觀兵目，旋見載女戎〔15〕。盛衰信在德，吴趨棲以終〔16〕。

【校注】

〔1〕吴趨：指吴地。門外曰趨。清·顧炎武《王徵君潢具舟城西同楚二沙門小坐栅洪橋下》：“僕本吴趨士，雅志陵秋霜。”《吴趨行》是詩人的一首仿古樂府詞。晉·陸機《吴趨行》，該詩生動描寫吴地風情，影響很大，“吴趨”遂成爲蘇州的代名詞。

〔2〕蜀琴、趙瑟：唐代蜀中盛産琴，尤以西川雷氏所斫爲佳，故自古有蜀琴之謂。蜀琴得以聞名，相傳與司馬相如彈奏《鳳求凰》古曲挑逗卓文君故事有關。唐·白居易也有“蜀琴安膝上，周易在牀頭”句。趙瑟：相傳古代趙人善彈瑟。唐·李白《長相思》：“趙瑟初停鳳凰柱，蜀琴欲奏鴛鴦弦。”弦：此處用作彈撥。

〔3〕工：整齊、嚴謹、精緻。館娃宫：館娃宫位於蘇州的靈岩山，爲春秋時期吴王夫差爲寵倖西施而所建。

〔4〕閶闔：指天門。回帶：繚繞。漢・班固《西都賦》："軼雲雨於太半，虹霓回帶於棼楣。"此當喻護城河。

〔5〕重門：謂層層設門，"重"音 chóng，也猶重關，喻指邊防要塞。二八：用作"井"的隱語（井的古體寫法是一個"二"，加一個"八"）。宋邵博《聞見後録》卷十七錢昭度有《食梨》詩云："西南片月充腸冷，二八飛泉繞齒寒。"

〔6〕胥臺：姑蘇臺。清・顧祖禹《讀史方輿紀要》："姑蘇山，一名姑胥山，一名姑餘山。姑蘇臺在其上，闔閭所作也。"一名胥臺。四遠：四方邊遠之地。漢・王充《論衡・超奇》："珍物産於四遠。"

〔7〕濬池：即浚池，指水澤、深池。濬，音 jùn。富：富含。鱗甲：代指龜鱉魚蝦。茂苑：指花木茂美的苑囿。唐・白居易《初到郡齋寄錢湖州李蘇州》："霅溪殊冷僻，茂苑太繁雄。"羆，底本作"罷"，《集韻》："羆，或省作罷。"

〔8〕瓌，底本原作"壞"，應係底本剥蝕或譌字。錯：交錯。海陵：地名，在江蘇省。紅粟：一種紅色的小米，原主産於山東。兩句用典，晉・左思《三都賦》："窺東山之府，則瓌寶溢目；觀海陵之倉，則紅粟流衍。"古人常以"海陵紅粟"喻吴地富饒。

〔9〕土風：鄉土歌謡、樂曲，也稱當地的風俗，南朝・劉勰《文心雕龍・樂府》："匹夫庶婦，謳吟土風。"

〔10〕泰伯：指吴泰伯，又稱吴太伯，周部落首領古公亶父長子，周代諸侯國吴國第一代君主，吴文化開拓者。仲雍：吴國第二代君主，姬姓，名雍，又稱虞仲、吴仲，被奉爲吴地和常熟始祖。《左傳》云："太伯、虞仲，文王之昭。"厥：代詞，他的。楊：同"揚"，樹立。

〔11〕慕義：傾慕仁義。漢・賈誼《新書・數寧》中有"苟人迹之所能及，皆鄉風慕義，樂爲臣子耳"句。延陵子：延陵季子，即季札，吴王壽夢第四子，謙讓不受王位，品德高尚。廩：音 lǐn，本意爲米倉，亦指儲藏的米，代指由官府供應的俸禄。

〔12〕專諸與要離：春秋時吴國的刺客。吴王闔閭與專諸密謀，以宴請吴王

僚爲名，藏匕首於魚腹之中進獻，當場刺殺吴王僚；慶忌也被要離設苦肉計誆騙殺死，於是闔閭自立爲王。

〔13〕嗣王：繼任的王，指夫差，後期剛愎自用，聽信讒言。佞幸：指伯嚭等進讒害賢之人。

〔14〕種蠡：文種、范蠡的并稱。典出《史記·越王句踐世家》："句踐賢君，種、蠡良臣。"文種，又稱文仲，越王勾踐的謀臣。他和范蠡一起助勾踐刻苦圖强，最終滅亡吴國立下赫赫功勞。范蠡，春秋末楚國宛（今河南南陽）人，越大夫。他與文種一起輔佐越王勾踐，興越國，滅吴國，一雪會稽之耻。功成後急流勇退，化名爲鴟夷子皮，西出姑蘇經商成巨富，自號陶朱公。并適越：即一起到越國效力。霸垂：霸業成功。

〔15〕觀兵目：《史記·伍子胥傳》："而抉吾眼縣吴東門之上，以觀越寇之入滅吴也。"載女戎：指越滅吴而迎回西施或擄走吴國女眷。戎，兵車。

〔16〕信：實在。棲：居住之處，這裏可引申爲國家。

結客少年場〔1〕

驄馬何翩翩〔2〕，文鞍白玉鞭。生平負俠氣，結客總少年。片言出肝膽，千金亦所捐。恩仇皎白日〔3〕，然諾不復還。諸侯等敵國〔4〕，州里固比權〔5〕。竊鈎靡仁義〔6〕，探丸豈豪賢〔7〕。按劍推曹沫〔8〕，射書推魯連〔9〕。白璧遠歸趙〔10〕，白虹迴貫燕〔11〕。高義一朝著〔12〕，英風千載傳。咄嗟卑論士〔13〕，榮名豈足宣。請看布衣俠，揚聲國士編〔14〕。

【校注】

〔1〕結客少年場：盛行於唐宋的古樂府。唐·李白有此題樂府，内中有佳句："笑盡一杯酒，殺人都市中。羞道易水寒，從令日貫虹。"宋·鄒登龍也有此題好句："腰插三尺劍，手開二石弓。輕生重大義，一戰朔庭空。"

〔2〕驄馬：青白色相雜的馬。驄，音 cōng。翩翩：形容動作姿態輕盈而

優美。

〔3〕皎白日：像太陽一樣明亮。

〔4〕諸侯：西周、春秋時分封的各國國君，必須服從王命，交納貢賦和捍衛王室。後來，以諸侯借指掌握軍政大權的地方長官。

〔5〕州里：古代二千五百家爲州，二十五家爲里。本爲行政建制，後泛指鄉里或本土。固：堅决地。這句話大意爲：州和里堅决地争比權利。

〔6〕竊鈎：偷竊帶鈎。語出《莊子·胠篋》："彼竊鈎者誅，竊國者爲諸侯，諸侯之門而仁義存焉。"靡：没有，失去了。

〔7〕探丸：漢朝的一類刺客，因行動前以紅白黑三色抓鬮，分派任務，被稱爲探丸郎。

〔8〕按劍：典出《史記·鄒陽列傳》。即以手撫劍，擺出擊劍之勢。這裏是作出戰前的思考謀劃。曹沫：即曹劌（音 guì），春秋時魯國軍事理論家。《左傳》莊公十年有著名的"曹劌論戰"。

〔9〕射書推魯連：典出《史記·魯仲連鄒陽列傳》："齊田單攻聊城，歲餘，士卒多死而聊城不下。魯連乃爲書，約之矢以射城中，遺燕將，（燕將）乃自殺。"

〔10〕此句出自漢·司馬遷《史記·廉頗藺相如列傳》記載：藺相如受命帶寶玉去秦國换十五座城池，見秦王没有誠意，便憑着自己的聰明才智，使寶玉完好回歸趙國。後比喻把原物完好地歸還物品主人。

〔11〕"白虹"句：典出漢·鄒陽《獄中上梁王書》："昔荆軻慕燕丹之義，白虹貫日，太子畏之。"燕太子丹厚養荆軻，讓其刺秦王，行前已有天象顯現，太子丹却畏其不去。迥：音 jiǒng，遠。

〔12〕高義：是指高尚的品德或崇高的正義感。一朝著：一旦著稱。

〔13〕卑論：語出《漢書·張釋之傳》："卑之，無甚高論。"後用"卑論"來表示高談闊論見解却一般，没有什麼獨到之處。

〔14〕國士：本指一國中最勇敢、有力量的人，勇力冠於全國的人。後引申指一國中才能出衆的人物。編：書册，編册。

步虛辭[1]

靈文貯紫府[2]，真氣來清都[3]。瑶草色不謝[4]，若木花長敷[5]。六著恣仙攬[6]，六龍抗斗樞[7]。飛瓊鼓玄橐[8]，浮丘授靈符[9]。振衣躡仙蹤[10]，揮手凌太虛[11]。逍遥游八極，倏忽旋九區[12]。日月任跳丸[13]，乾坤吾與俱。

【校注】

〔1〕步虛辭：即步虛詞，爲樂府雜曲歌辭。《樂府題解》："步虛詞，道家曲也，備言衆仙縹緲輕舉之美。"

〔2〕靈文：常指宗教經文。也指古代遺傳下來的稀少而珍奇的書籍或文字。紫府：道家術語，指神佛、仙人居住的宫殿、境界。晉・葛洪《抱朴子・祛惑》："及至天上，先過紫府，金牀玉几，晃晃昱昱，真貴處也。"

〔3〕真氣：真元之氣，道教謂爲"性命雙修"所得之氣，《靈樞・刺節真邪篇》："真氣者，所受於天，與穀氣并而充身（者）也。"清都：神話傳説中天帝居住的宫闕，也指帝王住的都城。

〔4〕瑶草：神話傳説中的仙草，服之長生，能醫治百病，東方朔《與友人書》："相期拾瑶草，吞日月之光華，共輕舉耳。"

〔5〕若木：古代傳説中長在日落地方的樹木。《文選・揚雄〈甘泉賦〉》："吸清雲之流瑕兮，飲若木之露英。"敷：鋪開，開放。

〔6〕六著：亦稱六簙。古代一種博戲，雙方分黑白各執棋子六枚相對而博。《楚辭・招魂》："菎蔽象棋，有六簙些。"漢・王逸注："投六箸，行六棋，故爲六簙也……簙，一作博。"三國・魏・曹植《仙人篇》："仙人攬六著，對博太山隅。"著，通"箸"。恣：聽任。

〔7〕六龍：代指太陽。《初學記》引《淮南子・天文訓》："爰止羲和，爰息六螭，是謂懸車。"引漢・高誘注曰："日乘車，駕以六龍，羲和馭之。"斗樞：北斗七星的第一星，名天樞，亦泛指北斗。唐・駱賓王《久戍邊城有懷京邑》："璧殿規宸象，金堤法斗樞。"

〔8〕飛瓊：仙女名，許飛瓊，傳説是西王母身邊的侍女，後泛指仙女。唐・顧況《梁廣畫花歌》："王母欲過劉徹家，飛瓊夜入雲輧車。"玄槖：一種黑色的鼓風吹火器。槖，音 tuó。

〔9〕浮丘：道家仙人，與安期生、洪崖等人一起作爲仙人的代稱。晉・郭璞《游仙詩》之三："左挹浮丘袖，右拍洪崖肩。"靈符：即神符。傳説靈符是注入天、地、人、神信息的載體，是天神的文字，傳達天神的旨意，可招神劾鬼，降妖鎮魔，治病除灾，借此號令鬼神，令天下萬般疾苦得以解除，千重願望得以達成。

〔10〕振衣：抖衣去塵，整衣。《楚辭・漁父》："新沐者必彈冠，新浴者必振衣。"躡：跟隨，循着。

〔11〕凌太虛，凌駕於大道萬物之上，指升騰於宇宙、天空。老子《道德經》認爲，道大而虛静，所以，這裏的"太虛"首先就是指"道"。宋・張載《正蒙・太和》："太虛無形，氣之本體，其聚其散，變化之客形爾。"

〔12〕八極：意爲四面八方極遠之處。倏忽：很快地，忽而間，也形容時間或光陰迅速流逝。唐・杜甫《百憂集行》："即今倏忽已五十，坐卧只多少行立。"旋：轉游，歸來。九區：九州。漢・劉騊駼《郡太守箴》："大漢遵周，化洽九區。"

〔13〕跳丸：跳動的彈丸，形容時間過得極快，唐・韓愈《秋懷》："憂愁費晷景，日月如跳丸。"任：任憑。

長門怨〔1〕

群芳零白露，永巷鎖清秋〔2〕。爲憶君恩重，偏憐玉漏悠〔3〕。落花承獨步〔4〕，明月瀉長愁。燦爛銀河外，分明見女牛〔5〕。

【校注】

〔1〕長門怨：古樂府詩題，也可以此爲題創作其他的詩歌。長門：漢宫名。

武皇帝的陳皇后居於此。相傳她失寵後，愁悶悲思，千金聘司馬相如爲她作了一篇《長門賦》，凄婉動人，終於感動武帝，復得親幸。古典詩歌中，常以“長門怨”爲題抒發失寵宫妃的哀怨之情。唐·李白有一首七絶《長門怨》：“桂殿長愁不記春，黄金四屋起秋塵。夜懸明鏡青天上，獨照長門宫里人。”

〔2〕零：凋零。永巷：長巷；或專指宫中用來幽閉有罪宫女的地方。唐·李華《長門怨》：“每憶椒房寵，那堪永巷陰。”

〔3〕玉漏：古代計時漏壺的美稱。玉漏悠：時間過得緩慢。

〔4〕“落花”句：是“獨步承落花”的倒裝。一個人行走，承受“落花流水春歸去”的凄涼。

〔5〕女牛：織女、牛郎的簡稱。神話傳説中牛郎、織女被分居天河兩岸，每年七月七日喜鵲飛到天河做橋、使之相會。

銅雀臺〔1〕

繁華何處歇，玉座掩流埃〔2〕。神逐靈衣舉〔3〕，歌翻脯奏哀〔4〕。空餘明月在，無復翠華來。漳水流應返〔5〕，君恩游不回。

【校注】

〔1〕銅雀臺：曹操平定北方後，在鄴建都，於漳河畔大興土木，修建銅雀臺。竣工後曹操大宴賓客，又命幾個兒子登臺賦詩，其中曹植的一首《銅雀臺賦》最爲著名，有名句：“立雙臺於左右兮，有玉龍與金鳳。攬二喬於東南兮，樂朝夕之與共。”以後各代都有詩人以此爲題歌咏，抒發歷史滄桑之情。

〔2〕“繁華”二句：謂鄴城魏都、銅雀臺的當日繁華，已經不復存在，魏王的寶座已經淹没在了歷史長河中了。

〔3〕靈衣：神靈的衣裳。《楚辭·九歌·大司命》：“靈衣兮被被，玉佩兮陸離。”

〔4〕歌翻：歌聲飛揚。宋·蘇軾《木蘭辭令》：“歌翻楊柳金尊沸，飲散

憑闌無限意。”脯奏：脯羞祭祀和升堂奏歌。《漢書・禮樂志》：“乾豆上，奏登歌。”脯，乾製的果肉食品，用以祭祀；古代舉行祭典、大朝會時，樂師登堂而歌，稱爲“奏登歌”。哀，這裏有肅穆之意。

〔5〕漳水：即漳河水，漳河出山西長治西北山區，是長治縣的母親河，古魏都鄴城，就在漳河北岸。

銅雀妓〔1〕

飛閣群悲切〔2〕，西陵入望長〔3〕。宵傳侍寢恨〔4〕，晨歇卷衣香〔5〕。兩淚飄歌扇，風花雜舞裳。漳流應不竭〔6〕，妾恨亦難忘。

【校注】

〔1〕銅雀妓：古樂府曲調名，一般書作“銅雀伎”。南朝・齊・謝朓、梁・何遜，唐・王勃、高適等詩人都有《銅雀妓》詩，均爲懷古咏史之作。妓，底本作“岐”，應譌。

〔2〕飛閣：又稱閣道、複道，即天橋，古代宫殿樓閣間的跨越通道。這裏泛指亭臺樓閣。群：朋輩。這裏用擬人修辭法。

〔3〕西陵：三國・魏武帝陵寢。在河北省臨漳縣西。南朝・齊・謝朓《銅雀臺》：“鬱鬱西陵樹，詎聞歌吹聲。”入望：進入視野，五代・孟貫《冬日登江樓》：“遠村雖入望，危檻不堪憑。”

〔4〕侍寢恨：因爲侍寢不公或者不如己願生出的怨恨和遺憾。侍寢，女子伴眠，指帝王的嬪妃進御。

〔5〕卷衣：古代貴族所穿繪有卷龍圖像的禮服。漢・班固《白虎通・考黜》：“卷龍之衣服，表顯其德。”

〔6〕漳流，即漳河。

關山月[1]

皎皎雲瑞月[2]，娟娟萬里流[3]。徘徊青海夜，宛轉玉門秋[4]。少婦顰眉望[5]，征人顧影愁。寒衣猶未寄，心折大刀頭[6]。

【校注】

〔1〕關山月：古樂府題。也能以此題創作律詩、絶句，還能填詞。《樂府古題要解》：“關山月，傷離别也。”唐·李咸用的《關山月》比較典型地反映了這種情緒：“離離天際雲，皎皎關山月。羌笛一聲來，白盡征人髪。”

〔2〕瑞月：象徵吉祥的月亮。唐·張仲素《聖明樂》：“九陌祥烟合，千春瑞月明。宫花將苑柳，先發鳳皇城。”但是這裏的“瑞”疑爲“端”之誤，一是“瑞”不合題意，此關山之月，該是凄清之月；二是“瑞”同前面“皎皎”不諧。因此，當是“雲端月”。

〔3〕娟娟：姿態柔美貌，這裏指月亮在雲端行走的樣子。宋·司馬光《和楊卿中秋月》：“嘉賓勿輕去，桂影正娟娟。”

〔4〕青海、玉門：是邊塞詩主題的典型用詞，這裏均非實指。

〔5〕顰眉：皺眉。

〔6〕大刀頭：典出《漢書·李廣蘇建列傳》。漢武帝時李陵敗降匈奴，昭帝即位遣李陵故人任立政至匈奴招李陵回。單于置酒賜漢使者，“立政等見陵，未得私語，即目視陵，而數數自循其刀環，握其足，陰諭之，言可還歸漢也”。刀環在刀之頭，後即以“大刀頭”或“刀環”作爲“還”字的隱語。這裏指邊疆將士盼望回家。

梅花落[1]

萬樹承霜雪，梅花乍好開。南枝春色去，明月美人來。倏見瓊姿謝[2]，偏驚翠羽哀[3]。關山正愁思，羌笛莫相催[4]。

【校注】

〔1〕梅花落：屬漢樂府横吹曲。宋·郭茂倩《樂府詩集》："《梅花落》本笛中曲也。"《樂府解題》："漢横吹曲共二十八解，李延年造。魏晉以後唯傳十八曲。《梅花落》即其一。"

〔2〕倏見：倏同"儵"，音 shū；極快地，忽然。瓊姿：美好的姿態，這裏指雪中梅花的美姿。明·高啓《梅花》："瓊姿只合在瑶臺，誰向江南處處栽。"

〔3〕翠羽：翠鳥的長羽，或緑色的羽毛。古時女子的一種首飾，形狀像翠鳥的長羽。這裏代指美人。

〔4〕羗：音 qiāng，古同"羌"。

當壚曲〔1〕

倦游歸四壁，貧病一何狂〔2〕。識曲當壚艷〔3〕，工文滌器郎〔4〕。酒肆今猶在，人琴故已忘。寂廖千載後，空憶鳳求凰〔5〕。

【校注】

〔1〕當壚曲：是一首古樂府曲，梁簡文帝有此曲，序言記録了爲題來由：《漢書》曰：司馬相如與卓文君俱之臨邛（qióng），盡賣車騎，買酒舍，乃令文君當盧。相如身自着犢鼻褌（kūn），與庸保雜作，滌器於市中。郭璞釋曰："盧，酒盧。"顔師古曰："賣酒之處，累土爲盧以居酒瓮。四邊隆起，其一面高，形如鍛盧（打鐵的爐子），故名盧耳。"《當壚曲》盖取此也。當壚，亦作"當盧"，指賣酒。壚，放酒罎的土墩。唐·李白《江夏行》："正見當壚女，紅妝二八年。"

〔2〕一何：多麼。唐·杜甫《石壕吏》："吏呼一何怒！婦啼一何苦！"狂：狂放，任性放蕩。

〔3〕識曲：懂得音樂的人。當壚艷：做起賣酒女郎。借卓文君同司馬相如

私奔以後開酒坊賣酒的事隱指自己本爲文人大才，却被生活所迫不得已做苦力平民。

〔4〕工文：擅長詩文雅事（的人）。絛：通“滌”，洗滌。

〔5〕鳳求凰：指當年司馬相如爲卓文君彈奏的《鳳求凰》古琴曲。

大垂手〔1〕

垂手步躩躩〔2〕，姁媮百態妍〔3〕。雙巾紛雪轉，兩袖倏飈旋〔4〕。頓履疑鴻翥〔5〕，回身儼鳳騫〔6〕。持將比飛燕，定復誰可憐〔7〕。

【校注】

〔1〕大垂手：原爲舞曲名，後變爲樂府雜曲名。宋・强幼安《唐子西文録記》："古樂府《大垂手》《小垂手》《獨摇手》，皆舞名也。"田子壽鍾愛此舞曲，可能與很早就流行於武陵土司地域的擺手舞有關，擺手舞也分大擺手、小擺手。

〔2〕躩躩：亦作"躍躍"，舞貌。晉・左思《蜀都賦》："紆長袖而屢舞，翩躩躩以裔裔。"

〔3〕姁媮：音 xū yú，和悦美好貌。媮，同"愉"。漢・傅毅《舞賦》："姣服極麗，姁媮致態。"百態妍：指各種優美姿態。

〔4〕飈：音 biāo，同"飆"，形容聲勢大，速度快。

〔5〕頓履：謂隨着音樂節拍踏足。語出北周・庾信《和咏舞》："頓履隨疏節，低鬟逐上聲。"鴻翥：音 hóng zhù，鴻鵠展翅高飛。三國・魏・曹植《七啓》："翔爾鴻翥，濈然鳧没。"

〔6〕回身：轉動身體。鳳騫：鳳凰騰躍飛旋。騫，音 qiān，高舉，飛起。

〔7〕"持將"二句：用趙飛燕故事，可見《漢書・外戚傳》。

小垂手[1]

嬌詞夸白紵[2]，妙伎逞陽阿[3]。試看小垂手，盈盈態轉多。華袿飛墮髻[4]，芳氣散纖羅。遷延徐次列[5]，步步逐凌波[6]。

【校注】

〔1〕小垂手：南朝・梁・吴均，有《小垂手》詩，其中有句："舞女出西秦，躡影舞陽春。且復小垂手，廣袖拂紅塵。"

〔2〕嬌詞：美好的辭令。白紵：白色苧麻所織的夏布。漢・鄭玄注《周禮・典枲》："白而細疏曰紵。"曾經是吴地特産。

〔3〕陽阿：西漢公主，善舞。曾經在府中教養趙飛燕和趙合德，後來趙氏姐妹被漢成帝所寵倖。漢・高誘注《淮南子・俶真訓》曰："陽阿，古之名倡也。"

〔4〕袿：音 guī，古代婦女所穿的衣服，如"振繡衣，被袿裳"。墮髻：墮馬髻的省稱，古代婦女髮髻名。唐・李賀《美人梳頭歌》："西施曉夢綃帳寒，香鬟墮髻半沉檀。"

〔5〕遷延：退却、拖延，也指逍遥自在。

〔6〕凌波：形容美女步履輕盈，凌波纖步，輕盈欲飛。也同"粼波"。

櫂歌行[1]

浦女蕩晴川[2]，菱歌本自妍[3]。錦裙繡腰襦[4]，桂楫沙棠船[5]。貌奪蓮花艷，情緣水荇牽[6]。芳詞楊渌水[7]，媚影照清漣[8]。遲日臨香細[9]，輕風刺浪便[10]。聲傾濮上曲[11]，妙入子野弦[12]。隔花何窈窕[13]，借問李延年[14]。

【校注】

〔1〕櫂歌行：《樂府詩集》相和歌辭瑟調曲名。寫輕舟鼓櫂而游。櫂，底本譌作“櫂”。

〔2〕浦女：水鄉採蓮、採菱、採葦、打漁之女。浦：水邊。蕩：蕩舟的簡稱。晴川：晴天下的江面。

〔3〕菱歌：采菱女唱的歌。妍：美好，優美。

〔4〕襦：音 rú，短衣，短襖。

〔5〕桂楫：桂木船槳，亦泛指槳。晉・王嘉《拾遺記・前漢下》：“桂楫松舟，其猶重樸。”沙棠船：以名貴的沙棠木制成的船。沙棠，樹名，古傳食其實入水不溺。唐・李白《江上吟》有“木蘭之枻沙棠舟”句。

〔6〕水荇：多年生水草，浮在水面，嫩時可食。荇，音 xìng。唐・杜甫《曲江對雨》：“林花着雨燕脂濕，水荇牽風翠帶長。”

〔7〕芳詞：美好的歌咏詩詞。楊通揚。淥水：清澈的水。漢・張衡《東京賦》：“於東則洪池清籞，淥水澹澹。”

〔8〕媚影：美好的身影。清漣：謂水清澈而有細波紋。語本《詩・魏風・伐檀》：“河水清且漣猗。”

〔9〕遲日：春日。出自唐・杜甫《絶句二首》：“遲日江山麗，春風花艸香。”香細：香風細雨之謂。

〔10〕浪便：浪涌，宋・曾協有詩句：“至我壯無成，浪便歲月奔。”

〔11〕濮上曲：艷靡之曲。濮上，指濮水之濱。春秋時濮上以侈靡之樂聞名於世，男女亦多於此處幽會，故後用以指代侈靡淫亂的音樂、風俗的流行地。

〔12〕子野：師曠，字子野。春秋時晉國著名樂師。善彈琴，精於辨音。

〔13〕窈窕：心靈儀表兼美的女子樣子，常代指美女。晉・陸機《吊魏武帝文》：“陳法服於帷座，陪窈窕於玉房。”

〔14〕李延年：漢武帝太初年間人，造詣很高的音樂家，出身倡家，父母兄妹均通音樂，都是以樂舞爲職業的藝人。代表作有《佳人曲》。

征婦怨[1]

燉煌昨夜烽火起[2]，良人一去幾千里。麟閣功名好自期[3]，國仇未雪士之耻。塞北征人挂鐵衣[4]，城南思婦怨羅幃。玉匣雕琴空在御[5]，金卮美酒共誰揮[6]。霜零露墜群芳歇，盛年坐减芙蓉色。聞道長隨霍冠軍[7]，不信名王猶未得。誰念關山蕩子妻，廖廖風月守空閨[8]。愁來九轉寸腸斷，笑劍千金雙玉啼。忍看絶塞飄鴻影，怕見空梁落燕泥。年年代北遼西路，不怨征夫怨馬啼[9]。

【校注】

〔1〕征婦怨：樂府古曲。唐·張籍的《征婦怨》内有佳句："婦人依倚子與夫，同居貧賤心亦舒。夫死戰場子在腹，妾身雖存如晝燭。"

〔2〕燉煌：同"敦煌"，古西北地名。

〔3〕麟閣："麒麟閣"的省稱，用以供奉功臣的畫像。南朝·梁·虞羲《咏霍將軍北伐》："當令麟閣上，千載有雄名。"古人將麟閣封賞作爲最高功名理想。

〔4〕挂鐵衣：穿上了鐵衣，鐵衣指鎧甲。唐·岑參《白雪歌送武判官歸京》："將軍角弓不得控，都護鐵衣冷難着。"

〔5〕空在御：獨守空房。

〔6〕卮：古代酒器。

〔7〕霍冠軍：指漢代明將霍去病，堪稱漢家一代戰神，數次出擊西河、北伐匈奴，都大勝而還，平生無一敗績。因彪炳的戰功被封爲大司馬、驃騎將軍、冠軍侯，在二十四歲病逝。宋·楊億《大理黄丞宗旦使潁州》："祥刑新佐張廷尉，出塞曾隨霍冠軍。"

〔8〕廖廖："寥寥"之假借，空虚寂寞之意。

〔9〕代北：古地區名，即戰國時趙雁門郡地，這裏代指邊關戰地。隋·薛道衡《昔昔鹽》："前年過代北，今歲往遼西。"馬啼：馬的嘶鳴，啼或爲"蹄"之誤。

結客少年場行[1]

結客莫結少年兒，紛紛輕薄翻足悲[2]。結客須結游俠輩[3]，片言相諾心不疑。此身既許爲君有，摩挲寶劍時在手[4]。爲君報仇洛北門[5]，不惜與仇俱碎首。試令易水争寒風[6]，寧似潁川空使酒[7]。君不見薛公在時賓客繁[8]，三千珠履各銜恩[9]。薛公既罷客俱逝，誰似馮驩獨在門[10]。結客難得有如此，不見酈況賣知己[11]。享君禄位猶不然，杯酒寧即爲君死。要知意氣重如山，意氣相傾死不難。侯嬴刎頭送公子[12]，田光殞命酬燕丹[13]。翻信閭閻有奇士[14]，不獨毛薛邯鄲間[15]。嗚呼，不獨毛薛邯鄲間！

【校注】

〔1〕結客少年場行：題解見本卷。前篇是五言古樂府，此篇是歌行體，主題都是反映少年俠客生活的。唐・李白有《結客少年場行》五言歌行："紫燕黄金瞳，啾啾摇緑鬉。平明相馳逐，結客洛門東。"

〔2〕紛紛輕薄：言語輕佻、誇誇其談，變幻紛紜狀。語出唐・杜甫《貧交行》："翻手作雲覆手雨，紛紛輕薄何須數。"翻足悲：增加無盡的悲苦。

〔3〕游俠：四處游走的俠客。

〔4〕摩挲：也作"摩娑""摩莎"，撫摸，撫弄。

〔5〕洛北門：洛陽北門，這裏不是實指，代指游俠集中的地方。

〔6〕易水寒風：典出《易水歌》，荆軻將爲燕太子丹往刺秦王，燕太子丹在易水邊爲他餞行。高漸離擊筑，荆軻和而歌曰："風蕭蕭兮易水寒，壯士一去兮不復還！"

〔7〕潁川空使酒：典出《史記・魏其武安侯列傳》。灌夫，西漢潁陰人，以勇武聞名，爲人剛直不阿，好飲酒罵人。與丞相田蚡（fén）不和，後因在蚡處使酒罵座，戲侮田蚡，後爲蚡所劾，以不敬罪族誅。後用以指人借酒發泄心中的不滿。潁，底本譌爲"頻"。

〔8〕薛公：指齊國屬國薛國國君孟嘗君。賓客繁：（來投奔的）有本事的

門客很多。

〔9〕三千珠履：典出漢・司馬遷《史記・春申君列傳》：春申君是楚國人，戰國時期著名的四大公子之一，他因協助在秦國當人質的太子回國執政，功勞很大，被楚國重用。他手下的門客很多，他給門客的待遇很高，三千人“皆躡珠履以見趙使”。令趙國的平原君手下的門客自慚形穢。銜恩：受恩，感恩。唐・李白《塞下曲》之二：“横戈從百戰，直爲銜恩甚。”

〔10〕馮驩：即馮諼。戰國齊國人，是薛國國君孟嘗君門下的食客之一，是一位高瞻遠矚、頗具深遠眼光的謀士。在孟嘗君遭齊王猜忌時，其他門客走散，馮諼獨自留下，并游説齊國國君，使孟嘗君威名重立。諼，音 xuān。

〔11〕酈况賣知己：指成語典故“酈况賣友”。酈况，名寄，字况，秦漢時期高陽人，漢初大臣酈商之子。酈商因擁戴、幫助劉邦起事而發迹。劉邦死後，吕后及諸吕權勢如日中天，酈商父子又輔佐吕后數年。此間，酈家父子與諸吕中擔任上將軍的吕后的侄兒吕禄、吕産關係密切，酈况還與吕禄結成生死之交。吕后死後，臣相陳平和太尉周勃聯合向諸吕發動進攻，酈氏却投靠陳、周，將好友吕禄誘騙進圈套，被周勃殺死。爲此，酈家父子再立新功，封侯賜爵，享受榮華富貴。但是他賣友求榮，却爲天下人不齒，落下千古駡名。

〔12〕“侯嬴”句：用侯嬴重諾刎頸的典故。侯嬴，戰國時魏國人。家貧，年近古稀仍爲大梁監門小吏。信陵君慕名往訪，親自執轡御車，迎爲上客。後秦急攻趙，圍邯鄲，趙請救於魏。魏王命將軍晉鄙領兵十萬救趙，中途停兵不進。侯嬴獻計竊得兵符，又薦朱亥助信陵君奪權代將，救趙却秦。後來“北向自剄，以送公子”。公子，指信陵君。

〔13〕田光：戰國時期燕國處士，晚年與燕國太子丹結爲至交。公元前 228 年，秦破趙，兵屯燕界，燕太子丹震懼，邀田光謀刺秦王，田光自辭衰老，遂薦摯友荆軻爲刺客。爲了消除太子丹對自己的疑慮，田光自刎而死。翌年，荆軻受遣赴秦，行刺秦王不成被殺。田光悲壯之舉，爲後人傳頌。

〔14〕閭閻：里巷間。

〔15〕毛薛：戰國時趙處士毛公與薛公的合稱。毛公藏於博徒，薛公藏於賣漿家，都是平民。魏公子信陵君客趙，聞二人名，折節往從之游。後秦兵攻魏，

信陵君不歸，二人力勸其歸救魏國終於大破秦軍。後亦泛指有才能而受到器重的布衣之士。

大提曲〔1〕

大提女兒顔如珪，穠妝炫服揚春暉〔2〕。含情宛轉山緹幕〔3〕，矯如黄鵠凌風飛〔4〕。纖不過度，穠不大肥〔5〕。有時微步漢水上〔6〕，緊恍惚兮洛浦之宓妃〔7〕。舟中少年慕艷色，千金浪擲醉忘歸〔8〕。我時尋芳大提畔，傾城絶世亦所希。但惜篋中金不多〔9〕，腸斷踟躕不敢揮。

【校注】

〔1〕大提曲：即大堤曲，爲古樂府曲，五言樂府和歌行體都有。《古今樂録》之《襄陽樂》云："朝發襄陽城，暮至大堤宿。大堤諸女兒，花艷驚郎目。"大堤，古迹名，據《湖廣志》記載，大堤在襄陽府城外，周圍有四十多里，商業繁榮。唐·李白也有《大提曲》樂府，其中有云："漢水臨襄陽，花開大堤暖。佳期大堤下，淚向南雲滿。"提，同"堤"。正文另兩處皆同。

〔2〕珪：音 guī，中國古代貴族朝聘、祭祀、喪葬時以爲禮器，依其大小，以别尊卑。因多以玉質，故這裏就是美玉的意思。穠妝炫服：指濃艷的化妝和炫目的服飾。穠，音 nóng，花木繁盛。

〔3〕山緹幕：意謂山上仿佛罩了一層橘紅色的幕布。這裏形容女子容顔美若晚霞。緹，音 tí，橘紅色的絲織物，多以代替橘紅顔色。

〔4〕黄鵠：天鵝。鵠，音 hú。

〔5〕穠不大肥：苗條得恰如其分，豐腴得不過度。穠，此指豐滿。

〔6〕微步：輕步，緩步。三國·魏·曹植《洛神賦》："陵波微步，羅襪生塵。"

〔7〕緊：音 yī，語助詞。洛浦：洛水邊。宓妃：即洛神。

〔8〕浪擲：抛撒，毫不心疼地丢棄。

〔9〕篋：箱匣一類收藏小東西的器具。

飲馬長城窟行〔1〕

朝飲馬，暮飲馬，征人早暮長城下。長城之水流潺湲〔2〕，百泉迸出哀湍瀉〔3〕。枯葉無風海水寒，入門誰是相飲者〔4〕。黄鵠翩翩西北來〔5〕，開緘字字淚交摧〔6〕。上言匈奴猶未滅，相思空老白龍堆〔7〕。早知共妾餔糜樂〔8〕，不用封侯畫麟閣〔9〕。題書仍附黄鵠回，明年早爲清沙漠。

【校注】

〔1〕飲馬長城窟行：漢樂府詩題，最早見於《文選》，爲思婦懷念征夫之辭，又曰《飲馬行》。早在魏晉時就有陳琳的《飲馬長城窟行》："飲馬長城窟，水寒傷馬骨。往謂長城吏，慎莫稽留太原卒……"長城窟，相傳古長城邊有水窟，可供飲馬，曲名由此而來，具體位置失考。

〔2〕潺湲：音 chán yuán，水慢慢流動的樣子，也形容流淚。唐・王維《輞川閒居贈裴秀才迪》："寒山轉蒼翠，秋水日潺湲。"

〔3〕哀湍瀉：湍急的流水發出凄涼的聲音。唐・杜甫《玉華宫》："陰房鬼火青，壞道哀湍瀉。"湍瀉，水流很急的樣子。

〔4〕"入門"句：謂出了長城關門外，誰是一同飲馬長城窟的人。

〔5〕黄鵠翩翩：指書信，鴻雁傳書。

〔6〕開緘：打開信函的封口。

〔7〕白龍堆：位於羅布泊東北，白龍堆雅丹爲羅布泊三大雅丹群之一，這裏代指西北邊陲。

〔8〕共妾餔糜樂：和我一起喝粥也是歡樂的。

〔9〕封侯畫麟閣：指的是封侯拜將之後，朝廷將受封者的畫像挂在麟閣裏，世代流傳。

天馬歌[1]

閶闔開，天馬下[2]，沫流珠，汗飛赭[3]。精應月，體生峰，追飛電，躡遺風[4]。身五花，足萬里[5]，誰爲匹，龍之子[6]。天馬徠，從西極[7]，歸漢德，西夷息[8]。天馬徠，陟流沙[9]，化若神，馳幽遐[10]。天馬徠，承威靈[11]，奮赤鬣，服帝庭[12]。天馬徠，執徐歲[13]，應元鼎，扶警衛[14]。天馬徠，開遠途[15]，竦予身，逝蓬壺[16]。天馬徠，龍之精，游閶闔，登玉京[17]。

【校注】

〔1〕天馬歌：古樂府歌詞，最早見於漢武帝劉徹的《西極天馬之歌》，用極盡誇飾的手法描寫天馬。到唐·李白之時，又將劉徹的想象進一步發揮，創作了雜言樂府《天馬歌》，内中有“天馬呼，飛龍趨，目明長庚臆雙鳧。尾如流星首渴烏，口噴紅光汗溝朱”句。

〔2〕閶闔：傳説中的天門，後來也代指城門、宫門、京都、朝廷。《楚辭·離騷》：“吾令帝閽開關兮，倚閶闔而望予。”王逸注閶闔，天門也。

〔3〕沫：這裏指天馬口裏噴出口水氣沫。赭：指寶馬流汗的顏色。古時謂天馬即汗血寶馬，故有飛赭之説。赭：音 zhě。

〔4〕飛電：馬名。宋·蘇軾《申王畫馬圖》：“當時不獨玉花驄，飛電流雲絶瀟灑。”遺風：特指駿馬，顔師古注引張揖曰：“遺風，千里馬也。”

〔5〕五花：指五花馬，馬之鬃毛作五花文。唐開元、天寶年間，社會上很講究馬的裝飾，常把馬的鬃毛剪成花瓣形狀，剪成三瓣的叫三花馬，剪成五瓣的叫五花馬，後來演化爲一般良驥的泛稱。

〔6〕匹龍之子：指這寶馬是龍種所配。匹，匹配。

〔7〕徠：招徠。西極：漢代烏孫國所産之良馬。《史記·大宛列傳》：“（匈奴）得烏孫馬好，名曰‘天馬’。及得大宛汗血馬，益壯，更名烏孫馬，曰‘西極’；名大宛馬曰‘天馬’云。”

〔8〕“歸漢”二句：謂由於大漢軍隊的德威，使西部夷人之患得以平息。

〔9〕流沙：泛指西域廣袤的沙漠。

〔10〕幽遐：僻遠，深幽。《晉書・禮志下》："故雖幽遐側微，心無壅隔。"

〔11〕承：接傳。威靈：神威，威勢。唐・劉禹錫《君山懷古》："千載威靈盡，赭山寒水中。"

〔12〕奮赤鬛：振起赤色的鬃毛。服帝庭：使天庭裏的神仙都折服。帝庭，天庭，也指宮廷。

〔13〕執徐歲：古以干支紀年，歲星（木星）在辰爲执徐。《尔雅・釋天》："（太歲）在辰曰執徐。"唐・陸德明釋文引李巡曰："執，蟄也。徐，舒也。言蟄物皆敷舒而出，故曰執徐也。"《漢書・禮樂志二》："天馬徠，執徐時，將摇舉，誰與期？"

〔14〕元鼎：是漢武帝用過的一個年號。《史記・孝武本紀》："五月，返至甘泉。有司言寶鼎出爲元鼎，以今年爲元封元年。"扶警衛：扶，幫助；警衛，警惕守護。唐・韓愈《大行皇太后挽歌詞三首》："追攀萬國來，警衛百神陪。畫翣登秋殿，容衣入夜臺。"

〔15〕"天馬"二句：謂天馬由開闊邊遠之地招徠。

〔16〕竦予身：使我身肅然起敬。竦，恭敬，肅敬。逝：消逝，指隱居，隱身。蓬壺：古代傳説中的海中仙山。晉・王嘉《拾遺記・高辛》："三壺則海中三山也：一曰方壺，則方丈也；二曰蓬壺，則蓬萊也；三曰瀛壺，則瀛洲也。形如壺器。"

〔17〕玉京：天外仙境，傳説元始天尊當居玉京山，山在天中心之上，山上宮殿都用金、玉裝飾。唐・劉禹錫《八月十五夜玩月》："能變人世間，攸然是玉京。"

君馬黄〔1〕

君馬黄，臣馬白，二馬同逐臣馬適〔2〕。周有歕玉秦飛翮〔3〕。美人天之南，策馬從之，誰爲駕我驂〔4〕。美人天之北，策馬從之，誰爲助我翼〔5〕。

【校注】

〔1〕君馬黄：古樂府詞。唐·李白有《君馬黄》樂府雜言詩："君馬黄，我馬白。馬色雖不同，人心本無隔。共作游冶盤，雙行洛陽陌。長劍既照曜，高冠何絶赫。各有千金裘，俱爲五侯客。猛虎落陷阱，壯士時屈厄。相知在急難，獨好亦何益。"君：這裏是敬稱。臣：古人對君對父對一般人均可自稱臣，對朋友稱臣，則表示一種自謙。

〔2〕適：適意，盡興，這裏是發揮得好。

〔3〕歕玉、飛翮：良馬名。《穆天子傳》："天子東游於黄澤，宿於曲洛，廢□使宮樂謡曰：'黄之池，其馬歕沙，皇人威儀。黄之澤，其馬歕玉，皇人受穀。'"踏岸則噴沙，激水則噴玉，皆言馬勢之雄猛。歕，音 pēn，古同"噴"。晉·崔豹《古今注·鳥獸》："秦始皇有七名馬：追風、白兔、躡景、犇電、飛翮、銅爵、神鳧。"

〔4〕驂：音 cān，古代駕在車兩側的馬。《楚辭·國殤》："左驂殪兮右刃傷。"這裏代指馬車。

〔5〕翼：輔助、遮護、保護。

燕歌行〔1〕

秋風蕭瑟吹我衣，蟪蛄哀鳴百草腓〔2〕。鴻雁連翩知所依，誰能客游不思歸。念君羈旅阻且違〔3〕，天長路遠音信希〔4〕。空房寂寂蘭燭輝〔5〕，憂來思君減帶圍。援琴促柱不忍揮〔6〕，不覺兩淚莽霏霏〔7〕。明月照我流黄機〔8〕，短歌微吟達曙暉。黄鵠一舉翔太微〔9〕，我獨何爲若奮飛。

【校注】

〔1〕燕歌行：是一首古樂府，五言、七言、雜言都有。最早有三國·魏·曹植《燕歌行二首》，内有句曰："援琴鳴弦發清商，短歌微吟不能長。明月皎皎照我牀，星漢西流夜未央。牽牛織女遥相望，爾獨何辜限河梁。"

〔2〕蟪蛄：又名蟬、知了。一説爲蟋蟀。腓：草木枯萎貌。

〔3〕羈旅：長久寄居他鄉。明·夏完淳《别雲間》："三年羈旅客，今日又南冠。無限河山淚，誰言天地寬？"阻且違：阻，地形崎嶇多阻隔，道路難行。違：遥遠，《爾雅》："違，遠也。"《楚辭·離騷》："雖信美而無禮兮，來違棄而改求。"

〔4〕希：同"稀"，稀疏。

〔5〕蘭燭：一種帶有香氣的蠟燭，又稱翠燭。古代以蘭草煉製的油燃燈，有香氣。故《楚辭·招魂》曰："蘭膏明燭，華容備些。"

〔6〕促柱：調緊琴弦，古琴支弦的柱移近則弦緊，故稱。漢·馬融《長笛賦》："若絙瑟促柱，號鍾高調。"

〔7〕莽霏霏：淚流滿面貌。莽，密貌。

〔8〕流黄機：織布機。流黄，褐黄色物品，特指絹。

〔9〕太微：天上的星宿名，跟二十八宿和五星、五官、六府并列的天體。這裏泛指天空。

江南曲〔1〕

青春駘蕩百花明〔2〕，少婦新興髻巧匀〔3〕，百樣撩人百種情。百種情，殊未已，緊恍惚，徒勞只〔4〕。

【校注】

〔1〕江南曲：樂府舊題。郭茂倩《樂府詩集》把它和《採蓮曲》《採菱曲》等編入《清商曲辭》。唐代詩人學習樂府民歌，采用這些舊題，創作了不少清新

平易、明麗活潑的詩歌。唐・儲光羲的《江南曲四首》影響較大，有名句："日暮長江裏，相邀歸渡頭。落花如有意，來去逐船流。"

〔2〕駘蕩：亦作"駘宕"，無所局限，放縱，肆意。

〔3〕新興：纔起牀或纔起牀梳妝好。

〔4〕緊恍惚：很恍惚。緊，副詞，表示程度，相當於"很""甚"。徒勞只：無益地耗費力氣。明・陳第在《咏懷十首》中有句："天命苟有涯，歷聘徒勞只。"只，語氣詞，用於句末表示終結或感嘆。

龍笛曲〔1〕

羌人截竹和五聲〔2〕，梅花零落寒江盈，幻作水底雙龍鳴。雙龍鳴，鳴未已，度白雪，却緑水〔3〕。

【校注】

〔1〕龍笛曲：是樂府古曲。馬融《長笛賦》曰："'近世雙笛從羌起，羌人伐竹未及已。龍鳴水中不見已，截竹吹之聲相似。'然則《龍笛曲》蓋因聲如龍鳴而名曲。"

〔2〕羌人截竹：指西域古羌人發明竹管短笛。五聲：即樂曲的五種基本音調，宫、商、角、徵、羽。

〔3〕度：彈奏。却：止。白雪、緑水：均爲曲名。

採蓮曲〔1〕

江南女兒歌採蓮，青蛾皓腕齊扣舷〔2〕，含嬌逞態鬥嬋娟〔3〕。鬥嬋娟，誰并美，宓妃來，步洛水〔4〕。

【校注】

〔1〕採蓮曲：古樂府中創作量最大的詩題之一，其中唐·李白《採蓮曲》膾炙人口："若耶溪傍採蓮女，笑隔荷花共人語。日照新妝水底明，風飄香袂空中舉。"唐·王昌齡的《採蓮曲》也寫得清新自然："荷葉羅裙一色裁，芙蓉向臉兩邊開。亂入池中看不見，聞歌始覺有人來。"

〔2〕青蛾：即青娥，指美麗的少女。宋·柳永《瑞鷓鴣》："萬井千閭富庶，雄壓十三州。觸處青蛾畫舸，紅粉朱樓。"皓腕：潔白的手腕。三國·魏·曹植《洛神賦》："攘皓腕於神滸兮，採湍瀨之玄芝。"扣舷：敲打船舷。

〔3〕逞態：顯示姿態。

〔4〕宓妃來，步洛水：屈原《離騷》有"吾令豐隆乘雲兮，求宓妃之所在"句。宓妃爲神話傳説中伏羲氏之女，溺死於洛水，爲洛水女神。曹植有《洛神賦》。

鳳笙曲〔1〕

汶陽孤篠懸匏盛〔2〕，寫翼摹形製鳳笙〔3〕，絳唇纖指儼和鳴〔4〕。儼和鳴，在鳳臺，挾飛仙，翔蓬萊。

【校注】

〔1〕鳳笙曲：古樂府詩題，創作始於南北朝，到唐代創作者日多，其中唐·沈佺期的影響最大，有句云："憶昔王子晉，鳳笙游雲空。揮手弄白日，安能戀青宮。"

〔2〕笙：樂器，唐·潘安仁在《笙賦》中描寫道："曲沃懸匏（páo），汶陽孤筱（xiǎo），皆笙之材。蠻所吹葫蘆笙，亦匏筱餘意，但列管六，與《説文》十三簧不同耳，名葫蘆笙。"即説：這葫蘆笙是用山西曲沃的葫蘆和山東汶陽的細竹排列六根竹管做成的。篠，同"筱"。唐·李善注《笙賦》："《説

文》曰：篠，小竹。”

〔3〕寫翼摹形：描摹（鳳凰）翅膀的形狀。葫蘆笙又稱鳳笙。漢·應劭《風俗通·聲音·笙》：“《世本》隨作笙……像鳳之身，正月之音也。後因稱笙爲‘鳳笙’。”

〔4〕儼：嚴整，莊重。

採菱曲〔1〕

江南艷女結新妝，蕙裳羅帶垂影揚〔2〕，棹歌聲入採菱長〔3〕。採菱長，秋思起，覽芙蓉，憶彼美〔4〕。

【校注】

〔1〕採菱曲：古時是一首膾炙人口的樂府曲，很多詩人都有此曲創作，宋·曹勳的《採菱曲》流傳較廣：“修渚通阿閣，蘭舟飾翠旗。吴姬年十五，乘舟泛緑池。菱花羞寶靨，皓腕發斜暉。行歌棹船去，不覺白鷗飛。”

〔2〕蕙裳：芳香美麗的衣裳。羅帶：絲織的衣帶。影揚：同“飄颺”。

〔3〕棹歌：行船時所唱之歌。漢武帝《秋風辭》：“簫鼓鳴兮發棹歌，歡樂極兮哀情多。”

〔4〕彼美：那個出色的人。“彼美”在民歌中常用以“心中那個美人”的借代語，可男可女。

游女曲〔1〕

氤氲蘭麝金粟裳〔2〕，連手蹼踏蹀春陽〔3〕，緘情忍思覽年芳〔4〕。覽年芳，顔如玉，同聲歌，妙意曲。

【校注】

〔1〕游女曲：古樂府詩題。歷來以此爲題創作的不多，南朝·梁·蕭衍的《游女曲》："氛氳蘭麝體芳滑，容色玉耀眉如月。珠佩婐，戲金闕。戲金闕，游紫庭。舞飛閣，歌長生。"

〔2〕氤氳：也作"烟煴""絪缊"，指濕熱飄蕩的雲氣。蘭麝：蘭香與麝香，指名貴的香料。宋·黄庭堅《寄陳適用》："歌梁韻金石，舞地委蘭麝。"金粟裳：飾以蘭花的衣裳。金粟即金粟蘭，又名珠蘭、魚子蘭、茶蘭，屬金粟蘭科。

〔3〕蹀、踏、蹀：均指舞者小步行進。

〔4〕緘情：猶含情。唐·元稹《小胡笳引》："吞恨緘情乍輕激，故國關山心歷歷。"忍思：控制住情感和思緒。南朝·梁·沈約《江南弄·陽春曲》："楊柳垂地燕差池。緘情忍思落容儀。"

朝雲曲〔1〕

氤氳靆雲低垂〔2〕，陽臺張樂迎瑶姬〔3〕，容光髣髴來且遲〔4〕。來且遲，不可覿，夢飛來，晝飛來。

【校注】

〔1〕朝雲曲：在古樂府中屬於《江南弄》系列曲，南朝梁天監十一年，梁武帝蕭衍改《西曲》，制《江南弄》七曲，即《江南弄》《龍笛曲》《採蓮曲》《鳳笙曲》《採菱曲》《游女曲》《朝雲曲》，皆輕艷綺靡。南朝·梁·沈約作《趙瑟曲》《秦箏曲》《陽春曲》《朝雲曲》四曲，亦稱《江南弄》。蕭衍《江南弄·朝雲曲》頗有影響，其中有句："張樂陽臺歌上謁，如寢如興芳晻曖。"

〔2〕靆靉：同"靆靉"。昏闇貌。

〔3〕張樂：組織、鋪排樂隊。瑶姬：巫山女神，也稱巫山之女，傳説爲天帝之女。一説爲王母娘娘之女，本名瑶姬。唐·李賀有《巫山高》："瑶姬一去

一千年，丁香筇竹啼老猿。”

〔4〕髣髴：同“仿佛”。唐・李紳《華山慶雲見》：“依稀來鶴態，髣髴列仙群。”

趙瑟曲〔1〕

邯鄲美人出文梓〔2〕，輕宫清角流纖指〔3〕，餘風窈窕梁塵起〔4〕。梁塵起，動春波，弄嬌響，斷復和。

【校注】

〔1〕趙瑟曲：屬於《江南弄》系列古樂府。南朝・梁・沈約有《趙瑟曲》：“邯鄲奇弄出文梓，縈弦急調切流徵。玄鶴徘徊白雲起。白雲起，鬱披香。離復合，曲未央。”

〔2〕邯鄲美人：邯鄲是燕趙故地，自古燕趙多美女。《古詩十九首》：“燕趙多佳人，美者顔如玉。”文梓：有花紋的良木，質輕易裁，古以製琴瑟，故以代指瑟。唐・劉禹錫《傷秦姝行》：“青牛文梓赤金簧，玫瑰寶柱秋雁行。”

〔3〕輕宫清角：因宫聲慢而緩，角聲呼以長，故有此説。這裏代指美好的音樂。

〔4〕窈窕：見卷之一《櫂歌行》注釋。梁塵：《太平御覽》卷五七二引漢・劉向《别録》：“漢興以來，善歌者魯人虞公，發聲清哀，蓋動梁塵。”後因以“梁塵飛”形容歌曲高妙動人。

秦箏曲〔1〕

美手參差弦高張〔2〕，促彈急擊雜引商〔3〕，停雲遏月鳳踉蹌〔4〕。鳳踉蹌，獸率舞〔5〕，群徵集，壽且祐。

【校注】

〔1〕秦筝曲：屬《江南弄》古曲系列，系列内形制大同小异。明·高啓有《秦筝曲》："嬌弦細語發砑羅，臂動玉釧鳴相和，闢雲隴月愁思多。愁思多，聽此曲，停蜀琴，罷燕筑。"流傳頗廣。秦筝：秦地的樂器，和瑟相似，五弦，筑身，傳爲秦將蒙恬所造，故名。

〔2〕高張：謂將琴瑟之弦綳緊。《文選·顏延之〈秋胡詩〉》："高張生絶弦，聲急由調起。"

〔3〕雜引商：是"引商雜羽"的簡説。古樂律音階除宫、商、角、徵、羽五個基本音調以外，還有變徵、變宫。商聲在五音中最高，稱"引"；羽聲等較細，稱"刻"。"引商刻羽"，謂音域音量變换跨度大的演奏。戰國·宋玉《對楚王問》："客有歌於郢中者……引商刻羽，雜以流徵，國中屬而和者不過數人而已。是其曲彌高，其和彌寡。"

〔4〕停雲遏月：指演奏的效果能使天上的雲彩停止流動，使月亮止步。踉蹌：走路不穩的樣子，也作踉蹡，在詩中是流連忘返的樣子，指音樂的魅力連鳳凰都流連忘返了。

〔5〕獸率舞：成語"百獸率舞"的簡説。原指帝王修德，時代清平。唐·宋之問《桂州黄潭舜祠》："神來獸率舞，仙去鳳還飛。"

陽春曲〔1〕

百花雜樹鶯亂飛〔2〕，凝情轉盼减容輝〔3〕，移弦促柱悵獨違〔4〕。悵獨違，不暫歇，動金蓮，蹋瑶月〔5〕。

【校注】

〔1〕陽春曲：亦稱《陽春古曲》，是最早的漢樂府琵琶套曲。元·姚燧有《陽春曲》："筆頭風月時時過，眼底兒曹漸漸多，有人問我事如何。人海闊，無日不風波。"田子壽此詩在形制上有所變异。

〔2〕“百花”句：見南朝·梁·丘遲《與陳伯之書》：“暮春三月，江南草長，雜花生樹，群鶯亂飛。”

〔3〕凝情：情意專注。唐·李康成《玉華仙子歌》：“轉態凝情五雲裏，嬌顔千歲芙蓉花。”轉盼：猶轉眼，喻時間短促。容輝：容顔，面容的氣色。

〔4〕移弦促柱：指調試琴弦聲音的高低。違：離别。

〔5〕金蓮：舊指纏足婦女的小脚。蹋，同“踏”。《説文》：“蹋，踐也。”瑶月：月亮的美稱。這裏指地上月光。唐·令狐楚《還珠亭賦》：“掩星彩，迷瑶月。”

白紵舞歌〔1〕

吴宫新裁白紵衣。吴女嬌歌白紵詞。館娃窈窕盡名姬〔2〕。吴王屬意偏西施〔3〕。蜺袖雙舉蓮步遲〔4〕。逸態一放横難持〔5〕。華燈秉照明月姿。霞紈霧縠光陸離〔6〕。流風回雪相逶迤〔7〕。皎若白鵠雲中儀。明箏鼓瑟商羽移〔8〕。應聲合節稱神奇。喜溢歡來不自知。群娃逸進侑瓊巵〔9〕。主稱既醉客未辭。履遺纓絶樂無涯〔10〕。

【校注】

〔1〕白紵舞歌：又稱白紵歌，爲樂府《舞曲歌辭》名，最初出於吴地民間，後被採入樂府，形式爲完整的七言詩，現存以晉代無名氏《白紵舞歌》爲最早，其中有云：“輕軀徐起何洋洋，高舉兩手白鶴翔。完若龍轉乍低昂，凝停善睞容儀光。”後人仿作甚多，多用來贊賞舞女之美。田子壽此作也是這一主題。

〔2〕館娃：本是指的吴王專爲美女西施修的“館娃宫”，後來用館娃借代西施。這裏是指西施等衆多舞女。

〔3〕屬意：即用心，着意。屬，音 zhǔ。

〔4〕蜺袖：蜺翼一樣的袖子。蜺，音 ní，寒蟬，一種體形較小的蟬。《説文》釋曰：“秋蟬，寒蜩（tiáo）蜺，寒蜩也。”蓮步：形容女子步態輕盈。出

自《南史·齊紀下·廢帝東昏侯》："又鑿金爲蓮花以貼地，令潘妃行其上：'此步步生蓮花也'。"遲：舒緩貌。

〔5〕逸態：縱放自由之態。態，底本譌作"熊"。

〔6〕霞紈霧谷：光彩變幻縹緲無定的樣子，亦作"霜紈霧谷"。宋·林景熙有詩："霜紈霧谷許在列，其敢誨冶女不共。"陸離：形容色彩絢麗繁雜。《楚辭·九章·涉江》："帶長鋏之陸離兮，冠切雲之崔嵬。"

〔7〕流風回雪：語出三國時期曹植《洛神賦》："仿佛兮若輕雲之蔽月，飄飄兮若流風之回雪。"風的吹拂雪花隨之飄舞，形容舞蹈婀娜多姿。也比喻文筆飄逸曲折。

〔8〕明筝鼓瑟：鳴筝彈瑟，指演奏樂器。明，通"鳴"。商羽移：指宫調變化翻新。

〔9〕逸進：退和進。侑：在筵席旁助興，勸人喫喝，如侑食、侑飲、侑觴。瓊巵：玉杯。

〔10〕履遺纓絶：鞋子丢了，帽纓子也斷了。指醉酒後邊幅散亂的樣子。三國·魏·曹植《妾薄命行》："妙舞僊僊體輕，裳解履遺絶纓。"

其　　二

齊謳趙瑟相和鳴〔1〕。吴姬起舞嬌前楹〔2〕。長袖珮沓體具輕〔3〕。赴曲迅疾儷鴻驚〔4〕。七盤既闋激楚成〔5〕，朱脣婉轉變新聲〔6〕。盈盈素腕趨明筝〔7〕。高歌流響有餘清。如矜若怨迴含情〔8〕。色授神馳百態生。寧知絶代色傾城。願君秉燭縱游行。

【校注】

〔1〕齊謳趙瑟：齊人善唱歌，趙人善鼓瑟，喻高手配合默契。

〔2〕前楹：殿堂前部的柱子，這裏代指殿堂。唐·李白《秋夕抒懷》："蘿月掩空幕，松霜結前楹。"

〔3〕珮沓：同"颯沓"，群集貌。

〔4〕赴：合，順應。《文選·宋玉〈高唐賦〉》："更唱迭和，赴曲隨流。"

〔5〕七盤：是一種古代的漢族舞蹈。在漢代，舞時將盤、鼓覆置於地上。盤、鼓數目不等，按表演者技藝高低而定。舞者有男有女，在盤、鼓上高縱輕躡，浮騰累跪，踏舞出有節奏的音響。漢·張衡《舞賦》云："歷七盤而縱躡。"既闋：已經終結一支曲子的演奏。激楚：《楚辭·招魂》："宫庭震驚，發激楚些。"宋·朱熹注："激楚，歌舞之名，即漢祖所謂楚歌楚舞也。"又形容音調的高亢凄清。漢·王逸注《楚辭·招魂》曰："激，清聲也。言吹竽擊鼓，衆樂并會，宫廷之内，莫不震動驚駭，復作激楚之清聲，以發其音也。"

〔6〕朱僣：朱衣伴唱者。僣，同"胥"，從人。

〔7〕素腕：白色的手腕。趨：急速地。

〔8〕如矜若怨：像憐憫又像抱怨，指樂曲流露出的複雜情感。迴：深。

白紵歌

高堂邃宇翠帷張〔1〕。文窗朱綴藹蘭芳〔2〕。錦衾瑶席珊瑚牀〔3〕。鬱金龍腦百和香〔4〕。銅盤絳蠟色焜煌〔5〕。二八接武環佩鏘〔6〕。多君一顧生輝光。

【校注】

〔1〕高堂邃宇：高大的廳堂，深廣的屋宇。《楚辭·招魂》："高堂邃宇，檻層軒些。層臺累榭，臨高山些。"翠帷：翠羽爲飾的幃帳。唐·李善注《子虚賦》："翠帷、羽盖，謂以翠羽飾帷、盖也。"張：張挂。

〔2〕文窗朱綴：鐫着花紋的窗户和紅色的綴簾。明·王廷陳《白甿辭》："文窗朱綴開洞房，錦衾瑶席施象牀。"藹蘭芳：飄散着蘭花的芳香。藹：同"靄"，雲氣，這裏作動詞用；飄散着。

〔3〕錦衾：錦緞做的被子。瑶席：用瑶草編成的席子，唐·魏徵《五

郊樂章·肅和》："瑶席降神，朱弦饗帝。"珊瑚牀：用珊瑚裝飾的牀。南朝·陳·徐陵《雜曲》："只應私將琥珀枕，暝暝來上珊瑚牀。"

〔4〕鬱金：植物名，地下莖可入藥，亦可作染料和香料。原産於我國東南，主産印度。龍腦：即冰片，爲從龍腦香的樹脂和揮發油中取得的結晶，故稱龍腦。百和香：古人在室中燃香，取其芳香除穢，爲使香味濃鬱經久，又選擇多種香料配製，因稱之。

〔5〕絳蠟：紅燭，宋·蘇軾《次韻代留别》："絳蠟燒殘玉斝（jiǎ）飛，離歌唱徹萬行啼。"焜煌：明亮，輝煌。南朝·梁·沈約《彌陀佛銘》："琪路异色，林沼焜煌。"

〔6〕二八接武：指佳人美女舞步相接。《楚辭·大招》："二八接武，投詩賦只。"武，迹也。環佩：又叫佩環，古人所繫的佩玉，後多指女子所佩的玉飾。《禮記·經解》："行步則有環佩之聲，升車則有鸞和之音。"鏘：形容撞擊金屬器物的聲音。

其　二

鳳樓十二臨俠邪〔1〕。寶楣玉棟畫龍蛇〔2〕。華燈明燭散朱霞〔3〕。琅玕玉食盡尋嘉〔4〕。美人絶代艷瑶華〔5〕。主稱千金樂未賒〔6〕。賓奉萬壽永無涯。

【校注】

〔1〕俠邪：亦作俠斜，小街曲巷。因娼妓多居於小街曲巷中，後遂以指娼妓居處。唐·白行簡《李娃傳》："友曰：此俠邪女李氏宅也。"

〔2〕寶楣玉棟：形容裝飾豪華的房舍。

〔3〕朱霞：紅色光芒。唐·薛曜《奉和聖制夏日游石淙山》："玉洞幽尋更是天，朱霞緑景鎮韶年。"

〔4〕琅玕：音 láng gān，是神話傳説中的仙樹，其實似珠。常用來指美玉，也指珠樹。

〔5〕瑶華：玉白色的花，也借指仙花。《楚辭·九歌·大司命》："折疏麻兮瑶華，將以遺兮離居。"漢·王逸注："瑶華，玉華也"。

〔6〕賒：本意是買物延期交款或賣物延期收款，也有長久之義。漢代常用吉祥語"長樂未央"，樂未賒反其意，曰歡樂不長。

其　三

羅象席，列玉蛾[1]。齊謳秦吹盧女歌[2]。蜀弦趙瑟遞相和[3]。翩翩長袖舞陽阿[4]。答桴應節趺且摩[5]。人世繁華空白波[6]。樂時常少苦時多。有酒不醉奈老何。

【校注】

〔1〕象席：唐·李善注《文選》引袁伯文《美人賦》："居瑶光之嚴奥，御象席之琼珍。"玉蛾：這裏指美女。

〔2〕謳，底本譌作"詎"。盧女：亦稱"盧姬"，善鼓琴。宋·郭茂倩解釋："盧女者，魏武帝時宮人也，故將軍陰升之姊。七歲入漢宮，善鼓琴。"後以"盧女"泛指善奏樂器的女子。

〔3〕蜀弦趙瑟：蜀地的琴，趙地的瑟，此借指美樂。

〔4〕陽阿：見卷之一《小垂手》注釋。

〔5〕答桴：迎合鼓點（拍節）。桴，本意爲鼓槌，這裏引申爲鼓點拍節。應節：應合節拍。晉·干寶《搜神記》："又指蝦蟆及諸行蟲燕雀之屬，使舞，應節如人。"趺且摩：摇曳地模擬。

〔6〕空白波：若白色波浪轉瞬即逝。

行路難[1]

奉君霞觴之緑酒[2]，玉樹翠葉之琳珉[3]。五彩流蘇之錦帳[4]，九天綦組之繡茵[5]。羲和宛轉不停馭[6]，紅顔那得保長春。願君息駕試静聽，我歌路難請具陳。不見風雨二崤上[7]，空復當時戰鬥塵[8]。

【校注】

〔1〕行路難：古樂府雜言詩題。該題影響大的有唐·李白的《行路難》三首，其一有名句："行路難！行路難！多歧路，今安在？長風破浪會有時，直挂雲帆濟滄海。"

〔2〕霞觴：猶霞杯，盛滿美酒的酒杯。唐·曹唐《送劉尊師只詔闕庭》詩之二："霞觴共飲身雖在，風馭難陪迹未閑。"

〔3〕玉樹翠葉：古代神話傳説太陽中有三足烏棲於玉樹翠葉之中，因用爲太陽或太陽升起地方的代稱。漢·劉楨《清慮賦》："玉樹翠葉，上棲金烏。"琳珉：精美的玉石。《史記·司馬相如列傳》："其石則赤玉、玫瑰、琳珉、琨珸。"

〔4〕流蘇：是一種古典裝飾，常常懸挂於大型裝飾物如燈籠、帳沿下隨風飄動。唐·韋莊《菩薩蠻》："紅樓别夜堪惆悵，香燈半卷流蘇帳。"

〔5〕九天：天的中央與八方。此處比喻皇宫。綦組：雜色絲帶。《韓非子·詭使》："倉廩之所以實者，耕農之本務也，而綦組、錦繡、刻畫爲末作者富。"綦，音 qí。繡茵：精美的墊褥。茵，車上的墊褥。

〔6〕羲和：神話中太陽的馭（駕車）者。《離騷》："吾令羲和弭節兮，望崦嵫而勿迫。"羲，底本譌作"義"。

〔7〕二崤：即崤山，因崤山分爲東崤、西崤，故稱二崤。漢·班固《西都賦》："左據函谷、二崤之阻，表以太華、終南之山。"崤，音 xiáo。

〔8〕復：通"覆"，覆盖。戰鬥塵：激烈戰鬥飛起的塵土。唐·杜甫有"聖朝尚飛戰鬥塵，濟世宜引英俊人"句。

其　二

烏雛離毋去〔1〕，各自東西南北飛。人生亦有恨，安能朝聚暮相依。勸君結交在終始，莫以升沉中路違〔2〕。歎息青青松與栢，歲暮相逢幾是非。

【校注】

〔1〕雛，底本譌作"鄒"。

〔2〕升沉：指地位的變化，升遷或沉淪。

東飛伯勞歌〔1〕

東飛伯勞西飛燕，烏兔升沉儼奔電〔2〕。誰家女兒倚高臺，雙垂玉筯歌落梅〔3〕。明珠金鈿珂峩妝〔4〕，羅衣蕙帶五木香〔5〕。女兒窈窕顔如玉，相思欲老復誰告。昨夜風吹花滿丘，可憐一曲怨箜篌〔6〕。

【校注】

〔1〕東飛伯勞歌：是在魏晉時期就爲文人廣泛應用的樂府舊題，南朝·梁武帝蕭衍的《東飛伯勞歌》影響較大："東飛伯勞西飛燕，黄姑織女時相見。……女兒年幾十五六，窈窕無雙顔如玉。"田子壽此詩，跟蕭衍之歌异曲同工。

〔2〕烏兔升沉：指日月起落。烏，金烏，指太陽；兔，玉兔，指月亮。宋·趙師俠有《滿江紅》："世事燕鴻南北去，人生烏兔東西落。"奔電：速度快，氣勢大。

〔3〕玉筯：玉做的筷子。比喻下垂的眼淚成綫，狀如玉箸，古人便以"玉箸"爲眼淚的雅稱。筯，同"箸"。唐·李白《閨情》："玉箸夜垂流，雙雙落失顔。"

〔4〕鈿：把金屬寶石等鑲嵌在器物上作裝飾，如寶鈿、螺鈿、金鈿、翠鈿等。珂峩妝：一種飾以美石髮髻高聳的梳妝。

〔5〕蕙帶：以香草作的佩帶。《楚辭·九歌·少司命》："荷衣兮蕙帶，儵而來兮忽而逝。"五木香：青木香的别名。宋·王觀國《學林·五木香》："古藥方有五香散，而其方中止疼用青木香，則五木香即青木香也。"這裏泛指香料。

〔6〕箜篌：撥弦樂器。當從西域傳進。最少的五根弦，最多的二十三根弦，據唐·李賀《李憑箜篌引》中有曰："十二門前融冷光，二十三絲動紫皇。"分卧式和竪式兩種。琴弦一般繫在敞開的框架上，用手指撥彈。

河中之水歌〔1〕

河中之水流悠悠，洛陽女兒名莫愁〔2〕。南國名姝遜其艷，北方佳人不足侔〔3〕。自矜顔色世殊絶，學成織錦五雲流〔4〕。十五嫁爲盧家婦，桂房蘭室綺羅幬。火齊屏列靈麻爇〔5〕，博山鑪陳龍腦浮〔6〕。百年琴瑟樂幾許，盧郎遠戍動經秋〔7〕。東風歷亂楊花起，落日鈎簾獨倚樓。

【校注】

〔1〕河中之水歌：舊題被收入《樂府詩集·雜歌謡辭》，題爲梁武帝（蕭衍）作。可能是蕭衍的自度曲目。《玉臺新咏》《藝文類聚》均作無名氏作。此類詩都是以莫愁女爲題材抒發情感的。

〔2〕莫愁：古樂府中所傳能歌善舞女子。現流傳於世的莫愁有三説：一爲郢州石城（今湖北鍾祥市）莫愁；二爲洛陽人，十五歲嫁爲盧家婦，南朝·梁武帝蕭衍詩《莫愁歌》中人物。唐·李商隱"如何四紀爲天子，不及盧家有莫愁"即是寫她的；三爲南京莫愁女。田子壽此作可能是指洛陽盧家莫愁。

〔3〕南國名姝：南方美少女。姝，底本譌作"妹"。不足侔：不能够相比。侔，齊，等同。

〔4〕五雲：指青、白、赤、黑、黄五種雲色。古人視雲色占吉凶豐歉。

〔5〕火齊：寶石名。漢・班固《西都賦》："翡翠火齊，流耀含英。"屏列：排列。靈麻：芝蔴。晉・王嘉《拾遺記》卷五："上設紫瑠璃仗，火齊屏風，列靈麻之燭。"爇：點燃。

〔6〕博山鑪：爲古之名貴香爐。《西京雜記》："長安樵工丁緩者……又作九層博山香爐。"《樂府詩集・楊叛兒》："歡作沉水香，儂作博山爐。"鑪，同"爐"。

〔7〕盧郎遠戍：盧郎，傳説中的莫愁女之夫，他從軍防守邊疆去了。動經秋：從軍時日已經很久了。秋：年。

楊花篇〔1〕

江南三月春日輝，風起楊花到處飛。才隨舞燕縈香閣〔2〕，又逐游絲撲繡幃〔3〕。繡幃香閣殊幽爽〔4〕，愁對輕盈誰共賞。謝娘高韻本風流〔5〕，胡后連歌空悵惘〔6〕。風流悵惘幾經秋，少婦深閨憶隴頭〔7〕。愁聞鴻雁天邊度，忍見鴛鴦水面浮。鴛鴦鴻雁各相聚，明星迢迢照邊戍〔8〕。春風不度玉門關，韶光偏泛隋堤樹〔9〕。五陵年少事遨游〔10〕，珠袍玉帶躍青虬〔11〕。是處掇花調翠袖〔12〕，狂來踏絮飲紅樓〔13〕。紅樓翠袖多春思，競持粉色來相媚〔14〕。空浮竹葉觴〔15〕，看花重鎖眉頭翠。可憐春景暮還賒〔16〕，請看歷亂楊白花〔17〕。一朝不作漫空雪，應知隨地委泥沙〔18〕。

【校注】

〔1〕楊花篇：樂府舊題。明・朱陽仲有《楊花篇》，内有佳句："江南二三月，楊花競芳華。"

〔2〕縈香閣：在香閣裏繚繞紛飛。

〔3〕游絲：飄蕩在空中的絲狀物。繡幃：錦繡的帷帳。宋・柳永《望遠行》："繡幃睡起。殘妝淺，無緒勻紅補翠。"

〔4〕殊幽爽：奇特的幽香讓人爽快。宋・張氏《答夫詩二首》："不分殊幽顯，那堪异古今。"

〔5〕謝娘：晉・王凝之妻謝道韞，有文才，後人因稱才女爲"謝娘"。高韻：高雅的韻味。晉・葛洪《抱朴子・逸民》："子誠喜懼於勸沮，焉識玄曠之高韻哉！"

〔6〕胡后：是北魏時期北齊皇帝高湛的皇后胡氏，胡氏毫無婦德，成了無道無德鮮廉寡耻的女人的典型。連歌：這裏指接連歌咏。

〔7〕隴頭：即隴山，借指邊塞。南朝・宋・陸凱《贈范曄詩》："折花逢驛使，寄與隴頭人。"

〔8〕明星迢迢：語出唐・李白《古風》："西上蓮花山，迢迢見明星。"迢迢，形容遥遠深廣貌。戍，底本作"成"，不合韻，謁。

〔9〕隋堤樹：隋煬帝時沿通濟渠、邗溝河岸所植的樹。明・沈愚《楊柳灣》："多情却笑隋堤樹，長帶凄涼暮雨中。"

〔10〕五陵年少：指京都富豪子弟。五陵，漢代五個皇帝的陵墓，即長陵、安陵、陽陵、茂陵、平陵，在長安附近。當時富家豪族和外戚都居住在五陵附近，因此後世詩文常以五陵爲富豪人家聚居京都之地。

〔11〕青虬：青龍，寶馬名。

〔12〕掇花：一種刺繡技術，即提花。掇，音 duō。翠袖：青緑色衣袖，泛指女子的裝束，也代指美女。唐・杜甫《佳人》："天寒翠袖薄，日暮倚修竹。"

〔13〕踏絮：踏春，即在楊絮、蘆絮飄散時節踏春而行。

〔14〕競，底本作"兢"。粉色：古時的化妝品脂粉胭脂之類。

〔15〕竹葉：竹葉青酒。竹葉青酒是中國古老的傳統保健名酒，明話本小説中有"一杯竹葉穿心過，兩朵紅花上臉來"詩句。

〔16〕賒：借貸錢物。這裏用的擬物修辭法，指借貸春景。唐・李白有詩："且就洞庭賒月色，將船買酒白雲邊。"

〔17〕歷亂：紛亂的樣子；楊白花：指楊絮。

〔18〕漫空雪：喻指漫天飄飛的楊絮。委泥沙：交付給了大地泥沙。

卷之二　五言古

古意二首〔1〕

盛年不自惜，邂逅應召求〔2〕。妾爲莞蒻席，君作羅衾幬〔3〕。上下各相衛，誓以結綢繆〔4〕。君今有兩意，事事不相投〔5〕。卷衣無復贈，舉酒羅倡酬〔6〕。自君視國色，不啻衆女流〔7〕。已矣勿復道，空令咏白頭〔8〕。

【校注】

〔1〕古意：以古意爲題，往往有幾種意思，一是完全議論古人故事，二是借古論今。此詩雖爲古意，却也是表達作者當時心境。

〔2〕“盛年”二句：如果邂逅還需要“召求”那便不是邂逅。指年輕時不珍惜情感，到現在渴望見面却又覺得不好開口而不得已“製造邂逅”的矛盾心情。

〔3〕莞蒻：音 guān ruò，莞和蒻是兩種編席的蒲草。借指用蒲草編的草席。漢・張衡《同聲歌》：“思爲莞蒻席，在下蔽匡牀。”羅衾幬：輕軟的絲織品製成的衣服和帳子。漢・張衡《同聲歌》：“願爲羅衾幬，在上衛風霜。”

〔4〕綢繆：情意纏綿。毛傳：“綢繆猶纏綿也。”

〔5〕不相投：猶言話不投機，形容話説不到一起。

〔6〕卷衣：即收拾衣物，因“今君有兩意”，故“無復贈”。“舉酒”句：舉起酒杯來遮擋應付，不再以詩詞相酬答。羅，遮擋意。

〔7〕不啻：不只有，不亞於。衆女流：一般女人。

〔8〕咏白頭：用“白頭吟”故事，《西京雜記》：“司馬相如將聘茂陵人女

爲妾，卓文君作《白頭吟》以自絶，相如乃止。”

皎皎羅幃月[1]，三五盈又缺。盈缺更相仍[2]，佳期殊斷絶[3]。歲暮涼風吹，迢迢愁思結[4]。盛年坐自嘆[5]，容華誰爲説[6]。寄語惡少年[7]，愼勿輕遠別。

【校注】

〔1〕羅幃：羅帳。唐·盧照鄰《長安古意》：“雙燕雙飛繞畫梁，羅幃翠被鬱金香。”羅幃月：是從羅帷中看到的月亮。

〔2〕仍：重複，頻繁。

〔3〕佳期：歡叙之日。殊：斷，絶。

〔4〕迢迢：形容遥遠。

〔5〕盛年：見卷之一《美女篇》注釋。

〔6〕容華：美麗的容顔。誰爲説：誰能賞識。説：同“悦”，賞識。

〔7〕惡少年：唐·顔師古釋：“惡少年謂無賴子弟也。”唐·杜甫《驅豎子摘蒼耳》詩之三：“寄語惡少年，黄金且休擲。”這裏指在外漂泊不回家的年輕人。

惜別十首

牽衣往行路[1]，游子暮何之。駕言邁京洛[2]，萬里從此辭。良時不須臾，且復共銜卮[3]。千載如一朝，仰視日月馳。羽翼一以乖[4]，安辭渴與饑。豈曰無結交，同心顧所私[5]。風波一相失[6]，皓首以爲期[7]。

【校注】

〔1〕行路：道路。

〔2〕駕言：語本《詩·邶風·泉水》："駕言出游，以寫我憂。"後用以指代出游，出行。駕，乘車；言，語助詞。邁：遠行。京洛：見卷之一《名都篇》注釋。

〔3〕須臾：一会。共銜巵：一起舉杯共飲。南朝·梁·何遜《至大雷聯句》："江潭望如此，銜巵共君傾。"

〔4〕羽翼：原意爲翅膀，比喻輔佐的人或力量。乖：不協調，分離。

〔5〕顧：眷念，顧及。所私：所偏愛之物、事。

〔6〕"風波"句：一旦在動亂中相互分開。相失，相別離。

〔7〕皓首：又稱"白首"，指老年。魏晉·左思《白髮賦》："皤皤榮期，皓首田里。"

其　二

會合苦不易，别離良獨難〔1〕。駕言遠行邁，攬衣徒永嘆〔2〕。向非同袍友，誰憂行路難〔3〕。萬里自兹始，聊復此盤桓。躑躅流俗間，相朂且加餐〔4〕。

【校注】

〔1〕良獨難：的確特别難。三國·魏·曹植《怨歌行》中有句："爲君既不易，爲臣良獨難。"

〔2〕駕言：見前篇注釋。遠行邁：即遠行，邁也是遠行。攬衣：亦作"擥衣"，提起衣衫，古人穿着長衫或長裙，上下邁步必須提起衣裙。唐·白居易《酬集賢劉郎中對月見寄兼懷元浙東》："下有白頭人，擥衣中夜起。"永嘆：長嘆息之意，《説文》釋曰："永，長也。"

〔3〕向：過去，以往。同袍友：指極有交情的友人。同袍，典出《秦風·無衣》："豈曰無衣，與子同袍。"行路難：是軍旅樂府的代表曲目。

〔4〕流俗：泛指世俗。相朂：朂，古同"勖"，音 xù，勉勵。

其　　三

逝水難重返，行雲不復歸。與子一爲别，歲序倏相違〔1〕。馳情向枕席，夢想見音徽〔2〕。音徽不可即，攬衣步庭幃〔3〕。黄鵠東南來，翩翩共翻飛。言念同心子〔4〕，淚落不能揮。

【校注】

〔1〕歲序：年份、季節更替的順序，泛指時令。唐·元稹《酬竇校書二十韻》："款曲生平在，悲凉歲序遷。"相違：指節令變化。

〔2〕馳情：奔放的感情，指離别思戀之情。音徽：原指琴上供按弦時識音的標誌，比喻美音，德音，也代指音容。

〔3〕即：到來，靠近、走向，與"離"相對，例如"若即若離"。庭幃：指婦女居住的内室。唐·寒山《詩》之十二："鸚鵡宅西國，虞羅捕得歸。美人朝夕弄，出入在庭幃。"

〔4〕言念：想念。言，助詞。《詩·秦風·小戎》："言念君子，温其如玉。"

其　　四

嘉會不可常〔1〕，離歌忽中起。攬涕重行行，送子江之汜〔2〕。握手在斯須〔3〕，分手即千里。明信苟不違，誰謂室遠邇〔4〕。願言崇久要，金石永相似。

【校注】

〔1〕嘉會：歡樂的聚會。多指美好的宴集。三國·魏·曹植《送應氏》："清時難屢得，嘉會不可常。天地無終極，人命若朝霜。"

〔2〕攬涕：亦作"擥涕"，揮淚。《楚辭·九章·思美人》："思美人兮，擥涕而竚眙。"王夫之通釋："擥涕，揮淚也。"重行行：行了又行，走個不

停。《漢賦》無名氏有《行行重行行》："行行重行行，與君生別離。相去萬餘里，各在天一涯。"江之汜：江水岸邊。汜，通"涘"，水邊，岸邊。

〔3〕斯須：片刻，一會兒。《荀子·非相》："斯須之言而足聽。"

〔4〕明信：表明誠信。室：這裏指"妻室""家"。

其　五

隆景逝不留〔1〕，秋風忽千里。蘭蕙被繁霜〔2〕，言念遠游子。游子不復歸，涕淚不復已。徙倚江之沱，對客剖雙鯉〔3〕。中有美人書，殷勤達其旨〔4〕。故人良匪惡，新人寧獨美〔5〕。

【校注】

〔1〕隆景：指炎灼的日光。唐·韓愈《感二鳥賦》："出國門而東騖，觸白日之隆景。"也指興盛的美景。

〔2〕蘭蕙：香草，多連用以喻賢者。

〔3〕徙倚：徘徊；流連不去。《楚辭·哀時命》："獨徙倚以彷徉。"沱：音 tuó，可以停船的水灣，多用於地名，如石盤沱、金鋼沱。"對客"句：當着客人面拆開書信。典出漢·蔡邕《飲馬長城窟行》："客從遠方來，遺我雙鯉魚。呼童烹鯉魚，中有尺素書。"後因以"雙鯉"爲書信的代稱，以"剖雙鯉"代稱拆信。

〔4〕殷勤：情意深厚。宋·司馬光《資治通鑒》："鞠養殷情，致殷勤之意。"

〔5〕良匪惡：實在不醜。寧獨美：豈可獨自美麗。這一句詩是"美人"對"游子"的提醒：你不要有了新朋友而忘記了老朋友。

其　六

黄鵠一相失，飛鳴索其儔〔1〕。胡馬感北風，蹀躞行相求〔2〕。况我同心友，逝以莫能留。感此重嘆息，淚下不能收。握手即萬里，白日渺中州[3]。銀潢忽左界，大火亦西流[4]。嚴霜侵我肌，白露塗我裘。彼美悵伊阻[5]，能不懷隱憂。

【校注】

〔1〕儔：同輩，伴侣。宋・陸游《無題》："鏡中顔鬢今如此，幕下朋儔好在不。"

〔2〕躞蹀：見卷之一《游女曲》注釋。

〔3〕中州：中原大地。宋・王奕《南鄉子・和辛稼軒多景樓》："豪杰説中州。及此見題多景樓。"

〔4〕銀潢：天河，銀河。唐・魏元忠有《銀潢宫侍宴應製》詩。左界：東方邊界。地裏上以東爲左。大火：火星。宋・葛勝仲《定風波》："共喜新凉大火流，一聲水調聽歌頭。"

〔5〕伊阻：這艱險阻隔。語出《詩・邶風・雄雉》："我之懷矣，自詒伊阻。"

其　七

去去不斯須[1]，行行莫暫留。黄鵠一以舉，四海恣遨游。遨游遍寰宇，俯視但皇州[2]。皇州不可處，駕言還故丘[3]。允矣遂初服，守黑復何求[4]。

【校注】

〔1〕去去：越去越遠。宋・柳永《雨霖鈴》："念去去，千里烟波，暮靄沉沉楚天闊。"

〔2〕但皇州：只看見帝國大地。南朝・宋・鮑照《侍宴覆舟山》詩之二："繁霜飛玉闥，愛景麗皇州。"

〔3〕故丘：家鄉的山丘，故鄉。唐・杜甫《解悶》詩之二："一辭故國十

經秋，每見秋瓜憶故丘。”

〔4〕初服：未做官時的衣服。比喻辭官歸隱。三國·魏·曹植《七啓》：“願返初服，從子而歸。”守黑：典出《老子》第二十八章：“知其白，守其黑，爲天下式。”河上公注：“白以喻昭昭，黑以喻默默，人雖自知昭昭明白，當復守之以默默，如暗昧無所見。”後以“守黑”謂安於暗昧，保持玄寂。

其　八

翩翩雙飛鴻，矯矯凌風起〔1〕。徘徊岐路間，何异同心子。鴻去會來歸，念子固無已〔2〕。銜杯共欷歔〔3〕，執手重徒倚〔4〕。何以慰離愁，臨流望雙鯉。

【校注】

〔1〕翩翩：輕快飛舞的樣子。《詩·小雅·四牡》：“翩翩者鵻，載飛載下。”矯矯：飛動的樣子。

〔2〕固無已：常常無法停止的意思。子：對人的尊稱，多用於男人。

〔3〕銜杯：指飲酒。

〔4〕徒倚，疑爲“徙倚”之誤。徙倚，徘徊，流連不去。唐·王績《野望》：“東皋薄暮望，徙倚欲何依。”

其　九

雙鯉渺難期，之子欲何之〔1〕。今宵良讌會，明旦阻相思〔2〕。相思若漢水，悠悠無盡時。相逢未盡歡，胡爲輕别離〔3〕。

【校注】

〔1〕雙鯉：書信，見卷之二《惜别十首》其五注釋。之子：這個人，這位先生。

〔2〕讌會：即宴會。讌，通“宴”。

〔3〕胡爲：爲何。《詩・邶風・式微》：“微君之故，胡爲乎中露？”

其　十

別離固黯然，况復違心知[1]。遨游作者揚，一一揚新詞。大雅久衰謝[2]，絶弦良苦悲[3]。璠璵一照耀[4]，瓦礫徒見蝕。願子遺光彩，黄髮以爲期[5]。

【校注】

〔1〕黯然：情緒低落、心懷沮喪的樣子。心知：指兩人之間能相互理解，彼此通曉對方的意思。

〔2〕大雅：《詩經》二雅之一，爲先秦時代詩歌。《大雅》的作品大部分作於西周前期，作者大都是貴族。後世也用大雅稱德高而有大才或學識淵博的人。這裏是指大雅之歌。

〔3〕絶弦：琴弦斷了。

〔4〕璠璵：音 fán yú，美玉名，後泛指珠寶，引申爲美德賢才。《初學記・逸論語》解釋：“璠璵，魯之寶玉也。”三國・魏・曹植《贈徐幹》：“亮懷璠璵美，積久德愈宣。”

〔5〕遺光彩：留下閃光（的辭賦樂章）。黄髮：語出《詩・魯頌・宫》：“黄髮台背。”指長壽老人。

擬古十九首[1]

悠悠重行邁，與君天一涯[2]。君行不履影，妾心常依依[3]。川路邈難越，合并當何其[4]。王雎不匹處，鶼鶼豈獨飛[5]。但知去日淺，不知離已遠。悲風動地來，游子音信鮮[6]。歲暮百草萎，憂思翻展轉[7]。已矣勿復道，明德以自勉。

【校注】

〔1〕擬古十九首：猶仿《古詩十九首》。《古詩十九首》，是樂府古詩文人化的顯著標誌。爲南朝·梁·蕭統從傳世無名氏《古詩》中選録十九首編入《昭明文選》而成。組詩再現了文人在漢末社會思想大轉變時期，追求的幻滅與沉淪，心靈的覺醒與痛苦。這組詩藝術上語言樸素自然，描寫生動真切，具有天然渾成的藝術風格。同時，組詩所抒發的，是人生最基本、最普遍的情感和思緒，令古往今來的讀者常讀常新。

〔2〕重行：同“重行行”。見前《惜别十首》之四注釋。

〔3〕不履影：成語“足不履影”的簡説，比喻循規蹈矩，走路都怕踩到人的影子。典出《孔子家語·弟子行》：“自見孔子，出入於户，未嘗越禮，往來過之，足不履影。”

〔4〕川路：水路。這裏泛指道路。合并：猶聚會。漢·王粲《雜詩》：“人欲天不違，何懼不合并。”何其：多麼。這裏是省略語：“何其不容易。”

〔5〕王雎：一種水鳥，雎鳩的别稱。雎鳩因爲其爲群居，一群飛來，成千上萬，大有占澤爲王的氣勢，故稱王雎。不匹處：不單獨生活。指雎鳩群居的特點。鶼鶼：音 jiān jiān，即比翼鳥，是傳説中的鳥名，因此鳥僅一目一翼，雌雄須并翼飛行，故稱比翼鳥。

〔6〕悲風：使人倍覺凄涼的風聲。

〔7〕展轉：同“輾轉”，指翻來覆去的樣子（多指心思重而睡不着）。《詩·陳風·澤陂》：“寤寐無爲，輾轉伏枕。”

其　二

遲遲青陽日〔1〕，燁燁紫蘭蕊〔2〕。盈盈燕趙姝〔3〕，燦燦紈與綺〔4〕。姗姗臨高樓，冷冷揮玉指〔5〕。昔爲苑内英〔6〕，今爲路傍李〔7〕。路傍勿復顧，採掇當誰俟〔8〕。

【校注】

〔1〕遲遲：徐行貌。《詩・邶風・谷風》："行道遲遲，中心有違。"青陽：春天的别稱。

〔2〕熚熚：明亮、燦爛、鮮明貌。唐・盧綸《割飛二刀子歌》："刀乎刀乎何熚熚。"紫蘭蕊：紫蘭的花蕊，紫蘭又名苞舌蘭、連及草。

〔3〕盈盈：形容快樂神情或美好情緒充分流露的樣子。燕趙姝：美女。古燕趙多美女，故稱。唐・于濆《苦辛吟》中有："我願燕趙姝，化爲嫫母姿。"姝，底本譌作"妹"。

〔4〕紈：細緻潔白的薄綢。綺：有文彩的絲織品。

〔5〕泠泠，疑爲"泠泠"之誤。泠泠，形容聲音清脆悦耳。唐・劉長卿《聽彈琴》："泠泠七弦上，静聽松風寒。"

〔6〕苑：古代養禽獸植林木的地方，多指帝王的花園。英：花蕾。

〔7〕傍：通"旁"，路邊，側邊。

〔8〕採掇：拾取，摘取，選取。

其　三

歷歷澗底石〔1〕，離離松柏株。人生忽如寄，譬彼隙中駒〔2〕。置酒良宴會，聊以爲歡娱。命駕振飛鏕，遠游入名都〔3〕。名都何鬱鬱，冠帶日相呼〔4〕。雙闕與雲平〔5〕，朱甍十二衢〔6〕。虹霓冠飛閣，日月爛金鋪〔7〕。王侯羅鼎鼐〔8〕，賓從徒紛俱〔9〕。戚戚此盛衰，駕言振良圖〔10〕。

【校注】

〔1〕歷歷：指一個個清楚分明。離離：盛多濃密的樣子。

〔2〕如寄：好像暫時寄居，比喻時間短促。隙中駒：又稱白駒過隙，比喻時光像白馬一樣從空隙前飛快馳過，形容時光短暫。

〔3〕鏕，疑爲"鑣"。鑣，馬嚼子。飛鑣，代指快馬。南朝・宋・鮑照《擬青青陵上柏》："飛鑣出荆路，騖服指秦川。"

〔4〕鬱鬱：富有文采的樣子。冠帶：此處借代城中的官吏。日相呼：整天都聽到那些官員們在大呼小叫。

〔5〕雙闕：皇宫門前兩邊的樓台，中間空缺爲道路。

〔6〕朱甍：即紅色房頂。甍，音 méng，指房頂。十二衢：本指古代長安城内通往十二門的十二條大道，後泛指城市中衆多街道。南朝·宋·鮑照《咏史》："京城十二衢，飛甍各鱗次。"

〔7〕"虹霓"句：一指飛閣之高，頂上有虹霓繚繞；二指飛閣造型獨特，顔色華麗若虹霓。金鋪：門上獸面形銅紐，用以銜門環，一稱鋪首。司馬相如《長門賦》："擠玉户以撼金鋪兮，聲噌吰而似鐘音。"

〔8〕羅：羅列，這裏是"顯示"的意思。鼎鼐：鼎，古代烹煮食品用的三足兩耳器物；鼐，大鼎。後來用鼎鼐比喻朝政、國家政權。《三國演義》中有詩："桓靈季業火德衰，奸臣賊子調鼎鼐。"

〔9〕賓從：賓客，僕從。紛俱：雜亂，紛争。

〔10〕戚戚：憂傷的樣子，也可做"慨嘆"用。盛衰：指時代變遷，潮起潮落。振：奮起，振作。圖：謀劃，謀略。

其　四

良辰美宴會，願言樂嘉賓。吴娃白苧唱〔1〕，荆姬激楚陳〔2〕。餘響徹清昊〔3〕，新聲拂梁塵。四座德感一〔4〕，聽曲靄陽春。人生天地間，何殊行路人。譬彼朝陽鳥，飛鳴當及晨〔5〕。何爲恒戚戚〔6〕，守此賤與貧。

【校注】

〔1〕白苧：亦作"白紵"。見卷之一《白紵舞歌》注釋。

〔2〕荆姬：楚地的美女，這裏是指表演"激楚"的舞女。激楚：見前卷之一《白紵舞歌》注。陳：通"陣"，指歌舞排列爲陣。

〔3〕清昊：清朗的昊天。《文選·謝靈運〈平原侯植〉》："哀音下回鵠，餘哇徹清昊。"

〔4〕德感：道德感化。唐·徐鉉《光穆皇后挽歌三首》："德感人倫正，風行内職修。"德感一：指觀念一致。

〔5〕朝陽鳥：宋·黄庭堅《和外舅夙興三首》："朝陽烏鳥樂，安穩托禪枝。"及晨：到了早晨，正當早晨。

〔6〕恒戚戚：長久處於悲感之中。西晉·陸機《思歸賦》："彼離思之在人，恒戚戚而無歡。"

其　五

高樓一何峻，雲日爛雙扉。重枅施蜿虹[1]，阿閣藻井垂[2]。上有明妝女，誰不攬容輝[3]。琴瑟日在御[4]，徽音世所稀[5]。度曲吟清商[6]，徘徊不忍揮。慷慨一再行，含情有餘悲。歌者自云苦，聽者誰爲知。已矣罷曲唱，静言思奮飛。

【校注】

〔1〕重枅：重重的方枅。枅，音 jī，即柱上承斗拱的方木。施：鋪陳。蜿虹：蜿蜒的彩虹。

〔2〕阿閣：四面都有檐霤的樓閣。出《尸子》卷下："泰山之中有神房阿閣帝王録。"藻井：常見於宫殿、壇廟建築中的室内頂棚的獨特裝飾部分。一般做成向上隆起的井狀，有方形、多邊形或圓形凹面，周圍飾以各種花藻井紋、雕刻和彩繪，也稱藻井結。

〔3〕明妝：明麗的妝飾。南朝·宋·鮑照《代堂上歌行》："雖謝侍君閑，明妝帶綺羅。"容輝：儀容丰采，神采光輝。

〔4〕日在御：每天都在操弄（琴瑟）。御，本意是駕馭，這裏是操縱、使用。

〔5〕徽音：猶德音。指令聞美譽。《詩·大雅·思齊》："大姒嗣徽音，則百斯男。"漢·鄭玄箋："徽，美也。"

〔6〕清商：凄清的商調。宋·晏幾道《生查子》："玉指袖中彈，一曲清商怨。"

其　六

灼灼芙蓉花，燁燁紫蘭蕊[1]。采之不盈掬[2]，婉孌懷彼美[3]。彼美思舊鄉，遠道非伊邇[4]。勿爲斷蓬草，泥塗終自委[5]。

【校注】

〔1〕灼灼、燁燁：都是明亮、燦爛、鮮明的樣子。

〔2〕盈掬：亦作“盈匊”，滿捧。兩手合捧曰匊。唐·杜甫《佳人》：“摘花不插鬢，採柏動盈掬。”

〔3〕婉孌：亦作“婉孌”，美貌，也指舞姿美。漢·鄭玄箋《詩·甫田》曰：“婉孌，少好貌。”

〔4〕伊邇：近，將近。《詩·邶風·谷風》：“不遠伊邇，薄送我畿。”

〔5〕斷蓬草：漂泊無定的飛蓬草。明·徐禎卿《將進酒》：“陽春豈發斷蓬草，白日不照黄壚泉。”泥塗：泥路。《莊子·田子方》：“棄隸者，若棄泥塗，知身貴於隸也。”自委：自甘墮落，如土委地。委，堆積，堆放。《莊子·養生主》：“牛不知其死也，如土委地。”

其　七

心星西北流[1]，寒風何摵摵[2]。玄蟬響樹間[3]，蟋蟀鳴東壁。百草日以腓[4]，嚴霜日以劇。翩翩孤飛鴻，哀鳴暮何適。眷言平生友，高舉青雲翮[5]。不念昔者歡，伊予忘莫逆[6]。七襄無成章，箕斗復何益[7]。且復守泥塗，翔奮各有策[8]。

【校注】

〔1〕心星：二十八星宿之一。明·梁有譽《咏懷六首》：“心星轉坤維，芳榮遽銷謝。”

〔2〕摵摵：音 sè sè，象聲詞，風聲。

〔3〕玄蟬：秋蟬，寒蟬。唐・杜甫《立秋後題》："玄蟬無停號，秋燕已如客。"

〔4〕腓：草木枯萎。

〔5〕眷言：回顧貌，眷，亦作睠；言，詞尾。《詩・小雅・大東》："睠言顧之，潸焉出涕。"青雲翮：高飛入雲端的翅膀。翮，鳥的翅膀。唐・白居易《寄庾侍郎》："巉巉蒼玉峰，矯矯青雲翮。"

〔6〕伊予：讓我。伊，助詞，無實意。莫逆：指莫逆之交，指兩人意氣相投，交往密切友好。語出《莊子・大宗師》："三人相視而笑，莫逆於心，遂相與爲友。"

〔7〕"七襄"句：《詩・小雅・大東》："雖則七襄，不成報章。"意謂織女雖移動了七個時辰，但未往復組成紋路，以成布帛。《迢迢牽牛星》："終日不成章，泣涕零如雨。"七襄，指織女星七次移易位置。古人一天分十二時辰，白日分卯時至酉時共七個時辰，織女星座每一個時辰移動一次。《毛詩・小雅・大東》：跂彼織女，終日七襄。章，紋路。箕斗：即箕宿與斗宿。《詩・小雅・大東》："維南有箕，不可以簸揚，維北有斗，不可以挹酒漿。"後因以"箕斗"比喻虛有其名。

〔8〕翔奮：奮起飛翔。

其　八

鬱鬱徂徠松〔1〕，扶疏布高枝〔2〕。枝上復何有，女羅與光絲〔3〕。暨君申嬿婉〔4〕，纏綿誓不移。往路何處懷〔5〕，千里長相思。音形渺難覿，苦爲別淚滋〔6〕。伊昔侍君子，琴瑟諧恩私〔7〕。何意中道睽，過時蕙草萎〔8〕。翼亮白頭吟，日月光不遺〔9〕。

【校注】

〔1〕徂徠：音 cú lái，亦作"徂來"。山名，後來是指生長棟梁之材的大山。唐・劉禹錫《崔公神道碑》："善積家肥，子孫多材，如彼榷楝，必生徂來。"

〔2〕扶疏：枝葉茂盛的意思。見《後漢書・延篤傳》："草木之生，始於萌芽，終於彌蔓，枝葉扶疏，榮華紛縟，末雖繁蔚，致諸根也。"

〔3〕女羅：即女蘿，植物名，實名松蘿。多附生在松樹上，成絲狀下垂。亦泛指菟絲子。《楚辭・九歌・山鬼》："若有人兮山之阿，被薜荔兮帶女羅。"光絲：指被陽光照射的菟絲，也可能指因帶露水而反光的蛛網。

〔4〕暨：和，同。申：陳説意。嬿婉：音 yàn wǎn，也作"燕婉"。多指温柔美女。

〔5〕往路：前去的道路，亦説是已經走過的路。漢・李陵《與蘇武》詩之二："行人懷往路，何以慰我愁。"

〔6〕渺難覿：渺茫而難以見面。覿，相見。

〔7〕伊昔：從前。《文選・陸機〈答賈長淵〉》："伊昔有皇，肇濟黎蒸。"諧恩私：和諧地表達恩惠。恩私，恩惠，恩寵。唐・杜甫《北征》："顧慚恩私被，詔許歸蓬蓽。"

〔8〕中道暌：中途發生了分歧。暌，音 kuí，違離。《正韻牋》解釋："'睽孤'之'睽'從目，'暌違'之'暌'從日，俗多誤用。"蕙草萎：香草都枯萎了，意即美好的時光過去了。

〔9〕翼亮：即亮翼，有老來奮發之意。白頭吟：漢樂府民歌，傳爲西漢才女卓文君所作，其中"願得一心人，白首不相離"爲千古名句。

其　九

熙熙春載陽，鬱鬱堤畔柳[1]。飛花離本根，安得常相守。搴彼遠揚枝，將以遺我友[2]。此物何足貴，貴自同心手[3]。

【校注】

〔1〕熙熙：温和歡樂的樣子。鬱鬱：草木茂盛的樣子。載陽：指陽光開始變得温暖。《詩・豳風・七月》："春日載陽，有鳴倉庚。"

〔2〕搴：音 qiān，拔取，摘取。遺：贈送、饋贈、送給。

〔3〕同心手：即同心、親手。親手採來真心送給。

其　十

明明牛女星，皎皎天漢月〔1〕。悠悠一水間，杳杳彌年别〔2〕。弄杼雖七襄〔3〕，報章安可閱〔4〕。睆彼河無梁〔5〕，佇泣以憂結。迢遥奔龍思，繚繞何時絶。

【校注】

〔1〕牛女星：即牽牛星和織女星。《古詩十九首》中有關於兩顆星的描述："迢迢牽牛星，皎皎河漢女。纖纖擢素手，札札弄機杼。"牛，底本譌作"午"。天漢月：即天上的月亮，天漢，古時指銀河。也泛指浩瀚星空。

〔2〕杳杳：昏闇或幽遠貌。宋·歐陽修《和徐生假山》："陰穴覷杳杳，高屏立巉巉。"彌年：滿一年。

〔3〕弄杼：織布。杼：音 zhù，織布機上的筘，古代亦指梭。

〔4〕報章：見本書卷之二《古詩十九首》之七注。

〔5〕睆：音 huǎn，明亮。河：銀河。

其十一

西北有高樓，下有故鄉道。凉飈動地回〔1〕，零露濡原草〔2〕。四時易變化，焉得長不老。咄嗟游子顔〔3〕，衰白難獨保。安得紫莖芝〔4〕，令我長壽考〔5〕。努力策芳聲〔6〕，曰言在文藻〔7〕。

【校注】

〔1〕凉飈：强烈的冷風。飈，音 biāo，同"飆"。回：這裏是回旋、回復的意思。

〔2〕零露：降落露水。《詩·鄭風·野有蔓草》："野有蔓草，零露漙

兮。”濡：沾濕。

〔3〕咄嗟：嘆息。晉・葛洪《抱朴子・勤求》：“令人怛然心熱，不覺咄嗟。”游子顔：指在外漂泊之人疲憊、憔悴的容顔。

〔4〕紫莖芝：紫色的靈芝，傳説靈芝共三十六種，紫芝是最上乘的靈芝。唐・李白《過四皓墓》：“紫芝高咏罷，青史舊名傳。今日并如此，哀哉信可憐。”

〔5〕長壽考：即長壽老，古考、老同義。

〔6〕芳聲：美好名聲。唐・李白《春日陪楊江寧及諸官宴北湖感古作》：“楊宰穆清風，芳聲騰海隅。”策芳聲：鞭策自己使美好名聲傳得更遠。

〔7〕文藻：本意是一種水草名。這裏指有文采的言辭，包括詩詞歌賦之類。

其十二

東城一何峻，阿閣鬱崔巍〔1〕。零露振庭柯〔2〕，百卉腓以萎〔3〕。四野莽蕭條，時節更推移。緑葹紛滿砌〔4〕，蘭蕙無復滋。白日渺難恃〔5〕，黄金空爾爲〔6〕。京洛出名倡，明侔王爲姿〔7〕。粲粲美衣服〔8〕，鳴琴日相嬉〔9〕。不惜泠泠彈，調古誰復如〔10〕。哀響一何急，促柱一何悲。思爲梁間燕，從君日雙飛。

【校注】

〔1〕阿閣：見《擬古十九首》之五注釋。崔巍：形容山、建築物等高大雄偉。鬱：本意指草木茂盛，這裏形容建築稠密壯觀。

〔2〕庭柯：庭院裏的樹木。柯，草木的枝莖，代指樹木。

〔3〕腓：萎，草木枯萎。

〔4〕緑葹：古書上説的一種草。葹，音 shī。

〔5〕白日：一般指太陽，陽光。也指白晝、白天、時間、光陰。渺難恃：縹緲而過難以依靠。恃，依靠。

〔6〕空爾爲：大意是那黄金算是白白地被你占有。“爲”是一個意義相當廣泛的動詞，其基本意義是“做”，在上下文中，此處的“爲”可解釋爲占有。

〔7〕明侔：同“明眸”，指倡女明亮的眼睛。

〔8〕粲粲：鮮明華麗的樣子。《詩・小雅・大東》：“西人之子，粲粲衣服。”

〔9〕日相嬉：每日相互娱樂嬉戲。

〔10〕冷冷，疑爲“泠泠”。調古：音調古樸。誰復如：誰還來聆聽。如，到，往。

其十三

步出上東門，遥望郭北地〔1〕。柏松慘寒姻〔2〕，白日陰風至。下有百年人，杳杳此長寐〔3〕。誰能奮夜臺〔4〕，宇宙復久視。冉冉歲月移，容華難獨媚〔5〕。安得金石姿〔6〕，身世常相寄〔7〕。吁嗟賢與愚〔8〕，今古同一致。神仙事緬邈〔9〕，大藥固難覬〔10〕。何如携佳人，美酒同游戲。

【校注】

〔1〕上東門：洛陽的一個城門名，也叫“建春門”。東漢京城洛陽，共有十二個城門。東面三門，靠北的叫“上東門”。歷來是文人墨客登樓賦詩的地方。宋・賀鑄有《上東門》詞。郭北地：不是實際地名，語出漢樂府古曲《戰城南》裏有“戰城南，死郭北，野死不葬烏可食”句。這裏意爲：有很多將士捐軀的讓人斷腸處。

〔2〕寒姻，疑爲“寒烟”之誤。寒烟，淒寒的烟霧，多指墓前祭奠的紙烟。清・納蘭性德《秋郊即事》：“秋水映空，寒烟如織，皂雕飛處，天慘雲高。”

〔3〕百年人：已經亡故之人。百年，常代指人之年老死亡。這裏指的是曾在此戰死的烈士。唐・冢中人《續鄭郊吟》：“下有百年人，長眠不知曉。”長寐：長眠，諱言死亡。

〔4〕奮：鼓動，振動。夜臺：指墳墓，因爲閉於墳墓，不見光明，所以稱

爲夜臺，後來也用來指代陰間。宋・陳普《夜臺》："人寰黯淡如夜臺，百物凄愴生芒峰。"

〔5〕容華：美麗容顏。三國・魏・曹植《雜詩》："南國有佳人，容華若桃李。"難獨媚：難以始終（或獨自）討人喜歡。

〔6〕金石姿：指永遠不壞的身體，或云金剛之軀。唐・韓愈《北極贈李觀》："所尚苟同趨，賢愚豈异倫。方爲金石姿，萬世無緇磷。"

〔7〕"身世"句：自己的身體與世間長期相寄托，意即長久地活在世上。

〔8〕吁嗟：嘆詞，表示嘆息憂傷或有所感的語氣，有時也表示贊美。《文選・謝朓〈和王著作融八公山詩〉》："平生仰令圖，吁嗟命不淑。"

〔9〕緬邈：遥遠。唐・李白《酬崔五郎中》："崔公生民秀，緬邈青雲姿。"

〔10〕大藥：即長生不老之藥。唐・杜甫《贈李白》："苦乏大藥資，山林迹如掃。"覬：音 jì，希望得到。

其十四

去者不可作〔1〕，生者誰復親。新壟纍纍出，古墓摧埃塵〔2〕。孤兔穴其窟〔3〕，牧豎行採薪〔4〕。白楊來秋風，颯颯懷苦辛。萬里去故鄉，終當振歸輪〔5〕。

【校注】

〔1〕"去者"句：死了的人不可能起來。

〔2〕新壟：新的墳墓堆。宋・賀鑄有一首悼亡詞《鷓鴣天》："原上草，露初晞。舊棲新壟兩依依。"摧埃塵：被埃塵淹没毀損。

〔3〕穴其窟：挖穴。

〔4〕牧豎：牧童。採薪：打柴。

〔5〕歸輪：返回故鄉的車。

其十五

處世若大夢，終夜猶勞勞。寤言及芳晨[1]，何不美游遨[2]。爲歡日宴會，同心良可招。白日不可縶，黄金徒自驕。古來跨雙鳧，惟有王子喬[3]。

【校注】

〔1〕寤言：醒後説話。《詩·衛風·考盤》："獨寐寤言，永矢弗諼。"芳晨：美好早晨。

〔2〕游遨：嬉游，游逛。

〔3〕雙鳧：《後漢書·方術傳上·王喬》："王喬者，河東人也。顯宗世，爲葉令。喬有神術，每月朔望，常自縣詣臺朝。帝怪其來數，而不見車騎，密令太史伺望之。言其臨至，輒有雙鳧從東南飛來。於是候鳧至，舉羅張之，但得一隻舄焉。乃詔尚方診視，則四年中所賜尚書官屬履也。"後以雙鳧代指有德政的地方官，也當成隱士高人的理想追求。王子喬：即王喬。

其十六

歲序聿云暮[1]，蟋蟀多鳴悲。寒風厲昏曉，凉風振庭帷[2]。中有愁思婦，終夜嘆睽離[3]。良人行邁遠，賤妾獨何依[4]。綦縞聊自適[5]，膏沐誰爲施[6]。君如雲間月，妾若濁水泥。升沉不相及，彼此何由隨。結縭重自念[7]，巧笑期同歸[8]。緬彼河曲鳥[9]，尚復共翻飛。眷言各努力，毋忘生育時[10]。

【校注】

〔1〕"歲序"句：歲聿云暮，指一年將盡。

〔2〕厲昏曉：在早晚變得更加兇猛。厲，兇猛，厲害。昏曉，晚上與早晨。庭帷：庭前的帷幔。

〔3〕睽離：離别，分離。宋・蘇軾《今年正月十四日與子由别於陳州五月子由復至齊安以詩迎之》："睽離動作三年計，牽挽當爲十日留。"

〔4〕良人：古時夫妻互稱爲良人，後多用於妻子稱丈夫。

〔5〕綦縞：音 qí gǎo。指平民婦女之服裝，亦借指平民婦女。

〔6〕膏沐：古代婦女潤髮的油脂。宋・朱熹集傳《詩・衛風・伯兮》曰："膏，所以澤髮者；沐，滌首去垢也。"

〔7〕結縭：古代嫁女的一種儀式。女子臨嫁，母親給她結上佩巾。語出《詩・豳風・東山》："親結其縭。"後即以"結縭"指結婚。縭，音 lí，出嫁時所繫的佩巾。重自念：一次次自我回憶。

〔8〕巧笑：美好的笑。《詩・衛風・碩人》："巧笑倩兮，美目盼兮。"期同歸：期望一同歸去。這是結婚時男女雙方發的"白頭偕老"的誓願。

〔9〕緬彼，緬懷那遥遠的過去。河曲鳥：鴛鴦的别名。《文選・陸機〈擬古詩・擬東城一何高〉》："思爲河曲鳥，雙游豐水湄。"河，底本譌爲"何"。

〔10〕眷言：回頭説。努，底本譌爲"弩"。

其十七

孟冬氣慄烈〔1〕，風葉日以墜。客久知天寒〔2〕，愁多苦難寐。四節易推斥〔3〕，日月遞相避〔4〕。客從南方來，遺我相思字〔5〕。首言身久睽，末言心不二。出入懷袖間，三載不忍棄。妾心托古歡〔6〕，懼君有新意。

【校注】

〔1〕慄烈：同"栗烈"，凛冽，形容嚴寒。《詩・豳風・七月》："一之日觱發，二之日栗烈。"

〔2〕客久：客居已久，謂客居他鄉時間長了。

〔3〕四節：指四季。《後漢書・楊賜傳》："今城外之苑，已有五六，可以逞情意，順四節也。"推斥：推移，變易。

〔4〕遞相避：相互回避，指日落月出，此起彼伏的意思。

〔5〕遺：音 wèi，贈送，這裏是“帶給我”。相思字：表達相思之情的書信。

〔6〕托古歡：寄托於往日的歡愛和情誼。《古詩十九首》其十六：“良人惟古歡，枉駕惠前綏。”

其十八

客從洛浦來，遺我合歡衾〔1〕。相去日已遠，感此屬意深〔2〕。著以同功綿，文綵雙鴛禽〔3〕。置之黄金牀，終歲吐芳馨。一心懷光惠，常恐間徽音〔4〕。

【校注】

〔1〕洛浦：洛水之濱。合歡衾：新婚用的被子。

〔2〕屬：同“囑”，囑咐，托付。

〔3〕同功綿：兩蠶以上共作一繭，其絲稱“同功綿”。常以象徵男女情深。晉·楊方《合歡》二：“寢共織成被，絮共同功綿。”文綵：花紋圖案。雙鴛禽：一對鴛鴦鳥。

〔4〕光惠：榮寵，恩惠。三國·魏·曹植《離思賦》：“念慈君之光惠，庶没命而不疑。”間：破壞。徽音：猶德音，指美譽。

其十九

皎皎窗中月，三五蟾兔列〔1〕。清暉良有餘，攬之不可掇〔2〕。涼風入羅幃，誰肯相爲説。徘徊望天末，憂思寧斷絶〔3〕。願因南流景，特此照顔色〔4〕。

【校注】

〔1〕蟾兔：金蟾、玉兔。説兩物爲月中之精，因以作月的代稱。《古詩十九

首・孟冬寒氣至》："三五明月滿，四五蟾兔缺。"

〔2〕攬：收取。掇：用手拿，拾取。

〔3〕天末：天際。唐・杜甫《天末懷李白》："涼風起天末，君子意如何。"寧：豈，難道。

〔4〕南流景：指太陽。向南流馳的日光。三國・魏・曹植《雜詩》之二："願爲南流景，馳光見我君。"一説指月亮。照顔色：照映出美好的容顔。

使至喜讀雲夢師詩〔1〕

客從湘江來，遺我湘妃瑟〔2〕。囊以五彩文，錯以雙明月〔3〕。徽柱況青奇〔4〕，絲繩何疏越〔5〕。感激芳意臨，爲鼓徽音發〔6〕。游魚出碧波，孤鳳翔雲日。古調不可彈，新聲非所匹〔7〕。將搴湘水蘭，欲訪商山逸〔8〕。相逢理太音〔9〕，允矣托膠漆〔10〕。

【校注】

〔1〕雲夢師：指田子壽恩師孫斯億。孫斯億，詳見"附録・附三"説明。

〔2〕湘妃瑟：《楚辭・遠游》："使湘靈鼓瑟兮，令海若舞馮夷。"湘妃，即湘水女神，又稱湘靈、湘娥、娥皇。

〔3〕錯：鑲嵌。明月：指明月珍珠。《楚辭・九章・涉江》："被明月兮佩寶璐。"

〔4〕徽柱：古琴上固定音階位置的突出部分，稱爲階碼、音徽、徽柱。況：顯出，顯示。青奇：通"清奇"，原指一種詩文風格，謂清新奇妙的境界，這裏代指音色優美。

〔5〕絲繩：這裏指琴弦。疏越：疏通瑟底之孔，使聲音舒緩柔美。這裏指聲音舒緩柔美。

〔6〕芳意：對他人情意的美稱。鼓：這裏是演奏、彈奏的意思。

〔7〕非所匹：又不匹配，指不合氛圍。

〔8〕搴：摘取，採取。商山逸：商山的隱士。典出“商山四皓”，秦朝末年，有四位秦朝博士：東園公唐秉、夏黄公崔廣、綺里季吴實、角里先生周術隱居位於陜西商洛的商山，被後人稱爲“商山四皓”。作者這裏把雲夢師比作商山四皓。

〔9〕理：聆聽，理會。太音：幽微的聲音，猶言雅音。

〔10〕膠漆：膠和漆，是兩種最具黏性的東西。比喻情意投合，親密無間。唐·元稹《説劍》：“吾友有寶劍，密之如密友。我實膠漆交，中堂共杯酒。”

凉　飆

凉飆厲遠空，鴻翼向南翥〔1〕。群芳日以零，蘭蕙被白露。人生天地間，良無金石固。對酒慘不歡，戚戚何所莫〔2〕。徒懷精衛心〔3〕，多爲木石誤〔4〕。不如謝糾纏，逍遥縱情素〔5〕。

【校注】

〔1〕厲：兇猛。此指肆虐。翥：振翼而上，高飛。唐·宋之問《度大庾嶺》：“魂隨南翥鳥，淚盡北枝花。”

〔2〕莫：通“慕”。思慕，向往。《論語·里仁》：“君子之於天下也，無適也，無莫也。”

〔3〕精衛心：填海之志。這裏用精衛填海的典故。晉·陶淵明有《讀山海經·其十》：“精衛銜微木，將以填滄海。刑天舞干戚，猛志固常在。”

〔4〕木石：指精衛填海所用的木石。

〔5〕謝糾纏：回避思緒糾結。素：本意是白色的紡織品，這裏取其“本色”，意爲隨性的行爲。

送伯良二首[1]

蔦蘿尚相附[2]，駏驉且同行[3]。而我金石交，别我何倉芒[4]。黄鵠翩翩舉[5]，逝將東南翔。羽翼各參差，况乃天一方。高山何峨峨，流水何蕩蕩[6]。故人行邁遠，携手重彷徨[7]。

【校注】

〔1〕伯良：胡伯良，號山人，與其弟胡伯舉，均爲田子壽文友。詳見“附録·附三”。

〔2〕蔦蘿：是旋花科蔦蘿屬的植物，又名密蘿松、金絲綫、游龍草、繞龍花等。《詩·小雅·頍弁》：“蔦與女蘿，施于松柏。”常喻兄弟親戚相互依附。蔦音 niǎo。尚相附：尚且相互依附攀援。

〔3〕駏驉：音 jù xū，《廣韻》：“駏驉，獸似騾也。”亦稱“駏虚”。漢·枚乘《七發》：“前似飛鳥，後類駏虚。”

〔4〕而我：你我。而，代詞，表示對稱，相當於“你”。金石交：成語“金石之交”的簡説，比喻像金石一樣牢不可破的交情。典出漢·班固《漢書·韓信傳》：“足下雖自以爲與漢王爲金石交，然終爲漢王所禽矣。”倉芒：同“倉忙”，匆忙。

〔5〕翩翩舉：輕快飛翔的樣子。宋·張孝祥有《蝶戀花》：“待得政成民按，朝天衣袂翩翩舉。”

〔6〕峨峨：山體高大陡峭的樣子。蕩蕩：水流平緩的樣子。

〔7〕行邁：即走路。語出《詩·王風·黍離》：“行邁靡靡，中心摇摇。”重彷徨：更加依依難捨。重，加重，甚。

其　二

彷徨欲何之，念子遠行役[1]。天風號枯桀[2]，况乃霜霰迫[3]。我有雙龍劍，贈子非所惜。努力向明時[4]，相將振六翮[5]。

【校注】

〔1〕行役：因公事出行。亦泛指行旅、出行。

〔2〕枼：古同“葉”。

〔3〕霜霰：霜和霰，也比喻惡勢力。晉・陶潛《歸園田居》詩之二：“常恐霜霰至，零落同草莽。”霰，音 xiàn，小冰粒。迫：逼迫。

〔4〕明時：政治清明的時代。宋・李曾伯有《八聲甘州》詞，内中有句：“願明時，清平無事，放老翁、長伴白鷗閑。”

〔5〕相將：相偕、相共。六翮：謂鳥類雙翅中的正羽，用以指鳥的兩翼。

答伯良留別

騏驥信千里，不受鹽車縶〔1〕。鳳凰翔千仞，高睨榆枋冀〔2〕。璠璵價連城，笑被裹燕石〔3〕。壯哉君子懷，洞視曠今昔〔4〕。手中握靈芝，蕭艾爲難色〔5〕。將尋萬里游，思矯黄鵠翮。何當再比冀，荷荇其唼喋〔6〕。去矣何所贈，努力崇明德〔7〕。

【校注】

〔1〕騏驥：千里馬，比喻賢才。鹽車：拖鹽的車子，多用牛、驢來拉。有成語“驥伏鹽車”。縶：音 zhí，栓，捆，這裏是約束、羈絆、拖累的意思。漢・賈誼《吊屈原賦》：“驥垂兩耳，服鹽車兮。”

〔2〕高睨：猶雄視，傲視。謂目光遠大，見解脱俗。後漢書《張衡傳》：“方將師天老而友地典，與之乎高睨而大談。”睨，底本譌爲“覫”。榆枋：榆樹與枋樹，比喻狹小天地。常用“榆枋之見”“榆枋之冀”形容那些見識狹小，追求短淺的人。

〔3〕璠璵：音 fán yú，美玉名。後泛指珠寶，引申比喻美德賢才。燕石：燕山一帶所産的一種類似玉的石頭，其質地比玉要差。唐・李白《贈范金鄉》：“我有結緑珍，久藏濁水泥。時人棄此物，乃與燕石齊。”

〔4〕洞視：透徹地瞭解，看問題深刻獨到，相當於“洞察”。曠今昔：即古今都難找。

〔5〕蕭艾：臭草，常用來比喻品質不好的人。唐·杜甫《種萵苣》：“中園陷蕭艾，老圃永爲耻。”爲難色：爲難的表情。宋·蘇軾《次韻王滁州見寄》：“憑君試與問琅耶，許我來游莫色。”

〔6〕荷荇：荷葉和荇菜。唼喋：shà zhá，形容魚或水鳥吃食的聲音。

〔7〕明德：修明個人的德行；也指光明之德、美德。出自《禮記·大學》：“大學之道，在明明德，在親民，在止於至善。”

送子東歸洞庭二首〔1〕

仲冬寒氣厲，北風鳴蕭蕭。蟋蟀響東壁，霜霰灑窮郊。故人駕言歸，驪歌一何勞〔2〕。洞庭不易渡，道路阻且遥。别離在伊邇，携手心忉忉〔3〕。豈曰寒無裳，贈子衣與袍。豈曰貧無資，贈子金錯刀〔4〕。庶以表明信，因之托久要〔5〕。努力副前期，無忘金石交〔6〕。

【校注】

〔1〕子東：洞庭湖邊巴陵人，田子壽的文友，姓氏和生平失考。

〔2〕驪歌：告别的歌。清·納蘭性德《宋蓀友》：“留君不住我心苦，横門驪歌淚如雨。”

〔3〕伊邇：將近，不遠。《詩·邶風·谷風》：“不遠伊邇，薄送我畿。”伊是助詞，没實在意義。忉忉：憂思貌。《詩·齊風·甫田》：“無思遠人，勞心忉忉。”

〔4〕金錯刀：刀名。三國·吴·謝承《後漢書·馮緄》：“武陵五溪蠻夷作難，詔遣車騎將軍馮緄南征，緄表奏應奉，賜金錯刀一具。”

〔5〕明信：誠信。宋·秦觀《郭子儀單騎見虜賦》：“惟有明信，乃成茂勳。”因之：接下來。久要：指舊約和舊交。《文選·曹植〈箜篌引〉》：“久

要不可忘，薄終義所尤。”

〔6〕副：同“付”，交付，付與，這裏可以譯爲“踐行”。前期：以前的約定。

其　二

王鮪詎違性，晨風且北飛〔1〕。洞庭木葉下，之子洞庭歸。行行起江汜，悠悠阻音徽〔2〕。脉脉手重把，潸潸淚俱揮。收淚行致辭，前期安可違。南山自有蕨，北山亦有薇。願言信蘿薜，庶與遂初衣〔3〕。

【校注】

〔1〕王鮪：傳説中的東海巨魚。鮪：音 wěi，鱘魚。明·宋濂《寓林折枝·王鮪》載：“東海有巨魚，名王鮪焉。不知其大多少。赤幟曳曳見黿赭間，則其鬣也。”違性：背離自己的本性。晨風：鳥名。《詩·秦風·晨風》：“鴥彼晨風，鬱彼北林。”

〔2〕江汜：江邊。音徽：音訊，書信。《文選·陸機〈擬庭中有奇樹詩〉》：“歡友蘭時往，迢迢匿音徽。”

〔3〕願言：思念殷切貌。《詩·衛風·伯兮》：“願言思伯，甘心首疾。”信：在這裏作信使講。蘿薜：藤蘿和薜荔。庶與：近似於。遂：實現。初衣：入仕前的衣着，指當年景况。唐·李白《送賀監歸四明應製》：“久辭榮禄遂初衣，曾向長生説息機。”

蔡行人來京獲伯良書〔1〕

人生匪鹿豕，安得常相媚〔2〕。企予念暌離，忽覩皇華使〔3〕。故人客京華，萬里緘書寄〔4〕。緊昔燕趙間，感慨多奇致〔5〕。千金市駿骨〔6〕，萬金酬死事〔7〕。矯矯荆高徒，擊筑醉燕市〔8〕。睥睨豈無人，俠烈凛自异〔9〕。何由施鴻羽，爲君陳此義。

【校注】

〔1〕蔡行人：生平不詳。來京：來自京城。

〔2〕鹿豕：鹿和猪，比喻山野無知之物。《孟子・盡心上》："舜之居深山之中，與木石居，與鹿豕游，其所以异於深山之野人者幾希。"相媚：親熱，關係融洽之意。宋・辛棄疾《清平樂・村居》："醉裏吴音相媚好，白髮誰家翁媪。"

〔3〕企：踮起脚。三國・魏・曹丕《秋胡行》："企予望之，步立躊躕。"予：猶而，助詞。睽離：分離。宋・蘇舜欽《寒夜十六韻答子履見寄》："隔絶今一水，睽離將再春。"皇華使：京城來的使者。"皇華"同下句的"京華"都是京城之意。

〔4〕緘書：信函，或封緘的信函。唐・徐彦伯《春閨》："有使通西極，緘書寄北河。"

〔5〕繄昔：往昔，過去。繄，音 yī，在句中無實在意義。奇致：獨有的情致，特别的見解。明・劉珏《寄傲園小景》："幽香天際發，奇致室中求。"

〔6〕"千金"句：典出《戰國策・燕策一》："古之君王，有以千金求千里馬者，三年不能得。涓人言於君曰：'請求之。'君遣之，三月得千里馬。馬已死，買其首五百金，反以報君。君大怒曰：'所求者生馬，安事死馬而捐五百金！'涓人對曰：'死馬且市之五百金，况生馬乎？天下必以王爲能市馬。馬今至矣！'於是，不能期年，千里之馬至者三。"

〔7〕"萬金"句：典出唐・劉長卿的詩《獻淮寧軍節度使李相公》："家散萬金酬士死，身留一劍答君恩。"唐朝中期藩鎮李忠臣因平息安史之亂有功被封官位居淮西節度使，爲詩人劉長卿的上級。劉爲討好他，就寫了這一首吹捧他的詩，内中的"家散萬金"是溢美誇張之事。後來因爲李忠臣叛唐被殺，劉長卿的這首詩相反得以廣泛流傳。這虚構萬金酬士死的典故也便傳了下來。

〔8〕矯矯：勇武剛强貌。荆高徒：荆軻和高漸離（刺客名）這類人。"繄筑"句：《戰國策》："荆軻嗜酒，日與狗屠及高漸離飲於燕市。酒酣以往，高

漸離擊筑，荆軻和而歌於市中，相樂也，已而相泣，旁若無人者。”擊，底本譌爲“繫”。後文亦有，版誤不再另注。

〔9〕睥睨：斜視，形容高傲的樣子。豈無人：豈能是瞧不起人。俠烈：剛直嚴正，見義勇爲。凜自异：凜然與衆不同。

送吴中友人南還〔1〕

之子吴中彦，少小美遨游〔2〕。發迹滄海南，挾策上皇州〔3〕。擊筑醉燕市，長揖傲王侯〔4〕。飄然去荆楚，攀援桂樹幽〔5〕。言涉澧與沅，聊爲蘭沚留〔6〕。神龍不易縶，威鳳詎可儔〔7〕。驅車駕言邁，悠悠我心憂。去矣天地間，膠漆當共投。

【校注】

〔1〕吴中：在江蘇。

〔2〕吴中彦：吴中的俊才。美遨游：以遨游爲美事。

〔3〕發迹：啓程。晉·法顯《佛國記》：“初發迹長安，度隴至乾歸國夏坐。”滄海南：不是實指地名，謂遥遠的地方。挾策：胸懷計謀。皇州：帝都，京城。

〔4〕長揖：古代交際禮儀風俗，即雙手抱拳舉過頭頂，再鞠躬。上古時就開始流行，不分長幼尊卑都可用，但多數用於平輩之間。傲王侯：傲然處於王侯之列。元·趙孟頫《漁父詞》：“渺渺烟波一葉舟。西風落木五湖秋。盟鷗鷺，傲王侯，管甚鱸魚不上鈎。”

〔5〕“攀援”句：用攀桂或折桂典。我國古代把科場奪冠登科比喻成折桂，科舉考試正處在秋季，恰逢桂花開的時候，故借喻科考高中，獲得佳績。這裏喻指朋友獲得美好的前途。

〔6〕言涉：渡過，言是語氣助詞。澧與沅：澧水和沅水，三湘四水中的兩水。蘭沚：典型的水鄉植物，香花香草代表，所謂“岸芷汀蘭”，借代美好的友情。

〔7〕不易縶：不容易被羈絆住。威鳳：有威儀的鳳凰。詎可儔：豈能成爲同類。

其　二

膠漆誰別離，游魚常比目。何況同心人，一旦遠結束[1]。擊節共悲歌，哀響振林谷[2]。南箕不可揚，牽牛謝車輻[3]。去去江海間，寧無磐石固。人生無定蹤，前期渺難卜。惟有尺素書，可以寄衷曲[4]。

【校注】

〔1〕遠結束：準備好遠行的行裝。結束，收拾打扮，結衣束帶。

〔2〕擊節：敲打着音樂的節拍。哀響：悲涼的樂聲。唐・韓愈《感春三首》："嬌童爲我歌，哀響跨箏笛。"

〔3〕"南箕"句：《詩・小雅・大東》："維南有箕，不可以簸揚。"即形爲箕，却不簸米糠。"牽牛"句：《詩・小雅・大東》："睆彼牽牛，不以服箱。"即名爲牽牛，却不拉車。

〔4〕尺素：書信。見《惜别十首》之五注"剖雙鯉"的典故。衷曲：内心隱秘，心事。

懷伯良三首

彼美遠行邁[1]，相意阻芙蓉[2]。芙蓉不可寄，悵惘雙飛龍[3]。

【校注】

〔1〕彼美：這裏可譯爲"那個出色的人"，指伯良。

〔2〕芙蓉：蓮的别名。也用來指女子的美貌。

〔3〕悵惘：悵惘若失。雙飛龍：這裏或指詩人與伯良，或指胡伯良、胡伯

舉兄弟。

其　二

孤獸索故偶，翔鳥求故群[1]。伊彼尚戀故，何況同心云[2]。

【校注】

〔1〕故偶：原來的偶伴。故群：舊有的群落。

〔2〕伊彼：他們、它們或那些。

其　三

子行日以遠，我留日以思。德音不可即[1]，我心良匪移[2]。

【校注】

〔1〕德音：猶德言，善言，指合乎仁德的言語、教令。不可即：不能當面聽到。

〔2〕良匪移：實在不可移開。匪，同“非”。

折楊柳

送君折柳時，懷君折柳後。不見柳邊人，但見河橋柳。

【校注】

〔1〕折楊柳：古人離別時，有折楊柳枝相贈的風俗。最早出現在漢樂府《折楊柳歌辭》中。

卷之三　七言古

寶劍篇[1]

我有寶劍寒凛凛，神工造就非人爲。耶溪鋌涸赤山裂，風雷鼓槖盤蛟螭[2]。萬辟千灌呈至質，冰铓雪鍔光陸離[3]。風雨晦暝多變態，琉璃玉匣吐精奇[4]。扶風豪士看不足，邯鄲俠客常刮目[5]。華藻片片何繁縟，壯懷激烈常佩服[6]。巨闕豪曹未足珍，鹿盧純鈎寧比數[7]。伊昔飄淪古獄邊，衹恐埋沉永棄捐[8]。天生神物終難泯，直吐龍光射斗邊。雷氏爲中千古屈，張華況結一時緣。拂拭猶堪斷浮翮，一麾尚可破重堅[9]。至今妖氛問寰宇，鉛刀凡鐵猶稱數[10]。時違奇器肯干人，事至英雄終見取[11]。十年努力發新硎，天雞啼蹴劉琨舞[12]。持將西北掃風烟，斬取樓蘭執明主[13]。

【校注】

〔1〕寶劍篇：是歌行體古題，不少詩人都以此爲題創作有詩歌。一般都是寫寶劍的形狀、歷史、功用等方面的。大量用典是這類詩的突出特點。

〔2〕耶溪：即若耶溪。傳説爲西施浣紗處。鋌：爲銅鐵礦石。《文選·張協〈七命〉》："耶溪之鋌，赤山之精。"赤山：山名，位於山東容城，著名的佛教聖地。鼓槖：鼓動風箱。蛟螭：惡龍。

〔3〕萬辟千灌：千萬次的鑄造冶煉。灌和辟都是鑄造過程。冰铓：像冰塊一樣鋭利的鋒芒。铓，同"芒"，鋒芒。雪鍔：雪白的鋒刃。鍔，音 è。陸離：形容色彩絢麗繁雜，戰國·屈原《楚辭·涉江》："帶長鋏之陸離兮。"

〔4〕晦暝：昏闇，陰沉。變態：狀態發生改變。這句詩説寶劍精緻奇妙。

〔5〕扶風：古郡名。舊爲三輔之地，多豪邁之士。唐・李白《扶風豪士歌》："扶風豪士天下奇，意氣相傾山可移。"後以扶風豪士代稱慷慨豪邁之人。邯鄲俠客：典出唐・高適依樂府民歌填寫的《邯鄲少年行》，内有名句："邯鄲城南游俠子，自矜生長邯鄲裹。"

〔6〕華藻：華麗的藻飾。繁縟：多而雜碎。三國・魏・曹植《七啓》："步光之劍，華藻繁縟。"壯懷激烈：宋・岳飛《滿江紅》中的一句。意爲奮發圖强的志氣强烈。這裹是説得到這寶劍之後意圖用它報國建功的激動心情。佩服：佩挂與穿戴（指佩戴好戰袍盔甲之類）。

〔7〕巨闕、豪曹：都是古寶劍名。相傳越王勾踐有五把名聞天下的寶劍：純鈞、湛廬、太阿、魚腸和巨闕。他聽説薛燭精於相劍之術，於是召見他。越王先把豪曹劍給薛燭看。薛燭看後回答説："豪曹不算寶劍，寶劍要求青紅黄白黑五種光芒同時顯現，哪一種光芒也不容許勝過其他光芒，豪曹雖然已經很出名了，但這方面還有些不足，所以不能算是最好的寶劍。"鹿盧、純鈎：也是古寶劍名。純鈎，亦稱"純鈞"，是古代十大名劍第九位，銅錫合金，相傳爲春秋戰國時期越國人歐冶子所鑄。寧比數：只能充充數。

〔8〕伊昔：從前。飄淪：飄泊淪落。古獄邊：典出龍泉寶劍發現的故事，據傳龍泉寶劍爲吴國干將和越國歐冶子二人用昆吾所産精礦冶煉多年而成。但後來淪落埋没在豐城的一個古牢獄的廢墟下，直到晉朝司空張華和豐城令雷焕二人夜觀天象，發現在斗宿、牛宿之間有紫氣上衝於天，後經雷焕判斷是"寶劍之精上徹於天"，這纔重新被發掘出來。棄捐：拋棄，廢置。

〔9〕浮翮：指飛鳥。一麾：中國古代郡太守、州刺史的别稱，這裹指的豐城令雷焕。重堅：重堅兵器。

〔10〕妖氛：不祥的雲氣。多喻指兇灾、禍亂。三國・魏・曹植《魏德論》："神戈退指，則妖氛順制。"

〔11〕干人：衝犯人，影響人。

〔12〕發新硎：指刀劍新磨，十分鋒利。《莊子・養生主》："今臣之刀十九年矣，而刀刃若新發於硎。"硎，音 xíng，磨刀石。劉琨舞：東晉・祖逖年輕時有抱負，每次和好友劉琨在半夜一聽到雞鳴，就披衣起牀，拔劍練武，

刻苦鍛煉。後遂以“劉琨舞”“聞雞起舞”等喻志士奮發之志。蹴：音 cù，蹴踏，這裏指練武。

〔13〕樓蘭：西域古國名，是中國西部的一個古代小國，國都樓蘭城在新疆羅布泊西北岸。這裏代指西北强虜。執明主：押送給賢明的君主。李白《塞下曲》六首之一：“願將腰下劍，直爲斬樓蘭。”

寶馬篇

寶馬寶馬感龍精，幻作騏驎地上行〔1〕。古來良驥不稱力，寧以權奇獨著名〔2〕。雙瞳炯炯夾明鏡，兩權協月霜蹄勁〔3〕。冀北牽來空馬群，黄金自致君王聘〔4〕。世無騕褭與騂騮，駑駘盈億不敢儔〔5〕。浮箭未移及千里，壯志已發凌九州〔6〕。黄金絡頭白玉鞍，杏韉甓鐙雙龍盤〔7〕。與人一心堪重寄，不獨神俊稱奇觀〔8〕。伊昔伯樂未相遭，負鹽垂耳太行高〔9〕。一朝幸遇憐材者，爲君步驟康莊豪〔10〕。虬蛹螭騰信超越，驅鶩迅疾若滅没〔11〕。志勵猶争八駿馳，朝游扶桑暮月窟〔12〕。顧影長嘶萬里風，誓與英雄破犬戎〔13〕。百戰沙場汗流血，驍騰早勒燕然功〔14〕。時清莫放華山下，不比浴馬易爲價〔15〕。但終惠養配鈎陳，猶能爲御瑶池駕〔16〕。

【校注】

〔1〕感龍精：謂寶馬感應神龍之精靈。杜甫《天育驃圖歌》：“矯矯龍性合變化，卓立天骨森開張。”騏驎：即麒麟，乃古代神話傳説中的神獸，性情温和，故稱爲仁獸。麒麟的首似龍，形如馬，狀比鹿，尾若牛尾，背上有五彩毛紋，腹部有黄色毛。口能吐火，聲音如雷。中國古代用麒麟象徵祥瑞。相傳只在太平盛世，或世有聖人時現身。

〔2〕不稱力：不以力顯揚。權奇：奇譎非凡，多形容良馬善行。唐・高適《畫馬篇》：“馬行不動勢若來，權奇蹴踏無塵埃。”

〔3〕雙瞳：指眼珠内有兩個瞳子，古人認爲一般雙瞳者都是能力特别出衆

的人，中國歷史上有記載的雙瞳者有虞舜、項羽等人。馬若雙瞳，一定是非凡之馬。夾明鏡：眼在兩旁如同明鏡。兩權協月：指面上兩頰肌肉對稱協調，面相生動有活力。權，通“顴”。月，古“肉”字。霜蹄：即馬蹄。

〔4〕冀北：古良馬産地。《南齊書·王融傳》：“秦西冀北，實多駿驥。”因以謂良馬産地，并指人才薈萃之所。空馬群：使馬群空，常指人才得到充分選拔和任用。《全唐文》記載：“伯樂一過冀北之野，而馬群遂空。”意即經伯樂識馬，良馬均得其用。自致：憑主觀努力而得。

〔5〕騕褭，音 yǎo niǎo，古駿馬名。唐·李善注《漢書音義》：“騕褭，古之駿馬也，赤喙玄身，日行五千里。”驊騮：音 huá liú，赤色的駿馬，周穆王八駿之一。駑駘：音 nú tái，指劣馬。喻低劣的才能。盈億：滿一億（匹馬），這是誇張的説法。典出唐·杜甫《沙苑行》：“至尊内外馬盈億，伏櫪在坰空大存。”儔：同列，并行。

〔6〕浮箭：漏壺上指示時刻的箭頭。《後漢書·律曆志下》：“孔壺爲漏，浮箭爲刻。”凌九州：凌駕世界之上，指出人頭地。

〔7〕杏韉：即杏葉鞍。宋·錢惟演《公子》：“歌翻南國桃根曲，馬過章臺杏葉韉。”也借指備有杏葉韉的馬。韉，音 jiān。蹙鐙：指馬鐙做工精巧，蹙，蹙金，金綫刺繡。下文的雙龍盤也是指馬的配飾上的雙龍花紋。唐·李賀《馬詩二十三首》之八：“香幞赭羅新，盤龍蹙鐙鱗。”

〔8〕重寄：重大的托付。《史記·龜策列傳》：“盛德不報，重寄不歸。”神俊：指姿質不凡的人。宋·黄庭堅《答王晦之見寄》：“大宛天馬嘶青芻，神俊照人絶世無。”

〔9〕“伊昔”二句：見《戰國策·楚策四》：“汗明見春申君……汗明曰：‘君亦聞驥乎？夫驥之齒至矣，服鹽車而上太行。蹄申膝折，尾湛胕潰，漉汁灑地，白汗交流，中阪遷延，負轅不能上。伯樂遭之，下車攀而哭之，解紵衣以冪之。’”兩句意謂（那千里馬）假若没有遇見伯樂，説不定還在那高高的太行山上垂着耳朵馱運鹽巴呢！

〔10〕憐材者：愛惜人才的人，指伯樂一類。君：這裏爲第二人稱，指被選中的俊才。步驟：步伐急驟，指快步，快速。豪：出類拔萃者。

〔11〕蛹，疑爲“踴”之誤，指向上跳，踴躍。螭：没有角的龍。驅騖：成語“横驅别騖”的簡説，縱横馳騁意。騖：通“鶩”，縱横奔馳。滅没：無影無聲，宋·陸游《月下步至臨皋亭》：“山川鬱盘紆，鷗鷺浩滅没。”

〔12〕八駿：相傳是周穆王的八匹名馬，一名絶地，足不踐土；二名翻羽，行越飛禽；三名奔霄，夜行萬里；四名越影，逐日而行；五名踰輝，毛色炳耀；六名超光，一形十影；七名騰霧，乘雲而奔；八名挾翼，身有肉翅。扶桑：太陽升起的地方。傳説在東方的大海上，兩棵相互扶持的大桑樹組成扶桑樹。太陽之靈便從此處駕車昇起。月窟：見卷之一《紫騮馬》注釋。

〔13〕犬戎：古代族名，又叫“玁狁”，曾活躍於今陝、甘一帶，十分强悍，很長時間是華夏民族的北方之患，因此很多文學作品都以此爲假想敵。

〔14〕汗流血：即“汗血寶馬”。驍騰：形容馬的奔跑速度飛快，勇猛。唐·杜甫《房兵曹胡馬詩》：“驍騰有如此，萬里可横行。”“早勒”句：典出《後漢書·竇融列傳·竇憲》：東漢竇憲破北匈奴，登燕然山，刻石記功。後以“燕然勒功”“燕然勒石”指把記功文字刻在石上。勒，雕刻。

〔15〕時清：指没有戰事的清平時代。莫放華山下：用歸馬華山典。周武王滅商後，下令停止用兵，提倡文治天下，把戰馬投放在華山之南，把牛牧放在桃林之野，向天下表示不再使用它們，借指天下太平。浴馬：洗淨戰馬。或爲“俗馬”之誤。

〔16〕惠養：這裏是好好的餵養。鈎陳：也作“鈎陣”，軍隊的儀仗。“猶能”句：用周穆王典。傳周穆王跨神馬八駿率部西游，至崑崙山，見仙人西王母，西王母爲之設宴於瑶池。參見《穆天子傳》《拾遺記》等。唐·李商隱《瑶池》：“八駿日行三萬里，穆王何事不重來。”

古大梁行〔1〕

朝來驅馬大梁道，落日平沙莽皓皓〔2〕。塵埃不見古城人，風起遥看古城草〔3〕。雄都自昔跨百州〔4〕，富貴豪華代不休。萬户烟花臨複道，三千歌舞壓瑶樓[5]。寶馬香車交紫陌，朱甍繡户王侯宅[6]。丘岳應高金錯刀，冠裳照耀軒車客[7]。銅山金埒等閑看，唾咳珠璣何烜赫[8]。鉥軨臨戎號令傳，將軍擁劍獨乘權[9]。邯鄲直遣飛符救，楚越遥分節使連[10]。全盛誰能常獨擅，事去終愁滄海變[11]。朱里凄迷遍草來，夷門慘淡飛花片[12]。昔時賓從信陵君，今來樵唱信陵墳[13]。魏王宫殿空禾黍，獨有繁臺一片雲[14]。

【校注】

〔1〕古大梁行：歌行體舊題，這類歌行體形式特點是每四句换一次韻。唐·高適曾以此題做過七言古詩，頗有影響。

〔2〕大梁道：也稱大梁陌，是位於河南開封附近的一條古道，也是一條南北重要通道，很多文人以此爲題寫過詩詞。宋·蘇轍《懷澠池寄子瞻兄》："歸騎還尋大梁陌，行人已度古崤西。"平沙：指沙漠可望及地平綫。莽皓皓：廣大浩渺的樣子。

〔3〕城，底本譌爲"成"。

〔4〕雄都：險要雄偉的城邑。明·唐順之《點蒼山歌贈雪屏趙考功》："昔日不毛今雄都，山中雞犬散不取。"跨百州：即從古至今有上百次設置州治的歷史。百，不是確數。

〔5〕烟花：泛指春天的景色。這裏指人烟興旺。複道：樓閣之間架設在空中的通道。瑶樓：對樓房的美稱。宋·蘇軾《六月十二日酒醒步月理髮而寢》："曲肱薤簟有佳處，夢覺瑶樓空斷魂。"

〔6〕交紫陌：擁擠交織於大道上。紫陌，郊外大道。朱甍：紅色房頂。甍，音 méng，指房頂。繡户：華麗的居室，多指女子的住所，也指雕繪華美的窗户。

〔7〕"丘岳"句：山嶽高丘應和着精美的佩劍。冠裳：穿衣戴帽，指穿着官服。軒車：有屏障的車。古代大夫級别以上所乘，後亦泛指車。

〔8〕銅山金埒：用銅鑄造的假山，用錢幣堆成的界垣。南朝·宋·劉義慶《世説新語·汰侈》："於時人多地貴，濟（王濟）好馬射，買地作埒，編錢匝

地竟埒。時人號曰‘金埒’。”埒，音 liè。唾咳珠璣：比喻談吐或文辭美如珠玉。典出漢·趙壹《刺世疾邪賦》：“勢家多所宜，咳唾自成珠。”烜赫：形容氣勢盛大。唐·顔真卿《贈裴將軍》：“將軍臨八荒，烜赫耀英材。”

〔9〕靺鞈：也稱“鞈靺”，音 mò gé，古代蔽膝上的皮帶，也稱靺鞈帶。漢·鄭玄注《儀禮·士喪禮》：“鞈帶，靺鞈緇帶，不言靺緇者，省文，亦欲見鞈自有帶，鞈帶用革。”臨戎：親臨戰陣。這裏指戰事要開始了。乘權：利用權勢。漢·張湛注《列子·力命》：“乘權，謂乘用權勢也。”

〔10〕“邯鄲”句：用信陵君竊符救趙典。秦國大破趙軍，又乘勝進軍趙國。趙國首都被圍甚急，諸侯都被秦國的兵威所懾，不敢援助。魏國是趙國的近鄰，救鄰即自救，魏國公子信陵君不惜冒險犯難，竊符救趙，終於挫敗了敵人，保障了兩國的安全。楚越遥分：指楚國和越國相距甚遠。

〔11〕獨擅：獨自據有，獨攬。擅，底本譌作“檀”。

〔12〕朱里：指豪門大户所在地。來：通“萊”，草萊，雜生的草。夷門：戰國時魏都城的東門，故址在今開封城内東北隅，因在夷山之上，故名。

〔13〕賓從：指信陵君當年豢養的門客。

〔14〕繁臺：古臺名。在今開封市東南禹王臺公園内，相傳爲春秋時師曠的吹奏臺，後有繁姓人家居其側，故名。

贈徐畫工和劉山人韻〔1〕

虎頭傳神稱最工，貌成妙在阿睹中〔2〕。我看徐生得遺法，意匠慘澹凌鴻濛〔3〕。酒酣開縑横拓筆，工意工似無一失〔4〕。隱微更覺入天機，世間畫史疇能匹〔5〕。吁噫苦思在移神，骨象由來返失真〔6〕。古來英雄非物色，按圖往往求埃塵〔7〕。君於此義亦所惜，才人毫端恒戚戚。吁嗟中原麟鳳姿，多少藏身在松石〔8〕。

【校注】

〔1〕徐畫工、劉山人：都是田子壽的朋友，具體生平失考。和劉山人韻：依劉山人原韻和詩。

〔2〕虎頭：指顧愷之，晉無錫人。字長康，小字虎頭。多才，尤善畫，精於人像。《晉書》有傳。阿睹：此指眼睛。宋·蘇軾《傳神記》："傳神之難在目。顧虎頭云：'傳形寫影，都在阿睹中。'"元·楊瑀《山居新話》："王衍以銅錢爲阿睹物，顧長康畫神，指眼爲阿睹中，二説於理未通。今北方人凡指此物，皆曰阿的，即阿睹之説明矣。"

〔3〕遺法：指前代遺留下來的典章法則。意匠慘澹：指詩文、繪畫等的構思布局。澹，同"淡"。唐·杜甫《丹青引》："詔謂將軍拂絹素，意匠慘澹經營中。"凌鴻蒙：凌於宇宙初元之上。古人認爲天地開闢之前是一團混沌的元氣，這種自然的元氣叫做鴻蒙，又稱混沌。鴻濛，即"鴻蒙"。

〔4〕開縑：鋪開畫絹，指開始作畫。縑，音 jiān，一種用以繪畫的細絹。明·李夢陽有詩句："今王恭默罷游宴，開縑半掃風雲黑。"横拓：横行，放縱。這裏指繪畫時用筆流暢淋漓。工意工似：兩種繪畫技巧的俗語。工於寫意和工於逼真描摹。

〔5〕隱微：隱約細微。天機：天賦之靈性，造物者的奧妙。疇：誰。

〔6〕吁噫：嘆詞，表示驚异或慨嘆。唐·李白《蜀道難》："噫吁嚱，危乎高哉，蜀道之難難於上青天。"移神：指創作時的思維活動，即進入角色。骨象：本意是指骨骼相貌。唐·元稹《楊子華畫》詩之二："骨象或依稀，鉛華已寥落。"這裏指繪畫對描述對象的深刻把握。失真：指畫象與真實對象不一樣。用今天的話説是"源於生活高於生活"的問題。

〔7〕物色：形狀，容貌。元·楊維楨《覽古四十二首》："光武思故人，物色在羊裘。"

〔8〕麟鳳姿：麒麟和鳳凰的身姿。這裏盛贊徐畫工一類，他們高才積學，堪比麟鳳，却隱身於松林山石只間，不爲人知。

秋夜醉興

客子長歌夜未曉，明明月在青松杪[1]。四野無雲萬籟沉[2]，笛聲驚散安巢鳥。山魈不敢犯龍泉，神女時來傍酒筵[3]。山人自是有仙骨，醉狂騎鶴欲衝天。歷盡蒼梧并南麓，上朝洞天三十六[4]。手把芙蓉踏彩虹，衣裳窈窕身馥郁。歸來時煉紫金丹，玉簫吹下碧空鸞[5]。簪星曳月游蓬島，採秀餐霞任歲寒[6]。

【校注】

〔1〕客子：客居在外的人，這裹是指詩人自己。以下描寫多爲詩人酒醉後的臆想，并非實指。杪，底本譌作“抄”。

〔2〕萬籟沉：萬籟沉寂。籟，從地穴中發出的聲音，也指一般的聲音。

〔3〕山魈：一種猿類動物，屬於靈長目猿猴亞目窄鼻組猴科的一屬。有人把它當做鬼怪。魈，音 xiāo。龍泉：這裹指作者身邊的寶劍。有龍泉劍在身，山魈不敢犯。傍酒筵：想象巫山神女來陪同飲酒的情景。

〔4〕洞天三十六：道家“三十六小洞天”和“七十二福地”之説。其中三十六洞天，在湖南境内就有六處。寧遠九嶷山就是詩中的蒼梧山。詩中的“南麓”，可能指的是南岳衡山。

〔5〕紫金丹：古代方士所謂服之可以長生的丹藥。唐·杜甫《將赴成都草堂途中有作先寄嚴鄭公》詩之四：“生理衹憑黄閣老，衰顔欲付紫金丹。”鸞：即鸞鳥，又名青鳥、雞趣等，是古代神話傳説中鳳凰一類的神鳥。

〔6〕簪星曳月：形容身上的佩戴光彩耀眼。唐·褚載《贈道士》：“簪星曳月下蓬壺，曾見東皋種白榆。”蓬島：即傳説中的蓬萊仙島。採秀餐霞：採摘花卉，以雲霞爲餐。

醉來吟

腰間寶劍光陸離，醉來徒倚扶桑枝[1]。英雄偃蹇未一試[2]，滿眼風塵徒自悲。龍光直射斗牛墟，肯令凡鐵相參差[3]。張公子兮胡不歸，神物于今欲贈誰[4]。

【校注】

〔1〕徒倚：空依。

〔2〕偃蹇：這裏是窘迫，生活困頓不堪。未一試：指手握寶劍却没有用武之地。

〔3〕龍光：這裏指的寶劍的光芒，見卷之二《寶劍篇》注釋關於龍泉劍的典故。斗牛墟：指的北斗星和牛郎星。宋・黎廷瑞《鐵笛行贈丁雲屋》："斗牛之墟有伏龍，寶氣夜起天爲虹。"凡鐵：普通的兵器，一般的劍，區别於名劍。宋・陸游《劍客行》："世無知劍人，太阿混凡鐵。"相參差：長短不齊貌，這裏指寶劍能够讓一般兵器顯出差距來。

〔4〕張公子：指張華。張華見异氣起斗牛之间，問於雷焕，知是寶劍精氣。

挽姊丈向將軍歌[1]

將軍勇氣悍如虎，傳家不獨偏好武。結髮長懷報國心，銅柱功名寧足數[2]。爲將常存頗牧風[3]，捷書屢報甘泉宫[4]。三吴尚賴勤王力[5]，百粤猶傳斬將功[6]。一夕西風摧大樹，來從何來去何去。魚麗蒼茫陣自分，龍泉恍惚神可處[7]。蹇子懷德重傷情，忽忽長潸血淚横[8]。生芻在握遠莫致[9]，嗚呼有子君猶生。

【校注】

〔1〕向將軍：具體名諱、生平失考，據時間推論，可能是容美土司中興功

臣向大保的後裔。向大保是容美土司撥亂反正年代田世爵的功臣，其兒孫多爲田氏土司麾下將領。

〔2〕結髮：成年的標誌。銅柱功名：指建立銅柱刻名的功名理想。明・顧彩《容美紀游・至宜沙善晤田九峰使君答來韻》有“銅柱勳名瞻畫戟”句。

〔3〕頗牧風：名將之風範。頗牧：戰國時趙國廉頗與李牧的并稱，後爲名將的代稱。漢・揚雄《法言・重黎》：“或問馮唐面文帝，得廉頗、李牧不能用也，諒乎？曰：彼將有激也，親屈帝尊，信亞夫之軍，至頗牧，曷不用哉？”

〔4〕甘泉宫：秦漢時的著名王宫，本爲秦宫，漢武帝擴建後定名甘泉宫，俗稱仙草園，後來作爲王宫的代名詞。

〔5〕三吴：爲歷史名詞，指的是東晉南朝最爲重要的地理範圍。有狹義的和廣義的兩種。狹義指的是吴郡、吴興、會稽三郡，會稽爲三吴的核心。而廣義除三郡外，還包括了周邊一些郡。勤王：指邦國中君王有難，而臣下起兵救援君王，這裏可能實指容美土兵奉旨赴吴地抗倭保國的壯舉。

〔6〕百粤：古代越族居住在江、浙、閩、粤各地，各部落自有名稱，而統稱叫百粤。這裏指土兵抗倭之戰或指廣西平亂之戰中衆多將領曾因此建立功勳。

〔7〕魚麗：古作戰時之陣法名。參見《左傳》桓公五年：“（周）王以諸侯伐鄭，鄭伯御之……爲魚麗之陣。”

〔8〕蹇子：本意是跛脚者，引申爲處於困頓中的人。這裏可能指的是向將軍的兒子因爲或病或灾，身處困境。懷德：懷念向將軍功德。

〔9〕生芻：鮮嫩的青草，以爲祭品。《後漢書・徐穉傳》：“林宗（郭泰）有母憂，穉往吊之，置生芻一束於廬前而去。”

瞻彼五峰歌〔1〕

瞻彼五峰兮欝巑岏〔2〕。羌獨往兮卜築其間〔3〕。往來山頭兮翳鳳驂鸞〔4〕。發五圖兮歲計〔5〕，採三秀兮朝餐〔6〕。亦携琴而步月兮，飛紗指以浮彈[7]。寫朱絲而三弄兮，嗟古調之應難[8]。既臨風而罷嘯兮，乃踞石以投竿。慕玉璜之遼邈兮，撫東逝之狂瀾。噫吁嚱！尚古人之避世兮，謝俗子之相干[9]。源有桃兮山有桂，庭有玉樹兮砌有蘭[10]。羌羆虎兮嘯儔侶[11]，蹇胡爲兮獨盤桓。

【校注】

〔1〕五峰：故容美土司境内有兩處五峰山，以大小相區别。小五峰在離容美司治二十多里處，乃五峰長官司司治所在地。大五峰即今五峰土家族自治縣舊縣城西北面的五座山峰，該縣縣名地標即出於此。

〔2〕巑岏：音 cuán wán，山高鋭貌。

〔3〕羌：連詞，表示轉折，相當於“乃”。卜築：指擇地建築住宅。唐·孟浩然《冬至後過吴張二子檀溪别業》：“卜築依自然，檀溪不更穿。”

〔4〕翳鳳驂鸞：以鳳羽爲車蓋，以鸞鳥做驂馬駕車。這都是美好的想象，并非實指。宋·張孝祥《水調歌頭·金山觀月》：“揮手從此去，翳鳳更驂鸞。”

〔5〕五圖：指《五嶽真形圖》。一説爲五種採芝法。唐·劉良注《升天行》：“採芝法有五，故云五圖。出《太清金匱記》。”歲計：成語“日計不足，歲計有餘”的簡説。比喻積少成多，也比喻凡事只要持之以恒，就能有很大收穫。

〔6〕三秀：靈芝草的别名，靈芝一年開花三次，故又稱三秀。宋·洪興祖《楚辭補注》：“《思玄賦》云：‘冀一年之三秀兮，遒白露之爲霜。’”

〔7〕步月：月下散步。飛紗指：過去手工紡紗時右手摇紡車，左手指張開成蘭花狀調弄紗綫的粗細匀稱，故稱紗指。這裏指彈琴的手指與紗指類似。浮彈：彈琴的指法之一，輕彈。

〔8〕寫朱絲：操弄琴弦。寫，即操弄；朱絲，琴弦，這裏借代古琴。

〔9〕尚、謝：互爲反義：追求和謝絶。相干：互相妨礙衝撞。

〔10〕砌：臺階。

〔11〕“羌羆虎”句：指將熊羆虎豹呼爲朋友。羌，同“羌”，“羌”用在

文言句首，這裏做助詞。嘯，這裏是呼喚的意思。儔侶，伴侶，朋輩。清·顧彩有反映容美土司地人與野獸關係的詩句：“虎不傷人堪作友，猿能解語代呼童。”羆，底本作“罷”。

登太和絶頂作五游歌[1]

我聞成祖靖難初，黑帝來佐赤帝符[2]。謀臣如雲將如雨，戰功仿佛歸神謨[3]。遂從天柱開金闕，縹緲中縣帝者居[4]。蜿蟺虹蜺彌澗壑，燦煌金碧滿山隅[5]。粤自羲農數千祀，山靈藴迹誰曾紀[6]。一旦聲稱浮列鎮，神州赤縣無山水[7]。五龍窈窕玉虛奇，南崖壯麗天門峙[8]。駇娑駘蕩寧足侔，瓊宫璇室差可擬[9]。紫霄宫中吹洞簫，太和頂畔五雲飄[10]。我欲駕之以爲騎，往來五嶽姿游遨[11]。飄然一舉祝融峰，璇臺上與冥宿通[12]。神功歷歷披金檢，白鶴雙雙下碧空[13]。跨之遥指太山東，逍遥日觀瞰鴻濛[14]。三山咫尺不可陟，天門偃蹇披玄風[15]。冷然太華要子先，我欲同餐玉井蓮[16]。更於廬敖覓仙杖，柱至丹丘訪奥詮[17]。維嵩作鎮列中天，遺物銅銚迴自然[18]。狂來大噭吹笙侣[19]，人耶鶴耶俱已仙。命駕回登恒嶽巔，采掇神草火玄泉[20]。茹之足以超蟬蜕，寧羨昌容獨永年[21]。名山歷遍倍堪樂，婚嫁者子真落落[22]。朅來餐露餌玉此山傍，反覆滄桑渾不覺[23]。名貯丹臺石室中，寧向人間誇大藥[24]。

【校注】

〔1〕太和：即武當山，又名太和山。古有太嶽、玄嶽、大嶽之稱。是中國國家重點風景名勝區、道教名山和武當拳發源地。

〔2〕成祖靖難：明成祖登基之役，史稱靖難之變，是明朝建文年間發生的内戰。戰争結果是朱棣打敗建文帝朱允炆，而登上帝位，是爲明成祖。黑帝：神話傳説中五天帝之一，跟黄帝同時，掌管北方之神。《史記·天官書》：“黑帝行德，天關爲之動。”赤帝符：代正統。《初學記》：“宋均注：‘……尧坐

舟中與太尉舜臨觀，鳳凰負圖授堯。圖以赤玉爲柙，長三尺，广八寸，黃玉檢，白玉绳，封其兩端，其章曰“天赤帝符璽”五字。’”赤帝，即炎帝，中華民族的始祖之一，傳說是遠古時代姜氏部落的首領。符，役使鬼神的圖形或真文。

〔3〕神謨：猶神謀高超的軍事計謀。《三國志·吳志·周魴傳》：“朝廷神謨，欲必致休於步度之中。”

〔4〕天柱：指的是武當山天柱峰，是武當山主峰。金闕：道家謂天上有黃金闕，爲仙人或天帝所居。《神异經·西北荒經》：“西北荒中有兩金闕，高百丈。”中縣：懸在中間。縣，同“懸”。帝者居：天帝所居住。

〔5〕蜿蟺：音 wān shàn，本爲蚯蚓的别名，此指屈曲盤虬貌。《文選·馬融〈長笛賦〉》：“蚡緼翻紆，緸宛蜿蟺。”爍煌金碧：同金碧爍煌。爍：音 yíng，同熒，形容建築物裝飾華麗，光彩奪目。山隅：亦作“山嵎”，山角、山曲。漢·司馬相如《美人賦》：“防火水中，避溺山隅。”

〔6〕粤自：從此。粤，古同“聿”，在這裏是句首發語詞，没實在意義。羲農：伏羲氏和神農氏的并稱。漢·班固《答賓戲》：“基隆於羲農，規廣於黃唐。”祀：年。山靈：山神。《文選·班固〈東都賦〉》：“山靈護野，屬御方神。”蘊迹：深藏蹤迹，蘊，積聚，蓄藏。紀：同“記”。

〔7〕“一旦”二句：武當山一旦被浮動的雲氣罩盖住，整個中國就再也見不着（比這更好的）山水了。這是極言武當山水天下無雙。

〔8〕五龍窈窕：指的是武當山五龍宫的精美建築。窈窕：這裏形容深遠、秘奥、幽邃的建築。五龍宫位於武當山天柱峰以西的五龍峰山麓，靈應峰下，前爲金鎖峰，右繞磨針澗，地勢清幽。它是武當山建築最早的八宫之一，規模十分龐大。玉虛：指玉虛宫，全稱“玄天玉虛宫”，道教指玉虛爲玉帝的居處，它是武當山建築群中最大的宫殿之一，位於老營的南山脚下。南崖：指真武大帝修煉的南崖宫，建於懸崖峭壁半中，極其險峻。南崖也寫作“南岩”。天門：到達武當山金頂，要經過一天門、二天門、三天門。每門都很險峻，如登天宫。

〔9〕馺娑：音 sà suō，本爲漢宫殿名。《漢書·揚雄傳上》：“穿昆明池象滇河，營建章、鳳闕、神明、馺娑。”駘蕩：亦作“駘宕”，無所局限、放縱

意。也曾是漢宫名。這裏兩詞都可以借用爲武當山的宫殿名。駘，音 dài。足侔：能够相媲美。瓊宫：玉飾之宫，多指天宫或道院，泛指華美的宫室。璇室：玉飾的宫室。差可擬：差不多可以相比，幾乎差不多。

〔10〕紫霄宫：始建於宋代的紫霄宫，坐落在武當山展旗峰下，歷來被視爲“紫霄福地”。宋代紫霄宫在“金兵南下”時被毁，明朝永樂十一年（1413）明成祖朱棣重建武當山，紫霄宫是重點修建宫殿之一，這裏也作爲明帝國皇室的家廟。太和頂：即武當山金頂。五雲：傳説中的五彩祥雲，青、白、赤、黑、黄五種雲色，古人視雲色占吉凶豐歉。

〔11〕姿游遨：恣意遨游。姿，通“恣”，放縱、任意。

〔12〕祝融峰：是南嶽衡山的主峰。璇臺：亦爲“琁臺”，原本爲夏天子的臺名。晉·張協《七命》：“應門八襲，琁臺九重。”冥宿：《初學記》：“故南嶽衡山，朱陵之靈臺，太虚之寶洞，上承冥宿，銓德鈞物，故名衡山。下踞離宫，攝位火鄉，赤帝館其嶺，祝融托其陽，故號虎南嶽。”

〔13〕神功：指神人的功績。金檢：金色封緘。喻記録在書上，作了定論。

〔14〕太山：即泰山。鴻濛：見卷之三《贈徐畫工和劉山人韻》注釋。

〔15〕三山：指的安徽黄山、江西廬山和浙江雁蕩山。有的説指海外三神山。偃蹇：這裏是高聳、高舉貌。玄風：高天之風。

〔16〕冷然：寒涼貌，同“泠然”。唐·李白《登太白峰》：“願乘泠風去，直出浮雲間。”太華：西嶽華山的别稱。子先：即呼子先，古騎茅龍飛昇的得道高人，見卷之四《玉清閣》注釋。玉井蓮：原意爲華山峰頂玉井所産之蓮，常比喻堅貞高潔的婦女。

〔17〕盧敖：盧敖是古代燕國人。傳説盧敖游歷了北海，并從月亮上經過，進入一玄闕，最終來到了太陽出没地蒙谷。在那裏，他遇見了一個道法通天的“若士”，也成爲有道高人。仙杖：神仙用的手杖。柱，疑爲“拄”之誤。丹丘：晝夜長明的神仙處所。唐·韓翃《同題仙游觀》：“何用别尋方外去，人間亦自有丹丘。”奥詮：奥妙事物的詮釋。

〔18〕維嵩：嵩山。《詩·大雅·崧高》：“崧高維岳，駿極于天。”作鎮列中天：鎮守在華夏中部天下。銚：音 diào，在《辭海》中釋爲“吊子，一種

有柄，有流口的小烹器”。

〔19〕大嗷：即“大叫”。嗷，音 jiào。吹笙侣：吹奏笙簫的朋友。宋·劉克莊《廣游女》：“昔有吹笙侣，驂鸞上玉宸。”

〔20〕命駕：指命人駕車馬，也指乘車出發、立即動身的意思。語出《左傳》哀公十一年：“退，命駕而行。”回登：指沿着彎道盤旋着登山。恒嶽：即恒山。爲五嶽之一，故稱。火玄泉：恒山泉名，具體位置失考。

〔21〕茹：吃，食用。這裏指食用神草。蟬蜕：如蟬之脱殼，多指有道之人屍解登仙。昌容：語出漢·劉向《列仙傳·昌容》：“昌容者，常山道人也，自稱殷王子。食蓬虆根，往來上下，見之者二百餘年，而顔色如二十許人。”晉·左思《魏都賦》：“昌容練色，犢配眉連。”

〔22〕落落：率真、朴素。

〔23〕朅來：猶言去，或去來。《後漢書·張衡傳》：“回志朅來從玄諆，獲我所求夫何思！”朅，音 qiè。

〔24〕丹臺石室：道教稱神仙居處的密室。《真人周君傳》：“子名在丹臺玉室之中，何憂不仙？”唐·白居易《酬趙秀才贈新登科諸先輩》：“君看名在丹臺者，盡是人間修道人。”誇，底本譌作“跨”。

衡廬歌爲孫鵬初賦[1]

我聞匡廬拔地高萬丈，衡山岌嶪遥相向[2]。雲中五老霧蒼蒼，祝融紫盖還誰讓[3]。洞庭彭蠡浴雲根，時看倒影滄波上[4]。月出光牽五嶽烟，風生勢蹙三江浪[5]。美人家世本豫章，卜居久向瀟湘旁[6]。淳懿由來鍾嶽瀆，風流况復見文章。握璞漢京行且售，子雲那得誇長楊[7]。知君雅意愛衡廬。飄飄飛興颺巾裾[8]。有時振足千仞上，一嘯雄風萬里餘。噫嗟嗟！嵩嶽生申夫豈虚，李泌李渤今何如[9]。异時看君飛揚揮霍五雲上，巍巍事業齊衡廬[10]。

【校注】

〔1〕衡廬：衡山和廬山。唐・王勃《滕王閣詩序》："南昌故郡，洪都新府，星分翼軫，地接衡廬。"孫鵬初：即孫斯億的兒子孫羽侯，見"附録・附三"説明。賦：這裏是寫作之意。

〔2〕匡廬：廬山的别名。廬山又名匡嶺、匡嶽、匡阜。岌嶪：音 jí yè，高峻貌。《文選・張衡〈西京賦〉》："疏龍首以抗殿，狀巍峩以岌嶪。"

〔3〕五老：即五老峰。五老峰地處廬山東南，因山的絶頂分成并列的五個山峰，遠望儼若并坐的五位老翁，故人們把這出於一山的五個山峰統稱爲"五老峰"。唐・包佶《宿廬山贈白鶴觀劉尊師》："蒼蒼五老霧中壇，杳杳三山洞裏官。"祝融：古代傳説中的火神，也是炎帝的火師。這裏是指衡山祝融峰。唐・杜甫《望嶽》："祝融五峰尊，峰峰次低昂。"紫盖：衡山紫盖峰。唐・韓愈《謁衡嶽廟遂宿嶽寺題門樓》："紫盖連延接天柱，石廩騰擲堆祝融。"還誰讓：指兩座高山互相比高，各不相讓。

〔4〕彭蠡：鄱陽湖别稱，在江西北部，廬山之麓。雲根：深山雲起之處，也代指山石。這裏是指的兩山峰的山石。滄，疑爲"滄"之誤。

〔5〕五嶽烟：五嶽之雲霧。勢蹙：這裏是"吹皺"意。蹙，本指緊迫、收縮，引申爲"皺"。三江：本有多種指向，這裏泛指江河水面。

〔6〕美人：才華卓絶的人，這裏當指孫鵬初。豫章：亦作"豫樟"，一種質地優良的樹，古用作江西的别稱。瀟湘：近代一般用作湘東、湘西、湘南三地區的合稱，後泛指湖南省。

〔7〕握璞：猶"懷瑾握瑜"，比喻有高貴的品德和才能。漢京：指都城。行且售：指得到賞識。子雲：即揚雄，字子雲，西漢著名文學家、玄學家，四大賦家之首。長楊：指揚雄的《長楊賦》，此賦以寫田獵爲構架，實諷漢成帝的荒淫奢麗，以序文略叙長楊之獵，而在賦辭之中完全以議論出之，被認爲是漢賦的代表作之一。

〔8〕飛興：飛起。颺：飛揚，飄颺。巾裾：佩巾和衣襟。

〔9〕嵩嶽：指中嶽嵩山。生申：申伯誕生之日，後爲生日之祝辭。《詩・大雅・崧高》："維崧降神，生甫及申。"申伯是西周厲王至宣王時期人，炎帝

部落，南中國開國君主。李泌：字長源，唐朝中期道家學者、著名政治家、謀臣。歷仕四朝，爲南岳欽賜的隱士。李渤：字淡之，洛陽人。唐穆宗即位，召爲考功員外郎。後出任虔州刺史、江州刺史。他讀書的地方在廬山五老峰“白鹿洞”，後世幾經擴建爲白鹿洞書院，位列中國四大書院之首。

〔10〕飛揚：指前程遠大，高飛而起。揮霍：灑脱，無拘束。五雲：五色瑞雲，多作吉祥的徵兆。

衡湘歌送友人尤介夫〔1〕

君不見衡山七十二峰巀嶪碧摩天〔2〕，雲根直插瀟湘底〔3〕。明月光摇萬頃波，芙蓉倒挂銀河裏。懸泉冷冷萬壑清〔4〕，紅霞掩映石囷明。三峰恍與三山并〔5〕，下看湘水即蓬瀛〔6〕。君今鼓舵三江來，五雲扶步眺靈台〔7〕。胸中一嘯貯海嶽，七澤雲夢何有哉〔8〕。翻憐皓首閶闔者，豪華一去空塵埃〔9〕。知君比時興不淺，探奇吊古何繾綣〔10〕。江月遥窺神禹書，峰雲半入騷人撰〔11〕。美人兮美人！此行天地開壯觀，清音乃在山水間〔12〕。富貴眼前何足較，請看浮雲萬古間〔13〕。

【校注】

〔1〕衡湘：衡山和湘水。唐·韓愈《柳子厚墓誌銘》：“衡湘以南，爲進士者皆以子厚爲師。”尤介夫：田子壽的朋友，具體生平不詳。

〔2〕巀嶪：見前篇《衡廬歌爲孫鵬初賦》注釋。摩天：形容極高。唐·李白《古風》：“吾觀摩天飛，九萬方未已。”

〔3〕雲根：唐宋詩人多稱山石爲“雲根”。唐·李咸用《石版歌》：“雲根劈裂雷斧痕，龍泉切璞青皮皴。”這裏指山峰。

〔4〕芙蓉峰：在南嶽廟北。峰有飛泉瀑布下灌田畝。相傳赤精子曾授經於此，留有講經臺。此峰風景極佳，《荆州記》稱，衡山三峰極秀，一紫盖，一石囷，一芙蓉。懸泉：指瀑布。

〔5〕石囷：指衡山石囷峰，在祝融峰前。《荆州記》稱之“小石廩峰”。《總勝集》稱爲石囷峰，沿襲至今。囷，音 qūn。三峰：指的是上文説到的衡山祝融峰、石囷峰和芙蓉峰。三山：參《登太和絶頂作五游歌》注釋。

〔6〕蓬瀛：蓬萊、瀛洲。神山名，相傳爲仙人所居之處，亦泛指仙境。唐・孟郊《游韋七洞庭别業》：“崆峒非凡鄉，蓬瀛在仙籍。”

〔7〕鼓舵：駕船。宋・李處權《次陳叔易太湖二十韻》：“鼓舵知無及，乘查帳未緣。”扶步：拄杖而行。靈台：周代的臺名，用以觀星象，也指人的心靈，這裏代指衡山上的臺觀。

〔8〕七澤雲夢：相傳古時楚地有七處沼澤。後以“七澤”泛稱楚地諸湖泊。漢・司馬相如《子虚賦》：“臣聞楚有七澤，嘗見其一，未覩其餘也。臣之所見，盖特其小小者耳，名曰雲夢。”後便以七澤稱雲夢。

〔9〕翻憐：轉而憐憫。宋・陸游《溽暑》：“翻憐少年老，叠雪詫宫衣。”皓首：指老年，又稱“白首”。閭閻：里巷的門，泛指居住在里巷的平民。

〔10〕比時：指先時，往時。漢・鄭玄注《禮記・祭義》：“比時，猶先時也。”繾綣：纏綿難離，感情深厚。唐・白居易《寄元九》：“豈是貪衣食，感君心繾綣。”繾，底本譌爲“譴”。

〔11〕遥窺：遠望。神禹書：指衡山岣嶁山上的岣嶁碑，傳爲大禹所作，亦稱禹碑。騷人：泛指詩人，文人。因屈原創作了《離騷》，故又稱屈原或《楚辭》作者爲騷人。

〔12〕清音：這裏指的清新自然的樂聲。

〔13〕浮雲：飄浮在空中的雲。《論語・述而》：“不義而富且貴，於我如浮雲。”萬古間，疑爲“萬古閑”之誤。

赤城别墅歌爲雲夢師賦〔1〕

我聞天台四萬八千丈，翠屏壁立詄蕩蕩〔2〕。方丈蓬萊固杳冥，崑崙五嶽争俯仰〔3〕。羽人應弗戀丹丘，靈仙往往棲其上〔4〕。君家橋梓俱好奇，恣心嶽瀆何寥朗[5]。爲讀天台篇，遥結赤城想。市從城市中，卜墅寄幽賞[6]。月樹雲房結構精，扶持況亦賴神明[7]。階前春挹五芝秀，户外冬看八桂榮[8]。恍若建木倒影於湘水[9]，千嶺錯落與衡阜五老而競峥嶸[10]。映霞標於几席，飛瀑布於軒楹[11]。忽不知赤城之爲兹墅，兹墅之爲赤城。有時吟嘯於其内，九疑七澤當縱横[12]。興至稱觴漱玉液，賦成落筆振金聲[13]。美人兮美人！人生得意貴適情[14]，世上浮名好是輕[15]。何當與君謀一醉，逍遥玄圃話無生[16]。

【校注】

〔1〕赤城：一爲山名，一指傳説中的仙境。這裏可能是孫斯億父子新建别墅之名。

〔2〕天台：指浙江天台山。唐・李白《夢游天姥吟留别》："天台四萬八千丈，對此欲倒東南傾。"翠屏：這裏是指排列的山峰。南朝・梁・江淹《麗色賦》："紫帷鈴匝，翠屏環合。"詄蕩蕩：説不清是什麽樣子。唐・杜甫《樂游園歌》："閶闔晴開詄蕩蕩，曲江翠幕排銀牓。"詄，音 dié，遺忘。《漢書・禮樂志・郊祀歌》："天門開，詄蕩蕩。"清・王先謙補注："天體廣遠，言象俱忘，故曰詄蕩蕩。"

〔3〕方丈：指傳説中東海里的三座仙山：蓬萊、方丈、瀛洲，方丈又名方壺。杳冥：渺茫，幽闇意，也指奥秘莫測的事物。崑崙：又稱崑崙虚、昆墟，中國第一神山，傳説是西王母住地。争俯仰：比高低。

〔4〕羽人：本爲古代漢族神話中的飛仙，這裏指道士。最早出現在《山海經》裏，稱羽民。王充稱："身生羽翼，變化飛行，失人之體，更受（愛）异形。"張華説："體生毛，臂變爲翼，行於雲。"道教將道士稱羽士，將成仙稱羽化登昇。丹丘：傳説爲晝夜長明的神仙處所。

〔5〕橋梓：木名，即"喬梓"。喻父子關係。好奇：喜好奇山异水。恣心：聽任心意。嶽瀆："五嶽"和"四瀆"的并稱。寥朗：空闊明朗。

〔6〕卜墅：選擇建别墅地址。

〔7〕月樹：月中桂樹。唐・盧照鄰《益州至真觀主黎君碑》："栽松蒔柏，

與月樹而交輪。”這裏是吉瑞説法，意爲，種植名貴的樹木。雲房：用雲霓搭建的房屋，指房屋色彩艷麗，也指房屋位置很高，没入雲裏。

〔8〕挹：引來。五芝秀：方術家所傳説的五種神芝，色彩各不相同，服之可以長生不死，這裏指最名貴的花艸。八桂：八月桂之林。晉·孫綽《游天台山賦》：“八桂森挺以凌霜，五芝含秀而晨敷。”

〔9〕恍若：好像，仿佛。唐·韓愈《答李秀才書》：“元賓之面容，恍若相接。”建木：傳説建木是溝通天地人神的橋梁。後“建木”在詩歌中用來泛指高大的樹木。

〔10〕衡阜：衡山阜山，這裏指衡山。五老：即五老峰。競，底本作“兢”。峥嶸：形容山的高峻突兀，也指高峻的山峰。

〔11〕霞標：語本晉·孫綽《游天台山賦》：“赤城霞起以建標。”後因用以稱赤城山上立的標記。有時也借指寶塔和紅色的挺立之物。几席：爲古人憑依、坐卧的器具。宋·歐陽修《和徐生假山》：“豈如几席間，百態生濃纖。”

〔12〕吟嘯：高聲吟唱，吟咏。宋·蘇軾《定風波》：“莫聽穿林打葉聲，何妨吟嘯且徐行。”九疑七澤：九疑山和雲夢澤。縱横：指任意往來。

〔13〕稱觴：舉杯祝酒。唐·馬懷素《餞唐永昌》：“聞君出宰洛陽隅，賓友稱觴餞路衢。”金聲：指金石之聲。形容詞章華麗美妙，若金玉擲地。晉·劉琨《勸進表》：“玉質幼彰，金聲夙振。”

〔14〕適情：順適性情。宋·梅堯臣《永叔内翰作五言以叙之》：“我輩唯適情，一葉未嘗摘。”明·謝榛《四溟詩話》卷二：“詩，適情之具。”

〔15〕浮名：空名，虚名。南朝·宋·謝靈運《初去郡》：“伊余秉微尚，拙訥謝浮名。”好是輕：最好境界是看輕它。

〔16〕逍遥：指了無拘牽之狀態。玄圃：又稱縣圃、平圃、元圃，傳説中的“黄帝之園”，崑崙山頂的神仙居處。話無生：表達長生理念。無生，謂没有生滅，不生不滅。晉·王該《日燭》：“咸淡泊於無生，俱脱骸而不死。”

晨起志感[1]

野夫晨起坐高閣，瞪目當窗瞰碧落[2]。未聽嚶嚶鳥語幽，翻聆啞啞烏聲惡[3]。詈謂鸑鷟汝胡來，東園阿閣空徘徊[4]。縱令汝身文彩五色足炫世[5]，人間吉凶之權於我誰重哉[6]。鳳兮鳳兮毋自哀，不見東海波臣暫曝腮[7]。由來名瑞不世出[8]，一出往往遭疑猜。又不見爰鶋之鳥魯東門[9]，鐘皷飲食空尊罍。

【校注】

〔1〕志感：記録感慨、感想。

〔2〕野夫：草野之人，也指隱者。這裏是作者謙稱。碧落：道家稱東方第一層天，碧霞滿空，叫作“碧落”。這裏泛指天上。唐·白居易《長恨歌》：“上窮碧落下黄泉，兩處茫茫皆不見。”

〔3〕嚶嚶：鳥之叫聲。漢·張衡《思賦》：“鳴玉鸞之嚶嚶”。翻：反而。烏聲惡：烏鴉那讓人厭惡的聲音。

〔4〕詈：音 lì，駡。鸑鷟：音 yuè zhuó。是古代漢族民間傳説中的五鳳之一。傳説鳳有五種：五色而赤多者，朱雀；黄多者，鵷鶵；紫多者，鸑鷟；青多者，青鸞；白多者，鴻鵠。阿閣：見《擬古十九首》之五注釋。

〔5〕縱令：即使。南朝·陳·徐陵《諫仁山深法師罷道書》：“縱令遥寄彈指，遠近低頭，形去心留，身移意往。”

〔6〕權：枰量，衡量。

〔7〕東海波：這裏指重大的社會變化。唐·盧仝《感古四首》有句：“東海波連天，三度成桑田。”曝腮：字面意義是太陽暴曬腮部。喻科舉不第、挫折、困頓。南朝·梁·劉昭注引晉·劉欣期《交州記》：“有堤防龍門，水深百尋，大魚登此門化成龍，不得過，曝鰓點額，血流此水，恒如丹池。”

〔8〕由來：從來。名瑞：有名的寶玉。瑞，本是古時帝王作爲憑證的玉器，這裏代指有獨特才能的人。

〔9〕爰鶋之鳥魯東門：《國語·魯語上》：“海鳥曰爰居，止於魯東門之外

三日，臧文仲使國人祭之。展禽曰：‘越哉！臧孫之爲政也……’”爰鶋，亦作“鶢鶋”“爰居”。

奉挽洞庭漁人歌一首〔1〕

君不見孫君固是歲星精，少年文彩冠明庭〔2〕。狂來不屑金門隱，翻向江湖作客星〔3〕。社結澤中成畏壘，漁舠遍泛洞庭水〔4〕。香鈎寧爲釣諸侯，荆篠何嘗挂魴鯉〔5〕。波間一嘯酒一杯，天地爲之重徘徊〔6〕。摧空立水大風起，萬物孰非其有哉〔7〕。噫嗟嗟！菰蘆者子歌欸乃，眇小之聲何足采〔8〕。乃知蘇嶺鸞音曾不消，楚狂歌鳳聲長在〔9〕。蹇予昔向洞庭游〔10〕，湖水茫茫何處求。當時錯認桐江叟，猶挂羊裘在上頭〔11〕。

【校注】

〔1〕奉：敬辭，用在表示涉及對方的行動前。挽：追悼、挽歌。洞庭漁人：據三峽大學吴柏森先生考證，爲孫斯億父孫宜之號。

〔2〕固是：本來是。歲星：即木星，因爲木星的公轉周期是十二年，與中國地支紀年法的周期相同，所以叫歲星。冠明庭：在大明國内稱雄。

〔3〕金門隱：豪宅裹面隱身。客星：天空中新出現的星。明·無名氏《觀象玩占》：“客星，非常之星，其出也無恒時，其居也無定所，忽見忽没，或行或止，不可推算，寓於星辰之間，如客，故謂之客星。”有時亦指彗星。比喻偶爾到臨或四處漂泊之人。

〔4〕畏壘：寓言中的山名，借指鄉野居所。宋·劉克莊《和季弟韻》之六：“老愛家山安畏壘，早知世路險瞿唐。”漁舠：一種刀形的小漁船，舠，音dāo。

〔5〕挂，底本譌爲“桂”。魴鯉：魴魚和鯉魚，都是名貴之魚。魴，音fáng。

〔6〕重徘徊：來來回回地走。

〔7〕摧空立水：猶“排空立水”。指湖澤上突然生起的巨大的波濤。

〔8〕摭蘆者子：身背酒葫蘆的人（此處要和後句“當時錯認桐江叟”照應看）。欸乃：象聲詞，摇櫓的聲音，也有説是摇櫓者發出的號子。唐·柳宗元《漁翁》：“欸乃一聲山水緑。”

〔9〕蘇嶺：即蘇仙嶺。是湖南風景名勝地。自古享有“天下第十八福地”“湘南勝地”的美稱。楚狂：姓陸名通，字接輿，昭王時，政令無常，乃披髮佯狂不仕，時人謂之楚狂也，後亦用爲狂士的通稱。歌鳳：《論語·微子》：“楚狂接輿歌而過孔子曰：‘鳳兮，鳳兮，何德之衰？往者不可諫，來者猶可追。已而，已而！今之從政者殆而！’”

〔10〕蹇予：生活艱難的我。

〔11〕桐江叟：爲嚴光。《後漢書·嚴光傳》：“嚴光字子陵，一名遵，會稽餘姚人也。少有高名，與光武同游學。及光武即位，乃變名姓，隱身不見。帝思其賢，乃令以物色訪之。後齊國上言，有有一男子披羊裘釣澤中……”挂，底本譌爲“桂”。

題王母圖壽文母〔1〕

我聞西有崑崙山〔2〕，山之高也無復山〔3〕，縱非天上非人間。吴中畫手者誰子，能貌層城阿母顔〔4〕。身中何所服，六出火王之佩垂虎鞶〔5〕。頭上（何）所有，九靈夜光之冠耀雲鬟〔6〕。銀璈瓊笛忽答響，仙姬玉女紛以還〔7〕。回鸞轉鳳遞歌舞，寧羡人間雉子班〔8〕。瑶池左帶，翠水右環〔9〕，欲往從之阻且難〔10〕。噫嗟嗟！靈飛十二竟誰授，五嶽真形迥莫攀〔11〕。畫工贈此豈無意，注雲涵霧遥爲贄〔12〕。願得兹山長不崩，衣裳母裳顔母類〔13〕。令人對此興悠遐，恍酌瓊飴觴九霞〔14〕。無乃玄州白柰，柳亦空洞靈瓜〔15〕。邈若木之不謝，慨桃李之空華〔16〕。君不見是母雲盤物，三千年實，三千年花〔17〕，携來漢殿非矜夸。不見麻姑來赴蔡京宴〔18〕，指爪纖輕世應鮮〔19〕。願寶此圖期二真，行看海水三清淺〔20〕。

【校注】

〔1〕母：田玄本中此詩母字均刻爲“毋”。古“毋”、“母”本一字，毋後來分化爲禁止之詞。王母，即傳説居住在崑崙山的西王母。“壽文母”，爲文母祝壽。文母，是姓文的朋友的母親。

〔2〕崑崙山：見卷之三《赤城別墅歌爲雲夢師賦》注釋。

〔3〕無復山：再没有（比它高的）山了。

〔4〕誰子：是哪位先生。貌：這裏做動詞，描摹出面貌。層城：見卷之一《遠游篇》注釋。阿母顔：即西王母的容顔。

〔5〕六出：雪花。花分瓣叫“出”，雪花六角，因以爲雪的别名。唐·元稹《賦得春雪映早梅》：“一枝方漸秀，六出已同開。”火王之佩：即火神祝融的佩飾。虎鞶：虎皮做的皮帶。鞶，音 pán，古人佩玉的皮繩。

〔6〕根據上句“身中何所服”的句式，“頭上所有”句中可能少了一個疑問代詞“何”。九靈：指九天仙靈。北周·王褒《靈壇銘》：“九靈之府，神液所以降祥。”雲鬢：即雲鬢霧鬢，也稱風鬢。形容女子頭髮象飄浮縈繞的雲霧一樣美麗縹緲。宋·蘇軾《題毛女貞》：“霧鬢風鬟木葉衣，山川良是昔人非。”

〔7〕銀璈：古樂器名。璈，音 áo。唐·顧雲《華清詞》：“隔烟遥望見雲水，彈璈吹鳳清瓏瓏。”忽答響：忽答，互相迎合應答，漸次奏響的意思。

〔8〕回鸞轉鳳：鸞鳳回旋飛舞。唐·戴叔倫《白紵辭》：“回鸞轉鳳意自嬌，銀箏錦瑟聲相調。”遞：順着次序。雉子班：漢樂府之《鐃歌》中名。其文或寫雉子（小野雞）被王孫捕去，雄雉、母雉與幼雉生離時的情景。

〔9〕瑶池、翠水：都是對仙界水域的美稱。左帶、右環：謂左右連通環繞。

〔10〕阻且難：艱難，“阻”也是艱難。

〔11〕靈飛：能飛動的神，飛天仙女。竟誰授：（這技法）究竟是誰教的。真形：真實的形體或形象。唐·劉禹錫《摩鏡篇》：“山神袄氣沮，野魅真形出。”

〔12〕注雲涵霧：指雲霧深重籠罩。贄：音 zhì，本義是古時初次求見人時的見面禮。這幾句詩是説，畫工畫上“靈飛十二”“五嶽真形”并“注雲涵

霧”，是爲文母“豈無意”地贈送禮物。

〔13〕類，底本譌作“頪”。

〔14〕悠遐：悠遠，悠長。宋・王十朋《再用前韻贈韶美》：“回首望故鄉，天高路遐悠。”悓：通“晃”，仿佛，好像是。瓊飴：甘美如玉的飴糖。觴九霞：在天上歡飲仙酒。

〔15〕玄州：古代州名，一說是安州，一說是元州。以應指仙柳。白柰：即“素柰”。柰即林檎，又名沙果，俗稱花紅，有赤、白兩種。晉・左思《蜀都賦》：“朱櫻春熟，素柰夏成。”唐・李善注：“素柰，白柰也。”柳：道家常用之物，有時爲做法靈物。空洞靈瓜：也是道家神物，典籍上多記載爲“崆峒靈瓜”。

〔16〕若木：古代神話中的樹名。《山海經・大荒北經》：“大荒之中，有衡石山、九陰山、洞野之山，上有赤樹，青葉，赤華，名曰若木。”一說，即扶桑。空華：亦作“空花”。佛教語。比喻紛繁的妄想和假相。詩寫眼前桃李仿佛紛繁開花。南朝・梁・蕭統《講解將畢賦》：“意樹發空花，心蓮吐輕馥。”

〔17〕三千年實：爲王母蟠桃。《漢武内傳》：“七月七日，王母自設天厨，又命侍女更索桃果。須臾，以玉盤盛仙桃七顆以呈王母。王母以四顆與帝，三顆自食。帝收其核欲種之，母曰：此桃三千年一生實，中夏地薄，種之不生。”

〔18〕漢殿：漢朝的宫殿，又稱漢宫。唐・唐彦謙有《漢殿》詩。後來不少詩人以漢宫入詩。矜夸：矜持地夸耀。

〔19〕麻姑：得道仙人。語出晉・葛洪《神仙傳》卷七：“麻姑，建昌人，修道於牟州東南餘姑山，道行深厚。”蔡京：此疑爲“蔡經”之誤。三國・魏・曹丕《列异傳》載：“神仙麻姑降東陽蔡經家，手爪長四寸。經意曰：‘此女子實好佳手，願得以搔背。’麻姑大怒，忽見經頓地，兩目流血。”纖輕：纖細，輕巧（指畫工的工筆細微）。世應鮮：世所罕見。

〔20〕願寶此圖：希望視此圖爲寶。期二真：以期文母修道成仙（王母與文母爲二真）。海水三清淺：指滄海桑田，變化極大。亦見麻姑典。唐・李白《擬古十二首》其十：“海水三清淺，桃源一見尋。”

附五言排律

贈鄒山人子序[1]

楚徼霜飛夕，吴門客過時[2]。雄豪凌赤縣，詞賦吊湘累[3]。天外飄舄，山中友鹿麋[4]。青萍一劍迥，白雪幾人知[5]。更侈鄒陽興，寧爲阮籍悲[6]。臨岐還問訊[7]，何處寄新詩。

【校注】

〔1〕贈序：序文的一種，用於臨别贈言，創於唐初。如韓愈《送孟東野序》。鄒山人子：田子壽文友，具體生平不詳。

〔2〕楚徼：楚地邊陲。徼，邊界。吴門：概指吴地。過：過訪，前往拜訪，探望。

〔3〕雄豪：英雄豪杰，這裏贊指鄒山人。赤縣：指華夏、中國、中土。《史記·孟子荀卿列傳》："中國名曰赤縣神州。"凌赤縣：稱雄華夏。湘累：指屈原投湘水而死。《漢書·揚雄傳》："欽吊楚之湘累。"注引李奇曰："諸不以罪死曰累……屈原赴湘死，故曰湘累也。"

〔4〕鳧舄：音 fú xì，指會飛的鞋子。典出《後漢書》卷八十二《方術傳上·王喬傳》："王喬者，河東人也。……言其臨至，輒有雙鳧從東南飛來。於是候鳧至，舉羅張之，但得一隻舄焉。"友鹿麋：与麋鹿爲友，指山村優游隱逸生活。鹿麋，即麋鹿。屬於鹿科，因爲它頭臉像馬、角像鹿、頸像駱駝、尾像驢，因此又稱四不像。

〔5〕青萍：寶劍名。相傳東漢光武帝舞劍於蓮花池畔，見蜻蜓飛掠於花葉浮萍之間。或立蓮枝隨風飄摇，或駐足青萍隨波蕩漾，其姿輕盈曼妙，如劍之擊刺翻飛，躍矯靈活，遂名其劍爲"青萍"。迥：遠，特别。白雪：歌名。典見宋玉《對楚王問》。後用以代高深藝術。

〔6〕侈：誇耀。鄒陽：齊人，是西漢時期很有名望的文學家。文帝時，爲

吴王劉濞門客，以文辯著名於世，爲人有智略，慷慨不苟合，被梁孝王尊爲上客。興：興致。阮籍：三國魏之詩人，竹林七賢之一，是建安七子之一阮瑀的兒子，曾任步兵校尉，世稱阮步兵。性格狂傲，終不得志，故有“阮籍之悲”。

〔7〕臨岐：本爲面臨岔路（要分别），後亦用爲贈别之辭。岐，同“歧”。唐·李賀《開愁歌》：“衣如飛鶉馬如狗，臨岐擊劍生銅吼。”問訊：問候，彼此見面問訊。

山居秋夜

不受塵氛染，來耽水竹幽〔1〕。道書時在手，松火夜明篝〔2〕。凉浸梧桐月，香涵薜荔秋〔3〕。風隨黄葉度，山共白雲浮。寶驥寧輕用，明珠肯暗投〔4〕。無才堪濟世，聊傍野人舟〔5〕。

【校注】

〔1〕塵氛：紅塵時風。宋·吴芾《哭元帥宗公澤》：“維時中原丁禍亂，塵氛漲天天濛濛。”耽：沉溺，入迷。水竹幽：水濱、竹林裏的静謐、清幽。明·胡儼《村居秋興》：“閒居南郭外，水竹清且幽。”

〔2〕道書：道教宗派的創始人在得道後對世托言。有兩種：一是托言三元氣化而成書；一是托言神仙下凡特意傳授。即，妙氣成書和神仙授書。道書包括：《道德經》《太平經》《正一經》《上清經》《靈寶經》等。松火：松木爲火。明篝：點亮篝火。宋·張镃《謝李仁父茯苓》：“篝明夜取喜得隽，煮鼎朝聽如吟風。”

〔3〕梧桐月：即梧桐月夜。宋·黎廷瑞《夜坐》：“梧桐月轉影翩翩，竹屋抄書夜未眠。”薜荔：一種攀援或匍匐灌木，又名凉粉子，木蓮，到秋天生長最旺，故文人常以此形容秋天。

〔4〕寶驥：意爲好馬，喻賢能者，也喻才華出衆的人。

〔5〕濟世：濟助世人，原義出於《論語·雍也》：“博施於民，而能濟

衆。”聊傍野人舟：姑且像山野之人那樣守着一葉孤舟，這兩句詩大意是説，如果没有才能以濟世的話，那也只能像山野之人守着一葉孤舟。此爲自謙之辭。

寄沈明府〔1〕

帝重臨民選，仙梟下禁林〔2〕。九天輝列宿，百里播徽音〔3〕。月下湘妃瑟，風前宓子琴〔4〕。雲深天老夢，花滿越鄉吟〔5〕。忍動青山興，其如赤子心〔6〕。他時霄漢上，端合待爲霖〔7〕。

【校注】

〔1〕沈明府：沈襄。詳見“附録·附三”。沈常與後七子交往唱和，也與孫斯億、田子壽結爲至交，過從甚密。

〔2〕臨：從上往下的監視、統治。仙梟：仙鳥。唐·李邕《鬥鴨賦》：“徵羽毛之好鳥，得渤澥之仙梟。”禁林：皇家園林。

〔3〕輝：輝映着。列宿：衆星宿，特指二十八宿。漢·劉向《九嘆·遠逝》：“指列宿以白情兮，訴五帝以置詞。”

〔4〕宓子：即宓子賤。宓子賤，名不齊，字子賤，是孔子的學生。他曾有一段在魯國做官的經歷，後來，魯君派他去治理一個名叫單父的地方，他在那裏展示了獨特的治理才華，其爲單父宰彈琴而治的故事，爲後世儒家所稱道。唐·高適《登子賤琴堂賦詩》詩贊：“宓子昔爲政，鳴琴登此臺。琴和人亦閑，千載稱其才。”這裏以此贊沈明府的治國之才。

〔5〕天老夢：即“天姥夢”。天姥夢，游歷美景之夢。典出唐·李白《夢游天姥吟留别》。越鄉吟：也是指的《夢游天姥吟留别》，因爲該詩中所描寫的夢游之境天姥山、赤城山、剡溪、鏡湖等都取之於“越鄉”。

〔6〕青山興：游歷山水的興致。宋·蘇軾《再和》：“生還各有青山興，病起猶能小字題。”赤子心：赤子本意爲初生嬰兒，這裏的“赤子”指百姓，

“赤子心”即爲百姓着想。

〔7〕霄漢上：形容志向遠大或官場高升。霄漢，天河，亦借指天空。唐·李白《登瓦官閣》：“杳無霄漢上，仰攀日月行。”端合：應當；應該。待爲霖：（人們）期待的及時雨。

得沈府書却寄〔1〕

去秋南下日，木落洞庭波。顧我乘槎度，憐君載酒過〔2〕。搴籬懷楚客，倚竹憶湘娥〔3〕。對月興長嘆，臨流發灝歌〔4〕。別來心屢折，書至恨偏多。爲問神明宰，憂時近若何〔5〕。

【校注】

〔1〕沈府：即前篇提到的沈明府沈襄的府邸。却寄：回信。

〔2〕顧：回顧，回憶起。乘槎度：乘着木筏渡水。過：過訪。

〔3〕搴籬：扶着籬笆墻。楚客：是多見於唐宋詩詞中的一個代名詞，特指屈原。他忠而被謗，身遭放逐，流落他鄉，故稱楚客。唐·李白《愁陽春賦》：“明妃玉塞，楚客楓林，試登高而望遠，痛切骨而傷心。”倚竹：靠着竹子。唐·杜甫《佳人》：“天寒翠袖薄，日暮倚修竹。”湘娥：指湘妃。《文選·張衡〈西京賦〉》：“感河馮，懷湘娥。”

〔4〕灝歌：浩歌，豪壯之歌。灝，音 hào，義同“浩”，浩大。

〔5〕“爲問”兩句：爲詢問“沈府”近況。

追憶普賢寺留別雲夢師暨諸游〔1〕

游子暮仿徨，駕言還故鄉。離筵開祖道，聯騎過禪堂〔2〕。作賦曇花裏，啣杯祇樹傍〔3〕。法雲停別曲，慧日照征裳〔4〕。無復尋幽事，虛疑聞妙香。遲回當净土，慘惻對空王〔5〕。一自違雙樹，空令憶上方〔6〕。何當苦海外，猶共問慈航〔7〕。

【校注】

〔1〕普賢寺：全國的普賢寺有多處，最著名的有南通峨眉山普賢寺。

〔2〕祖道：古代爲出行者祭祀路神和設宴送行的禮儀。聯騎：并乘。南朝·梁·劉孝標《廣絶交論》："出平原而聯騎，居里閈而鳴鐘。"

〔3〕曇花：植物名。花大，白色，多於夜間開放，然須臾即凋，故有"曇花一現"之説。啣杯：指飲酒。祇樹：印度佛教故事中，祇陀太子所奉獻之樹木。"祇樹"也可釋爲大樹。祇，音 qí。傍：通"旁"。

〔4〕法雲：佛教語。謂佛法如雲，能覆盖一切。宋·陸游《法雲寺》："法雲古寺臨大澤，風皺百頃青玻璃。"慧日：爲佛教詞語，以日光比喻佛之智慧普照衆生，能破無明生死痴暗。與"慧光""慧照"等同義。這裏也指太陽。征裳：遠行人的衣裳。

〔5〕遲回：遲疑猶豫貌。《魏書·郭祚傳》："高祖嘆謂祚曰：'卿之忠諫，李彪正辭，使朕遲回不能復决。'"當：面對。净土：是指清净國土、莊嚴刹土，也就是清净功德所在的莊嚴處所。慘惻：憂慼，悲痛。晉·陸機《愍思賦序》："銜恤哀傷……故作此賦，以紓慘惻之感。"空王：佛的别稱。南唐·李煜《悼詩》："空王應念我，窮子正迷家。"

〔6〕違雙樹：即離開佛家净土。雙樹，"娑羅雙樹"之略稱，佛入滅之處，别名即七葉樹、波羅叉樹、摩訶娑羅樹、桫欏樹。寄歸傳一曰："迹滅兩河，人天掩望。影淪雙樹，龍鬼摧心。"上方：佛家用語，即"上方語"，就是上方生命層次的語言，既是仙語，也是與仙家交流的語言。

〔7〕慈航：佛教認爲，菩薩以大慈大悲救助衆生脱離生死苦海，猶如舟航，故云慈航。

候義庵張公奉使重過澧上諸邑[1]

皇華新奉使，四牡舊臨邊[2]。秩比觀風重，宫逾攬轡賢[3]。詩書重化俗，圖畫再屯田[4]。戟勢千峰山，溪流九派纏[5]。公車行待詔，少府計輸錢[6]。何物臨秦水，渾疑屬晉年[7]。岩高晴挂月，洞古晝棲烟[8]。石穴纔粳髓，蘭津忽櫂荃[9]。歌謡騰漢陌，秔稻遍雲阡[10]。不謂登臨异，那知雨露偏[11]。摳衣憐薄分，倒履愧良緣[12]。尚恨攀轅晚，無由負弩先[13]。唯應南紀月，空向嶺西圓[14]。

【校注】

〔1〕候義庵：庵名，位置不詳。奉使：奉差出行。張公：生平不詳。

〔2〕皇華：典出《詩・小雅》中的《皇皇者華》。後因以“皇華”爲讚頌奉命出使或出使者的典故。四牡：字面意義是四匹駕車的牡馬。典出《詩・小雅・四牡》：“四牡騑騑，周道倭遲。”寫一奉王命在外公幹奔波的差官在旅途的痛苦感受。臨邊：到達邊庭。

〔3〕秩：本義是根據功過確定的官員俸禄。引申爲評定官員品級。這裏指的是官秩高低。觀風：謂觀察民情，瞭解施政得失。語出《禮記・王制》：“命大師陳詩以觀民風。”南朝・宋・顔延之《應詔觀北湖田收》：“觀風久有作，陳詩愧未妍。”這裏指觀察民情的小官。宫逾，疑爲“官逾”之誤，與上句對應，“官職超過”意。攬轡：挽住馬繮。後以“攬轡”用爲諫止君王履險的典故。這裏用爲諫止君王履險的人。

〔4〕化俗：謂風俗受德教而發生變化。漢・司馬相如《難蜀父老》：“必若所云，則是蜀不變服，而巴不化俗也。”圖畫：謀劃。屯田：利用戍卒或農民、商人墾殖荒地。漢以後歷代朝廷沿用此措施取得軍餉和税糧，有軍屯、民屯、商屯之分。

〔5〕戟勢：山勢高峻。九派：長江到湖北、江西一帶有九條支流，因以九派稱這一帶的長江，後也泛指長江流域。

〔6〕公車：漢代負責接待臣民上書和徵召的官署名，後也代指舉人進京應

試或官員入京請願或上書言事。待詔：等待詔命。漢・揚雄《甘泉賦序》："孝成帝時，客有薦雄文似相如者……召雄待詔承明之庭。"少府：官名，始於戰國。秦漢相沿，爲九卿之一。掌山海地澤收入和皇室手工業製造，爲皇帝的私府。輸錢：輸送錢財，因爲是掌管營造的官，所以得有"撥款"，這裏可意譯成"計劃着銀兩撥款"。

〔7〕秦水：在甘肅清水縣北，今曰後川河，注於清水，也有説即溱水。《漢書・地理志》："臨武縣秦水，東南至湞陽入洭。"渾疑：仿佛，好像是。晉年：追思前朝，懷念故朝。晉・陶潛自以曾祖陶侃爲晉世宰輔，不欲出仕新朝，故所著文章，在義熙以前均書晉氏年號，永初以後則只記甲子，以示追思前朝之意。

〔8〕晝棲烟：白天也有烟雲繚繞。

〔9〕粳髓：謂石穴中産的石鐘乳，嗅如粳香。蘭津：本義是長滿蘭草的渡口，現在是澧水下游的一個地名，這裏用本意。櫂：船槳。荃：用竹或草編的捕魚具。

〔10〕漢陌：天漢，天空，霄漢。秔稻：本意指粳稻，稻穀的一種。秔，同"粳"。雲阡：廣闊的田野。

〔11〕登臨：登山臨水，也指游覽。雨露偏：意謂大自然好像偏心於某些地方（給了某些地方豐富奇特景象）。

〔12〕摳衣：典出《禮記注疏》卷二。提起衣服前襟，這是古人迎趨時的動作，表示恭敬。倒履：成語"倒屣相迎"的簡説。（急急忙忙地）倒穿鞋子出來迎接賓客，喻熱情迎接賓客。

〔13〕攀轅：成語"攀轅臥轍"的簡説。拉住車轅，躺在車道上，不讓車走。舊時用作挽留好官的諛詞，跟"牽衣投轄"同義。負弩先：背負弓箭，開路先行，古代迎接貴賓之禮。語出《史記・司馬相如列傳》："乃拜相如爲中郎將，建節往使……至蜀，蜀太守以下郊迎，縣令負弩矢先驅。"

〔14〕南紀月：南方之月，南紀，指南方。嶺西：古地名，峴嶺以西。

觀國山贈女道士苟正覺[1]

景慕兹山勝，奇探興轉橫[2]。衡峰分紫色，源水挹朱英[3]。地拔孤高出，天垂萬壑平。振衣凌恍惚，飛步躡峥嶸[4]。斷壁青纔引，遥淙白忽迎[5]。倦依神瀵注，響逐彩鸞鳴[6]。玕照崑嘘氣，花開岺嶺榮[7]。霞滄火粒棄，羽服霧綃成[8]。思叩瑶函秘，期窺寶籙名[9]。不緣塵世隔，那許俗心清。一飲胡麻飽，修然病骨輕[10]。

【校注】

〔1〕觀國山：爲楚南名山，位於今湖南省石門縣南蒙泉鎮境内。原名小仙臺，人稱“小武當”，係道家名山。苟正覺：又名苟瑞，傳其嘉靖年間采蕨觀國山，遇仙人授草爲食而不飢，遂於觀國山赤霞洞潜修十年，終成正果。詳見“附録·附三”。

〔2〕景慕：景仰傾慕。勝：優美，卓越。轉橫：變得不尋常，使人意外。

〔3〕衡峰：即衡山。唐·宋之問《自衡陽至韶州謁能禪師》：“湘岸竹泉幽，衡峰石囷閉。”源水：地名，指衡山源水坳。挹：音 yì，牽、拉。朱英：朱草。晉·葛洪《抱朴子·對俗》：“飲則玉醴金漿，食則翠芝朱英。”

〔4〕振衣：整衣。典出《史記·屈原賈生列傳》：“新沐者必彈冠，新浴者必振衣。”後遂以“振衣”指抖衣去塵。恍惚：這裏是迅疾的意思。凌恍惚：快速登山。躡：輕步行走的樣子。

〔5〕引：避開，退却。遥淙：遠處傳來淙淙水聲。白忽迎：指山澗突然出現的白色瀑布。迎，迎面出現。

〔6〕神瀵：水名。《列子·湯問》：“終北國之中有山。山名壺領，狀若甀甄。頂有口，狀若員環，名曰滋穴。有水涌出，名曰神瀵。臭過蘭椒，味過醪醴。”瀵，音 fèn。彩鸞：即鳳凰。

〔7〕玕：音 gān，《説文》：“玕，琅玕也。從玉，干聲，美玉。”崑嘘：崑崙山。岺：音 mì，山名，在陝西省商州市境。亦作“密山”。榮：草木茂盛的樣子。

〔8〕火粒，指五穀。因皆須火燒熟而食，故稱。這兩句詩説：丢棄五穀雜糧，去食用雲霞。這是道家“辟穀”養生的理論。羽服：以羽毛爲衣服。霧綃：薄霧似的輕紗。亦借指以此做的衣服。《文選・曹植〈洛神賦〉》：“踐遠游之文履，曳霧綃之輕裾。”

〔9〕瑶函：玉製的書套，佛家、道家用以貯藏經文、符籙；也泛指珍貴的典籍或表示對他人書信的美稱。這裏是指道家經典。寶籙：珍貴的典籍。

〔10〕一飲胡麻飽：據《幽明録》載，漢明帝時，劉晨、阮肇入天台山，迷不得返。經十三日，採桃爲食。下山取水，有胡麻飯流下。又見二女，容貌絶妙，呼二人姓名，挽留半年。求歸，子孫已七世矣。修然，疑爲“倏然”之誤。

卷之四　五言律詩

古壯士歌二首[1]

雒中推敵國，易水壯寒風[2]。長揖辭千乘，高□□七雄[3]。鳴鞭馳赤汗，掣劍走晴虹[4]。行矣身狥國，歸來耻論功[5]。

【校注】

〔1〕壯士歌：最早的壯士歌是荆軻刺秦王時荆軻與燕太子丹易水道别時所唱，即："風蕭蕭兮易水寒，壯士一去兮不復還。"後來，北魏·楊炫之《洛陽伽藍記·法雲寺》記載："有田僧超者，能爲'壯士歌''項羽吟'。征西將軍崔延伯甚愛之……延伯危冠長劍耀武於前，僧超吹壯士笛曲於後，聞之者懦夫成勇，劍客思奮。"

〔2〕雒：古地名。推敵國：贊壯士可敵國。易水壯寒風：化用"風蕭蕭兮易水寒"句。

〔3〕千乘：古代用四匹馬拉的一輛兵車叫一乘，諸侯國的大小以兵車的多少來衡量。後用千乘形容兵車很多，也常被用來指代大軍，春秋戰國時，諸侯國小的也稱"千乘"。高□□七雄，漫滅缺佚二字，據前後文意推論，這裏有"睨傲七雄"之意。七國中，多少人想去殺死秦王，但都不敢行動，而荆軻行動了。

〔4〕鳴鞭，揮響馬鞭，意爲義無反顧地前行。馳赤汗，駕馭着汗血寶馬。赤汗，即血色的汗。明·李攀龍《答寄俞仲蔚》："赤汗沾青雲，長嘶挹流沙。"掣劍：拔劍。晴虹：拔劍如虹光。

〔5〕狥國：爲國家利益而獻出生命，狥，通"殉"。《後漢書·种劭傳》：

“昔我先父以身狥國。”耻論功：耻於談論功勞，即成敗不去管它，義無反顧前行。

其　二

象弭彎明月，金雞控紫騮[1]。三秦豪俠客，六郡少年流[2]。首出沙場外，横行朔漠秋[3]。國讎猶未雪，寧敢賣吴鈎[4]。

【校注】

〔1〕象弭：以象牙裝飾的弓。《詩·小雅·采薇》：“四牡翼翼，象弭魚服。”宋·朱熹集傳：“象弭，以象骨飾弓弰也。”彎明月：彎弓如滿月。金雞：一種金首雞形的儀仗。紫騮：古駿馬名。《南史·羊侃傳》：“帝因賜侃河南國紫騮，令試之。”

〔2〕三秦：關中一帶春秋戰國時爲秦國發源地。項羽破秦後，讓秦降將章邯、董翳、司馬欣接管秦地，封章邯爲雍王、董翳爲翟王、司馬欣爲塞王。這就是“三秦”的由來。劉邦統一中國建立漢朝，關中被分爲三郡：京兆、左馮翊、右扶風。六郡：舊指漢朝的隴西、天水、安定、北地、上郡、西河六郡。

〔3〕首出：有衝在最前面之意。南朝·梁·劉勰《文心雕龍·哀吊》：“自賈誼浮湘，發憤吊屈，體周而事覈，辭清而理哀，盖首出之作也。”朔漠：原指北方沙漠地帶，有時也泛指北方。唐·杜甫《咏懷古迹》：“一去紫臺連朔漠，獨留青冢向黄昏。”

〔4〕吴鈎：古刀類兵器，刃彎。李賀《南園》其五：“男兒何不帶吴鈎，收取關山五十州。”

金　陵[1]

萬古金陵地，層城四望長[2]。淮流瀠洛勢，吴苑貯秦芳[3]。山自蟠龍虎，臺應下鳳凰[4]。秖今饒王氣，故壘樹蒼蒼[5]。

【校注】

〔1〕金陵：古邑名。南京的別稱。戰國楚威王七年滅越後在今南京市清涼山始設金陵邑。

〔2〕層城：王城，高樓。

〔3〕淮流：淮河。杜範《枕上偶成在首》："春動邊聲虜計狂，淮流據斷架浮梁。"瀠：水流環繞回旋的樣子。宋·司馬光《陪同年吴冲卿登宿州北樓望梁楚之郊訪古建中作是詩》："瀠洄淡兹土，平敞誠寡儔。"洛勢：洛水環繞秦都洛陽之勢。吴苑：吴地的園林，借指吴地或蘇州。唐·馬戴《送顧非熊下第歸江南》："草際楚田雁，舟中吴苑人。"秦芳：秦地的芳草。

〔4〕蟠龍虎：南京的東郊是紫金山，形似龍蟠，西郊是石頭城，形似虎踞。"臺應"句是"鳳凰臺"的拆用。鳳凰臺，古臺名。在今江蘇南京南面。

〔5〕秖今：如今。饒王氣：多有王者之氣。故壘：古代的城垣，舊堡壘。《晉書·李矩傳》："劉聰遣從弟暢步騎三萬討矩，屯於韓王故壘。"

泊姑蘇[1]

遲晚兵戈際，臨流想霸圖[2]。星霜寒劍石，麋鹿走姑蘇[3]。月舊吴王苑，雲新范蠡湖[4]。秖今南北混，不見越來烏[5]。

【校注】

〔1〕姑蘇：蘇州别稱。

〔2〕遲晚：遲到，晚來，也有最終之意。兵戈際：戰亂時期。臨流：來到江流邊。霸圖：稱霸的雄圖，猶霸業，王業。

〔3〕星霜：即星晨霜露，謂艱難辛苦。劍石：即試劍石，在江蘇省蘇州市虎丘。傳説秦王（也説吴王）試劍於此。見宋·范成大《吴郡志·虎邱》。麋鹿

走姑蘇：麋鹿在姑蘇肆意奔跑。均言戰後凄凉景象。

〔4〕吴王苑：吴王夫差的林園，典出唐・李商隱《無題》："聞道閶門蕚緑華，昔年相望抵天涯。豈知一夜秦樓客，偷看吴王苑内花。"范蠡湖：位於浙江嘉興。傳説范蠡助越王滅吴復國後，偕西施重回故地，在湖邊隱居。後范蠡、西施由此發棹，泛游五湖。後人寄托思念，將此湖叫做范蠡湖。范蠡解釋見卷之一《吴趨行》。

〔5〕南北混：南北混一，天下一統之意。越來烏：見《吴越春秋・勾踐入臣外傳》："（勾踐）遂登船徑去，終不反顧。越王夫人乃據船哭，顧烏鵲啄江渚之蝦，飛去復來。因哭而歌之曰：'仰飛鳥兮烏鳶，凌玄虚兮號翩翩。……帆帆獨兮西往，孰知返兮何年。……'"

金山寺〔1〕

萬川趨大壑，一柱屹中流〔2〕。寶刹標龍藏，花宫出蜃樓〔3〕。上分星月少，四望水雲稠〔4〕。仿佛浮杯鉢，人天總勝游〔5〕。

【校注】

〔1〕金山寺：全國名金山寺的寺廟有多處，最著名的有江蘇鎮江金山寺、山東慶雲海島金山寺、重慶合川金山寺。從上下承接之詩上看，當指前者。

〔2〕大壑：大海或"巨壑"，《莊子・天地》："大壑之爲物也，注焉而不滿，酌焉而不竭。""一柱"句：指金山寺的形勝。

〔3〕寶刹：敬稱僧尼所在的寺廟。"刹"是梵語，指土、田。轉稱佛塔、佛寺。標：顯揚，標示。花宫：指佛寺，也指仙界。唐・李白《秋夜宿龍門香山寺奉寄王方城十七丈》："玉門横網户，銀河耿花宫。"蜃樓：亦稱"海市蜃樓"。是海面或浩瀚的沙漠上因爲雲氣折射産生的一種虚幻奇觀。古人謂蜃氣變幻成的樓閣，故名蜃樓。此處是説金山寺的勝景有如蜃樓。

〔4〕上分：指星空分星。古人依據星紀、玄枵、娵訾、降婁、大梁、實沈、

鶉首、鶉火、鶉尾、壽星、大火、析木等十二星次的位置劃分地面上州、國的位置與之相對應。就天文説，稱作分星；就地面説，稱作分野。水雲：指水雲相接之景。

〔5〕杯鉢：即“盂鉢”，僧人的食器。亦指傳法之器。宋·徐元杰《贊勉昶道者題經》：“聲音未必如來見，盂鉢長教嶺上觀。”“人天”句：人間天上快意游覽。劉禹錫《奉和裴侍中將赴漢南留别座上諸公》：“管弦席上留高韻，山水途中入勝游。”

杭州城

霸業餘千祀，層樓頫四臨〔1〕。宫城迷黍稷，弦管變園禽〔2〕。往事吴成越，流光古作今〔3〕。萍蹤將幻迹，天地此浮沉〔4〕。

【校注】

〔1〕千祀：千年。南朝·宋·謝瞻《經張子房廟詩》：“惠心奮千祀，清埃播無疆。”最早的杭州城建立於隋朝開皇年間，距詩人所處的年代已經千年有餘，故稱“霸業餘千祀”。頫四臨：俯視四面。頫，同“俯”。臨，從高處往低處看。

〔2〕迷：迷亂，分辨不清。黍稷：“五穀”之一。現稱黍子、糜子。粳者爲稷，糯者爲黍。句謂當年的宫城已是滿眼莊稼。園禽：園林裹的禽鳥（的叫聲）。明·康海《雜興》：“牧笛風外來，園禽鳴别枝。”

〔3〕吴成越：朝代交替。流光：流動的光陰。宋·蔣捷《一剪梅·舟過吴江》：“流光容易把人抛，紅了櫻桃，绿了芭蕉。”

〔4〕萍蹤：浮萍的蹤迹，比喻行蹤飄泊無定。明·何景明《除夕劉户部宅》：“江湖有歧路，漂轉嘆萍蹤。”幻迹：蹤迹幻滅。“天地”句：謂滄海桑田，變化極大。

自定海泛戰艦滄溟作〔1〕

舟壁洪波出，龍門恣所如〔2〕。裸人迷積水，黑齒眇歸墟〔3〕。九萬搏風翮，三千掣日車〔4〕。翻憐徐市迹，不得到靈居〔5〕。

【校注】

〔1〕定海：在浙江舟山。明朝中後期由於倭寇横行，海匪肆掠，朝廷在這裏設置有定海千户所鎮守，常年駐軍千餘人，并有戰艦十艘左右。到明末昇爲定海參將署。滄溟：大海。

〔2〕壁，底本譌作“璧”。

〔3〕裸人：舊時江海水澤邊生活的常年不穿衣服靠水産生活的人。積水：深水，即大海。唐・王維《送秘書晁監還日本國》：“積水不可極，安知滄海東。九州何處遠，萬里若乘空。”黑齒：古國名，此代指日本人或琉球人。黑齒習俗在日本自古就有，染黑齒是一種貴族身份與地位的象徵，而在中國古代則被認爲是蠻荒、不開化的特徵。眇：遥遠。歸墟：《列子・汤問》：“渤海之東，不知幾億萬里，有大壑焉，實惟無底之谷，其下無底，名曰歸墟。”

〔4〕搏：音 tuán，盤旋，旋轉。《莊子・逍遥游》：“搏扶摇而上者九萬里。”翮：音 hé，指鳥的翅膀。掣日車：典出《莊子・徐無鬼》。太陽每天運行不息，是靠所乘的六條龍駕的車運行的，故以“日車”喻之。車，音 jū。

〔5〕翻憐：反而憐惜，反而擔心。徐市：一作徐福，秦方士。字君房，齊地琅琊郡（今山東膠南南）人。爲迎合秦始皇的迷信長生，上書説海上有蓬萊、方丈、瀛洲三座神山，請得童男童女數千人，乘樓船入海。結果一去不返。傳説他同所帶男女均在東瀛定居，繁衍後代。靈居：神仙住處或修道學仙者的住處。唐・李善注《文選・木華〈海賦〉》：“靈居，衆仙所處也。”

問桃源隱者〔1〕

見説桃川勝，仙蹤玉觀西〔2〕。鳥猶啼晉徑，花自落秦蹊〔3〕。應解尋源人，知無見日低〔4〕。試詢塵土夢，寧似此中迷〔5〕。

【校注】

〔1〕桃源：即晉·陶淵明《桃花源記》中所描寫的避秦秘境桃花源。武陵地區稱是桃源者有多處。這裏的“問”是設問。

〔2〕見説：猶聽説。唐·李白《送友人入蜀》：“見説蠶叢路，崎嶇不易行。”桃川：指桃源裏的山川，現湖南桃源縣還有“桃川宫”。勝：景色優美。玉觀：當是寺廟或地名，具體地址不詳。

〔3〕晉徑：陶作中所寫晉太元中武陵漁郎走的路徑。秦蹊：秦國遺民走過的小路。

〔4〕“知無”句：知不知道（尋找到桃源的）希望一天天低落下來。

〔5〕塵土夢：典出“蕉鹿夢”等故事，主要講夢境與現實真僞難辨。明·邊貢《泛湖》：“十年塵土夢，回首一茫然。”寧：竟然。此中迷：迷入其中。不知桃花源是夢境呢還是找尋桃源的人在做夢，迷入其中就搞迷糊了。

宿承天寺萬上人房〔1〕

雙樹臨真果，孤蹤息化宫〔2〕。萍游千里外，鄉夢五更中〔3〕。幻陣詞鋒敵，愁城社酒攻〔4〕。金篦如可借，一指陣緣空〔5〕。

【校注】

〔1〕承天寺：位於福建省泉州市中心承天巷對面南俊巷東側，又名月臺寺，南唐保大末年至中興初年建寺，歷代屢經重修，與開元寺、崇福寺并稱泉州三大叢林，有“一塵不染”“梅石生香”等奇景。萬上人：不詳，當是承天寺主

持。上人，佛教稱具備德智善行的人爲上人。後用爲僧人敬稱。

〔2〕雙樹：娑羅雙樹。也稱雙林。爲釋迦牟尼入滅之處。真果：指佛教或道教的真諦。唐·李端《旅次岐山得山友書却寄鳳翔張尹》："偶爲名利引，久廢論真果。"化宫：指禪宫，僧人坐禪之殿，因是度化凡人所，故稱化宫。宋·張繼先《北邙治》："滿壇明月化宫春，千古依依楊柳津。"

〔3〕萍游：像浮萍一樣游走無定。

〔4〕幻陣：惑人心神的陣法。詞鋒：指犀利的文筆或口才。語出南朝·陳·徐陵《與楊僕射書》："足下素挺詞鋒，兼長理窟。"愁城：愁緒壘築起的城，指無盡愁緒，北周·庾信《愁賦》："攻許愁城終不破，蕩許愁門終不開。"社酒：舊時於春秋社日祭祀土神，飲酒慶賀之酒爲社酒。這裏指借酒消愁。

〔5〕金篦：用金屬製成的釵篦。篦，篦子，梳头工具，一般爲竹木製。唐代高僧釋道世所撰《法苑珠林》："後周張元，其祖失明。元讀經燃燈，夢一翁以篦療之，後三日果痊。"一指：一種佛教詞彙，手之一指。出自《楞嚴經》。經云，若我滅後，其有比丘發心決定。陣：量詞，一時。緣空：與佛空有緣。"空"是佛家思想的要諦。唐·宋之問《游雲門寺》："理勝常虚寂，緣空自感靈。"

太暉觀〔1〕

碧落回孤嶼，花源欝近城〔2〕。晴盤笙鶴影，風度管鸞聲〔3〕。白日繩堪係，黄金藥未成〔4〕。雲君瞻咫尺，何處訪蓬瀛〔5〕。

【校注】

〔1〕太暉觀：位於湖北江陵太湖港北岸，宋元時曾有草殿，明洪武二十六年，受封於江陵的朱元璋十二子湘王朱柏，由於篤信神仙，"善道家言"，遂於此量地造林，營建新殿，命名爲"太暉觀"。

〔2〕欝：古同“鬱”。這裏有濃郁、茂盛的意思。

〔3〕盤：盤旋着，飛翔着。笙鶴：仙鶴。漢·劉向《列仙傳》載：周靈王太子晉（王子喬），好吹笙，作鳳鳴，游伊洛間，道士浮丘公接上嵩山，三十餘年後乘白鶴駐緱氏山頂，舉手謝時人仙去。後以“笙鶴”指仙人乘騎之仙鶴。唐·杜甫《玉臺觀》：“人傳有笙鶴，時過北山頭。”管鸞：成語“鳳管鸞笙”的簡説。笙簫之樂的美稱。明·汪廷訥《獅吼記·訪友》：“歌兒舞女朝朝醉，鳳管鸞笙步步隨。”

〔4〕白日：太陽。唐·王之涣《登鸛雀樓》：“白日依山盡，黃河入海流。”黃金藥：意爲最好的良藥，亦謂長生不老藥。唐·李白《潁陽别元丹丘之淮陽》：“我有錦囊訣，可以持君身。當餐黃金藥，去爲紫陽賓。”

〔5〕雲君：雲中君，雲神。

峴山懷古〔1〕

策馬臨孤嶂，憑高縱遠眸〔2〕。廬荒龍氣歇，人去鹿門秋〔3〕。水劃吴川下，雲連陝服浮〔4〕。往來人墮淚，不獨爲羊侯〔5〕。

【校注】

〔1〕峴山：峴山位於湖北襄陽城西南，東臨漢江，歷來爲兵家必争之地。山多亭榭，素稱“城南勝景之首”。峴：音 xiàn，峴山，原名顯山，爲避唐中宗李顯皇帝諱，改爲峴山。

〔2〕孤嶂：獨立的山嶂。唐·杜甫《登兗州城樓》：“孤嶂秦碑在，荒城魯殿餘。”縱遠眸：放眼遠望。

〔3〕鹿門：鹿門山。位於襄陽。後漢龐德携妻子登此山，採藥不返。後因指隱士所居之地。

〔4〕吴川：這裏泛指吴地的河流。宋·韓玉《太常引》：“憶曾上、桂江船。風雨過吴川。”陝服：指古荆州地。《文選·任昉〈齊竟陵文宣王行狀〉》：

"初，沈攸之跋扈上流，稱亂陝服。" 唐・吕向注："上流，荆州也。"

〔5〕羊侯：晉代諸州刺史羊祜，字叔子，博學能文，清廉正直。晉代魏後司馬炎有吞吴之心，乃命羊祜坐鎮襄陽，都督荆州諸軍事。在之後的十年裏，羊祜屯田興學，以德懷柔，深得軍民之心。他一方面繕甲訓卒，廣爲戎備，做好了伐吴的軍事和物質準備，并在吴將陸抗去世後上表奏請伐吴，却遭到衆大臣的反對，最後壯志未酬，鬱鬱而終。羊祜死後，部屬於峴山立碑祭祀，見碑者無不流淚。杜預因稱之"墮淚碑"。見《晉書》本傳。

歸五峰作〔1〕

歸來楚澤外，言藝楚人蘭〔2〕。流水清堪掬，明霞秀可飡〔3〕。機忘心自適，興至酒偏寬〔4〕。獨寐泛吾好，誰同咏考槃〔5〕。

【校注】

〔1〕五峰：此處的五峰，是長官司名。當時詩人所在的容美宣撫司，領屬有五峰、石梁、水濜、椒山四個長官司。五峰司司治在今五峰土家族自治縣五峰鎮東十公里處的白壁城，爲張氏管轄。

〔2〕藝：種植。楚人蘭：蘭花是我國原産十大傳統名花之一，習稱國蘭，歷來被文人雅士所鍾愛，其中又以楚人爲最。楚人以屈原爲代表，將對蘭花的感情演繹到了極致。故後人稱爲楚人蘭。宋・陸游《梅花》："楚人稱芳蘭，細看終不近。"

〔3〕掬：用兩手捧。

〔4〕機忘：即忘機。道家語，意爲消除機巧之心。常用以指甘於淡泊，忘掉世俗，與世無争。自適：自我調適，有自我排遣、自我娱悦意思。唐・白居易《首夏病間》："此日不自適，何時是適時。" 酒偏寬：酒量增大了，或自已對飲酒的限制放寬了。

〔5〕泛：音 fān，深也。考槃：《詩・衛風》中的詩名。《詩序》謂此詩係

刺衛莊公“不能繼先公之業，使賢者退而窮處”，故後即以喻隱居。《詩集傳》則説是贊美“賢者隱處澗谷之間”。考，扣也；槃，器名，扣之以成節拍。

即　事

棄置勿復道，幽居信所便〔1〕。閒乘江月賦，酣枕洞雲眠。謝客開三徑，秦人别一天〔2〕。無因避年少，雅意欲逃禪〔3〕。

【校注】

〔1〕棄置：指放棄自己的某種追求。三國·魏·曹丕《雜詩》：“吴會非我鄉，安得久留滯。棄置勿復陳，客子常畏人。”幽居：隱居。信：放任，放縱，如信馬由繮。

〔2〕謝客：謝絶會客。三徑：晉·赵岐《三輔决録·逃名》：“蔣詡歸鄉里，荆棘塞門，舍中有三徑，不出，唯求仲、羊仲從之游。”“秦人”句：像桃花源中人一樣别有天地，也形容風景或藝術境界引人入勝。李白四十二歲那年被唐玄宗授官，但他不想當朝廷的御用文人，三年後辭官歸隱，特作《山中問答》：“問余何意棲碧山，笑而不答心自閑。桃花流水窅然去，别有天地非人間。”後來好多歸隱之士便仿傚尋找他這種“别有天地”的境界。

〔3〕逃禪：指遁世而參禪。唐·杜甫《飲中八仙歌》：“蘇晉長齋繡佛前，醉中往往愛逃禪。李白一斗詩百篇，長安市上酒家眠。”

春　游

遲日迴芳甸，輕鷗浴淺沙〔1〕。偶隨樵唱去，忽到野人家〔2〕。谷静逾聞鳥，源深轉入花。衣裳與巾舄，片片瀉烟霞〔3〕。

【校注】

〔1〕遲日：見卷之一《櫂歌行》注釋。芳甸：芳草豐茂的原野。南朝・齊・謝朓《晚登三山還望京邑》："喧鳥覆春洲，雜英滿芳甸。"輕鷗：輕捷的鷗鳥。

〔2〕野人：山野農人。宋・陸游《野興》："東望城闉十里遥，野人生計日蕭條。"

〔3〕巾舄：頭巾和鞋子。

嗒　嘲[1]

攢溪開水鏡，複嶂倚山楹[2]。白雪吟偏苦，玄經草未成[3]。君看當世態，誰肯讓時名[4]。莫怪驚人晚，一年始一鳴。

【校注】

〔1〕嗒嘲：有身心兩遺、物我兩忘、淡然面對嘲諷之意。嗒，音 tà。《漢書・揚雄傳下》："時雄方草《太玄》，有以自守，泊如也。或嘲雄以玄尚白，而雄解之，號曰《解嘲》。"

〔2〕攢溪：聚集的溪流，即潭水。攢，音 cuán。水鏡：猶明鏡。南朝・宋・謝莊《月賦》："柔只雪凝，圓靈水鏡。"複嶂：重叠的山峰。唐・王勃《焦岸早行和陸四》："複嶂迷晴色，虛岩辨暗流。"山楹：指山中房屋。南朝・宋・鮑照《登廬山》："懸裝亂水區，薄旅次山楹。"

〔3〕白雪：楚高深歌曲。唐・李白《古風・郢客吟白雪》："郢客吟白雪，遺響飛青天。徒勞歌此曲，舉世誰爲傳。試爲巴人唱，和者乃數千。"玄經：指漢・揚雄的《太玄》。《後漢書・張衡傳》："衡善機巧，尤致思於天文、陰陽、曆算。常耽好《玄經》。"宋・辛棄疾《感皇恩》："子雲何在，應有玄經遺草。"傳說揚雄的《玄經》并未創作完成，只能稱草稿，故有"遺草"和"草未成之說"。

〔4〕時名：指當時的聲名或聲望。唐·韓愈《舉錢徽自代狀》："可以專刑憲之司，參輕重之議，況時名年輩俱在臣前，擢以代臣，必允衆望。"這句詩大意謂誰也不肯辭去名利。

溪邊晚興

藉草晴偏稱，携尊日每重[1]。支流分月細，古樹帶烟濃。香引過攀桂，風邀更撫松。花間流水住，常此净塵容。

【校注】

〔1〕藉草：坐卧在草地上。晴偏稱：晴天最稱心。唐·劉禹錫《拋球樂》之一："最宜紅燭下，偏稱落花前。"携尊：拿着酒樽。尊，同"樽"。宋·衛宗武《赴野渡招賞桂》："況有坐中名勝在，携尊何待菊花黄。"日每重：每天都重複這樣做。

春日園亭

亭色摇清沼，園容抱遠山[1]。草香君子德，花艷美人顔。黄髮憐真諦，青童養大還[2]。别招仙客至，瀟灑共投閑[3]。

【校注】

〔1〕清沼：清清的水塘。《一切經音義》引《説文》：沼，小池也。摇清沼：倒影在清池中摇動。園容：庭園的景象。

〔2〕黄髮：是指老年人頭髮由白轉黄，舊時稱爲長壽的象徵，後常用指老人。憐：憐愛之意。真諦：原爲佛教語，與俗諦合稱爲"二諦"，一般指真切的理論和精義，這裏指奥妙所在。青童：少年，也指修練有術的道士。南

朝・梁・任昉《述异記》卷上："昔有青童，秉燭飈飛輪之車至此，其迹存焉。"大還：這裏指"大還丹"，一種保健長生的丹藥。唐・馬湘《詩》之二："時人若覓長生藥，對景無心是大還。"青童養大還，當是大還養青童，此"青童"即養老還童之童。

〔3〕招：邀請，邀約。仙客：指仙人。投閑：謂置身於清閑境地。宋・陸游《入秋游山賦詩》之三："屢奏乞骸骨，寬恩許投閑。"

玉清祠四韻〔1〕

仙造臨丹歸，靈廛肅紫城〔2〕。雲霞開萬色，金石響千聲。布葉松烟翠，攢花蕙露清〔3〕。騎龍人未遇，長此結遥情〔4〕。

【校注】

〔1〕玉清祠：祀道教玉清元始天尊之祠。全國名玉清祠的地方很多。四韻：四次用韻。唐・王勃《秋日登洪府滕王閣餞别序》："敢竭鄙懷，恭疏短引。一言均賦，四韻俱成。"

〔2〕仙造、靈廛：均指玉清祠。紫城：帝王宫庭，或指仙城。

〔3〕布葉：樹葉遍布。攢花：用一大把零散的花聚在一起做成的花束。蕙露：蘭花之露。

〔4〕騎龍人：即出色的帝王，真龍天子。典出《史記・封禪書》："黄帝採首山銅，鑄鼎於荆山下。鼎既成，有龍垂胡鬚下迎黄帝。黄帝上騎，群臣後宫從上龍七十餘人，龍乃上去。"後以"騎龍"謂皇帝去世。遥情：高遠的情思。晉・陶潛《游斜川》："中觴縱遥情，忘彼千載憂。"

通上人隱居蛾眉兼善黄白賦以寄臆〔1〕

高僧棲遁處，况乃出人寰〔2〕。山色看眉抹，羌流頫月灣〔3〕。業修峰雪白，爐就壁雲閑〔4〕。欲逐離塵迹，金躔可易攀〔5〕。

【校注】

〔1〕通上人：浙江天台人。蛾眉：這裏指四川峨眉山。善黄白：擅於煉製丹藥。寄臆：寄托自己的心思。

〔2〕棲遁：指避世隱居。《晉書·郗超傳》：“（郗超）性好聞人棲遁，有能辭榮衣者，超爲之起屋宇，作器服，畜僕豎，費百金而不吝。”出人寰：即出離人間，成仙。

〔3〕山色看眉抹：即山形如眉。典出《西京雜記》卷二：“文君姣好，眉色如望遠山。”羌流：平羌江，是岷江流經青神縣漢陽壩至樂山城東一段水路的古稱。現在峨眉山的東北青衣江即古平羌江，源出於四川蘆山縣，流至樂山縣入岷江。

〔4〕業修：功業修成。爐就：指隱士煉丹的爐子已經備好。

〔5〕金躔：登天之路。躔，音 chán，泛指脚印、行迹。可引申爲鞋。

招劉山人結隱中山憶〔1〕

憶昔携君手，同人口郢聲〔2〕。袖中三歲家，物外百年情〔3〕。幸勿違兹約，還應踐舊盟。秦源花萬樹，好共閱春榮〔4〕。

【校注】

〔1〕劉山人：隱士，生平失考。招：邀約。中山：山名，具體位置失考。

〔2〕“同人”句：兩人口音相同，都是郢地口音。郢：古代楚國的都城，在今湖北省江陵縣附近。

〔3〕家，疑爲“字”的誤刻，據五峰學者周道雲先生考證：從詩詞平仄看，若是“家”，就跟對句“情”同爲平聲了，不合律詩平仄要求。而“三歲字”，爲“置書懷袖中，三歲字不滅”典故。

〔4〕秦源：指的是避秦之地桃花源。詩人所處的容美土司，地處武陵山南端，被很多進山的文人墨客認定爲陶淵明所言古桃源地，故有此言。春榮：春天的花。三國·魏·曹植《與吴季重書》：“曄若春榮，瀏若清風。”也喻少年時期。

飲中友人過奬因有此贈

看爾飛揚興，騷壇迥獨登[1]。酒猶中聖客，詩似悮禪僧[2]。月自花門度，雲偏竹外凝。憐君標榜極，而我復何能[3]。

【校注】

〔1〕飛揚興：興奮得意，高昂的興致。飛揚：也作飛颺，神采飛揚。騷壇：詩壇。引申爲文壇。迥獨登：風格迥异，成果獨到。

〔2〕中聖：中酒，就是喝醉的意思。唐·李白《贈孟浩然》：“醉月頻中聖，迷花不事君。”悮：同“誤”。花門：飾有花紋之門。南朝·梁·何遜《南苑》：“花門闢千扇，苑户開萬扉。”竹外凝：在竹林上空凝聚、停駐。

〔3〕標榜極：稱贊頌揚至極。

閑步有懷

山原樵客徑，蘿薜野人家[1]。洞襲幽林草，源香曲岸花[2]。鳴琴遲過鳥，倚樹看流霞。不是懷同調，誰能爲拆麻[3]。

【校注】

〔1〕山原：即山野。樵客徑：有打柴的樵夫行走的路。蘿薜：見卷之二《送子東歸洞庭二首》之二注釋。

〔2〕襲：覆盖，占領。源：這裏指河水之源。曲岸：蜿蜒的河岸。唐・盧照鄰《咏物》："浮香繞曲岸，圓影覆華池。"

〔3〕懷同調：有着同樣的情懷。明・胡應麟《雪中過孟韜不值》："濩落懷同調，經過問素居。"拆麻："拆白道字，頂針續麻"的簡稱。宋元時期文人的一種文字游戲。

雪霽散步〔1〕

春草靡蕪徑，春風楊柳枝〔2〕。移來雲是盖，草就雪爲詞。抱玉還誰識，合蘭衹自知〔3〕。悠然時步屧，惟有麈相隨〔4〕。

【校注】

〔1〕雪霽：雪停止，天放晴。霽，音 jì。

〔2〕靡：分散，散亂於。蕪徑：荒蕪的小路。

〔3〕抱玉：用卞和典。謂懷抱德才，深藏不露。識：賞識，瞭解。

〔4〕步屧：行走，漫步。宋・陸游《新秋往來湖山間》："車似雞棲舟似葉，百里何曾勞步屧。"屧，音 xiè。

即　景

瀑布懸岩瀉，花源轉壑深。潺湲一水抱，蒼翠數峰沉〔1〕。但見俱投璧，何盟不斷金〔2〕。騷壇牛耳在，能得幾人尋〔3〕。

【校注】

〔1〕潺湲：水緩流的樣子，或作象聲詞，形容溪水、泉水流動的聲音。《漢書・溝洫志》："河湯湯兮激潺湲，北渡回兮迅流難。" 沉：這裏是寫山峰沉入水底的倒影。

〔2〕璧，底本譌作"壁"。投璧，即"澹臺投璧"典故。晉・張華《博物志》卷七："澹臺子羽渡河，賫千金之璧於河，河伯欲之，至陽侯波起，兩鮫挾船，子羽左摻璧，右操劍，擊鮫皆死。既渡，三投璧於河伯，河伯躍而歸之，子羽毀而去。" 後用"澹臺投璧"或"澹臺璧"喻氣概豪邁。斷金：語出《易・繫辭上》："二人同心，其利斷金。" 唐・孔穎達疏："金是堅固之物，能斷而截之，盛言利之甚也。" 後謂同心協力或情深誼厚。

〔3〕牛耳：領袖。古代諸侯會盟時，割牛耳取血盛敦中，置牛耳於盤，由主盟者執盤分嘗諸侯爲誓，以示信守。《周禮・夏官・戎右》："贊牛耳，桃茢。" 後用牛耳指在某方面居於領袖地位的人。

喜得杭州張文學消息〔1〕

扁舟苕水發，言泊楚江濱〔2〕。風雨滄洲名，烟花故國春〔3〕。雲今迎過客，月古待游人。幽賞方云切，能來採白蘋〔4〕。

【校注】

〔1〕張文學：田子壽文友，生平不詳。

〔2〕苕水：即苕溪，源於浙江天目山，流入太湖。兩岸多苕花。言：發語詞，在這裏没有實在意義。

〔3〕滄洲：中國古詩中的一種意象，非實指。《辭源》解爲"濱水的地方，爲隱者所居"。"烟花"句：烟花三月，正是杭州的春天。

〔4〕幽賞：悠閒地觀賞。唐・李白《江上寄元六林宗》："幽賞頗自得，興遠與誰豁。" 方云切：正契合心意。白蘋：水中浮草。

山居雜咏

一頃桑麻舊[1]，猶逃谷口耕。水移漁子釣，山引羽師枰[2]。芰日熏杯翠，荷風拂座清[3]。停雲方在念[4]，何處更啼鶯。

【校注】

〔1〕桑麻：泛指農事。晉·陶潛《歸園田居》詩之二："相見無雜言，但道桑麻長。"

〔2〕漁子：捕魚爲業的人。也指隱士。唐·孟浩然《夜渡湘水》："榜人投岸火，漁子宿潭烟。"羽師枰：道士的棋盤。道士修煉的最高境界是羽化飛昇，所以稱道士爲羽客、羽人、羽士、羽師等。枰：扁平的木器具，多指棋盤。

〔3〕芰日：荷花太陽，指五六月的太陽。芰，音 jì，古書上指菱，有時代指荷花。杯翠：指蒼翠的山色映於酒杯。唐·嚴維《九日陪崔郎中北山宴》："菊芳寒露洗，杯翠夕陽曛。"

〔4〕停雲：凝聚不散的雲。喻指懷念親友。晉·陶淵明《四言古詩》："靄靄停雲，濛濛時雨。"因在其組詩前序有"思親友也"句，故後人將"停雲"一詞用作思親友代名詞。

其　二

舊慕愚公谷，今從隱士招[1]。區中懷緬邈，河上憶逍遥[2]。瑞氣浮瑶草[3]，靈香送藥苗。子雲玄業在，一任客相嘲[4]。

【校注】

〔1〕愚公谷：在今山東淄博市西。漢·劉向《説苑·政理》："齊桓公出獵，逐鹿而走入山谷之中，見一老公而問之曰：'是爲何谷？'對曰：'爲愚公之谷。'桓公曰：'何故？'對曰：'以臣名之。'桓公曰：'今視公之儀狀，

非愚也。何爲以公名？’對曰：‘臣請陳之。臣故畜牸牛，生子而大，賣之而買駒。’少年曰：‘牛不能生馬！遂持駒去。傍鄰聞之，以臣爲愚，故名此谷爲愚公之谷。’”後借指隱居之地。隱士招：隱士的招引，邀約。

〔2〕區中：家中。“區”指居處，住所。唐·王昌齡《裴六書堂》：“窗下長嘯客，區中無遺想。”緬邈：遥遠。唐·李白《酬崔五郎中》：“崔公生民秀，緬邈青雲姿。”逍遥：悠然自得的樣子。三國·魏·阮籍《咏懷》：“二妃游江濱，逍遥順風翔。”

〔3〕瑞氣：吉祥之氣。

〔4〕子雲：西漢賦家揚雄，字子雲。揚雄曾撰《太玄》《解嘲》。

秋　閨

凉雨深閨冷，西風吹塞愁。關山千里月，砧杵萬家秋〔1〕。鴻雁雲霄度，魚龍水國幽〔2〕。草黄胡馬徢，莫謾話封侯〔3〕。

【校注】

〔1〕砧杵：音 zhēn chǔ，指搗衣石和棒槌。亦指搗衣。南朝·宋·鮑令暉《題書後寄行人》：“砧杵夜不發，高門晝常關。”

〔2〕水國幽：深藏在水國裏。

〔3〕胡馬：泛指産於西北地區的馬。唐·王昌齡《出塞》：“但使龍城飛將在，不教胡馬度陰山。”徢：音 xiè，快步行走的樣子。

三日友人見訊寄答〔1〕

褉事修溱洧，風流憶永和〔2〕。昔賢那可見〔3〕，兹景惜空過。竹下誰同語，花邊自踏歌〔4〕。何由懷芍藥，把贈共吟哦〔5〕。

【校注】

〔1〕三日：爲傳統之“上巳節”，自魏後定爲三月三日。詩題是説上巳節友人問候，寄詩作答。《詩·鄭風·溱洧》即描寫上巳節，男女相與踏青游樂情景，如：“溱與洧，瀏其清矣。士與女，殷其盈矣。女曰‘觀乎？’士曰‘既且’。‘且往觀乎！洧之外，洵訏且樂’。維士與女，伊其將謔，贈之以芍藥。”杜甫《麗人行》“三月三日天氣新，長安水邊多麗人”，亦即寫此。見訊：被對方問訊。

〔2〕禊事：古代一種迷信活動。在農曆三月上巳日，到水邊嬉戲以祓除不祥，稱爲修禊。晉·王羲之《蘭亭集序》：“修禊事也。”溱洧：溱和洧是古代中原兩條河的名稱。永和：永和是東晉穆帝的年號，這段時間裏文壇出現了“竹林七賢”“蘭亭名士”等一大批風流文人，并且形成了一種獨特的風格，形成中國歷史上絶無僅有的“魏晉風流”。又稱“永和風流”和“魏晉風骨”。宋·徐璣《中秋集鮑樓作》：“明朝此集喧城市，應説風流似永和。”

〔3〕昔賢：過去的賢士，指“竹林七賢”和“蘭亭名仕”中的人物如阮籍、嵇康、王羲之等。

〔4〕踏歌：中國漢族和西南少數民族的一種群衆性的舞蹈形式。拉手而歌，以脚踏地爲節拍。唐·儲光羲《薔薇篇》：“聯袂踏歌從此去，風吹香去逐人歸。”也指行吟，邊走邊歌。有人説唐宋時盛行於武陵山區的竹枝詞，就是一種踏歌行吟形式。

〔5〕懷芍藥：懷中揣着芍藥花。把贈：用來贈與（别人）。

五峰山莊〔1〕

飲犢清流上，投竿緑水涯〔2〕。幽稱招隱賦，真擬卜居詞〔3〕。谷寫詩中畫，山鳴橘裏碁〔4〕。黄金空外物，寧换九莖芝〔5〕。

【校注】

〔1〕五峰山莊：這裏指容美土司司治附近的小五峰山，據傳，這裏是五峰長官司早期的司署所在地，後來中興土王田世爵上任以後，五峰司被迫東遷，這裏便作爲容美土司王室的别墅區。

〔2〕飲犢：牽牛犢飲水。唐・韋應物《觀田家》："歸來景常晏，飲犢西澗水。"投竿：指投竿垂釣。唐・李白《酬坊州王司馬與閻正字對雪見贈》："風水如見資，投竿佐皇極。"涯：水邊，岸。

〔3〕招隱賦：指《楚辭》之《招隱士》，署爲淮南王門客淮南小山作。卜居詞：指《楚辭》之《卜居》，屈原作。

〔4〕橘裏碁：見唐・牛僧孺《玄怪録》載有巴邛人，家有橘園，收後餘二大橘，剖開，每橘有二老叟，鬢眉皤然，相對象戲，身長尺餘，談笑自若，剖開後亦不驚怖，但相與决賭。

〔5〕九莖芝：靈芝中的極品，稱爲九莖芝，又名九光芝。

谷　曙

谷口晴光曙，丘中野思賒[1]。烟蘿扶水榭，石竹繞山家[2]。金憶雲間化，瓊憐海上花[3]。不知軒冕貴，空外有飛霞[4]。

【校注】

〔1〕晴光曙：清晨的日光。野思：謙稱自己鄙陋的情思；也稱閒散自適的心思。《宋書・符瑞志下》："謹獻頌一篇，野思古拙，意及庸陋。"賒：長，遠。南唐・李中《旅夜聞笛》："長笛起誰家，秋凉夜漏賒。"

〔2〕烟蘿：草樹茂密，烟聚蘿纏，謂之"烟蘿"。唐・李端《寄廬山真上人》："更説謝公南座好，烟蘿到地幾重陰。"水榭：是指建於水邊或水上的亭臺，以供游客休息、觀賞風景的中國傳統式建築。唐・吴融《贈方干處士歌》："一夕聽吟十數篇，水榭林蘿爲岑寂。"

〔3〕“金憶”句：謂多少美好的回憶像天上的雲一樣化去。金憶，寶貴的回憶。瓊憐：美好的愛意。

〔4〕軒冕：原指古時大夫以上官員的車乘和冕服，後引申指官位爵禄，國君或顯貴者，也泛指爲官。晉·陶潛《感士不遇賦》：“既軒冕之非榮，豈緼袍之爲耻。”

度會稽感而咏古〔1〕

萬方朝禹地，勾踐繼爲都〔2〕。奴虜甘棲越，江山巧豢吴〔3〕。女戎投美好，霸垂逞雄圖〔4〕。請看遺墟在，誰憐雉懼狐〔5〕。

【校注】

〔1〕會稽：古地名，紹興的别稱，故吴越地。會稽因紹興會稽山得名。傳大禹曾大會諸侯於此。

〔2〕朝禹地：朝拜大禹的地方，指會稽。勾踐：生卒約公元前520—前465年。勾踐的先人被封在會稽，守宗廟，故建立越國。勾踐即位後不久，即敗於吴國。吴王夫差攻破越都，勾踐被迫屈膝投降。勾踐自戰敗以後，時刻不忘會稽之耻，“卧薪嘗膽”，忍辱負重，經過“十年生聚又十年教訓”，使越之國力漸漸恢復起來。前482年，越王勾踐出其不意，大敗吴師，終於重振越國，成就霸業。

〔3〕奴虜：給敵人做奴僕。虜，對敵人的蔑稱。甘棲越：甘心棲身越地。豢吴：豢養（侍奉）吴王。

〔4〕女戎：猶女兵。《國語·晉語一》：“史蘇告大夫曰：‘有男戎必有女戎。’”此處女戎係指美女西施。投美好：投其所好而獻美女。指勾踐爲吴王夫差奉獻美女西施之事。霸垂：霸業永垂。

〔5〕雉懼狐：雉雞懼怕狐狸。這裏形容荒凉的境地。

林塘晚興

蒸以靈芝，潤以醴全。晞以朝陽，綏以五弦[1]。

自愛林塘好，閒將懶共宜[2]。酒腸從自大，物態任相疑[3]。醴潤霞投液，靈蒸紫滿芝。悠然資一溉，空水澹鬚眉[4]。

【校注】

〔1〕醴全：即純酒。全，純，純粹，與“雜”相對。晞：音 xī，曬。這裏有“照耀着”的意思。五弦：五弦琴。《禮記・樂記》：“昔者舜作五弦之琴，以歌《南風》。”

〔2〕“閒將”句：這是化用宋・陸游《五律・晨至湖上》：“園古逢秋好，身閒與懶宜。”

〔3〕“酒腸”句：指酒量隨之增大。物態，這裏是指的人對物體認知的態度。

〔4〕資：資用，憑藉。溉：洗滌。空水：天空和水色。南朝・宋・謝靈運《登江中孤嶼》：“雲日相輝映，空水共澄鮮。”鬚眉：這裏指人的面容。明・劉基《題太公釣渭圖》：“璇室群酣夜，璜溪獨釣時。浮雲看富貴，流水淡鬚眉。”

東胡人山載道[1]

有美江東客，紉蘭澧水潯[2]。試聆捫蝨語，恍見釣鰲心[3]。歲月青藜杖，乾坤白雪吟[4]。高山空有調，何處覓知音[5]。

【校注】

〔1〕東胡人：此指南粵少數民族之人。山載道：指代不詳。可能是人名，

田子壽的朋友。

〔2〕江東：一般是指長江下游的江南地區。因長江在今安徽南部境内向東北方向斜流，而以此段江爲標準確定東西和左右。古人以東爲左，故江東又稱江左。紉蘭：《楚辭·離騷》："扈江離與辟芷兮，紉秋蘭以爲佩。"後以"紉蘭"比喻人品高潔。這裏指的高潔的雅好和追求。潯：音 xún，水體邊緣的陸地。

〔3〕捫蝨語：由成語"捫蝨而言"化用而成。指人放達從容，侃侃而談，不拘小節，任情自適。《晉書·王猛傳》載："桓温入關，猛被褐而詣之，一面談當世之事，捫蝨而言，旁若無人。"釣鰲心：《列子·湯問》："國有大人……一釣而連六鰲，合負而趨歸其國。"宋·趙令畤《侯鯖録》："李白開元中謁宰相，封一版，上題曰'海上釣鰲客李白'。宰相問曰：'先生臨海釣巨鰲，以何物爲鈎綫？'白曰：'以風浪逸其情，乾坤縱其志，以虹霓爲絲，以明月爲鈎。''以何爲餌？'曰：'以天下無義氣丈夫爲餌。'"

〔4〕青藜杖：《三輔黄圖·閣》："劉向於成帝之末，校書天禄閣，專精覃思。夜有老人，着黄衣，植青藜杖，叩閣而進。見向暗中獨坐誦書，老父乃吹杖端，烟然，因以見向，授《五行洪範》之文。恐詞説繁廣忘之，乃裂裳及紳以記其言。至曙而去，請問姓名，云：'我是太乙之精，天帝聞卯金之子有博學者，下而觀焉。'"後因以"青藜"指夜讀照明的燈燭。也借指苦讀之事和讀書人。白雪吟：古曲名。《樂府詩集·白雪歌序》："琴集曰白雪，師曠所作，商調曲也。"

〔5〕"高山"二句：用俞伯牙、鍾子期高山流水之典。

謝習孺惠小硯〔1〕

何來精妙製，疑自頡皇傳〔2〕。含液方池潤，分雲片石堅〔3〕。野情翻守黑，冥思欲通玄〔4〕。詞賦吾何有，空慚翰墨緣〔5〕。

【校注】

〔1〕習孺：田子壽文友，是其恩師孫兆孺的胞弟。具體生平失考。惠：恩惠，給以好處。這裹有贈與的意思。小硯：小硯池，研墨的工具。

〔2〕精妙製：精緻巧妙的形製。頡皇：指倉頡。《淮南子·修務訓》："史皇産而能書。""史皇，蒼頡，生而見鳥迹而著書，故曰史皇，或曰頡皇。"頡，音 jié。

〔3〕含液：盛着墨液。方池：指硯墨池的形狀。

〔4〕翻守黑：反而堅守它的特長，知白而守黑。

〔5〕翰墨：義同"筆墨"，原指文辭。三國·魏·曹丕《典論·論文》："古之作者，寄身於翰墨，見意於篇籍。"後世亦泛指文章、書法、畫作。

送伯良游觀國山[1]

之子將何適，飄飄躡紫氛[2]。烟霞生氣色，岩壑借氤氳[3]。石擬河邊得，簫應月下聞。風塵予妬汝，獨叩上元君[4]。

【校注】

〔1〕伯良：指胡伯良，字山人。詳見"附録·附三"。觀國山：見卷之三《觀國山贈女道士苟正覺》注釋。

〔2〕之子：這位先生。適：往。

〔3〕躡：踩踏，跟隨。紫氛：紫色的雲霧。唐·韋應物《乘月過西郊渡》："遠山含紫氛，春野靄雲暮。"岩壑：山巒溪谷。南朝·宋·謝靈運《酬從弟惠連》："岩壑寓耳目，歡愛隔音容。"氤氲：見卷之一《游女曲》注釋。

〔4〕風塵：比喻紛亂的社會或漂泊江湖的境況。妬：同"妒"。上元君：神話中伴西王母之女仙。見《漢武内傳》。有道行的道士亦可稱元君。

歸紫芝亭二首[1]

灼灼青春孟，紛華悔出關[2]。霞尋三秀處，雲卧九莖間[3]。亭色看山古，池光受月閑[4]。空餘丹皂癖，未省出人寰[5]。

【校注】

〔1〕紫芝亭：在容美土司城内，田子壽作詩觀景的亭臺。

〔2〕灼灼：明亮、鮮明的樣子。宋·秦觀《灼灼》："錦城春暖花欲飛，灼灼當庭舞柘枝。"青春孟：春之始。紛華：指繁華，富麗。宋·歐陽修《讀書》："紛華暫時好，俯仰浮雲散。"悔出關：後悔走出土漢關口。舊時朝廷對武陵山土人采取羈縻封鎖政策，在土司與漢地邊界設有關隘阻攔，官方規定："土不出關，漢不入峒。"

〔3〕三秀：靈芝草的别名。戰國·楚·屈原《九歌》："採三秀兮於山間，石磊磊兮葛蔓蔓。"九莖：即九莖芝，見卷之四《五峰山莊》注釋。

〔4〕古：古拙，淳樸。

〔5〕丹皂：指丹灶，代煉丹方術。未省：没醒悟，未察覺。出人寰：超越人世間。唐·劉禹錫《和李相公》："垂天雖暫息，一舉出人寰。"

其　二

孤亭依谷口，喬木隱松蘿。初服仍秦制，新詩和郢歌[1]。鳥青仙使下，衣白野人過[2]。無那巾裾上，翻嫌紫氣多[3]。

【校注】

〔1〕初服：早先穿的衣服。秦制：秦朝服裝的樣式。詩人自認故鄉是桃花源，乃避秦之所，當年穿的衣服仍依秦制。郢歌：指高雅的詩文。容美土司地處武陵山各土司與漢文化交匯過渡地帶，文化融合現象十分普遍，很多高雅的宫廷音樂及文人詩詞歌賦，很早就傳進山裏，并得以保存和流傳。

〔2〕鳥青：即青鳥。傳説是西王母使者。青鳥的典故出於《山海經》，代表送達書信、消息的鳥，也可以説是信使，這在古詩中常常用來指愛情信使，唐・李商隱《無題》："此去蓬山無多路，青鳥殷勤爲探看。"衣白野人：指山野之人。因多穿白苧蔴織的衣服，故有"衣白"之説。

〔3〕無那：猶"無奈"，無可奈何。唐・王維《酬郭給事》："强欲從君無那老，將因卧病解朝衣。"巾裾：佩巾和衣襟，亦指衣裳。宋・歐陽修《答梅聖俞大雨見寄》："豈知下土人，水潦没襟裾。"裾：衣服的前襟。紫氣：舊指寶物的光氣或所謂祥瑞之氣。唐・杜甫《秋興》："西望瑶池降王母，東來紫氣滿函關。"

春雨枕上聞雞口占四韻〔1〕

世情那足問，此夕興如何。曉夢天雞破，春愁夜雨多。考槃從自誓，扣角向誰歌〔2〕。驚起燈前舞，雄心可耗磨。

【校注】

〔1〕四韻：俗稱"四韻八句"，亦稱"四韻詩"。由四韻八句構成的詩，即近體詩中的五言、七言律詩。唐・王勃《秋日登洪府滕王閣餞别序》："一言均賦，四韻俱成。"

〔2〕考槃：見卷之四《歸五峰作》注釋。扣角：典出《淮南子・道應訓》。春秋時，寧戚想向齊桓公謀求官職，便在齊桓公經過的路邊，"擊牛角而疾商歌"，引起齊桓公的注意，被其帶走，成就了事業。後遂以"扣角"和"商歌"指不遇之士自求用世，喻求仕。唐・李白《笑歌行》："寧武子，朱買臣，扣角行歌背負薪。今日逢君君不識，豈得不如佯狂人。"

新構茶墅[1]

自構白雲居，玄津潄有餘[2]。幽人同月道，樵叟共烟墟[3]。桑落秋宜酒，潮平夜可漁。紫書行處讀，頓覺世情疏[4]。

【校注】

〔1〕新構：新修建。構，架木爲構。茶墅：茶山别墅。田子壽所在的容美土司，自古就是陸羽《茶經》所説“南山好茶”的出産地。茶山處處都有，詩人的别墅究在何處，目前無法考證。

〔2〕白雲居：指房舍居於山上，位置高，有白雲相伴。玄津：指佛法。《文選・王中〈頭陀寺碑文〉》：“釋網更維，玄津重枻。”唐・張銑注：“釋網、玄津，并佛法也。”

〔3〕幽人：幽隱之人，隱士，幽居之士。宋・蘇軾《定惠院寓居月夜偶出》：“幽人無事不出門，偶逐東風轉良夜。”月道：這裏借指天空。唐・王勃《九成宫東臺山池賦》：“驟衝情於月道，飛峻賞於烟墟。”樵叟：打柴的老頭。烟墟：猶言有人烟的村莊。

〔4〕紫書：道經。唐・盧照鄰《羈卧山中》：“紫書常日閲，丹藥幾年成。”行處：走過的地方。世情：人世間的種種關係和人們之間的情感與態度，也稱俗情。

觀魯梅上畫魚[1]

野老工玄史，生平只貌魚[2]。乍看翻海運，恍覺伴龍居[3]。仿佛風雷勢，依稀造化餘[4]。無論睛點未，一舉會凌虚[5]。

【校注】

〔1〕魯梅上：田子壽文友。

〔2〕野老：山村裏的老者。唐・杜甫《哀江頭》："少陵野老吞聲哭，春日潛行曲江曲。"工玄史：長於研究玄學歷史。貌魚：畫魚，描摹魚的形貌。

〔3〕翻海運：形容畫魚運筆，畫面如海濤翻騰。唐・韓愈與孟郊《鬥雞聯句》："争觀雲填道，助叫波翻海。"恍覺：恍然覺得。

〔4〕造化：創造演化，指自然界自身發展繁衍的功能，可代指自然界，也指人的福分，命運。唐・杜甫《望岳》："造化鍾神秀，陰陽割昏曉。"餘：不盡。

〔5〕睛點未：有没有"點睛"。點睛，指繪畫動物時最後畫上眼睛，使其鮮活。常比喻錦上添花的神來之筆。凌虚：飛騰碧空。三國・魏・曹植《七啓》："華閣緣雲，飛陛凌虚，俯眺流星，仰觀八隅。"

有玄客貽一律〔1〕

琅玕三徑玉，蘿薜五峰烟〔2〕。有客來愚谷，何人畫輞川〔3〕。源霞桃蕊艷，山月桂叢圓〔4〕。且莫游方外，區中好結緣〔5〕。

【校注】

〔1〕玄客：指道士，或言"談玄之客"。唐・鍾離權《贈吕洞賓》："群仙會飲天樂喧，雙童引入昇玄客。"貽：贈給。此詩可能是來訪玄客所貽，也可能是詩人贊美家鄉的擬作。

〔2〕琅玕：此爲似珠玉的美石，另説爲傳説中的仙樹。三徑：見卷之四《即事》注釋。

〔3〕愚谷：見卷之四《山居雜咏》其二注釋。底本譌作"遇谷"，不協律。輞川：在陝西藍田縣城西的蕘山間，這裏青山逶迤、峰巒叠嶂，奇花野藤遍佈幽谷，瀑布溪流隨處可見，是秦嶺北麓一條風光秀麗的川道。唐代大詩人王維曾在這裏建廬爲居，稱"輞川別墅"。王維曾在這裏作《輞川圖》壁畫，主畫面亭臺樓榭掩映於群山緑水之中，古樸端莊。別墅外，山下雲水流肆，偶有舟楫

過往。畫中人物，弈棋飲酒，投壺流觴。一個個的都是儒冠羽衣，意態蕭然。《輞川圖》開啓了後人詩畫并重的先河。原作已無存，歷代有人臨摹。詩句也可理解爲玄客極言詩人家鄉風光美勝。

〔4〕源霞：指源中霞光。源，容美人稱古桃源，故此源亦指桃花源。

〔5〕方外：世俗之外，舊時指神仙居住的地方。區中：家鄉。唐・王昌齡《裴六書堂》："窗下長嘯客，區中無遺想。"結緣：意指彼此結交善緣。

送胡煉師歸郢〔1〕

大隱依廛市，壺公或是君〔2〕。迹從愚谷寄，玄許野人聞〔3〕。石髓頻呼月，山房幾卧雲〔4〕。縱游方外去，莫不寄靈文〔5〕。

【校注】

〔1〕胡煉師：姓胡的煉丹師傅。生平失考。煉師，舊時以某些道士懂得"養生""煉丹"之法，尊稱爲"煉師"。起初多指修習上清法者，後泛稱修煉丹法達到很高深境界的道士。歸郢：回郢地去。

〔2〕廛市：亦作"廛世"，指凡人居住的世界。唐・宋之問《宿清遠峽山寺》："寥寥隔廛市，何异武陵源。"壺公：又名玄壺子、懸壺翁。東漢時期的賣藥仙人。後來歷代醫學家學成開業爲人治病，多稱之爲"懸壺"，稱頌醫生常用"懸壺濟世"。或是君：或許就是你（胡煉師）。

〔3〕愚，底本譌作"遇"。

〔4〕石髓：石鍾乳，可入藥。《晉書・嵇康傳》："康又遇王烈，共入山，烈嘗得石髓如飴，即自服半，餘半與康，皆凝而爲石。"也説石髓是一種膏狀鳥糞，可以入藥，需在月光下採集。故下文有"頻呼月"之説。山房：煉師居處。

〔5〕靈文：宗教經文。元・孔文卿雜劇《地藏王證東窗事犯》："近有東嶽靈文，交替了陳壽千年無字碑，古自證不的本！"

贈苟仙姑[1]

結髮興遐想，深山閱歲華[2]。養生聞辟穀，住世定餐霞[3]。月瀉琅玕樹，春留若木花[4]。亦知天漢近，倘許泛雲槎[5]。

【校注】

〔1〕苟仙姑：即前述觀國山女道士苟正覺。

〔2〕結髮：束髮。道人皆束髮於頭頂。閱歲華：度過寶貴的歲月年華。唐·蘇頲《景龍觀送裴士曹》："君還洛邑分明記，此處同來閱歲華。"

〔3〕辟穀：源自道家養生中的"不食五穀"之舉，是古人常用的一種養生方式。又稱却穀、去穀、絶穀、休糧等。辟穀最早的記載源自《莊子·逍遥游》："藐姑射之山，有神人居焉。肌膚若冰雪，淖約若處子，不食五穀，吸風飲露，乘雲氣，御飛龍，而游乎四海之外。"住世：謂身居現實世界，與"出世"相對。明·袁宏道《詩附》之一："住世燈前影，居官浪裏身。"餐霞：以雲霞爲食，指修仙學道，語出《漢書·司馬相如傳下》："呼吸沆瀣兮餐朝霞。"跟辟穀的形式是一樣的。

〔4〕琅玕樹：傳說中的仙樹，其實似珠。《山海經·海内西經》："服常樹，其上有三頭人，伺琅玕樹。"若木：是神話中的樹，長在太陽下落的地方，跟扶桑相對。唐·李白《古詩五十九首》之四十一："揮手折若木，拂此西日光。"

〔5〕天漢：指銀河。三國·魏·曹丕《雜詩二首》："天漢回西流，三五正縱横。"雲槎：行在雲中的舟船。槎，木筏。宋·吴文英《八聲甘州》："人遠雲槎渺，烟海沉蓬。"

野外飲宗文侄翠碧亭[1]

芒屩沽晴雨，鶯花亂早春[2]。霞歸桃臉笑，翠入柳眉顰[3]。暫破風塵涕，終謀海岳身[4]。拍浮何所似，無乃竹林人[5]。

【校注】

〔1〕宗文侄：指詩人的侄兒田國華。詳見“附録·附三”解釋。因志趣相投，十八歲就與叔父子壽客居澧浦，情同父子，相互唱和很多。惜其在田子壽去世不久便英年早逝，享年二十九歲。翠碧亭：田宗文居所附近的亭子，位置失考。

〔2〕芒屩：即芒鞋，草鞋。明·胡應麟《少室山房筆叢·丹鉛新録八·履考》：“六朝前率草爲履，古稱芒屩，盖賤者之服，大抵皆然。”沽：沽酒。晴雨：即出着太陽下雨。鶯花：鶯啼花開，泛指春日景色。宋·楊萬里《丙申歲朝》：“仙家風土閑中是，歲後鶯花報早無。”亂：紛紜的樣子。唐·白居易《錢塘湖春行》：“亂花漸欲迷人眼，淺草才能没馬蹄。”

〔3〕嚬：音 pín，同“顰”，皺眉。

〔4〕風塵涕：指人間生活的苦楚。海岳身：如海岳般前程遠大的身價。

〔5〕拍浮：指飲酒賦詩以娱情，《藝文類聚》載，畢茂世云：“一手持蟹螯，一手持酒杯，拍浮酒池中，便足了一生。”後因以“拍浮”爲詩酒娱情之典。無乃：不外乎是。竹林人：指魏晉阮籍、嵇康、山濤等“竹林七賢”，代一些放蕩不拘才華横溢的文人。

雪夜夢江湘知己

雪色閒侵榻，光摇狐白鮮〔1〕。蒼雲寒倚玉〔2〕，明月夜浮烟。曉破玄洲夢，春歌窈窕篇〔3〕。欲浮江海去，何處木蘭舡〔4〕。

【校注】

〔1〕狐白：狐狸腋下的白毛皮，用以製皮衣。《管子·輕重戊》：“代之出狐白之皮，公其貴買之。”這裏當形容詞，形容雪光明亮。

〔2〕蒼雲：深青色的雲。元·張可久《滿庭芳·碧山丹房閑》：“紅的花開小春，碧檀欒樹倚蒼雲。”

〔3〕玄洲：神話中的地名，是虚構的仙境之地。出自漢·東方朔撰的《十洲記》。唐·羅隱《秋日有寄》："曾臨鐵瓮雖分職，近得金陵亦偶游。東去西來人不會，上卿蹤迹本玄洲。"窈窕篇：《詩·周南·關雎》中有"窈窕淑女，君子好逑"句。

〔4〕木蘭舡：即蘭舟，飾以蘭花的木舟，泛指質地精良的船。舡：同"船"。宋·歐陽修《浣溪沙》："紅粉佳人白玉杯。木蘭舡穩棹歌催。"

襄陽懷古

策杖探形勝，層樓騪望奇〔1〕。群山横作障，大漢匯爲池〔2〕。習氏今何在，龐公亦我師〔3〕。傷今懷古淚，并灑峴山碑〔4〕。

【校注】

〔1〕策杖：拄杖。唐·杜甫《戲題寄上漢中王》詩之二："策杖時能出，王門异昔游。"形勝：指地勢險要，風景優美之地。騪望奇：指騎在高馬上看到的層樓奇觀。騪，音 sōu，古書上説的一種高大的馬。

〔2〕大漢：滔滔漢水，漢水通過襄陽的部分又稱襄江。池：指襄陽名勝之地習家池。習家池位於襄城區觀音閣村，地處襄樊南大門，乃依山傍水之地。

〔3〕習氏：習氏是襄陽的强宗望族，在三國蜀漢時代就有一位寧死不降吴的蜀漢忠臣習珍。後來自東漢初年至東晉，習氏在這裏日漸强大。東漢初年的習融，居襄陽，有德行，不仕。其子習郁，字文通，爲黄門侍郎，封東漢襄陽侯。史載，習家池即爲襄陽侯習郁仿范蠡養魚之法所建，是我國古代最早的著名私家園林之一。習郁後裔、東晉著名史家習鑿齒曾隱居於此。其子習辟疆，才學有父風，元興元年位至驃騎從事中郎。龐公：指東漢末年，襄陽名士龐德，他學識淵博，品高德厚，乃當世大賢，鄉人敬稱其公。荆州牧劉表數次登門請他出仕，皆婉拒之，後遷襄陽南門外峴山一帶耕讀，終於壟畝之間。身後，鄉鄰皆感其德，立祠傳頌，是爲龐公祠也。到三國之時龐德的侄兒龐統又成爲蜀

中智囊高士，時與諸葛亮齊名。

〔4〕峴山碑：參卷之四《峴山懷古》注。

馬將軍自楚轉官西蜀〔1〕

上將承新命，雙旌繞峽馳〔2〕。水開魚麗陣，山著碧雞詞〔3〕。劍閣題名日，邛郲叱馭時〔4〕。由來漢威德，要使遠人知〔5〕。

【校注】

〔1〕馬將軍：生平無可考。轉官：官職調動。

〔2〕新命：新的任命。唐・灌休《壽春節進》："恩頒新命廣，淚向舊朝垂。"雙旌：唐節度史出行時的儀仗。唐・李商隱《爲懷州李中丞謝上表》："賜以竹符之重，遂使霍氏固辭之第，早建雙旌。"

〔3〕魚麗陣：古代戰陣名。南朝・梁・吴均《戰城南》："五歷魚麗陣，三入九重圍。"碧雞：傳説中的神物。《後漢書・西南夷傳・邛都夷》："青蛉縣禺同山有碧雞、金馬，光景時時出見。"以後晉・左思、宋・王安石、明・王褒等皆有碧雞詩詞。故稱碧雞詞。明・李夢陽《得何子過湖南消息》："馬援留銅柱，王褒祀碧雞。"此句贊馬將軍文武全才。

〔4〕劍閣：劍閣位於四川省北部，廣元西南部，守劍門天險，唐・李白《蜀道難》中有"劍閣峥嶸而崔嵬，一夫當關，萬夫莫開"句，是自楚進川必經之險關。明嘉靖間監察御史邑人錢籍罷官歸里後在修鑿劍門蹬道同時重建石亭，并題字"劍閣"，鎸刻於崖。邛郲：同"邛崍"，古稱臨邛，係西漢著名才女卓文君的故里。叱馭：不畏艱險之意。《漢書・王尊傳》載：漢・琅邪王陽爲益州刺史，行部至邛郲九折阪，嘆曰："奉先人遺體，奈何數乘此險！"因折返。及王尊爲刺史，至其阪……尊叱其馭曰："驅之！王陽爲孝子，王尊爲忠臣。"後因以"叱馭"爲報效國家，不畏艱險之典。

〔5〕漢威德：指漢家朝廷的威勢德政。

雜興三首

濟世無長策，誅茆傍石泉[1]。樽開三徑緑，經契五千玄[2]。滌器憐司馬，遷陶愧計然[3]。平生清苦業，盡在白雲篇[4]。

【校注】

〔1〕誅茆：即誅茅，原意是芟除茅草。引申爲結廬安居。茆，同“茅”。龐樹松《檗子書來約游》：“到此倘嫌山水淺，人間何地可誅茅。”

〔2〕“樽開”句：見陶淵明《歸去來兮辭》：“三徑就荒，松菊猶存，携幼入室，有酒盈樽。”五千玄：指老子《道德經》五千言。

〔3〕滌器：指洗滌器物。唐·杜甫《醉時歌》：“相如逸才親滌器，子雲識字終投閣。”憐司馬：同情司馬相如。典故見卷之一《當壚曲》司馬相如和卓文君私奔開酒店的注釋。遷陶：指遷徙隱居的陶朱公范蠡。計然：辛計然，字文子，號稱漁父，春秋時期著名謀士，春秋時期宋國葵丘濮上人。博學多才，尤善計算，越大夫范蠡尊之爲師，曾授范蠡七計，佐越王勾踐，用其五而滅吴。

〔4〕白雲篇：隱士之詩。晉隱士陶潛有《和郭主簿》詩，中有“遥遥望白雲”之句，後以之稱隱士之詩。

其　二

桃水元秦洞，椒蘭況楚臣[1]。衣將香自結，人與月爲鄰。麟閣功名薄，芸窗事業新[2]。白雲團野户，何處入纖塵[3]。

【校注】

〔1〕桃水：桃源之水。秦洞：避秦之洞。均見晉·陶潛《桃花源記》。宋·蔡伸《滿庭芳》：“秦洞花迷，巫陽夢斷，夜來曾到藍橋。”椒蘭：椒與蘭。皆芳香之物，故以并稱。唐·杜牧《阿房宫賦》：“烟斜霧横，焚椒蘭

也。”况：比况，這裹是“好比”。楚臣：屈原。唐·李白《贈崔秋浦》詩之三：“應念金門客，投沙吊楚臣。”

〔2〕麟閣：見卷之一《征婦怨》注釋。芸窗：指書齋。唐·蕭項《贈翁承贊漆林書堂詩》：“却對芸窗勤苦處，舉頭全是錦爲衣。”

〔3〕圜：圍遶。野户：山野人家。

其　　三

野外幽人宅，爲園足自娱〔1〕。性將詩作癖，心與谷同愚。月下揮金軫，花前擊玉壺〔2〕。自憐麋鹿性，任得馬牛呼〔3〕。

【校注】

〔1〕幽人：指幽居之隱士。唐·張九齡《感遇》：“幽人歸獨卧，滯慮洗孤清。”

〔2〕軫：音 zhěn，古琴上松緊琴弦的柱子，這裹代指瑶琴。玉壺：美玉製成的壺。常以此喻高潔的胸懷。擊玉壺：敲擊酒壺以爲節拍。

〔3〕自憐：自愛，自我陶醉。麋鹿性：草野優游之性。馬牛呼：像使唤牛馬一様呼唤。

病　　起

伏枕青山遠，行吟野興清〔1〕。難危諳世故〔2〕，貧病識交情。雲逗窗中色，禽流檻外聲〔3〕。由來全傲骨，不爲慕逃名〔4〕。

【校注】

〔1〕野興：對郊游的興致或對自然景物的情趣。北魏·楊炫之《洛陽伽藍記·正始寺》：“是以山情野興之士，游以忘歸。”

〔2〕諳：熟悉。世故：指世間的事情。唐・權德輿《感寓》："冥心試觀化，世故如絲棼。"

〔3〕逗：逗留，徘徊。流：傳來。

〔4〕全：保全。傲骨：比喻高傲自尊、剛强不屈的性格。語出宋・戴埴《鼠璞》卷上："唐人言李白不能屈身，以腰間有傲骨。"逃名：逃避聲名而不居，指隱居埋名。唐・李白《雉子斑》："善卷讓天子，務光亦逃名。"

雪夜宴集遂成艷曲〔1〕

嗚霰緣甍集，寒雲拂座飄〔2〕。神疑姑射度，詞比兔園招〔3〕。步動凌波襪，情傳引鳳簫〔4〕。徘徊銀燭外，爛醉亦逍遥。

【校注】

〔1〕宴集：宴飲集會。《晉書・杜預傳》："預初在荆州，因宴集醉卧齋中。"艷曲：即艷麗之曲。

〔2〕緣甍：即沿着屋脊（運行）。甍，音 méng。南朝・宋・謝惠連《雪賦》："始緣甍而冒棟，終開簾而入隙。"

〔3〕姑射：山名，《莊子・逍遥游》："藐姑射之山，有神人居焉。"射，音 yè。兔園：亦即菟園，又稱梁苑、梁園，址在今河南開封市東南，漢・梁孝王建。漢・枚乘《梁王菟園賦》記載：梁孝王愛才，重金高位招攬天下人才，一時間，"豪俊之士麇集"。許多人甚至辭去官職到梁園"從梁王游"。這其中最有名氣的當數枚乘、鄒陽、莊忌和司馬相如等，稱"梁苑詞客"。他們在梁園寫出了很多留傳後世的著名詞賦。故詩中有"兔園招"之説。"兔園招"即愛才惜才的"梁王招"。

〔4〕凌波襪：美女的襪子，也指女子輕盈的脚步。語出三國・魏・曹植《洛神賦》："凌波微步，羅襪生塵。"引鳳簫：用春秋時蕭史、弄玉典，見《列仙傳》。宋・陳昉《宫詞》："内人亦有思仙者，月下吹簫引鳳皇。"

春行山中贈同隱者

自結白雲隱[1]，聯歌踏遠天。鶯聲和響谷[2]，樵語答鳴泉。露踐莓苔滑，雲盤紫翠懸[3]。怳然聆鳳吹[4]，簫裏漫尋仙。

【校注】

〔1〕白雲隱：深山隱士稱"白雲隱"。元·柯丹邱《荆釵記》："長安紅杏深，家山白雲隱。"

〔2〕響谷：山谷中聲音發出回響。唐太宗李世民《咏風》："蕭條起關塞，摇颺下蓬瀛。拂林花亂彩，響谷鳥分聲。"

〔3〕露踐：踐露的倒裝，踏着露水。莓苔：青苔，又稱苔莓。晉·孫綽《游天台山賦》："踐莓苔之滑石，搏壁立之翠屏。"雲盤：回繞的雲。唐·寒山《詩三百三首》："下窺千尺崖，上有雲盤泊。"紫翠：指色彩斑斕的山峰。宋·趙師俠《西江月》："淼淼澄清波面，依依紫翠山光。"

〔4〕鳳吹：笙簫類細樂的美稱。

别象賢漢上忽一周矣感而憶之[1]

漢江回楚曲[2]，太岳倚秦偏。回首論交地，相思動隔年[3]。兔園誰共賦，藜閣獨推先[4]。青鳥無消息，誰傳應教篇[5]。

【校注】

〔1〕象賢：周紹稷，字象賢，甘肅永昌衛（今永昌縣）人，田子壽朋友。見"附録·附三"説明。漢上，指漢水中下游荆襄一帶。

〔2〕回：這裏指聲音回旋婉轉。

〔3〕論交地：指當年詩人與象賢君投合結交之地。唐·杜甫《贈别何邕》："生死論交地，何由見一人。"

〔4〕兔園：見卷之四《雪夜宴集遂成艷曲》注釋。藜閣：讀書之亭閣，見卷之四《東胡人山載道》青藜杖典。

〔5〕青鳥：出自《山海經》，是神話傳説中爲西王母取食傳信的神鳥。後來作爲傳信使者或書信的代名詞。三國・魏・阮籍《咏懷八十二首》："誰言不可見，青鳥明我心。"應教：魏晉以來稱應諸王之命而和的詩文。唐・王維有《從岐王過楊氏别業應教》詩，清・趙殿成箋注："魏晉以來，人臣於文字間，有屬和於天子，曰應詔；於太子，曰應令；於諸王，曰應教。"

冬日游感應觀

雷殿開靈嶼，霓旌度碧霄〔1〕。偶移東郭履，來訪白雲樵〔2〕。緱氏山頭鶴，秦姬月下簫〔3〕。寂寥千載後，汗漫且逍遥〔4〕。

【校注】

〔1〕雷殿：即雷音殿，原名解脱庵，亦名觀音堂，是寺廟裏的重要佛事殿堂。開靈嶼：用釋迦教義開闢人頭腦中的荒島，那是智慧的、靈异的、大徹大悟的，故稱靈嶼。霓旌：相傳仙人以雲霞爲旗幟。劉向《九嘆・遠逝》："舉霓旌之墆翳兮，建黄纁之總旄。"碧霄：即藍天。唐・劉禹錫《秋詞》："晴空一鶴排雲上，便引詩情到碧霄。"

〔2〕東郭履：典故名，典出《史記・滑稽列傳・東郭先生傳》。東郭履有上無下，行走雪中，脚板踏地。後遂以"東郭履"謂窮困潦倒。白雲樵：深山裏的樵夫，實爲隱者。唐・孟貫《夏日登瀑頂寺因寄諸知己》："杖藜青石路，煮茗白雲樵。"

〔3〕緱氏鶴：相傳王子喬於緱山乘鶴成仙。後用作歌咏仙家之典。唐・裴度《享惠昭太子廟樂章・亞獻終獻》："禮成神既醉，仿佛緱山鶴。""秦姬"句：爲秦穆公女弄玉與蕭史吹簫引鳳的愛情故事。見劉向《列仙傳》。

〔4〕汗漫：形容漫游之遠，唐・陳陶《謫仙吟贈趙道士》："汗漫東游黄

鶴雛，縉雲仙子住清都。”

送伯舉歸鄂城[1]

之子懷鄉國，孤查返洞庭[2]。梅將殘雪白[3]，山帶晚烟青。夜月憐珠佩，春風阻白蘋[4]。何當賦鸚鵡，同吊禰生靈[5]。

【校注】

〔1〕伯舉：即前述胡伯舉，生平不詳。鄂城：在湖北省，現稱鄂州。古爲吴王舊都。

〔2〕之子：這位先生。孤查：即孤舟。查，古同“槎”。

〔3〕將：在這裏是連詞，有“同”“與”“連同”的意思。

〔4〕珠佩：珠玉綴成的佩飾。唐・李白《宫中行樂詞》：“素女鳴珠佩，天人弄彩球。”憐珠佩：垂愛於珠佩，指月光使珠佩更其炫目。白蘋：見卷之四《喜得杭州張文學消息》注釋。

〔5〕賦鸚鵡：指東漢・禰衡《鸚鵡賦》，該賦在序言中説：當年江夏太守黄祖的長子黄射舉行賓客大會，有人獻上一隻鸚鵡并給禰衡敬上一杯酒，讓他作一篇賦，禰衡於是筆不停綴，文不加點，一氣呵成，滿座稱奇。禰衡是東漢辭賦家，因性情剛傲，好侮慢權貴，爲曹操等不容，後爲黄祖殺害。

偕伯良伯舉先後飲于韶兄芙蓉莊[1]

别墅臨芳甸，幽軒對翠微[2]。庭荆雙樹合，雪雁一行飛[3]。露泫芙蓉色[4]，霞明薜荔衣。每同招隱客[5]，不醉未言歸。

【校注】

〔1〕偕：共同。韶兄：指代不詳，無可考。芙蓉莊，在故容美土司境内。

〔2〕芳甸：芳草豐茂的原野。南朝·齊·謝朓《晚登三山還望京邑》："喧鳥覆春洲，雜英滿芳甸。"幽軒：幽静的窗口。唐·歐陽修《幽軒》："幽軒斜映山，空澗復潺潺。"翠微：青翠的山色，形容山光水色青翠縹緲。也泛指青翠的山。宋·岳飛《池州翠微亭》："經年塵土滿征衣，特特尋芳上翠微。"

〔3〕雪雁：即秋雁。

〔4〕泫：水珠下滴。芙蓉色：芙蓉花一般的顏色，即粉紅色。薜荔衣：用薜荔葉子製成的衣裳。原指神仙鬼怪所披的衣飾，後藉以稱隱士的服裝。

〔5〕招隱客：邀約伯良伯舉及"韶兄"等詩友。西晉時以"招隱"爲題的詩作蔚然成風，通過描寫隱士的生活及居住環境，表達詩人不與世俗同流合污的内心。

登荆沙觀音閣塔〔1〕

誰辨昆池劫，浮屠壯郢都〔2〕。諸天夢夢渚，元氣合衡巫〔3〕。金見如來色，光浮舍利珠〔4〕。遠公復何處，蓮社肯容吾〔5〕。

【校注】

〔1〕荆沙觀音閣塔：在荆州萬壽公園内，觀音寺始建於唐代，閣塔建於荆堤險段，是爲防洪祈福修建的，但後來毁於戰亂。明代重修，後又毁滅。現已再度重建。

〔2〕混池劫：晉·干寶《搜神記》載："漢武帝鑿昆明池，極深，悉是灰墨，復土。舉朝不解，以問東方朔。朔曰：'臣愚，不足以知之。可試問西域人。'帝以朔不知，難以移問。至後漢明帝時，西域道人來洛陽。時有憶方朔言者，乃試以武帝時灰墨問之。道人云：'經云：天地大劫將盡，則劫燒。此劫燒之餘也。'乃知朔言有旨。"後以昆池劫喻灾難後的遺迹。昆，底本譌作

"混"。浮屠：亦作浮圖、休屠、浮屠，皆佛陀之异譯。佛教爲佛所創，古人因稱佛教徒爲浮屠，佛教爲浮屠道。後并稱佛塔爲浮屠。後人們認爲佛陀二字太麻煩，於是簡化爲"佛"。郢都：古地名。春秋戰國時期楚國國都。由於歷史的原因，楚國的都邑曾幾經遷徙，湖北荆州、宜城，河南淮陽，安徽壽春等都做過郢都。田詩中所説郢都大多是指荆州。

〔3〕諸天：佛教用語。佛教把世俗世界分爲欲界、色界、無色界三種，各界又有多層天。夢渚：即雲夢澤。唐・李白《留别曹南群官之江南》："朝雲落夢渚，瑶草空高唐。"元氣：泛指宇宙自然之氣，也指人的精神，精氣。衡巫：衡山和巫山。南朝・宋・顔延之《始安郡還都與張湘州登巴陵城樓作》："江漢分楚望，衡巫奠南服。"

〔4〕"金見"句：指如來佛祖金身塑像的顔色。舍利：梵語，意譯"身骨"。通常指釋迦牟尼遺體火化後的彩色結晶體或遺骨。其佛骨或舍利子爲佛門至寶。此後，高僧火化後的結晶體也稱舍利子。

〔5〕"遠公"二句：東晉慧遠和尚居廬山東林寺，與劉遺民等同修净土，寺中有白蓮池，因號蓮社，又稱白蓮社。後結社念佛者亦多以此名之。宋・辛棄疾《滿江紅》："蓮社豈堪談昨夢，蘭亭何處尋遺墨。"

寓慶賀寺贈慧光老禪〔1〕

牢落依蘭若，依稀對法筵〔2〕。一燈醒客夢，雙樹演真詮〔3〕。有象皆成幻，無爲即是禪〔4〕。何當施寶筏，一爲渡迷川〔5〕。

【校注】

〔1〕寓：寓居，寄宿在。慶賀寺：一處寺院，具體位置失考。慧光老禪：生平失考。

〔2〕牢落：猶寥落，零落荒蕪貌，也謂孤寂無聊。蘭若：爲梵語寺院。阿蘭若，佛教名詞，其中"若"字念 rě，梵語音譯。原意是森林，引申爲"寂静

處”“空閒處”“遠離處”。也泛指一般的佛寺。漢代佚名詩人《蘭若生春陽》：“蘭若生春陽，涉冬猶盛滋。”法筵：佛教語，指講經説法者的座席。引申指講説佛法的集會。唐·李適《七月十五日題章敬寺》：“法筵會早秋，駕言訪禪扃。”

〔3〕雙樹：注見卷之四《宿承天寺萬上人房》。真詮：亦作“真筌”，猶真諦。唐·盧藏用《衡岳十八高僧序》：“真詮緬微，後生何述？”

〔4〕象與幻：互爲相對。該句闡釋“假到真時真亦假，無到有時有還無”的哲學之理。無爲：是《道德經》的哲學理念，中國道家文化核心思想之一。《明道篇》有詩云：“自然之道本無爲，若執無爲便有爲。”

〔5〕寶筏：佛教語，比喻引導衆生渡過苦海到達彼岸的佛法。唐·李白《春日歸山寄孟浩然》：“金繩開覺路，寶筏渡迷川。”迷川：迷津，人生迷途。明·何景明《贈璽師》：“覺路開無極，迷川度有緣。”

寄君山〔1〕

見説君山好，萍蹤未許游〔2〕。銀盤飛練白，螺髻接天浮〔3〕。日月標龍藏，雲霞結蜃樓〔4〕。何當横玉笛，吹徹洞庭秋。

【校注】

〔1〕君山：洞庭湖中的小島。古稱洞庭山、湘山、有緣山，是八百里洞庭湖中的一個小島，與千古名樓岳陽樓遥遥相對。寄：在這裏是“寄語”之意。

〔2〕見説：只聽人説。唐·李白《送友人入蜀》：“見説蠶叢路，崎嶇不易行。”萍蹤：見卷之四《杭州城》注釋。

〔3〕銀盤：比喻明月。唐·盧仝《月蝕》：“爛銀盤從海底出，出來照我草屋東。”飛練：飄動的白絹，這裏是指高天的銀河。北魏·酈道元《水經注·廬江水》：“上望之連天，若曳飛練於霄中矣。”螺髻：指君山如螺髻的峰巒。唐·劉禹錫的“遥望洞庭山水翠，白銀盤裏一青螺”更使君山名聲大噪。

〔4〕標：顯。龍藏：龍潛藏之處。蜃樓：見卷之四《金山寺》注釋。

宿回龍寺〔1〕

策馬投靈嶼，依稀宿化城〔2〕。天花雲外落，寶月座中明。萬籟浮空界，諸天響梵聲〔3〕。頓除煩惱偉，不覺静緣生〔4〕。

【校注】

〔1〕回龍寺：當時以回龍寺命名的地方不少，這裏列幾處離容美土司較近的：湖南新寧縣東有回龍寺，現在屬於回龍寺鎮；湖北十堰市瞿家灣的小山上，有回龍寺，現在寺廟還在；武漢新洲有回龍寺。不知詩人是宿的哪一處。

〔2〕靈嶼：用釋迦教義開闢出的智慧、靈异的人心島嶼，稱靈嶼。這裏指佛家禁地。化城，指佛寺。唐・王維《登辨覺寺》："竹徑從初地，蓮峰出化城。"

〔3〕萬籟：指自然界一切聲響。空界：佛教語，空大，謂虛空範疇。南朝・陳・徐陵《東陽雙林寺傅大士碑》："空界神仙，共來行道。"諸天：見卷之四《登荊沙觀音閣塔》注釋。梵聲：念佛誦經之聲。南朝・梁武帝《和太子懺悔》："繚繞聞天樂，周流揚梵聲。"

〔4〕偉：音 zhāng。恐惧。静緣：静因之道。意謂心要保持虛静，并能順應事物之理。唐・張説《虛室賦》："理涉虛趣，心階静緣。室惟生白，人則思玄。"

除　雪

容易年華變，無端旅思饒〔1〕。亂聲千絮下，寒影一身飄〔2〕。忽爾逢銀霰，渾疑度玉橋〔3〕。一杯懤郢客，多少世情消〔4〕。

【校注】

〔1〕容易：容顏發生改變，指衰老。宋・晏殊《玉樓春》："緑楊芳草長亭路。年少抛人容易去。"旅思：羈旅的愁思。南朝・齊・謝朓《之宣城出新

林浦向板橋》："旅思倦揺揺，孤游昔已屢。"

〔2〕亂聲：紛亂的聲音。唐・姚倫《感秋》："亂聲千葉下，寒影一巢孤。"寒影：寒風清冷的身影。唐・蘇味道《咏霜》："帶日浮寒影，乘風進晚威。"

〔3〕忽爾：忽然，突然。銀霰：銀色的冰粒，在高空中的水蒸氣遇到冷空氣凝結成的小冰粒，多在下雪前或下雪時出現。渾疑：簡直讓人懷疑。宋・吳則禮《多麗》："渾疑是，風雷變化，落在人間。"玉橋：美石砌造的橋。此指鋪滿雪霰的橋。

〔4〕懤：音 chóu，深深的憂愁。漢・王褒《九懷》："泱莽莽兮究志，懼吾心兮懤懤。"郢客：典出《宋玉對楚王問》："客有歌於郢中者……"講曲高和寡的道理。宋・劉克莊《最高樓再題周登樂府》："笑而今，輕郢客，重巴人。"

玉清閣

神府臨丹巘，經樓枕翠微〔1〕。雲光浮綺棟，嵐色上銖衣〔2〕。悦覺芋龍度，虚疑笙鶴歸〔3〕。頓令懷禦寇，直欲御風飛〔4〕。

【校注】

〔1〕神府：仙府。唐・駱賓王《游靈公觀》："靈峰標勝境，神府枕通川。"丹巘：赤色的峰巒。南朝・宋・顔延之《侍宴》："青林結冥蒙，丹巘被葱茜。"枕：靠近，鄰近。翠微：青翠的山色，也泛指青翠的山。唐・高適《赴彭州山行之作》："峭壁連崆峒，攢峰叠翠微。"

〔2〕綺棟：猶雕梁畫棟，形容房舍建築考究。綺：有文采的絲織品。嵐色：霧色。嵐，山間的霧氣。銖衣：傳説神仙穿的衣服，重量只有數銖甚至半銖。用以形容極輕的分量，如舞衫之類。唐・賈至《贈薛瑶英》："舞怯銖衣重，笑疑桃臉開。"

〔3〕苎龍：即草扎的龍。苎，音 zhù。《説文》："苎，草也。從草予聲，可以爲繩。"即荆三稜。或即"茅龍"，相傳爲仙人所騎的神物。漢·劉向《列仙傳·呼子先》："呼子先者，漢中關下卜師也，老壽百餘歲。臨去，呼酒家老嫗曰：'急裝，當與嫗共應中陵王。'夜有仙人持二茅狗來至呼子先。子先持一與酒家嫗，得而騎之。乃龍也，上華陰山。"唐·李白《西岳雲臺歌送丹丘子》："玉漿儻惠故人飲，騎二茅龍上天飛。"笙鶴：《列仙傳》載：周靈王太子晉（王子喬），好吹笙，作鳳鳴，游伊洛間，道士浮丘公接上嵩山，三十餘年後乘白鶴駐緱氏山頂，舉手謝時人仙去。後以"笙鶴"指仙人坐騎。唐·杜甫《玉臺觀》詩之一："人傳有笙鶴，時過北山頭。"

〔4〕禦寇：即列禦寇，世稱列子。相傳爲戰國鄭人，屬道家者流。《莊子·田子方》："禦寇伏地，汗流至踵。"御風飛：乘風飛行。《莊子·逍遥游》："列子御風而行，泠然善也。"

宵　燕〔1〕

暝色侵書幌，華燈散石牀〔2〕。蘆花寒隱月，楓葉飽經霜。酒泛湘醽嫩，歌翻郢雪長〔3〕。古來高士傳，多著楚人狂〔4〕。

【校注】

〔1〕宵燕：亦作"宵宴"，夜間的宴席。南朝·宋·謝莊《月賦》："君王乃猒晨歡，樂宵宴，收妙舞，弛清縣。"

〔2〕暝色：黄昏之色，暮色。唐·李白《菩薩蠻》詞之二："暝色入高樓，有人樓上愁。"書幌：書房的窗帷，亦指書房。南朝·梁·劉孝綽《昭明太子集·序》："猶臨書幌而不休，對欹案而忘怠。"華燈：雕飾精美的燈。《楚辭·招魂》："蘭膏明燭，華燈錯些。"石牀：供人坐卧的石臺。明·王守仁《龍岡漫興》詩之五："白雲晚憶歸岩洞，蒼蘚春應通石牀。"

〔3〕泛：這裏是漫流、溢出的意思。湘醽：湘地出産的酒。醽，音 líng，

酒名。翻：飛，酣暢的表現。郢雪：即成語“郢中白雪”。典出戰國·宋玉《答楚王問》：“客有歌於郢中者，其始曰《下里》《巴人》，國中屬而和者數千人；其爲《陽阿》《薤露》，國中屬而和者數百人；其爲《陽春》《白雪》，國中屬而和者不過數十人……是其曲彌高，其和彌寡。”後以“郢中白雪”或“陽春白雪”指高雅的樂曲或詩文。唐·李白《白紵辭》之二：“垂羅舞縠揚哀音，郢中白雪且莫吟。”

〔4〕高士：志趣、品行高尚的人；超脱世俗的人，多指隱士。《戰國策·趙策》：“吾聞魯連先生，齊國之高士也。”楚人狂：即“楚狂”。宋·邢昺疏《論語·微子》：“接輿，楚人，姓陸名通，字接輿也。昭王時，政令無常，乃披髮佯狂不仕，時人謂之楚狂也。”後常用爲狂士的通稱，好多詩人以“楚狂”自況。如唐·韓愈《芍藥歌》：“花前醉倒歌者誰，楚狂小子韓退之。”唐·李白《廬山謡寄盧侍御虚舟》：“我本楚狂人，鳳歌笑孔丘。”

送子東歸巴陵〔1〕

故人何所適〔2〕，南下洞庭湖。地入荆分野，天回漢版圖〔3〕。謾輕藏白璧〔4〕，莫不惜明珠。歸到家園日，寧忘賦白駒〔5〕。

【校注】

〔1〕子東：巴陵郡人，田子壽的文友，姓氏和生平無考。巴陵：郡名，因有巴人祖陵在此，故稱。南朝宋元嘉十六年置，治所在巴陵（今湖南岳陽），隋開皇九年廢，唐天寶元年復置。

〔2〕何所適：到哪裏去。適，往，歸向。

〔3〕分野：與星次相對應的地域。古以十二星次的位置劃分地面上州、國的位置與之相對應。就天文説，稱作分星；就地面説，稱作分野。版圖：户籍和地域圖册。巴陵屬於漢地，故有“漢版圖”之説。

〔4〕謾：通“慢”，且慢。白璧：平圓形而中有孔的白玉。璧，底本譌作

"壁"。宋・劉過《念奴嬌・留别辛稼軒》："白璧追歡，黄金買笑，付與君爲主。"

〔5〕寧忘：豈能忘記。白駒：指《詩・小雅・白駒》，序謂大夫刺宣王不能用賢。

秋憶彼美〔1〕

昔把知心臂，卮言蘭蕙芳〔2〕。浮生詩作癖，鎮日醉爲鄉〔3〕。月共人千里，天連水一方。兼葭今又暮，彼美重相望〔4〕。

【校注】

〔1〕彼美：田詩中多處寫到，有的是指"那美女"，有的指"那杰出之士"。民諺有"彼美孟姜，德音不忘"句。從末句"兼葭"一詞看，這裏可能是指"那個美女"。

〔2〕卮言：缺乏自己見解的言論。《莊子・天下》："以卮言爲曼衍，以重言爲真，以寓言爲廣。"後常用來對自己作品的謙詞。蘭蕙芳：像香蘭蕙草一樣芳香。

〔3〕浮生：即人生。語本《莊子・刻意》："其生若浮，其死若休。"以人生在世，虚浮不定，因稱人生爲"浮生"。這裏可意譯成"平生"。詩作癖：作詩成癖。鎮日：整天，從早到晚。宋・朱熹《邵武道中》："不惜容鬢凋，鎮日長空飢。"醉爲鄉：醉酒在哪裏，哪裏就是故鄉。

〔4〕兼葭：猶"蒹葭"，水草。《詩・秦風・蒹葭》："蒹葭蒼蒼，白露爲霜。所謂伊人，在水一方。"重相望：一次次地相望，再一次地相望。重，重複。宋・曾豐《改秩注縣西歸過上饒見太守同年莫郎中》："上饒城裏重相望，公已厭直辭周行。"

春夕酌羽客[1]

嗟君憐野色，拂翠問同群[2]。醉吸花間露，閒披石上雲。爾能探玉牒，予亦愛靈文[3]。十岳行高會，相將美紫氛[4]。

【校注】

〔1〕酌：飲酒宴會，宴請。羽客：指道士。北周・庾信《邛竹杖賦》："和輪人之不重，待羽客以相貽。"

〔2〕野色：原野或郊野的景色。唐・白居易《冀城北原作》："野色何莽蒼，秋聲亦蕭疏。"拂翠：春風拂動春葉新長，叫拂翠。同群：猶同伴，同行之人。唐・李商隱《失猿》："莫遣碧江通箭道，不教腸斷憶同群。"

〔3〕探玉牒：探尋、探究道典。靈文：指道教經文。

〔4〕十岳：衆多名山。十，非實指，衆多之義。高會：盛会，稱與人相會的客氣話，意即看高對方。宋・范仲淹《答趙元昊書》："某與大王雖未嘗高會，向者同事朝廷。"相將：相隨，相伴。宋・蘇軾《滿江紅》："便相將、左手抱琴舊，雲間宿。"紫氛：吉祥氣氛。唐・李白《贈郭季鷹》："一擊九千仞，相期凌紫氛。"

依韻答吴山人君翰見訪山墅[1]

言尋青桂樹，招隱白雲鄉[2]。馬帶沿岩翠，衣聞繞澗香。秖憐源澌杳，豈有味先嘗。莫謂花間叟，相逢老態狂。

【校注】

〔1〕依韻：依照别人詩歌原韻作詩。吴君翰：字子喬，號山人，江蘇新安（現屬新沂市）人，田子壽的文友。具體生平失考。山墅：田子壽在山中所建的别居。

〔2〕青桂樹：桂树常緑，故有此稱。傳武陵山神話傳説的一種神奇的桂樹，

它生長在桃花源裹，千年長成，二十五年含一次苞，五十年開一次花。那桂花奇香無比，落到地上，幾尺深土都是香的。招隱：歸隱。唐・駱賓王《酬思玄上人林泉》："聞君招隱地，仿佛武陵春。"白雲鄉：《莊子・天地》："乘彼白雲，游於帝鄉。"後因以"白雲鄉"爲仙鄉。

其　二

谷口爲農久，蘭香結佩初。直從青嶂外，聊構白雲廬〔1〕。徑轉莊生馬，池觀惠子魚〔2〕。空餘中散性，豈有太玄書〔3〕。

【校注】

〔1〕青嶂：青山。形容高險像屏障的山。唐・杜甫《月三首》："若無青嶂月，愁殺白頭人。"聊構：姑且構建。白雲廬：白雲深處的房子，也稱隱士居。唐・王揆《游黄山留題》："黄葉盡時分叠嶂，白雲深處見精廬。"

〔2〕莊生馬：《莊子・齊物論》："天地一指也，萬物一馬也。"唐・高適《古樂府飛龍曲留上陳左相》："天地莊生馬，江湖范蠡舟。"惠子魚：指悠閒自樂之情。《莊子・秋水》載："莊子與惠子游於濠梁之上。莊子曰：'儵魚出游從容，是魚之樂也。'惠子曰：'子非魚，安知魚之樂？'莊子曰：'子非我，安知我不知魚之樂？'"後以"惠子魚"借指悠閒自樂。

〔3〕中散性：即自由無羈、曠達放任的性格。中散，"中散大夫"的省稱。"竹林七賢"中的嵇康曾任中散大夫，世以"中散"稱之。唐・高適有詩《酬裴員外以詩代書》："卧看中散論，愁憶太常齋。"太玄書：即《太玄經》，古代哲學著作。漢・揚雄撰，也稱《揚子太玄經》，簡稱《太玄》《玄經》。

荆州訪魏節推相左〔1〕

詞藝非時好，憐君興獨優〔2〕。唧杯無俗客，倡雪有名流〔3〕。自分縣鶉侶，難希附鳳游〔4〕。識韓心莫遂，空復度荆州〔5〕。

【校注】

〔1〕荆州：古“九州”之一。漢爲十三刺史部之一。轄境約相當於今湘鄂二省及豫桂黔粤一部分。漢末以後轄境漸小。荆州現在是湖北省轄的一個地級市。魏節推：可能是魏懋權。見後“附録・附三”。節推是“節度推官”的略稱，爲節度使屬官，掌勘問刑獄。相左：是指訪魏不順利，没能相見。左：不合，不順。

〔2〕詞藝：指詩詞才藝。宋・劉克莊《跋周忘機畫一首》：“周郎詞藝妙天下，似是詩家非畫家。”非時好：并非時尚。

〔3〕啣杯：見卷之二《惜别十首》之八注釋。倡雪：即雅會歌咏。倡，通“唱”。《正字通・人部》：“倡，與唱通。”《楚辭・九歌・禮魂》：“姱女倡兮容與。”

〔4〕自分：自料，自以爲。《漢書・蘇武傳》：“自分已死久矣！王必欲降武，請畢今日之歡，效死於前。”縣鶉侶：以鵪鶉之毛斑尾秃，喻自己衣服之襤褸。《荀子・大略》：“子夏貧，衣若懸鶉。”附鳳：成語“攀龍附鳳”的簡説。喻依附有聲望的人以立名。

〔5〕識韓：初次見面或見到平生所仰慕的人。該詞出自李白的《與韓荆州書》中的：“生不用封萬户侯，但願一識韓荆州。”唐韓朝宗曾任荆州長史，爲時人所推重，稱韓荆州。宋・洪適《與交代沈正言啓》：“久馳慕藺之誠，尚阻識韓之願。”復度：再一次。度：次，回。指訪魏節推之願未果，只有下次來荆州了。

武當道中憶大中丞弇州公雲夢師遠游〔1〕

迢遥探勝迹，恍惚度蓬瀛〔2〕。山轉班龍馭，天流紫鳳笙〔3〕。王喬曾赤舄，孫綽況金聲〔4〕。安得連歌袂，逍遥步玉京〔5〕。

【校注】

〔1〕大中丞弇州公：指王世貞。詳見“附録・附三”。大中丞：明清時用作巡撫的别稱，王世貞此時擔任鄖陽巡撫，故稱。雲夢師：指田子壽的恩師孫斯億。

〔2〕迢遥：遥遠貌，也指時間久遠。南朝・宋・顔延之《秋胡詩》：“迢遥行人遠，婉轉年運徂。”勝迹：有名的古迹、遺迹。南朝・齊・謝朓《游山》：“求志昔所欽，勝迹今能選。”蓬瀛：蓬萊、瀛洲。見卷之三《衡湘歌送友人尤介夫》注釋。

〔3〕班龍馭：駕馭班龍。班龍，有斑紋的龍。班，通“斑”。紫鳳笙：招引紫鳳的笙樂。紫鳳，傳説中的神鳥。

〔4〕王喬：見《擬古十九首》之十五注。赤舄：古代天子、諸侯所穿的鞋，赤色，重底。《詩・大雅・韓奕》：“王錫韓侯，淑旂綏章，簟茀錯衡，玄衮赤舄。”孫綽：字興公，東晉玄言詩人。爲廷尉卿，領著作。少以文才稱，尤工書法。曾任臨海章安令，在任時寫過著名的《天台山賦》。是參加王羲之蘭亭修禊的詩人和書法家。况金聲：《晉書・孫綽傳》：“當作《天台山賦》，辭致甚工，初成，以示友人范榮期，云：‘卿試擲地，當作金石聲也。’”

〔5〕連歌袂：即聯袂歌，共同作歌或唱歌。宋・蘇籀《次韻陪諸公湖上春游》：“一醻逞雞鞠，聯袂歌願酬。”玉京：道教指天帝居所，也稱帝都。此詩寫於武當道中，步玉京即一起游金頂帝都。

宿紫霄宫〔1〕

迢遞來仙界，依稀宿五城〔2〕。洞中分玉液，石上飯青精〔3〕。雲落雙成笛，風飄子晉笙〔4〕。鈴鈴金策在，明發覲瑶京〔5〕。

【校注】

〔1〕紫霄宫：武當山紫霄宫，坐落在武當山的主峰天柱峰東北的展旗峰下。

〔2〕迢遞：遥遠的樣子。唐・王維《歸嵩山作》："迢遞嵩高下，歸來且閉關。"五城：神仙的居所。宋・劉昌詩《蘆浦筆記・白玉樓賦》："惟五城一覩之珍，三獻不逢之寶，盖於此山積而雲駢。"

〔3〕玉液：道家煉成的所謂仙液。南朝・梁・江淹《雜體詩・游仙》："道人讀丹經，方士煉玉液。"飯：喫。青精：植物名。一名南天燭，又稱墨飯草，道家製作青精飯的原料之一。宋・蘇軾《次韻程正輔游碧落洞》："黄公獻紫芝，赤松饋青精。"

〔4〕雙成：董雙成。神話中西王母侍女名，也泛指美女。唐・白居易《長恨歌》："金闕西厢叩玉扃，轉教小玉報雙成。"子晉笙：王子喬所吹的笙。王子喬，字子晉。漢・劉向《列仙傳・王子喬》："王子喬者，周靈王太子晉也。好吹笙，作鳳凰鳴。游伊洛之間，道士浮丘公接以上嵩山。三十餘年後，求之於山上……至時果乘白鶴駐山頭，望之不得到，舉手謝時人，數日而去。"

〔5〕鈴鈴：象聲詞。《文選・孫綽〈游天台山賦〉》："被毛褐之森森，振金策之鈴鈴。"唐・李善注："金策，錫杖也。"覲：朝見君主或朝拜聖地。瑶京：玉京，天帝所居，此指武當金頂。宋・洪邁《夷堅甲志・蔡真人詞》："塵世無人知此曲，却騎黄鶴上瑶京，風冷月華清。"

發武當

靈源非俗境，歸思忽蒼茫〔1〕。仙自乘鸞去，人誰控鶴翔〔2〕。雲間瓊是液，天路玉爲粻〔3〕。安得長生術，囚留不死鄉〔4〕。

【校注】

〔1〕靈源：指隱者所居、遠離塵世之地。唐・吕岩《浪淘沙》："我有屋三椽，住在靈源。無遮四壁任蕭然。"俗境：又叫人境，凡人所處的環境。唐・皎然《晚春尋桃源觀》："全覺此身離俗境，玄機亦可照迷方。"歸思：回歸的念頭。晉・陶潛《始作鎮軍參軍經曲阿作》："眇眇孤舟游，綿綿歸思

紆。”蒼茫：猶匆忙。唐·杜甫《北征》：“杜子將北征，蒼茫問家室。”

〔2〕乘鸞：升天而去。漢·劉向《列仙傳》：傳説春秋時秦有蕭史，善吹簫，穆公女弄玉慕之，穆公遂以女妻之。史教玉學簫作鳳鳴聲，後鳳凰飛止其家，穆公爲作鳳臺。一日，夫婦俱乘鳳凰升天而去。鸞鳳統類，後因以“乘鸞”比喻成仙。控鶴：指得道成仙，典出王子喬乘白鶴仙去的故事。

〔3〕瓊：這裏指瓊漿，傳説中神仙飲的仙水，代指好酒。天路：伸入天上的山路。漢·張衡《西京賦》：“美往昔之松喬，要羡門乎天路。”粻：米糧。

〔4〕囚：圍困，限制。不死鄉：即仙鄉。唐·吴融《華清宫二首》：“長生秘殿倚青蒼，擬敵金庭不死鄉。”

留别吴山人子喬〔1〕

近把延陵客，飄飖野鶴姿〔2〕。辭華昭絶代，杯酒樂明時〔3〕。老去狂猶在，愁來句自奇。相看渾意氣〔4〕，那忍話分離。

【校注】

〔1〕吴山人子喬：見卷之四《依韻答吴山人君翰見訪山墅》注釋。

〔2〕把：抓住，拉着手。延陵：故址在今江蘇常州市。飄飖：輕盈飛翔的樣子。三國·魏·阮籍《咏懷》之四十：“焉得凌霄翼，飄飖登雲湄。”野鶴：鶴居林野，性孤高，常喻隱士。唐·劉長卿《送方外上人》：“孤雲將野鶴，豈向人間住。”

〔2〕辭華：華美的辭采。唐·李白《送黄鍾之鄱陽謁張使君序》：“每欽其辭華，懸榻見往。”昭：明顯，顯著。絶代：冠絶當代。南朝·宋·顔延之《請立渾天儀表》：“肆觀奇秘，絶代异寶。”明時：指政治清明的時代，古時常用以稱頌本朝。《隸續·漢沛相范皮闕》：“嗟痛明時，仲治旡年。”

〔3〕相看：互相注視、共同觀看。南朝·梁簡文帝《對燭賦》：“回照金屏裏，脉脉兩相看。”渾意氣：全部氣概，整個精神狀態。

留别外史周太霞先[1]

言尋天下士，漢上喜逢君[2]。郢曲高難和，商歌可重聞[3]。曳裾頻授簡，倚馬况能文[4]。别後相思字，還應托楚雲[5]。

【校注】

〔1〕外史周太霞：即周紹稷。詳見後“附録·附三”。先：長輩，先生。

〔2〕言：句首發語詞。漢上：泛指漢水中下游至長江一帶，也指漢口、漢陽。

〔3〕“郢曲”句：指周太霞志趣高雅，衆人難比。典故見卷之四《宵燕》之注釋。商歌：見卷之四《春雨枕上聞雞口占四韻》“扣角”注釋。

〔4〕曳裾：拖着衣襟。這裏指行動匆忙貌。裾，衣服的前襟。晉·陶潛《勸農》：“矧伊衆庶，曳裾拱手。”授簡：給予簡札，謂囑人寫作。語出南朝·宋·謝惠連《雪賦》：“梁王不悦，游於兔園……授簡於司馬大夫。”“倚馬”句：成語“倚馬可待”的變體，形容文思敏捷。《世説新語·文學》：“桓宣武北征，袁虎時從，被責免官，會須露布文，唤袁倚馬前令作，手不掇筆，俄得七紙，殊可觀。”

〔5〕楚雲：楚天之雲。《晉書·天文志中》：“韓雲如布，趙雲如牛，楚雲如日，宋雲如車。”這裏是説托楚天之雲傳遞相思信息。

發襄陽

故里荆山外，游人峴首傍[1]。旅懷雲水闊，歸夢海天長。客裏鴻偏度，行邊草又芳[2]。宜城經過便，取醉浣愁腸[3]。

【校注】

〔1〕荆山：山名，在今湖北省南漳縣西部。漳河發源於此。山有抱玉岩，

傳爲楚人卞和得璞處。峴首：山名。即湖北襄陽縣南的峴山。

〔2〕客裏：客居當中，離鄉在外期間。唐・牟融《送范啓東還京》："客裏故人尊酒别，天涯游子弊裘寒。"鴻偏度：偏偏又接到家書。行邊：旅行之中（路邊）。

〔3〕宜城：地名，在襄陽附近。經過便：取便經過。浣愁腸：洗滌心中的憂愁。宋・鄭俠《和子京霜字見寄》："對此每思良友伴，幸時來訪浣愁腸。"

重九生日感懷〔1〕

萸房迎日節，菊蕊媚芳筵〔2〕。歲月仍初度，風流可少年〔3〕。星霜童髫改，弧矢壯心縣〔4〕。追憶承歡日，空山益泫然〔5〕。

【校注】

〔1〕重九：指農曆九月初九日。又稱重陽節。晉・陶潜《九日閒居》詩序："余閒居，愛重九之名。秋菊盈園，而持醪靡由。"作者在題中點明重九日是自己的生日。

〔2〕萸房：插了茱萸的房舍。古有重陽節遍插茱萸以辟邪的習俗。日節：指生日。芳筵：華貴筵席。唐・錢起《瑪瑙杯歌》："良工雕飾明且鮮，得成珍器入芳筵。"

〔3〕初度：謂始生之年時。《楚辭・離騷》："皇覽揆余初度兮，肇錫余以嘉名。"後因稱生日爲"初度"。宋・趙蕃《歐陽全真生日》："南風屬初度，杯酒相獻酬。"風流：風度儀表。唐・杜甫《咏懷古迹》："摇落深知宋玉悲，風流儒雅亦吾師。"

〔4〕童髫：少時的鬢髮。髫，同"鬢"。弧矢：弓和箭。古代國君世子出生，命射人用桑弧蓬矢射天地四方，希望其有遠大志向。後因以"弧矢"比喻生男孩。也指男子從小就要立大志。明・楊一清《甘凉道中書事感懷》："弧矢威天下，雷霆震域中。"縣：同"懸"，懸挂。

〔5〕承歡日：指侍奉父母的時候。這裏指年少在父母身邊的時候。唐·鄭鏦《婕妤怨》："南國承歡日，東方候曉時。"空山：幽深少人的山林。唐·韋應物《寄全椒山中道士》："落葉滿空山，何處尋行迹。"泫然：流淚貌。《禮記·檀弓上》："孔子泫然流涕曰：'吾聞之，古不脩墓。'"

奉謝吴公川樓惠序暨詩并藏甲巖稿〔1〕

五色天孫錦，銀潢迥見分〔2〕。倚函流霧彩，拂座動星文〔3〕。何物非皇甫，無玄不子雲〔4〕。异時垂不朽，知是賴夫君〔5〕。

【校注】

〔1〕吴公川樓：指明後七子之一吴國倫，詳見"附録·附三"。惠序：指吴國倫爲詩人詩集寫的序，見本詩集序第二篇。藏甲巖稿：乃吴國倫詩集，共六卷，唐汝禮在《藏甲巖稿叙》中說："藏甲巖者，世傳爲孔明征南人藏甲之所，吴川樓公奉命督學貴州，其公署近焉。日恬息於巖中，心發其歌咏述之趣，名曰《藏甲巖稿》云。"稿，底本譌作"橋"。

〔2〕天孫錦：由仙女織出的錦。天孫：星名，即織女星。唐·柳宗元《乞巧文》："下土之臣，竊聞天孫，專巧於天。"銀潢：天河，銀河。迥見分：被分得很清楚。

〔3〕倚函：靠在裝有序及詩的封套邊。霧彩：模糊恍惚的色彩。宋·宋大宗《逍遥咏》："丹丘霧彩好林巒，盡是天宫不死仙。"星文：星光。唐·王維《老將行》："試拂鐵衣如雪色，聊持寶劍動星文。"

〔4〕"何物"句：唐·皇甫湜作文求"使文奇而理正"，奇出於自然，天下之物皆自然。"無玄"句：漢揚雄有《太玄經》，吴國倫追求奇驚，推崇二人。

〔5〕异時：以後，他時。《史記·蘇秦列傳論》："然世言蘇秦多异，异時事有類之者皆附之蘇秦。"垂不朽：流傳而不磨滅。賴夫君：倚靠先生您。

野園懷友

懶散從吾好，朝朝獨掩扉。口無非馬論，身有結鶉衣〔1〕。月引狂歌發，雲邀逸興飛〔2〕。獨憐鸚鵡在，不共故人揮〔3〕。

【校注】

〔1〕非馬論：指似是而非的詭辯言論，典出公孫龍的“白馬非馬論”。春秋戰國時代的名家代表人公孫龍子有一天騎着一匹白馬要進城，城門官説，依照規定馬不可以進城。於是公孫龍説，我是騎的白馬，不是馬。即：白馬非馬。最後，他用他的詭辯説服了守城官，就騎着（不是馬的）“白馬”進城去了。結鶉衣：即成語：“鶉衣百結”。鵪鶉的尾巴禿，像補丁，喻破爛衣服。宋・蘇軾《踏莎行》：“一從迷戀玉樓人，鶉衣百結渾無奈。”

〔2〕狂歌：縱情歌咏。唐・杜甫《贈李白》：“痛飲狂歌空度日，飛揚跋扈爲誰雄。”逸興：超逸豪放的意興。唐・李白《宣州謝朓樓餞別校書叔雲》：“俱懷逸興壯思飛，欲上青天覽明月。”

〔3〕故人：舊交，老朋友。唐・孟浩然《過故人莊》：“故人具雞黍，邀我至田家。”揮：揮手，揮斥，放縱，高談闊論貌。

卷之五　五言律

春日送友人

傾蓋即相親[1]，旋揮別淚頻。窮偏憐旅況，老更惜芳春[2]。君逐他鄉客，予因异姓人[3]。萍蓬從此泛，何處更同塵[4]。

【校注】

〔1〕傾蓋：途中相遇，停車交談，雙方車蓋趨向一起。《孔子家語·致思》："孔子之郯，遭程子於塗，傾蓋而語終日，甚相親。"

〔2〕旅況：旅途的情懷或景況。唐·唐彦謙《樊登見寄四首》："良夜最岑寂，旅況何蕭條。"芳春：春天，也比喻青春年華。晉·陸機《長安有狹邪行》："烈心厲勁秋，麗服鮮芳春。"

〔3〕因：依靠，憑藉。

〔4〕萍蓬：萍浮蓬飄，喻行蹤轉徙無定。唐·杜甫《將别巫峽贈南卿兄瀼西果園四十畝》："苔竹素所好，萍蓬無定居。"同塵：同路，同行。晉·楊方《合歡》詩之二："來與子共迹，去與子同塵。"

梅

誰家吹玉笛，無數落寒梅。故逐先春至，偏驚犯雪開[1]。淡妝臨夜酒，素影净瑶臺[2]。怪是花神出，羅浮月下來[3]。

【校注】

〔1〕故：從前。先春：猶早春。明·張居正《賀瑞雪表》之一：“兆豐穰於嗣歲，啓農扈於先春。”偏驚：出乎意料，讓人驚异。犯雪：冒着雪。宋·王之道《蝶戀花·杏靨桃腮俱有靦》：“犯雪凌霜芳意展。玉容似帶春寒怨。”

〔2〕淡妝、素影：都是形容梅花淡雅高貴凛然不侵的芳姿。瑶臺：玉鏡臺，妝臺的美稱。唐·劉禹錫《傷往賦》：“寶瑟僵兮弦柱絶，瑶臺傾兮鏡奩空。”

〔3〕怪：驚詫，驚异於。花神：掌管百花的神或花中之神。唐·陸龜蒙《和襲美揚州看辛夷花次韻》：“柳疏梅墮少春叢，天遣花神别致功。”羅浮：本爲山名，在廣東省東江北岸。相傳隋·趙師雄在此夢遇梅花仙子，後多爲咏梅典實。

雪二首

嗚霰兼風度〔1〕，寒威動地還。瓊枝如可掇，玉樹杳難攀〔2〕。影落班姬扇，光飄洛女顔〔3〕。誰憐防虜士，枕劍卧龍山〔4〕。

【校注】

〔1〕“嗚霰”句：小冰粒伴着寒風聲落下。宋·蘇轍《喜雪呈鮮于子駿三首》：“瓦乾淅淅初鳴霰，畦潤漸漸想没鋤。”

〔2〕瓊枝：玉枝。此指白雪覆盖的樹枝。《楚辭·離騷》：“溘吾游此春宫兮，折瓊枝以繼佩。”玉樹：白雪覆盖的樹。唐·李白《對雪獻從兄虞城宰》：“庭前看玉樹，腸斷憶連枝。”

〔3〕班姬扇：亦作“班女扇”。漢成帝妃班倢伃失寵後，作《團扇》詩（亦稱《怨歌行》），以秋扇見棄自喻。後以“班女扇”比喻失寵者或廢棄之物。南朝·梁·劉孝綽《校書秘書省對雪咏懷》：“耻均班女扇，羞儷曹人衣。”洛女顔：指洛水女神的容顔。《宣和遺事》前集：“悄似嫦娥離月殿，恍然洛女下瑶階。”

〔4〕防虜士：守衛邊關的將士。卧龍山，非實指，泛指邊關屯兵之山。

其　二

胡雲深雪色〔1〕，四望皎無涯。颯沓隨風舞〔2〕，輕盈帶雨斜。萬峰寒削玉〔3〕，千樹渺飛花。曾記瑶臺路，翻疑是月華〔4〕。

【校注】

〔1〕胡雲：胡地的雲，即北方的雲。

〔2〕颯沓：迅疾的樣子。唐·李白《俠客行》："銀鞍照白馬，颯沓如流星。"

〔3〕削玉：削成碎屑的玉，比喻白雪如玉。宋·釋紹嵩《咏梅五十首呈史尚書》："葉氣先傳五嶺梅，新冰削玉辟風開。"

〔4〕瑶臺：指傳説中的神仙居處。晉·王嘉《拾遺記·崑崙山》："傍有瑶臺十二，各廣千步，皆五色玉爲臺基。"月華：月光，月色。也指月亮。

春游艷曲〔1〕

春水沙棠檝，春風杜若香〔2〕。杯行芳樹側〔3〕，歌動彩雲鄉。扇底紅妝映，花間白皙楊〔4〕。艷陽桃李節，羅綺競成行。〔5〕

【校注】

〔1〕艷曲：見卷之四《雪夜宴集遂成艷曲》注釋。唐·李嶠《春日侍宴幸芙蓉園應制》："飛花隨蝶舞，艷曲伴鶯嬌。"

〔2〕沙棠：木名，木材可造船，果實可食。棠，底本譌爲"裳"。《山海經·西山經》："（崑崙之丘）有木焉，其狀如棠，黄華赤實，其味如李而無核，名曰沙棠。"杜若：香草名。多年生草本，夏日開白花。果實藍黑色。《楚

辭·九歌·湘君》："採芳洲兮杜若，將以遺兮下女。"

〔3〕杯行：沿座行酒。漢·王粲《公燕》："合坐同所樂，但愬杯行遲。"芳樹：花木。三國·魏·阮籍《咏懷》之十三："芳樹垂緑葉，清雲自逶迤。"

〔4〕扇底紅妝：指淑女的面容。舞女歌女在表演或與客人相見時常用手中團扇將面容半遮半露，扇底便露出紅妝女子的容顔。白晳：此處謂女子膚色白净。唐·李白《越女詞》之二："吴兒多白晳，好爲蕩舟劇。"楊：通"揚"，飛揚，舞動。

〔5〕羅綺：指身着羅綺的女子。唐·李白《清平樂》："女伴莫話孤眠，六宫羅綺三千。"競，底本作"兢"。

蓬茨

生平不偶俗，溪谷返蓬茨[1]。興至元呼酒[2]，狂來復咏詩。寧遭山鬼笑，不受世人疑[3]。青白從爲眼[4]，交情各自知。

【校注】

〔1〕不偶俗：不投合世俗。《後漢書·吴良傳》："每處大議，輒據經典，不希旨偶俗，以徼時譽。"蓬茨：茅草盖頂的屋。

〔2〕元呼酒：開始呼叫，鬧酒。宋·吴潛《水調歌頭·已是三堪樂》："已是三堪樂，更是百無憂。山朋溪友呼酒，互勸復争酬。"

〔3〕山鬼：這裏指山中精靈。唐·杜甫《奉酬薛十二丈判官見贈》："卧病識山鬼，爲農知地形。"

〔4〕青白眼：典見《晉書·阮籍傳》："籍又能爲青白眼。見禮俗之士，以白眼對之。"時有喪母，"嵇喜來吊，籍作白眼，喜不懌而去；喜弟康聞之，乃賫酒挾琴造焉，阮大悦，遂見青眼。"

讀藏甲巘稿〔1〕

漁樵三户裔，桑柘數家烟〔2〕。秖自窮堅白，何曾解草玄〔3〕。虹光華渚動，雪調郢人偏〔4〕。此曲高難和，誰將下里傳〔5〕。

【校注】

〔1〕藏甲巘稿：吴國倫著。參卷之四《奉謝吴公川樓惠序暨詩并藏甲巘稿》注釋。

〔2〕裔：本指衣服上的邊沿，這裏指邊遠的地方。唐·李白《臨路歌》："大鵬飛兮振八裔，中天摧兮力不濟。"桑柘：桑木與柘木。這裏指農事。

〔3〕堅白：語出《論語·陽貨》："不曰堅乎，磨而不磷；不曰白乎，涅而不緇。"何晏集解引孔安國曰："言至堅者磨之而不薄，至白者染之於涅而不黑。"謂君子雖在濁亂而不能污。草玄：指漢·揚雄作的《太玄》。

〔4〕虹光：彩色的光芒。這裏指詩稿内在的藝術魅力絢麗多彩。唐·高蓋《花萼樓賦》："梁回繞於虹光，藻井倒垂乎蓮萼。"華渚：古代傳説中的地名。《宋書·符瑞志上》："帝摯少昊氏，母曰女節，見星如虹，下流華渚。"雪調：高雅的曲調。見卷之四《宵燕》注釋。明·陳汝元《金蓮記·首引》："未能追雪調，聊取佐霞觴。"郢人偏：郢地之人的偏好。

〔5〕下里：指民間歌謡。晉·陸機《文賦》："綴《下里》於《白雪》，吾亦濟夫所偉。"見卷之四《宵燕》中"下里巴人"注釋。這最後一句詩似乎是作者的自謙和希冀。

人日寄所親〔1〕

築外岷山雪，吟邊澧水春〔2〕。江湖星是客，蓂莢日逢人〔3〕。劍在思游楚，書成未上秦〔4〕。行藏君莫笑，抱玉豈終貧〔5〕。

【校注】

〔1〕人日：舊俗以農曆正月初七爲人日。南朝·梁·宗懍《荆楚歲時記》："正月七日爲人日。以七種菜爲羹，剪彩爲人或鏤金箔爲人，以貼屏風，亦戴之頭鬢。又造華勝以相遺，登高賦詩。"所親：親人，也指親近的朋友。

〔2〕築外：房宅以外。唐·宋之問《宴安樂公主宅得空字》："英藩築外館，愛主出王宫。"岷山：山名。在四川省北部，綿延川甘兩省。爲長江、黄河分水嶺，岷江、嘉陵江支流白龍江發源地。邊：澧水邊。澧水：湖南四大流入洞庭的河流之一。容美土司境内之漊水，是澧水的上游支流，故也可統稱澧水。

〔3〕"江湖"句：即稱自己江湖客居。用客星犯牽牛宿典。蓂莢：音míng jiá，古代傳説中的一種瑞草。它每月從初一至十五，每日結一莢；從十六至月終，每日落一莢。所以從莢數多少，可以知道是何日。一名曆莢。日逢人：適逢人日到來。

〔4〕上秦，上書秦國國君。指像蘇秦、張儀那樣憑着智慧謀略游説國君實現政治理想的人。唐·盧僎《途中口號》："抱玉三朝楚，懷書十上秦。"

〔5〕行藏：指出處或行止。語本《論語·述而》："用之則行，捨之則藏。"晉·潘岳《西征賦》："孔隨時以行藏，蘧與國而舒卷。""抱玉"句：用卞和獻玉典。卞和得玉璞獻楚，被厲王斷左足，武王斷右足，后抱玉慟哭荆山下，被文王賞識，剖璞得美玉。卞和以功封零阳侯。

憶匯口彭孝廉因寄以詩〔1〕

楊柳魚蝦市，菇蒲雁鶩洲〔2〕。到門憐野客，把臂傲時流〔3〕。月動青春酌，雲停白苧謳〔4〕。至今相憶處，不忍看雙鈎〔5〕。

【校注】

〔1〕匯口：地名，在安徽省宿松縣。彭孝廉：生平不詳。孝廉，明清兩代

對舉人的稱呼。

〔2〕菇蒲：菇和蒲，是兩種水草，常借指湖澤。南唐·張泌《洞庭阻風》："空江浩蕩景蕭然，盡日菇蒲泊釣船。"

〔3〕野客：村野之人，多借指隱逸者。金·元好問《懷益之兄》："溪僧時問字，野客或知琴。"時流：世俗之輩。

〔4〕青春酌：指年輕人的鬧酒。白苧謳：即白紵歌，吴舞曲名。始於晉代的《白紵舞》。南朝·梁·沈約有《四時白紵歌》。

〔5〕雙鈎：古代藏鈎游戲。或指成對兵器或挂鈎。喻兄弟、朋友。底本譌作"雙釣"。

春夜友人共飲志感

寒渚飛鷗鳥，春山長白榆[1]。野雲停度曲，江月引呼盧[2]。而我差工瑟，何人不好竽[3]。一樽聊桂醑，休問酒家胡[4]。

【校注】

〔1〕寒渚：寒天中水邊小塊陸地。南朝·宋·鮑照《野鵝賦》："立菇蒲之寒渚，托隻影而爲雙。"白榆：白皮榆樹。

〔2〕度曲：按曲譜歌唱，這句詩是化用漢·張衡《西京賦》的句子："度曲未終，雲起雪飛。"呼盧：謂賭博。唐·李白《少年行》之三："呼盧百萬終不惜，報讎千里如咫尺。"

〔3〕"而我"兩句：化用宋·黄庭堅《寄南陽謝外舅》："楚客雖工瑟，齊人本好竽。"工瑟，精於鼓瑟。竽，是古代一種吹奏樂器。

〔4〕桂醑：桂花酒，亦泛指美酒。醑，音 xǔ。南朝·梁·沈約《郊居賦》："席布騂駒，堂流桂醑。"酒家胡：原指酒家當壚賣酒的胡姬，後亦泛指酒家侍者或賣酒婦女。漢·辛延年《羽林郎》："昔有霍家奴，姓馮名子都。依倚將軍勢，調笑酒家胡。胡姬年十五，春日獨當壚。"

圓通寺與法界上人話禪[1]

平生獨往興，每向給園深[2]。静習逃禪趣，閒思出世心[3]。虛疑毫似玉，真見色如金[4]。一聽無生偈，鹿緣轉不禁[5]。

【校注】

〔1〕圓通寺：在今五峰土家族自治老縣城南之寶塔坡，有遺存碑刻載創自明洪武年間，後爲五峰司張氏家廟。法界上人：當指寺廟主持。法界，佛教名詞。這裏的“法界”有兩解，一指佛界，二指僧號。

〔2〕獨往興：獨自出游的興趣。宋・毛滂《十二月二十六日出郊訪無畏詩禪暮歸奉寄》：“寒郊獨往興悠哉，問訊山翁破臘回。”給園：佛語“給孤獨園”之省稱，亦泛指佛寺。明・唐寅《游金山》：“春日客途悲白髮，給園兵燹廢黃金。”

〔3〕静習：安静地體味。逃禪趣：避世入禪的趣味。出世：超脱人世束縛。佛教用語，佛教徒以人世爲俗世，故稱脱離人世束縛爲出世。唐・李岩《七言》：“得路應知能出世，迷途終是任埋沉。”

〔4〕虛疑：佛家虛空境界的玄思。毫：極小，極細微。真見：猶真知，深刻的哲理，真理。南朝・宋・謝靈運《辨宗論》：“真知者照寂，故理常爲用，用常在理，故永爲真知。”色：佛教稱有形質的能感觸到的東西。

〔5〕一聽：初聽。南朝・齊・謝朓《冬緒羈懷》：“一聽春鶯喧，再視秋鴻没。”無生：佛教語，謂没有生滅，不生不滅。晉・王該《日燭》：“咸淡泊於無生，俱脱骸而不死。”偈：音 jì，梵語偈陀的省稱，意譯爲“頌”，即佛經中的唱詞。鹿緣：指隱逸之心。這裏即指佛緣。

歲晚志感

牢落楚山夜，商歌誰復聽[1]。相看頭盡白，何事眼難青[2]。把酒羞從事[3]，愁人問客星。漸知春事近，差可慰飄零[4]。

【校注】

〔1〕牢落：寥落。唐·杜甫《樊二十三寺御赴漢中判官》："居人莽牢落，游子方迢遞。"商歌：見卷之四《春雨枕上聞雞口占四韻》注釋。

〔2〕眼難青：格格不入，難以親熱。宋·陳人杰《沁園春·草滿姑蘇》："嘆茫茫馬腹，黄塵如許，紛紛牛背，青眼難開。"

〔3〕從事：猶周旋。唐·韓愈《鰐魚文》："刺史則選材技吏民，操强弓毒矢，以與鰐魚從事，必盡殺乃止。其無悔！"

〔4〕差可：勉强可以。宋·蘇軾《和錢安道寄惠建茶》："爲君細説我未暇，試評其略差可聽。"飄零：原指樹葉凋謝墜落。這裏比喻失去依靠，生活不安定。

春初登高

曉霽憑高勝，悠然四望開[1]。水流天地色，雲變古今臺。林外巴山盡，窗中郢樹回。江南同調在，不拆早梅來[2]。

【校注】

〔1〕曉霽：雨後初晴的早上。憑高：登臨高處。勝：勝景。悠然：安閒、閒適的樣子。語出晉·陶潛《飲酒》詩之五："採菊東籬下，悠然見南山。"

〔2〕同調：比喻志趣相投。"不拆"句：南朝·宋·盛弘之《荆州記》載，陸凱自江南寄梅一枝與長安友人范曄，兼贈詩曰："折花逢驛使，寄與隴頭人。江南無所有，聊贈一枝春。"拆，疑爲"折"之誤。

酒中賦贈吴中尤山人二首〔1〕

寂寞相如壁，偏令上客來〔2〕。吴歈行處發，楚些坐中裁〔3〕。竹色清談塵，榴花引壽杯〔4〕。欲攀廖廓士，疑住白雲隈〔5〕。

【校注】

〔1〕尤山人，生平不詳。可能就是前《衡湘歌送友人尤介夫》中的尤介夫。

〔2〕相如壁：司馬相如和卓文君私奔以後回到四川臨邛老家開酒肆，讓文君當壚賣酒。因爲貧窮，家徒四壁。“相如壁”，便是貧窮窘困之意。宋·陳與義《次韻光化宋唐年主簿見寄二首》：“相如未免家徒壁，季子行看嫂下機。”上客：尊客，貴賓。南朝·齊·謝朓《金臺聚》：“渠碗送佳人，玉杯邀上客。”

〔3〕吴歈：即吴地之歌。歈，音 yú。行處發：臨别行走之時便開始唱。楚些：即楚地的詩歌。原《楚辭·招魂》中常用“些”作語氣助詞，後以爲“楚辭”或“招魂”的代稱。唐·杜甫《江亭》：“故林歸未得，排悶强裁詩。”宋·沈括《夢溪筆談》卷三：“《楚辭·招魂》尾句皆用些……此乃楚人舊俗。”裁：寫作的取捨裁度。

〔4〕竹色：竹子的青翠色澤。唐·許渾《宿開元寺樓》：“竹色寒清簟，松香染翠幬。”清談：亦稱玄談，謂從魏晉時期就興起的一種崇尚老莊，空談玄理的風氣。清談重心在有無本末之辨。麈：麈尾，即拂麈。名士清談時喜執之。底本爲“塵”，不協平仄，應誤。榴花：即美酒。據《南史·夷貊傳上·扶南國》載：頓遜國有酒樹似安石榴，採其花汁停瓮中，數日成酒。後以“榴花”雅稱美酒。南朝·梁·元帝《劉生》：“榴花聊夜飲，竹葉解朝酲。”壽杯：祝壽之酒。

〔5〕廖廓士：氣量遠大之人。廖廓：同“寥廓”，形容高遠空闊。《漢書·鄒陽傳》：“今欲使寥廓之士籠於威重之權，脅於位勢之貴。”顔師古注：“寥廓，遠大之度也。”白雲隈：即白雲深處。隈，角落。唐·陳子昂《度荆門

望楚》："城分蒼夜外，樹斷白雲隈。"

其　二

親知携手夕，一笑即相親。潦倒羞聯璧，昂藏喜纈蘋[1]。酒將狂態發，月送旅愁新。莫作平原客，盤桓秖一旬[2]。

【校注】

〔1〕聯璧：亦作"連璧"。并列在一起的兩塊美玉，喻兩者并美。南朝·梁·劉孝標《廣絶交論》："日月聯璧，贊亹亹之弘致。"昂藏：形容人的儀表雄偉。唐·白居易《病中對病鶴》："但作悲吟和嘹唳，難將俗貌對昂藏。"纈，疑"擷"之誤。

〔2〕平原客：平原君門下客，後泛指門客。唐·王維《濟上四賢咏成文學》："身爲平原客，家有邯鄲娼。"盤桓：徘徊，逗留。漢·班固《幽通賦》："承靈訓其虚徐兮，竚盤桓而且俟。"旬，底本譌作"句"，不協韻。

梅

擁褐茆檐静，端居梅自開[1]。風塵空老去，世事轉新來[2]。枉抱千年恨，須銜竟日杯。請看軒冕客，何事學仙才[3]。

【校注】

〔1〕擁褐：穿着粗布衣服。宋·蘇軾《次韻柳子玉·地爐》："細聲蚯蚓發銀缾，擁褐横眼天未明。"茆檐：同"茅檐"，茅草盖頂的房屋。宋·辛棄疾《清平樂·村居》："茅檐低小，溪上青青草。"端居：謂平常居處。唐·孟浩然《臨洞庭贈張丞相》："欲濟無舟楫，端居耻聖明。"

〔2〕抱：心裹存着，懷有。轉新來：迎來了新的氣象。

〔3〕軒冕客：指官場仕人。軒冕，古時大夫以上官員的車乘和冕服，借指官位爵禄。仙才：古代用以稱頌才華非凡的人。又以贊美才情豪邁、氣韻飄逸的詩人。晉·郭璞《游仙詩》："燕昭無靈氣，漢武非仙才。"

秋日山居十首

避地秦源後，紉蘭楚些餘[1]。耽詩心是癖，嗜酒態難除。客夢偏依蝶，人情任罔狙[2]。由來成懶慢，自合置岩居[3]。

【校注】

〔1〕秦源：指避秦之地桃花源。宋·晏殊《句》其四："騷客登山知有助，秦源雞犬更相聞。"紉蘭：在這裏比喻培養高潔的情操。《楚辭·離騷》："扈江離與辟芷兮，紉秋蘭以爲佩。"後以"紉蘭"比喻人品高潔。楚些：見前《酒中賦贈吴中尤山人二首》解釋。

〔2〕客夢：客居之夢，即游子懷鄉之夢。唐·王昌齡《送高三之桂林》："留君夜飲對瀟湘，從此歸舟客夢長。"依蝶：愛（夢見）蝶。典出《莊子·齊物論》："昔者莊周夢爲胡蝶，栩栩然胡蝶也；自喻適志與，不知周也；俄然覺，則蘧蘧然周也。"後多用"夢蝶"表示人生虚幻的夢想。罔狙：無視，無人關注。狙，窺伺。

〔3〕懶慢：懶惰怠慢。唐·杜甫《傷秋》："懶慢頭時櫛，艱難帶減圍。"自合：自應，本該。宋·陸游《落梅》詩二："過時自合飄零去，耻向東君更乞憐。"置岩居：住在岩屋裏面（謂不用料理房屋）。

其　二

杜門辭俗駕，高枕讀南華[1]。懶重烟霞癖[2]，閑尋竹樹嘉。秖聞回白髮，不見化丹砂[3]。獨有叢生貴，差强處士家[4]。

【校注】

〔1〕杜門：即關門，閉門。《漢書·孫光傳》："光退門閭，杜門自守。"俗駕：世俗之人。唐·權德輿《天竺寺》："烟功蘿迷俗駕，猿狖應山童。"南華：《南華真經》的省稱，即《莊子》的別名。唐·賈島《病起》："燈下南華卷，祛愁當酒杯。"

〔2〕烟霞癖：謂酷愛山水風雲美景成癖。前蜀·貫休《別盧使君歸東陽》詩之二："難醫林藪烟霞癖，又出芝蘭父母鄉。"

〔3〕丹砂：即朱砂，是道士煉丹的主要原料。

〔4〕叢生貴：即"叢生桂"，將"桂"，寫作"貴"，詩人常有同音字假借。叢生桂即四季桂，一年數次開花，香味較淡。有的地方稱爲月月桂。唐·劉長卿《送惠法師游天台因懷智大師故居》："定攀岩下叢生桂，欲買雲中若個峰。"差强：差强人意，勉强達到要求。處士：古指有才德而隱居不仕的人，後亦泛指未做過官的士人。《孟子·滕文公下》："處士橫議，楊朱、墨翟之言盈天下。"

其　三

雲吐當軒石，青浮繞徑苔〔1〕。據梧聊自適，看竹復誰來〔2〕。叢桂扶疏布，籬花爛漫開〔3〕。獨憐招隱處，空負小山才〔4〕。

【校注】

〔1〕雲吐：指雲氣升騰如神吐。當軒石：對着窗户的假山石頭。青浮：青色植被鋪於地表。宋·陸游《春晚》："萍葉青浮水，蛙聲鬧徹明。"

〔2〕據梧：典見《莊子·齊物論》："惠子之據梧也。"唐·成玄英疏："據梧者，只是以梧几而據之談説，猶隱几也。"自適：自我調適，悠然閒適自得其樂。唐·薛戎《游爛柯山》："二仙行自適，日月徒遷徙。"看竹：用晉·王徽之愛竹典。王徽之曾過吴中，見一士大夫家有好竹，肩輿徑造竹下，諷嘯良久，遂欲出門。主人令左右閉門不聽出，乃留坐，盡歡而去。事見南

朝·宋·劉義慶《世説新語·簡傲》。後因以“看竹”爲名士不拘禮法的典故。

〔3〕扶疏：枝葉繁茂分披貌。明·劉基《梅頌》：“扶疏蕭森清以直兮，玄冰沍寒不撓其節兮。”籬花：謂籬下菊花。典出晉·陶潛《飲酒》：“採菊東籬下，悠然見南山。”

〔4〕招隱處：尋仙隱居的地方。唐·駱賓王《酬思玄上人林泉》：“聞君招隱地，仿佛武陵春。”小山才：創作淮南小山辭賦般的才能。小山，淮南小山，西漢辭賦家，淮南王劉安之門客，今存《招隱士》。見《楚辭·招隱士》。

其　四

流水清玄境，幽林吐國香〔1〕。漢陰機早息，漆室傲難忘〔2〕。歲月揮鋤過，烟霞把釣長〔3〕。風塵從化素，應不到蘿裳〔4〕。

【校注】

〔1〕清玄：清虚玄妙。漢·王粲《七釋》：“恬淡清玄，渾沌淳樸。”國香：極言其香濃。謂其香甲於一國，故云。亦用以贊譽人的風采、品行。唐·温庭筠《中書令裴公挽歌詞二首》之二：“國香荀令去，樓月庾公來。”

〔2〕漢陰機：指漢陰丈人所斥笑的“機心”。語本《莊子·天地》：“子貢南游於楚，反於晉，過漢陰，見一丈人方將爲圃畦，鑿隧而入井，抱瓮而出灌，搰搰然用力甚多而見功寡。子貢曰：‘有械於此，一日浸百畦，用力甚寡而見功多，夫子不欲乎？’……爲圃者忿然作色而笑曰：‘吾聞之吾師，有機械者必有機事，有機事者必有機心，機心存於胸中，則純白不備；純白不備，則神生不定；神生不定者，道之所不載也。吾非不知，羞而不爲也。’”漆室：春秋魯邑名。漢·劉向《列女傳·漆室女》載：“魯穆公時，君老太子幼，國事甚危。漆室有少女倚柱而嘯，憂國憂民。”後用爲關心國事的典故。觀此詩義，當爲“漆園傲”，指莊子。

〔3〕揮鋤過：一瞬間，形容時間極短。烟霞：雲霞，指山中風光。把釣：

握住釣竿，垂釣。唐・温庭筠《送襄州李中丞赴從事》："把釣看棋高興盡，焚香起草宦情疏。"

〔4〕風塵：塵世，紛擾的現實生活境域。晉・郭璞《游仙詩》："高蹈風塵外，長揖謝夷齊。"從化：歸化，歸順。化，轉移人心風俗。《漢書・匡衡傳》："得其序，則海内自修，百姓從化。"素：質樸，本性。蘿裳：藤蘿做的衣裳，指隱士。

其　　五

徙倚風塵外，殊非禮法場[1]。蓬茨堪偃息，蘿徑足徜徉[2]。林月生秋氣，池風泛晚涼。獨林詩草在，何處和求羊[3]。

【校注】

〔1〕徙倚：徘徊。徙，底本譌爲"徏"。殊，底本譌爲"硃"。禮法場：禮儀法度的場合。《商君書・更法》："及至文武，各當時而立法，因事而制禮，禮法以時而定，制令各順其宜。"

〔2〕蓬茨：盖屋頂的茅草，這裹代指陋室。偃息：睡卧止息。宋・司馬光《和君倚藤牀十二韻》："雖有八尺牀，初無偃息痕。"蘿徑：長滿藤蘿的小路。唐・錢起《谷口書齋寄楊補闕》："家童掃蘿徑，昨與故人期。"徜徉：安閒自得貌。唐・韓愈《送李願歸盤谷序》："膏吾車兮秣吾馬，從子於盤兮，終吾生以徜徉。"

〔3〕詩草：詩的草稿，也泛指詩作。五代・僧齊己《亂中聞鄭谷吴延保下世》："兵火焚詩草，江流漲墓田。"和求羊：與求仲、羊仲和詩。求羊，漢代兩隱士求仲與羊仲的并稱。晉・謝靈運《田南樹園激流植援》："唯開蔣生徑，永懷求羊蹤。"

其　　六

循生資一壑，謝客讀黃庭[1]。寶瑟徒能汎，佳人殊莫聽[2]。池光銜月榭，山翠落風亭[3]。莫厭人皆醉，時方忌獨醒[4]。

【校注】

〔1〕循生：順着本性。資一壑：憑藉丘壑寄情山水。一壑，成語"一丘一壑"的簡説，出自《漢書・叙傳上》："漁釣於一壑，則萬物不姦其志。"黃庭：指《黃庭經》，道教的經典著作。唐・李白《送賀賓客歸越》："山陰道士如相見，應寫黃庭換白鵝。"

〔2〕寶瑟：琴瑟的美稱。唐・駱賓王《帝京篇》："翠幌竹簾不獨映，清歌寶瑟自相依。"汎：縱，代演奏琴瑟。晉・陶潛《閒情賦》："褰朱幃而正坐，汎清瑟以自欣。"殊莫：真正不能，很難以。宋・趙令衿《李伯紀丞相挽詩》："天心殊莫曉，神物失扶持。"

〔3〕銜：此指籠罩、涵盖。月榭：月光映照的臺榭。南朝・梁・沈約《郊居賦》："風臺累翼，月榭重栭。"風亭：凉亭。唐・朱慶餘《秋宵宴别盧侍御》："風亭弦管絶，玉漏一聲新。"

〔4〕時方：當時，正在。獨醒：獨自清醒，喻不同流俗。《楚辭・漁父》："屈子曰：'舉世皆濁我獨清，衆人皆醉我獨醒，是以見放！'"

其　　七

楓林莽摇落，桂子媚清秋[1]。汾上歌誰發，濠梁興自優[2]。芰荷輕冕紱，蓑笠傲公侯[3]。長嘯黃塵外，相知獨野鷗[4]。

【校注】

〔1〕莽：廣大，遼闊。摇落：凋殘，零落。唐・杜甫《謁先主廟》："如何對摇落，况乃久風塵。"桂子：桂花。宋・柳永《望海潮》："有三秋桂子，

十里荷花。”清秋：明净爽朗的秋天。晉·殷仲文《南州桓公九井作》：“獨有清秋日，能使高興盡。”

〔2〕汾上：汾水之上。這裹泛指河上。汾，山西水名。濠梁興：用濠梁觀魚之典。喻回歸自然，物我無違。濠梁，古水名，淮河南岸支流。一名石梁河，在今安徽鳳陽縣境内，東北流至臨淮關入淮河。興自優：興致美好，興趣盎然。

〔3〕芰荷：菱與荷。芰，菱角。冕紱：古代禮冠與印綬，皆高官所服佩者，因以指重臣。唐·柳宗元《謝賜時服表》：“俾同冕紱，重劇丘山。”蓑笠：蓑衣斗笠。《儀禮·既夕禮》：“道車載朝服，稾車載蓑笠。”鄭玄注：“蓑笠，備雨服。”這裹代指農夫或漁夫。

〔4〕黄塵：黄色塵土，比喻俗世，塵世。唐·聶夷中《題賈氏林泉》：“豈知黄塵内，迥有白雲蹤。”

其　八

平生狂狷累，卜築遠風塵〔1〕。蘭畹偏宜楚〔2〕，桃源好避秦。誰其羞白髮，吾自岸烏巾〔3〕。但就東鄰逸西〔4〕，休嫌北阮貧〔5〕。

【校注】

〔1〕狂狷：本指志向高遠與拘謹自守兩種人，後演變成“放縱而不遵禮法的人”。唐·李紳《州中小飲便别牛相》：“從此别離長酩酊，洛陽狂狷任椎埋。”卜築：擇地構建住宅。唐·孟浩然《冬至後過吴張二子檀溪别業》：“卜築依自然，檀溪不更穿。”風塵：塵世，紛擾的現實生活。

〔2〕蘭畹：蘭苑。畹，音 wǎn，是古代計量單位，十二畝曰畹。宋·石孝友《滿庭芳·蘭畹霜濃》：“蘭畹霜濃，柳溪冰咽，春光先到江梅。”偏宜：最宜，特别合適。前蜀·李珣《浣溪紗》：“入夏偏宜澹薄妝，越羅衣褪鬱金黄。”

〔3〕誰其：何人。其，是虚詞，助音節，無實意。岸烏巾：戴上黑頭巾。

岸，帶帽露額；烏巾，即烏角巾，古代多爲隱居不仕者的帽子，亦代指隱士。宋·謝逸《卜算子》："隱几岸烏巾，細葛含風軟。"

〔4〕東鄰：東鄰美女。典出戰國·楚·宋玉《登徒子好色賦》："楚國之麗者，莫若臣里，臣里之美者，莫若臣東家之子。"後因以"東鄰"指美女。唐·李白《效古》詩之二："自古有秀色，西施與東鄰。"此或指東邊鄰居，代鄰居。西，可能是誤刻，也可能是作者在"東"與"西"二字間未定。

〔5〕北阮：北面阮家，用晉·阮咸典。南朝·宋·劉義慶《世説新語·任誕》："阮仲容（咸）步兵居道南，諸阮居道北，北阮皆富，南阮貧。七月七日，北阮盛曬衣，皆羅綺。仲容以竿挂大布犢鼻褌於中庭，人或怪之，答曰：'未能免俗，聊復爾耳。'"後遂以"北阮"代稱親族之富者。唐·戴叔倫《旅次寄湖南張郎中》："閉門茅底偶爲鄰，北阮那憐南阮貧。"

其　九

何限田園趣，難從俗子陳[1]。衣隨桃水製，冠效竹皮新[2]。身世貧非病[3]，山林懶是真。王孫游頗倦，隨處度芳春。

【校注】

〔1〕俗子陳：與俗人陳説。語見宋·蘇東坡《崔文學甲携文見過蕭然有出塵之姿問之則孫介》："時時自娱嬉，豈爲俗子陳。"

〔2〕衣隨桃水製：即晉·陶淵明《桃花源記》裏所描寫的桃源中人"避秦"時所穿的衣服樣式，代指鄉野之人的服飾樣式。冠效竹皮新：《史記·高祖本紀》："高祖爲亭長，乃以竹皮爲冠，令求盜之薛治之。及貴常冠，所謂劉氏冠乃是也。"後借指戴竹皮冠的鄉野人士。

〔3〕"身世"句：《史記·仲尼弟子列傳》：孔子卒，原憲遂亡在草澤中。子貢相衛，而結駟連騎，排藜藿入窮閻，過謝原憲。憲攝敝衣冠見子貢。子貢恥之曰："夫子豈病乎？"原憲曰："吾聞之，無財者謂之貧，學道而不能行者謂之病。若憲，貧也，非病也。"

其　十

何言非避世，箕踞日投竿〔1〕。鄭圃居誰識，郕郊善自寬〔2〕。地幽饒氣色，市遠愧盤餐〔3〕。娱客無長物，庭階只桂蘭。

【校注】

〔1〕箕踞：兩脚張開，兩膝微曲地坐着，形狀像箕。這是一種輕慢、隨意的姿態。投竿：投釣鈎於水，謂垂釣。三國・魏・嵇康《四言》："放棹投竿，優游卒歲。"

〔2〕鄭圃：古地名，鄭之圃田，在今河南省中牟縣西南。相傳爲列子所居。也常用以借代列子的學説。唐・李白《贈張公洲革處士》："列子居鄭圃，不將衆庶分。""郕郊"句：典見《列子・天瑞》："孔子游於太山，見榮啟期行乎郕之野，鹿裘帶索，鼓琴而歌。孔子問曰：'先生所以樂，何也？'對曰：'吾樂甚多，天生萬物，唯人爲貴。而吾得爲人，是一樂也。男女之别，男尊女卑，故以男爲貴。吾既得爲男矣，是二樂也。人生有不見日月、不免繦褓者，吾既已行年九十矣，是三樂也。貧者，士之常也；死者，人之終也，處常得終，當何憂哉？'孔子曰：'善乎！能自寬者也。'"郕，音 chéng，周代諸侯國名，在今河南省范縣一帶。

〔3〕氣色：景色，景象。南朝・宋・謝惠連《西陵遇風獻康樂》："蕭條洲渚際，氣色少諧和。"愧盤餐：很爲自己盤中餐而羞愧，即食物匱乏低劣。

寄哈仙〔1〕

歌鳳尋狂客，携書自帝京〔2〕。主恩元不棄，君志欲遺榮〔3〕。爲洽天機重，能將世慮輕〔4〕。五陵裘馬客，從此愧營名〔5〕。

【校注】

〔1〕哈仙：疑爲王廷策。山陰（今浙江紹興）人，性懶散而好游。萬曆初召入畫院，不願授官，賜號“哈仙”。畫宗吴鎮、黄公望，書學趙孟頫。

〔2〕歌鳳：典出《論語・微子》：“楚狂接輿歌而過孔子曰：‘鳳兮鳳兮！何德之衰？往者不可諫，來者猶可追。已而，已而！今之從政者殆而！’”後遂以“歌鳳”爲避世隱居之典。

〔3〕主恩：主人施予的恩德。元：本來，原本。不棄：不會忘記，不會休棄。元・白樸《西江月・題闕》：“天公元不棄非才。坐我金銀世界。”遺榮：謂拋棄榮華富貴，超脱塵世。晉・張協《咏史》：“達人知止足，遺榮忽如無。”

〔4〕洽：融洽。天機：天賦的悟性，或指造化的奥秘。《莊子・大宗師》：“其耆欲深者，其天機淺。”“洽天機”這裏指的參禪悟道。世慮：世俗之慮，俗念。唐・裴鉶《傳奇・陶尹二君》：“余本凡人，但能絶其世慮。”

〔5〕五陵：見本書卷之一《楊花篇》注釋。裘馬：輕裘肥馬，形容生活豪華。語出《論語・雍也》：“赤之適齊也，乘肥馬，衣輕裘。”營名：經營自己的名聲，即追求名譽。

酌子東〔1〕

何來雲夢客，忽到輞川莊〔2〕。舊雨成今雨〔3〕，他鄉入醉鄉。雲摇秋水色，樹汎晚風凉。文酒留歡處，慺慺夜未央〔4〕。

【校注】

〔1〕酌子東：與子東小酌聚飲。子東，田子壽洞庭巴陵的朋友。

〔2〕輞川莊：輞川，見《有玄客貽一律》注釋。詩人將風景優美的水邊住宅稱爲“輞川莊”。

〔3〕“舊雨”句：杜甫《秋述》：“舊，雨來；今，雨不來。”喻指老朋友

和新朋友。

〔4〕文酒：謂飲酒賦詩。《梁書·江革傳》："優游閑放，以文酒自娱。"留歡：留客歡宴。唐·杜甫《宴王使君宅題》詩之二："泛愛容霜鬢，留歡卜夜闌。"㦖㦖：精神萎靡的樣子。夜未央：夜未盡。《詩·小雅·庭燎》："夜如何其？夜未央。"

五峰閒居

何客忘時勢，伊予獨澗阿〔1〕。時凭飛檻立〔2〕，遠聽牧童歌。緑樹來黄鳥，清溪送白波。閒招垂釣侶，長日理漁蓑〔3〕。

【校注】

〔1〕時勢：時代的趨勢、時尚之事。伊予：我。伊，助詞，無實意。澗阿：山澗彎曲處。宋·黄庭堅《笻竹頌》："郭子遺我，扶余澗阿。"

〔2〕飛檻：吊脚樓上的欄杆。唐·張九齡《登臨沮樓》："危樓入水倒，飛檻向空摩。"

〔3〕長日：經常，整日。漁蓑：漁人的蓑衣。明·文徵明《江天暮雪》："寧知風浪高，但道漁蓑好。"

客　來

岩棲何所慕，隨分樂生涯〔1〕。石菌生丹氣，冰壺貯紫霞〔2〕。客來巫峽月，人醉武陵花〔3〕。謾話炎凉事，園林涉趣賒〔4〕。

【校注】

〔1〕岩棲：棲居在山岩間，代指隱居。前蜀·韋莊《贈薛秀才》："欲結

岩棲伴，何山好薜蘿。”隨分：依據本性、順遂本分、隨緣。南朝・梁・劉勰《文心雕龍・鎔裁》：“謂繁與略，隨分所好。”生涯：語本《莊子・養生主》：“吾生也有涯，而知也無涯。”原謂生命有邊際、限度。後指生命、人生。南朝・陳・沈炯《獨酌謠》：“生涯本漫漫，神理暫超超。”

〔2〕石菌：生長在石上的菌類，靈芝的一種。漢・張衡《西京賦》：“浸石菌於重涯，濯靈芝以朱柯。”唐・李善注引《抱朴子》：“芝有石菌。”丹氣：赤色的水氣，亦指彩霞。晉・左思《蜀都賦》：“干青霄而秀出，舒丹氣而爲霞。”冰壺，底本譌作“水壺”。冰壺，玉壺。宋・楊萬里《中秋前二夕釣雪舟中静坐》：“人間何處冰壺是，身在冰壺却道非。”紫霞：紫色雲霞。道家謂神仙乘紫霞而行。晉・陸機《前緩聲歌》：“獻酬既已周，輕舉乘紫霞。”

〔3〕武陵花：當指武陵源“落英繽紛”的桃花。宋・蘇軾《西江月》：“有意偷回笑眼，無言强整衣紗。劉郎一見武陵花。從此春心蕩也。”

〔4〕謾：通“漫”，隨便。炎涼：成語“世態炎涼”的簡説。喻人情勢利，反覆無常。南朝・梁・簡文帝《倡婦怨十二韻》：“含涕坐度日，俄傾變炎涼。”賒：音 shē，古讀 shā，長，遠。涉趣：尋賞風景。明・王慎中《游麻姑山》：“緊予慕真勝，涉趣不知遠。”

訂社友盟〔1〕

結佩遠相尋，層岩下夕陰〔2〕。漫憑三寸舌〔3〕，换此百年心。義指雲根重，杯銜竹葉深〔4〕。爲君留一劍，不敢貨千金〔5〕。

【校注】

〔1〕社友：同詩社之友。宋・蘇軾《次韻劉景文送錢蒙仲》：“寄語竹林社友，同書桂籍天倫。”訂盟：結盟、締盟。

〔2〕結佩：束結佩帶，古代女子出嫁，母亲爲其結佩巾。這裏指好友結盟。唐・杜甫《大食刀歌》：“趙公玉立高歌起，攬環結佩相終始。”層岩：高聳的

山岩。北魏·酈道元《水經注·巨馬水》："層岩壁立，直上干霄，遠望崖側，有若積刀。"夕陰：傍晚陰晦的氣象。

〔3〕漫憑：隨意藉助。三寸舌：猶"三寸不爛之舌"，借指説話的口才。《史記·留侯世家》："今以三寸舌，爲帝者師，封萬户，位列侯，此布衣之極，於良足矣。"

〔4〕雲根：山石。竹葉：酒名，即竹葉青酒，亦泛指美酒。

〔5〕留一劍：謂以拼搏報恩。典出唐·劉長卿《獻淮寧軍節度使李相公》，其中有句："家散萬金酬士死，身留一劍答君恩。"貨千金：賣得千兩金。貨，賣。

山中席間贈唐將軍〔1〕

忽報將軍度，前旌枉白雲〔2〕。戎衣瞻韎韋，鋏氣動星文〔3〕。花逕延晴旭，霞杯到夕氛。慚予抱關者，何以贊奇勳〔4〕。

【校注】

〔1〕唐將軍：生平不詳。可能爲水瀘長官司的土軍將領唐正。

〔2〕度：過，由此到彼。《木蘭辭》中有"萬里度若飛"句。前旌：帝王、官吏儀仗中前行的旗幟。北周·庾信《三月三日華林園馬射賦》："行漏抱刻，前旌載鳶。"枉白雲：指旗幟招展如雲。枉，彎曲。

〔3〕戎衣：軍服，戰衣。唐·杜審言《贈蘇味道》："邊聲亂羌笛，朔風卷戎衣。"韎韋：猶韎韐，用黄色的皮子做的衣帶。鋏氣：劍氣。鋏，音 jiá，劍柄，代指劍。動星文：劍鋏上的紋飾星光閃射，擾動了天上的星象。

〔4〕抱關者：監門，守門官，借指小吏職務，亦借指地位卑微者。《史記·魏公子列傳》："嬴乃夷門抱關者也，而公子親枉車騎，自迎嬴於衆人廣坐之中。"這裏是作者的自況。

秋　夜

僻地涼風動，商歌夜欲闌[1]。雨聲來枕畔，月色隱雲端。岸葦花新白，山楓葉晚丹[2]。悲秋仍宋玉，摇落賦應難[3]。

【校注】

〔1〕僻地：偏僻地方。唐・張説《馮潘州墓志銘》："遠居僻地，代爲右族。"商歌：見卷之四《春雨枕上聞雞口占四韻》"扣角"注釋。這裹指哀歌。夜闌：夜深。唐・杜甫《羌村》："夜闌更秉燭，相對成夢寐。"

〔2〕岸葦：岸邊的蘆葦。唐・鄭愔《貶降至汝州廣城驛》："岸葦新花白，山梨晚葉丹。"山楓：山上的楓樹。宋・胡寅《上封登高》："飽日山楓千樹赤，絢秋岩菊一枝黄。"

〔3〕宋玉：戰國時楚人，辭賦家，《楚辭》代表作家之一，或稱是屈原弟子，曾爲楚頃襄王大夫。其流傳作品，以《九辯》最爲可信。《九辯》首句爲"悲哉秋之爲氣也"，故後人常以宋玉爲悲秋憫志的代表人物。"摇落"句：這是承接上句宋玉之作而説的，《楚辭・九辯》中即有句："悲哉，秋之爲氣也！蕭瑟兮草木摇落而變衰。"摇落，凋殘，零落。作者借宋玉詩句來寫自己秋夜境況。

獨酌志[1]

顧影長鳴意[2]，誰憐氣不平。蛾眉衆女妒，雞肋况人争[3]。易逐黄金面，難爲白首情[4]。牀頭尊酒在，取醉破愁城[5]。

【校注】

〔1〕志：記。

〔2〕顧影：亦作"顧景"，自顧其影，有自矜、自負之意。《後漢書・南匈

奴傳》："昭君丰容靚飾，光明漢宫，顧景裴回，竦動左右。"長鳴：多喻士人欲施展抱負、才能的願望。南朝·梁·劉孝標《廣絶交論》："顧盼增其倍價，剪拂使其長鳴。"

〔3〕"蛾眉"句：見屈原《離騷》："衆女嫉余之蛾眉兮，謡諑謂余以善淫。""雞肋"句：見《三國志·魏書·武帝紀》裴松之注引《九州春秋》："時王欲還，出令曰'雞肋'，官屬不知所謂。主簿楊修便自嚴裝，人驚問修：'何以知之？'修曰：'夫雞肋，棄之如可惜，食之無所得，以比漢中，知王欲還也。'"

〔4〕易逐：容易跟隨，或容易追隨、逢迎。黄金面：富貴之人的臉面。宋·吴則禮《聽梁聖民家琵琶》："檀槽徐作春雷轉，龍紋撥打黄金面。"白首情：到老的情誼。

〔5〕愁城：喻愁苦難消的心境。北周·庾信《愁賦》："攻許愁城終不破，蕩許愁門終不開。"這兩句詩言借酒解愁。

月夜小飲志感

小割鬻熊地，聊依白兔宫〔1〕。已甘巾幗辱，漫倚錯刀雄〔2〕。以我忘形佚，看人用套工〔3〕。無論翻覆手〔4〕，都付酒杯中。

【校注】

〔1〕小割：占據一小塊。鬻熊地：指楚國。鬻熊，本名熊蚤，又稱鬻子，楚國的先祖。商朝末年，鬻熊協助周文王起兵滅商，并成爲周文王的老師和火師。周成王時，成王感念鬻熊的功勞，封鬻熊的曾孫熊繹爲子爵，楚始建國。白兔宫：指月宫，又名蟾宫，代指月亮。宋·馮艾子《風月樓》："落成恰值三秋半，爲我吹開白兔宫。"

〔2〕巾幗辱：婦人之辱。巾幗，古代婦女的頭巾和髮飾，借指婦女。明·黄輝《襄陽隆中四十四韻》："木牛機少泄，巾幗辱猶任。"漫倚：隨意倚

靠，權且依仗。這裏是後者。宋・陸游《睡起》："白頭漫倚詩豪在，手掣鯨魚意未平。"錯刀：即金錯刀，常代指隨身佩劍。唐・獨孤及《送陳兼應辟》："因君附錯刀，送遠益淒其。"

〔3〕忘形佚：放蕩自己的行爲，忘記了言行應該把握的分寸。佚，放蕩。用套工：指嫻熟地說着應酬話。套，客套話，套語；工，長於，善於。

〔4〕翻覆手：即成語"翻手爲雲覆手爲雨"的簡說，比喻反復無常或善於耍手段、弄權術。

其　二

小草憐予興，狂歌動客真〔1〕。一瓢天地外，細酌斗牛濱〔2〕。玩世吾何有，誇群爾漫新〔3〕。即看魚鳥敬，誰不落風塵〔4〕。

【校注】

〔1〕憐予興：垂憐我的興致。狂歌：縱情歌咏。宋・王之道《臨江仙》："夜闌餘興到狂歌。"動客真：動了我這在外游子的真情。

〔2〕一瓢：謂清苦生活。《論語・雍也》："賢哉，回也！一簞食，一瓢飲，在陋巷，人不堪其憂，回也不改其樂。"後因以喻生活簡單清苦。天地外：猶世俗以外。宋・楊萬里《新酒歌》："初愁酒帶官壺味，一杯徑到天地外。"細酌：慢飲，或小酌。斗牛濱：即湘漢之濱。北周・庾信《哀江南賦》："路已分於湘漢，星猶看於斗牛。"斗牛，二十八宿中的斗宿和牛宿。

〔3〕玩世：謂以傲慢嬉戲的態度處世。晉・張協《七命》："嘉遯龍盤，玩世高蹈。"誇群：誇耀於衆。漫：全，都。

〔4〕"即看"句：就近看一看那些魚鳥的生活，（也難免）産生敬意。三國・魏・嵇康《與山巨源絶交書》："游山澤，觀魚鳥，心甚樂之。"落風塵：歸落紛亂的現實生活。唐・白居易《酬李少府曹長官舍見贈》："一落風塵下，方知爲吏難。"

秋霽山行有作〔1〕

山水澄秋色，烟霞且獨征〔2〕。薜蘿垂隱思，荷芰引閑情〔3〕。唯分尊中好，寧貪物外榮〔4〕。秖應逢石髓，時許寄浮生〔5〕。

【校注】

〔1〕秋霽：秋日雨後天晴。唐・儲光羲《新豐作貽殷四校書》："雞犬暮聲合，城池秋霽空。"

〔2〕澄：水静而清，澄澈。該句即"山水秋色澄"。且獨征：將要獨自前去。晉・曹叡《燕歌行》："秋草卷葉摧枝莖。翩翩飛蓬常獨征。"

〔3〕隱思：隱者的思緒。宋・程公許《寄呈座主李左史三首》："富貴儻來心止水，隱思不耐鬢先秋。"閑情：閑散、閑適的心情。唐・皎然《酬烏程楊明府華雨後小亭對月見呈》："夜凉喜無訟，霽色摇閑情。"

〔4〕尊中：即"樽中"，杯中之物，即酒。宋・李彌遜《水調歌頭》："但恐尊中盡，身外復何憂。"寧：難道，難道還。物外：世外。謂超脱於塵世之外。漢・張衡《歸田賦》："苟縱心於物外，安知榮辱之所如！"

〔5〕石髓：即石鍾乳，古人用於服食。亦可入藥。南朝・梁・沈約《游沈道士館》："朋來握石髓，賓至駕輕鴻。"浮生：人生。

月夕志感〔1〕

世自知予少，都緣與世違〔2〕。何門堪擊鋏，是處足餐薇〔3〕。誰辨龍真似，空談馬是非〔4〕。案頭寒色甚〔5〕，珠月共光輝。

【校注】

〔1〕月夕：月夜，也特指中秋節之夜。宋・吴自牧《夢粱録・中秋》："八月十五日中秋節，此日三秋恰半，故謂之'中秋'。此夜月色倍明於常時，

又謂之‘月夕’。”

〔2〕知：瞭解，看懂。緣：因爲，由於。

〔3〕擊鋏，即擊劍鋏。這裏當爲施展武功或施展才華意。也可能相當於“叩角”，即敲擊劍鋏，引起別人注意的意思。是處：到處，隨處。餐薇：以微菜爲食。《史記·伯夷列傳》：“武王已平殷亂，天下宗周，而伯夷、叔齊耻之，義不食周粟，隱於首陽山，採薇而食之。”後因以“餐薇”謂寧死不屈節。這裏指隱居者的食物。

〔4〕“誰辨”兩句：用“葉公好龍”和“白馬非馬”典。

〔5〕寒色：猶寒氣。宋·梅堯臣《王龍圖知江陵》：“行車踐殘雪，寒色犯輕裘。”

暑後作

解夏袪煩暑，秦源日正遲〔1〕。道書閒自讀，僧律間能持〔2〕。白髮回無計，黃金好未期〔3〕。人情從厚薄，天意或吾私〔4〕。

【校注】

〔1〕袪：音 qū，除去。日正遲：日照充裕，白晝很長。《詩·豳風·七月》：“春日遲遲，采蘩祁祁。”宋·朱熹集傳：“遲遲，日長而暄也。”

〔2〕道書：道家的典籍。《後漢書·西域傳論》：“詳其清心釋累之訓，空有兼遣之宗，道書之流也。”僧律：佛教戒律。唐·白居易《二月一日作贈韋七庶子》：“今春入道場，清浄依僧律。”間能持：間或能够遵守。

〔3〕回無計，即無計返回（黑色）。未期：不可期盼。

〔4〕吾私：“私吾”的倒裝，偏愛我。宋·陸游《蓬門》：“牀頭更聽糟牀注，造物私吾亦已多。”

寄茶墅作〔1〕

世路風波惡，滄浪水自清〔2〕。白雲供手釣，長歲樂躬耕〔3〕。鳥聽花間弄，人疑畫裹行〔4〕。不知霞外客，若個得榮名〔5〕。

【校注】

〔1〕寄茶墅：寄情茶墅。卷之四有《新構茶墅》，具體位置失考。

〔2〕世路：猶世道，指社會狀況。唐·杜甫《春歸》："世路雖多梗，吾生亦有涯。"風波惡：即人生多險惡。容美土司内部，詩人兄弟叔侄間爲争襲等事弄得劍拔弩張，甚至發生梟獍之禍，故詩人有此感慨。"滄浪"句：典出《孟子·離婁上》："有孺子歌曰：'滄浪之水清兮，可以濯我纓；滄浪之水濁兮，可以濯我足。'"

〔3〕躬耕：親身事農桑。《三國志·蜀志·諸葛亮傳》："臣本布衣，躬耕於南陽。"

〔4〕花間弄：花叢中嬉戲。宋·黄庭堅《雜吟》："鸚鵡花間弄，琵琶月下彈。"

〔5〕霞外客：即山外之客。域内高山峻嶺，終日雲霞繚繞，故山外也是霞外。若個：哪個，可指人，亦可指物。唐·東方虬《春雪》："不知園裹樹，若個是真梅。"榮名：榮譽，美名。《淮南子·修務訓》："死有遺業，生有榮名。"

送朱丫髻游蜀兼呈灌縣李鶴亭丈〔1〕

之子促雲裝，江山引興長〔2〕。鶯時經白帝，雁候度青羊〔3〕。迹擬尋元放，歌應念楚狂〔4〕。青城仙李在，好爲覓玄霜〔5〕。

【校注】

〔1〕朱丫髻：生平不詳，性别不詳。灌縣：在四川境内，即今都江堰市。李鶴亭，生平失考。丈：古時對老年男子的尊稱。

〔2〕之子：這個人，指朱丫髻。促雲裝：急迫地準備着出游的行裝。引興長：引發出游的濃厚興趣。唐·杜甫《秋野五首》："禮樂攻吾短，山林引興長。"

〔3〕鶯時：春光明媚之時。唐·駱賓王《代女道士王靈妃贈道士李榮》："鳳樓迢遞絶塵埃，鶯時物色正裴回。"白帝：古城名。故址在今重慶市奉節縣東瞿塘峽口。雁候：大雁南飛的秋季。唐·楊巨源《和吕舍人喜張員外自北番回至境上》："歸期先雁候，登路劇鵬摶。"度青羊：過青羊觀。青羊觀在四川成都，亦名青陽宫。

〔4〕迹擬：游歷的計劃路綫。尋元放：追尋元放足迹。元放，名左慈，字符放，東漢末著名方士，少居天柱山，習煉丹之術，傳爲葛玄之師。楚狂：指戰國時的接輿。見卷之四《宵燕》注釋。

〔5〕青城仙李：指的是四川青城山供奉的道祖李老君。青城山：在四川省都江堰市城西南。山形如城，故名。覓玄霜：尋覓長生不老的仙藥。《初學記》引《漢武帝内傳》："仙家上藥有玄霜、絳雪。"

宜都望夷陵懷殷公海岱〔1〕

夷陵風土异，鳳下想成功〔2〕。峽水流餘潤，巫雲映遠空〔3〕。璧留和氏月，賦振大王風〔4〕。若問甘棠事〔5〕，千秋愛我公。

【校注】

〔1〕宜都：古縣邑名，現爲宜都市，位於湖北省西南部，長江與清江在此交匯。素有"楚蜀咽喉""三峽門城"美譽。容美土司出入江漢，必經宜都。夷陵：三國時期的郡名，即今之宜昌市，是巴楚文化發祥地之一，距宜都二十多

公里，在宜都可望夷陵之峽。殷海岱：即殷都，號海岱。時任夷陵郡守。詳見後“附録・附三”。

〔2〕風土：泛指風俗習慣和地理環境。唐・劉長卿《自江西歸至舊任官舍贈袁贊府》：“南方風土勞君問，賈誼長沙豈不知。”鳳下：《漢書・賈誼傳》：“鳳皇翔於千仞兮，覽德煇而下之。”成功：成就功業。漢・桓寬《鹽鐵論・結和》：“黄帝以戰成功，湯武以伐成孝。”

〔3〕餘潤：無窮的潤澤。唐・元稹《表夏》詩之四：“玉委有餘潤，飆馳無去蹤。”巫雲：巫山之雲。

〔4〕“璧留”句：用“和氏璧”典。春秋時楚人卞和在山中得一塊璞玉，獻給楚厲王、武王，他們都不識玉反斷其左足和右足。到文王時卞和抱玉哭於荆山下，王使人剖璞，果真得到無價至寶，名謂“和氏璧”。璧，底本譌爲“壁”。“賦振”句：典出戰國・宋玉《風賦》：“有風颯然而至，王乃披襟而當之曰：‘快哉此風，寡人所與庶人共者邪！’宋玉對曰：‘此獨大王之風耳，庶人安得而共之？’”

〔5〕甘棠：《史記・燕召公世家》：“周武王之滅紂，封召公於北燕……召公巡行鄉邑，有棠樹，決獄政事其下，自侯伯至庶人各得其所，無失職者。召公卒，而民人思召公之政，懷棠樹不敢伐，歌咏之，作《甘棠》之詩。”後遂以“甘棠”稱頌循吏的美政和遺愛。漢・王褒《四子講德論》：“非有聖智之君，惡有甘棠之臣？”

春日賦得紫芝亭

亭芝春色動，紫氣鬱葐蒀〔1〕。葉底連三秀，花邊出五雲〔2〕。歌分商操煒，瑞藹謝庭芬〔3〕。誰謂延年藥，仙真别外君〔4〕。

【校注】

〔1〕亭芝：亭中之靈芝。田子壽有紫芝亭。葐蒀：音 pén yūn。烟靄氤氳

或香氣鬱盛貌。晉·左思《蜀都賦》："鬱葐蒀以翠微，崛巍巍以峨峨。"

〔2〕三秀：見卷之三《瞻彼五峰歌》注釋。五雲：五色瑞雲，多作吉祥的徵兆。唐·駱賓王《爲齊州父老請陪封禪表》："瑞開三巻，祥洽五雲。"

〔3〕商操：即"克商操"，古琴曲名。《樂府詩集·琴曲歌辭一·克商操》，宋·郭茂倩題解："一曰《武王伐紂》；《古今樂録》曰：'武王伐紂而作此歌。'"燁：火光，日光，光芒。這裹指歌曲動人。瑞靄：吉瑞的雲靄，亦以美稱烟霧，類似於祥雲。謝庭：謝安的門庭。喻指子弟優秀之家。謝安，字安石，號東山，東晉政治家，軍事家，其謝家兄弟子侄乃至孫裔多有出類拔萃者，出過像謝靈運、謝慧蓮、謝玄等傳世名家。

〔4〕仙真：道家稱昇仙得道之人。唐·李白《上雲樂》："生死了不盡，誰明此胡是仙真。"外君：對出門在外的丈夫的美稱。

獨　立

獨立滄茫野，江山欲暮時。自憐投璧誤，應得盗金疑[1]。江海思行迹，孤舟何所之[2]。此心清更赤，空自白雲知。

【校注】

〔1〕自憐：自我憐惜。漢·王褒《九懷·通路》："陰憂兮感餘，惆悵兮自憐。"投璧：用"投璧負嬰兒"典。喻輕財利重親情。宋·黄庭堅《答德甫弟》："何况極天無以報，林回投璧負嬰兒。"盗金疑：典出《淮南子·氾論訓》："齊人有盗金者，當市繁之時至掇而走，勒問其故曰：'而盗金於市中何也？'對曰：'吾不見人，徒見金耳。'"後用爲自欺欺人的典實。

〔2〕江海：指游歷過的地方。《莊子·刻意》："就藪澤，處閑曠，釣魚閑處，無爲而已矣。此江海之士，避世之人。"行迹：事迹、行爲。《東觀漢記·平原懷王勝傳》："平原王葬，鄧太后悲傷，命史官述其行迹，爲傳誄，藏於王府。"何所之：到什麽地方去。

觀畫贈吴生四韻〔1〕

吴生殊妙絶，畫手舊名家〔2〕。江月平鋪練，山雲欲染花〔3〕。凌空常馭鳥，上漢迥浮査〔4〕。似近蓬山路，相將採玉華〔5〕。

【校注】

〔1〕吴生：姓吴的年輕人，畫師，生平不詳。

〔2〕舊名家：早已出名的大家。宋·方回《次韻謝逌翁吴山長孔昭三首》："不朽故知非爵位，文章海内舊名家。"

〔3〕練：已練製的白色熟絹。染花：渲染成複雜的色彩，繪畫俗語。唐·貫休《春》："回雁不多消氣力，染花應最費工夫。"

〔4〕馭鳥：駕馭飛鳥。這裏指畫工技巧高超，能够逼真地描摹出鳥的各種動作神情特徵。上漢：霄漢，雲天。浮査：漂浮海上的木筏。査，音 zhā，同"槎"。語出晉·王嘉《拾遺記·唐堯》："堯登位三十年，有巨査浮於西海。"迥：遠。引申爲差别很大。

〔5〕蓬山：指海上的蓬萊仙山。宋·賀鑄《小重山》："凝情處，千里望蓬山，歌斷酒闌珊。"相將：相共，相隨。孟浩然《春情》："已厭交歡憐枕席，相將游戲繞池臺。"玉華：道家謂服之可以長生的玉屑。唐·段成式《酉陽雜俎·玉格》："鹿皮公吞玉華而流蟲出尸。"

送吴生歸謁華陽殿下〔1〕

憐君多氣岸，當暑拂征鞍〔2〕。客夢王門醴，鄉心楚畹蘭〔3〕。塵襟消物外，世計屬毫端〔4〕。洞憶華陽勝，何由共汝看〔5〕。

【校注】

〔1〕華陽殿：此指武當山華陽殿。

〔2〕氣岸：氣概，意氣。唐·李白《流夜郎贈辛判官》："氣岸遥凌豪士前，風流肯落他人後。"當暑：正值暑天。唐·杜甫《端午日賜衣》："自天題處濕，當暑著來清。"拂征鞍：拂拭去鞍塵，上馬啓程。宋·司馬光《晨發故關寄逢吉》："晝戟衣中趨絳帳，驛亭門外拂征鞍。"

〔3〕王門醴：王室貴族的款待。醴：美酒。

〔4〕塵襟：世俗的胸襟。唐·黄滔《寄友人山居》："茫茫名利内，何以拂塵襟。"物外：世外，謂超脱於塵世之外。漢·張衡《歸田賦》："苟縱心於物外，安知榮辱之所如！"世計：世人俗家算計。毫端：細毛的末端。形容極細微。《後漢書·南匈奴傳》："嗚呼！千里之差，興自毫端。"

〔5〕洞憶：深深地回憶。華陽勝：指華陽殿的勝景。何由：什麽理由、機會。

醉　眺

醉眼雙横白，風塵懶獨醒〔1〕。花香偏媚蝶，草腐更爲營〔2〕。流水空多事，浮雲此一亭〔3〕。憐人最山色，江上日青青〔4〕。

【校注】

〔1〕横白：傲視或渺視的眼神。懶：不願意。唐·白居易《喜陳兄至》："携觴懶獨酌，忽聞叩門聲。"

〔2〕媚蝶：有意討蝶歡心。營，應是"螢"之誤。螢，螢火蟲，尾部能够發光。《禮記·月令》："腐草爲螢。"

〔3〕此一亭：可能指詩人的紫芝亭。

〔4〕日青青：每日都呈青蒼色。唐·錢起《賦得綿綿思遠道送岑判官入嶺》："不知行遠近，芳草日青青。"

長陽懷陳元勳明府[1]

美人河岳孕，佳政楚江皋[2]。三户緣君集，雙凫謁帝高[3]。鳳歸餘枳棘，雞在想牛刀[4]。爲報神明宰，狐狸此更號[5]。

【校注】

〔1〕長陽：縣邑名，與容美土司近鄰，即現在的長陽土家族自治縣。明府：漢代對郡守和縣令都可稱明府，唐以後多用以專稱縣令。陳元勳：時任長陽縣令，名陳洪烈，字復泉，光山人，進士。萬曆戊子（1588年）由長陽調任崇陽縣令。

〔2〕河岳孕：是一方山水孕育出來的。唐·貫休《觀懷素草書歌》："若不是星辰降瑞，即必是河岳孕靈。"佳政：好的政績。三國·魏·曹植《與吴季重書》："又聞足下在彼，自有佳政。"皋：河岸，河邊地。因長陽縣衙在清江岸邊，近長江。

〔3〕三户：三户人家，極言人數之少。這裹代指域内民衆。《史記·項羽本紀》："自懷王入秦不反，楚人憐之至今，故楚南公曰：'楚雖三户，亡秦必楚也。'"集：聚合，召集。雙凫：見卷之二《擬古十九首》之其十五注釋。

〔4〕枳棘：音 zhǐ jí，枳木與棘木。因其多刺而稱惡木，常用以比喻惡人或小人。晉·左思《咏史》："出門無通路，枳棘塞中塗。"牛刀：宰牛的刀。語出《論語·陽貨》："子之武城，聞弦歌之聲。夫子莞爾而笑曰：割雞焉用牛刀？"後常以喻大材器。

〔5〕報：報復。神明：謂無所不知，如神之明。《淮南子·兵略》："見人所不見謂之明，知人之所不知謂之神。""狐狸"句：狐狸此時會更加號叫，喻指姦佞狡猾之人的非議。狐和狸本爲兩種動物，後合指狐，常喻姦佞狡猾的壞人。《東觀漢記·張綱傳》："侍御史張綱獨埋輪於雒陽都亭，曰：'豺狼當道，安問狐狸！'"

寄建始郭明府[1]

蜀道今云易，由來宓子弦[2]。花争潘縣麗，毫濯錦江鮮[3]。嶺雪西臨域，臨星北映天[4]。不知霄漢上，何似下凫年[5]。

【校注】

〔1〕建始，縣邑名，在明以前屬四川夔州路管轄，故本詩多用四川之典，今屬湖北恩施土家族苗族自治州，時在容美土司西北面。郭明府：郭縣令，生平不詳。

〔2〕今云易：今天聽説發生了變化。易，改變，變化。該句由“蜀道難”化用而來。宓子弦：見卷之三《寄沈明府》注釋。

〔3〕潘縣：指河陽縣，今屬河南孟州市。西晉·潘岳曾爲河陽令，將該縣治理得緑樹成蔭，花團錦簇，故後世稱善政者以“潘縣”和“潘令”爲典。明·何景明《方朔圖》：“種樹非潘縣，迷花似楚村。”所以，有“花争潘縣麗”句。“毫濯”句：典出錦江得名緣由。錦江是岷江分支之一，傳説蜀人織錦，將錦濯洗於錦江水中，則錦色鮮艷，若濯洗於他水，則錦色暗淡。毫，錦絲。

〔4〕“嶺雪”句：嶺雪，即“雪嶺”，指四川岷山。唐·杜甫《對雨》：“雪嶺防秋急，繩橋戰勝遲。”雪山在建始西域邊境之外，故有此句。星：應該是唐·李白在《蜀道難》裏説到的“捫參歷井”。詩句中的參、井是二星宿。唐·李頻《送友人入蜀》：“星臨劍閣動，花落錦江流。”

〔5〕霄漢：雲霄和天河，指天空。亦喻京都、皇上。下凫年：指官吏德政圓滿，拔擢高昇的時間。這是用的葉縣縣令王子喬乘凫飛昇的典故，見卷之二《擬古十九首》之十五注釋。

晨着農服自田間步入玉清祠作[1]

曲徑莓苔合，崇臺薜荔扶[2]。嵐沾衣襏襫，露浥首茅蒲[3]。赤日愁多少，黄金藥有無[4]。茫茫天地外，誰得問醍醐[5]。

【校注】

〔1〕農服：農人的衣服。玉清祠：寺廟名，具體位置失考。

〔2〕曲徑：彎曲的小路。唐·常建《題破山寺後禪院》："曲徑通幽處，禪房花木深。"莓苔：青苔。合：這裏是鋪滿的意思。崇臺：高臺。薜荔：音bì lì，植物名。又稱木蓮。《楚辭·離騷》："攬木根以結茝兮，貫薜荔之落蕊。"漢·王逸注："薜荔，香草也，緣木而生蕊實也。"扶：攀援之意。

〔3〕嵐沾：霧氣沾濕。宋·泰亨《翠蛟亭》："溪聲到耳三更雨，嵐氣沾衣六月寒。"襏襫：音bó shì，《集韻》："襏襫，蓑雨衣也。"露浥：露水浸沾了。浥，音yì，湿潤。首茅蒲：头上的斗笠。茅蒲，斗笠。

〔4〕黄金藥：見卷之四《太暉觀》注釋。

〔5〕問醍醐：探究道教的真諦。醍醐：音tí hú，從牛奶中提製的奶油。古以此爲純一無雜的上味。佛教喻最高的智慧和佛法。這裏借指道的真諦。

紫芝亭短述[1]

亭舍青不極，隔檻亂峰紋[2]。玩世圖花鳥，藏身結水雲[3]。毫端驅造物，句裏發氤氳[4]。幸此商山秀，療饑日紫氛[5]。

【校注】

〔1〕紫芝亭：見卷之五《春日賦得紫芝亭》注釋。

〔2〕不極：無窮，無限。唐·李白《古風》之四三："淫樂心不極，雄豪安足論。"隔檻：隔着欄杆。檻，欄杆。亂峰紋：山峰的輪廓綫條紊亂模糊。

〔3〕圖花鳥：貪圖花艸鳥禽的賞玩。唐・齊己《寄顧處士》："藍澱圖花鳥，時人不惜錢。"結水雲：結交山光水色佳景。唐・戎昱《湘南曲》："虞帝南游不復還，翠蛾幽怨水雲間。"

〔4〕毫端：猶言筆底、筆下。宋・王安石《贈李士雲》："毫端出窈窕，心手初不著。"造物：特指創造萬物的神力。《莊子・大宗師》："偉哉，夫造物者將以予爲此拘拘也。"亦指大自然。氤氳：見卷之一《游女曲》注釋。這裏指詩詞的藝術感染力很强烈。

〔5〕商山：亦名商嶺、商阪、地肺山、楚山。在今陝西商縣東。地形險阻，景色幽勝。秦末漢初"四皓"曾在此隱居。晉・陶潛《桃花源詩》："黄綺之商山，伊人亦云逝。"療饑：解除饑餓。紫氛：吉祥氣氛，亦指禪佛之氣。

泉　壑

泉壑襟苧宇，烟霞帶薜房[1]。野棠雞犬社，瀑布水雲鄉[2]。桃花饒靈迹，芝田有异香[3]。何如羊叔子，名共峴山長[4]。

【校注】

〔1〕泉壑：有泉水流出的溝壑。唐・于公异《李令公乞朝覲南郊表》："既均情於故老，庶無媿於子牟，退入泉壑，不爲恨矣。"襟：如衣襟屏障於前。苧宇：草屋。苧，音 zhù，三稜草。帶：圍遶。薜房：薜荔之房，亦即草房、茅屋。

〔2〕野棠：果木名，即棠梨。南朝・梁・沈約《早發定山》："野棠開未落，山櫻發欲然。"社：指傳説中的土地神或指祭祀土地神的地方。水雲鄉：水雲彌漫，風景清幽的地方。宋・蘇軾《定風波》："緑鬢蒼顔同一醉，還是，六人吟笑水雲鄉。"

〔3〕靈迹：神靈的遺迹。唐・李白《古風》之四十三："靈迹成蔓草，徒悲千載魂。"芝田：傳説中仙人種靈芝的地方。三國・魏・曹植《洛神賦》：

“爾乃税駕乎蘅皋，秣駟乎芝田。”

〔4〕羊叔子：即羊祜，見卷之四《峴山懷古》注釋。

送孫煉師游蜀〔1〕

蜀道無難易，人心自險夷。溪花饒弄色，岷雪更稱奇〔2〕。月滿青羊夢，雲深白帝思〔3〕。丹鉛重話舊，天遣定何時〔4〕。

【校注】

〔1〕孫煉師：生平不詳。

〔2〕弄色：顯現美色。宋·蘇軾《宿望湖樓再和》：“新月如佳人，出海初弄色。”岷雪：岷山之雪。宋·李曾伯《水調歌頭》：“看盡巫雲岷雪，却訪廬峰湓浦，砥柱贊中流。”

〔3〕青羊：即青羊宫。青羊宫位於四川省成都市，被譽爲“川西第一道觀”“西南第一叢林”，也是全國著名的道教宫觀之一。白帝：即白帝城。在今重慶奉節縣東瞿塘峽口。北魏·酈道元《水經注·江水》：“江水又東徑魚復縣故城南，故魚國也……公孫述名之爲白帝，取其王色。”

〔4〕丹鉛：硃砂和鉛粉，這詩是寫給胡煉師的，故云。天遣：上天安排。宋·邵懷英《水調歌頭》：“天遣武夷仙客，來掌元戎金印，千騎擁高牙。”

發　家〔1〕

秋草迎征蓋，秋風灑别卮〔2〕。由來丈夫淚〔3〕，不作女兒悲。北憶燕秦勝，南思襄漢奇〔4〕。月明烏鵲繞，未審定何枝〔5〕。

【校注】

〔1〕發家：從家裹出發遠行。

〔2〕征蓋：遠行之車。唐·岑參《和杜相公發益昌》："山花萬朵迎征蓋，川柳千條拂去旌。"蓋，底本譌作"益"。別巵：送别之酒。巵，酒器。

〔3〕丈夫：男人，猶言大丈夫，指有所作爲的男人。唐·孟郊《答姚怤見寄》："君有丈夫淚，泣人不泣身。"

〔4〕燕秦勝：燕地秦域的風景名勝。襄漢奇：襄陽漢上一帶的奇觀。

〔5〕未審：没確定。審，審察，弄明白。宋·釋師範《頌古四十四首》："紅輪决定沉西去，未審魂靈往那方。"

病中依韻答太素李公〔1〕

聖朝高隱逸，而我愧園丘〔2〕。濩落五石瓠，昂歲一蒯緱〔3〕。詩投青玉案，暖挾黑貂裘〔4〕。見説騷壇在，行將賦遠游〔5〕。

【校注】

〔1〕依韻：依照别人詩歌原韻作詩。李太素：生平失考。

〔2〕聖朝：封建時代尊稱當朝。高：看重，重視。隱逸：猶隱居，隱遁。《漢書·何武傳》："吏治行有茂异，民有隱逸，乃當召見，不可有所私問。"園丘：指田園。

〔3〕濩落：原謂廓落，引申謂淪落失意。濩，音 hù，布散。唐·韓愈《贈族侄》："蕭條資用盡，濩落門巷空。"五石瓠：可容五石的大葫蘆。語出《莊子·逍遥游》。瓠，音 hù。昂歲，疑爲"昂藏"之誤。昂藏，儀表雄偉、氣宇不凡的樣子。唐·李白《贈潘侍御論錢少陽》："繡衣柱史何昂藏，鐵冠白筆横秋霜。"蒯緱：音 kuǎi gōu，用草繩纏結劍柄。《史記·孟嘗君列傳》："馮先生甚貧，猶有一劍耳，又蒯緱。"南朝·宋·裴駰集解："言其劍把無物可裝，以小繩纏之也。"也指劍。

〔4〕青玉案：泛指古詩。唐・杜甫《又示宗武》："試吟青玉案，莫羡紫羅囊。"仇兆鰲注："青玉案，謂古詩。"黑貂裘：黑貂皮製成的衣裘。明・張以寧《有感》："馬首桓州又懿州，朔風秋冷黑貂裘。"

〔5〕見說：猶聽說。宋・蘇軾《南歌子》："見說東園好，能消北客愁。雖非吾土且登樓。"騷壇，疑爲"騷壇"之譌。遠游：屈原《楚辭》中有《遠游》篇。此爲雙意。

客宜都資福寺空上人爲談諸名公往來留宿不次〔1〕

别思諸天外，何方可問津〔2〕。燃燈曾借佛，禪榻并成陳〔3〕。土變秦灰黑，歌留郢雪新〔4〕。到來瞻彼岸，寧現宰官身〔5〕。

【校注】

〔1〕資福寺：現已經湮滅失考。空上人：資福寺中禪師，生平不詳，舊時尊稱僧人爲上人。爲談諸名公：在座交談的各位名士。不次：不詳說（一般爲書信結尾用語）。

〔2〕諸天：見卷之四《登荆沙觀音閣塔》注釋。金・董解元《西厢記・諸宫調》卷一："法堂裹擺列着諸天聖像。"問津：打聽渡口，引申爲探求途徑或詢問緣由。《論語・微子》："使子路問津焉。"

〔3〕"燃燈"句：俗語有"借佛燃燈"，意即借光。禪榻：禪牀。唐・杜牧《題禪院》："今日鬢絲禪榻畔，茶烟輕颺落花風。"并成陳：并在一起成爲行列。陳，排列成陣。

〔4〕秦灰：指秦朝宫殿被項羽燒成一片灰燼。唐・劉禹錫《松滋渡望峽中》："夢渚草長迷楚望，夷陵土黑有秦灰。"郢雪：見卷之四《宵燕》注釋。

〔5〕彼岸：佛教語。佛家以有生有死的境界爲"此岸"；超脱生死，涅槃

爲佛的境界爲“彼岸”。寧現：豈會出現。宰官：泛指官吏。唐・耿湋《題惟幹上人房》：“苦行無童子，忘機避宰官。”

宿空上人有述〔1〕

給苑元多寶，旃檀有布金〔2〕。曇花沾處足，天樂定來臨〔3〕。暫爲留行脚，仍參不住心〔4〕。秋空聞法雁〔5〕，何處寄鄉音。

【校注】

〔1〕空上人：何廟何僧不考。有述：有感想，有話要説。

〔2〕給苑：見卷之五《圓通寺與法界上人話禪》注釋。元：本，原來。旃檀：佛教中有旃檀佛，此指佛像。布金：布施金錢，指信徒們捐獻功德錢。唐・杜甫《謁文公上方》：“長者自布金，禪龕只晏如。”

〔3〕天樂：順適天道之樂。《莊子・天道》：“與人和者，謂之人樂；與天和者，謂之天樂。”

〔4〕行脚：謂僧人爲尋師求法而游食四方。《古尊宿語録》卷六：“老僧三十年來行脚，未曾置此一問。”參：指參禪、參悟，領悟禪宗大義。不住心：不安分的心。唐・杜甫《望牛頭寺》：“休作狂歌老，回看不住心。”

〔5〕法雁：將北雁南飛喻爲南下求法問禪，故稱。

别宜都李上舍〔1〕

廿年懷轉積，只尺阻清芬〔2〕。郢水摇巴月，巫山接楚雲。夫君曾未見，流輩肯同群〔3〕。袖裏情書在，雙鴻好寄聞〔4〕。

【校注】

〔1〕李上舍：即姓李的太學士。生平失考。上舍，即上舍生。北宋王安石推行“三舍法”，用教育取代科舉考試，將太學分外舍、內舍和上舍三等，學生可按一定的年限和條件依次而昇。見《宋史·選舉志三》。《警世通言·玉堂春落難逢夫》：“王定實時去請劉齋長、何上舍到來。”

〔2〕轉積：轉過草堆，比喻時光流逝迅速。只尺：同“咫尺”，形容距離近。唐·牟融《寄范使君》：“未秋爲別已終秋，咫尺婁江路阻修。”清芬：清香，比喻高潔的德行。晉·陸機《文賦》：“咏世德之駿烈，誦先人之清芬。”

〔3〕夫君：舊時妻子稱丈夫。此指友人，那人。唐·王維《濟州過趙叟家宴》：“夫君第高飲，景晏出林閭。”流輩：即爲同輩，同一流的人。唐·元稹《酬周從事望海亭見寄》：“年老無流輩，行稀足薜蘿。”

〔4〕情書：告知情況的書信。元·關漢卿《救風塵》第二折：“我將這情書親自修，教他把天機休泄漏。”雙鴻：傳説爲傳信的鴻雁，也借代書信。宋·歐陽修有“遥信雙鴻下”詩句。

灣市雨夜〔1〕

逆旅渾忘寐，桃燈坐夜分〔2〕。通財憐鮑叔，資用況蘇君〔3〕。身與游雲遠，愁將細雨紛。此中米價貴，莫遣故人聞。

【校注】

〔1〕灣市：古地名，具體位置失考，可能在今之宜都市高壩洲鎮。

〔2〕逆旅：客舍，旅店。《莊子·山水》：“宿於逆旅。”渾忘寐：全然忘記了睡覺。桃燈：桃木所製燈具。古人迷信，謂鬼畏桃木。唐·李白《代佳人寄翁參樞先輩》：“周旋小字桃燈讀，重迭遥山隔霧看。”夜分：夜半。三國·魏·曹植《上責躬詩表》：“晝分而食，夜分而寢。”

〔3〕通財：朋友之間互通財物。《朱子語類》卷二九：“‘願車馬，衣輕裘，

與朋友共。’以朋友有通財之義，故如此説。”鮑叔：鮑叔牙的别稱。春秋時齊國大夫。以知人并篤於友誼稱於世。他與管仲有“通財之義”，全力支持管仲擔任齊國國相，成就齊桓公霸業。後常以“鮑叔”代稱知己好友。資用：錢財費用。《國語·周語下》：“田疇荒蕪，資用乏匱。”况：比况。蘇君：指戰國時期縱横家蘇秦。《戰國策》載：“（蘇秦）説秦王書十上，而説不行。黑貂之裘敝，黄金百斤盡。資用乏絶，去秦而歸。羸縢履蹻，負書擔橐，形容枯槁，面目黧黑，狀有愧色。歸至家，妻不下紝，嫂不爲炊，父母不與言。”

寺　望

江渚窮秋望，巴流日夕渾〔1〕。菩提二梵寺，楊柳數家村。雨接黄陵暗，雲連白帝繁〔2〕。朝來風日好，長嘯下荆門〔3〕。

【校注】

〔1〕江渚：江中小洲，亦指江邊。《三國志·吴志·陸凱傳》：“江渚有事，責其死效。”巴流：即長江，因長江穿過巴山流出，故稱。明·周玉如《江邊思家》：“灘雖注南海，湘亦接巴流。”渾：渾濁，指江水顔色。

〔2〕黄陵：黄陵廟，古稱黄牛廟、黄牛祠，又稱黄牛靈應廟，是長江三峽地區保存較好的唯一一座以紀念大禹開江治水的禹王殿爲主體建築的古代建築群，坐落在三峽西陵峽中。白帝：指白帝城，在今重慶市奉節縣東瞿塘峽口。

〔3〕朝來：早晨。南朝·宋·劉義慶《世説新語·簡傲》：“西山朝來，致有爽氣。”風日：指天氣，氣候。唐·李白《宫中行樂詞》之八：“今朝風日好，宜入未央游。”長嘯：發出悠長清越的聲音，古人常以此述志。三國·魏·曹植《美女篇》：“顧盼遺光采，長嘯氣若蘭。”荆門：指荆門山。荆門山在湖北宜都市西北、長江南岸，上有盤亘雄踞的荆門山十二碚，下有銀瀵倒泄的虎牙灘；南與五龍山的群峰相接，北和虎牙山隔江相峙。唐·李白《渡荆門送别》：“渡遠荆門外，來從楚國游。山隨平野盡，江入大荒流。月下飛天

鏡，雲生結海樓。仍憐故鄉水，千里送行舟。”

别逆旅主人向南荆〔1〕

赤手難爲客，黄金好識人〔2〕。商歌空復夜，雪偈想餘春〔3〕。縣北夷陵路，城南郢樹津〔4〕。狂心君莫問，常逐馬啼塵〔5〕。

【校注】

〔1〕南荆：即荆州。東漢獻帝劉協初平元年（190），劉表任荆州刺史，據有今兩湖等古荆州地區，後領爲荆州牧，因此時以荆州地割據南方，故名南荆。《三國志・吴志・孫策傳》："時袁術僭號，策以書責而絶之。"南朝・宋・裴松之注引晉・張勃《吴録》："曹操放毒東徐，劉表稱亂南荆。"即此。

〔2〕識人：認識别人。明・海瑞《興革條例・户屬》："縱目力低下，未必識人，然朝夕相親近，聞見參互，較之提學取決於一日或勝也。"

〔3〕商歌：見卷之四《春雨枕上聞雞口占四韻》"扣角"注釋。空復夜：白白地等了一夜又一夜。雪偈：即雪山偈。據説釋迦牟尼過去世爲雪山童子時，由羅刹口中聽聞'諸行無常，是生滅法'二句，以捨身之懇願，得聞後二句'生滅滅已，寂滅爲樂'，故稱雪山偈。唐・白居易《重酬錢員外》："雪中重寄雪山偈，問答殷勤四句中。"餘春：殘春，暮春。

〔4〕夷陵路：夷陵，因楚先王坟墓在此而得名，在今湖北宜昌市東。這裏設過縣衙，明洪武九年爲夷陵州，是距離古容美土司很近的一個州治。據詩中"縣北"和"城南"方位分析，詩人此時很可能在枝江。枝江於明洪武十三年（1380）置縣。郢樹津：即到郢地的渡口。

〔5〕狂心：强烈的願望。唐・白居易《元和十二年淮寇未平詔停歲仗憤然有感率爾成章》："愚計忽思飛短檄，狂心便欲請長纓。"馬啼塵：行馬嘶鳴，塵土飛揚。喻指風塵僕僕，四處逐游。宋・崔敦禮《江城子・送凌静之》："吴王臺上雨初晴。遠烟横。柳如雲。門外西風，催踏馬蹄塵。"

松滋晚眺有懷國華侄〔1〕

曠望臨何處，雲寒楚徼深〔2〕。日當岷蜀入，天向洞庭沉〔3〕。客路松名邑，江鄉竹是林〔4〕。萍蹤如欲得，五嶽遍來尋〔5〕。

【校注】

〔1〕松滋：縣邑名，今爲湖北省松滋市。國華侄：即田子壽的侄兒田宗文。見卷之四《野外飲宗文侄翠碧亭》和"附録·附三"説明。

〔2〕曠望：極目遠望。晉·謝朓《郡内高齋閒望答吕法曹詩》："結構何迢遰，曠望極高深。"唐·李善注引《廣雅》："曠，遠也。"楚徼：楚境。徼，邊界。唐·許裳《陳情獻江西李常侍》詩之四："秦城還逐夢，楚徼影隨形。"

〔3〕岷蜀：指四川。《魏書·張衮傳》："西有不賓之羌，南有逆命之虜，岷蜀殊風，遼海异教。"四川在容美土司西面，故説太陽"岷蜀入"。

〔4〕客路：指旅途。宋·蘇軾《次韻孫巨源見寄》："應知客路愁無奈，故遣吟詩調李陵。"松名邑：以松爲名的縣邑。即指松滋。江鄉：江河流經的地方，多指江南水鄉。唐·孟浩然《晚春卧病寄張八》："念我生平好，江鄉遠從政。"竹是林：水鄉少木多竹，故云。

〔5〕萍蹤：見卷之四《杭州城》注釋。

贈何孝廉可當〔1〕

浪發狂游興，江湖媿有人〔2〕。隨方參勝概，到處卜芳鄰〔3〕。意自論文合，談從對酒真。即看如舊識，翻笑白頭新〔4〕。

【校注】

〔1〕何可當：生平失考。孝廉：明清時對舉人的稱呼。

〔2〕浪：輕率地，隨意地。宋・張鎡《回渡荷葉浦》："借枕冰藤醒倦思，打簾珠浪發清狂。"狂游：縱情游玩。唐・薛能《牡丹》詩之二："萬朵照初筵，狂游憶少年。"

〔3〕隨方：不拘何方。宋・秦觀《次韻子由召伯埭見別》之二："到處故應山作主，隨方還有月爲朋。"參：觀看，觀賞。勝概：美景。唐・李白《夏日陪司馬武公與群賢宴姑熟亭序》："此亭跨姑熟之水，可稱爲姑熟亭焉。嘉名勝概，自我作也。"卜：選擇、挑選。芳鄰：對鄰居的美稱。唐・王勃《秋日登洪府滕王閣餞別序》："非謝家之寶樹，接孟氏之芳鄰。"

〔4〕即看：纔見面，新結識。宋・丘密《朝中措》："沙路即看聯轡，上林趁賞流杯。"舊識：老相識。唐・元稹《春月》："四鄰非舊識，無以話中腸。"白頭新：即"白頭如新"。謂相識很久，還當新交一般看待。

哭雲夢師三首

客星霾楚分，遥夜奄章臺〔1〕。直氣當朝俠，雄風掞世才〔2〕。士林瑶樹折，藝苑太山頹〔3〕。异代遺書薦，知興漢主哀〔4〕。

【校注】

〔1〕客星：見卷之三《奉挽洞庭漁人歌一首》注釋。楚分：楚地的分野之内。遥夜：長夜。這裏指神話三界中"陰間"。奄：覆盖。章臺：即章華臺。春秋時楚國離宫。晉杜預注《左傳》昭公七年："章臺，南郡華容縣。"孫斯億即是華容縣人，故稱。

〔2〕直氣：正氣。唐・杜甫《别李義》："先朝納諫諍，直氣横乾坤。"當朝：當代。唐・杜甫《投贈哥舒開府翰二十韻》："開府當朝杰，論兵邁古風。"俠：俠客，仗義助人、主持正義者。雄風：英雄氣概。掞世：光芒盖世。掞，音 yàn，光照。

〔3〕士林：指文人士大夫階層。漢・陳琳《爲袁紹檄豫州》："自是士林

憤痛，民怨彌重，一夫奮臂，舉州同聲。”瑶樹：傳説中一種玉白色的樹。《淮南子·墜形訓》：“掘崑崙以下地……絳樹在其南，碧樹、瑶樹在其北。”這裹比喻孫斯億出類拔萃。藝苑：文學藝術薈萃的處所，亦泛指文學藝術界。《宋書·傅亮傳》：“余以暮秋之月，述職内禁，夜清務隙，游目藝苑。”太山：即泰山。《孟子·梁惠王上》：“挾太山以超北海，語人曰‘我不能’，是誠不能也。”這裹喻指孫斯億在藝術成就上達到的高度。頽：崩壞，倒塌。

〔4〕异代：指後世之人。唐·李咸用《覽文僧卷》：“雖無先聖耳，异代得聞韶。”“知興”句：用唐太宗哭吊魏徵的典故，《資治通鑒》載：“（魏徵死後）上登苑西樓，望哭盡哀……謂侍臣曰：‘人以銅爲鏡，可以正衣冠；以古爲鏡，可以見興替；以人爲鏡，可以知得失。魏徵没，朕亡一鏡矣！’”詩人借以極言失去恩師的痛惜之情。

其　二

五岳生前志，魂游奄岱阿。鸑沉蘇嶺嘯，鳳歇楚狂歌〔1〕。爲痛青騾去，還應白馬過〔2〕。生平知己淚，不但瀉懸河。

【校注】

〔1〕鸑沉：鳳凰落到了地上，喻指人故去。鸑，傳説鳳凰一類的鳥。蘇嶺嘯：即“蘇門嘯”。阮籍、孫登會於蘇門山，互相長嘯。見《三國志·魏書·王粲傳》注。楚狂歌：《論語·微子》：“楚狂接輿歌而過孔子曰：‘鳳兮！鳳兮！何德之衰？往者不可諫，來者猶可追，已而，已而，今之從政者殆而。’”

〔2〕爲痛：因爲什麼而哀痛。青騾：指大青騾子。用李少君典。《太平御覽》引《魯女生别傳》：“李少君死後百餘日後，人有見少君在河東蒲坂，乘青騾，帝聞之，發棺，無所有。”北周·庾信《哀江南賦》：“乘白馬而不前，策青騾而轉礙。”

其　三

生平側和客，郢雪許同操〔1〕。大雅千言玉，浮名詞組褒〔2〕。公贈余詩曰：銅柱尚存新息誓〔3〕，瑶篇元有曲江風〔4〕。青山知不負，流水興空豪。慘淡西州路，寧因醉始號〔5〕。

【校注】

〔1〕側：傾斜，側重，偏愛。和客：與自己詩詞唱和的人。郢雪：見卷之四《宵燕》注釋。同操：指有同樣志趣、操守的人。宋・王令《答東徽之索詩》："因疑今世人，恐有我同操。"

〔2〕大雅：稱德高而有大才的人。漢・班固《西都賦》："大雅宏達，於兹爲群。"唐・李善注："大雅，謂有大雅之才者。"千言玉：誨人千言，像玉石一樣珍貴。玉，底本譌刻爲"王"，徑改。浮名：虚名。宋・林逋《和酬泉南陳賢良高見贈》："揚袂公車莫相調，浮名應未似身親。"

〔3〕銅柱：作爲邊界標誌的銅製界樁。《後漢書・馬援傳》載："援到交阯，立銅柱，爲漢之極界也。"此處指立於湖南永順縣的溪州銅柱。上有漢家與土家分界不侵的銘誓。

〔4〕瑶篇：指優美的詩文。明・鄭真《題墨窗卷》："翠琰凝香傳寶刻，華箋點漆粲瑶篇。"元有：本有，原有。唐・寒山《詩三百三首》："死生元有命，富貴本由天。"曲江風：張九齡的詩歌風骨。張九齡，廣東曲江人，唐開元尚書丞相。他的五言古詩以素練質樸的語言，寄托深遠的人生概望，對掃除唐初所沿習的六朝綺靡詩風，貢獻尤大。被譽爲"嶺南第一人"。

〔5〕西州路：《晉書・謝安傳》："羊曇者，太山人，知名士也，爲安所愛重。安薨後，輟樂彌年，行不由西州路。嘗因石頭大醉，扶路唱樂，不覺至州門。左右白曰：'此西州門。'曇悲感不已，以馬策扣扉，誦曹子建曰：'生存華屋處，零落歸山丘。'慟哭而去。"羊曇，謝安的外甥。後遂以"西州路"爲典實，表示感舊興悲、悼亡故人之情。

哭川樓師[1]

海内論風雅，千金不浪投[2]。曾緣皇甫筆，公爲余序鄙集。遂爾拔凡流[3]。賦罷長荆楚，文成記玉樓[4]。千秋屈宋後，江漢日悠悠[5]。

【校注】

〔1〕川樓師：吴國倫，詳見“附録・附三”。他約長田子壽四五歲。田子壽執師生禮，交情深厚，因有此“哭”。

〔2〕浪投：虚擲，隨便抛擲。

〔3〕緣：沿着，順着。皇甫筆：可能指的唐代文人大家皇甫冉和皇甫湜。皇甫冉的詩與王維有异曲同工之妙。皇甫湜是韓愈的學生，與李賀交情也甚厚。公爲余序鄙集：指吴國倫爲《田子壽詩集》作序之事。見前《田子壽集序》。遂爾：於是乎。拔凡流：超出庸俗平凡之輩。

〔4〕長荆楚：成爲荆楚文人之首（後七子領軍人物）。長，音 zhǎng。玉樓：白玉樓，仙人之所居。李商隱《李長吉小傳》：“長吉將死時，忽晝見緋衣人，駕赤虬，持一板書若太古篆或霹靂石文者，云：‘當召長吉。’長吉……言‘賀不願去。’緋衣人笑曰：‘帝成白玉樓，立召君爲記……’”

〔5〕屈宋：指戰國楚辭代表人物屈原和宋玉。

奉挽弇州王公[1]

大塊無真氣，騷壇失大賢[2]。春秋麟遽泣，庚子鵩俄旋[3]。白玉棺今日，金門謫幾年[4]。相轉羽化事，不及問游仙[5]。

【校注】

〔1〕奉挽：敬悼。弇州王公：指王世貞，見本書“附録・附三”説明。明文壇領袖王世貞與孫斯億同一年故去，對田子壽打擊很大。

〔2〕大塊：大自然，大地。《莊子·齊物論》："夫大塊噫氣，其名爲風。"唐·成玄英疏："大塊者造物之名，亦自然之稱也。"真氣：元氣。大賢：才德超群者。《孟子·離婁上》："天下有道，小德役大德，小賢役大賢。"

〔3〕"春秋"句：《公羊傳》哀公十四年："春，西狩獲麟。……孔子曰：'孰爲來哉！孰爲來哉！'反袂拭面，涕沾袍。"庚子：中國傳統紀年農曆的干支紀年中一個循環的第三十七年稱"庚子年"。鵩：即鵩鳥，傳爲不祥鳥，漢代文學家賈誼有賦作《鵩鳥賦》。俄旋：一會兒就回來了，指一個庚子轉眼就輪回到了。這裏指王世貞轉眼就走到生命盡頭。王世貞死於庚寅年。

〔4〕白玉棺：白玉做成的棺椁。傳説東漢王喬爲葉縣令，天墮玉棺於堂前，王即沐浴盛飾卧於棺中，棺盖立闔。縣人爲葬於城東，土自成墳。見《後漢書》本傳。後因用作成仙的典故。金門謫：《史記·滑稽列傳》："武帝時，齊人有東方生名朔，以好古傳書，愛經術，多所博觀外家之語。……朔行殿中，郎謂之曰：'人皆以先生爲狂。'朔曰：'如朔等，所謂避世於朝廷間者也。古之人，乃避世於深山中。'時坐席中，酒酣，據地歌曰：'陸沉於俗，避世金馬門。宮殿中可以避世全身，何必深山之中，蒿廬之下。'"唐·李白《玉壺吟》："世人不識東方朔，大隱金門是謫仙。"

〔5〕羽化：得道成仙。宋·蘇軾《前赤壁賦》："飄飄乎如遺世獨立，羽化而登仙。"游仙：古人謂心游仙境，脱離塵俗爲游仙。南朝·梁·何遜《七召·神仙》："洗精服食，慕道游仙。"

大同寺望津市有作〔1〕

浪縱游方迹，分明彼岸行〔2〕。禪思超有漏，佛想證無生〔3〕。寶樹靈花燦，玄珠舍利明〔4〕。紅塵一水隔，吟眺轉盈盈〔5〕。

【校注】

〔1〕大同寺：在湖南津市，是中國古代著名寺廟，被稱爲"九祖道場"，

又被尊爲第四十四福地。津市：在湖南澧州。津市古爲荆楚之地，東瀕洞庭，西連武陵，長江在此入湖，九澧在此匯流。過往舟筏商旅傍津設市，津市由此得名。

〔2〕游方：游覽，雲游四方。北魏・酈道元《水經注・序》："今尋圖訪迹者，極聆川域之説；而涉土游方者，寡能達其津照。"

〔3〕禪思：猶禪心。唐・張爲《詩人主客圖》："禪思何妨在玉琴，真僧不見聽時心。"超：猶"超脱"。謂受到佛法超度，脱離苦難。宋・洪邁《夷堅丁志・淮陰民女》："我乃彼家亡女也，淪滯冥路久。適蒙師課經精專之功，遂得超脱。"有漏：佛教語，指世間一切有煩惱的事物。漏，或譯爲煩惱。《百喻經・毗舍闍鬼喻》："諸魔外道諍篋者，喻於有漏中强求果報，空無所得。"佛想：佛教的玄理。無生：佛教語。謂没有生滅，不生不滅。晉・王該《日燭》："咸淡泊於無生，俱脱骸而不死。"

〔4〕寶樹：佛教語。指七寶之樹，即極樂世界中以七寶合成的樹木。《法華經・壽量品》："寶樹多花果，衆生所游樂。"靈花：佛教語。謂神妙絢麗之天花。唐・宋之問《游法華寺》："晨行踏忍草，夜誦得靈花。"玄珠：道家佛教用以比喻道的本體。《莊子・天地》："黄帝游乎赤水之北，登乎崑崙之丘，而南望，還歸，遺其玄珠。"唐・陸德明釋文："玄珠，道真也。"玄珠也指黑色的明珠。舍利：見本書卷之四《登荆沙觀音閣塔》注。

〔5〕一水隔：謂從此岸到彼岸僅僅一水之隔。吟眺：吟詩遠望。宋・張耒《青春》："閒居耽道味，吟眺惜風光。"盈盈：清澈貌，晶瑩貌。《古詩十九首・迢迢牽牛星》："盈盈一水間，脉脉不得語。"

贈桂亭王孫〔1〕

爲慕陳思苑，擔登遠過從〔2〕。君才真繡虎，予賦豈雕龍〔3〕。鄴下高千載，淮南快一逢〔4〕。陽春元郢倡，屬和愧從容〔5〕。

【校注】

〔1〕桂亭：指載陽王孫朱桂亭。明太祖朱元璋將衆多兒子分封到各地爲王，朱桂亭是荆王之後裔。

〔2〕陳思：指陳思王曹植。南朝·梁·劉勰《文心雕龍·時序》："陳思以公子之豪，下筆琳琅；并體貌英逸，故俊才雲蒸。"擔簦：指奔波之辛勞。《史記·平原君虞卿列傳》："虞卿者，游説之士也。躡蹻擔簦説趙孝成王。"蹻，草鞋。簦，雨具。遠過從：遠遠地去拜訪。明·吴夢旸《楊仲明見訪有贈》："材僻相將學課農，猶煩朋舊遠過從。"

〔3〕繡虎：曹植才思横溢，號"繡虎"。繡，謂其詞華雋美。虎，謂其才氣雄杰。後遂以"繡虎"稱擅長詩文、詞藻華麗者。元·陳旅《院中聞大駕先還再韻和伯修》："氈城家拜銀廲賜，棘院人争繡虎看。"雕龍：雕鏤龍紋。比喻善於修飾文辭或刻意雕琢文字。語出《史記·孟子荀卿列傳》。

〔4〕鄴下：即"鄴下七子"，亦即建安七子。東漢建安中的孔融、陳琳、王粲、徐幹、阮瑀、應玚、劉楨以文學齊名，同居鄴中，創造了一種獨特個性的新奇文風，故并稱。淮南：指漢·淮南王劉安。他才思敏捷，好讀書，善文辭，樂於鼓琴。是西漢知名的思想家、文學家，十六歲就被封爲淮南王。他奉漢武帝之命所著《離騷體》是中國最早對屈原及其《離騷》作高度評價的著作。快一逢：愉快的一次相會。

〔5〕"陽春"句：戰國·楚·宋玉《對楚王問》："客有歌於郢中者，其始曰《下里》《巴人》，國中屬而和者數千人。"

江　行

春漲桃花泛，鳴榔此順流〔1〕。水將天地合，槎傍斗樞浮〔2〕。浩蕩親鷗鷺，微茫辨馬牛〔3〕。恍如滄海上，窈窕接仙游〔4〕。

【校注】

〔1〕桃花泛：指桃花浮在水面。《説文・水部》："泛，浮也。"鳴榔：敲擊船舷使作聲，用以驚魚，使入網中，或作歌聲之節拍。

〔2〕槎：音 chá，木筏。也指船。斗樞：北斗七星的第一星，名天樞。亦泛指北斗。唐・劉允濟《天賦》："横斗樞以旋運，廓星漢之昭回。"

〔3〕浩蕩：水壯闊貌。親鷗鷺：與鷗鷺親近。微茫：隱秘暗昧，隱約模糊。唐・李白《夢游天姥吟留别》："海客談瀛洲，烟濤微茫信難求。"辨牛馬：實際是説牛馬難辨。典出《莊子・秋水》："秋水時至，百川灌河，涇流之大，兩涘渚崖之間不辯牛馬。"辯，通"辨"。

〔4〕窈窕：深遠、秘奥貌。唐・盧照鄰《雙槿樹賦》："紛廣庭之靃靡，隱重廊之窈窕。"仙游：指信奉道教的人遠出求仙訪道。唐・李白《感興》詩之五："十五游神仙，仙游未曾歇。"

同蕭丈過孫九小閣讀先師壁間詩慘然有贈〔1〕

縱横游頗倦，小坐閣偏宜〔2〕。叢竹含風態，名花過雨姿〔3〕。手談供妙局，雪倡慘遺詞〔4〕。片地便幽勝，頻來可見私〔5〕。

【校注】

〔1〕蕭丈：姓蕭的老丈。過：過訪，探訪。孫九：孫斯億的另一個兒子，生平不詳。先師：這裏指亡故師長孫斯億。

〔2〕縱横游：指大範圍游歷。偏宜：最相宜，特别合適。

〔3〕風態：風中姿態。雨姿：雨後的晶瑩潤澤的姿容。

〔4〕手談：指下圍棋。南朝・宋・劉義慶《世説新語・巧藝》："王中郎以圍棋是坐隱，支公以圍棋爲手談。"妙局：好的棋局。雪倡：郢雪之唱，指高雅的唱和。唐・孟郊《送崔爽之湖南》："雪唱與誰和，俗情多不通。"倡，同"唱"。

〔5〕片地：很小一塊地方。宋·楊萬里《桑茶坑道中八首》："山根一逕抱溪斜，片地才寬便數家。"幽勝：指幽静的勝地。《新唐書·裴度傳》："沼石林叢，岑繚幽勝。"頻來：多次來或者頻繁到來。見私：足見偏愛。宋·蘇軾《次韻錢穆父會飲》："居官不任事，造物真見私。"

題洞湘丈青紫山堂〔1〕

洗却塵寰態〔2〕，林塘事事奇。湖雲朝送酒，湘月夜供詩〔3〕。春氣浮蘭蕊，年光滿桂枝〔4〕。王孫憐道路〔5〕，於此樂忘疲。

【校注】

〔1〕洞湘丈：當指明常德武陵人龍德孚。龍德孚，字貞，號渠陽，又號玄扈，生於嘉靖十年（1531）。嘉靖三十七年舉人，有官聲。告老還鄉後，誠心事佛，結精舍於德山，在城西壘石築樓，取名"對湘樓"。著有《對湘樓集》行世。生有兩個兒子，長子龍襄，字君超，次子龍膺，字君御。青紫山堂：據記載，龍德孚結精舍於德山，則青紫山堂應在常德德山。

〔2〕塵寰態：人世間的俗態。

〔3〕送酒：南朝·宋·檀道鸞《續晉陽秋》："陶潛九月九日無酒，於宅邊菊叢中摘盈把，坐其側，人望見白衣人，乃王弘送酒，即便就酌而後歸。"後因以爲典。也作下酒、敬酒意。元·盧摯《沉醉東風》："衰柳寒蟬一片愁，誰肯教白衣送酒。"供詩：引發詩興，提供詩材。宋·陸游《流年》："多貯閑愁持抵酒，剩游好景擬供詩。"

〔4〕蘭蕊：蘭花。唐·劉禹錫《送春詞》："蘭蕊殘妝含露泣，柳條長袖向風揮。"年光：年華。唐·韓愈《有所思聯句》："年光坐婉娩，春淚銷顔容。"

〔5〕王孫：泛指貴族子孫，也用尊稱青年男子。此或指榮定王家族中人。常德爲榮定王的封地，龍氏爲武陵望族，兩家過從甚密。

春日眺洞湘丈對湘樓[1]

誰謂瀟湘遠，虚無迥莫鄰[2]。蕩胸千頃叠，入背萬波新。潤借衡山彩，流清渤海塵。樓觀奇勝絶，寧羡郢中春[3]。

【校注】

〔1〕對湘樓：在湖南常德德山城西，爲龍德孚（即後詩中龍君超的父親）所建。

〔2〕虚無：天空。唐・杜甫《白帝樓》："漠漠虚無裏，連連睥睨侵。"迥莫鄰：遥遠而不能爲鄰。

〔3〕"樓觀"句：遠眺樓殿景物極爲優美。寧羡：難道還羡慕。郢中春：郢都之春，傳爲風景絶佳處。郢中，也借指楚地。宋・宋祁《答户部勾院王學士泊滄陵見寄》："尚憶他年故儔在，擘箋題作郢中春。"

留别湘山内翰[1]

湖南初話舊，渚北遂離群[2]。鄉思催芳草，霞標戀紫氛[3]。流星疑伴客，落月總思君。他日重翹首，湘雲與冀雲[4]。

【校注】

〔1〕湘山内翰：姓名不考。湘山，即君山，在湖南洞庭湖中。内翰，唐宋稱翰林爲内翰。

〔2〕湖南：湖之南，與渚北對應，非指今之湖南省。渚北：江渚以北。渚，水中小塊陸地。離群：離開衆人，也指獨處隱居。《易・乾》："進退無恒，非離群也。"

〔3〕鄉思：對故鄉的思念。南朝・梁・何遜《渡連圻》詩之二："寓目皆鄉思，何時見狹斜。"催：這裏是催生、催春之意。霞標：高峻的挺立之物。

此指山峰。唐·王勃《乾元殿頌》序："兼山配極，照鸞闕於霞標。"戀紫氛：依戀紫色的雲氣。

〔4〕冀雲：詩人暗示將去河北。冀，古冀州地，在現在的河北。

即席贈載陽宗侯〔1〕

漢室諸龍種，蘭臺楚舊賢〔2〕。蘋風千里勁，桂月幾叢圓〔3〕。酒挹元王醴，歌分郢客篇〔4〕。多君有詞賦，不爲洛神傳〔5〕。

【校注】

〔1〕載陽宗侯：或指載陽王之孫朱桂亭。

〔2〕龍種：龍的裔孫，比喻帝王傳人。宋·蘇軾《韋偃·牧馬圖》："龍鍾尚與駑駘游，長秸短豆豈我羞。"蘭臺：戰國時楚臺名。故址傳說在今湖北省鍾祥市東。戰國·宋玉《風賦·序》："楚襄王游於蘭臺之宫，宋玉、景差侍。"楚舊賢：舊時楚國的賢人。這兩句都是比擬載陽宗侯是王室真傳的賢士。

〔3〕蘋風：掠過蘋草之風。代微風。唐玄宗《同玉真公主過大哥山池》："桂月先秋冷，蘋風向晚清。"桂月：指農曆八月。其月桂花盛開，故稱。

〔4〕酒挹：舀酒。挹，音 yì，把液體盛出來。元王：劉交，字游，沛縣（今徐州沛縣）人，漢高祖劉邦异母弟，西漢諸侯王。楚國的始封國君，謚號元王。見漢·司馬遷《楚元王世家》。醴：音 lǐ，甜酒，美酒。郢客：即楚客，見本書卷之四《除雪》注釋。

〔5〕多：贊許。洛神：《洛神賦》，是三國時期魏國著名文學家曹植寫的浪漫主義名篇。

秋　　興

木石翻爲伍，雲霞更可親[1]。郢歌調白雪，桃水美玄津[2]。葉落渾疑雨，花開恍似春[3]。預憐蓬鬢色，江海向誰新[4]。

【校注】

〔1〕“木石”句：漢·司馬遷《報任少卿書》：“身非木石，獨與法吏爲伍，深幽囹圄之中，誰可告愬者。”

〔2〕“郢歌”句：用“郢中白雪”典。桃水：指春水。唐·李商隱《玄微先生》：“夜夜桂露濕，村村桃水香。”玄津：指幽遠的渡口。

〔3〕渾疑：恍惚覺得。

〔4〕預憐：事先就愛憐。蓬鬢：鬢髮蓬亂。南朝·宋·鮑照《擬行路難》詩之十三：“形容憔悴非昔悦，蓬鬢衰顏不復妝。”

秋　　色

野鳥歌偏异，山花吐更奇。浮生居靡定[1]，垂老事才知。滄海思空結，黄金藥未期[2]。他鄉秋色裏，誰共把萸枝[3]。

【校注】

〔1〕浮生：參卷之四《秋憶·彼美》注釋。居靡定：居所没有固定的地方。

〔2〕黄金藥：見卷之四《太暉觀》注釋。未期：没希望得到。

〔3〕萸枝：即茱萸枝。香氣辛烈，可入藥。古俗農曆九月九日重陽節，佩茱萸能祛邪辟惡。《西京雜記》卷三：“九月九日，佩茱萸，食蓬餌，飲酒。”

田子壽詩集
田國華詩集

（下冊）

（明）田九齡 （明）田宗文 著
李傳鋒 吴燕山 李詩選 校注

荊楚全書·第一輯

湖北省公益学术著作出版专项资金
Hubei Special Funds for Academic and Public-interest Publications

長江出版傳媒
湖北人民出版社

卷之六　七言律

五　懷

懷衡山[1]

縹渺長疑探碧空[2]，雲間五老鬥巃嵸[3]。銀河倒瀉朱陵樹[4]，箕斗低懸赤帝宫[5]。地敞瀟湘疏遠嶂[6]，天清瀑水挂長虹[7]。何當一嘯藤蘿外[8]，兩袖泠然御八風[9]。

【校注】

〔1〕五懷：追懷五嶽的詩。衡山：五嶽之一，古稱南嶽。位於湖南中部，有盛景七十二峰，還有三十六洞天。山上名勝古迹很多，爲旅游休養勝地。相傳舜南巡和禹治水都到過這裏。歷代帝王南嶽祀典，大多在此山。

〔2〕縹渺：也作“縹緲”“縹眇”，高遠隱約貌。《文選·木華〈海賦〉》曰：“群仙縹眇，餐玉清涯。”唐·李善注：“縹眇，遠視之貌。”

〔3〕五老：指衡山五老峰。見卷之三《衡廬歌爲孫鵬初賦》注釋。巃嵸：音 lóng zōng，山勢高峻貌。漢·司馬相如《上林賦》：“於是乎崇山矗矗，巃嵸崔巍。”

〔4〕朱陵：即衡山朱陵洞天，道家所稱三十六洞天之一，借指神仙居所。北周·庾信《道士步虚詞》：“赤玉靈文下，朱陵真氣來。”

〔5〕箕斗：星名。即箕宿與斗宿。《詩·小雅·大東》：“維南有箕，不可以簸揚。維北有斗，不可以挹酒漿。”赤帝宫：指祝融峰之宫。赤帝，即祝融

氏。後世以爲火神。《淮南子・時則訓》："南方之極……赤帝祝融之所司者，萬二千里。"

〔6〕嶂：音 zhàng，形容高險像屏障的山。

〔7〕瀑水：即瀑布。南朝・梁簡文帝《招真館碑》："高岩鬱起，帶青雲而作峰；瀑水懸流，雜天河而俱灑。"

〔8〕藤蘿外：指聲音傳出藤蘿山林，響徹天外。

〔9〕泠然：輕妙貌。底本作"冷然"。《莊子・逍遥游》："夫列子御風而行，泠然善也，旬有五日而後反。"八風：八方之風。《吕氏春秋・有始》："何謂八風？東北曰炎風，東方曰滔風，東南曰熏風，南方曰巨風，西南曰淒風，西方曰飂風，西北曰厲風，北方曰寒風。"

懷泰山〔1〕

目極中原萬里回〔2〕，倚空長嘯思雄哉。黄河忽向天門隨〔3〕，紫氣遥當日觀開〔4〕。阿閣雲霞流簡牒〔5〕，中峰日月隱樓臺。遐探歷代登封迹〔6〕，輦路蒼蒼覆碧苔〔7〕。

【校注】

〔1〕泰山：東嶽，中國五嶽之首，位於山東泰安境内。古代帝王多在此封禪、祭告天地。泰山多古迹，文人題刻尤多，爲旅游勝地。

〔2〕目極：用盡目力遠望。《楚辭・招魂》："目極千里兮傷春心，魂兮歸來哀江南。"回：曲折，回環。

〔3〕天門：天宫之門。《楚辭・九歌・大司命》："廣開兮天門，紛吾乘兮玄雲。"這裏"天門"指的是泰山幾處景觀："南天門""北天門"等。隨：順，順從。

〔4〕日觀：山峰名。爲著名的觀日出之處。北魏・酈道元《水經注・汶水》引漢・應劭《漢官儀》："泰山東南山頂名曰日觀。日觀者，雞一鳴時，見日始欲出，長三丈許，故以名焉。"

〔5〕阿閣：見卷之二《擬古十九首》之五注釋。簡牒：文書，公文。唐・白居易《唐贈尚書工部侍郎吴郡張公神道碑銘》："及除書簡牒到門，即公捐館舍之明日也。"這句詩比喻泰山上的雲霞像流動的紙片。

〔6〕遐探：遠探。登封迹：指古代帝王登臨泰山封禪的歷史遺存。《史記・封禪書》："（武帝）遂登封太山，至於梁父，而後禪肅然。"

〔7〕輦路：天子車駕所經之路。漢・班固《西都賦》："輦路經營，脩除飛閣。"

懷太華〔1〕

蓮花白帝吐崢嶸〔2〕，半插寒空儼削成〔3〕。拂檻滄溟潮汐至〔4〕，傍岩樓閣斗牛平〔5〕。雲開岳色三峰出〔6〕，日散河流九曲明〔7〕。一自子先翀舉後〔8〕，芧龍空在復誰迎〔9〕。

【校注】

〔1〕太華：即華山，五嶽之西嶽。在陝西省華陰南，北臨渭河平原，屬秦嶺東段。有蓮花（西峰）、落雁（南峰）、朝陽（東峰）、玉女（中峰）、雲臺（北峰）等峰，爲游覽勝地。

〔2〕蓮花：指華山西峰蓮花峰。白帝：指白帝祠，又名金天宫，在南峰松檜峰頭，是華山主峰上祭祀華山神的主廟。崢嶸：本指山勢高峻奇偉，也指草木茂盛，這裏兼而有之，指蓮花峰像盛開的蓮花一樣卓爾不凡。宋・文同《和提刑子功喜雨》："尋觀太陽起，紅光吐崢嶸。"

〔3〕儼削成：儼然是刀斧削成。

〔4〕拂檻：擦過欄杆，輕撫欄杆。唐・李白《清平調》其一："雲想衣裳花想容，春風拂檻露華濃。"檻，音 jiàn，欄杆。滄溟：大海。《漢武帝内傳》："諸仙玉女，聚居滄溟。"潮汐：在月球和太陽引力的作用下，海洋水面週期性的漲落現象。在白晝的稱潮，夜間的稱汐，總稱"潮汐"。華山上是不能看到滄海的，所以這裏的"滄溟"和"潮汐"都是比喻在華山頂上看到的若海

浪般洶涌的雲霧奇觀。

〔5〕斗牛：指牛宿和斗宿。宋・譚用之《別何處士陵俊老》："計拙耻居岩麓老，氣狂慚與斗牛平。"

〔6〕三峰：指華山的芙蓉、玉女、明星三峰。唐・崔顥《行經華陰》："岧嶢太華俯咸京，天外三峰削不成。"

〔7〕日散：日光散射。九曲：指黄河。因其河道曲折，故稱。唐・黄滔《融結爲河嶽賦》："三門九曲，競呈昇没之源；太華維嵩，交鬪奔衝之路。"

〔8〕一自：自從，從那時起。子先：古騎茅龍飛昇的得道高人，見卷之四《玉清閣》注釋。翀舉：謂成仙昇天。翀，音 chōng，向上直飛。明・胡應麟《少室山房筆叢・雙樹幻鈔引》："翀舉輪回，二者均幻也。"

〔9〕茅龍：見卷之四《玉清閣》注釋。

懷恒山〔1〕

靈山秀色擁嵯峨〔2〕，無數仙人覽勝過〔3〕。北走峰陰臨代郡〔4〕，東來亭嶂出黄河〔5〕。風烟萬里胡星暗〔6〕，日月中原王氣多〔7〕。聞道玄泉堪煉夜〔8〕，肯緣婚嫁怨蹉跎。

【校注】

〔1〕恒山：五嶽中的北嶽。主峰在今河北省曲陽縣西北。《書・禹貢》："太行恒山，至於碣石，入於海。"北魏・酈道元《水經注》："恒山爲北嶽，在中山上，曲陽縣西北。"

〔2〕嵯峨：指高聳的山。宋・陸游《老學庵筆記》卷七："歐陽公謫夷陵時，詩云：江上孤峰蔽緑蘿，縣樓終日對嵯峨。"

〔3〕覽勝：觀覽勝境。

〔4〕峰陰：山峰北面。代郡：漢代稱北部邊郡，今河北省蔚縣東北和山西省東北部。南北朝・王褒《渡河北》："常山臨代郡，亭障繞黄河。"

〔5〕亭嶂：軍事防禦工事。也指山峰。

〔6〕風烟：指戰亂、戰火。唐·高適《信安王幕府詩》："四郊增氣象，萬里絶風烟。"胡星：指昴星。古代以天象附會人事，認爲昴星象徵胡人。《史記·天官書》："昴曰髦頭，胡星也，爲白衣會。"

〔7〕中原：廣義指整個黄河流域，狹義指今河南一帶，後來泛指整個中國。王氣：舊指象徵帝王氣數的祥瑞之氣。《東觀漢記·光武帝紀》："望氣者言，舂陵城中有喜氣，曰：'美哉王氣，鬱鬱葱葱。'"

〔8〕玄泉：瀑布。道教也稱津唾爲玄泉，謂夜静坐叩齒咽唾液可養生。明·岳岱《咏懷七首》："玄泉醉我心，崇桂蔭我堂。"

懷嵩嶽〔1〕

神嶽高臨四鎮遐〔2〕，奇峰歷歷走含岈〔3〕。真人鶴倚緱山樹〔4〕，處士瓢淪潁水涯〔5〕。雲裏仙蹤開二室〔6〕，日邊靈種映三花〔7〕。何當遂我神游興，長嘯天門弄紫霞〔8〕。

【校注】

〔1〕嵩嶽：即嵩山。在河南省登封市北，爲五嶽之中嶽。古稱外方、太室，又名崇高、嵩高。其峰有三：東爲太室山，中爲峻極山，西爲少室山。《詩經》有"嵩高惟岳，峻極于天"的名句。唐·白居易《八月十五日夜同諸客玩月》："嵩山表裏千重雪，洛水高低兩顆珠。"

〔2〕神嶽：對山嶽的敬稱，言其具有靈异。三國·魏·曹植《遠游篇》"靈鰲戴方丈，神嶽儼嵯峨。"四鎮：漢·鄭玄注："四鎮，山之重大者，謂揚州之會稽山，青州之沂山，幽州之醫無閭，冀州之霍山。"

〔3〕歷歷：清晰分明的樣子。宋·張孝祥《念奴嬌·海雲四斂》："明月飛來雲霧盡，城郭山川歷歷。"含岈：音 hán yá，嵯峨、高峻的樣子，一説爲山深之狀。

〔4〕真人：道家稱存養本性或修真得道的人。亦泛稱"成仙"之人。宋·蘇軾《甲子日雨》："賴有真人不飢渴，閉門却埽但焚香。"緱山：緱氏

山。見卷之四《太暉觀》中關於王子喬昇仙的注釋。

〔5〕處士：本指有才德而隱居不仕的人，後亦泛指未做過官的士人。《孟子·滕文公下》："聖王不作，諸侯放恣，處士横議，楊朱、墨翟之言盈天下。"潁水：是一條古河道，發源於嵩山，匯入淮河，爲淮河第一大支流。

〔6〕二室：指嵩山的太室、少室二山。

〔7〕靈種：神樹，靈异的物種。宋·施樞《實際窗前睡香》："瑞錦窠應對錦郎，誰將靈種到幽坊。"三花：三花樹的簡稱。三花樹即具多樹，一年開花三次。見北魏·賈思勰《齊民要術·盤多》。唐·李白《贈嵩少山焦煉師》："二室凌青天，三花含紫烟。"

〔8〕天門：嵩山古有天門，唐·宋之問《嵩山天門歌》："登天門兮坐磐石之嶙峋，前漎漎兮未半，下漠漠兮無垠。"紫霞：紫色雲霞。道家謂神仙乘紫霞而行。

花草寺〔1〕

回合千山隱化城〔2〕，禪房花木静相迎。層臺高揭青獅蹲〔3〕，浩劫空聞白馬鳴〔4〕。樹杪諸天臨石逕〔5〕，雲間清梵雜鐘聲〔6〕。年來欲證無生偈〔7〕，何處高僧法眼明〔8〕。

【校注】

〔1〕花草寺：具體位置失考。

〔2〕回合：回旋連接。化城：指佛寺。唐·王維《登辨覺寺》："詩竹徑從初地，蓮峰出化城。"

〔3〕層臺：重臺，高臺。《楚辭·招魂》："層臺累榭，臨高山些。"高揭：猶高聳。唐·袁郊《甘澤謡·紅綫》："出魏城西門，將行二百里，見銅臺高揭，而漳水東注。"青獅：指青石雕鎸的石獅。

〔4〕浩劫：佛經謂天地從形成至毁滅爲一大劫。唐·曹唐《小游仙

詩》："玄洲草木不知黄，甲子初開浩劫長。"白馬：古代以乘白馬表示有凶事。唐・陳子昂《祭孫府君文》："白馬故人，青鳥送往，素車永訣，黄爐誰賞？"

〔5〕树杪，底本譌作"树抄"。杪，音 miǎo，樹枝的細末端，或云樹梢。唐・王維《送梓州李使君》："山中一夜雨，樹杪百重泉。"諸天：佛天。見卷之四《登荆沙觀音閣塔》注釋。石逕：山間石路。南朝・宋・鮑照《出自薊北門行》："雁行緣石徑，魚貫度飛樑。"

〔6〕清梵：謂僧尼誦經的聲音。南朝・梁・王僧孺《初夜文》："大招離垢之賓，廣集應真之侶，清梵含吐，一唱三嘆。"

〔7〕年來：近年以來或今年以來。唐・戴叔倫《越溪村居》："年來橈客寄禪扉，多話貧居在翠微。"無生偈：佛家關於没有生滅，不生不滅的偈語。

〔8〕法眼：佛教語。"五眼"之一。謂菩薩爲度脱衆生而照見一切法門之眼。《無量壽經》卷下："法眼觀察，究竟諸道。慧眼見真，能渡彼岸。"晉・慧遠義疏："智能照法，故名法眼。"

華容登章華臺〔1〕

落落荒丘一逕通〔2〕，當年霸業亦稱雄〔3〕。可憐白日來秦騎〔4〕，從此紅妝散楚宫〔5〕。雲雨漫隨神女夢〔6〕，樓台無復大王風〔7〕。豪華有盡江山在，遲暮登臨感慨中〔8〕。

【校注】

〔1〕華容：古縣邑，西漢置，治所在今湖北潛江市西南。東漢建安十三年（208）曹操在赤壁戰敗後北歸，取道於此。此爲田子壽恩師孫斯億的故鄉。章華臺：見卷之五《哭雲夢師三首》注釋。

〔2〕落落：衰敗的樣子。

〔3〕當年霸業：指當年"春秋五霸"中楚莊王稱霸於此的事。

〔4〕白日：大白天，太陽下。來秦騎：來了秦國的騎兵，指秦國滅楚之事。

〔5〕紅妝：婦女的盛裝。《樂府詩集·木蘭詩》："當户理紅妝，對鏡貼花黄。"這裏代指楚宫嬪妃宫女。

〔6〕"雲雨"句：用巫山神女典故。見卷之三《秋夜醉興》注釋。

〔7〕無復：不再有，不會再次。大王風：見卷之五《宜都望夷陵懷殷公海岱》注釋。

〔8〕遲暮：傍晚，天快黑的時候。南朝·梁·張率《對酒》："誰能共遲暮，對酒及芳晨。"

其　二

高臺無復敞金扉〔1〕，却憶留連樂不歸。枕席何來行雨艷〔2〕，帶圍不放舞腰肥〔3〕。空疑新月窺花靨〔4〕，怳見殘霞墜寶衣。莫問楚王游獵事，夕陽雲夢草菲菲。

【校注】

〔1〕高臺：指章華臺。金扉：華貴的門户。漢·王延壽《魯靈光殿賦》："遂排金扉而北入，宵靄靄而暗曖。"

〔2〕行雨艷：即"行艷雨"，指男歡女愛。

〔3〕帶圍：腰帶繞身一周的長度。舊時以帶圍的寬緊觀察身體的瘦損與肥福。宋·范成大《秦樓月》："香羅薄，帶圍寬盡無人覺。"

〔4〕空疑：猜想，憑空覺得。花靨：舊時婦女頰上用彩色塗點的妝飾。唐·温庭筠《歸國遥》："粉心黄蕊花靨，黛眉山兩點。"靨：音 yè，酒窩。

金　　陵[1]

蓬萊空殿舊長安[2]，定鼎元冋卜洛看[3]。文物總緣昭代盛[4]，河山空説祖龍殘[5]。乾坤再覩真人出[6]，南北遥瞻紫氣寒[7]。况復橋陵金盌在[8]，萬年宗社虎龍蟠[9]。

【校注】

〔1〕金陵：古邑名。今南京的别稱。戰國楚威王滅越後在今南京市清涼山設金陵邑。南朝·齊·謝朓《鼓吹曲·入朝曲》："江南佳麗地，金陵帝王州。"

〔2〕蓬萊：古代傳説中的神山，亦泛指仙境，這裹喻指金陵美景。舊長安：古都長安。漢高帝七年（前200）定都於此。此後東漢獻帝、西晉愍帝、前趙、前秦、後秦、西魏、北周、隋、唐皆於此定都。

〔3〕定鼎：建立政權。元冋：原始的荒野。冋，音 jiōng，同"坰"。城外，郊外，野外。卜洛：周公卜擇洛邑得吉兆而建爲東都，後因稱選址營建新都爲卜洛。楚王同周公一樣，最初在金陵的荒郊野外，占卜選址建立都城。

〔4〕文物：指一個地區的文化和風物。宋·葉適《劉子怡墓志銘》："今兩鄉文物，争自磨洗，齊衡一州自君始也。"昭代：政治清明的時代。常用以稱頌本朝或當今時代。唐·崔塗《問卜》："不擬逢昭代，悠悠過此生。"

〔5〕河山：指國家領土。唐·崔塗《赤壁懷古》："漢室河山鼎勢分，勤王誰肯顧元勳。"祖龍：本指秦始皇，後來也代指其他開國帝王。唐·胡曾《咏史詩·東海》："自是祖龍先下世，不關無路到蓬萊。"殘：兇惡，殘暴。

〔6〕真人：《史記·秦始皇本紀》："始皇曰：吾慕真人，自謂'真人'，不稱朕。"後因指統一天下的所謂真命天子。漢·張衡《南都賦》："方今天地之睢剌，帝亂其政，豺虎肆虐，真人革命之秋也。"

〔7〕紫氣：紫色雲氣，古代以爲祥瑞之氣，附會爲帝王、聖賢等出現的預兆。

〔8〕况復：何况，况且還有。橋陵：即黄帝陵。在陝西省黄陵縣橋山。也

泛指帝王陵墓。金盌：相當於“金甌”，此處借代江山社稷。盌，音 wǎn，《說文》解釋爲“小盂也”。

〔9〕宗社：宗廟和社稷的合稱，後泛指國家。漢·蔡邕《獨斷》卷上：“天子之宗社曰泰社，天子所爲群姓立社也。”虎龍蟠：即“虎踞龍盤”，形容地勢險要，易守難攻。通常指龍脉帝都而言，亦專指南京。北周·庾信《哀江南賦》：“昔之虎踞龍盤，加以黄旗紫氣。”

玄武湖〔1〕

漭沆平湖曲水邊〔2〕，君王鳬雁幾周旋〔3〕。石鯨猶待秋風動〔4〕，畫鷁曾無錦纜牽〔5〕。雲日恍摇天上闕〔6〕，河山渾帶鏡中烟〔7〕。臺池直擬周文樂〔8〕，不數昆明習戰年〔9〕。

【校注】

〔1〕玄武湖：在今南京市城東北玄武門外，古俗稱後湖，又名練湖，南朝宋元嘉中改名玄武湖。東晉以來即爲著名游覽勝地。《宋書·文帝紀》：“是歲（元嘉二十三年），大有年。築北堤，立玄武湖。”唐·李商隱《南朝》：“玄武湖中玉漏催，雞鳴埭口繡襦回。”

〔2〕漭沆：音 mǎng hàng，水廣大貌。漢·張衡《西京賦》：“顧臨太液，滄池漭沆。”三國·吴·薛綜注：“漭沆猶洸漾，亦寬大也。”曲水：古代風俗，於農曆三月上巳日就水濱宴飲，認爲可祓除不祥，後人因引水環曲成渠，流觴取飲，相與爲樂，稱爲曲水。晉·王羲之《蘭亭集序》：“又有清流激湍，映帶左右，引以爲流觴曲水，列坐其次。”

〔3〕周旋：盤旋。

〔4〕石鯨：石雕的鯨魚。《三輔黄圖·池沼》：“池（昆明池）中有豫章臺及石鯨。刻石爲鯨魚，長三丈，每至雷雨，常鳴吼，鬣尾皆動。”

〔5〕畫鷁：畫船。鷁，音 yì，漢·高誘注《淮南子·本經訓》：“鷁，大鳥

也。畫其像着船頭，故曰鷁首。”後以爲船的别稱。曾無：竟無，還没有。錦纜：錦帶製的纜繩，精美的纜繩。唐·杜甫《城西陂泛舟》：“春風自信牙檣動，遲日徐看錦纜牽。”

〔6〕雲日：借指高空。三國·魏·曹植《贈白馬王彪》：“修阪造雲日，我馬玄以黄。”恍摇：彷佛、依稀。天上闕：即天上的宫闕。宋·李洪《子永弟寄都下大雪律詩》：“白銀天上闕，組練浙江濤。”

〔7〕渾帶：全然帶着，簡直帶有。

〔8〕直擬：真好比。周文：即周文王姬昌。是周太王之孫，季歷之子，周朝奠基者。其父死後，繼承西伯侯之位，故稱西伯昌。

〔9〕“不數”句：《漢書·武帝紀》載：元狩三年乃象昆明滇池，於長安近郊穿地作昆明池，以習水戰。

姑蘇懷古〔1〕

經過昔日豪華地，禾黍離離思更繁〔2〕。廢苑春來花自發〔3〕，荒臺人去鹿猶存。江流不盡忠臣恨，月夜空歸越女魂〔4〕。誰謂東南兵火際〔5〕，獨將長鋏客吴門〔6〕。

【校注】

〔1〕姑蘇：山名。即姑胥山，在蘇州西南。山上建有樓臺名姑蘇臺。春秋時吴越之戰，越王勾踐擊敗并擒獲吴王夫差的地方。後作爲蘇州的别稱。

〔2〕禾黍離離：見《詩·王風·黍離》，悲嘆周王朝之衰落。禾黍：禾與黍。泛指黍稷稻麥等糧食作物。離離：盛多貌。《詩·小雅·湛露》：“其桐其椅，其實離離。”

〔3〕廢苑：廢棄的林苑，或林苑遺址。宋·陸游《書事》：“雲埋廢苑呼鷹處，雪暗荒郊射虎天。”

〔4〕越女：古代越國多出美女，西施其尤著者。後因以泛指越地美女。西

漢·枚乘《七發》："越女侍前，齊姬奉後。"劉良注："齊越二國，美人所出。"

〔5〕兵火際：戰亂時候。似指詩人參與的東南沿海抗倭之戰，其父兄田世爵、田九霄領容美土兵參戰，并立有戰功。唐·錢起《江行無題》詩之四十三："兵火有餘燼，貧村纔數家。"

〔6〕長鋏：指長劍。鋏，音 jiá，劍柄，代指劍。《楚辭·九章·涉江》："帶長鋏之陸離兮，冠切雲之崔嵬。"吴門：指蘇州或蘇州一帶。爲春秋吴國故地，故稱。

杭州西湖觀妓〔1〕

青峨皓齒氣氤氲〔2〕，笑指鴛鴦護水紋〔3〕。萱草碧迎桃葉扇〔4〕，荷衣紅襯石榴裙〔5〕。歌殘白紵低眉月〔6〕，舞罷陽阿斂鬢雲〔7〕。解識琴心挑鳳意〔8〕，不知誰是卓文君〔9〕。

【校注】

〔1〕妓：猶"伎"，歌舞藝人。

〔2〕青峨皓齒：黑色的峨眉，潔白的牙齒。氣氤氲：這裏指女藝人氣質優雅含蓄。明·王微《新秋逢人初度感懷諸女伴》："憶昔年年秋未分，曉妝一院氣氤氲。"

〔3〕鴛鴦護水紋：指一群歌舞女在人統領下舞蹈，像鴛鴦戲水。護：總領，統率。

〔4〕萱草：植物名。俗稱金針菜、黄花菜，古人以爲種植此草，可以使人忘憂，因稱忘憂草。明·劉基《發安溪至青田戎事急不得留有感》："朝原思脊令，夜船夢萱草。"桃葉扇：指歌女們用以裝飾或做道具彩繪着桃花的團扇。

〔5〕石榴裙：取義石榴之色，即朱紅色的裙子，亦泛指婦女的裙子。南朝·齊·何思澄《南苑逢美人》："風卷蒲桃帶，日照石榴裙。"

〔6〕歌殘：一曲終了，唱罷。宋·張栻《落梅》："歌殘玉樹人何在，舞破香衫曲未終。"白紵：指《白紵舞歌》，又稱《白紵歌》，見卷之一《白紵舞歌》注釋。

〔7〕陽阿：見卷之一《小垂手》注釋。鬢雲：形容婦女鬢髮美如烏雲。唐·温庭筠《菩薩蠻》："小山重疊金明滅，鬢雲欲度香腮雪。"

〔8〕琴心挑鳳意：《史記·司馬相如列傳》："是時，卓王孫有女文君新寡，好音，故相如繆與令相重，而以琴心挑之。"琴心，琴聲表達的情意，也指春心。挑鳳，挑鳳逗凰，比喻用挑逗的動作和言語引起异性的注意。底本譌作"桃鳳"。

〔9〕卓文君：見卷之一《當壚曲》注釋。

會稽千秋觀望鑒湖懷賀監〔1〕

越絶風生萬里寒〔2〕，千秋高觀一憑欄〔3〕。湖光忽散西施浦〔4〕，海色遥連夏禹壇〔5〕。怪是銀河天上落〔6〕，仍遺魚鳥鏡中看。我來欲得長生秘，此地因君借羽翰〔7〕。

【校注】

〔1〕會稽：最初是山名，後也作郡名。在浙江省紹興縣東南。相傳夏禹大會諸侯於此計功，故名。秦朝時在蘇東浙西一帶設會稽郡。千秋觀：古迹名。唐·賀知章舊宅。在浙江省紹興縣東北。其後改名天長觀，宋改名鴻禧觀，明改名明真觀，今稱道士莊。鑒湖：即紹興鑒湖，又稱鏡湖。賀監：唐代詩人賀知章曾經官至秘書監，晚年自號秘書外監，故稱。唐·劉禹錫《洛中寺北樓見賀監草書題詩》："高樓賀監昔曾登，壁上筆蹤龍虎騰。"

〔2〕越絶：指越地的邊境。唐·司空曙《奉和常舍人晚秋集賢即事寄徐薛二侍郎》："地遠姑蘇外，山長越絶東。"

〔3〕憑欄：身倚欄杆，或倚欄遠望。唐·崔塗《上巳日永崇里言懷》：

“游人過盡衡門掩，獨自憑欄到日斜。”

〔4〕西施浦：西施浣紗之浦。浦，水邊。今諸暨已無此地名。可能就是“浣浦”。宋·施宿《嘉泰會稽志》載：“浣江在縣東南一里，俗傳西子浣沙之所，一名浣浦，又名浣渚。”唐·張繼《會稽郡樓雪霽》：“夏禹壇前仍聚玉，西施浦上更飛沙。”

〔5〕夏禹壇：傳説夏禹治水功成，匯聚天下諸侯在會稽山聚會，祭天盟誓的臺壇，後人稱作夏禹壇。

〔6〕怪是：怪訝於此，驚訝其事。明·王叔承《席上戲贈益卿幼子虎兒》：“怪是虎頭痴，生兒復虎兒。”

〔7〕因君：因爲您，指賀知章。羽翰：飛昇的翅膀。唐·李紳《華頂》：“浮生未有從師地，空誦仙經想羽翰。”

晚登招寶山望海〔1〕

五夜天雞拂曙鳴〔2〕，高丘望遠亦何明。扶桑日射鯨波動〔3〕，大蜃樓看蜃氣成〔4〕。一自乘槎通碧漢〔5〕，幾人采藥到蓬瀛〔6〕。何因得見揚塵日〔7〕，直挹麻姑海上行〔8〕。

【校注】

〔1〕招寶山：招寶山在浙江寧波鎮海東北面甬江口，地處鎮海關隘、甬江咽喉、海防要塞，素有“浙東門户”之稱。

〔2〕五夜：即五更。唐·崔琮《長至日上公獻壽》：“五夜鐘初動，千門日正融。”天雞：神話中天上的雞。南朝·梁·任昉《述异記》卷下：“東南有桃都山，上有大樹，名曰‘桃都’，枝相去三千里。上有天雞，日初出，照此木，天雞則鳴，天下雞皆隨之鳴。”拂曙：拂曉曙光初露時。明·唐寅《惜花春起早》：“拂曙起來人不解，只緣難放惜花心。”

〔3〕扶桑：太陽昇起處，見卷之三《寶馬篇》注釋。鯨波：猶言驚濤駭浪。

唐・杜甫《舟出江陵南浦奉寄鄭少尹》："溟漲鯨波動，衡陽雁影徂。"

〔4〕大壑：即大海。《莊子・天地》："夫大壑之爲物也，注焉而不滿，酌焉而不竭。"蜃氣：見卷之四《金山寺》注釋。宋・王安石《垂虹亭》："中流雜蜃氣，欄楯相承翼。"

〔5〕乘槎：乘坐竹、木筏。晉・張華《博物志》卷十載：傳説天河與海通，有人居海渚者，年年八月見有浮槎去來，不失期，遂立飛閣於槎上，乘槎浮海而至天河，遇織女、牽牛。此人問此是何處，答曰："君還至蜀郡訪嚴君平則知之。"後至蜀，君平曰："某年月日有客星犯牽牛宿。"正是此人到天河時。碧漢：碧天銀漢的合稱，即天空。南朝・陳・江總《和衡陽殿下高樓看妓》："起樓侵碧漢，初日照紅妝。"

〔6〕蓬瀛：見卷之三《衡湘歌送友人尤介夫》注釋。

〔7〕揚塵：海枯起塵，指時代變遷，晉・葛洪《神仙傳・麻姑》："麻姑自説云：'接待以來，已見東海三爲桑田……'方平笑曰：'聖人皆言海中復揚塵也。'"後用爲世事變遷之典。

〔8〕直挹：直接請出。

宜都關公祠〔1〕

魏寢孫祠已不延〔2〕，神宫猶挹蜀江天〔3〕。可憐百戰三分地，不見中興一統年。劍氣尚吞吴日月〔4〕，旌旗長帶漢雲烟。靈符四七無重讖〔5〕，莫羡雲臺畫像賢〔6〕。

【校注】

〔1〕關公祠：供奉關羽的祠堂。宜都關公祠現已湮滅，位置失考。宜都係三國古戰場，屬劉蜀占領的"荆州三郡"（南郡、武陵、零陵）之南郡，派五虎上將之首的關羽鎮守。後來關羽"大意失荆州"，宜都被孫吴控制，派大將軍陸遜駐守，屬於吴國荆州宜都郡夷道縣。

〔2〕魏寢孫祠：指三國時期魏國和吴國（孫氏政權）的皇權傳延。唐·岑參《送鄭少府赴滏陽》："若到銅臺上，應憐魏寢荒。"

〔3〕神宫：這裏指關公祠。挹：牽連着。蜀江：指從蜀地流下來的長江。

〔4〕劍氣：指劍的光芒，此喻關公的武功和才氣。南朝·梁·任昉《宣德皇后令》："劍氣凌雲，而屈迹於萬夫之下。"

〔5〕靈符四七：典出《後漢書·光武帝紀上》。光武先在長安時，同舍生强華自關中奉赤伏符，曰：'劉秀發兵捕不道，四夷雲集龍斗野，四七之際火爲主。'"唐·李賢注："四七，二十八也，自高祖至光武初起，合二百二十八年，即四七之際也；漢火德，故火爲主也。"重讖：再一次的預言。讖，音chèn，談論預言、徵驗的書籍，也指預示吉凶的隱語。

〔6〕雲臺畫像：漢明帝爲表彰與光武帝一起開國功臣的功績，明帝在南宫的高臺雲臺上爲這些功臣繪像。被繪者有鄧禹、吴漢、王梁、馬成、邳彤、岑彭、賈復、銚期、寇恂等二十八人，稱"中興二十八將"，其中大部分任三公九卿的要職。雲臺畫像的目的在於表彰功臣，激勵後人，更好地效忠朝廷，爲漢王朝服務。後來，"雲臺畫像"這一典故，用來形容功勳卓著，彪炳史册。

宜都張公祠〔1〕

靈旗肅肅隱風雷〔2〕，上將祠堂此壯哉〔3〕。炎祚不緣逢漢賊〔4〕，勳名應得貯雲臺〔5〕。江流不盡三分恨〔6〕，殺氣常從八陣回〔7〕。莫語古來成敗事〔8〕，穹碑强半夕陽頹〔9〕。

【校注】

〔1〕張公祠：三國蜀漢名將張飛的祠堂。具體位置失考。

〔2〕靈旗：神靈的旗幟。唐·劉禹錫《七夕》："河鼓靈旗動，嫦娥破鏡斜。"這裏指祠堂裏的旗幡。隱風雷：隱隱帶有風雷般殺氣。

〔3〕上將：因張飛是蜀漢五虎上將之一，故云。

〔4〕炎祚：陰陽家謂劉漢、趙宋皆以火德王，因以“炎祚”指漢或宋的國統。三國劉備自稱得漢之正統，故炎祚亦指蜀漢。宋·洪邁《容齋續筆·后妃命數》：“中興炎祚，成四百年之基者，發之五世孫光武也。”不緣：不沿。漢賊：漢朝的姦賊，這裏指曹魏政權裏的曹操。

〔5〕勳名：功名。宋·蘇舜欽《春日感懷》：“望國勳名晚，傷時歲月飛。”雲臺：見前篇注釋。

〔6〕三分恨：指蜀漢未能統一全國，與魏吴三足鼎立的遺憾。宋·洪咨夔《開濟堂》：“窮今亘古三分恨，托地撑天一寸心。”

〔7〕八陣：古代的軍事陣法。傳爲三國·蜀·諸葛亮所作。回：旋轉。

〔8〕莫語：不要説起，莫説。唐·項斯《古扇》：“千年蕭瑟關人事，莫語當時掩淚歸。”

〔9〕穹碑：豐碑，高大的石碑。元·韋居安《梅磵詩話》卷下：“久無執贄求侯牧，空有穹碑立廟門。”這裏指張飛碑。强半：大半，過半。隋煬帝《憶韓俊娥》詩之一：“須知潘岳鬢，强半爲多情。”

荆州懷古

岧嶢井幹俯城頭〔1〕，極目河山萬里愁〔2〕。鶩帶晚霞浮漢壘〔3〕，雁横寒色滿昭丘〔4〕。夜凉璞吐荆山月〔5〕，峽静濤回節度樓〔6〕。莫問古來征戰事，夕陽滿地渚宫秋〔7〕。

【校注】

〔1〕岧嶢：tiáo yáo，山高峻貌。三國·魏·曹植《九愁賦》：“踐蹊隧之危阻，登岧嶢之高岑。”這裏指高峻的荆州城樓。井幹：指構木所成的高架，泛指樓臺。晉·謝朓《同謝諮議咏銅雀臺》：“繐帷飄井幹，罇酒若平生。”唐·李善注：“井幹，臺之通稱。”

〔2〕極目：縱目，用盡目力遠望。唐·杜甫《自京赴奉先縣咏懷五百字》：

“群水從西下，極目高岑兀。”

〔3〕“鶩帶”句：化用唐・王勃《滕王閣序》“落霞與孤鶩齊飛”句。鶩，野鴨。漢壘：漢朝的城壘。指荆州曾爲蜀漢控制之事。

〔4〕昭丘：春秋楚昭王墓，後作爲地名。在湖北省當陽縣東南。三國・魏・王粲《登樓賦》：“北彌陶牧，西接昭丘。”

〔5〕璞吐荆山月：用和氏璧典。荆山，在今湖北省南漳縣西部。漳水發源於此。山有抱玉岩，傳爲楚人得璞處。

〔6〕濤回節度樓：在節度樓上仿佛聽到波濤的回響。節度樓，指荆州治所之樓，也指關羽曾經施政之所。唐初在邊境設置節度使，後遍設於内地，形成藩鎮割據的局面。至北宋初解除了節度使兵權，成爲一種榮銜，遼金沿置，元廢。

〔7〕渚宫：春秋楚國的宫名。故址在今湖北省江陵縣。後來也代指江陵。唐・李商隱《宋玉》：“落日渚宫供觀閣，開年雲夢送烟花。”

中　秋

萬里飄零一蒯緱〔1〕，萍蹤無那此淹留〔2〕。夜凉河漢關山月〔3〕，露冷魚龍水國秋〔4〕。世路空憐鸚鵡賦〔5〕，霜華又典鷫鸘裘〔6〕。亦知四海多兄弟，誰向今宵憶遠游〔7〕。

【校注】

〔1〕蒯緱：見卷之五《病中依韻答太素李公》注釋。

〔2〕無那：無奈，無可奈何。唐・杜甫《奉寄高常侍》：“汶上相逢年頗多，飛騰無那故人何。”淹留：羈留，逗留。《楚辭・離騷》：“時繽紛其變易兮，又何可以淹留？”

〔3〕河漢：黄河與漢水的并稱。《莊子・齊物論》：“王倪曰：‘至人神矣！大澤焚而不能熱，河漢沍而不能寒。’”關山月：本爲漢樂府横吹曲名。這

裹只是字面意義：照在邊關大地上的月光。

〔4〕魚龍：魚和龍。泛指鱗介水族。唐·杜甫《秋興》詩之四："魚龍寂寞秋江冷，故國平居有所思。"水國：猶水鄉。唐·孟浩然《洛中送奚三還揚州》："水國無邊際，舟行共使風。"

〔5〕世路：人世間的道路。常指人們一生處世行事的歷程，也指世情、世俗。唐·杜甫《春歸》："世路雖多梗，吾生亦有涯。"鸚鵡賦：指漢·禰衡《鸚鵡賦》，詳見卷之四《送伯舉歸鄂城》注釋。

〔6〕又典鷫鸘裘：《西京雜記》載，司馬相如與卓文君初還成都，窮愁潦倒，以所着鷫鸘裘就市人楊昌貰酒，與文君爲歡。

〔7〕今宵：中秋夜。

經過赤壁〔1〕

檻外蒼茫遠樹浮〔2〕，登臨何限思悠悠〔3〕。詞源競瀉滄波月〔4〕，戰血高回赤壁秋〔5〕。烏鵲漫衣南北樹〔6〕，東風翻送往來舟。英雄事業空塵土〔7〕，不盡長江萬古流。

【校注】

〔1〕赤壁：傳爲中國古代著名的赤壁之戰遺址，乃東漢時期劉備與孫權聯軍大破曹軍處。今有兩處赤壁：一在湖北省赤壁市西北長江邊，一在湖北省黄岡市區赤鼻磯（俗稱東坡赤壁）。

〔2〕檻外：欄杆外。宋·汪元量《鶯啼序·重過金陵》："嗟倦客，又此憑高，檻外已少佳致。"浮：這裏是指遠處樹影飄忽不定，若浮動狀。

〔3〕何限：無限，不能控制。唐·韓愈《郴口又贈》詩之二："沿涯宛轉到深處，何限青天無片雲。"

〔4〕詞源：喻滔滔不絕的文詞。唐·杜甫《醉歌行》："詞源倒流三峽水，筆陣獨掃千人軍。"競，底本作"兢"。滄波：碧波。唐·李白《古風》之

十二："昭昭嚴子陵，垂釣滄波間。"

〔5〕戰血：戰爭之血。唐·杜甫《風疾舟中伏枕書杯三十六韻奉呈湖南親友》："戰血流依舊，軍聲動至今。"回：旋轉。

〔6〕衣：倚靠。《説文·衣部》："衣，依也。"

〔7〕空塵土：化爲烏有，若塵土一般。

謁岳武穆廟〔1〕

往予從先將軍平倭海上〔2〕，休卒西湖〔3〕。因謁岳王廟，慨然有作〔4〕。

獨憐宋紀運中微〔5〕，百戰長驅馬上飛。金幣自甘臣妾計，白登誰擁父兄歸〔6〕。斗間紫氣埋龍劍〔7〕，幕下寒風冷鐵衣〔8〕。焚罷名香回首處，蕭條南北雨霏霏。

【校注】

〔1〕謁：拜見。岳武穆：即岳飛。武穆爲其謚號。岳飛，字鵬舉，宋相州湯陰縣（今屬河南安陽）人，南宋將領，封武昌郡開國公。中國歷史上著名的軍事家、戰略家。他堅主抗金，十餘年間，率領岳家軍同金軍進行戰鬥，所向披靡。在宋金議和過程中，遭受秦檜、張俊等人的誣陷下獄。以"莫須有"的罪名被殺害。後平反昭雪，追謚武穆。杭州岳王廟位於西湖西北角，北山路西段北側。始建於南宋嘉定十四年（1221），明景泰年間改稱"忠烈廟"。

〔2〕往：以往。先將軍：指田子壽的父親田世爵，在嘉靖年間奉旨出征，帶九霄、九龍，九璋、九齡諸子將萬餘土兵赴江浙沿海抗擊倭寇海匪，榮立戰功。田世爵客死於蕪湖軍旅，被朝廷追封爲宣武將軍。先，尊稱死去的人。倭：我國古代稱日本爲倭。底本譌作"委"。

〔3〕休卒：休整士卒。

〔4〕慨然：感慨貌。《荀子·宥坐》："孔子慨然嘆曰：'嗚呼！上失之，下殺之，其可乎！'"詩借"宋紀運中微"的典實，暗指當朝時政，故"慨然"。

〔5〕宋紀：宋朝的綱紀，指國家治理。運中微：國運因奸臣弄權而中道衰微。宋·李綱《水龍吟》："漢家炎運中微，坐令閏位餘分據。"

〔6〕金幣：指受賄之事。詩人借漢朝之事諷喻宋朝之事，南宋朝廷面對金兵大兵壓境只有委屈求和，向金人賄送了大量金銀財寶，但是却没有挽回南宋的敗局，致使宋徽宗、宋欽宗兩代君王雙雙被擄，客死他鄉。由宋高宗繼承皇位，苟安於一隅。詩中"父兄"一詞，是站在宋高宗立場上説的。白登：山名。在山西省大同縣東。漢高帝六年（前201），韓王信在大同地區叛亂，并勾結匈奴企圖攻打太原。劉邦親自率領三十二萬大軍迎擊匈奴，結果中了匈奴誘兵之計，劉邦和他的先頭部隊，被圍困於平城白登山達七天七夜。後來，劉邦采用陳平的計謀，向冒頓單于的閼氏行賄，纔得脱險。此處喻指靖康之變。

〔7〕"斗間"句：借用龍泉劍發現的典故，見卷之三《寶劍篇》注釋。比喻岳飛的英雄之氣被邪惡之氣湮没，壯志難酬。

〔8〕幕下：帳幕之下。《戰國策·魏策一》："樂坐於幕下而啜之。"鐵衣：用鐵片等做成的戰甲。唐·岑參《白雪歌送武判官歸京》："將軍角弓不得控，都護鐵衣冷難着。"這句詩形容岳飛遭迫害之後，其軍營中肅殺淒涼的景象。

于少保祠〔1〕

少保聲名壯本朝，祠前古柏拂烟霄。白登天日丹心在〔2〕，金匱河山鐵券銷〔3〕。怨草碧成萇氏血〔4〕，怒濤寒作伍員潮〔5〕。可憐南北風塵際〔6〕，坐使名王不敢驕〔7〕。

【校注】

〔1〕于少保祠：即于謙祠，位於浙江省杭州市的三臺山麓，西湖烏龜潭畔。于謙，字廷益，號節庵，浙江錢塘人，明朝永樂間進士，曾巡按江西，巡撫河南、山西，政績卓著。正統十四年（1449），蒙古瓦剌部侵袭土木堡，明英宗俘，明王朝危在旦息。于謙臨危受命，任兵部尚書，力阻南遷。他親自指揮數十萬軍民進行名揚青史的北京保衛戰，擊退瓦剌，挽狂瀾於既倒，抒寫壯烈輝煌一頁。明廷加封于謙爲少保，總督軍務。因其性格剛强，被明英宗冤殺。

〔2〕白登：見上篇注釋。此喻指瓦剌部入侵。

〔3〕金匱河山：即傳之久遠的國家江山。金匱，亦作"金櫃""金鐀"，銅製或金製的匱。古時用以收藏文獻或文物，引申謂傳之久遠。《漢書·外戚傳下·孝成趙皇后》："愚臣既不能深援安危，定金匱之計；又不知推演聖德，述先帝之志。"鐵券銷：指剥奪某種權利。這裏指于謙被剥奪爵位下獄論死。鐵券，是皇朝向寵臣或邊徼土酋等頒發的代表一定特權意義可以世襲的證物，又名丹書鐵券、鐵契。

〔4〕怨草：因爲怨恨，遷怒於其他有關聯的景物。嵇康《亂離》："怨草豈有邊，恨水豈有涯。"萇氏血：用萇弘化碧典。萇弘爲周朝大臣劉文公所屬的大夫，後被冤殺。《莊子·外物》："人主莫不欲其臣之忠，而忠未必信，故伍員流於江，萇弘死於蜀，藏其血三年而化爲碧。"

〔5〕怒濤：洶涌的波濤。唐·杜甫《憶昔行》："憶昔北尋有小洞，洪河怒濤過輕舸。"伍員潮：又稱"伍胥潮""伍潮"，典出《吴越春秋》卷五《夫差内傳》："吴王乃取子胥屍，盛之鴟夷之器，投之於江中……子胥因隨流揚波，依潮來往，蕩激崩岸。"後因以"伍胥潮"謂冤死怒潮。

〔6〕風塵際：比喻社會混亂，國家危亡之際。唐·杜甫《草堂》："飄摇風塵際，何地置老夫。"

〔7〕坐使：因此讓，便使得。名王：《漢書·宣帝紀》："匈奴單于遣名王奉獻。"顔師古注："名王者，謂有大名，以别諸小王也。"亦指少數民族的王。

南崖宫對月[1]

摩天群峭碧巑岏[2]，月度三花泠石壇[3]。灩澦波光連楚白[4]，汪中丞《游太和記》：右灩澦，左滄浪。終南雪色照秦寒[5]。太和，終南之首。琅玕玉樹欣重折[6]，沆瀣金盤許暫餐[7]。何處仙真朝上闕[8]，步虛聲裏佩姗姗[9]。

【校注】

〔1〕南崖宫：又名南岩宫，是武當山重要的建築之一。對月：向月。南朝·陳·張正見《有所思》："看花憶塞草，對月想邊秋。"

〔2〕群峭：衆多的陡壁。唐·李白《尋雍尊師隱居》："群峭碧摩天，逍遥不記年。"巑岏：音 cuán wán，山高鋭貌。南朝·宋·鮑照《登廬山望石門》"詩嶄絶類虎牙，巑岏象熊耳。"

〔3〕月度：月亮經過。唐·王涯《秋思詞》："月度天河光轉濕，鵲驚秋樹葉頻飛。"三花：見卷之六《五懷·懷嵩嶽》注釋。石壇：石頭築的高臺，也指山臺，多用於祭祀。唐·許渾《重游飛泉觀題故梁道士宿龍池》："雲開星月浮山殿，雨過風雷繞石壇。"

〔4〕灩澦：音 yàn yù，即灩澦堆。在長江三峽之瞿塘峽中。

〔5〕終南：即終南山，秦嶺主峰之一。在陝西省西安市南。一稱南山，即狹義的秦嶺。古名太一山、地肺山、中南山、周南山。汪中丞：指汪守昆，號高陽生，安徽歙縣人。三歲從祖父學古詩，幼好讀古文、戲曲。二十三歲中進士，與張居正、王世貞同榜。初任義烏知縣，後累官工部主事、福建巡撫、湖廣總督、兵部侍郎。曾爲《水滸傳》作序，與王世貞等明後七子過從甚密。故應該與田子壽有交集。中丞：即御史中丞。因其總督與中丞同級，故世稱汪中丞。

〔6〕琅玕：神話傳説中的仙樹，其實似珠，比喻珍貴、美好之物。《山海經》中説："有服常樹，其上有三頭人，伺琅玕樹。"重折：再一次折枝。

〔7〕沆瀣：見卷之一《遠游篇》注釋。暫餐：暫時共餐。

〔8〕仙真：道家稱昇仙得道之人。唐·李白《上雲樂》："生死了不盡，誰明此胡是仙真。"上闕：皇帝居處，借指朝廷，這裏指天庭。

〔9〕步虛：指道家傳說中神仙的凌空步行。《漢武帝内傳》："可以步虛，可以隱形。長生久視，還白留青。"形容行走從容緩慢貌。

天柱峰二首[1]

朅來仿佛歷層城[2]，揮手天門病骨輕。玉女雲端鳴錦瑟[3]，仙人洞口弄璚笙[4]。中縣不夜黄金闕[5]，絶勝無爲白玉京[6]。瑶草滿山如可掇[7]，吾將此日學長生。

【校注】

〔1〕天柱峰：武當山天柱峰，是武當山主峰。

〔2〕朅來：猶言來，歸來，來到，朅音 qiè。晉·陸機《吊魏武帝文》："咏歸塗以反旆，登崤澠而朅來。"唐吕延濟注："朅來，言歸去來也。"層城：見卷之一《遠游篇》注釋。

〔3〕玉女：指武當山玉女峰，武當山天柱峰正東兩側有兩座山峰。一爲玉女峰，一爲金童峰。錦瑟：見卷之一《湘江曲》注釋。

〔4〕洞口：武當山上有黄龍洞、雷神洞等。璚笙：即瓊笙，瓊玉做的笙，或者瓊只是對笙的贊美。璚，同"瓊"。

〔5〕中縣：指中原。《漢書·高帝紀下》"前時秦徙中縣之民南方三郡"，顔師古注引如淳曰："中縣之民，中國縣民也。"不夜：没有黑夜。形容月光或燈火照耀如同白天。宋·張孝祥《水調歌頭·桂林中秋》："千里江山如畫，萬井笙歌不夜。"黄金闕：比喻月宫。宋·歐陽修《内直對月寄子華舍人持國廷評》："水精宫鎖黄金闕，故比人間分外寒。"

〔6〕絶勝：引申爲最佳之處。宋·范成大《與同僚游棲霞》："竹杖芒鞵俗網疏，每逢絶勝更踟蹰。"白玉京：指天帝所居之處。唐·李白《經亂離後

天恩流夜郎憶舊游書懷》："天上白玉京，十二樓五城。"

〔7〕瑶草：見卷之一《步虚辭》注釋。掇：音duō，拾取，摘取。

其　二

岧嶢天柱許重攀[1]，縹渺烟霞指顧間[2]。漢水東來回楚徼[3]，終南西望抱秦關[4]。雲光忽散崑崙嶺，月色遥臨閬苑山[5]。仙掌芙蓉寒不謝[6]，可能搴折駐衰顔[7]。

【校注】

〔1〕岧嶢：見卷之六《荆州懷古》注釋。天柱：指武當山天柱峰，又名金頂，因頂上有金殿而得名。天柱峰是武當山的主峰，其巔峰拔空峭立，猶如一根寶柱雄屹於衆峰之中，有"一柱擎天"之名。

〔2〕縹渺：見卷之六《五懷》注釋。指顧間：一指一瞥之間。形容時間的短暫、迅速。漢·班固《東都賦》："指顧倏忽，獲車已實。"

〔3〕漢水東來：漢水的流向大方向是往南或東南流的，但有少部分地方因隨山勢走向而向西，故有"東來"之感。回楚徼：徘徊曲折地流動在楚地邊徼。

〔4〕終南：指終南山，即秦嶺。抱秦關：指山擁抱着秦關。秦關，指關中地區。唐·盧綸《長安春望》："誰念爲儒逢世難，獨將衰鬢客秦關。"

〔5〕嶺：山頂。閬苑：閬風之苑，傳説中仙人的住處。唐·王勃《梓州郪縣靈瑞寺浮圖碑》："玉樓星峙，稽閬苑之全模。"

〔6〕仙掌：見卷之一《遠游篇》"金莖"注釋。

〔7〕搴折：拔取，攀折。駐衰顔：保持容顔不衰老。唐·許渾《早發天台中岩寺度關嶺次天姥岑》："來往天台天姥間，欲求真訣駐衰顔。"

贈友人游桃源洞〔1〕

地闢靈源楚徼西〔2〕，奇搜何處覓丹梯〔3〕。幻餘秦晉人空在〔4〕，劫盡仙凡路幾迷〔5〕。桃水舟時霞自爛，玉爐泥處鳥空啼〔6〕。花間艷女如相遇，莫怪無情易解携〔7〕。

【校注】

〔1〕桃源洞：在今浙江省天台縣北。相傳東漢時，劉晨、阮肇到天台山采藥迷路，誤入桃源洞遇見兩個仙女，被邀至家中半年後回家，子孫已過七代。事見南朝·宋·劉義慶《幽冥録》。後因以指男女幽會的仙境。但詩人描繪的地理位置在“楚徼西”，當是指陶淵明筆下的那個武陵桃花源。詩人在多詩中表達他的故鄉即是桃花源。

〔2〕靈源：指隱者所居、遠離塵世之地。明·高啓《贈金華隱者》：“靈源有路不可入，但見幾片流出雲中花。”楚徼西：楚國之西部邊徼。

〔3〕奇搜：即“搜奇”，探奇。丹梯：紅色的臺階，亦喻仕進或尋仙之路。南朝·宋·謝靈運《擬魏太子鄴中集詩·阮瑀》：“躧步陵丹梯，并坐侍君子。”

〔4〕幻餘：夢幻之餘。秦晉人：指躲避戰亂的前朝遺民。

〔5〕劫盡仙凡：即“仙凡劫盡”：仙界和凡界的劫難到了盡頭。路幾迷：道路幾近迷失。

〔6〕玉爐：道家煉丹爐。唐·吕岩《敲爻歌》：“鉛初就，汞初生，玉爐金鼎未經烹。”

〔7〕解携：分手，離別。唐·杜甫《水宿遣興奉呈群公》：“异縣驚虚往，同人惜解携。”這後兩句似乎又是説的天台縣桃源洞的故事。

金山寺〔1〕

扁舟破浪寄萍蹤，何處霜清上界鐘〔2〕。地坼萬波趨大壑〔3〕，天回一柱擁提封[4]。神龍燭吐鼉鼉窟[5]，法雁珠摽鸑鷟峰[6]。矯首蓬壺那可到[7]，且從初地净塵容[8]。

【校注】

〔1〕金山寺：在江蘇鎮西北金山上。東晉時創建。爲國内佛教禪宗名寺。民間傳説《白蛇傳》中的金山寺即指此。

〔2〕霜清：形容秋水明净，潔净。唐·張九齡《赴使瀧峽》："霜清百丈水，風落萬重林。"上界鐘：仙佛所居之地傳來的鐘聲。唐·張九齡《祠紫盖山經玉泉山寺》："上界投佛影，中天揚梵音。"

〔3〕地坼：地裂。語出《禮記·月令》："仲冬之月……冰益壯，地始坼，鶡旦不鳴，虎始交。"坼，音 chè。大壑：即大海。

〔4〕天回：天旋，天轉。形容氣象雄偉壯觀，也指時光流逝。晉·左思《蜀都賦》："望之天回，即之雲昏。"一柱：喻能擔當重任，獨力支撑局面的人。提封：猶版圖，疆域。隋·薛道衡《老氏碑》："牂牁、夜郎之所，靡漠、桑乾之地，咸被聲教，并入提封。"

〔5〕神龍燭吐：銜燭神龍。中國古代神話中的神獸。人面龍身，口中銜燭，在西北無日之處照明於幽陰。傳説它威力極大，睁眼時普天光明，即是白天；閉眼時天昏地闇，即是黑夜。鼉鼉窟：《太平廣記》卷四百七十引《廣异記》："魏王池中有一鼉窟……得崑崙數十人，悉持刀槍，沉入其窟，得鼉大小數十頭。末得一鼉，大如連牀，官皆殺之。"

〔6〕法雁珠：傳爲天鵝銜來的舍利子佛珠。明·王世貞《天寧寺塔中有舍利時時於相輪吐光予夜宿見之》："法雁珠頻吐，神龍燭乍飄。"摽：音 biāo，高揚。鸑鷟峰：山峰名。鸑鷟，音 yuè zhuó，神鳥，鳳的别名。

〔7〕矯首：昂首，抬頭。唐·杜甫《又上後園山脚》："説窮秋立日觀，矯首望八荒。"蓬壺：即傳中的海上仙山。那：同"哪"，疑問代詞。

〔8〕初地：佛教寺院。唐·王維《登辨覺寺》："竹徑從初地，蓮峰出化城。"塵容：塵俗的面貌。唐·盧綸《得耿湋司法書因呈河中鄭倉曹暢參軍昆季》："塵容帶病何堪問，淚眼逢秋不喜開。"

華容吊先師右川徐先生[1]

章華臺畔懷先子[2]，紅柿村南問舊廬[3]。劍在星文曾未拭[4]，琴懸雪調已成虛[5]。書香尚憶芸窗後[6]，苔蘚驚看鳥迹餘[7]。欲賦招魂誰復和[8]，西風回首漫躊躇。

【校注】

〔1〕先師：故去的老師。右川徐先生：疑即徐中行，明文學流派“後七子”成員，右川是其字。見“附録·附三”説明。

〔2〕章華臺：見卷之五《哭雲夢師三首》注釋。先子：故去的先生。子，古時對老師或有道德、有學問的人的尊稱。

〔3〕紅柿村：據《客星堂荆湘嚴家嚴氏族譜》：“華容嚴氏，自關中南遷，卜居章華紅柿村。”此村當在華容。

〔4〕星文：劍上鏤刻之星文。唐·劉長川《寶劍篇》：“匣裏星文動，環邊月影殘。”

〔5〕雪調已成虛：高雅的曲調已無人彈奏。

〔6〕芸窗：指書齋。書齋中常用芸香驅蟲，故名。宋·張淑芳《浣溪沙》：“或定或摇江上柳，爲鶯爲鳳月中篁，爲誰掩抑鎖芸窗。”

〔7〕鳥迹餘：即餘鳥迹，只留下鳥雀經過的痕迹，指荒凉而少人至。

〔8〕招魂：屈原有名篇《招魂》。詩人欲給先師賦招魂篇。和：應和。

登襄陽城樓東吴子喬兼呈周太史[1]

楚山面面出城頭[2]，一望凄然起四愁[3]。風雨故人頻下榻[4]，乾坤雙爲此登樓[5]。大堤春色迷湘渚[6]，太嶽峰陰俯漢流[7]。無那梁園詞客在[8]，别來遥共白雲秋。

【校注】

〔1〕吴子喬：見卷之四《依韻答吴山人君翰見訪山墅》注釋。周太史：周紹稷。該題目在東或吴字前似乎遺漏了一個“呈”或“寄”字。

〔2〕楚山：即荆山。在湖北省西部，武當山東南，漢江西岸。也泛指楚地的山。出城頭：高過城頭。

〔3〕四愁：“四愁詩”的省稱。《四愁》，漢·張衡所作，爲傷時之文。唐·李嘉祐《暮秋遷客增思寄京華》：“宋玉怨三秋，張衡復四愁。”也泛指愁思。

〔4〕故人：舊交，老朋友。唐·孟浩然《過故人莊》：“故人具雞黍，邀我至田家。”下榻：寄宿。

〔5〕雙舄：見卷之三《贈鄒山人子序》注釋。

〔6〕迷：遮阻，遮盖。湘渚：此指水中沙洲。唐·張籍《離宫怨》：“高堂别館連湘渚，長向春光開萬户。”

〔7〕太嶽：武當山古稱太和山。又稱太嶽、玄嶽。漢流：指漢水。

〔8〕無那：無奈。梁園：見卷之四《雪夜宴集遂成艷曲》注釋。

憶邸中吴越舊友〔1〕

南北風烟萬里程，春來何物不含情。賦中御柳牽吴色〔2〕，馬上宫鶯送越聲〔3〕。履舄并飛鵷鵲觀〔4〕，聲華重滿鳳凰城〔5〕。酒人豪俠知何限〔6〕，此際誰同筑一鳴〔7〕。

【校注】

〔1〕邸中：旅舍之中。吴越：指吴國越國故地，在今江浙一帶。三國·魏·曹植《責躬詩》：“甘赴江湘，奮戈吴越。”

〔2〕御柳：皇宫中的柳樹。唐·曹松《長安春日》：“御柳舞着水，野鶯啼破春。”吴色：即吴地景色。

〔3〕宫鶯：宫裏的鶯。唐代詩人徐夤曾寫有《宫鶯》詩。

〔4〕履舄并飛：形容很多人一起行動。唐・白居易《對酒吟》："履舄從相近，謳吟任所須。"鳷鵲觀：漢宫觀名，在長安甘泉宫外。鳷鵲，古書記載的一種异鳥，傳漢章帝時條支國來貢，形高七尺，解人語。鳷，音 zhī。

〔5〕聲華：猶言聲譽榮耀。唐・白居易《晏坐閑吟》："昔爲京洛聲華客，今作江湖老倒翁。"鳳凰城：美稱京城。唐・杜甫《復愁》詩之九："由來貔虎士，不滿鳳凰城。"仇兆鰲注："鳳凰城，指長安。"

〔6〕酒人：好酒之人。《史記・刺客列傳》："荆軻雖游於酒人乎，然其爲人沉深好書。"裴駰集解引徐廣曰："飲酒之人。"豪俠：猶言豪邁好義之人。《漢書・趙廣漢傳》："建素豪俠。"《北齊書・高昂傳》："孟和少好弓馬，率性豪俠。"

〔7〕筑一鳴：戰國燕子丹送荆軻刺秦王，至易水，高漸離擊筑，荆軻和而歌，爲變徵之聲，士皆涕泣。見《戰國策・燕策三》。筑，古弦樂器，形似琴，有十三弦。演奏時，左手按弦一端，右手執竹尺擊弦發音。

黄鶴樓

高閣巍峨引望長〔1〕，無邊秋色正蒼蒼。空憐洲在呼鸚鵡〔2〕，漫憶山空下鳳凰〔3〕。帝子南雲迷七澤〔4〕，楚臣蘭佩怨三湘〔5〕。憑欄不盡江鄉恨〔6〕，大别寒烟暮渺茫〔7〕。

【校注】

〔1〕黄鶴樓：古代著名樓觀。始建於三國吴黄武二年（223）。故址在今湖北武昌蛇山的黄鵠磯頭，蛇山之上。高閣：高聳的樓閣，指黄鶴樓。引望：引頸而望。

〔2〕鸚鵡：指鸚鵡洲，在今武漢西南長江中。相傳東漢末江夏太守黄祖在此大會賓客，有人獻鸚鵡，太守命禰衡作《鸚鵡賦》，引起轟動，故名。後衡爲

太守黄祖所殺，葬於此。江水沖刷，今鸚鵡洲已非故地。唐・崔顥《黄鶴樓》："晴川歷歷漢陽樹，芳草萋萋鸚鵡洲。"

〔3〕鳳凰：指的是距離蛇山不遠的武昌鳳凰山。鳳凰山曾經是武昌古城的門户，有"欲制武昌，先制蛇山，欲制蛇山，先制鳳凰山"之説。

〔4〕帝子：指娥皇、女英。傳説爲堯女。《楚辭・九歌・湘夫人》："帝子降兮北渚，目眇眇兮愁予。"漢・王逸注："帝子，謂堯女也。"南雲：南飛之雲，常以寄托思親、懷鄉之情。晉・陸機《思親賦》："指南雲以寄欸，望歸風而效誠。"七澤：相傳古時楚有七處沼澤。後以"七澤"泛稱楚地諸湖泊。

〔5〕楚臣：指屈原，屈原曾爲楚國三閭大夫。蘭佩：以蘭花作爲佩飾。三湘：有説湖南湘鄉、湘潭、湘陰（或湘源），合稱三湘；有説沅湘、瀟湘、資湘的合稱。但古人詩文中的三湘，多泛指湘江流域及洞庭湖以南地區。怨：懷恨。

〔6〕江鄉恨：懷鄉之恨。恨：遺憾，不滿意。

〔7〕大别：山名。即龜山，又稱魯山，與武昌蛇山隔江相望。

呈太霞周太史先生公滇南人，時宦襄邸〔1〕

清時才子怨離群〔2〕，舊國風烟渺不分〔3〕。漢水恍搖滇海月〔4〕，硯山驚落碧雞雲〔5〕。蘭臺詞賦誰争長〔6〕，藜閣編摩獨羡君〔7〕。莫道天涯尚留滯，故人早晚薦雄文。

【校注】

〔1〕滇：即今雲南。宦襄邸：在襄陽爲官。邸，音 dǐ，高級官員的住所。周太史：即詩集作序者之一周紹稷，詳見"附録・附三"。

〔2〕清時：清平之時。漢・李陵《答蘇武書》："勤宣令德，策名清時。"張銑注："清時，謂清平之時。"怨：諷諫怨刺（不平之事）。《論語》："子曰：'小子，何莫學夫《詩》？《詩》可以興，可以觀，可以群，可以怨。'"

離群：超群。宋・蘇軾《表忠觀碑》："篤生异人，絶類離群。"

〔3〕舊國：故都。指南京。宋・陸游《法雲寺》："勾踐舊國古會稽，南山擁郭分東西。"

〔4〕滇海：指滇池，昆明湖。

〔5〕硯山：全國有多處峴山，此當指襄陽峴首山。碧雞：山名。在今雲南昆明市西南。明・機先《碧雞秋色》："碧雞西望水天虚，漠漠秋光畫不如。"

〔6〕蘭臺：戰國楚臺名。傳説故址在今湖北省鍾祥市東。戰國・宋玉《風賦・序》："楚襄王游於蘭臺之宫，宋玉、景差侍。"這裏泛指文壇。

〔7〕藜閣：讀書之亭閣，見卷之四《東胡人山載道》青藜杖典。編摩：猶編集。宋・陳長方《霍光賞符璽郎》："孟堅父子編摩久，符璽中郎竟爲誰。"

寄川樓吴公〔1〕

莫莫浮雲鬱未開〔2〕，許誰棲息共啣杯〔3〕。梁園昔掩鄒枚賦〔4〕，郢里今推屈宋才〔5〕。北望雲宵還日月〔6〕，南來詞些且樓臺〔7〕。謾將蘿薜裁初服〔8〕，行見徵車谷口來〔9〕。

【校注】

〔1〕川樓吴公：指吴國倫吴川樓。見"附録・附三"。

〔2〕莫莫：同"漠漠"，迷蒙、彌漫的樣子。《漢書・揚雄傳上》："《校獵賦》：'莫莫紛紛，山谷爲之風猋，林叢爲之生塵。'"鬱：盛、濃。

〔3〕許誰：可能和誰。棲息：歇息。啣杯：飲酒。

〔4〕梁園：見卷之四《雪夜宴集遂成艷曲》注釋。

〔5〕郢里：指楚地。屈宋才：跟屈原和宋玉一樣的詩才。

〔6〕雲宵：即雲霄。還日月：日落月昇，陰陽輪回。宋・李覯《苦雨初霽》"天放舊光還日月，地將濃秀與山川。"

〔7〕北望：向北張望。有望朝堂之意。詞些：即"些詞"。楚地辭賦句中多

帶有語氣助詞“些”，故稱。且樓臺：更上層樓之意。

〔8〕謾：莫，不要。蘿薜：見卷之二《送子東歸洞庭二首》之二注釋。初服：見卷之二《惜别十首》之七注釋。

〔9〕徵車：古代徵召賢達時政府使用的車子，也用於君招臣。清·方文《送劉孔安北上》：“大雲起幽壑，徵車來何遲！”從詩的首聯看，此首詩可能寫於吴國倫被罷官之後。詩中多安慰和讚頌之語，希望老師有朝一日被重新啓用。

途中月夜吟眺〔1〕

憶聽黄鸝囀故林〔2〕，俄驚柳色颯秋陰〔3〕。人情青白惟看眼〔4〕，世路波瀾枉論心〔5〕。月冷楚猿醒客夢〔6〕，雲深蜀魄唤歸吟。蕭條漫動江南賦〔7〕，詞客飄零自古今。

【校注】

〔1〕吟眺：遠望吟詩。

〔2〕憶：思念，回想。“黄鸝囀故林”是春天之景，故憶。

〔3〕颯：形容風聲。

〔4〕青白惟看眼：典故見卷之五《蓬茨》解釋。

〔5〕世路：指人世的經歷。唐·白居易《讀史五首》：“山林少羈鞅，世路多艱阻。”波瀾：比喻遇到挫折或陷入困境。

〔6〕楚猿：指楚地的猿啼之聲。唐·李商隱《宿晉昌亭聞驚禽》：“胡馬嘶和榆塞笛，楚猿吟雜橘村砧。”

〔7〕蕭條：寂寥冷落，草木凋零貌。漫動：觸動詩興。江南賦：庾信《哀江南賦》。

重登岳陽樓望君山〔1〕

徙倚高樓霄漢間〔2〕，廿年曾此眺君山。西浮巴峽千峰斷，南挹瀟湘九水還〔3〕。湖月夜開龍女鏡，浦雲朝畫帝妃鬟〔4〕。由來瑟瑟多悲怨〔5〕，莫望蒼梧動客顏〔6〕。

【校注】

〔1〕岳陽樓：湖南岳陽西門古城樓。相傳三國吴魯肅在此建閱兵臺。唐開元四年（716），中書令張説謫守巴陵（即今岳陽市）時在舊閱兵臺基礎上興建此樓。主樓三層，巍峨雄壯。登樓遠眺，八百里洞庭盡收眼底。君山：在湖南洞庭湖口，又名湘山。北魏・酈道元《水經注・湘水》："湖中有君山……湘君之所游處，故曰君山矣。"

〔2〕徙倚：徘徊，來回地走，逡巡。霄漢：雲霄和天河，指天地間。

〔3〕瀟湘：指湘江，也泛指湖南大地。因湘江水清且深，故名。《山海經・中山經》："帝之二女居之，是常游於江淵，澧沅之風，交瀟湘之淵。"九水：指注入洞庭湖的九條河流，一説爲沅、漸、潕、辰、敘、酉、澧、資、湘。袁中道《游岳陽樓記》："洞庭爲沅、湘等九水之委。"

〔4〕龍女：傳説中龍王之女。《古詩源・綿州巴歌》："下白雨，取龍女，織得絹，二丈五。"浦雲：水浦之雲。帝妃：即帝子，指娥皇、女英。傳説爲堯女舜妃。《楚辭・九歌・湘夫人》："帝子降兮北渚，目眇眇兮愁予。"鬟：古代婦女梳的環形髮髻。

〔5〕瑟瑟：形容風的聲音或形容秋天的寒意。唐・白居易《琵琶行》："潯陽江頭夜送客，楓葉荻花秋瑟瑟。"

〔6〕蒼梧：九嶷山的别名。動客顏：使客居之人容顏變化，即産生去國懷鄉之思。宋・錢選《雜詩》："青春躍馬兩山間，溪柳岩花動客顏。"

答澧守伍蠡湖公[1]

美人爲政楚江濱[2]，况復風流藻翰新[3]。郭外雲光來紫盖[4]，簾前風色起青萍[5]。雙轓帶雨時行縣[6]，五馬如龍日省春[7]。作賦文園真忝竊[8]，漫勞書札訪垂綸[9]。

【校注】

〔1〕澧守：澧州太守。伍蠡湖：見“附録・附三”説明。

〔2〕美人：賢德美好的人。《詩・邶風・簡兮》：“云誰之思，西方美人。”漢・鄭玄箋：“思周室之賢者。”楚江：楚地的江河。唐・李白《望天門山》：“天門中斷楚江開，碧水東流至此回。”

〔3〕况復：更加，况且。風流：風度儀態。藻翰：華麗的文筆，好文章。唐・韋應物《送劉評事》：“聲華滿京洛，藻翰發陽春。”

〔4〕郭外：城郭之外。唐・王昌齡《和振上人秋夜懷士會》：“郭外秋聲急，城邊月色殘。”紫盖：紫色車盖，帝王儀仗之一。借指帝王車駕。南朝・梁・沈約《齊故安陸昭王碑文》：“陪龍駕於伊洛，侍紫盖於咸陽。”詩中借指官家車駕。

〔5〕青萍：水生植物。浮萍的别稱。宋・陸游《初夏閒步村落間》：“緑葉忽低知鳥立，青萍微動覺魚行。”

〔6〕轓：音 fān，古代車箱兩旁反出如耳的部分，用以障蔽塵泥，俗稱擋泥板。行縣：謂縣官巡行所主之縣。唐・李嘉祐《宋州東登望題武陵驛》：“明主頻移虎符守，幾時行縣向黔黎。”

〔7〕五馬如龍：馬如龍，形容馬行疾速。語本《南史・曹景宗傳》：“景宗謂所親曰：‘我昔在鄉里，騎快馬如龍。’”五馬，古時官員所乘之馬車，多由四匹驂馬和一匹轅馬共五馬組成。省春：賞春觀景。省，省視、探查、觀賞。

〔8〕忝竊：謙言辱居其位或愧得其名。忝，有愧於，愧對。竊，非分占有。唐・杜甫《長沙送李十一》：“李杜齊名真忝竊，朔雲寒菊倍離憂。”

〔9〕漫勞：尊詞，勞駕您。書札：書信。垂綸：釣魚，借指隱士之行狀。此詩是答謝伍太守先行“書札”來訪的，所以這裏的“垂綸”代指詩人自己。

送林扶京一首〔1〕

九月霜林木葉丹，千盤雲路轉高寒。路從秋草承歸佩〔2〕，雲傍寒花擁去鞍〔3〕。別後那堪歌進酒，緣慳何自問加餐〔4〕。知君到處逢迎盛〔5〕，誰向天涯念舊歡。

【校注】

〔1〕林扶京：田子壽文友，生平失考。

〔2〕路從秋草承歸佩：路邊的秋草像雙手奉托歸客的佩環。

〔3〕雲傍寒花：秋花依附着雲霧。去鞍：離去的鞍馬，即林扶京。宋・王令《野外》：“亂草無閑地，斜陽有去鞍。”

〔4〕緣慳：緣分缺乏（指要分別）。慳，音 qiān，欠缺。加餐：慰勸辭，謂多進飲食，保重身體。

〔5〕到處：所到之處。宋・張孝祥《菩薩蠻》：“胭脂淺染雙珠樹。東風到處嬌無數。”

送宗文侄游太嶽〔1〕

曾醉春臺十二樓〔2〕，至今飛夢繞瀛洲〔3〕。參山半挂秦川月〔4〕，襄野平鋪漢水流〔5〕。路轉乍疑瑶闕近〔6〕，峰高真與白雲浮。何當共爾搜蓬島〔7〕，直跨神龍賦遠游〔8〕。

【校注】

〔1〕宗文任：指田國華，見“附録·附三”説明。

〔2〕春臺：春日登高覽勝之處。《老子》：“荒兮其未央，衆人熙熙，如享太牢，如登春臺。”十二樓：指傳説中仙人居處。唐·李白《經亂離後贈江夏韋太守良宰》：“天上白玉京，十二樓五城。”

〔3〕飛夢：指夢中飛越。唐·李白《夢游天姥吟留别》中有“我欲因之夢吴越，一夜飛渡鏡湖月”句；宋·龔鼎臣《東原録》中有“夜來飛夢到瑶池，借得周王八駿騎”句。瀛洲：傳説中的仙山。見卷之一《天馬歌》注釋。

〔4〕嵾山：嵾岭，即武當山。秦川：原爲河名，後泛指陜甘一帶。

〔5〕襄野：指襄陽盆地的原野。

〔6〕乍疑：突然疑惑。瑶闕：傳説中的仙宫。五代·齊已《昇天行》：“瑶闕參差阿母家，樓臺戲閉凝彤霞。”

〔7〕共爾：同你一起。蓬島：即蓬萊仙山。唐·李白《古風》之四八：“但求蓬島藥，豈思農扈春。”

〔8〕遠游：戰國·屈原有《遠游》篇，托意與仙人遠游山川，無所不到。這裏是遠游避世之意。

中秋寄所知〔1〕

年來不共美人游，溪上清光獨倚樓。露下玉壺寒色浄〔2〕，夜凉銀漢白雲流〔3〕。杯中酒動關山月，笛裏風飄海岳秋。遥憶衆星相聚樂〔4〕，桂叢誰念小山幽。

【校注】

〔1〕所知：相知的人，要好的人。

〔2〕玉壺：東漢·費長房欲求仙，見市中有老翁懸一壺賣藥，市畢即跳入壺中。費便拜叩，隨老翁入壺。但見玉堂富麗，酒食俱備。後知老翁乃神仙。

事見《後漢書·方術傳下》。後遂用以指仙境。

〔3〕銀漢：天河，銀河。南朝·宋·鮑照《夜聽妓》："夜來坐幾時，銀漢傾露落。"

〔4〕衆星：群星。《論語·爲政》："子曰：'爲政以德，譬如北辰，居其所而衆星共之。'"這裏比喻衆多志趣相投的文友。

秋眺五峰〔1〕

客携秋色轉崔巍，徑擁雙鳧興欲飛〔2〕。峰識老人泉瀑布〔3〕，河攀織女石支機〔4〕。即看霞外無今古〔5〕，不信人間有是非。任是幻來形屢變〔6〕，如如大地總同歸〔7〕。

【校注】

〔1〕五峰：指黄山上的五老峰。

〔2〕雙鳧：見卷之二《擬古詩九首》之十五注釋。

〔3〕老人：指老人峰。老人峰位於黄山東部，天都峰東側，爲三十六小峰之一。峰頂有數石如老人，摩肩接履，向天都峰攀登，名爲"五老上天都"。前面一石爲五老之首，作前導狀，稱"老人峰"。

〔4〕河攀：溯流而上，尋求河源。織女石支機，是"織女支機石"的倒裝，傳説爲天上織女用以支撑織布機的石頭。《太平御覽》卷八引南朝·宋·劉義慶《集林》："昔有一人尋河源，見婦人浣紗，以問之，曰：'此天河也。'乃與一石而歸。問嚴君平，云：'此支機石也。'"唐·宋之問《明河篇》："更將織女支機石，還訪成都賣卜人。"

〔5〕霞外：雲外，高遠之處。唐·崔湜《江樓夕望》："楚山霞外斷，漢水月中平。"

〔6〕任是：即便是，即使是。宋·秦觀《南鄉子》："盡道有些堪恨處，無情。任是無情也動人。"幻來：幻化而成，或云變幻輪回。

〔7〕如如：佛教語。謂永恒常在的實體，實性。引申爲永存，常在。唐・賈島《寄無得頭陀》："落澗水聲來遠遠，當空月色自如如。"

立春日與客讌集〔1〕

桃源未逐泛花津〔2〕，瞥眼紅塵尚傍人〔3〕。浮世古今皆是客〔4〕，流年天地解留賓〔5〕。蘭香欲逐尊前落〔6〕，梅色先浮雪裏春。况是斗杓旋近座〔7〕，可能不醉負芳辰〔8〕。

【校注】

〔1〕讌集：宴飲聚會。讌，通"宴"，用酒飯招待客人。

〔2〕桃源：指陶淵明筆下的桃花源。逐：本意是追趕，這裏是找尋。

〔3〕瞥眼紅塵：厭惡貌。即大略看一下人世間。

〔4〕浮世：人間，人世。舊時認爲人世間浮沉聚散不定，故稱。

〔5〕流年：流逝的歲月、年華。宋・蘇軾《浣溪沙》："老魚跳檻識清謳。流年未肯付東流。"

〔6〕尊前：在酒樽之前，指酒筵上。宋・晏幾道《滿庭芳》："漫留得尊前，淡月西風。"

〔7〕斗杓：北斗七星中，第五至第七顆星，形如酒斗之柄，是古人用以定時間和季節的依據。杓，音 biāo。旋近座：指移動至最近的地方。這裏指時光流逝。

〔8〕芳辰：美好的時光，多指春季。

酒中對沈比部畫梅〔1〕

傲吏清標不可留〔2〕，每依芳樹寄悠悠〔3〕。乍疑杯外寒光動〔4〕，忽漫梁間漢月流〔5〕。翻憶當年親笑色〔6〕，那堪此日倍春愁〔7〕。偏憐直北關山遠〔8〕，夢裏仙郎幾共游〔9〕。

【校注】

〔1〕對：向着，面對。沈比部：指沈襄，詳見本書“附録·附三”。沈襄善畫梅，又精劍術，從劍術中妙悟縱横擊刺之法，匯通筆意，故引入水墨梅中，筆法遒勁，蒼莽渾厚，開一代畫梅之風。畫梅：從詩景詩意來看，不像是現場觀看沈比部如何畫梅，而是酒中面對梅花圖所想。

〔2〕傲吏：不爲禮法所屈的官吏。唐·孟浩然《與王昌齡宴王十一》：“漆園有傲吏，惠好在招呼。”清標：謂清美出衆。不可留：不可能被朝廷所容留。指沈襄受奸臣嚴嵩迫害幾於喪命，逃離京都之事。

〔3〕芳樹：泛指佳木，花木，喻指德才俱佳的人。三國·魏·阮籍《咏懷》之十三：“芳樹垂緑葉，清雲自逶迤。”寄悠悠：長久的寄托與思念。

〔4〕乍疑：突生疑惑。

〔5〕忽漫：忽而灑滿（月輝）。漢月流：月亮在星漢移動。

〔6〕翻憶：回憶。親笑色：可親的笑顔。

〔7〕那堪：怎堪，如何能經受。宋·柳永《雨霖鈴·寒蟬悽切》：“多情自古傷離别，更那堪冷落清秋節。”

〔8〕偏憐：獨愛。唐·白居易《令公南莊花柳正盛欲偷一賞先寄二篇》：“最憶樓花千萬朵，偏憐堤柳兩三株。”直北：正北。唐·杜甫《秋興八首》：“直北關山金鼓振，征西車馬羽書遲。”

〔9〕仙郎：唐人對尚書省各部郎中、員外郎的慣稱。沈襄曾做過比部郎中，故云。

其　二

十載逍遥供奉班〔1〕，畫梅猶自照愁顔。羅浮月色來樽外〔2〕，梁苑寒光生座間〔3〕。驛使春來渾不見〔4〕，何郎詩好杳難攀〔5〕。翛然不盡關山興〔6〕，一夜風吹笛裏還。

【校注】

〔1〕十載逍遥：指沈襄在朝廷任比部郎中的日子，十載非確數。供奉班：指位列朝班，在朝廷供職。

〔2〕羅浮：本爲山名，在廣東省東江北岸，爲粤中游覽勝地。晉·葛洪曾在此山修道。道教稱爲"第七洞天"。相傳隋·趙師雄在此夢遇梅花仙女，後多爲咏梅典實。

〔3〕梁苑：即梁園，見卷之四《雪夜宴集遂成艷曲》注釋。

〔4〕驛使：驛站信使，傳遞公文、書信的人。

〔5〕何郎：指南朝·梁·何遜。何青年時即以文學著稱，爲當時名流所稱道。宋·劉克莊《賀新郎·鵲報千林喜》："要與瑶姬叙離索，草草杯盤借地。悵减盡、何郎才思。"

〔6〕翛然：無拘無束，超脱貌。翛，音 xiāo。唐·白居易《首夏》："兀爾水邊坐，翛然橋上行。"關山興：指對國家大事社稷江山的興趣。

荆州懷古奉許大夫〔1〕

飄泊萍蹤想舊游〔2〕，山河迢遞擁南州〔3〕。楚腰金縷留歡夕〔4〕，梁曲銅蹄染淚秋〔5〕。詞賦高樓南北恨，蘋蘩遺廟古今愁〔6〕。誰憐抱璧逢多難〔7〕，明月荆山望轉優〔8〕。

【校注】

〔1〕許大夫：名號生平失考。大夫，西周以後的諸侯國中，國君下有卿、大夫十三級，大夫世襲，且有封地。後來"大夫"成爲一般任官職者的稱呼。漢代的御醫俸禄級别與大夫同等，故也稱大夫，後來成爲醫生的專稱。這裏仍舊借用爲官稱。

〔2〕萍蹤：見卷之四《杭州城》注釋。舊游：往日的交游。也指曾經交游的朋友。

〔3〕迢遞：見卷之四《宿紫霄宫》注釋。南州：泛指南方地區。

〔4〕楚腰：《韓非子·二柄》："楚靈王好細腰，而國中多餓人。"後因以"楚腰"泛稱女子的細腰。唐·李商隱《又效江南曲》："掃黛開宫額，裁裙約楚腰。"金縷：指金絲。這裏指束腰的繩縷。唐·白居易《秦中吟縷議婚》："紅樓富家女，金縷繡羅襦。"歡夕：歡樂的晚上。唐·杜甫《贈特進汝陽王二十韻》："披霧初歡夕，高秋爽氣澄。"

〔5〕梁曲銅蹄：用梁武帝典。《隋書·音樂志上》："初武帝之在雍鎮，有童謡云：'襄陽白銅蹄，反縛揚州兒。'識者言白銅蹄謂馬也；白，金色也。及義師之興，實以鐵騎，揚州之士皆面縛，果如謡言。"

〔6〕蘋蘩：音 pín fán，植物名。遺廟：猶先人留下的古廟。這裏指荆州各代主人留下來的家廟。由於朝代更替，昔日的廟堂現在也雜草叢生了。

〔7〕抱璧逢多難：這裏指的是卞和得到荆山璞玉，因没人識寶反被砍去雙足而遭大難之事。

〔8〕荆山：在今湖北省南漳縣西部，漳水發源於此。山有抱玉岩，傳爲楚人卞和得璞處。望轉優：希望轉向好的一面。指楚文王命人開璞，果得價值連城的和氏璧。

十五月夜峰頭咏懷

星河錯落彩雲流，明月高懸萬里秋。何處逢人非白眼，浮生從事有青州〔1〕。携來五老雲間嘯〔2〕，飛去三山夢裏游〔3〕。却憶軒皇聞道處〔4〕，崆峒不見使人愁〔5〕。

【校注】

〔1〕從事有青州：南朝·宋·劉義慶《世説新語·術解》："桓公有主簿

善别酒，有酒輒令先嘗。好者謂‘青州從事’，惡者謂‘平原督郵’。青州有齊郡，平原有鬲縣。從事，言到臍；督郵，言在‘鬲’上住。”後因以“青州從事”爲美酒的代稱。

〔2〕五老：根據詩題有“峰頭”推之，可能指黄山之“五老峰”。

〔3〕三山：指海上三神山。

〔4〕軒皇：即黄帝軒轅氏。漢·張衡《同聲歌》：“衆夫所希見，天老教軒皇。”

〔5〕崆峒：山名。在今甘肅平凉西。傳爲黄帝問道於廣成子之所。《莊子·在宥》：“黄帝立爲天子，十九年，令行天下，聞廣成子在於崆峒之上，故往見之。”

奉斗西宗侯兼呈午渠余憲副〔1〕

牢落雙龍劍氣賒〔2〕，遥憐任俠并堪夸〔3〕。廬雲高映王孫苑〔4〕，章月閒窺孺子家〔5〕。未是郢歌高白雪〔6〕，争傳梁賦盡瑶華〔7〕。何當携醉芙蓉館〔8〕，飛盖追隨玩紫霞〔9〕。

【校注】

〔1〕斗西：宗侯的名號，餘不詳。宗侯：是對皇室後裔的尊稱。余憲副：生平不詳。憲副，官名，代都察院副長官左副都御史的别稱。

〔2〕牢落雙龍：這是用龍泉、太阿寶劍被埋藏古牢之下氣衝牛斗的典故。見卷之三《寶劍篇》注釋。賒：遥遠。

〔3〕任俠：任俠之士。宋·王安石《郭解》：“平日五陵多任俠，可能推刃報王孫。”堪夸：值得夸贊。唐·李商隱《閒游》：“尋幽殊未極，得句總堪夸。”

〔4〕廬雲：籠罩房舍的雲，這裏指祥瑞之氣。王孫苑：指朱氏王孫的園苑。

〔5〕章月：古代曆法名詞。古人以二百三十五月爲章月。十九年爲一章，而十九年只有二百二十八個月，所以在一章中必置七個閏月。《漢書·律曆志上》："以五位乘會數，而朔旦冬至，是爲章月。"孺子：小孩子。

〔6〕郢歌高白雪：見卷之四《宵燕》注釋。

〔7〕梁賦：即梁苑之賦，指司馬相如、枚乘等梁苑文人寫的賦。見卷之四《雪夜宴集遂成艷曲》注釋。瑶華：比喻詩文的珍美，亦用以對人詩文的美稱。唐·儲光羲《酬李處士山中見贈》："引領遲芳信，果枉瑶華篇。"

〔8〕芙蓉館：名芙蓉館的地方很多，此處當是詩人與某宗侯飲過酒的地方，餘無可考。

〔9〕飛盖：馳車，驅車。三國·魏·曹植《公宴》："清夜游西園，飛盖相追隨。"

雲夢師新開赤城別墅遥寄〔1〕

赤圃新開楚水隈〔2〕，霞標萬里落天台〔3〕。可令何處紅塵入〔4〕，恰有真人紫氣來〔5〕。雲色朱陵生几席〔6〕，桃花源水映樓臺。不聆擲地金聲韻〔7〕，那識與公作賦才〔8〕。

【校注】

〔1〕赤城別墅：見卷之三《赤城別墅歌爲雲夢師賦》注釋。

〔2〕赤圃："赤霄懸圃"的簡説。赤霄，謂極高的天空。懸圃，神話傳説中仙人居住的地方。唐·杜甫《赤霄行》："赤霄懸圃須往來，翠尾金花不辭辱。"楚水隈：楚地的水灣。隈，音 wēi，山水等彎曲的地方。

〔3〕霞標：高峻挺立之物，見卷之三《赤城別墅歌爲雲夢師賦》注釋。天台：即天台山，在浙江省天台縣北，爲仙霞嶺的東支。爲佛教天台宗的發源地。

〔4〕紅塵入：即"入紅塵"，進入人世間。

〔5〕真人：道家稱存養本性或修真得道的人。亦泛稱“成仙”之人。這裏當指孫斯億。宋·蘇軾《甲子日雨》：“賴有真人不飢渴，閉門却埽但焚香。”

〔6〕朱陵：即朱陵洞天。道家所稱三十六洞天之一，在湖南衡山縣。借指神仙居所。几席：几、席皆爲坐卧所憑靠的器具。宋·蘇轍《黄州快哉亭記》：“今乃得玩之几席之上，舉目而足。”

〔7〕擲地金聲：晉·孫綽作《游天台山賦》成，對友人范榮期説：“卿試擲地，當作金石聲。”事見南朝·宋·劉義慶《世説新語·文學》《晉書·孫綽傳》。金石：鐘磬之類的樂器。後以“擲地金聲”形容辭章優美。

〔8〕興公：即孫綽，字興公，太原郡人，居於會稽，游放山水十有餘年，以文才稱於時，這裏類比孫斯億文才。宋·曾幾《送曾宏甫守天台》：“興公賦裏雲霞赤，子美詩中島嶼青。”

寄吴會友人京中〔1〕

二月鶯花競紫氛，禁城春色靄氤氲〔2〕。夢來曉緑吴門草〔3〕，望裏晴牽白下雲〔4〕。地迴華夷河作界〔5〕，天回南北斗爲分〔6〕。漢家曾獻甘泉賦〔7〕，何似明熙擁聖君〔8〕。

【校注】

〔1〕吴會：秦漢會稽郡治在吴縣，郡縣連稱爲吴會。清·趙翼《陔餘叢考·吴會》：“西漢時會稽郡治本在吴縣，時俗以郡縣連稱，故云吴會。”

〔2〕禁城：皇宫内城。唐·陳羽《長安卧病秋夜言懷》：“九重門鎖禁城秋，月過南宫漸映樓。”

〔3〕吴門：泛指吴地一帶。宋·張先《漁家傲·和程公辟贈别》：“天外吴門清霅路，君家正在吴門住。”

〔4〕望裏：視野之中。宋·吴潜《滿江紅》：“望裏尚嫌山是障，醉中要卷江無滴。”白下：南京的别稱。宋·蘇泂《金陵雜興二百首》：“白沙翠竹長

干寺，緑水朱樓白下城。”

〔5〕華夷：宋、元時指國家的疆域。

〔6〕斗爲分：以“斗宿”作爲分界。

〔7〕甘泉賦：爲漢成帝時賦家揚雄所作。其首曰：“孝成帝時，客有薦雄文似相如者，上方郊祠甘泉泰畤、汾陰后土，以求繼嗣，召雄待詔承明之庭。正月，從上甘泉還，奏《甘泉賦》以風。”

〔8〕熙：日始出之光。

元夕同諸友游幕府燕集觀燈〔1〕

華堂綺席管弦清〔2〕，寶炬金尊對月明〔3〕。橋跨銀河雙鵲起〔4〕，燈傳火樹六鰲橫〔5〕。瑶臺霞映霓裳舞〔6〕，緱嶺雲催鶴馭迎〔7〕。共是千金歡卜夜〔8〕，遥將歌曲答昇平。

【校注】

〔1〕元夕：舊稱農曆正月十五日爲上元節，是夜稱元夕，與“元夜”“元宵”同。幕府：本指將帥在外的營帳，後亦泛指軍政大吏的府署。《史記・李將軍列傳》：“大將軍使長史急責廣之幕府對簿。”燕集：宴飲聚會。南朝・宋・劉義慶《世説新語・汰侈》：“石崇每要客燕集，常令美人行酒。”燕，通“宴”。

〔2〕綺席：盛美的筵席。唐・太宗《帝京篇》之八：“玉酒泛雲罍，蘭殽陳綺席。”管弦：管樂器與弦樂器，亦泛指樂器或音樂。

〔3〕寶炬：蠟燭的美稱。《華嚴經・世主妙嚴品》：“寶地普現妙光雲，寶炬燄明如電發。”金尊：金製的酒樽，也泛指華美的酒具。

〔4〕雙鵲：雙飛之鵲，指牛郎織女鵲橋相會時爲有情人搭橋的喜鵲。

〔5〕火樹：比喻繁盛的燈火。六鰲：神話中負載五仙山的六隻大龜。相傳渤海之東，有一深壑，中有岱輿、員嶠、方壺、瀛洲、蓬萊五山，乃仙聖所居

之地。皆浮於海，常隨潮波上下往還。帝恐流於西極，失群仙聖之居，乃命禺彊使巨鰲十五，舉首而戴之。迭爲三番，六萬歲一交焉。五山始峙而不動。而龍伯之國有大人，舉足不盈數步而暨五山之所，一釣而連六鰲，合負而趣歸其國，灼其骨以數焉。於是岱輿、員嶠二山流於北極，沉於大海，仙聖之播遷者巨億計。事見《列子·湯問》。

〔6〕瑶臺：玉砌樓臺。霓裳舞：即《霓裳羽衣舞》。唐·白居易《霓裳羽衣歌》："千歌萬舞不可數，就中最愛霓裳舞。"

〔7〕"緱嶺"句：用緱山鶴典。王子喬於緱氏山頂乘鶴仙去。見劉向《列仙傳》。唐·吴融《和皮博士赴上京觀中修靈齋》："鶴馭已從烟際下，鳳膏還向月中焚。"

〔8〕歡卜夜：見《晏子春秋·雜上》："晏子飲景公酒，日暮，公呼具火，晏子辭曰：'……嬰已卜其日，未卜其夜。'公曰：'善。'舉酒祭之，再拜爾出。"卜，占卜。古人根據龜甲被燒後的裂紋來預測兇吉的一種迷信活動。

方長陽調潭州〔1〕

探奇遷史昔南浮〔2〕，宦迹今看續勝游〔3〕。五嶺南臨青瘴盡〔4〕，三湘北帶絳河流〔5〕。月明瑶瑟難爲夜，雲起蒼梧别是秋。擬到縣庭愁問俗〔6〕，不堪三户尚徵求〔7〕。

【校注】

〔1〕方長陽：名號失考。或是姓方的縣令。長陽，縣名。明屬湖廣行省荆州府夷陵州。潭州：是長沙的古稱。潭州曾作爲一級行政單位潭州行省，是湖廣行省分成南北兩省過渡階段的重要治所，也曾作爲二級行政單位潭州或潭州府，地域包括今長沙、湘潭、株洲、岳陽南、益陽、婁底等地。

〔2〕"探奇"句：見司馬遷《太史公自序》："二十而南游江、淮，上會稽，探禹穴。闚九疑，浮於沅、湘。"

〔3〕宦迹：謂做官的經歷、行蹤。明·陳汝元《金蓮記·湖賞》："宦迹浮沉，餘生淹滯，新添明鏡鬢邊絲。"勝游：快樂的游覽。唐·司空圖《寄永嘉崔道融》："旅寓雖難定，乘閑是勝游。"

〔4〕五嶺：指湘粵桂交界處的越城嶺、都龐嶺、萌渚嶺、騎田嶺、大庾嶺。青瘴：又稱黑瘴，南方山林中一種有毒的瘴氣。

〔5〕絳河：傳説中南海河名。《初學記》卷四引王嘉《拾遺記》："絳河去日南十萬里，波如絳色。多赤龍、赤色魚，而肥美可食。"

〔6〕縣庭：古稱縣官行使政令之所。《史記·游俠列傳》："解執恭敬，不敢乘車入其縣庭。"問俗：探訪民風民俗。《禮記·曲禮上》："入竟而問禁，入國而問俗，入門而問諱。"

〔7〕三户：見《長陽懷陳元勳明府》注釋。

病起同友人小酌

病起孤亭春色闌[1]，娟人黄鳥舌千端[2]。花間一笑真非易，難後重逢轉自嘆。豈謂出門時事异[3]，可憐雙眼物華殘[4]。高歌縱飲聊同俗，莫問人間行路難。

【校注】

〔1〕闌：殘、盡。

〔2〕娟人：指美女。娟，姿態美好。黄鳥：即黄鸝鳥。舌千端：形容聲音婉轉動聽。

〔3〕時事异：時間推移，人事都發生了變化。明·劉基《涇縣東宋二編修長歌》："布穀不知時事异，勸耕終日聲查查。"

〔4〕物華殘：自然景物已經殘敗，形容暮春百花凋零景象。

憶魯内史彦孚李公登岱宗〔1〕

舊社中原意氣重〔2〕，向來名姓許登龍〔3〕。才從郢客夸三秀〔4〕，忽向秦皇羡五松〔5〕。日觀晝懸滄海色，河流曉帶白雲封〔6〕。寄聲且醉王門醴〔7〕，詞賦相如漢所宗〔8〕。

【校注】

〔1〕魯内史：即山東内史，當是行省裏掌管民政的官員。内史，官名。西漢初始置，諸侯王國置内史，掌民政。歷代沿置，隋廢。彦孚李公：李彦孚，見“附録・附三”説明。

〔2〕舊社：“社”是土神，古代君主都祭社稷，後用以借指國家。所以舊社即爲舊國，故國。意氣：情誼，恩義。漢・司馬遷《報任少卿書》：“曩者辱賜書，教以慎於接物，推賢進士爲務，意氣懃懃懇懇。”

〔3〕名姓：出名的姓氏，有名望的强宗大姓。登龍：比喻成名發迹，飛黄騰達。

〔4〕郢客：見卷之四《除雪》注釋。三秀：見卷之三《瞻彼五峰歌》注釋。

〔5〕五松：五大夫松。秦始皇登泰山，避雨松樹下，因封其树爲五大夫松。唐・李白《奉餞二翁尋桃花源序》：“雖五松受職，草木有知，而萬象乖度，禮刑將弛。”

〔6〕白雲封：白雲般籠罩。

〔7〕王門醴：王侯家裹的美酒。醴，音 lǐ，甜酒。亦泛指美酒。

〔8〕詞賦相如：即司馬相如的辭賦。宗：尊奉。

寄觀國山苟道姑〔1〕

委佩青霞摘紫霓〔2〕，洞宫深處迴幽棲〔3〕。長將桂髓驕人世〔4〕，不放桃花點路蹊〔5〕。瑟古詎浮湘女怨〔6〕，峰高寧礙楚天低。年來欲叩還真訣〔7〕，可探瑶亟爲指迷。

【校注】

〔1〕苟道姑：見卷之三《觀國山贈女道士苟正覺》注釋。

〔2〕委佩：恭敬貌。謂俯身行禮時佩飾掩垂至地。語出《禮記·曲禮下》："立則磬折垂佩，主佩倚，則臣佩垂；主佩垂，則臣佩委。"青霞：猶青雲。宋·曾鞏《百花堤》："久翳荒草根，未承青霞步。"紫霓：紫色雲霓。霓，虹的一種，亦稱"副虹"。

〔3〕幽棲：幽僻的棲止之處。唐·王昌齡《過華陰》："羇人感幽棲，窅映轉奇絶。"也常指隱居。

〔4〕桂髓：即"桂髓椒漿"，泛指美酒。這裹代指道人仙飲。驕人世：炫耀於人前。

〔5〕點路蹊：點綴路徑，亦指爲人示指路逕。蹊，小路。諺曰："桃李不言，下自成蹊。"

〔6〕詎：音jù，豈，怎。浮：呈現，表現，顯現出。湘女怨：即湘妃的哀怨。舜的妻子是堯帝的二女娥皇、女英，她們追隨丈夫到沅、湘，夫死而哭，故湘女怨就是男女思念之哀怨。

〔7〕年來：近年以來。唐·杜牧《初春有感寄歙州邢員外》："迹去夢一覺，年來事百般。"還真訣：道家還歸本真的訣竅。

寄　遠

誰謂佳人字莫愁〔1〕，玉驄萬里玉關游〔2〕。西風慣薄蜚孤塞〔3〕，明月偏多燕子樓〔4〕。鏡掩清霜鸞怯曉〔5〕，書回碧樹雁驚秋。含啼怕問銀河事〔6〕，烏鵲何曾渡女牛〔7〕。

【校注】

〔1〕莫愁：古樂府中傳説的女子。一説爲洛陽人，爲盧家少婦。唐·李商隱《富平少侯》："當關不報侵晨客，新得佳人字莫愁。"

〔2〕玉驄：即玉花驄。泛指駿馬。唐·韓翃《少年行》："千里斑斕噴玉驄，青絲結尾繡纏鬃。"玉關：即玉門關，這裏代指遥遠的邊關。唐·李白《王昭君》："一上玉關道，天涯去不歸。"

〔3〕薄：少，瞧不起。蜚：同"飛"。孤塞：孤遠的邊關。唐·陳子昂《送魏大從軍》："雁山横代北，孤塞接雲中。"

〔4〕燕子樓：樓名。在今江蘇徐州。相傳爲唐貞元時尚書張建封之愛妾關盼盼居所。張死後，盼盼念舊不嫁，獨居此樓十餘年。

〔5〕清霜：寒霜，白霜，用以喻花白頭髮。金·元好問《征人怨》："塞垣可是秋寒早，一夜清詩霜滿鏡中。"怯曉：畏懼於霜天拂曉的寒冷。

〔6〕含啼：猶含悲。南朝·梁·蕭大圜《竹花賦》："附紫笋以含啼。"銀河事：即銀河兩岸牛郎織女相會事。

〔7〕烏鵲：這裏指喜鵲。

宿觀音閣寄友人

何處東林是遠公〔1〕，閑將短榻對王宫〔2〕。上方月逐法輪滿〔3〕，下界鐘隨幻境空〔4〕。金地秋花開薝卜〔5〕，石潭寒影浸梧桐。朝來宴坐人天近〔6〕，禪客無心我亦同〔7〕。

【校注】

〔1〕東林：指廬山東林寺。遠公：晉·高僧慧遠，居廬山東林寺，世人稱爲遠公。

〔2〕短榻：低矮的牀或案几。明·何景明《雨夜》："短榻孤燈裏，清笳萬井中。"

〔3〕法輪：佛教用語，指佛法。佛陀説法能摧破衆生的煩惱，猶如輪王的輪寶能輾摧山嶽岩石，而又不停滯於一人一處，輾轉傳人，有如車輪，故稱。這裏指的是佛徒手裏的轉輪。

〔4〕幻境：幻化的境界。唐・王維《爲兵部祭庫部王郎中文》："深悟幻境，獨與道游。"空：佛家用語，佛教以爲一切事物的現象都有它各自的因和緣，而没有實在的自體。

〔5〕薝卜：音 zhān bǔ，梵語音譯。又譯作瞻卜伽、旃波迦、瞻波等，義譯爲鬱金花。

〔6〕宴坐：静坐，安坐。宋・沈括《夢溪筆談》："龍湫宴坐。"

〔7〕禪客：參禪的修行人。唐・劉長卿《雲門寺訪靈一上人》："禪客知何在，春山到處同。"無心：實指佛徒參禪物我兩忘四大皆空的入定狀態。

李大將軍詔自嶺外入領團營書來見訊〔1〕

名高銅柱瘴烟清〔2〕，彤矢天書沐寵榮〔3〕。來領炎荒金虎節〔4〕，入操宸極羽林兵〔5〕。書緘尺一雲霞爛〔6〕，甲擁三千組練明〔7〕。自是漢家飛將在〔8〕，胡笳不敢動邊聲〔9〕。

【校注】

〔1〕李大將軍：據中南民族大學李峰先生考證，李應祥，或字仁宇。湖廣九溪衛人。曾出任四川總兵，官至都督同知。後罷官歸楚。詔：指天子下達臣屬的文體。嶺外：指五嶺以南地區。領：帶領，率領。團營：指部隊。書：書信。見訊：被對方問訊。

〔2〕銅柱：銅製的作爲邊界標誌的界樁。這是邦國間表示休兵息戰，各自爲安的標誌。瘴烟：即"瘴氣"，本是南方山林間因濕熱蒸鬱而成的毒氣，這裏指戰争硝烟。

〔3〕彤矢天書：指有天子題字的朱漆箭。古代天子用以賜有功諸侯大臣。

《書・文侯之命》："彤弓一，彤矢百。"沐寵榮：享受恩寵的尊榮。寵榮：猶尊榮。《史記・禮書》："德厚者位尊，禄重者寵榮。"

〔4〕炎荒：指南方炎熱荒遠之地。晉・傅玄《述夏賦》："清徵泛於琴瑟，朱鳥感於炎荒。"金虎節：周代外交使者出行時所持的符節。《周禮・地官・掌節》："凡邦國之使節，山國用虎節，土國用人節，澤國用龍節，皆金也。"後也指兵符。

〔5〕宸極：北極星。古以此星爲最尊貴的星，故後人用以比喻帝王、君位。羽林兵：禁衛軍名。漢武帝時選隴西、天水、安定、北地、上郡、西河等六郡良家子宿衛建章宫，稱建章營騎。後改名羽林騎，意爲國羽翼，如林之盛。明朝親軍有羽林衛。

〔6〕書緘：指書信。尺一：古代皇帝詔版長一尺一寸，故稱天子詔書爲"尺一"，後來也指一般書信。雲霞爛：形容書信内容豐富，詞句優美，若雲霞燦爛。

〔7〕三千：泛言數目之多。三國・魏・陳琳《飲馬長城窟行》："長城何連連，連連三千里。"蒲松齡有勵志聯云："有志者，事竟成，破釜沉舟，百二秦關終屬楚；苦心人，天不負，卧薪嘗膽，三千越甲可吞吴。"組練：《左傳》襄公三年："（楚子重）使鄧廖帥組甲三百，被練三千以侵吴。"孔穎達疏引賈逵曰："組甲，以組綴甲，車士服之；被練，帛也，以帛綴甲，步卒服之。"組甲、被練皆指將士的衣甲服裝。後因以"組練"借指精鋭的部隊或軍士的武裝軍容。

〔8〕漢家飛將：原指漢朝著名將領李廣，人稱飛將軍，後來泛指英勇善戰的將領。

〔9〕胡笳：我國古代北方民族的吹奏樂器，此處用以指代北方民族的軍樂。漢・蔡琰《悲憤詩》之二："胡笳動兮邊馬鳴，孤雁歸兮聲嚶嚶。"

秋夜登樓漫興[1]

詞客蕭條罷遠游[2]，滄洲歸計有菟裘[3]。浮雲欲改千山色[4]，蓬鬢先驚一葉秋[5]。露冷萬家征婦杵[6]，月明何處美人樓。强臺雲夢今非昔[7]，歲歲惟看雁影流。

【校注】

〔1〕漫興：謂率意爲詩，并不刻意求工。明・楊慎《木涇周公裒集鄙詩刻之作此以謝》："漫興詩成散逸多，玉人彩筆爲編摩。"

〔2〕詞客：擅長文詞的人。唐・王維《偶然作》詩之六："宿世謬詞客，前身應畫師。"

〔3〕滄洲：水濱。借指隱者所居住的地方。唐・杜甫《曲江對酒》："吏情更覺滄洲遠，老大悲傷未拂衣。"菟裘：音 tù qiú，地名。在今山東省泗水縣。《左傳》隱公十一年："羽父請殺桓公，以求大宰。公曰：'爲其少故也，吾將授之矣。'使營菟裘，吾將老焉。"後因以稱告老退隱的居處。

〔4〕浮雲：比喻飄忽不定，未有定處。

〔5〕蓬鬢：形容雜亂的頭髮。唐・葛鴉兒《懷良人》："蓬鬢荆釵世所稀，布裙猶是嫁時衣。"

〔6〕征婦：出征將士家中的留守女人。杵：音 chǔ，舂米或捶衣的木棒。

〔7〕强臺：楚臺名。又稱荆臺、章華臺。《戰國策・魏策二》："楚王登强臺而望崩山。"强，姚宏注："一作荆。"

和王穉登寓袁内閣賞牡丹[1]

名花根托鳳池邊[2]，笑領群芳絶世鮮。艷日暖含仙掌露[3]，香風晴裊御爐烟[4]。杯傳琥珀霞爲液[5]，賦就清平錦作篇[6]。自是陽和均草木[7]，錯教雨露湛思偏[8]。

【校注】

〔1〕王穉登：長洲（今蘇州）人，明代中晚期著名書法家、詩人，曾入太學深造，萬曆年間召進朝廷主修國史。寓袁内閣賞牡丹：疑爲王穉登《禁中牡丹》詩，爲應袁煒之召所作，其中有名句：“色借相公袍上紫，香分太極殿中烟。”與本詩韻同。袁内閣，袁煒。曾任翰林院編修，官至建極殿大學士。

〔2〕鳳池：古代禁苑中的池沼，爲中書省所在地。托：寄居。

〔3〕仙掌露：見卷之一《遠游篇》“金莖”注釋。

〔4〕裊：繚繞的樣子。御爐：御用的香爐。唐・柳宗元《省試觀慶雲圖詩》：“抱日依龍衮，非烟近御爐。”

〔5〕杯傳琥珀：即杯中美酒。

〔6〕賦就清平：按清平調填詞。清平調，古樂曲宫調名。李白有《清平調詞》三首。

〔7〕自是：從此。陽和：春天的暖氣。《史記・秦始皇本紀》：“維二十九年，時在中春，陽和方起。”均草木：指均衡公允地對待萬物，無偏袒。

〔8〕錯教：誤以爲。湛：濃重。

七　夕

夜久庭空氣色流，彩雲深護佩環游〔1〕。隔河機杼催星駕〔2〕，明月孀娥動晚愁〔3〕。天路靈槎誰問石〔4〕，漢宫團扇故驚秋〔5〕。年來自信逢迎懶〔6〕，抱拙羞登乞巧樓〔7〕。

【校注】

〔1〕佩環：古時繫在衣帶上的裝飾物。唐・柳宗元《至小丘西小石潭記》：“如鳴佩環。”這裏比喻月亮。

〔2〕“隔河”句：用乘槎浮天河典。機杼，指織布機。杼，音 zhù，織布梭子。底本譌作“杵”。星，客星。

〔3〕孀娥：指嫦娥。獨居曰孀。宋·吴潛《糖多令·答和梅府教》："想孀娥，自古多愁。安得仙師呼鶴駕，將我去，廣寒游。"

〔4〕"天路"句：傳説每年八月，有人泛槎（筏）直到天河，得織女之支機石而還。見晉·張華《博物志》。靈槎：仙人乘坐的船筏。

〔5〕團扇：圓形有柄的扇子。古代宫内多用之，又稱宫扇。唐·王昌齡《長信秋詞》之三："奉帚平明金殿開，且將團扇暫徘徊。"驚秋：秋令驀地來到。唐·韋應物《府舍月游》："横河俱半落，泛露忽驚秋。"也喻迅速凋零衰敗。

〔6〕逢迎懶：猶懶逢迎，違心趨奉迎合，已經讓人厭倦了。

〔7〕抱拙：亦稱"守拙"，持守愚拙。謂不投機取巧。晉·陶淵明《歸園田居》："開荒南野際，守拙歸園田。"乞巧樓：七夕節婦女登臺比試女紅手藝的乞巧彩樓。

送友人歸豫章〔1〕

有客尋盟問草玄〔2〕，重憐俠氣迥翩翩〔3〕。酒從醉處偏知聖〔4〕，詩到窮時總解禪〔5〕。醴浦秋蘭聊共結〔6〕，豫章龍劍去仍縣〔7〕。到來鄉國能相憶〔8〕，莫望南雲説各天。

【校注】

〔1〕豫章：古代區劃名稱，最初爲漢高帝初年江西建制後的第一個名稱，即豫章郡，治南昌縣。以後幾經更替，到唐代更名鍾陵縣，"豫章"不再爲正式區劃名稱，而作爲南昌的别稱。

〔2〕尋盟：重温舊盟約。也可説重提舊事。草玄：即漢·揚雄的《太玄》。《漢書·揚雄傳下》："哀帝時，丁、傅、董賢用事，諸附離之者或起家至二千石。時雄方草《太玄》，有以自守，泊如也。"後因以"草玄"謂淡於勢利，潛心著述。

〔3〕翩翩：運動自如、鳥飛輕疾的樣子。明・張居正《楊襄毅墓志銘》："余嘗謂世有大人，有偉人，其志翩翩，其行岩岩。"

〔4〕"酒從"句：酒聖，謂豪飲之人。唐・李白《月下獨酌》："所以知酒聖，酒酣心自開。"

〔5〕總解禪：粗通禪學大義。宋・蘇軾《朝雲詩》："阿奴絡秀不同老，天女維摩總解禪。"

〔6〕醴：通"澧"。

〔7〕豫章龍劍：指豫章豐城牢獄地下發掘出的龍泉劍。見卷之三《寶劍篇》注釋。縣：同"懸"。

〔8〕鄉國：家鄉，故國。唐・李賀《客游》："四時别家廟，三年去鄉國。"

奉汪司馬南溟公〔1〕

勳德先朝悔晏如〔2〕，久投簪佩賦閑居〔3〕。草香長借尚書舄〔4〕，花氣偏承太史裾〔5〕。當代文衡推赤幟〔6〕，异時盟府重丹書〔7〕。嘗聞記室傾多士〔8〕，安得狂逋老舍餘〔9〕。

【校注】

〔1〕汪南溟：即汪道昆，"南溟"是其號。見"附録・附三"説明。司馬：魏晉時爲刺史屬官，本意是司掌兵馬，理軍事。隋唐節度使之下皆置行軍司馬之官，爲佐吏之屬，具參謀性質。又每州置州司馬一人，多以貶斥之官員任之，相當於州府同知。

〔2〕勳德：功勞與德行。晏如：安寧，恬適。《史記・司馬相如列傳》："及臻厥成，天下晏如也。"

〔3〕投簪佩：卸職去官。簪佩，本意爲冠簪和繫於衣帶上飾物，借指仕宦。南朝・梁簡文帝《南郊頌》序："屠羊釣壑之士，厭洗耳而襲簪佩。"

〔4〕尚書舄：即“尚書履”。《漢書·鄭崇傳》：“哀帝擢爲尚書僕射，數求見諫争，上初納用之。每見曳革履，上笑曰：‘我識鄭尚書履聲。’”後以“尚書履”指尚書的官職。這裏代指高官職位。

〔5〕太史裾：典或出戰國齊國太史如實記載崔杼弑君之事。裾，又叫“直裾”，是一種直裰官袍，取其“直”意。

〔6〕文衡：舊指以文章取士的標準來取捨權衡。又指科舉制度下的主考官。赤幟：紅旗，比喻榜樣，典範。明·王世貞《藝苑卮言》：“《大風》三章，氣籠宇宙，張千古帝王赤幟。”

〔7〕异時：以後，他時。宋·陸游《跋西崑酬唱集》：“記之爲异時一笑。”盟府：古時掌管盟約的官府。丹書：硃筆書寫的文字，表示重視。

〔8〕嘗聞：曾聞。記室：官名，東漢置，掌章表書記文檄，後世因之，或稱記室督、記室參軍等。《後漢書·百官志一》：“記室令史，主上表章，報書記。”傾：傾心，偏愛。多士：賢士，好人，值得贊許的人。

〔9〕狂逋：指逃俗隱逸之流。狂，無拘束。逋，音 bū，本意是“逃跑”，引申爲不守禮法。

徐明仲送家報附寄〔1〕

少小相將數論文〔2〕，數奇何似李將軍〔3〕。百年擾擾空愁客〔4〕，一醉蘧蘧總愧君〔5〕。歸夢蝶翻衡浦月〔6〕，鄉書雁帶洞庭雲〔7〕。明年我亦浮湘漢〔8〕，五斗章臺可共醺〔9〕。

【校注】

〔1〕徐明仲：生平失考。家報：家信。

〔2〕相將：相偕，相共。漢·王符《潛夫論·救邊》：“相將詣闕，諧辭禮謝。”數論文：多次（或數日）討論文學。宋·王禹偁《酬贈田舍人》：“一言得意便定交，數日論文暗相許。”

〔3〕數奇：古人認爲偶數吉利，單數不吉利，故將命運不佳，凡事無法偶合者稱爲“數奇”。李將軍：李廣，漢隴西成紀人，善騎射。文帝時擊匈奴有功，爲武騎常侍。武帝時爲右北平太守。匈奴不敢犯，號曰“飛將軍”。與匈奴七十餘戰，未得封侯。元狩四年，隨大將軍衛青擊匈奴，漢武帝陰告衛青：“李廣老，數奇，勿令當单于。”後李廣因迷道受責而自殺。見《史記》《漢書》本傳。

〔4〕百年擾擾：多年紛亂。《國語・晉語六》：“唯有諸侯，故擾擾焉。”愁客：指旅人。旅人多鄉愁，這裹作者自稱。唐・王昌齡《潞府客亭寄崔鳳童》：“秋月對愁客，山鐘摇暮天。”

〔5〕蘧蘧：悠然自得貌。唐・楊炯《卧讀書架賦》：“風清夜淺，每待蘧蘧之覺；日永春深，常偶便便之腹。”

〔6〕歸夢蝶翻：《莊子・齊物論》：“昔者莊周夢爲蝴蝶，栩栩然蝴蝶也。自喻適志與，不知周也。俄然覺，則蘧蘧然周也。”本爲寓言，後多用“夢蝶”表示人生原屬虚幻無常。此詩重點在歸夢。

〔7〕鄉書：家信。唐・王灣《次北固山下》：“鄉書何處達，歸雁洛陽邊。”

〔8〕湘漢：亦代指湖南湖北廣大區域。明・湯顯祖《送艾太僕六十韻》：“遂作雲雷起，還令湘漢浮。”

〔9〕五斗：這裹指“五斗酒”。醺，音 xūn，醉酒。

姜公子入對〔1〕

孤舟江上片帆催，薊北黄金郭隗臺〔2〕。茂苑鶯花千樹媚〔3〕，禁城宫闕九天開〔4〕。長揚賦草應神化〔5〕，碣石飛談豈世才〔6〕。共道漢庭群入對〔7〕，獨陪天藻象昭回〔8〕。

【校注】

〔1〕姜公子：生平不詳，疑即後面提到的姜元渾。入對：臣下入宫覲見皇帝，回答皇帝的訊問。

〔2〕薊北：薊州北部地區，唐薊州在今天津市以北一帶。唐·杜甫《聞官軍收河南河北》："劍外忽傳收薊北，初聞涕淚滿衣裳。"郭隗：戰國時期燕國人，燕昭王客卿，他讓燕昭王"築臺而師之"，爲燕國召來奇人异士，終使燕國富强。

〔3〕茂苑：古苑名，又名長洲苑。故址在江蘇吴縣（今屬蘇州）。後也作蘇州的代稱。晉·左思《吴都賦》："帶朝夕之濬池，佩長洲之茂苑。"鶯花：春時的景物。唐·盧仝《樓上女兒曲》："鶯花爛熳君不來，及至君來花已老。"

〔4〕九天：天的最高處，形容極高。傳説天有九重，也作"九重天""九霄"。這裏形容樓崇入天。

〔5〕長揚賦：即漢·揚雄所作《長楊賦》。長楊，一作"長揚"。神化：出神入化。形容技藝達到神妙的境界。

〔6〕碣石飛談：燕昭王禮遇賢士，築碣石宫招賢納士，賢士們在此縱論國事，侃侃而談。後借以指集賢之所。

〔7〕漢庭群：指漢代諸多才華横溢的文人，如司馬相如、賈誼、揚雄等。明·何景明《送雷長史》："漢庭亦羡相如美，楚客重看賈傅尊。"這裏類比姜公子的才情。

〔8〕天藻：稱天子的文章。唐·陳子昂《爲陳御史上奉和秋景觀競渡詩表》："帝歌爰作，天藻攸彰。"昭回：雲漢星晨光耀回轉。《詩·大雅·雲漢》："倬彼雲漢，昭回于天。"後因以"昭回"比喻日月或日月的光輝。

子東過訪草堂賦贈〔1〕

獨馬銜泥問草堂〔2〕，故人相見轉疏狂〔3〕。浮雲曉結芙蓉佩〔4〕，明月凉生薜荔裳〔5〕。處士星應慚象緯〔6〕，酒徒人或擬高陽〔7〕。不須更倡陽春曲〔8〕，已自風流見和章〔9〕。

【校注】

〔1〕草堂：指詩人曾居住過的澧水草堂，與侄兒田國華的離騷草堂毗鄰。

〔2〕衝泥：謂踏泥而行，不避雨雪。衝，交通要道。唐·杜甫《崔評事弟許迎不到走筆戲簡》："虚疑皓首衝泥怯，實少銀鞍傍險行。"

〔3〕疏狂：狂放不羈的樣子。唐·白居易《代書詩一百韻寄微之》："疏狂屬年少，閒散爲官卑。"

〔4〕芙蓉佩：以芙蓉花作爲佩飾。宋·方岳《南窗偶書》："客從何方來，蘭佩芙蓉裳。"

〔5〕薜荔裳：以樹葉裝飾的衣裳。宋·蘇軾《次韻毛君山房即事十首》："美人未厭山阿聘，薜荔爲裳帶女蘿。"

〔6〕處士：本指有才德而隱居不仕的人，後亦泛指未做過官的讀書人。象緯：象數讖緯，星象經緯。舊説人的命運是和日月五星相連的。

〔7〕"酒徒"句：晉·山簡（季倫）鎮守襄陽，時酣飲，人歌曰："山公一時醉，徑造高陽池。日暮倒載歸，酩酊無所知。……"高陽池在襄陽。

〔8〕倡：同"唱"。陽春曲：即"陽春白雪"高雅之曲。唐·駱賓王《蓬萊鎮》："賴有陽春曲，窮愁且代勞。"

〔9〕和章：謂酬和他人的詩章。

雲夢師書來道歷歷諸名家周旋汴洛復遇王孫嘉齊申齊歸自嵩岳詩以懷之〔1〕

秇苑由來説建安〔2〕，緘開濟勝總奇觀〔3〕。雲霄踏鳳毛偏异〔4〕，江海探珠色自寒〔5〕。入洛才名争避席〔6〕，游梁詞賦迥登壇〔7〕。更憐嵩少初歸鶴〔8〕，採得三花爲寄看〔9〕。

【校注】

〔1〕歷歷：逐一，一一。唐·韓愈《送湖南李正字歸》："歷歷余所經，

悠悠子當返。”道歷歷：即逐一説來。周旋：交往應酬。汴洛：汴京和洛陽。汴京即汴梁，北宋都城，故址在今天的河南開封市。嘉齊申齊：即朱嘉齊、朱申齊，朱氏王孫。見“附録·附三”説明。嵩岳，即中岳嵩山。

〔2〕秇苑：即文壇。秇，同“藝”。建安：建安七子。

〔3〕緘：書信。濟勝：游覽勝境。宋·陸游《飯後登東山》：“雖云筋力衰，挂杖猶濟勝。”

〔4〕踏鳳：即乘鳳遨游。毛偏异：毛色偏於獨特。

〔5〕探珠：成語“探驪得珠”簡説。傳説古代有個靠編織蒿草簾爲生的人，其子入水，得千金之珠。他對兒子説：這種珠生在九重深淵的驪龍頷下。你一定是趁它睡着摘來的，如果驪龍當時醒過來，你就没命了。事見《莊子·列禦寇》。後以“探驪得珠”喻應試得第或吟詩作文能抓住關鍵。

〔6〕“入洛”句：《晉書·陸機傳》：“至太康末，與弟雲俱入洛，造太常張華。華素重其名，如舊相識，曰：‘伐吴之役，利獲二俊。’”

〔7〕游梁：游走於梁苑詞客之間。游，交際，交往。梁苑：見卷之四《雪夜宴集遂成艷曲》注釋。迥登壇：登上高高的文壇。以上幾句詩均描寫雲夢師信中“諸名家周旋汴洛”濟勝奇觀。

〔8〕嵩少：嵩山與少室山的并稱。亦用爲嵩山的别稱。唐·賈島《永福湖和楊鄭州》：“嵩少分明對，瀟湘闊狹齊。”初歸鶴：晉·陶潜《搜神後記》卷一載：遼東人丁令威學道於靈虚山，後化鶴歸遼。後以“歸鶴”喻不忘故鄉的人。

〔9〕三花：即三花樹，見卷之六《五懷·懷嵩嶽》注釋。

送習孺應試赴南宫〔1〕

聖主臨軒策治安〔2〕，如雲六翮起鵬摶〔3〕。香烟細結龍文合〔4〕，御氣高從鳳彩蟠〔5〕。十五城連明月色〔6〕，千金臺矗彩雲端〔7〕。知君舊是蓬瀛侶〔8〕，掣電才高獨鎮壇〔9〕。

【校注】

〔1〕習孺：孫斯億的弟弟孫習孺。見本書“附録·附三”。南宫：指禮部會試之所。

〔2〕聖主：對聖明君主的尊稱。漢·楊惲《報孫會宗書》：“伏惟聖主之恩，不可勝量。”臨軒：皇帝不坐正殿而御前殿。殿前堂陛之間近檐處兩邊有檻楯，如車之軒，故稱。唐·王維《少年行》之四：“天子臨軒賜侯印，將軍佩出明光宫。”策治安：定治理（百姓）之策。

〔3〕六翮：見卷之二《送伯良二首》之二注釋。鵬摶：大鵬展翅奮力高飛，語本《莊子·逍遥游》：“鵬之徙於南冥也，水擊三千里，摶扶摇而上者九萬里。”後比喻人奮發圖强。唐·李白《獨漉篇》：“爲君一擊，鵬摶九天。”

〔4〕香烟：焚香所生之烟。北周·庾信《奉和闡弘二教應詔》：“香烟聚爲塔，花雨積成臺。”龍文：喻雄健的文筆。語出唐·韓愈《病中贈張十八》：“龍文百斛鼎，筆力可獨扛。”

〔5〕御氣：帝王的氣象。唐·杜甫《秋興》詩之六：“花萼夾城通御氣，芙蓉小苑入邊愁。”鳳彩：比喻文辭美妙，如鳳凰之彩羽。南朝·梁·劉勰《文心雕龍·時序》：“王袁聯宗以龍章，顔謝重葉以鳳采。”蟠：音 pán，屈曲，環繞，盤伏。

〔6〕十五城：《史記·廉頗藺相如列傳》：“趙惠文王時，得楚和氏璧。秦昭王聞之，使人遺趙王書，願以十五城請易璧。”宋·劉克莊《答謝法曹》：“璧十五城方定價，桃三千歲一開花。”

〔7〕千金臺：《上谷郡圖經》曰：“黄金臺在易水東南十八里，昭王置千金臺上，以延天下士。”見本卷《姜公子入對》注釋。

〔8〕蓬瀛侶：指修道之士，隱者。唐·柳宗元《巽上人以竹間自採新茶見贈酬之以詩》：“咄此蓬瀛侣，無乃貴流霞。”

〔9〕掣電：形容非常迅捷。唐·杜甫《高都護驄馬行》：“長安壯兒不敢騎，走過掣電傾城知。”這裏形容其思維敏捷文筆神速。獨鎮壇：在文壇獨領風騷。

少年行

馬色龍飛振玉珂[1]，風流無那少年多[2]。黄金浪擲新豐酒[3]，白璧雙投下里歌[4]。明月宛回珠的皪[5]，高雲不動碧嵯峨[6]。朝來笑殺壚頭客[7]，腸斷春風爲玉娥[8]。

【校注】

〔1〕玉珂：馬絡頭上的裝飾物。多爲玉製。馬走則振動有聲，即“振玉珂”。唐・杜甫《春宿左省》：“不寢聽密鑰，因風想玉珂。”

〔2〕無那：猶無奈。

〔3〕浪擲：浪費，虚耗。新豐：鎮名。在今江蘇鎮江丹徒區，産名酒。詩文中常用以泛指美酒産地。南朝・梁武帝《登江州百花亭懷荆楚》：“新豐酒，遥勸陽臺人。”豐，底本作“豊”。

〔4〕白璧：白色的璧玉，古人視爲貴重的寶物。下里歌：代鄉野歌咏。《老殘游記》第十回：“豈敢，豈敢，只是下里之音不堪入耳。”

〔5〕的皪：音 dì lì，鮮明顯著的樣子。漢・司馬相如《上林賦》：“明月珠子，的皪江靡。”

〔6〕高雲：高空之雲。嵯峨：多形容山勢高峻，這裏形容盛多。晉・陸機《前緩聲歌》：“長風萬里舉，慶雲鬱嵯峨。”

〔7〕壚頭客：買酒的顧客。

〔8〕腸斷：喻非常悲痛。玉娥：美貌的女子。南唐・馮延巳《采桑子》：“玉娥重起添香印，回倚孤屏，不語含情。”

和鵬初元夕燕邸晤太倉王孝廉[1]

紫陌歌鐘競沸騰[2]，遥傳漢篽九華燈[3]。龍銜火樹輝三市[4]，鳳蹴金鰲駕五陵[5]。仙闕寒高金掌露[6]，上林春動玉河冰[7]。相看擊節飛揚甚[8]，不覺銀虬滴漸增[9]。

【校注】

〔1〕鵬初：孫鵬初，孫斯億之子，見本書“附録·附三”。元夕：正月十五元宵夜。燕邸：泛指官員在京師的邸舍。也指京師旅舍。太倉王孝廉：指王世貞。見本書“附録·附三”。

〔2〕紫陌：京郊大道。見卷之二《古大梁行》注釋。歌鐘：伴奏歌唱的編鐘。宋·蘇軾《石鐘山記》：“窾坎鏜鞳者，魏莊子之歌鐘也。”也泛指樂歌聲。

〔3〕漢籞：漢宮的禁苑。九華燈：古宮燈名，又叫“九枝燈”，謂一幹九枝的燭燈。亦泛指一幹多枝的燈。南朝·梁·沈約《傷美人賦》：“拂螭雲之高帳，陳九枝之華燭。”

〔4〕龍銜火樹：指龍燈嘴裏噴出的烟火。唐·孟浩然《同張將薊門看燈》：“薊門看樹火，疑燭龍然。”三市：古指大市、朝市、夕市。後來泛指鬧市。

〔5〕鳳蹴金鼇：元宵夜彩燈的一種，即鳳凰踩金龜。鼇，音 áo，傳説中的大海龜。五陵：見卷之一《楊花篇》注釋。

〔6〕仙闕：仙宮，也指帝王的宮闕。金掌露：見卷之一《遠游篇》“金莖”注釋。

〔7〕上林：古園林名，泛指皇家園林。玉河：清澈如玉的河水，這裏京都指護城河。

〔8〕相看：相互觀看，也指觀看。唐·李白《獨坐敬亭山》：“相看兩不厭，只有敬亭山。”擊節：打拍節。唐·白居易《琵琶行》：“鈿頭雲篦擊節碎，血色羅裙翻酒污。”

〔9〕銀虬：古時計時的銀漏壺。漏壺底部的流水頭爲虬形。唐·王維《送張舍人佐江州同薛據十韻》：“清晨聽銀虬，薄暮辭金馬。”

送殷使君入[1]

衣冠禹會總紛紜[2]，六傳飄颻度紫氛[3]。太岳曉峰青送遠[4]，滹沱秋月滿離群[5]。天回瑶闕騫雙鳳[6]，露湛金莖出五雲[7]。不待賦成張楚後[8]，故人早已薦雄文[9]。

【校注】

〔1〕殷使君：即殷都，見本書"附録・附三"。詩題"入"字後面没有賓詞，應有缺佚。

〔2〕衣冠：本指衣帽。代指縉紳、名門世族。《文選・沈約〈奏彈王源〉》："自宋氏失御，禮教雕衰，衣冠之族日失其序。"禹會：本指大禹在塗山組織的諸侯會盟，這裏代指重要的國事活動。

〔3〕六傳：傳車六乘。《漢書・文帝紀》："代王笑謂宋昌曰：'果如公言。'乃令宋昌驂乘，張武等六人乘六乘傳詣長安。"顔師古注引張晏曰："傳車六乘也。"後因以"六傳"指皇子入爲天子。飄颻：飄飏，飛昇。颻，音yáo。

〔4〕太岳：指泰山。

〔5〕滹沱：音hū tuó，即滹沱河。在河北省西部，穿割太行山，東流入河北平原，至天津會北運河入海。

〔6〕瑶闕：傳説中的仙宫，也指皇宫，朝廷。騫：本意爲高舉，這裏是高飛。雙鳳高飛，爲吉祥瑞琪之象。

〔7〕金莖：見卷之一《遠游篇》注釋。五雲：五色瑞雲，多作吉祥的徵兆。

〔8〕張楚：指聲名張揚。張，張開，公佈；楚，鮮明，華美。

〔9〕雄文：傑出的文章。

五峰晚眺懷楚蜀社中兄弟〔1〕

五峰峰畔卧逾高，何物娱生可自豪〔2〕。興入白雲捫薜荔〔3〕，飛來明月醉葡萄。千山西斷岷峨色〔4〕，九水東回夢渚濤〔5〕。總爲曲成無和客，關山何限思勞勞〔6〕。

【校注】

〔1〕楚蜀社：指詩人與楚蜀諸朋友結成的詩文之社。

〔2〕娱生：愉悦人生，使人生快樂。南朝・宋・鮑照《擬青青陵上柏詩》："娱生信非謬，安用求多賢。"

〔3〕興入白雲：寄興於高山白雲之間。捫：音 mén，按，摸，引申爲採。

〔4〕西斷：向西面望到盡頭。岷峨色：岷山和峨眉山的山色。

〔5〕九水：見本卷《重登岳陽樓望君山》注釋。夢渚：即雲夢澤。

〔6〕勞勞：憂愁傷感貌。《孔雀東南飛》："舉手長勞勞，二情同依依。"

卷之七

春日懷殷使君燕邸[1]

獻歲正王禹會年[2]，使君簪佩此朝天[3]。新豐草樹争春色，上苑鶯花競曉烟[4]。盤露幕寒金狄掌[5]，臺香朝汎栢梁筵[6]。遥思扈從甘泉日[7]，姓字高從紫極懸[8]。

【校注】

〔1〕殷使君：即殷都。詳見本書“附録·附三”。使君：當時對州郡長官的尊稱。燕邸：見《和鵬初元夕燕邸晤太倉王孝廉》注釋。

〔2〕獻歲：進入新的一年。《楚辭·招魂》：“獻歲發春兮，汨吾南征。”正王：即王正月，指歲首正月。禹會年：見《左傳》：“禹合諸侯於塗山。”

〔3〕簪佩：古代冠簪和繫於衣帶上的飾物。這裏指穿上朝服。唐·儲光羲《貽劉高士别》：“俯視趨朝客，簪佩何璀璨。”此朝天：此去朝見天子。

〔4〕上苑：皇家的園林。南朝·徐君倩《落日看還》：“妖姬競早春，上苑逐名辰。”競，底本作“兢”。

〔5〕盤露：見卷之一《遠游篇》“金莖”注釋。幕寒：即暮寒。《爾雅·釋言》：“幕，暮也。”金狄掌：銅佛的手掌。明·王世貞《今年三月朔舍弟山池紅梅未謝玉蘭盛開乘興有作》：“露盤乍映金狄掌，如意未擊珊瑚枝。”

〔6〕臺香：祭案上的香火。朝汎：早上奏樂助興。汎，演奏琴瑟。栢梁筵：即在柏梁臺上舉行的筵會。柏梁：指柏梁臺。《史記·孝武本紀》：“其後則又作柏梁、銅柱、承露僊人掌之屬矣。”

〔7〕扈從：皇帝出巡時的護衛侍從人員，後泛指隨從。甘泉：甘泉宫，指

漢武帝擴建秦宫後修有甘泉宫，這裏泛指皇宫。

〔8〕紫極：星名，借指帝王的宫殿。魏・曹植上表曰："情注於皇居，心在乎紫極。"唐・李白《上皇西巡南京歌十首》其十："少帝長安開紫極，雙懸日月照乾坤。"

過菩提隘絶高處〔1〕

躋攀仄磴與天齊〔2〕，絶壁玄猿助鳥啼。世路不堪多詰曲〔3〕，關門何事號菩提。馬前黄葉秋風亂，杖底丹楓海日低。處處青山雲不散，游人來往到今迷。

【校注】

〔1〕菩提隘：地名。在今湖北五峰土家族自治縣東關壺瓶山北麓。"菩提"一詞是梵文 Bod hi 的音譯，意思是覺悟、智慧，用以指人忽如睡醒，豁然開悟，達到超凡脱俗的境界等。此地山勢形勝有過隘口即豁然開朗之感。

〔2〕躋攀：亦作"躋扳"，猶攀登。唐・杜甫《白水縣崔少府十九翁高齋三十韻》："清晨陪躋攀，傲睨俯峭壁。"仄磴：陡峻的石級。陸游《飯後登山》："盘紆穿翠谷，攲仄下危磴。"

〔3〕詰曲：曲折。底本譌作"誥曲"。金・劉迎《敗車行》："前車行，後車逐，車聲夜隨山詰曲。"

送人游塞外

壯氣英英耿白虹，龍泉虎騎白雲中〔1〕。摐金曉動千山月〔2〕，吹角寒生萬馬風。絶塞黄雲秋不斷〔3〕，九邊殺氣日相通〔4〕。憑君莫畫犁庭策〔5〕，昭代于今賤首功〔6〕。

【校注】

〔1〕英英：奇偉的，杰出的樣子。唐·韓愈《贈别元十八協律》詩之二："英英桂林伯，實維文武特。"耿：指明亮，光明的意思。白虹：日月周圍的白色暈圈，漢·鄭玄注："彌者，白虹彌天也。"龍泉：龍泉劍，代指名劍。

〔2〕摐金：摐金與下句吹角相對，則此處的"金"當指金屬之器。如言金革，則金指戈矛之屬；如言金鼓，金指鉦鐃之屬。摐：音 chuāng。敲，打。唐·高適《燕歌行》："摐金伐鼓下榆關，旌旗逶迤碣石間。"

〔3〕絶塞：絶遠邊塞。唐·劉滄《咸陽懷古》："天空絶塞聞邊雁，葉盡孤村見夜燈。"

〔4〕九邊：又稱九鎮，是中國明朝弘治年間在北部邊境沿長城防綫設立的九個軍事重鎮，這裏只是爲與上句對仗需要而稱，泛指邊關。

〔5〕畫：這裏是策劃、謀劃之意。犁庭：成語"犁庭掃閭"的簡説，喻徹底摧毁敵巢，亦稱犁庭掃穴。

〔6〕昭代：當今時代。賤：看賤，不重視。

謝惠菊〔1〕

小結玄亭雅好奇〔2〕，君家秋色忽相遺。却從籬下觴黄菊〔3〕，底事商山咏紫芝〔4〕。風遞幽香來細細〔5〕，月臨素節故遲遲〔6〕。名園别圃春暉盡〔7〕，留取凌霜裛露姿〔8〕。

【校注】

〔1〕謝惠菊：感謝惠贈給我菊花。

〔2〕玄亭：漢·揚雄曾著《太玄》，其在四川成都的住宅遂稱草玄堂或草玄亭，亦簡稱"玄亭"。"小結玄亭"當是詩人住宅的自謙。

〔3〕觴黄菊：指飲酒賞菊。

〔4〕底事：此事。宋·林希逸《題達摩渡蘆圖》："若將底事比渠儂，老

胡暗中定羞殺。”商山咏紫芝：傳説秦朝末年，隱居在商山的名爲“商山四皓”的四個人物（分别爲東園公、綺里季、夏黄公、甪里先生）創作了一首《紫芝曲》。後來也泛指隱逸避世的歌或詞。

〔5〕風遞：風行。遞，傳動。宋·蔡伸《卜算子》：“風遞幽香入檻來，枕簟全無暑。”

〔6〕素節：秋令時節。宋·歐陽修《水谷夜行寄蘇子美聖俞》：“我來夏云初，素節今已届。”

〔7〕名園别圃：出名的林苑，别致的園圃。

〔8〕淩霜：抵抗霜寒。常用以比喻人品格高潔，堅貞不屈。南朝·宋·謝惠連《甘賦》：“質葳蕤而懷風，性耿介而凌霜。”裛，音yì，古通“浥”，沾濕。晉·陶潛《飲酒》：“秋菊有佳色，裛露掇其英。”也有人認爲該詩中“謝惠菊”是人名。有人估計是明朝女詩人謝五娘。查閲有關資料，發現明萬曆年間的潮州韓江才女謝五娘一首七言律詩《武陵圖》，似乎與田子壽不無關聯，故附録於此，以作方家品評：“峰巒回合樹青葱，茅屋参差一逕通。匝地藤蘿雲護緑，滿林桃杏雨含紅。絲桐夜撫梅邊月，石榻晴眠竹外風。避世已拚天下事，出山應笑紫芝翁。”謝詩描繪出一幅活生生的“武陵圖”，再現了田子壽所在的武陵山區的自然風光和“紫芝翁”避世山中却又胸懷天下事的情懷。這裏的“紫芝翁”很可能就是指的田子壽。他在容美土司有個讀書寫作的亭子就叫紫芝亭，他的一個詩集也被命名爲“紫芝亭詩集”。然謝五娘與謝惠菊有否關聯，尚未查到根據。

雪　酌

獵獵寒風動地還，六花片片點紫關〔1〕。即看是處摇銀海〔2〕，不獨西方有雪山。白自梅花争瑞色，青傳竹葉破愁顔〔3〕。已歡三見豐年兆〔4〕，倚醉狂吟興未慳〔5〕。

【校注】

〔1〕六花：即雪花，因雪花的結晶成六角形而得名。唐・賈島《寄令狐綯相公》："自著衣偏暖，誰憂雪六花。"點紫闕：裝點紫宙和關山。

〔2〕是處：到處。揺銀海：指雪花在雪海上空飛舞飄曳。

〔3〕傅：依附，依憑。《左傳》僖公十四年："皮之不存，毛將安傅？"破愁顔：指雪附在竹葉上改變了顔色，不再是愁苦白色了。

〔4〕三見豐年兆：三度看見下雪。金・元好問《雪後招鄰舍王贊子襄飲》："河南冬來已三白，土膏墳起如蜂房。"詩人化用"三白"。

〔5〕興未慳：即放縱自己的興致。慳，音 qiān，吝嗇。唐・杜甫《茅堂檢校收稻》："紅鮮終日有，玉粒吾未慳。"

春興寄湖南友人

田家山第綺春宵[1]，酒潑春江醉轉驕。隔葉流鶯聲百囀[2]，垂軒弱柳緑千條。蘿衣曉入林香細[3]，蘭畹晴添佩色饒[4]。却怪故人湖上卧，篋中明月滿瓊瑶[5]。

【校注】

〔1〕山第：山中别墅。唐・李嶠《奉和初春幸太平公主南莊應制》："主家山第接雲開，天子春游動地來。"綺：美妙的，美好的。春宵：春夜，也指男女和諧的美好夜晚。宋・蘇軾《春宵》："春宵一刻值千金，花有清香月有陰。"

〔2〕流鶯：叫聲婉囀的黄鸝鳥，也指飛來飛去的黄鶯。唐・李商隱《流鶯》："流鶯漂蕩復參差，渡陌臨流不自持。"

〔3〕蘿衣：即薜蘿衣，指隱者的衣服。元・倪瓚《寄張貞居》："蒼蘚渾封麇鹿逕，白雲新補薜蘿衣。"

〔4〕蘭畹：培植蘭花的園圃。畹，音 wǎn，是古代計量單位，三十畝（一

説十二畝）爲一畹。

〔5〕怪：驚訝於。湖上卧：睡在湖船之上。篋：小箱，如書篋、藤篋。

寄殷員外京中〔1〕

雞人閶闔引朝天〔2〕，歷歷山河紫禁前〔3〕。象近星辰天北極〔4〕，地臨湯沐帝甘泉〔5〕。鶯聲曉送千門柳，花氣晴浮萬井烟〔6〕。遥羡長卿能獻賦〔7〕，空慚曲和郢人篇〔8〕。

【校注】

〔1〕殷員外：可能是殷都，見“附録・附三”説明。員外：指正員以外的官員。這裏可能指殷都在京中候旨待職的時候。

〔2〕雞人：職官名，每於天將亮時，作呼聲以警醒百官。《周禮・春官・雞人》：“雞人掌共雞牲辨其物，大祭祀夜呼旦以叫百官。”後指宫廷中專管更漏之人。閶闔：天門。唐・李白《梁甫吟》：“閶闔九門不可通，以額叩關閽者怒。”引朝天：即朝天引，向着天喊叫。

〔3〕紫禁：即紫禁城。本來是星座名。中國古代天文學家將恒星分爲三垣、二十八宿座，紫微垣在三垣中央，是代表天帝的星座。天帝至高無上，而人間的皇帝也是至尊的，故用紫微垣借代。

〔4〕象：天象，日月星辰天體間的各種運行表現。北極：北方天空。當時明都北京在東北方向，故以此借代皇都。

〔5〕湯沐：沐浴，代封邑。甘泉：指的是漢武帝時建造的甘泉宫，傳説内有甘泉。

〔6〕花氣：花香。唐・賈至《對酒曲》之一：“曲水浮花氣，流風散舞衣。”萬井烟：萬家炊烟。古代以地方一里爲一井，萬井本意即一萬平方里。後引申爲千家萬户。

〔7〕長卿：司馬相如，字長卿。

〔8〕空：徒然。

夏日寄澧浦國華〔1〕

風塵褦襶思空闌〔2〕，五月披裘豈爲寒〔3〕。玉樹自牵兩地長〔4〕，荆花誰共故園看〔5〕。漫憐世上名空好〔6〕，不信人間路轉難。讀罷離騷偏惆悵，莫將餘恨負紉蘭〔7〕。

【校注】

〔1〕澧浦：即澧州，在容美土司南部，明朝時屬於長沙郡管轄。國華：即田國華，見本書《附録·附三》解釋。

〔2〕風塵：比喻旅途的艱辛勞累，也比喻紛亂的社會或漂泊江湖的境况。唐·杜甫《贈别賀蘭銛》："國步初返正，乾坤尚風塵。"褦襶：音 nài dài。衣服粗重寬大，既不合身，也不合時。比喻不曉事，無能。也指一種遮太陽的斗笠。襶，底本作"檝"，疑爲錯字或俗字。思空闌：望着天空思緒翻滚。闌：闌干。白居易《長恨歌》："玉容寂寞淚闌干，梨花一枝春帶雨。"

〔3〕五月披裘：《韓詩外傳·卷十》記載：春秋時，吴國的延陵季子到齊國游歷，在路上看到一堆金子，叫一個披裘的人拿去，披裘人説："當暑衣裘，君疑取金者乎？"唐·李白《杭州送裴大澤》："五月披裘者，應知不取金。"意爲有不一般的理想追求者。

〔4〕玉樹：南朝·宋·劉義慶《世説新語·言語》："謝太傅問諸子侄：'子弟亦何預人事，而正欲使其佳？'諸人莫有言者。車騎答曰：'譬如芝蘭玉樹，欲使其生於階庭耳。'"後以"玉樹"稱美佳子弟。"玉樹自牵"指子壽與國華聯繫緊密。

〔5〕荆花：即紫荆花。春天開花，花紫紅色，布滿全枝，連成一片，爛漫如朝霞。常比喻兄弟昆仲同枝并茂。子壽與國華，雖名爲叔侄，然志趣相投，且一起避居澧浦，故曰荆花。

〔6〕漫憐：偏愛，“眷戀於”之意。宋·廖行之《宜春道中》：“游子漫憐春色晚，故園應想緑陰繁。”

〔7〕負紉蘭：即有負於高潔人品。紉蘭，《楚辭·離騷》：“扈江離與辟芷兮，紉秋蘭以爲佩。”後以“紉蘭”比喻人品高潔。

郊　眺

習習東風鳥語繁[1]，聊成春服試郊原。天低碧樹平浮野[2]，峽轉清流曲抱村[3]。竹翠故應非俗逕[4]，花深别是一閑門[5]。何人錯話靈源脉，一對魚郎便已渾[6]。

【校注】

〔1〕鳥語，底本作“島語”，詩尾有“魚郎”喧鬧，當誤。

〔2〕浮野：雲氣蒸騰的野外，若浮動跳躍一般，故云。明·葉向高《薛老莊》：“江光浮野闊，月色入林遲。”

〔3〕清流曲抱村：語出唐·杜甫《江村》：“清江一曲抱村流，長夏江村事事幽。”

〔4〕非俗逕：不是常人能走的路。

〔5〕閑門：指進出往來的人不多，顯得清閑的門庭。

〔6〕“何人”二句：用陶淵明《桃花源記》事。魚郎，即叼魚郎，一種捕魚的水鳥，亦稱鸕鷀、魚鷹。

途憶五峰家墅[1]

五峰峰色即崑崙，世外桃花别是村。門帶一泓楊子宅[2]，橋通三經辟疆園[3]。白雲楚客歸心遠[4]，芳草王孫旅思繁[5]。南北路岐何日定[6]，年來離合不堪論。

【校注】

〔1〕五峰家墅：當在容美宣撫司以東的五峰長官司境内。家墅：即别墅，家宅之外在山野的房子。詩中的五峰山即指大五峰山，即今天五峰土家族自治縣故縣城附近的五峰山，以并排矗立的五座山峰而得名。

〔2〕一泓：清水一片或一汪。唐・李賀《夢天》："遥望齊州九點烟，一泓海水杯中瀉。"楊子宅：楊子，指楊孚，東漢和帝時人，楊子宅在珠江南岸。明黄佐《廣州先賢傳》："楊孚宅在江滸南岸，嘗移洛陽松柏植宅前，隆冬飛雪盈樹。"一作揚子宅，唐・許渾《冬日登越王臺懷舊》："河畔雪飛揚子宅，海邊花盛越王臺。"指漢・揚雄的宅邸。此處爲比喻。

〔3〕經：南北方向的道路，也泛指道路。辟疆園：顧辟疆的私家園林名。爲史載第一例蘇州私人園林。南朝・梁・劉孝標注引《顧氏譜》曰："辟疆，吴郡人。歷郡功曹、平北參軍。"有王獻之獨闖該園遭到驅趕的故事。這裏泛指美好園林。

〔4〕白雲楚客：楚地的客人。典出唐・吴融《秋日經别墅》："幸有白雲眠楚客，不勞芳草思王孫。"

〔5〕芳草王孫：王府子孫。典出漢・淮南小山《招隱士》："王孫游兮不歸，春草生兮萋萋。"

〔6〕南北路岐：即道路不好選擇。典出《淮南子・説林訓》："楊子見逵路（四通八達的道路）而哭之，爲其可以南可以北。"岐，同"歧"。

陳崇陽入計[1]

才子聲華著汴都[2]，名中諸嶽望來殊[3]。三年出宰花爲縣[4]，萬里朝天舄是凫[5]。曉聽鶯聲遷御柳[6]，晴看花氣引金爐[7]。寄聲爲道青雲客[8]，肯念湖南舊酒徒[9]。

【校注】

〔1〕入計：地方官入京聽候考核，也稱考核期間的官員。《新唐書·張知謇傳》："萬歲通天中，自德州刺史入計。"明·袁宏道《傅良鄉入計序》："值侯入計，而司城陳子以書爲請。"陳崇陽：即陳元勳，由長陽縣令調任崇陽縣令者。見卷之五《長陽懷陳元勳明府》注釋。

〔2〕才子聲華：才子的名聲。著汴都：在京城著稱。汴都即汴京，現在的開封市，歷史上曾用名有大梁、汴州、東京、汴京等。

〔3〕名中諸嶽：指名望地位極高的人物。嶽，高大的山。望來殊：指聲名超出常人。

〔4〕出宰：出任縣宰。花爲縣：成爲遍地鮮花的縣。見卷之五《寄建始郭明府》中"潘縣"一典。

〔5〕萬里朝天：萬里朝見天子，亦指飛昇。舄是鳧：見《拟古十九首》其十五"雙鳧"注釋。

〔6〕御柳：宫禁中的柳樹。唐·沈佺期《和户部岑尚書參迹樞揆》："御柳垂仙掖，公槐覆禮闈。"

〔7〕花氣：花的香氣。唐·賈至《對酒曲》之一："曲水浮花氣，流風散舞衣。"金爐：香爐之美稱。南朝·梁·江淹《别賦》："同瓊佩之晨照，共金爐之夕香。"

〔8〕寄聲：托人傳話。《漢書·趙廣漢傳》："界上亭長寄聲謝我，何以不爲致問？"青雲客：指隱逸之士。唐·韓愈《送惠師》："日携青雲客，探勝窮崖濱。"

〔9〕肯念：願意懷想。湖南舊酒徒：我這個飲酒的老朋友。詩人時居澧浦。

奉懷南儀部伍公〔1〕

風流六代豪華歇〔2〕，詞賦千秋覽勝偏〔3〕。瓜步潮來晴帶月〔4〕，鍾山日射暖浮烟〔5〕。星河曉帶金湯静〔6〕，王氣霄連紫極懸〔7〕。莫謂風烟南北异〔8〕，兩都俱是聖人前〔9〕。

【校注】

〔1〕奉懷：懷念。奉，表示自己的舉動涉及對方時，加在動詞前面表示禮貌的敬辭。南儀部：南京留都禮部下的一個部門。伍公：即前面提到的“伍荆州”“伍蠡湖”，見“附録·附三”説明。

〔2〕風流六代：指留都南京經過了三國吴、東晉和南朝宋、齊、梁、陳六朝在這裏建都的風流輝煌。豪華歇：指帝都北遷後這裏皇家豪華之氣停歇了。明·舒頔《揚州》：“江山如此豪華歇，千古豈不令人哀。”

〔3〕覽勝偏：即“偏覽勝”。猶長於覽勝，觀賞美麗的景色。

〔4〕瓜步潮：江蘇六合東南有瓜步山，山下有瓜步鎮。古時瓜步山南臨大江，常有江潮洶涌，故稱瓜步潮。唐·杜牧《金陵》：“瓜步逢潮信，臺城過雁音。”

〔5〕鍾山：即紫金山。在今江蘇南京東北。三國·吴·孫權避祖諱，更名蔣山。至宋復名鍾山。宋·周輝《清波别志》卷中：“王荆公退居鍾山，切切以吕吉甫爲恨。”

〔6〕星河：銀河。齊·張融《海賦》：“湍轉則日月似驚，浪動而星河如覆。”金湯：金城湯池。喻堅固的城池。湯，開水。

〔7〕王氣：舊指象徵帝王運數的祥瑞之氣。《東觀漢記·光武帝紀》：“望氣者言，舂陵城中有喜氣，曰：‘美哉王氣，鬱鬱葱葱。’”霄連：連通雲霄，喻氣勢很盛。紫極：星名，借指帝王的宫殿。《文選·潘岳〈西征賦〉》：“厭紫極之閑敞，甘微行以游盤。”唐·李善注：“紫極，星名，王者爲宫以象之。”

〔8〕風烟：景象，風光。唐·駱賓王《在江南贈宋五之問》：“風烟標迴秀，英靈信多美。”

〔9〕兩都：指明京都北京和留都南京。

秋日寄周太史漢上[1]

先朝詞客幾飄零[2]，雁沼虚勞擬漢庭[3]。總爲淹留攀桂樹[4]，聊將騷雅寄蘭香[5]。秋來漢水晴逾緑[6]，雲盡篸山晚更青[7]。况是銅鞭争唱處[8]，獨醒何人在在聽[9]。

【校注】

〔1〕周太史：周太霞，即周紹稷。見“附録·附三”説明。太史，古代官名，主管修史。明清也稱翰林爲太史。漢上：指漢水中下游荆襄一帶，這裏特指襄陽。

〔2〕先朝：前朝，多指上一個朝代。詞客：擅長文詞的人。唐·王維《偶然作》詩之六：“宿世謬詞客，前身應畫師。”飄零：失去依靠，生活不安定。

〔3〕雁沼：即雁池。唐·李白《同吴王送杜秀芝赴舉入京》：“欲折一枝桂，還來雁沼前。”王琦注《西京雜記》：“梁孝王築兔園，園中有雁池。”這裏借代文人雅士匯聚之所。虚勞：猶徒勞，白費勞動。

〔4〕淹留：長期逗留，羈留（希望見用）。攀桂樹：攀折桂枝，比喻科舉登第。唐·賈島《青門里作》：“若無攀桂分，秖是卧雲休。”

〔5〕騷雅：《楚辭》與《詩經》的并稱，因《詩經》中有《大雅》《小雅》。《楚辭》中有《離騷》篇。借指由《詩經》和《離騷》所奠定的古詩優秀風格和傳統。蘭香，不協韻，應爲“蘭馨”。

〔6〕逾緑：更緑。逾，同“愈”，更加。

〔7〕篸山：又稱篸嶺，即武當山。

〔8〕銅鞭：三峽大學吴柏森先生認爲：“銅鞭”爲“銅鞮”之誤。唐·李白《襄陽歌》：“襄陽小兒齊拍手，攔街争唱白銅鞮。”白銅鞮，南朝梁童謡，流行於襄陽一帶。

〔9〕獨醒：典出戰國·屈原《楚辭·漁父》：“屈子曰：‘舉世皆濁我獨清，衆人皆醉我獨醒，是以見放！’”在在：處處，各方面。

玉清祠

峽静溪回落遠濤，松杉古殿傍烟皋〔1〕。花深村落人家舊，雲鎖巉岩薜荔高〔2〕。鶴去未歸緱氏駕〔3〕，鸞來何處漢宫桃。仙真合在虚無裏〔4〕，蘋藻千秋祀更勞。

【校注】

〔1〕烟皋：烟霧迷蒙的水邊高地。明·湯顯祖《題李伯東觀察玉嶺咏竹詩後》："輕綃點染後，烟皋坐如林。"

〔2〕巉岩：陡而隆起的岩石，如懸崖，孤立突出的岩石。唐·李白《北上行》："磴道盤且峻，巉岩凌穹蒼。"

〔3〕"鶴去"句：化用王子喬緱山跨鶴昇仙的典故，詳見卷之四《太暉觀》注釋。

〔4〕仙真：道家稱昇仙得道之人。唐·李白《上雲樂》："生死了不盡，誰明此胡是仙真。"合在：應該在。虚無：道家用以指"道"的本體。謂道體虚無，故能包容萬物；性合於道，故有而若無，實而若虚。

答友人同僧野寺話禪〔1〕

飛錫何來此暫亭〔2〕，給園花雨重談經〔3〕。三千大界渾空色〔4〕，萬事浮塵幻醉醒〔5〕。世業争如禪業白〔6〕，僧眸何似客眸青〔7〕。可分一片生公石〔8〕，妙諦還同帝釋聽〔9〕。

【校注】

〔1〕野寺：山野小廟宇。唐·韋應物《酬令狐司録善福精舍見贈》："野寺望山雪，空齋對竹牀。"話禪：即談禪，辯説、討論佛教教義。

〔2〕飛錫：佛教語。謂僧人執錫杖飛空。據《釋氏要覽》卷下："今僧游

行，嘉稱飛錫。此因高僧隱峰游五臺，出淮西，擲錫飛空而往也。若西天得道僧，往來多是飛錫。”暫亭：暫留之所。亭同“停”。

〔3〕給園：見卷之四《圓通寺與法界上人話禪》注釋。

〔4〕三千大界：亦稱“三千大千”，指三千大千世界。清·李漁《玉搔頭·得像》：“下管地，上管天，中華外國，三千大千，都是我的版門封域。”渾：渾如，簡直是，仿佛是。空色：即“色空”，佛教語。“色”與“空”的并稱。謂物質的形相及其虚幻的本性，色，事物的表象之意。唐·王維《謁璇上人》詩序：“色空無礙，不物物也；嘿語無際，不言言也。”

〔5〕“萬事”句：指萬事如浮塵，萬事如夢幻，萬事如醉中，清醒過來，萬事皆休。

〔6〕世業：猶世事。《資治通鑒·漢獻帝建安十三年》：“今爲君計，莫若遣腹心自結於東，以共濟世業。”胡三省注：“世業，猶言世事也。”争如：怎麽比得上。前蜀·韋莊《夏口行》：“雙雙得伴争如雁，一一歸巢却羡鴉。”禪業：禪佛之事。白：純潔。

〔7〕青：青白眼看人，即鄙視輕慢的眼光。

〔8〕生公石：相傳爲晉·竺道生講經處。在今蘇州虎丘山下。此處大石盤陀徑畝，上下平衍，可坐千人，故又稱千人石。明·王世貞《邀助甫游虎丘》：“逃禪再起生公石，倚醉頻呼陸羽茶。”

〔9〕妙諦：精妙之真諦。帝釋：亦稱“帝釋天”，佛教護法神之一。佛家稱其爲三十三天之主，居須彌山頂善見城。梵文音譯名爲釋迦提桓因陀羅。

*種　　蓮

芬菲曾挹若耶溪[1]，手植靈根冀與齊[2]。豈爲紅妝矜艷色[3]，總緣素節挺污泥。頽顔擬藉芳箇駐[4]，妙法無煩貝葉題[5]。幸願花開高十丈，令人虚媚太花西[6]。

【校注】

〔1〕芬菲：猶芳菲，美盛芳香的花艸。宋・蘇軾《和段屯田荆林館》："清詩爲題品，草木變芬菲。"若耶溪：亦稱若邪溪。出自浙江紹興若邪山，北流入運河。傳西施浣紗於此，故又名浣紗溪。唐・李白《採蓮曲》："若耶溪邊采蓮女，笑隔荷花共人語。"

〔2〕靈根：神木的根，這裏指蓮藕。晉・孫拯《贈陸士龍》："靈根可棲，樂此限岑。"冀與齊：希望品德如蓮藕一般高潔。

〔3〕矜：同"矜"，驕傲，夸耀。

〔4〕頽顔：指衰老或頽廢的容貌。這裏指荷逢秋而敗。頽，同"頽"。箇，手鈔本是"同"。

〔5〕妙法：指《妙法蓮華經》，簡稱《法華經》。貝，底本譌作"見"。

〔6〕虚：徒然，白白地。媚：喜愛，巴結，討好。手鈔本"虚媚"作"處妒"。太花西：華山西峰，即蓮花峰。太花，即太華。古"花""華"二字通用。宋・强至《依韻酬獻陳州王密學見寄二首》："觸熱初來太華西，恐煩後命促佳期。"

登五峰懷鵬初兄〔1〕

步出遥天騪望奇〔2〕，白雲寒色坐相思。談詩澤國啣杯處〔3〕，折柳章臺握手時〔4〕。對客何曾羞犢鼻〔5〕，逢時翻自悔娥眉〔6〕。怪來不遣三秋雁〔7〕，南望蒼梧盡可疑〔8〕。

嚴平子評：藹藹春雲，態度飄然〔9〕。

【校注】

〔1〕鵬初：指孫鵬初。田子壽師孫斯億的兒子。此詩似是寫自故鄉五峰。

〔2〕騪望：登高遠望。騪，同"搜"。手鈔本作"騁"。

〔3〕澤國：指水鄉。唐・杜甫《水宿遣興奉呈群公》："澤國雖勤雨，炎

天竟淺泥。”卿杯：見卷之二《惜别十首》之八注釋。

〔4〕折柳，底本譌作“拆柳”，手鈔本作“折柳”。語出《三輔黄圖·橋》：“霸橋在長安東，跨水作橋。漢人送客至此橋折柳贈别。”後多用爲贈别或送别之詞。章臺：見卷之五《哭雲夢師三首》注釋。

〔5〕犢鼻：即“犢鼻裈”，即“短褲”。“犢鼻裈”有兩個典故：其一，漢文學家司馬相如琴挑富家卓王孫新寡的女兒卓文君，文君私奔，與相如在臨邛賣酒。“文君當壚，相如身自着犢鼻褌與傭保雜作，滌器於市中。”見《史記·司馬相如列傳》。後用爲賣酒的典故。其二，魏晉阮籍、阮咸叔侄，俱名列竹林七賢。阮族所居，在道北的都是富户，在道南的都爲貧家。俗有七月七日曬衣之習，是日，居道北諸阮盛陳紗羅錦綺，居道南之阮咸“以竿高挂大布犢鼻褌於中庭”。人多怪之，他説：“未能免俗，聊復爾耳！”用以調侃世俗。見南朝·宋·劉義慶《世説新語·任誕》。後用爲貧窮的典故。詩中“羞犢鼻”，似是“貧窮”之典。

〔6〕逢時：謂遇上好時運。唐·高適《贈别王十七管記》：“逢時愧名節，遇坎悲淪替。”

〔7〕三秋雁：即鴻雁，這裏代指書信。

〔8〕蒼梧：蒼梧山，即九嶷山，在湖南永州寧遠，南接羅浮山，北連衡岳。傳爲娥皇歸葬處。盡可疑：戲言九嶷山“多疑”。《水經注》：“九嶷山盤基蒼梧之野，峰秀數郡之間，羅岩九舉，各導一溪，岫壑負阻，异嶺同勢，游者疑焉，故曰九嶷山。”唐·元結《九嶷山圖記》：“九峰相似，望而疑之，謂之九疑。”

〔9〕藹藹：雲霧密集貌。

晚投净慈寺[1]

倏然落日滿祇林[2]，客自扶携一杖尋[3]。月度諸天輝佛鏡[4]，風回雙樹響仙音[5]。才窺金粟如來相[6]，怳識蓮花不染心[7]。翻怪此身餘結習[8]，天花散處看來深[9]。

【校注】

〔1〕净慈寺：位於浙江省杭州市的西湖南岸，雷峰塔對面，是西湖歷史上四大古刹之一，中國著名寺院之一。因爲寺內鐘聲宏亮，“南屏晚鐘”成爲“西湖十景”之一。

〔2〕翛然：毫無牽挂、自由自在的樣子，翛音 xiāo。莊子《大宗師》：“翛然而往，翛然而來而已矣。”祇林：指寺廟叢林。

〔3〕扶攜：相互攙扶。一杖尋：即拄杖一根。尋：古長度單位，八尺爲尋。也可解釋爲拄杖尋訪。該句手鈔本作“客自扶匡杖一尋”。

〔4〕諸天：見卷之四《登荆沙觀音閣塔》注釋。佛鏡：佛家謂佛教經義如清水明鏡，俗人不可以形逃。

〔5〕雙樹：見卷之四《宿承天寺萬上人房》。

〔6〕金粟：佛名。《文選·王中〈頭陁寺碑文〉》：“金粟來儀，文殊戻止。”唐·李善注引《發迹經》曰：“净名大士是往古金粟如來。”如來：佛的别名，梵語意譯。“如”謂如實。“如來”即從如實之道而來，開示真理的人。又爲釋迦牟尼的十種法號之一。

〔7〕幌識：明識。幌，心明。蓮花：指佛家語“青蓮”。蓮花不染污泥纖塵。

〔8〕翻怪：反而怨恨，却又抱怨。唐·權德輿《古離别》：“覽物或臨盤，翻怪來何遲。”結習：養成世俗習慣，佛教謂人世的欲望與煩惱。

〔9〕天花：亦作“天華”。佛教語。天界仙花。《維摩經·觀衆生品》：“時維摩詰，室有一天女……見諸大人聞所說法，便現其身，即以天華散諸菩薩、大弟子上。”南朝·陳·徐陵《麈尾銘》：“既落天花，亦通神路。”

*菊　花

歲晚霜飛莽落英〔1〕，誰將秋色點荆蘅〔2〕。美人林下真同逸〔3〕，桂子蟾宫漫獨清〔4〕。空向沅波酬屈父〔5〕，偏於籬畔醉陶生〔6〕。芳心一片凌摇落〔7〕，桃李如今可載榮〔8〕。

【校注】

〔1〕莽：廣大，遼闊，形容原野遼闊，無邊無際；也形容草木茂盛。落英：落花。《楚辭・離騷》："朝飲木蘭之墜露兮，夕餐秋菊之落英。"

〔2〕點：裝點，點染。荆蘅：荆棘和蘅草，代指荒野。蘅，手鈔本作"衡"。

〔3〕同逸：一起享受放松的心情。逸，安閒，安樂，放松。宋・鄭魏珽《題松風館》："蹁蹮野鶴身同逸，來往樵人語不闕。"

〔4〕蟾宫：月宫，指月亮。手鈔本作"宫中"。

〔5〕沅波：沅水之波。沅水在湖南省，是流歸洞庭湖的四水之一。酬屈父：酬報屈原。屈父，手鈔本作"屈子"。

〔6〕醉陶生：使陶淵明陶醉。陶淵明有"採菊東籬下，悠然見南山"的詩句，故云。

〔7〕芳心：指花蕊。俗稱花心。常比喻女子的情懷。宋・蘇軾《岐亭道上見梅花戲贈季常》："數枝殘緑風吹盡，一點芳心雀啅開。"凌摇落：冰雪中凋殘零落。唐・杜甫《謁先主廟》："如何對摇落，况乃久風塵。"

〔8〕載榮：開始開花。

*水仙花〔1〕

誰謂仙源渺去津〔2〕，素娥終夕浴寒濱〔3〕。何來姑射山頭雪〔4〕，恍覿羅浮夢裏春〔5〕。明月漫留交甫佩〔6〕，香魂空逐馬嵬塵〔7〕。争如一片冰壺色[8]，妒殺凌波步玉神[9]。

【校注】

〔1〕《水仙花》《蘭花》《玉簪》《海棠》四首，田玄本不載，依手鈔本補録。

〔2〕仙源：道教稱神仙所居之處。唐・王維《桃源行》："春來遍是桃花水，不辨仙源何處尋。"渺去津：尋訪的路徑渺茫。去，三峽大學吴柏森先生認爲當爲"玄"，形近而誤。玄津，玄妙之津渡。

〔3〕素娥：嫦娥的别稱，亦用作月的代稱。唐・李商隱《霜月》："青女素娥俱耐冷，月中霜裏鬥嬋娟。"終夕：通宵，徹夜。《左傳》昭公二十年："終夕與於燎。"寒濱：寒冷的水濱。

〔4〕姑射：原指姑射山的得道真人。後泛指美貌女子，射，音 yè。莊子《逍遥游》："藐姑射之山，有神人居焉，肌膚若冰雪，淖約若處子。"

〔5〕恍覿：仿佛看見，恍惚相見會面。覿，音 dí。羅浮：在廣東省東江北岸，風景優美，爲粤中游覽勝地。晉・葛洪曾在此山修道，道教稱爲"第七洞天"。相傳隋・趙師雄在此夢遇梅花仙女，後多爲咏梅典實。

〔6〕漫留：枉留。宋・蘇軾《菩薩蠻・秋風湖上蕭蕭雨》："今日漫留君，明朝愁殺人。"交甫：即鄭交甫。相傳他曾於漢皋臺下遇二神女。《神仙傳》："切仙一出，游於江濱，逢鄭交甫。交甫不知何人也，目而挑之，女遂解佩與之。交甫行數步，空懷無佩，女亦不見。"佩：佩飾。

〔7〕馬嵬：即馬嵬坡。在陝西興平縣。安史之亂，唐玄宗奔蜀，途次馬嵬驛，衛兵殺楊國忠，玄宗被迫賜楊貴妃死，葬馬嵬坡。嵬，音 wéi。

〔8〕争似：怎似。冰壺：見卷之四《雜興三首》之三注釋。這裏作月光。唐・李白《贈宣城宇文太守兼呈崔侍御》："下馬不作威，冰壺照清川。"

〔9〕凌波：比喻美人步履輕盈。魏・曹植《洛神賦》："凌波微步，羅襪生塵。"

蘭　　花

憔悴誰將傍屈平，簾開春色轉盈盈〔1〕。已歡入室芳菲襲〔2〕，敢向當門怨恨生〔3〕。賦處不妨夸楚秀〔4〕，夢來何意協燕榮〔5〕。君看剩有幽香在，秦水桃花浪隱名〔6〕。

【校注】

〔1〕盈盈：形容清澈、爽朗的樣子。明·向子諲《浣溪沙》："淺淺笑時雙靨媚，盈盈立處緑雲偏。"

〔2〕入室：入室之賓，謂極親密的伴侣。芳菲：花艸盛美。唐·韓愈《梁國惠康公主挽歌》之一："從今沁園草，無復更芳菲。"

〔3〕當門：當門犬，看家門的狗。《戰國策·楚策一》："人有以其狗爲有執而愛之。其狗嘗溺井，其鄰人見狗之溺井，欲入言之，狗惡之，當門而噬之。"

〔4〕楚秀：楚地的優秀人或物。唐·皎然《送陳秀才赴舉》："君實三楚秀，承家有清規。"

〔5〕燕榮：燕夢徵蘭。春秋時鄭文公妾燕姞，嘗夢天使賜蘭，後生穆公，名之曰蘭。見《左傳》宣公三年。協：助。

〔6〕秦水桃花：或指陶淵明所描繪的桃花源。《桃花源記》載：秦人避亂入桃花源，與外人隔絶，不知有漢，無論魏晉。武陵漁人窮盡水源，入洞方知有世外桃源。浪隱名：空有其隱名（蘭剩有幽香，秦水桃花什麽也没有留下來）。

*玉簪花〔1〕

爲憐素質添溥清露〔2〕，頗厭濃姿鬥晚霞〔3〕。霓曲歌殘瑶殿月〔4〕，燕釵飛簇漢宫花〔5〕。銜裝色掩金瓶曉〔6〕，擁坐光凌玉辟邪〔7〕。况是真心原有托〔8〕，不隨桃李怨年華。

【校注】

〔1〕玉簪花：百合科多年生草本植物，秋季開花，白色，芳香。因花莖從葉叢中抽出，總狀花序，形如髮簪，故名。

〔2〕素質：白色的質地。宋・張元幹《十月桃》："羅浮淡妝素質，呼翠鳳、飛舞斕斑。"漙：音 tuán，露水多貌。《詩・鄭風・野有蔓草》："野有蔓草，零露漙兮。"

〔3〕濃姿：艷麗的姿態。唐・康駢《劇談録・慈恩寺牡丹》："濃姿半開，炫燿心目。"

〔4〕霓曲：霓裳羽衣曲，唐宫廷樂舞。瑶殿：玉殿，指宫廷。唐・杜甫《銅瓶》："亂後碧井廢，時清瑶殿深。"

〔5〕燕釵：雀釵，婦女首飾。由兩股合成，其形似雀，故名。唐・李賀《湖中曲》："燕釵玉股照青渠，越王嬌郎小字書。"

〔6〕銜裝：銜，舊指官階。銜裝猶言着官服。金瓶：花瓶的美稱。前蜀・花蕊夫人《宫詞》："一枝插向金瓶裏，捧進君王玉殿來。"

〔7〕擁坐：抱擁而坐。凌：蓋過，超越。辟邪：古代傳説中的神獸，似鹿而長尾，有兩角。

〔8〕有托：有寄托，心有所歸。

*海　棠

何處花神不愛形[1]，幾從亭畔鬥娉婷[2]。美人睡起嬌無力，仙子狂來醉未醒[3]。雲卷紅妝霞作障[4]，風回翠袖錦爲屏[5]。君看自失淵材恨，別是昌州一種馨[6]。

【校注】

〔1〕花神：掌管花的神。唐・陸龜蒙《和襲美揚州看辛夷花次韻》："柳疏梅墮少春叢，天遣花神別致功。"

〔2〕娉婷：姿態美好貌。漢·辛延年《羽林郎》："不意金吾子，娉婷過我廬。"

〔3〕狂來：縱情任性或放蕩驕恣的態度。

〔4〕障：通"幛"，畫軸。唐·杜甫《題李尊師松樹障子歌》："手提新畫青松障。"

〔5〕翠袖：青緑色衣袖。泛指女子的裝束。唐·杜甫《佳人》："天寒翠袖薄，日暮倚修竹。"屏：屏風。

〔6〕自失：自從没有了。淵材：劉淵材。北宋音樂家。博通群書，尤工樂律，曾獻書於朝廷，而徵爲協律郎。他曾説平生無所恨，所恨者僅五事：一是鰣魚多骨，二是金桔帶酸，三是蓴菜性冷，四是海棠無香，五是曾子固不能詩。後來得知昌州海棠獨香，他一生憾事少了一件，喜不自禁，對昌州充滿無限向往之情。宋·楊萬里《二月十四日曉起看海棠》："淵材無鼻孔，信口道無香。"恨：遺憾。昌州：府名。約在今重慶市永川區、大足縣一帶。宋·惠洪《冷齋夜話》："海棠無香，昌州海棠獨香。"在大足龍崗山北塔下高聳的石壁上，刻有四個斗大的字"海棠香國"。詩人用此典，意謂自植之海棠比之昌州海棠，别有一種馨香。

*華容宿西禪寺〔1〕

萍蹤恍逐客星流〔2〕，河漢宵涵剎影浮〔3〕。八道多羅寒不謝〔4〕，十方兜率晝常幽〔5〕。臺臨楚子空陳迹〔6〕，瑟聽湘靈漫旅愁〔7〕。天外忽聞仙梵落〔8〕，真人曾未竺西游〔9〕。

【校注】

〔1〕西禪寺：華容縣西禪寺，始建於唐垂拱二年，是當時從峨眉山到九華山拜佛要道上的驛站式禪林。宋代成爲湖湘名剎，號稱湘鄂平原祝佛朝聖之至所。明太祖朱元璋御賜"第一山"匾額。明、清兩代的《華容縣志》都列西禪

寺爲華容境内之重要文物古迹。

〔2〕萍蹤：見卷之四《杭州城》注釋。客星：天空新出現的星，如新星、彗星等，常比喻居無定所之人。恍，底本作“恍”，依手鈔本改。

〔3〕河漢：銀河。涵，手鈔本作“函”。刹影：佛寺的影像。唐·李白《秋日登揚州西靈塔》：“水摇金刹影，日動火珠光。”

〔4〕八道：猶八種經書，不指實數。多羅：樹名，亦作“貝多羅”，葉可供書寫，稱貝葉。古代印度人多用以寫佛經。唐·杜甫《山寺》：“吾知多羅樹，却倚蓮華臺。”

〔5〕十方：四方、四角、上下合稱十方。兜率：兜率天。佛教欲界第四天，一晝夜相當人間四百年。佛經稱此天有内、外兩院。外院爲彌勒説法處，内院爲彌勒寄居欲界之净土。《彌勒上生經》稱，若皈依彌勒并念其名號，死後可往生此天。幽，手鈔本作“留”。

〔6〕臺：指章華臺，楚靈王王時所建。楚子：指楚人；亦指楚地。顔師古注《漢書·高帝紀上》引文穎曰：“楚子，猶言楚人也。”陳迹：舊迹，遺迹。《莊子·天道》：“夫六經，先王之陳迹也。”

〔7〕瑟聽湘靈：聽湘靈鼓瑟。《楚辭·遠游》：“使湘靈鼓瑟兮，令海若舞馮夷。”湘靈：湘水之神，注者多以爲舜妻娥皇、女英。漫：溢出。

〔8〕仙梵：仙人之誦經聲。唐·李頎《宿瑩公禪房聞梵》：“花宫仙梵遠微微，月隱高城鐘漏稀。”

〔9〕真人：道家稱存養本性或修真得道的人。亦泛稱“成仙”之人。《莊子·大宗師》：“古之真人，其寢不夢，其覺無憂，其食不甘，其息深深……”竺：天竺，即印度。

* 晚過孔道談玄〔1〕

落日翛然滿碧岑〔2〕，客乘雙舄亂松陰〔3〕；淡烟疏磬浮清境〔4〕，流水閒雲淡素心。不見仙人騎白鹿〔5〕，聊同老子話黄金〔6〕。冷然未必真風馭〔7〕，爲讀南華慨古今〔8〕。

【校注】

〔1〕過：過訪，登門探視。孔道：即孔道士。

〔2〕翛然：見卷之六《酒中對沈比部畫梅》其二注釋。碧岑：青山。唐·杜甫《上後園山脚》："自我登隴首，十年經碧岑。"

〔3〕雙舄：見卷之二《擬古十九首》之十五注釋。手鈔本作"雙鳥"，譌。

〔4〕疏磬：鐘磬稀疏的響聲。磬，音 qìng，古代打擊樂器，形狀像曲尺，用玉、石製成，可懸挂。唐·温庭筠《宿雲際寺》："高閣清香生静境，夜堂疏磬發禪心。"閒，手鈔本作"間"。澹素：平静質樸。宋·劉克莊《挽趙碩人二首》："幽閒林下氣，澹素嫁時衣。"

〔5〕白鹿：白色的鹿。古時以爲祥瑞，傳説仙人隱士多騎白鹿。唐·李白有"且放白鹿青崖間"名句。

〔6〕聊：姑且。老子：即老聃，姓李名耳，字伯陽，春秋時思想家，爲道家學派創始人。黄金：道教仙藥名，《抱朴子·仙藥》："仙藥之上者丹砂，次則黄金，次則白銀，次則諸芝。"

〔7〕泠然，"泠然"之誤。見卷之三《登太和絶頂作五游歌》注釋。風馭：指古代神話傳説中由風駕馭的神車。宋·蘇軾《用前韻答西掖諸公見和》："風馭賓天雲雨隔，孤臣忍淚肝腸痛。"

〔8〕南華：《南華真經》的省稱。即《莊子》的别名。唐·賈島《病起》："燈下南華卷，祛愁當酒杯。"

*悠然獨坐寄興高遠復得故人好音

幽興年來頗自便〔1〕，薜蘿芳草共悠然〔2〕。驚人歲序催黄鳥〔3〕，向夕江山入紫烟〔4〕。明月飛來疑見色〔5〕，白雲停處若爲憐〔6〕。故人只在滄洲外[7]，昨日征鴻有信傳[8]。

【校注】

〔1〕幽興：幽雅興味。唐·裴迪《木蘭柴》："緣溪路轉深，幽興何時已。"自便：自安，自利，自隨。秦·李斯《議存韓》："夫秦韓之交親，則非重矣。此自便之計也。"

〔2〕薜蘿：薜荔和女蘿。兩者皆野生植物，常攀緣於山野林木或屋壁之上。常借指隱者或高士的住所。悠然：閒適貌，淡泊貌。晉·陶潛《飲酒》："採菊東籬下，悠然見南山。"

〔3〕歲序：歲時的順序。南朝·宋·王僧達《答顏延年》："聿來歲序暄，輕雲出東岑。"黄鳥：黄鶯，又名倉庚。

〔4〕向夕：傍晚，薄暮。清·雷士俊《春日咏懷》："孤鳥蹲寒樹，向夕鳴不已。"紫烟：山川間的紫色烟霧。唐·李白《望廬山瀑布》："日照香爐生紫烟，遥看瀑布挂前川。"

〔5〕疑見色，手鈔本作"見疑色"。

〔6〕白雲停處：晉·陶潛《停雲》："靄靄停雲，蒙曚時雨。"因其自序稱："停雲，思親友也。"故後世多用作思親友之典。

〔7〕滄洲：猶滄海。手鈔本作"滄淵"，不從。唐·李白《江上吟》："興酣落筆摇五岳，詩成笑傲凌滄洲。"

〔8〕征鴻：遷徙的雁。宋·陳亮《好事近》："懶向碧雲深處，問征鴻消息。"

*送新安吴山人君翰之銅仁[1]

少年高興意如何，到處江山覽勝過[2]。望裏黄塵迷白岳[3]，行邊青草渡黄河[4]。西來巴峽風烟异[5]，南去盤江瘴厲多[6]。開府好文能鎮静[7]，可翻新曲入鐃歌[8]。

嚴平子評：此等當據王李上坐矣[9]。

【校注】

〔1〕新安：保定府新安縣。其侄兒田宗文一詩題中有“吴君翰自燕抵汴”之説，可以認爲吴君翰爲燕人。吴山人君翰：吴君翰。見卷之四《依韻答吴山人君翰見訪山墅》注釋。銅仁：舊縣名，銅仁府治，明置。即今銅仁市，在貴州東部。

〔2〕覽勝：觀覽勝境。宋·王安石《和平甫舟中望九華山》之一：“尋奇出後徑，覽勝倚前檐。”

〔3〕望裹：猶眼裹，視野之中。黄塵：車馬揚起的灰塵，比喻俗世、塵世。唐·聶夷中《題賈氏林泉》：“豈知黄塵内，迥有白雲蹤。”白岳：山名。在安徽，與黄山對峙，這裹是泛指山巒。

〔4〕行邊：本指巡視邊疆，這裹就是“行進之中”。

〔5〕巴峽：即巴郡三峽，包括石洞峽、銅鑼峽和明月峽。唐·王維《曉行巴峽》：“際曉投巴峽，餘春憶帝京。”風烟：景象，風光。唐·駱賓王《在江南贈宋五之問》：“風烟標迥秀，英靈信多美。”

〔6〕盤江：南盤江在雲南，北盤江流經貴州西南部。瘴厲：亦作“瘴癘”。感受瘴氣而生的瘧疾等病。宋·鄭剛中《重五》：“謾令門外簪蒿艾，且免炎鄉瘴厲生。”

〔7〕開府：明時，以“開府”稱總兵。此處指貴州總兵譚敬承。吴君翰去銅仁正是要拜見他。

〔8〕鐃歌：軍中樂歌。傳説黄帝、岐伯所作。唐·李白《鼓吹入朝曲》：“鐃歌列騎吹，颯沓引公卿。”

〔9〕據王李上坐：占據王李座中最佳位置。“王李”：王世貞、李攀龍的并稱。《明史·文苑傳三·李攀龍》：“攀龍才思勁鷙，名最高，獨心重世貞，天下亦并稱王李。”

*雲夢師游自衡岳寄以詣稿奉酬一律[1]

書來滿貯烟霞氣[2]，云踏岣嶁最上頭[3]。五老忽從天外出[4]，三江恍向坐中收[5]。雲回彩筆金書映[6]，樹引輕輿素石留[7]。幸是懸泉雙舞鶴[8]，可能先路到丹丘[9]。

【校注】

〔1〕衡岳：南岳衡山，在湖南省衡山等縣境内。雲夢師詩作中有《浮湘》《南岳》等篇。詣稿：造詣很高的詩稿。奉酬：酬答。唐·裴鉶《傳奇·崔煒》："僧感之甚，謂煒曰：'貧道無以奉酬，但轉經以資郎君之福佑耳。'"

〔2〕滿貯：充滿。宋·衛宗武《贈白湛囦》："滿貯風月襟，迴絶烟火氣。"烟霞氣：山水清潤的氣息。也指超凡脱俗。手鈔本作"烟雲氣"。

〔3〕岣嶁：音 gǒu lǒu，衡山七十二峰之一，古稱衡山主峰，故衡山又稱岣嶁山。傳説禹曾在此得金簡玉書。唐·柳宗元《零陵春望》："日晴瀟湘渚，雲斷岣嶁岑。"

〔4〕五老：指衡山祝融、天柱、紫盖諸峰。唐·杜甫《望岳三首》之三："祝融五峰尊，峰峰次低昂。"

〔5〕三江：古時三江之名很多，這裹指與衡岳比較接近的長江、湘江、沅水。坐中收：指坐在山上，三江景色盡收眼底。這是誇張的寫法。

〔6〕金書：岣嶁山上有碑，字形怪异難辨，後人附會爲禹治水所刻。《廣輿記》載，禹祀衡山，夢蒼水使者授金簡玉牒於此。唐·韓愈《岣嶁山》："岣嶁山尖神禹碑，字青石赤形模奇。"

〔7〕輕輿：輕車。晉·左思《吴都賦》："輕輿按轡以經隧，樓船舉颿而過肆。"素石：白石。晉·潘岳《顧内詩》之一："芳林振朱榮，緑水激素石。"

〔8〕懸泉：瀑布。宋·梅堯臣《寄題絳守園池》："懸泉瀉竇晝未停，飛玉貯藍光入屏。"雙舞鶴：即琴溪鶴。見唐·李白《宣州長史弟昭贈余琴溪中雙舞鶴詩以見志》："令弟佐宣城，贈余琴溪鶴。謂言天涯雪，忽向窗前落。白

玉爲毛衣，黄金不肯博。背風振六翮，對舞臨山閣。顧我如有情，長鳴似相托。何當駕此物，與爾騰寥廓。”

〔9〕丹丘：傳説中神仙所居之地。《楚辭·遠游》：“仍羽人於丹丘兮，留不死之舊鄉。”漢·王逸注：“丹丘晝夜常明也。”

* 聞雲夢師游華岳恨莫能從

西行紫氣擁秦城〔1〕，豈是區區擬從横〔2〕。玉女峰頭探石髓〔3〕，仙人掌畔挹金精〔4〕。三千窟宅藏真府〔5〕，百二山河壯帝京〔6〕。試縱青坷坪上目〔7〕，可無奇興寄荆衡〔8〕。

【校注】

〔1〕西行，手鈔本作“兩行”。秦城：指秦長城。唐·高適《送李侍御赴安西》：“虜障燕支北，秦城太白東。”

〔2〕擬從横：比擬“合縱連横”之策。“從”通“縱”，《淮南子·覽冥訓》：“縱横間之，舉兵而相角。”漢·高誘注：“蘇秦約縱，張儀連横。南與北合爲縱，西與東合爲横，故曰縱成則楚王，横成則秦帝也。”

〔3〕玉女峰：華山中峰名。石髓：即石鍾乳。古人用於服食，也可入藥。南朝·梁·沈約《游沈道士館》：“朋來握石髓，賓至駕輕鴻。”

〔4〕仙人掌：華山峰名。唐·崔顥《行經華陰》：“武帝祠前雲欲散，仙人掌上雨初晴。”挹：音 yì，舀，取採。金精：道教傳説中的一種仙藥。唐·李白《入彭蠡經松門觀石鏡緬懷謝康樂》：“水碧或可採，金精秘莫論。”

〔5〕窟宅：住人的洞穴，多指神仙的住所或盗賊藏身的地方。三千，手鈔本作“三年”。藏真府：隱藏真人（佛教稱修行到家者）的府地。

〔6〕百二山河：喻山河險固之地。《史記·高祖本紀》：“秦，形胜之國，帶河山之險，縣隔千里，持戟百萬，秦得百二焉。”

〔7〕青坷坪：華山上的地名。青坷，手鈔本作“青柯”。縱目：放眼遠望。

〔8〕奇興：奇特的興致，不一般的興趣。宋・廖行之《和游歸來園韻》："一丘奇興心猶遠，千古論交迹未陳。"手鈔本作"寄興"。荆衡：荆楚衡山。

* 早朝傚唐人體〔1〕

警蹕晨傳虎豹關〔2〕，御溝銀漢影潺湲〔3〕。衣冠身集蒼龍闕〔4〕，劍佩聲浮玉笋班〔5〕。三殿觚稜懸日月〔6〕，九天閶闔擁河山〔7〕。既看遠近梯航至〔8〕，願效巴渝頌白環〔9〕。

【校注】

〔1〕早朝傚唐人體：唐詩中杜甫、王維、岑參等名家都寫過"中書舍人賈至早朝大明宫"的和詩，詩人田子壽也仿傚唐人體擬寫"早朝盛况"。傚，仿傚。

〔2〕警蹕：古帝王出入時，於所經路段清道止行。底本譌作"驚蹕"。虎豹關：《明史》地理志中有記載，德化"東南有虎豹關"（今福建泉州市）。詩中指由虎豹雄兵守衛的關隘，形容戒備森嚴。底本作"處豹關"，此從手鈔本。

〔3〕御溝：流經宫苑的河道，也指京都護城河。唐・劉禹錫《楊柳枝》："御溝春水相輝映，狂殺長安年少兒。"銀漢：銀河。潺湲：水流動貌。唐・白居易《游悟真寺詩一百三十韻》："去山四五里，先聞水潺湲。"

〔4〕蒼龍闕：漢宫闕名。南朝・梁・陸倕《石闕銘》："蒼龍，玄武之制，銅雀鐵鳳之工。"唐・李善注《三輔舊事》："未央宫東有蒼龍闕，北有玄武闕。"

〔5〕聲浮：聲音回響飄散。玉笋班：指英才濟濟的朝班。唐・鄭谷《九日偶懷寄左省張起居》："渾無酒泛金英菊，漫道官趨玉笋班。"

〔6〕三殿：指皇宫中的三大殿。亦借指皇宫。宋・王安石《送鄆州知府宋諫議》："通班三殿邃，徙部十城兼。"觚稜：即闕角。因宫闕上轉角處的瓦脊成稜瓣之形。宋・秦觀《赴杭倅至汴上作》："俯仰觚稜十載間，扁舟江海得身

閑。”懸日月：喻指日君月后，高高在上，皇權威嚴。

〔7〕九天閶闔：這裹指皇城禁宫。唐·王維《和賈至舍人早朝大明宫》：“九天閶闔開宫殿，萬國衣冠拜冕旒。”閶闔：見卷之一《天馬歌》注釋。

〔8〕梯航：梯與船，登山渡水的工具。唐·吕温《與族兄皋請學春秋書》：“翹企聖域，莫知所從。如仰高山、臨大川，未獲梯航，而欲濟乎深、臻乎極也。”

〔9〕巴渝：蜀古地名。借指巴渝舞。頌，手鈔本作“送”。白環，白玉環。《竹書紀年》卷上：“六年，西王母之來朝，獻白環玉玦。”唐·杜甫《洗兵馬》：“不知何國致白環，復道諸山得銀瓮。”

寄武昌張義庵郡丞〔1〕

五馬驂騮不自安〔2〕，停驂時賊楚人蘭〔3〕。瀉來下峽逢春思〔4〕，翻作晴川濯錦瀾〔5〕。大别直從南紀壯〔6〕，長江遥接海門寒〔7〕。野人慣識峨眉雪〔8〕，此際猶從天畔看〔9〕。

【校注】

〔1〕張義庵：生平不詳。郡丞：即郡守副職。

〔2〕騮：音 liú，黑鬃黑尾巴的紅馬。不自安：不能自安其心，喻有才幹之人不能安於現狀。

〔3〕停驂：停車。賊：竊盜，這裹用戲稱。

〔4〕瀉來下峽：順着長江來到峽江之下。春思：春日的思緒情懷。宋·歐陽修《病中代書奉寄聖俞二十五兄》：“昔在洛陽年少時，春思每先花亂發。”

〔5〕翻作：化作，反而成爲。晴川：與武昌一江之隔的漢陽有“晴川閣”。濯錦瀾：汏洗織錦掀起的波瀾。即春思翻騰。

〔6〕大别：山名，即龜山。與武昌蛇山隔江相望。南紀：指南方。《詩·小雅·四月》：“滔滔江漢，南國之紀。”漢·鄭玄箋：“江也，漢也，南國之大

水，紀理衆川，使不壅滯；喻吴楚之君能長理旁側小國，使得其所。”後因以指南方。壯：壯行。

〔7〕海門：江水出海口。

〔8〕野人：山野之人。也可能是作者自謙之詞。

〔9〕天畔：猶天邊，天際，常用以形容很遠的地方。唐·宋之問《新年作》：“鄉心新歲切，天畔獨潸然。”

*茶墅

年時落拓苦飄零〔1〕，瀹茗閑飜陸羽經〔2〕。霞外獨嘗忘世味〔3〕，叢中深構避喧亭〔4〕。旗槍布處枝枝翠〔5〕，雀舌含時葉葉青〔6〕。萬事逡巡誰得料〔7〕，但逢侑酒莫言醒〔8〕。

【校注】

〔1〕年時：當年，往年時節。晉·王羲之《雜帖一》：“吾服食久，猶爲劣劣，大都比之年時，爲復可耳。”落拓：貧困失意，景况淒涼。唐·李郢《即目》：“落拓無生計，伶俜戀酒鄉。”飄零：飄泊流落。唐·杜甫《衡州送李大夫七丈赴廣州》：“王孫丈人行，垂老見飄零。”

〔2〕瀹茗：音 yuè míng，煮茶，泡茶。宋·陸游《與兒孫同舟泛湖》：“酒保殷勤邀瀹茗，道翁傴僂出迎門。”飜：同“翻”。陸羽經：指陸羽《茶經》。陸羽，唐朝學者，字鴻漸，著有《茶經》。歷來被視爲“茶神”“茶聖”。霞外：雲外，高遠之處。也指遠離塵世之地。南朝·齊·孔稚珪《北山移文》：“亭亭物表，皎皎霞外。”

〔3〕世味：人世滋味，社會人情。唐·韓愈《示爽》：“吾老世味薄，因循致留連。”

〔4〕避喧亭：躲避喧鬧的亭榭，指茶山别墅。見卷之四《新構茶墅》注釋。

〔5〕旗槍：茶葉俗語，指初採的鮮茶葉：一支尖槍狀葉芽帶一匹剛散開的

葉片。帶一葉的叫“一旗槍”，帶兩葉的叫“兩旗槍”。一般緑茶的“芽茶”或“毛尖”多用一旗槍鮮嫩茶葉製成。

〔6〕雀舌：也指新茶鮮葉形狀，也有製成的茶葉以“雀舌”命名，如“雀舌青”。唐・劉禹錫《病中一二禪客見問因以謝之》：“添爐烹雀舌，灑水洗龍鬚。”

〔7〕逡巡：徘徊不進。漢・王逸《九思・憫上》：“逡巡兮圃藪，率彼兮畛自來奉使北朝，禮遇之陌。”

〔8〕侑酒：勸酒，爲飲酒者助興。宋・孔平仲《孔氏談苑・南朝峭漢》：“自來奉使北朝，禮遇之厚，無如王拱辰。預釣魚放鶻之會，皇帝親御琵琶以侑酒。”

*弇州公以鄖鎮游太和山雲夢師行且往謁恨不能從[1]

何年安石重歸吴[2]，天下蒼生思正紆[3]。赤幟三千馳藝圃[4]，天風六翮起南圖[5]。仙舄已度參山鳥[6]，明月猶遺漢浦珠[7]。四海有誰堪和雪[8]，野人何處着巴渝[9]。

【校注】

〔1〕弇州公：即王世貞，見“附録・附三”説明。鄖鎮：即今湖北鄖陽縣境，爲赴武當山的必經之道。太和山：武當山的别稱，見卷之三《登太和絶頂作五游歌》注釋。往謁：前去拜見。詩題，手鈔本作“王弇州先生自鄖鎮游太和山雲夢師行且往謁憾不能從”。

〔2〕安石歸吴：指東晉政治家謝安歸隱吴地的事。謝安，字安石，陳郡陽夏人。出身達官之家，幼爲神童，青少年時就在上層社會享有盛譽。然謝安婉拒爲官，後來與王羲之等名士隱居於會稽東山，直到年過四旬纔出仕，官至東晉宰相。安石吴地歸隱，後來被作爲政治家以退爲進，圖謀更大作爲的典實。

這裏以此類比王世貞出游之舉。

〔3〕蒼生：借指百姓。《晉書·謝安傳》："安石不肯出，將如蒼生何。"紆：音 yū，苦悶盤結中。

〔4〕赤幟：見卷之六《奉汪司馬南溟公》注釋。三千：代指衆多弟子。孔夫子有三千弟子，此亦類比王世貞開"後七子"一派，領袖地位卓越。藝圃：指文學藝術界。宋·陸游《答廖主簿發解啓》："文高藝圃，行著鄉評。"

〔5〕天風：風行天空，故稱。六翮：見卷之二《送伯良二首》之二注釋。南圖：謂南飛，南征，比喻抱負遠大。語出《莊子·逍遥游》："背負青天……而後乃今將圖南。"唐·高適《東平路作》："南圖適不就，東走豈吾心。"

〔6〕仙鳧：泛指道教名山上的靈鳥。此處比喻弇州公雲夢師等的行蹤。明·何景明《送寇定州》："霄漢仙鳧去，風塵老驥行。"叄山：武當山，又稱叄嶺。手鈔本作"索山"。

〔7〕漢浦珠：漢皋之珠。漢皋，山名，在湖北襄陽西北。相傳周·鄭交甫於漢皋臺下遇二女，二女解佩珠相贈。明·梅鼎祚《玉合記·诇約》："恨生平種璧在藍田後，那裏去懷珠向漢浦求。"

〔8〕和雪：用"郢中白雪"典，見卷之四《宵燕》注釋。

〔9〕野人：山野之人，也作自謙之詞。着：接觸，依附。巴渝：古曲調名，即巴渝歌。唐·虞世南《門有車馬客》："危弦促柱奏巴渝，遺簪墮珥解羅繻。"

*錢塘張公客中大雪走筆慰鄉國之感〔1〕

雪雨憐君興獨勞，他鄉風味怯村醪〔2〕。光牽天目山頭月〔3〕，影疊錢塘水面濤〔4〕。銀海東西雙崦失〔5〕，玉山南北兩峰高〔6〕。何當共逐春流去〔7〕，處處烟波泛短艘〔8〕。

嚴平子評：逐鄉國移來雪中，匪曰慰之，實動之矣。

【校注】

〔1〕錢塘張公：指代不詳，估計是前面《喜得杭州張文學消息》中的張文學。客中：客居之中。走筆：揮筆疾書。底本刻爲“走羊”，從手鈔本。鄉國：故國；家鄉。

〔2〕村醪：鄉村裹釀的酒。醪：音 láo，濁酒。唐・司空圖《柏東》：“免教世路人相忌，逢着村醪亦不憎。”

〔3〕光：指月光。天目：山名，在浙江臨安境内。

〔4〕叠：指水波重叠。錢塘水面濤：指錢塘江的波濤層叠。手鈔本作“水面潮”。

〔5〕崦：音 yān，太陽、月亮没落的地方爲崦，日薄崦崦，這裹指大海深處。

〔6〕玉山：古代傳説中的仙山。《山海經・西山經》：“又西三百五十里，曰玉山，是西王母所居也。”

〔7〕何當：何時。春流：春天的水流，春江。唐・杜甫《春日江村》詩之一：“農務村村急，春流岸岸深。”

〔8〕烟波：烟霧籠罩的水面。短艘：小船。艘，手鈔本作“舠”。

*寄答武陵龍思所伯仲〔1〕

名家奕葉武陵中〔2〕，尺素雙魚萬里通〔3〕。漁父舟航虚世代〔4〕，楚臣蘭佩動流風〔5〕。豪光夜識雙鈎氣〔6〕，文彩人夸二陸雄〔7〕。若謂龍門客易到〔8〕，不將聲價古人同〔9〕。

【校注】

〔1〕龍思所：生平失考。伯仲：兄弟。

〔2〕奕葉：奕世，累世，代代。漢・蔡邕《琅邪王傅蔡郎碑》：“奕葉載德，常歷宫尹，以建於兹。”

〔3〕尺素雙魚：指信函。典見卷之二《惜別十首》之五關於“雙鯉”的注釋。

〔4〕漁父：亦作漁夫，打魚的人。根據下句的意思，這裏的“漁父”可能指的屈原的楚辭《漁父》中的渔父。舟航：船隻。晉·左思《吴都賦》：“泛舟航於彭蠡，渾萬艘而既同。”虚世代：指世上少有，或空前絶後。

〔5〕楚臣：特指屈原。唐·李白《贈崔秋浦》：“應念金門客，投沙吊楚臣。”流風：猶時風，流行風氣。宋·葉適《祭石似之文》：“及流風之欲泯，忌獨潔之勝頑。”

〔6〕“豪先”句：用龍泉、太阿寶劍之典，比擬龍思所伯仲才華超群，典見卷之三《寶劍篇》注釋。豪光，手鈔本作“光芒”。

〔7〕二陸：指晉·陸機、陸雲兄弟。《晉書·陸雲傳》：“（陸雲）少與兄機齊名，雖文章不及機而持論過之，號曰‘二陸’。”南朝·宋·劉義慶《世説新語·自新》：“乃自吴尋二陸，平原不在，正見清河。”二陸，手鈔本作“一陸”。

〔8〕龍門：古代科舉試場的正門，後喻指科舉中式爲登龍門。也喻聲望高的人的府第。唐·李白《與韓荆州書》：“一登龍門，則聲譽十倍。”

〔9〕聲價：名聲和社會地位，唐·牟融《司馬遷墓》：“英雄此日誰能薦，聲價當時衆所推。”

*雪中喜張武昌殷夷陵先後書至〔1〕

十年蹤迹楚山隈〔2〕，車馬何曾點徑苔〔3〕。竹翠不教狂客問〔4〕，月明惟聽美人來〔5〕。曲中秀色詞爲雪〔6〕，笛裏殘花怨是梅〔7〕。幸有玉人雙白璧〔8〕，强開樽酒送深杯〔9〕。

嚴平子評：輕描淡掃，匪夷所思。

【校注】

〔1〕張武昌：生平不詳，或爲武昌佐郡張叔見，或爲前面提到的武昌郡丞張義庵，或爲同一人。殷夷陵：即殷都，見前“附録·附三”介紹。

〔2〕蹤迹：行動所留下可覺察的形迹，行蹤。唐·牟融《贈歐陽詹》：“爲客囊無季子金，半生蹤迹任浮沉。”楚山：泛指楚地之山。隈：音 wēi，山水彎曲處。宋·張耒《詩呈同院諸同》：“讎書芝閣上，藏史楚山隈。”此句可能指詩人多年深居容美故地。

〔3〕車馬：代指有名望有地位的人。徑苔：小路上的苔蘚。

〔4〕“竹翠”句：可能化用“竹林七賢”典。竹林七賢是指魏末晉初玄學的代表人物，雖然他們的思想傾向不同。但他們在生活上都不拘禮法，聚衆在竹林喝酒、縱歌，是典型的“狂客”。

〔5〕聽：等待。《周禮·地官·大司徒》：“正歲，令於教官曰：‘各共爾職，脩乃事，以聽王命。’”唐·賈公彦疏：“聽，待也。”美人：佳人，也可指品行高尚的賢人。這裏似指月中嫦娥。

〔6〕秀色：本指優美的景色，這裏用以比擬雅曲優美使人陶醉。詞爲雪：其歌詞有如“郢中白雪”般高雅。手鈔本作“看爲雪”。

〔7〕“笛裏”句：化用宋·李清照的詞《永遇樂·落日熔金》：“染柳烟濃，吹梅笛怨，春意知幾許。”吹梅笛怨，指笛子吹出《梅花落》幽怨的聲音。殘花，將謝的花，未落盡的花。唐·劉長卿《感懷》：“秋風落葉正堪悲，黄菊殘花欲待誰。”

〔8〕玉人：對親人或所愛者、心儀者的愛稱，這裏指題中兩人。宋·張先《菩薩蠻》：“玉人又是匆匆去，馬啼何處垂楊路。”雙白璧：指先後兩封書函。

〔9〕强開樽酒：勉爲其難地打開酒樽。指已經喝了酒，這時有書訊至喜而再度飲酒。送深杯：指飲滿杯酒。明·高啓《清平樂·夜坐》：“侍兒勸我深杯，好懷恰待舒開。”樽酒，手鈔本作“幽興”。

* 送陳長陽調武昌之崇陽〔1〕

君從百里著才賢〔2〕，俗變歌謡藉甚傳〔3〕。弦誦武城譚化日〔4〕，陽春郢里和歌年〔5〕。牛刀再試無餘地，鳧舃高飛暫楚天〔6〕。在昔漢庭崇异績〔7〕，行看召對未央前〔8〕。

嚴平子評：未能免俗，聊復爾爾。

【校注】

〔1〕陳長陽：即長陽縣令陳元勳，見卷之五《長陽懷陳元勳明府》、卷之七《陳崇陽入計》注釋。崇陽縣當時屬於武昌府管轄。

〔2〕從，手鈔本作"能"。百里：古時一縣所轄之地，因以爲縣的代稱。晉・陶潛《酬丁柴桑》："秉直司聰，惠於百里。"著才賢：即以才賢著稱。才賢，有品德才能的人。唐・李白《金門答蘇秀才》："鉅海納百川，麟閣多才賢。"

〔3〕俗變歌謡：指陳縣令將當地歌謡如年歌謡、茶歌謡、農事謡改編整理入詩的事。

〔4〕弦頌武城：武城弦。《論語・陽貨》："子之武城，聞弦歌之聲。"朱熹集注："弦，琴瑟也。時子游爲武城宰，以禮樂爲教，故邑人皆弦歌也。"後借指禮樂教化。譚化：教化。譚，通"談"。

〔5〕陽春：即"陽春白雪"，見卷之四《宵燕》中"郢中白雪"典故。和歌：和諧地跟着唱或伴奏。《後漢書・黄瓊傳》："陽春之曲，和者必寡。"

〔6〕鳧舃高飛：見王子喬化兩舃爲雙鳧之典。鳧舃，手鈔本作"鳧鳥"。暫楚天：暫時在楚天，言下之意，以後還有更廣闊前景。

〔7〕漢庭：漢代朝廷，實指當朝。唐・劉長卿《雜曲歌辭・太行苦熱行》："早晚歸漢庭，隨君上麟閣。"

〔8〕行看：且看，待看。唐・韓愈《郴州祈雨》："行看五馬入，蕭颯已隨軒。"召對未央前：即被皇上在皇宫詔見奏對。未央，未央宫，漢代宫名。代指朝堂。

*李大將軍還自蜀中奉寄[1]

戰代勳名塞兩間[2]，鐃歌新自蜀西還[3]。劍懸牛斗龍雲壯[4]，花落旌旗虎豹閑。夢中得[5]。父老威儀歡借望[6]，主恩弓矢羡重頒[7]。不須甘即頻陽卧[8]，早晚天書下九闗[9]。

【校注】

〔1〕李大將軍：見卷之六《李大將軍詔自嶺外入領團營書來見訊》注。

〔2〕戰代：戰國時代。南朝・梁・劉勰《文心雕龍・銘箴》："戰代以來，棄德務功，銘辭代興，箴文委絕。"這裏可理解爲戰争年代。勳名：功名。塞兩間：謂充斥於天地之間。兩間，指天地間。唐・韓愈《原人》："形於上者謂之天，形於下者謂之地，命於其兩間者謂之人。"

〔3〕鐃歌：軍樂。詳見本卷《送新安吴山人君翰之銅仁》注釋。新自：纔從，剛從。

〔4〕"劍懸"句：用豐城劍典。見卷之三《寶劍篇》注釋。

〔5〕夢中得：作者自注夢中得句。

〔6〕威儀：莊重的儀仗、扈從，這裏指地方官民歡迎李大將軍。借望：仰仗其聲望威儀。

〔7〕主恩：君主、上司或主人的恩惠。重頒：指屢蒙賞賜。

〔8〕甘即：情願於，甘心於。頻陽卧：指秦朝明將王翦借病歸鄉，隱卧以待的故事。王翦：頻陽人，今屬陝西渭南市。曾借病歸鄉數年，後被秦王徵召重用，封爲大將，爲秦國問鼎立下大功，名垂青史。明・王餘佑《過立節吊袁紫烟將軍》："空憶頻陽卧，難籌即墨圍。"

〔9〕天書：帝王的詔書。九闗：指宫闕，朝廷。宋・陸游《言懷》："孰云九闗遠，精意當徹聞。"

*伍荆州遷南儀部[1]

荆楚棠陰蔽芾成[2]，偶傳除目下承明[3]。即看度越諸儒禮[4]，誰并風流六代名[5]。斗下寢園深紫氣[6]，雲端仙掌抗金莖[7]。到來漫草三都賦，南北今夸漢兩京[8]。

【校注】

〔1〕伍荆州：生平未詳，可能爲伍姓荆州知府。遷：昇遷，昇任。儀部：明初禮部所屬四部之一。亦用以稱禮部主事及郎中。

〔2〕棠陰：棠樹之蔭，喻惠政或良吏的惠行。傳説周·召公巡行南國，在棠樹下聽訟斷案，後人見之，不忍伐其樹。南朝·梁簡文帝《罷丹陽郡往與吏民别》："柳栽今尚在，棠陰君詎憐。"蔽芾：音 bì fèi，引申爲蔭庇。宋·蘇軾《寶月大師塔銘》："錦城之東，松柏森然，子孫如林，蔽芾其陰。"

〔3〕除目：拜官授職的文書。承明：承明廬。承明殿旁屋，侍臣值宿所居，謁天子待詔之所。

〔4〕度越：猶超過。唐·韓愈《與崔群書》："况足下度越此等百千輩。"諸儒禮：各種儒家禮儀。

〔5〕六代：胡三省注《資治通鑒》："六代：唐、虞、夏、商、周、漢。"

〔6〕"斗下"句：用龍泉、太阿劍發掘之典。

〔7〕仙掌：見卷之一《遠游篇》"金莖"注釋。抗：舉，支撑。漢·班固《西都賦》："抗仙掌以承露，擢雙立之金莖。"

〔8〕漫草：瀟灑地書寫。三都賦：晉·左思所寫的魏都、蜀都、吴都三篇賦。漢兩京，手鈔本作"兩漢京"。

*寄呈奉常墻東居士王次公[1]

漫笑吴門夸二陸[2]，還輕江表羡諸王[3]。豈知阿閣鳴雙鳳[4]，重向詞垣擅大方〔5〕。郢雪倡來誰復和〔6〕，楚騷吟罷更何傷。龍門自古攀非易〔7〕，况隔江湖萬里長。

【校注】

〔1〕奉常：官職的名稱，秦九卿之一。《漢書·百官公卿表》："奉常，秦官，掌宗廟禮儀，有丞。景帝中六年更名太常。"此稱禮部官。王次公：王世懋，字敬美，號墻東居士。王世貞胞弟，嘉靖三十八年進士，官太常少卿。

〔2〕漫笑：隨意哂笑。漫，隨便。吴門：指蘇州或蘇州一帶，爲春秋吴國故地，故稱。二陸：晉陸機、陸雲兄弟。吴郡吴縣（今上海松江區）人。屬蘇州府（吴郡）轄，故稱"吴門二陸"。

〔3〕輕：輕視，不看重。江表：長江以南地區，從中原看，地在長江之外，故稱江表。諸王：當指東晉時代以王羲之、王獻之爲代表的琅琊諸王。

〔4〕阿閣：見《擬古十九首》之五注釋。鳴雙鳳：喻指王世貞、王世懋兩兄弟同時揚名。

〔5〕擅大方：即獨領風騷，擅，獨攬，占有。大方，方家，謂識見廣博有專長者。

〔6〕倡：古通"唱"。和：音 hè，和諧地跟着唱或伴奏。也指和詩。

〔7〕龍門：科舉會試之門，或指聲望極高的人的府第。明·楊柔勝《玉環記·約友赴選》："才吞八斗氣軒昂，一躍龍門姓字香。"

*紫芝亭

露浥風翻迴出塵〔1〕，孤亭紫氣藹芳春〔2〕。光從勾曲偏宜夜〔3〕，勾曲山有夜光芝〔4〕。秀出天台總向畏〔5〕。《天台賦》：五芝含秀而晨敷。〔6〕浪羨青精曾是飯〔7〕，虛傳玉液强爲醇〔8〕，藏真已自依山餌〔9〕，不待桃花始避秦〔10〕。

【校注】

〔1〕露浥風翻：指風露很盛。浥：濕潤。出塵：超出世俗，脱離煩惱的塵垢。唐・賈島《贈僧》："出塵頭未白，入定衲凝霜。"迥：遠。

〔2〕藹芳春：繁盛的春天。藹：草木繁茂的樣子。芳春：春天。晉・陸機《長安有狹邪行》："烈心厲勁秋，麗服鮮芳春。"

〔3〕勾曲：爲勾曲山，傳説中産靈芝的地方，具體位置不詳。明・楊基《晚春三首》其三："便欲移家勾曲住，采芝種玉此山阿。"

〔4〕夜光芝：傳説中的神芝。《太平御覽》引《茅君内傳》："勾曲山有神芝五種……第四曰夜光芝，其色青，實正白如李，夜視其實如月，光照洞一室。"

〔5〕向畏，失韻，疑爲"向晨"之誤（下句自注中有"晨敷"一詞）。向晨：近於早晨，即拂曉，黎明。秀出，手鈔本作"秀茁"。

〔6〕《天台賦》：古今文人多有作此賦者，最早爲東晉・孫綽所著，内有"涉海則有方丈蓬萊，登陸則有四明天台"佳句。五芝：唐・李善注引《神農本草經》："赤芝一名丹芝，黄芝一名金芝，白芝一名玉芝，黑芝一名玄芝，紫芝一名木芝。"手鈔本作"紫芝"。晨敷：早晨散發。敷，布展，鋪開。

〔7〕浪羨：十分羨慕，縱情羨慕。青精：指青精飯。宋・陸游《星坐道室有感》："一鉢青精便有餘，世間萬事總成疏。"錢仲聯注："青精，青精飯，道家所食。"

〔8〕强爲醇：勝過醇酒。醇，酒味厚。

〔9〕藏真：藏形匿影，遠離世擾，存養真性。唐・白居易《玉水記方流》："潛潁應傍達，藏真豈上浮。"依山餌：飲食依靠山林。餌，喂。

〔10〕避秦：躲避戰亂。用陶潛《桃花源記》典。

*牡丹花

紅紫紛紛綴綺時〔1〕，名花何自後春期〔2〕。霓裳仙子長銜醉〔3〕，錦帳佳人迥自持[4]。風葉舞翻飛燕掌[5]，朝華光燦宓妃姿[6]。惟應國色天香在，未許狂蜂狎蝶窺[7]。

【校注】

〔1〕綴綺：裝點美麗畫圖。明·林應亮《落花篇》："千叢綴綺謝繁枝，九陌垂青隱芳樹。"

〔2〕後春期：暮春季節，牡丹在春夏之交開花，故稱。

〔3〕霓裳：以虹霓製作的衣服。銜醉：御杯飲酒，酒醉便臉紅，比喻花色長時間處於紅色。

〔4〕錦帳：錦製的帷帳。亦泛指華美的帷帳。漢·伶玄《趙飛燕外傳》："爲婕好作七成錦帳。"自持：自我克制。《史記·儒林列傳》："寬爲人温良，有廉智，自持，而善著書。"迥：遠，這裏也指花期長久。

〔5〕飛燕掌：漢成帝皇后趙飛燕，傳因體輕，可作掌上舞。宋·艾性夫《贈繩伎》："膽似子龍身裹滿，體如飛燕掌中輕。"

〔6〕宓妃：傳説中的洛水女神。《楚辭·離騷》："吾令豐隆乘雲兮，求宓妃之所在。"王逸注："宓妃，神女。"

〔7〕狂蜂狎蝶：比喻輕狂褻慢之人。

*紅梅花

瓊姿霜霰元無染[1]，兩露施朱分豈慚[2]。自是千花先讓笑[3]，從教萬蕊謾迎酣[4]。妝成色暈芙蓉臉[5]，點罷香浮玳瑁簪[6]。別有春愁誰解釋[7]，美人消息夢江南[8]。

【校注】

〔1〕瓊姿：美好的丰姿。明·高啓《梅花》詩之一："瓊姿只合在瑶臺，誰向江南處處栽。"霰：固體降水物，冰粒，雪子。唐·杜甫《青陽峽》："魑

魅嘯有風，霜霰浩漠漠。”

〔2〕兩露：指晚露和朝露。手鈔本作“雨露”。

〔3〕“自是”句：指梅花開放晚。

〔4〕從教：聽任，任憑。宋・韋驤《菩薩蠻》：“白髮不須量，從教千丈長。”萬蕊：萬朵花蕊。謾：同“漫”，隨意地，縱情地。迎酣：迎來酣暢痛快（的競放）。

〔5〕芙蓉臉：荷花般的容顏。宋・張鎡《虞美人》：“妝濃未試芙蓉臉。却扇涼猶淺。”

〔6〕點罷：妝點完成。玳瑁簪：用玳瑁、貝殼做成的簪子。唐・杜牧《送杜顗赴潤州幕》：“還須整理韋弦佩，莫獨矜誇玳瑁簪。”

〔7〕春愁，手鈔本作“春風”。解釋，手鈔本作“解識”。元・王冕《題金禹瑞畫松圖》：“無人解識棟梁材，冷烟殘雨空山暮。”

〔8〕消息：消長，生滅榮枯。《周易・豐》：“天地盈虛，與時消息。”

*蜀葵花

何是戎王出月氏〔1〕，靈根喜自錦城移〔2〕。烟扶翠幹亭亭出〔3〕，風裊丹葩冉冉披〔4〕。孤立已知妨俗客〔5〕，群芳漫遣妒幽姿〔6〕。漫憐衛足淩霜際〔7〕，最喜傾心嚮日時〔8〕。

嚴平子評：儼如畫出。

【校注】

〔1〕戎王：古代西部少數民族的國王或部落首領。月氏：又稱“月支”。中國西北古代民族。

〔2〕靈根：植物根苗的美稱。唐・柳宗元《種术》：“戒徒斸靈根，封植閟天和。”這裏指蜀葵。錦城：又稱錦官城，故址在今四川成都南。成都舊有大城、少城。少城古爲掌織錦官員之官署，因稱“錦官城”。後用作成都的別

稱。唐・杜甫《春夜喜雨》："曉看紅濕處，花重錦官城。"

〔3〕翠幹：翠綠的枝幹。

〔4〕風裊：裊裊微風吹拂。裊，音 niǎo，柔弱，繚繞的樣子。丹葩：紅花。漢・劉向《列仙傳・赤斧》："髮雖朱蕤，顔曄丹葩。"冉冉披：慢慢露出。披，散開，散露。

〔5〕妨：阻礙，妨害。俗客：指凡俗不高雅之人。唐・韓愈《奉和虢州劉給事使君三堂新題二十一咏・竹洞》："洞門無鎖鑰，俗客不曾來。"

〔6〕漫遣，手鈔本作"莫遣"。因下句首有一"漫"字，故宜從手鈔本。幽姿：隱居不現的姿態。南朝・宋・謝靈運《登池上樓》："潛虬媚幽姿，飛鴻響遠音。"

〔7〕漫憐：偏愛，同情。衛足：足够防衛、抵禦。凌霜：抵抗霜寒。常用以比喻人品格高潔，堅貞不屈。唐・李白《鳴雁行》："客居烟波寄湘吴，凌霜觸雪毛體枯。"

〔8〕傾心嚮日：蜀葵花有强烈的嚮日性，故云。

賓鶴樓爲郭仁所翁賦〔1〕

陽鳥何來下太微〔2〕，高樓古木日依依。朝鳴珠樹聲中律〔3〕，夕飲瑶池玉作衣〔4〕。緱氏有山空未返〔5〕，溶溪無夢不同歸〔6〕。懸知來協仙翁祝〔7〕，莫以凡禽相骨肥〔8〕。

【校注】

〔1〕賓鶴樓：具體位置失考。郭仁所翁：生平失考，疑爲郭仁。同時期的田國華有幾首詩提到郭仁翁、郭仁父，言其賓鶴樓在澧陽。

〔2〕陽鳥：鴻雁之類候鳥。《書・禹貢》："彭蠡既豬，陽鳥攸居。"孔傳："隨陽之鳥，鴻雁之屬。"太微：見卷之一《燕歌行》注釋。

〔3〕珠樹：神話、傳説中的仙樹。《山海經・海内西經》："開明北有視

肉、珠樹、文玉樹、玗琪樹。”唐·黄滔《寄同年崔學士》:“雖知珠樹懸天上，終賴銀河接世間。”中律：合於音律。漢·賈誼《新書·傅職》:“號呼歌謡聲音不中律，燕樂雅頌逆樂序。”

〔4〕瑶池：神話中崑崙山上的池名，西王母所住的地方。也泛指美池，多指宫苑池塘。

〔5〕緱氏：即王子喬。見卷之四《冬日游感應觀》注釋。

〔6〕溶溪：即“容溪”，在安徽黄山，傳説黄帝大臣容成子曾游此地，故村附近的山名爲容成峰，山中清溪，得名容溪。

〔7〕懸知：料想，預知。北周·庾信《和趙王看伎》:“懸知曲不誤，無事畏周郎。”來協：上前幫助。祝：贊頌。

〔8〕凡禽：平凡的鳥，喻指俗人。相骨肥：猶評論胖瘦長短。

寄胡山人伯良客京中〔1〕

聞説燕京樂事深〔2〕，禁城春色彌游心〔3〕。鶯聲歷亂無南北〔4〕，柳色參差自古今。千象故應推彩筆，空群漫爾問黄金〔5〕。遥思漢主甘泉日〔6〕，應薦誰能賦上林〔7〕。

【校注】

〔1〕寄胡山人伯良客京中，手鈔本詩題作“憶尤山人歸吴”，疑爲該詩題謌寫。胡伯良：號山人，見“附録·附三”説明。

〔2〕燕京：指明都北京。因在春秋戰國時爲燕國國都而得名。宋·梅堯臣《送吕冲之司諫使北》:“知去燕京幾千里，胡笳亂動月明時。”樂事：歡樂的事。深：多。

〔3〕禁城：指京城内皇城，謂禁止百姓出入之城。南朝·宋·顔延之《拜陵廟作詩》:“夙御嚴清制，朝駕守禁城。”

〔4〕歷亂：紛亂，雜亂。

〔5〕空群：相傳伯樂善相馬，經他挑選後的馬群，已没有良馬。見唐・韓愈《送温處士赴河陽軍序》。後比喻能選拔真才。田玄本中“空”字迹難辨。漫爾：隨意貌。宋・蘇轍《次韻張恕九日寄子瞻》：“坐曹漫爾夸勤瘁，割肉何妨誚詆欺。”問黄金：過問錢財之事。宋・辛棄疾《水龍吟》：“問黄金餘幾，旁人欲説，田園計、君推去。”

〔6〕漢主：即漢成帝。甘泉日：指西漢大賦家揚雄《甘泉賦》寫成上奏給漢成帝的時日。

〔7〕賦上林：漢賦大家司馬相如作《上林賦》，描繪了上林苑宏大的規模和盛世天子率衆臣在上林狩獵的場面。

孫鵬初入對〔1〕

九河春色擁青衿〔2〕，浩蕩蓬萊獻賦心。明月楚人新白璧〔3〕，高臺郭隗舊黄金〔4〕。曲江忽動源桃色〔5〕，青廟俄驚郢雪音〔6〕。羡爾時名高侍從〔7〕，客星何計不浮沉〔8〕。

【校注】

〔1〕孫鵬初：解釋見“附録・附三”。入對：見卷之六《姜公子入對》解釋。

〔2〕九河：禹時黄河的九條支流。近人多認爲是古代黄河下游許多支流的總稱。青衿：青色交領的衣服。專指古代讀書人穿的衣服。因稱讀書人爲“青衿”。

〔3〕璧，底本譌爲“壁”。

〔4〕郭隗：戰國時期燕國人，燕昭王客卿，他讓燕昭王“築臺而師之”，爲燕國召來許多奇人异士，終於使得燕國富强。見本書卷之六《送習孺應試赴南宮》之“千金臺”注。

〔5〕曲江：曲江位於西安東南部，爲唐代著名的曲江皇家園林所在地，這裏借指北京護城河。源桃色：“落英繽紛”之色，也説是“古樸秦風”之色。

這裏喻指：由於孫鵬初的入朝爲官，給京城帶去了來自楚地的桃源美色和古樸民風。

〔6〕青廟：指廟堂。

〔7〕時名：指當時的聲名或聲望。金·元好問《自題寫真》："東塗西抹竊時名，一綫微官誤半生。"

〔8〕客星：這裏比喻客居他鄉之人，也有作者自身嘆息。

題五峰山房匡蘆衡山俱有五峰并爐峰芙蓉峰〔1〕

青蓮居士摘青霞〔2〕，雙舄曾飛躡九華〔3〕。我亦雲松巢五老，誰同風明領三巴〔4〕。煙浮紫氣爐烟紫〔5〕，秀削芙蓉嶺畔花。共是逍遥鵬鷃在〔6〕，倚天哨嶽意轉賒〔7〕。

【校注】

〔1〕五峰山房：詩人在容美土司五峰山的故居。匡蘆，應爲"匡廬"，爲廬山的別稱。爐峰：指"香爐峰"。

〔2〕青蓮居士：指李白。李白字太白，號青蓮居士，又號"謫仙人"。

〔3〕雙舄：用王子喬雙舄化雙鳧飛昇成仙的典故，見卷之二《擬古十九首》之十五注釋。九華：指九華山。在今安徽省青陽縣，舊稱九子山。因有九峰如蓮花，故改爲九華。

〔4〕風明：清風明月。領三巴：領會欣賞三巴的美景。三巴，古代巴郡、巴東、巴西的合稱。相當今四川嘉陵江和綦江流域以東的大部地區。

〔5〕"烟浮"句，可能有字誤，此爲七律，頸聯是必須對仗的，但是這句"爐烟紫"三字不僅與下句"嶺畔花"不能形成對仗，還有"煙浮"與"烟紫"重複（"烟""煙"异體），不合古人寫詩規則。

〔6〕鵬鷃：音 péng yàn，高翔雲天的大鵬與低飛草蓬的鷃雀。《莊子·逍遥游》載：鵬高舉九天，遠適南海，蓬間斥鷃嘲笑之。後因以"鵬鷃"比喻物

有大小，志趣懸殊。

〔7〕倚天：靠着天，形容極高。哨嶽：高而陡的山嶽。哨，細長。賒：遥遠。

有客過訪小酌

源水桃紅密弄春[1]，何來溪徑重相因[2]。遐探雲物風愈古[3]，小有盤蔬説益真[4]。亦任樵青來看奕[5]，不妨漁父共烹鱗[6]。十千年酒休辭醉[7]，能向花前幾問津。

【校注】

〔1〕弄春：謂在春日玩賞，也指游春。唐·皮日休《洛中寒食二首》："弄春公子正回首，趁節行人不到家。"

〔2〕溪徑：溪邊小路。相因：相互沿襲連接。明·謝榛《四溟詩話》卷三："景出想象，情在體貼，能以興爲衡，以思爲權，情景相因，自不失重輕也。"

〔3〕遐探：向深遠尋覓探求。雲物：景物，景色。南朝·齊·謝朓《高松賦》："爾乃青春受謝，雲物含明，江皋緑草，曖然已平。"

〔4〕盤蔬：下酒佐餐的菜蔬。宋·陸游《即事》："藥苗自採盤蔬美，菰米新舂鉢飯香。"

〔5〕亦任：一任，任由。樵青：砍樵人，也指婢女。唐·顔真卿《浪迹先生玄真子張志和碑》："肅宗嘗錫奴婢各一，玄真配爲夫妻，名夫曰漁僮，妻曰樵青。"後因以指女婢。宋·陸游《幽居即事》："炊烹付樵青，鉏灌賴阿對。"看奕：觀棋。奕，通"弈"。《論語·陽貨》："不有博奕者乎？"

〔6〕烹鱗：烹食魚鱉。宋·徐德輝《夏日和韻》："夏衣誰賜葛，午食自烹鱗。"

〔7〕十千：即一萬，極言其多。《詩·小雅·甫田》："倬彼甫田，歲取十千。"年酒：糧食煮的酒。年：穀熟，收成。引申爲穀物，糧食。

憶尤山人歸吴[1]

雲樹依微起各天[2]，秋鴻春雁總茫然。長洲苑裏閒花塢[3]，閶闔門前種柳烟[4]。浮世豪華空緑緑[5]，西江烟月自年年[6]。遭逢四海雍熙盛[7]，莫問鴟夷范蠡船[8]。

【校注】

〔1〕尤山人：生平不詳。可能是《衡湘歌送友人尤介夫》中的尤介夫。該詩在手鈔本中被冠以另題“記胡山人伯良客京中”，屬錯置。

〔2〕雲樹：雲和樹，常以比喻朋友闊别遠隔。唐・白居易《早春西湖閒游悵然興懷寄微之》：“雲樹分三驛，烟波限一津。”依微：隱約，不清晰貌。起各天：起於不同地方。

〔3〕長洲苑：古苑名。故址在今蘇州市西南、太湖北。春秋時爲吴王闔閭游獵處。漢・趙曄《吴越春秋・闔閭内傳》：“射於鷗陂，馳於游臺，興樂石城，走犬長洲。”花塢：花圃。塢，地勢周圍高中間低的地方。宋・楊萬里《望雨》：“須臾水平堦，花塢濕半角。”閒花塢，手鈔本作“開花塢”。

〔4〕閶闔：天門、宫門，也比喻豪宅大户之門。詩中是指舊日吴王宫門。柳烟：柳樹枝葉茂密似籠烟霧，因以爲稱。唐・杜牧《汴人舟行答張祜》：“春風野岸名花發，一道帆墻畫柳烟。”

〔5〕浮世：見卷之六《立春日與客讌集》注釋。空緑緑：空有一片緑色的荒野。緑緑，手鈔本作“碌碌”。

〔6〕西江：唐人多稱長江中下游爲西江。唐・元稹《相憶淚》：“西江流水到江州，聞道分成九道流。”烟月：雲霧籠罩的月亮，朦朧的月色。唐・張九齡《初發道中贈王司馬》：“林園事益簡，烟月賞恒餘。”自年年：每年如此。宋・蘇軾《浣溪沙》：“璧月瓊枝空夜夜，菊花人貌自年年。”

〔7〕雍熙：和樂貌，此謂昇平的盛世。明・李禎《至正妓人行》：“宇宙雍熙百姓安，仁覃四裔覆三韓。”

〔8〕鴟夷范蠡船：范蠡與文種辅佐勾踐伐吴，大獲全勝。功成後帶着美女

西施泛舟五湖而去。曾更名鴟夷子皮、陶朱公，經商致富。

*賦得長嘯軒送習孺赴公車〔1〕

小構軒楹尚嘯吟〔2〕，家峥斝斝有芳聲〔3〕。天清衡霍當窗出〔4〕，月净瀟湘傍檻明〔5〕。驥足却從千里著〔6〕，驪珠元屬九淵成〔7〕。鸞音豈合長途物〔8〕，阿閣朝陽待鳳鳴〔9〕。

【校注】

〔1〕賦得：凡摘取古人成句爲題之詩，題首多冠以“賦得”二字。科舉時代之試帖詩，因詩題多取成句，故題前均冠以“賦得”二字。同様也用於應制之作及詩人集會分題。後遂將“賦得”視爲一種詩體，即景賦詩者亦往往襲用以名詩，如《賦得古原草送别》。長嘯軒：軒名，位置不詳。習孺：孫斯億的弟弟孫習孺。公車：舉人應試。見卷之三《候義巷張公奉使重過澧上諸邑》注釋。

〔2〕軒楹：廳堂前面的柱子，堂前的廊柱。唐·杜甫《同元使君舂陵行》：“呼兒具紙筆，隱几臨軒楹。”嘯吟：猶嘯歌。宋·魏了翁《再次滄江頭二首》：“嘯吟風月江頭路，此意羲皇向上還。”

〔3〕峥，疑是“筝”之誤。一種彈撥樂器。斝斝：酒杯相碰的聲音。斝，音 jiǎ，古代酒器，即爵。借指酒杯。芳聲：美好的樂聲。

〔4〕衡霍：即衡山。衡山一名霍山，故稱。晉·袁宏《三國名臣序贊》“志掩衡霍，恃戰忘敵。”

〔5〕傍檻：靠近欄杆。檻，音 jiàn，欄干。唐·和凝《宫詞白首》：“皆言明主垂衣理，不假朱雲傍檻來。”

〔6〕驥足：喻高才。驥，千里馬。宋·吴則禮《多麗·聽新蟬》：“驥足難留，牛刀暫屈，匪朝伊夕步花磚。”著：明顯，顯露。

〔7〕驪珠：傳説出自驪龍頷下的寶珠。《莊子·列禦寇》：“千金之珠，必

在九重之淵，而驪龍頷下。”後以比喻可珍寶的人才和物品。元屬：本來屬於。九淵：極深的水潭。

〔8〕鸞音：鸞鳳的叫聲，這裹代指鳳凰。唐・李商隱《寄華岳孫逸人》：“惟應逢阮籍，長嘯作鸞音。”

〔9〕阿閣：見《擬古十九首》之五注釋。

*聞弇州公陟南少司馬志喜〔1〕

忽傳飛詔迥從天〔2〕，何是虞卿解印年〔3〕。共道魏牟終戀闕〔4〕，肯教安石久歸田〔5〕。時清閫外無專寄〔6〕，主聖金門有列仙〔7〕。詞賦兩都增氣象，却令班馬愧先賢〔8〕。

嚴平子評：武庫乍開，干戈森然，可以想其嚴整。弇州公亦嘗遠慶同調〔9〕。

【校注】

〔1〕弇州公：指王世貞，見“附録・附三”説明。陟：音 zhì，晉昇，進用。三國・蜀・諸葛亮《出師表》：“陟罰臧否，不宜异同。”南：即留都南京。少司馬：明朝人喜歡用古稱指代官名，兵部尚書稱“大司馬”，“少司馬”就是兵部侍郎。《明史・職官志》載：兵部尚書一人，正二品。左右侍郎各一人，正三品。尚書掌天下武衛官軍選授簡練之政令。侍郎佐之。

〔2〕飛詔：飛傳詔書。唐・韓愈《憶昨行和張十一》：“踐蛇茹蠱不擇死，忽有飛詔從天來。”

〔3〕虞卿：戰國時游士，曾進説趙孝成王，被封爲上卿。後爲救魏相魏齊，棄相印與魏齊偕逃。解印：辭官。

〔4〕魏牟：戰國時人，即魏公子牟。封於中山，與公孫龍交好。曾説：“身在江海之上，心居乎魏闕之下。”戀闕：不忘宫闕，比喻忠於君王。唐・杜甫《散愁二首》：“戀闕丹心破，沾衣皓首啼。”

〔5〕安石：即東晉・謝安，曾辭官隱居會稽山。有“安石不肯出，將如蒼生何”之説。後出山做了東晉宰相。

〔6〕時清：時代清明。閫外：指京城或朝廷以外，亦指外任將吏駐守管轄的地域，與朝中、朝廷相對。《晉書・陶侃傳》：“閫外多事，千緒萬端，罔有遺漏。”閫，音 kǔn。專寄：全心的寄托。

〔7〕主聖：皇上聖明。金門：即金馬門，漢代宫門名，學士待詔之處。唐・劉禹錫《爲郎分司寄上都同舍》：“籍通金馬門，身在銅駝陌。”列仙：諸仙。此處喻指人才衆多。

〔8〕兩都：本指漢・班固的《兩都賦》，這裹指首都北京和留都南京。是説王世貞的文學成就很高，在“兩都”都享有盛譽。班馬：班固與司馬相如。都是漢代辭賦家。宋・陸游《稽山雪》：“班馬復生無自書，我作此歌空激烈。”

〔9〕武庫：稱譽人的學識淵博，幹練多能。《晉書・杜預傳》：“(杜)預在内七年，損益萬機，不可勝數，朝野稱美，號曰‘杜武庫’，言其無所不有也。”干戈森然：指各種武器赫然排列，比喻詩文内涵豐富廣博。

*武陵龍君贊入對〔1〕

才子趨車渡漢津〔2〕，吴勾遥拂五陵塵〔3〕。輿圖山海經綸舊〔4〕，客館華陽製作新〔5〕。郢雪裁成東觀秀〔6〕，源花并作曲江春〔7〕。懸知賦草承天眷〔8〕，不待吹嘘有故人。

【校注】

〔1〕武陵龍君贊：生平失考。在明代武陵有龍氏聚處。君贊，疑爲字號。入對：見卷之六《姜公子入對》。

〔2〕才子，底本作“才十”，應爲形譌。從手鈔本改。漢津：古渡口名。在今湖北荆門東北漢水過境處。

〔3〕吴勾：即吴鈎，一種武器。見卷之一《俠客篇》注釋。

〔4〕輿圖：地圖。經綸：整理絲縷。常比喻籌劃治理國家大事。

〔5〕華陽：指“華陽館”。或爲供上京觀見的官員下榻待召的館舍。唐·皮日休《懷華陽潤卿博士三首》：“鳳骨輕來稱瘦容，華陽館主未成翁。”

〔6〕郢雪：這裏代指龍君“入對”的雅言高論和裁成的詩文。東觀：稱宫中藏書之所。北周·庾信《皇夏樂》：“南宫學已開，東觀書還聚。”

〔7〕源花：指桃花源之桃花。唐·杜甫《風疾舟中伏枕書懷三十六韻奉呈湖南親友》：“春草封歸恨，源花費獨尋。”蕭滌非注：“源花即桃花源，陶潛有《桃花源記》，相傳即在湖南。”曲江：水名。即曲江池。在西安市東南，漢稱樂游園，隋改名芙蓉園，唐復名曲江，爲皇家游覽勝地。

〔8〕懸知：料想，預知。賦草：詩賦草成。承天眷：承蒙天子看重眷顧。《晉書·庾冰傳》：“非天眷之隆，將何以至此。”

*登澧城遇仙樓〔1〕

徙倚飛樓澧水濱〔2〕，迹奇天地少紅塵〔3〕。到來慢説仙同遇〔4〕，望處誰憐幻是真〔5〕。檻外湖連三楚浸〔6〕，座中山出九疑顰〔7〕。居人笑指桃源路〔8〕，君自漁郎我自秦。

【校注】

〔1〕該詩有眉批：“結句頗佳。”此批不見手鈔本，係田玄本詩頁天頭毛筆書寫，疑爲後人所批。澧城：即澧州城。即今澧縣，隸屬於湖南省常德市，因澧水貫穿縣境得名。梁敬帝紹泰元年（555）始置澧州。隋開皇九年（589）罷天門郡，置澧州，設澧陽縣，後簡稱澧縣。遇仙樓：在澧州城遇仙橋南，相傳喬太守遇仙於此。

〔2〕徙倚：猶徘徊、逡巡。《楚辭·遠游》：“步徙倚而遥思兮，怊惝怳而乖懷。”飛樓：高樓。宋·劉克莊《水調歌頭·君看郭西景》：“君看郭西景，

渾不減孤山。飛樓突兀百尺，輪奐侈前觀。”

〔3〕少紅塵：很少有人間俗事紛擾。

〔4〕慢説：别説，不要説。手鈔本作“漫説”。唐·司空圖《柳》詩之一：“漫説早梅先得意，不知春力暗分張。”仙同遇：即“同仙遇”。

〔5〕望處：視野所及。

〔6〕三楚：戰國楚地疆域廣闊，秦漢時分爲西楚、東楚、南楚，合稱三楚。後人詩文中多以泛指長江中游以南，今湖南湖北一帶。浸：湖澤總稱浸。這裏當滋潤、灌溉或淹没均可解。

〔7〕九疑顰：見唐·李群玉《黄陵廟》：“猶似含嚬望巡狩，九疑如黛隔湘川。”九疑，見卷之七《登五峰懷鵬初兄》注釋。顰，音 pín，雙眉攢聚不舒，表示憂慮或不悦的樣子。

〔8〕居人：家居的人，居民。唐·羅鄴《早發宜陵即事》：“居人猶自掩關在，行客已愁驅馬遲。”笑，底本刻爲“哭”，有人旁批“笑”字，從之。

*登五峰〔1〕

何年五老幼西隈〔2〕，天削芙蓉衣玉臺〔3〕。葉葉涌如從地出，峰峰飛似自空來。長星好是虞庭度〔4〕，佛骨居然慧頂開〔5〕。欲向此中摶鵠驓〔6〕，崑崙玄圃漫悠哉〔7〕。

【校注】

〔1〕五峰：山名。位於詩人故鄉容美宣慰司之東。係今五峰土家族自治縣縣名地標。

〔2〕五老：見卷之三《衡廬歌爲孫鵬初賦》注釋。幼：音 yòu，段玉裁《説文解字注》：“幼同幽。一作窈。”幽秀貌。或疑爲“幻”之譌。手鈔本作“幻”。隈：音 wēi，角落。彎曲的地方。

〔3〕天削芙蓉：是化用唐·李白《登廬山五老峰》：“廬山東南五老峰，

青天削出金芙蓉。”玉臺：傳説中天帝的居處。《漢書·禮樂志》：“天馬來，龍之媒，游閶闔，觀玉臺。”這裏形容五峰山之高。

〔4〕長星：星名，類似彗星，有長形光芒，古人説長星出現多預示有兵戈發生。《史記·景帝本紀》：“三年正月乙巳，赦天下，長星出西方。”此當同爲巨星、明星。好是：恰是。虞庭：同“虞廷”，指虞舜時代。相傳虞舜爲古代的聖明之主，故亦以“虞廷”爲“聖朝”的代稱。

〔5〕佛骨：即佛舍利，後來也指高僧火化剩下的骨燼。慧頂開：即開天眼，佛道兩家都有“開慧頂”“開天眼”之説。謂開天眼之人能看到常人不能看到的事物，明白俗人不能明白的道理。

〔6〕摶：盤旋意。三國·魏·曹操：《玄暢賦》：“希鵬舉以摶天，蹶青雲而奮羽。”鵠：水鳥，形狀像鵝，體型大，鳴聲宏亮，善飛，也指天鵝。騎，該字失查，手鈔本作“騎”，疑當從之。

〔7〕崑崙：崑崙山，舊指西王母所在的神山。玄圃：崑崙仙境之一。《水經注·河水》：“崑崙之山有三級，下曰樊桐，一名板桐；二曰玄圃，一名閬風；上曰層城，一名天庭，是爲太帝之居。”

*坐紫芝亭偶接台州馮仁卿書〔1〕

雙魚忽漫泝江干〔2〕，愁向孤亭對菊看。標出天台霞是色〔3〕，芳傳澧浦佩爲蘭〔4〕。逢人投璧知非是〔5〕，結密論心總是難〔6〕。幸有忘年公子在〔7〕，相思空欲報琅玕〔8〕。

【校注】

〔1〕紫芝亭：見“前言”説明。台州：州、路、府名。唐武德五年（622）改海州爲台州，以境北天台山得名，治臨海（今臨海市）。馮仁卿：田子壽文友，生平不詳。從詩句“忘年公子”看，當比田子壽小。

〔2〕雙魚：指書信，又稱“雙鯉”。見前卷之二《惜别十首》之五注釋。

宋·晏幾道《南鄉子》其六："深意托雙魚，小剪蠻箋細字書。"忽漫：忽而，偶然。唐·杜甫《送路六侍御入朝》："更爲後會知何地，忽漫相逢是别筵。"泝：逆江而上。江干：水邊，岸邊。

〔3〕標：表識，記號。東晉·孫綽《游天台山賦》："赤城霞起以建標。"

〔4〕芳傳：香味（比喻美譽）流傳飄散。宋·李洪《滿庭芳》："香滿千岩，芳傳叢桂，小山會咏幽菲。"澧浦：澧水之濱。佩：飾物。《九歌·湘君》："遺余佩兮澧浦。"《離騷》："紉秋蘭以爲佩。"

〔5〕投璧：典出投璧負嬰，喻輕錢利重親情。宋·黄公度《擬上張丞相》："曳裾胡不可，投璧懼無因。"璧，底本譌作"壁"。

〔6〕結密：結爲密友，結交志同道合的朋友。唐·賈島《寄遠》："始知相結密，不及相結疏。"論心：推心置腹地交談。

〔7〕忘年：忘年交。兩人年輩不相當而爲友。宋·陸游《放言》："回顧三角童，吾與汝忘年。"

〔8〕琅玕：似玉的美石。

*國華侄卜居澧上賦寄[1]

憶爾南征思渺茫[2]，千峰秋色蒲奚囊[3]。賦來雲夢名俱大[4]，佩自蘭江草亦芳[5]。衡霍天空山作鎮[6]，瀟湘雲盡水爲鄉[7]。亦知詹尹從君卜[8]，倘許林間築草堂[9]。

【校注】

〔1〕國華：即田宗文，見"附録·附三"説明。卜居：選擇居住的地方，多指占卜選址。《史記·周本紀》："成王使召公卜居，居九鼎焉。"澧上：澧水邊。

〔2〕南征：南行。《楚辭·離騷》："濟沅湘以南征兮，就重華而陳詞。"渺茫：時地遠隔，模糊不清。

〔3〕奚囊：唐・李商隱《李長吉小傳》："每旦日出，與諸公游，恒從小奚奴，騎距驢，背一古破錦囊，遇有所得，即書投囊中。"後因稱詩囊爲"奚囊"。蒲奚囊，疑爲"滿奚囊"之誤。手鈔本作"滿奚囊"。

〔4〕雲夢：古湖澤名，雲夢澤，楚王游獵區。借指古代楚地。名俱大：指名聲遠播。手鈔本作"人俱遠"。

〔5〕佩：佩飾，楚人常以蘭花作爲佩飾。《楚辭・離騷》："紉秋蘭以爲佩。"蘭江：蘭是對江的美稱，實指澧水。唐・李群玉《送蕭綰之桂林》："蘭香佩蘭人，弄蘭蘭江春。"

〔6〕衡霍：即衡山，南岳衡山亦稱霍山。鎮，即山鎮，某一地區最有名的山。《周禮・夏官・職方氏》："東南曰揚州，其山鎮曰會稽，其澤藪曰具區。"漢・鄭玄注："鎮，名山安地德者也。"

〔7〕瀟湘：湘江與瀟水的并稱。多借指今湖南地區。唐・杜甫《去蜀》："如何關塞阻，轉作瀟湘游。"

〔8〕詹尹：古占筮者之名。從君卜：即依從您的占卜。從，底本作"迋"，應爲"從"異體"従"字的譌刻，手鈔本亦作"從"，今從之。

〔9〕草堂：茅草盖的房子。舊時文人常以"草堂"名其所居，以標風操之高雅，有的也并非真是草盖的房子。

*人日寄壽雲夢師[1]

高齋掩映玉岧嶢[2]，景物誰同醉綺宵[3]。繞砌月乘蓂七葉[4]，垂軒雪屋柳千條[5]。梅花笛裹愁難折[6]，瓊樹天南望轉遥[7]。是日醁醽知獻壽[8]，一星南極炯丹霄[9]。

【校注】

〔1〕人日：正月初七爲人日。手鈔本作"八日"，應爲誤抄。

〔2〕高齋：高雅的書齋。唐・韋應物《寄子西》："日夕上高齋，但望東

原緑。”

〔3〕綺宵：綺麗的夜晚。

〔4〕繞砌：指高齋周圍的臺階。砌，音 qì，臺階。南唐・李煜《虞美人》：“雕欄玉砌應猶在，只是朱顔改。”月乘：月亮昇起。蓂：音 míng，即蓂莢，傳説中的一種瑞草。《宋書》卷二十七《符瑞志上》：“又有草夾階而生，月朔始生一莢，月半而生十五莢，十六日以後，日落一莢，及晦而盡，月小則一莢焦而不落，名曰‘蓂莢’，一曰‘曆莢’。”

〔5〕垂軒：有窗檻的長廊。宋・李石《次韻喜雨》：“雲色垂軒潑墨深，夜聞蕭瑟振枯林。”雪屋：白色墻壁房子。元・王結《水調歌頭・送俞時》：“螢窗雪屋十載，南國秀孤芳。”手鈔本作“雪亞”。

〔6〕梅花笛：吹奏《梅花落》的笛聲。《梅花落》屬樂府横吹曲調，傳爲西漢李延年所作，情緒哀婉憂傷。宋・王鎡《冬暮客中》：“夜深月照回家夢，怕殺梅花笛又吹。”折：損失，減少。

〔7〕瓊樹：美稱樹木，常喻品格高潔的人或高雅追求。唐・許稷《賦得風動萬年枝》：“瓊樹春偏早，光飛處處宜。”望轉遥：希望變得遥遠。

〔8〕醁醽：音 lù líng，美酒名。

〔9〕南極：星名，即老人星，亦稱南極老人。《史記・封禪書》：“壽星仍出。”唐・司馬貞索隱：“壽星，蓋南極老人星也，見則天下理安，故祠之以祈福壽也。”炯：光明，明亮。丹霄：也稱紫霄、碧霄，指天空。唐・李白《門有車馬客行》：“謂從丹霄落，乃是故鄉親。”

*春日同賓從讌兄幕府得竟傳寄〔1〕

將軍開讌幾留賓〔2〕，况復韶光屬綺辰〔3〕。鸚鵡杯中瓊作液〔4〕，管弦聲裏玉爲人〔5〕。鶯和度曲歌偏麗〔6〕，燕雜飛花舞更新。已自甘棠成蔽芾〔7〕，更看棠棣錦爲春〔8〕。

【校注】

〔1〕幕府：本指將帥在外的營帳，後亦泛指軍政大吏的府署。兄，手鈔本無。

〔2〕開讌：張布筵席，舉行宴會。讌，通“宴”。明·唐伯虎《五王夜燕圖》：“花萼樓前夜開讌，沉水凝烟燈吐焰。”

〔3〕況復：何況，況且。韶光：泛指美好光陰。《武王伐紂平話》卷上：“韶光似箭，日月如梭。”綺辰：美好的時辰。

〔4〕鸚鵡杯：一種酒杯。用鸚鵡螺製成。隋·薛道衡《和許給事善心戲場轉韻詩》：“共酌瓊酥酒，同傾鸚鵡杯。”

〔5〕玉爲人：指美女體貌閒雅。

〔6〕度曲：制曲，作曲。這裏意爲度好的曲目。

〔7〕甘棠：見卷之五《宜都望夷陵懷殷公海岱》注釋。後以“甘棠”稱頌循吏的美政和遺愛。蔽芾：音 bì fèi，茂盛的樣子。《詩·召南·甘棠》：“蔽芾甘棠，勿翦勿伐。”

〔8〕棠棣：亦作“常棣”，郁李的别名。《詩·小雅·常棣》篇是一首申述兄弟應該互相友愛的詩。後常用“棠棣”代指兄弟。三國·魏·曹植《求通親表》：“中咏《棠棣》，匪他之誡；下思《伐木》，友生之義。”棠，底本作譌爲“裳”。錦：繁盛。

*懷楚中諸社游赴公車〔1〕

才子乘春已至燕〔2〕，長楊羽獵未應先〔3〕。連城明月來三楚〔4〕，托乘金莖自九天〔5〕。梅色香迎蓬苑雪〔6〕，柳條青入漢宫烟〔7〕。鵬摶自展扶摇翼〔8〕，故國金泥誓早傳〔9〕。

【校注】

〔1〕諸社：諸位社友。游赴：且游且走。指趁着赴考途中結伴游覽。公車：

見卷之三《候義巷張公奉使重過澧上諸邑》注釋。

〔2〕燕：在今河北、北京一帶。

〔3〕長楊羽獵：俱爲賦名。西漢賦家揚雄有《羽獵賦》《長楊賦》。

〔4〕連城明月：價值連城的寶玉。明月：指明珠。《楚辭·九章·涉江》："明月兮佩寶璐。"漢·王逸注："言己被明月之珠。"

〔5〕托乘金莖：手鈔本作"托露金莖"。見卷之一《遠游篇》"金莖"注釋。

〔6〕蓬苑：蓬萊仙苑，喻指楚地文學社團。蓬，手鈔本作"逢"。

〔7〕漢宫烟：指宫廷烟雲景色。

〔8〕"鵬摶"句：化用戰國·楚·莊子《逍遥游》："鵬之徙於南冥也，水擊三千里，摶扶摇而上者九萬里。"摶，盤旋。扶摇，風由下而上昇騰，喻仕途得志。

〔9〕故國：故鄉。金泥：以水銀和金粉爲泥，作封印之用。唐·王仁裕《開元天寶遺事·泥金貼子》："新進士才及第，以泥金書貼子，附家書中，用報登科之喜。"

* 喜鵬初丈高發南宫〔1〕

爾去風雲會薊臺〔2〕，賢書忽下楚天來〔3〕。千秋雪向朱弦瀉，五色雲將彩筆回〔4〕。北極天高臨象緯〔5〕，南宫地迥接蓬萊。直從樸棫觀周士〔6〕，不向長楊數漢才〔7〕。

嚴平子評：深厚雄博，如唐人應制詩〔8〕。

【校注】

〔1〕鵬初：指孫鵬初。丈，本是對老年男子的尊稱。按詩人同孫斯億的師生關係，孫鵬初應該是其師弟。年齡也比田子壽小許多，稱呼爲"丈"不甚合適，但此時，對方已經中進士，位居"老爺"之尊，故高稱爲"丈"。高發：舊

時指科舉中式。南宫：指禮部會試之所。孫鵬初爲萬曆十七年進士，選任爲翰林院庶吉士，歷任禮、刑二科給事中。手鈔本無“高發”二字。

〔2〕風雲會：君臣際會。漢·王粲《雜詩》之四：“遭遇風雲會，托身鸞鳳間。”薊臺：薊丘。古地名，在北京城西德勝門外西北隅，這裏借指京城。

〔3〕賢書：謂舉薦賢能的名録或通知。後世也稱鄉試考中爲“登賢書”。宋·黎獻《挽陳淡交先生》：“功名早領賢書薦，世業由來家學傳。”

〔4〕朱弦：泛指琴瑟類弦樂器。宋·陸游《千峰榭宴坐》：“朱弦静按新傳譜，黄卷閑披累譯書。”

〔5〕象緯：見卷之六《子東過訪草堂賦贈》注釋。

〔6〕樸棫：《詩·大雅》篇名。《詩序》稱是咏“文王能官人也”，故多以喻賢才衆多。周士：周代的卿士，這裏代指朝臣。

〔7〕長楊：指漢·揚雄《長楊賦》。王世貞曾批評揚雄爲賦云：“其旁搜酷擬，沉想曲换，亦自性近之爾，非必材高也。”故詩人亦同其觀點，否定揚雄。手鈔本用作“長陽”。

〔8〕應制詩：特指應皇帝之命寫作的詩文。宋·歐陽修《歸田録》卷二：“真宗朝，歲歲賞花釣魚，群臣應制。”這類詩格律規整，用詞嚴謹，多逢迎之詞。

*答鵬初吉士賦得謁帝承明廬見寄[1]

帝自崇文拱玉京[2]，賦成謁帝獻承明[3]。衣冠近就長安日[4]，閶闔遥臨北斗城[5]。御氣漫浮仙掌露[6]，天香偏惹侍臣纓[7]。飛來明月元荆璧[8]，愰映藜燃太乙精[9]。

【校注】

〔1〕鵬初吉士：即孫鵬初。他高中以後，被授任“翰林院庶吉士”，故稱。賦得謁帝承明廬：是孫鵬初寫給田子壽的詩名。謁帝，謁見帝君。承明廬，即

承明殿，本漢宫殿名，侍臣值宿所居，稱承明廬。唐・張銑注："承明，謁天子待制處也。"後以入承明廬爲入朝或在朝爲官的典故。見寄：回信。

〔2〕崇文：謂崇尚文治。《魏書・高祖紀下》："國家雖崇文以懷九服，修武以寧八荒。"拱：兩手合圍，這裏是"垂拱而治"的意思。《尚書・武成》："垂拱而天下治。"玉京：京都。

〔3〕承明：即承明廬。謁見之仕若有詩作，不敢直接呈皇上，先交給承明廬，故有此説。

〔4〕衣冠：特指古代朝廷命官的縉紳服飾，這裏作動詞：穿戴好縉紳朝服。近就：猶親近。《漢書・傅介子傳》："介子過龜兹時，其王近就人，易得也。願往刺之，以威示諸國。"顔師古注："附近而親就，言不相猜阻也。"

〔5〕閶闔：見卷之一《天馬歌》注釋。臨：居高處朝向低處。北斗城：比喻爲衆人崇敬仰慕之城。宋・楊億《禁中庭樹》："霜桂丹丘路，星榆北斗城。"

〔6〕御氣：帝王的氣象。唐・杜甫《秋興》："花蕚夾城通御氣，芙蓉小苑入邊愁。"漫浮：漂浮彌漫。仙掌露：天降仙露。詳見卷之一《遠游篇》"金莖"注釋。

〔7〕天香：指宫廷中用的薰香。唐・皮日休《送令狐補闕歸朝》："朝衣正在天香裏，諫草應焚禁漏中。"侍臣：皇帝左右的近臣。纓：冠纓子。明月：明珠。元：本元，初始。

〔8〕荆璧：荆山之璧，即和氏璧。

〔9〕恍映：依稀顯現。藜燃太乙精：見卷之四《東胡人山載道》"青藜杖"注釋。燃，手鈔本"然"。

*山樓秋思滿懷别小阮兼訂游約〔1〕

鳴雨垂垂釀暮寒，天風樓閣獨凭欄〔2〕。兼葭八月零霜露〔3〕，鴻雁三秋接羽翰〔4〕。漫訝楚風元尚鬼〔5〕，須知蜀道不爲難。寄言已辨登山屐〔6〕，五嶽真圖擬縱觀〔7〕。

【校注】

〔1〕小阮：即田國華，他們叔侄隱居澧州，以“二阮”（阮籍與侄阮咸）自況。游約：結伴同游的約定。

〔2〕鳴雨：大雨，狂風暴雨。唐・杜甫《雨不絶》：“鳴雨既過漸細微，映空摇揚如絲飛。”垂垂：不斷下落貌。宋・蘇舜欽《送人還吴江道中作》：“江雲春重雨垂垂，索寞情懷送客歸。”釀：積漸而成。獨，手鈔本作“猶”。

〔3〕兼葭：同“蒹葭”，水草名。《詩・小雅・蒹葭》：“蒹葭蒼蒼，白露爲霜。”本指在水邊懷念故人，後以“蒹葭”泛指思念异地友人。手鈔本作“蒹葭”。零：植物凋謝、零落。

〔4〕三秋：秋季。接羽翰：指鴻雁排成陣向南飛翔。

〔5〕尚鬼：信奉鬼怪。

〔6〕辨：通“辦”，備辦。登山屐：謝靈運尋山陟嶺，常着木屐，上山去其前齒，下山去其後齒。唐・李白《夢游天姥吟留别》：“脚着謝公屐，身登青雲梯。”

〔7〕五嶽真圖：道教符籙有五嶽真形圖，此指五嶽真實景象。元・楊維楨《張公洞》：“九靈太妙苞氣母，五嶽真圖特兒弄。”擬縱觀：打算縱情觀賞。

*將發荆南訪桂亭王孫偶值風雨〔1〕

游子天涯類轉蓬〔2〕，三千大界本無窮〔3〕。金銀兜率輝天竺〔4〕，雲雨高唐暗楚宫〔5〕。陌上奚囊南下客〔6〕，馬頭寒影北來鴻。試看風起青蘋末〔7〕，更向王孫賦裏雄。

【校注】

〔1〕荆南：又稱南平、北楚，範圍包括今湖北的江陵、公安、宜昌一帶。

訪，手鈔本作“謁”。桂亭王孫：指前述朱氏王孫朱桂亭。偶值：正好碰上。

〔2〕轉蓬：蓬草隨風飛轉。唐·李商隱《無題》：“嗟余聽鼓應官去，走馬蘭臺類轉蓬。”

〔3〕三千大界：見卷之七《答友人同僧野寺話禪》注釋。

〔4〕兜率：净土。佛教謂天分許多層，第四層叫兜率天，内院是彌勒菩薩的净土，外院是天上衆生所居之處。天竺：印度的古稱。《後漢書·西域傳·天竺》：“天竺一名身毒，在月氏之東南數千里。”

〔5〕雲雨高唐：用楚襄王典。傳説楚襄王游高唐，夢見巫山神女，幸之而去。戰國·楚·宋玉《高唐賦》序：“昔者楚襄王與宋玉游於雲夢之臺，望高唐之觀。”

〔6〕陌上：路上，行道之上。手鈔本作“陌下”。奚囊：詩囊。見卷之七《國華侄卜居澧上賦寄》注釋。

〔7〕青蘋：一種生於淺水中的草本植物。戰國·楚·宋玉《風賦》：“夫風生於地，起於青蘋之末。”

*明月寺贈太空禪師〔1〕

漫從初地訪生公〔2〕，風挾松濤萬壑雄。仙梵隱浮雙樹杪〔3〕，曇花散落諸天中〔4〕。坐來明月元爲鏡，話到塵根總是空〔5〕。最喜隨緣沾法界〔6〕，莫令人世有魔宫。

【校注】

〔1〕明月寺：故址在今松滋縣與宜都市交界處。太空禪師：生平不詳。

〔2〕初地：謂佛教寺院。唐·王維《登辨覺寺》：“竹徑從初地，蓮峰出化城。”生公：晋末高僧竺道生的尊稱。相傳生公曾於蘇州虎丘寺立石爲徒，講《涅槃經》。至微妙處，石皆點頭。唐·李紳《鑒玄影堂》：“深夜月明松子落，儼然聽法侍生公。”

〔3〕仙梵：指教徒誦經的聲音。隱浮：佛家語，意爲浮現，半隱半現。雙樹：注見卷之四《宿承天寺萬上人房》。杪：音 miǎo，樹枝的細梢。

〔4〕曇花：見卷之三《追憶普賢寺留别雲夢師暨諸游》。諸天：佛教語。指護法衆天神。見卷之四《登荆沙觀音閣塔》注釋。

〔5〕塵根：佛教以色、聲、香、味、觸、法爲六塵，眼、耳、鼻、舌、身、意爲六根。根塵相接，便産生六識，導致種種煩惱。空：佛教認爲一切事物的現象并無實體。空與“有”相對。梵語音譯爲瞬若。意譯空無、空虚、空寂、空净、非有。一切存在之物中皆無自體、實體、我等，此一思想即稱空。

〔6〕隨緣：佛教語，謂佛應衆生之緣而施教化。緣，指身心對外界的感觸。法界：佛教將一切存在分成十八類，法界爲其中一類，謂屬於心智所覺察的對象。手鈔本作“世界”。

*荆州游章臺寺〔1〕

爲逐同聲賦遠游〔2〕，竭來覽勝忽荆州〔3〕。離宫花鳥無常主，給苑旃檀自楚丘〔4〕。澤在漫尋游獵迹，臺荒空憶管弦秋。可憐今昔興亡易，赤日滄波萬古流〔5〕。

【校注】

〔1〕章臺寺：元泰定年間在古章華臺遺址上建了一座廟宇，初名章臺寺，後改名章華寺。與漢陽歸元寺、當陽玉泉寺并稱爲湖北三大叢林。

〔2〕同聲：比喻志趣相同者。唐·李白《贈僧崖公》：“江濆遇同聲，道崖乃僧英。”

〔3〕來，手鈔本作“去”。

〔4〕給苑：見卷之五《圓通寺與法界上人話禪》注釋。旃檀：即檀香。北魏·酈道元《水經注·河水一》：“以旃檀木爲薪。”唐·王維《薦福寺光師房花藥序》：“焚香不俟於旃檀，散花奚取於優鉢。”楚丘：古地名，春秋衛地，

具體位置失考。此處當指楚地山丘。手鈔本作“一丘”。

〔5〕赤日：烈日。滄波：碧波。唐·李白《古風》之十二：“昭昭嚴子陵，垂釣滄波間。”

*送魯山人歸武陵〔1〕

幾年身寄碧氤氳〔2〕，此日青牛喜見君〔3〕。談處麈揮千仞月〔4〕，扶來筇繞萬峰雲〔5〕。已從海外臨桃水〔6〕，更向山中授鳥文〔7〕。試問道心齊□物〔8〕，不知何事重離群〔9〕。

【校注】

〔1〕送，手鈔本作“迎”。魯山人：生平不詳。

〔2〕幾年身寄，手鈔本作“幾曾遥寄”。氤氲：音 yīn yūn，烟氣彌漫貌。唐·張九齡《湖口望廬山瀑布泉》：“靈山多秀色，空水共氤氲。”

〔3〕青牛：漢·劉向《列仙傳》：“老子西游，關令尹喜望見有紫氣浮關，而老子果乘青牛而過也。”

〔4〕談處：説話間，説話之時。麈，底本譌爲“塵”。

〔5〕筇：音 qióng，古書上説的一種竹子，可以做手杖，故亦用以泛稱手杖。

〔6〕從，底本譌作“泛”。海外：指邊徼遠地。桃水：水名。《山經注·西山經》：“又西三百七十里，曰樂游之山，桃水出焉，西流注於稷澤。”

〔7〕鳥文：古篆書的一種。亦指用鳥篆書寫簡策。唐·鮑溶《經隱叟》：“虚洞閉金鎖，蠹簡藏鳥文。”

〔8〕道心：求道之心。齊□物，中間缺字。手鈔本作“齊物我”，可取。齊物我，指物與我同等，爲道家重要思想，集中反映在莊子《齊物論》中。宋·陸游《書意》：“已向人間齊物我，不教驚起白鷗群。”

〔9〕何事，手鈔本作“何處”。離群：離開衆人。《易·文言》：“上下無

常，非爲邪也；進退無恒，非離群也。”唐・孔穎達疏：“何氏云：所以進退無恒者，時使之然，非苟欲離群也。”

* 華容哭雲夢師

厭世孤蹤奄岱游〔1〕，章華一去即千秋〔2〕。郢中誰復調春雪〔3〕，天上君應記玉樓〔4〕。志怪漫嗟古鵩讖〔5〕，絶言仍抱獲麟憂〔6〕。遥憑絮酒將雙淚〔7〕，瀉作瀟湘九派流〔8〕。

【校注】

〔1〕厭世：厭棄俗世。《莊子・天地》：“千歲厭世，去而上仙。”也作“死”的婉辭。宋・蘇軾《讀道藏》：“千歲厭世去，此言乃籧篨。”孤蹤：孤獨的行蹤。奄：突然。岱游：即游岱。晉・張華《博物志》卷一：“泰山，一曰天孫，言爲天帝孫也，主召人魂魄。”後因以“游岱”作“死”的婉稱。

〔2〕章華，手鈔本作“章臺”。一去：一旦離去。

〔3〕郢中：泛指荆楚之地。調春雪：春雪調，即“陽春白雪”的曲調，指高雅的詩章。

〔4〕天上君：神君，仙人。唐・貫休《悼張道古》：“天上君恩三載隔，鑒中鸞影一時空。”玉樓：指玉樓受召。唐・李商隱《李長吉小傳》：“長吉將死時，忽晝見一緋衣人笑曰：‘帝成白玉樓，立召君爲記。天上差樂，不苦也。’長吉獨泣，邊人盡見之。少之，長吉氣絶。”後因以爲文士早逝之典實。

〔5〕志怪：記述怪异之事。古典小説的一類。盛於魏晉南北朝。《莊子・逍遥游》：“《齊諧》者，志怪者也。”漫嗟：嗟嘆，感嘆於。古鵩讖，手鈔本作“占鵩讖”。鵩讖，音 fú chèn，不祥的預兆，指死亡。唐・無名氏《騎都尉李君墓誌銘》：“天長地久，人事推遷，鶴書易促，鵩讖難延。”

〔6〕絶言：遺言，訣别之言。獲麟：《春秋》哀公十四年：“春，西狩獲

麟。”晉·杜預注：“麟者仁獸，聖上之嘉瑞也。時無明王出而遇獲；仲尼傷周道之不興，感嘉瑞之無應，故因魯春秋而修中興之教，絶筆於‘獲麟’之一句。所感而作，固所以爲終也。”

〔7〕絮酒：典出“隻雞絮酒”，謂祭品的菲薄。唐·楊炯《爲薛令祭劉少監文》：“蒼烟漫兮紫苔深，陳絮酒兮涕沾襟。”將：與，和，連同。

〔8〕九派：長江在湖北、江西一帶分爲許多支流，因以九派稱這一段長江。此句極言悲淚滂沱。

*贈大將軍仁宇〔1〕

誰將刳木小爲舟，下峽今爲訪舊游〔2〕。虎旅暫看雲外卧〔3〕，龍光偏識斗間浮〔4〕。漫夸武士千鈞壯〔5〕，倘許詞人百戰優。幸喜渚宫明月夜〔6〕，一尊猶自足淹留〔7〕。

【校注】

〔1〕大將軍仁宇：見卷之六《李大將軍詔自嶺外入領團營書來見訊》注釋。

〔2〕刳木：剖鑿木頭，古常以獨木爲舟，只需剖鑿乃成。刳，音 kū。《易·繫辭下》：“刳木爲舟，剡木爲楫。”今爲，手鈔本作“今因”。

〔3〕虎旅：指勇猛的軍隊。唐·李商隱《馬嵬》：“空聞虎旅傳宵柝，無復雞人報曉籌。”雲外：高山之上。唐·元稹《玉泉道中作》：“遐想雲外寺，峰巒渺相望。”

〔4〕“龍光”句：用豐城劍典。唐·王勃《滕王閣序》：“物華天寶，龍光射牛斗之墟。”

〔5〕千鈞壯：形容武士雄壯有力的軍威。

〔6〕渚宫：春秋時楚國宫名，故址在今湖北江陵縣。手鈔本作“諸宫”。

〔7〕尊：同“樽”，酒杯。淹留：羈留。三國·魏·曹丕《燕歌行》：“慊慊思歸戀故鄉，君何淹留寄他方。”

*歸憶桂亭宗侯却寄

何處黄鸝解惱人[1]，壚頭貰酒濯風塵[2]。千門楊柳沙津客[3]，萬樹烟花郢里春。盖自西園傾處舊[4]，歌泛南國和來新。何當再振蘭臺侍[5]，賦就襄王夢裏神[6]。

【校注】

〔1〕解惱人：爲人解除煩惱。宋・楊萬里《三月三日雨作遣悶十絶句》："春風解惱詩人鼻，非葉非花只是香。"

〔2〕壚頭：酒壚邊。壚，音 lú，賣酒處安置酒瓮的砌臺，亦借指酒肆、酒店。貰酒：貰，音 shì，租借，賒欠。唐・皇甫冉《贈鄭山人》："枉帆臨海嶠，貰酒秣陵城。"

〔3〕沙津客，手鈔本作"沙津色"。沙津，沙灘渡口。唐・韓元吉《剡溪道中五首》："心隨天末江波遠，愁似沙津柳帶長。"

〔4〕西園：園林名。漢上林苑的别名，這裏泛指園林。

〔5〕蘭臺：最早爲戰國楚臺名。傳説故址在今湖北鍾祥市東；漢朝之蘭臺爲中央檔案典籍所在地，也是當時名儒著述的地方；後來以蘭臺泛指史官或史官機構；唐高宗時曾改秘書省爲蘭臺。唐・張九齡《登古陽雲臺》："楚國兹故都，蘭臺有餘址。"

〔6〕賦就：吟成，詩賦創作完成。唐・趙嘏《聞笛》："興來三弄有桓子，賦就一篇懷馬融。"襄王夢：用巫山神女典。

*贈張録事廣信永豐人，自南都轉官於楚[1]

宦情南北思悠悠[2]，一日風帆去石頭[3]。六代豪華成汗漫[4]，三湘雲物足風流[5]。望來靈鷲山頭月[6]，翻作龍宫水面秋。不信當年徐穉榻[7]，獨今千古重南州[8]。

【校注】

〔1〕張録事：生平不詳。録事，舊時政府機關中管記録、繕寫的小吏，當時又稱“記室”。廣信永豐：即今江西永豐縣。南都：明人稱南京爲南都。

〔2〕宦情：做官的志趣、意願。《晉書·劉元海載記》：“吾本無宦情，惟足下明之。”南北：喻不固定。

〔3〕石頭：石頭城，又名石首城。故址在今南京市清涼山一帶。本楚金陵城，漢建安十七年（212）孫權重築改名。城負山面江，南臨秦淮河口，當交通要衝，六朝時爲建康軍事重鎮。唐以後，城廢。

〔4〕六代：指三國吴、東晉和南朝宋、齊、梁、陳六朝都曾置都金陵。汗漫：廣闊無際，渺茫不可知。漢·高誘注：“汗漫，不可知之也。”

〔5〕雲物：景物，景色。宋·范成大《冬至日銅壺閣落成》：“故園雲物知何似，試上東樓直北看。”

〔6〕靈鷲：山名。指的是杭州飛來峰，杭州靈隱一帶的山峰，怪石嵯峨，風景絶异，古印度僧人慧理稱：“此乃中天竺國靈鷲山之小嶺，不知何以飛來？”因此稱爲“飛來峰”。飛來峰有中國南方最大的石刻造像群，可與四川大足石刻媲美。宋·蘇東坡《游靈隱寺得來詩復用前韻》：“溪山處處皆可廬，最愛靈隱飛來孤。”

〔7〕徐穉榻：漢·徐穉安貧樂道，恭儉義讓，屢辟不就，世稱高士。太守陳蕃敬之愛之，爲徐穉特設一榻，去則懸之。事見《後漢書·徐穉傳》。後以“徐穉榻”表示敬賢禮士或稱頌來客德高望重。唐·許渾《寄獻三川守劉公》詩之一：“花深穉榻迎何客，月在膺舟醉幾人。”

〔8〕獨今千古，手鈔本作“獨留今日”。南州：徐穉是東漢豫章南昌（今江西）人，桓帝時，因不滿宦官專權，雖屢爲陳蕃等大臣薦舉，終不爲官，時稱“南州高士”。元·張養浩《咏史詩·朱震》：“如何當日陳蕃榻，止爲南州孺子懸。”

*醉後夜晦即事〔1〕

試摘繁香泛叵羅〔2〕，夜來明月隱天河。愁臨弦管歡娛少〔3〕，坐老風塵慷慨多〔4〕。棄婦豈應工媚態〔5〕，酒人時復發狂歌。乘酣拔劍聽雞舞〔6〕，却怪雄心未耗磨。

【校注】

〔1〕夜晦：夜晚。即事：以當前事物爲題材的詩詞，多用爲詩詞題目。如唐・杜甫《草堂即事》、宋・辛棄疾《清平樂・博山道中即事》等。

〔2〕繁香，疑爲“繁星”之誤。倘爲“繁星”，則有三合：其一合乎當時醉酒爲詩的情態：欲摘星星下酒；其二“繁星”與下句“明月”形成對應；其三與前面動詞“試摘”也配搭。倘若是“繁香”，就無法摘了。叵羅：音 pǒ luǒ，西域語音譯，當地的一種飲酒器，口敞底淺。亦泛指酒杯。唐・李白《對酒》：“葡萄酒，金叵羅，吴姬十五細馬馱。”

〔3〕“愁臨”句，手鈔本作“愁臨管弦歡少坐”。弦管，弦樂與管樂的合稱，這裏代指樂聲。

〔4〕坐老，手鈔本作“老亦”。風塵：喻指紛亂的人世社會。宋・張孝祥《清平樂・英姿慷慨》：“英姿慷慨。獨立風塵外。”慷慨：感慨，嘆息。

〔5〕棄婦：被丈夫遺棄的女人。工：善於，擅長，在某個方面下功夫。媚態：諂媚嬌羞的姿態。宋・趙以夫《芙蓉月》：“柔情媚態，佇立西風如訴。”

〔6〕聽雞舞：聞雞起舞。《晉書・祖逖傳》：“（祖逖）與司空劉琨俱爲司州主簿，情好綢繆，共被同寢。中夜聞荒雞鳴，蹴琨覺曰：‘此非惡聲也。’因起舞。”後以“聞雞起舞”爲志士仁人及時奮發之典。

*奉蔣公邊儲九永〔1〕

地盡崇山萬嶺深，孤城鼓角晝陰森〔2〕。一時幟樹騷壇極〔3〕，萬里人安保障心。芻粟自推西楚重[4]，炎蒸誰道武溪淫[5]。即看只尺氛霾散[6]，日月天門迴照臨[7]。

【校注】

〔1〕蔣公：生平失考。“邊儲”指到邊地衛所屯兵儲糧。九永：九溪衛至永定衛一綫。九溪衛在今張家界市慈利縣北九十里，西南至永定衛二百八十里。明洪武二十三年（1390）設九溪衛，下轄桑植安撫司及九個千户所，有九淵、野牛、三江口、鬧口四關。

〔3〕騷壇極：詩壇的最高處。

〔4〕芻粟：草和糧食。

〔5〕炎蒸：暑熱燻蒸。唐·杜甫《熱》詩之三：“歘翕炎蒸景，飄颻征戍人。”武溪：水名，在湖南瀘溪縣。淫：漸浸，浸漬。該句指軍糧籌集保管的艱難。

〔6〕只尺：即“咫尺”，形容距離短。氛霾：雲烟，陰霾。明·何景明《十七夜月》詩之一：“胡爲蔽氛霾，坐使清光匿。”

〔7〕天門：天宫之門。

寄將軍仁宇

當代韜鈐百將先[1]，節旄歸護楚西偏[2]。虎符閑向林端卧[3]，龍氣高縱斗極懸[4]。明府勳勞垂帶礪[5]，塞垣烽火照腥羶[6]。期君一怒清沙漠[7]，莫使燕然石獨鎸[8]。

【校注】

〔1〕韜鈐：音 tāo qián，古代兵書《六韜》《玉鈐篇》的并稱。後因以泛指兵書。宋·孫光憲《北夢瑣言》卷五：“趙蕤者，梓州鹽亭縣人也，博學韜鈐，長於經世。”這裏指韜略。百將先：在百將之前。

〔2〕節旄：旄節，是古代出使外國所待的憑證。唐·張祜《邊思》："蘇武節旄盡，李陵音信稀。"這裏泛指旄旗。楚西：古時指湘鄂西和川東一帶的武陵山區。偏：邊徼地帶。

〔3〕虎符：古代軍中印信。銅質虎形，左、右兩半，朝廷存右半，統帥持左半，作調動軍隊時用。

〔4〕"龍氣"句：用豐城劍典。

〔5〕明府：漢魏以來對郡守牧尹的尊稱，又稱明府君。這裏指仁宇將軍。垂：傳下去，傳留後世。帶礪：也作"帶厲"，衣帶和砥石。《史記·高祖功臣侯者年表》："封爵之誓曰：'使黄河如帶，泰山若厲。國以永寧，爰及苗裔。'"後因以"帶厲"爲受皇家恩寵，與國同休之典。

〔6〕塞垣：本指漢代爲抵禦鮮卑所設的邊塞，後亦指長城，邊關城墻。腥羶：牛羊的氣味，舊時用以借代北方游牧民族之人。

〔7〕清沙漠：掃清沙漠入侵之敵。明·朱静庵《吴山懷古》："忠臣有志清沙漠，庸主無心復汴京。"

〔8〕燕然：古山名。即今蒙古國境内的杭愛山。見卷之三《寶馬篇》注釋。鐫：音 juàn，雕刻，鑿。

*再過松滋望明月寺懷太空禪師〔1〕

世外曾從惠遠游〔2〕，泠然清濯桂輪秋〔3〕。臺懸法鏡光初滿〔4〕，鑒委金波蕩欲流〔5〕。千樹靈花銀作葉〔6〕，十方空界玉爲樓〔7〕。何來再叩真如秘，望裏摩尼向自浮〔8〕。

嚴平子評：俱從寺名着想。

【校注】

〔1〕松滋：縣邑名，古爲松邑。即今湖北省松滋市。明月寺、太空禪師：見卷之七《明月寺贈太空禪師》注釋。

〔2〕世外：塵世之外，這裏指佛界。從：伴隨，跟從。惠遠：即慧遠大師，東晉高僧。這裏代指高僧。

〔3〕清濯：清朗，明亮。宋・李流謙《七夕》："露盤清濯房櫳秋，冰壺冷浸乾坤骨。"桂輪：月亮的别名。方干《月詩》："桂輪秋半出東方，巢鵲驚飛夜未央。"

〔4〕法鏡：佛教語，謂佛法如鏡，能照徹萬物。明・沈一貫《登金山寺》："江心懸法鏡，渡口出慈航。"

〔5〕鑒：古代青銅器名，形似大盆，用以盛水照影。盛行於東周，戰國以後大量生産銅鏡，因此銅鏡亦稱鑒。這裏還是用初始意義盆。委：聚積，委積。該句比喻太空禪師法力廣大充盈。

〔6〕靈花：見卷之四《大同寺望津市有作》注釋。手鈔本作"多花"。

〔7〕十方：見卷之七《華容宿西禪寺》注釋。空界：佛教語，謂虚空範疇，六界之五。南朝・陳・徐陵《東陽雙林寺傅大士碑》："空界神仙，共來行道。"

〔8〕叩：叩問，探詢。真如：謂永恒存在的實體、實性，亦即宇宙萬有的本體，與實相、法界等同義。南朝・梁・蕭統《謝敕賚制旨大集經講疏啓》："同真如而無盡，與日月而俱懸。"手鈔本作"直如"。摩尼：梵語寶珠的音譯。唐・顔真卿《撫州戒壇記》："嚴身瓔珞，照耀有摩尼之光。"向自浮，手鈔本作"迴自浮"。

*陳明府元勳召自崇陽却寄〔1〕

江漢風流化不群〔2〕，弦管久嚮日邊聞〔3〕。山川擁傳登仙舄〔4〕，玉帛徵賢絢斗文〔5〕。佩轉御溝春澹蕩〔6〕，衣沾金掌露氤氲〔7〕。即看萬樹宫花發〔8〕，何似河陽散紫芬〔9〕。

【校注】

〔1〕陳元勳：見卷之五《長陽懷陳元勳明府》。召自崇陽：在崇陽召喚。崇陽：縣名，在湖北省東南部。

〔2〕江漢：指長江與漢水之間一些地區，古荆楚地。風流：《漢書·刑法志》："風俗教化，風流篤厚，禁罔疏闊。"化：歸化，教化。不群：不平凡，高出於同類，或不同凡俗。《楚辭·九章·惜誦》："行不群以顛越兮，又衆兆之所咍也。"

〔3〕弦管：手鈔本作"管弦"。日邊：比喻京師附近或帝王左右。唐·高蟾《下第後獻高侍郎》："天上碧桃和露種，日邊紅杏倚雲栽。"指音樂氛圍受京畿皇家影響很大。

〔4〕山川，手鈔本作"仙州"。擁傳：謂出使。因使用驛站的車馬傳接，故云。唐·張衆甫《送李司直使吴》："使臣方擁傳，王事遠辭家。"登仙舄：典見本書卷之三《贈五鄒山人子序》注釋。舄，手鈔本作"島"。

〔5〕玉帛：指圭璋和束帛。古代祭祀、會盟、朝聘等均用之。這裏代指徵聘賢士。晉·葛洪《抱朴子·審舉》："施玉帛於丘園，馳翹車於巖藪。"絢：有文采的，色彩華麗。斗文：劍或劍鞘上的星紋圖案，亦指代劍。唐·李涉《送魏簡能東游》詩之二："孤亭宿處時看劍，莫使塵埃蔽斗文。"

〔6〕御溝：流經宫苑之河。澹蕩：水迂回緩流貌。

〔7〕金掌：見卷之一《遠游篇》"金莖"注釋。

〔8〕宫花：皇宫庭苑花木。唐·李白《宫中行樂詞》之五："宫花争笑日，池草暗生春。"

〔9〕河陽：見卷之五《寄建始郭明府》注釋。唐·王維《爲人祭李舍人文》："名高江夏之童，貌奪河陽之美。"紫芬：祥和馥郁的氛圍。

*贈三尹毛仲選公禄薄而貧且清〔1〕

黄陵古廟接江城〔2〕，野客翩翩吏隱名〔3〕。斗色雙虹埋處見〔4〕，鄉心五老夢來驚[5]。薄游未效投冠計[6]，小試聊爲捧檄行[7]。父老感恩頻向説[8]，江流應識此君清[9]。

【校注】

〔1〕三尹：官名。各級主官屬下掌管文書的佐吏。唐·白居易《六年寒食洛下宴游贈馮李二少尹》："三尹皆强健，七日盡晴明。"毛仲選：生平失考。禄薄：俸禄很微博。

〔2〕黄陵廟：廟名。傳説爲娥皇、女英之廟，在湖南湘陰縣北。北魏·酈道元《水經注·湘水》："湖水西流，徑二妃廟南，世謂之黄陵廟也。"

〔3〕野客：山野之人。多借指隱逸者。宋·戴復古《除夜》："野客預知農事好，三冬瑞雪未全消。"吏隱名：即隱名之吏，謂不以利禄縈心，雖居官而猶如隱者。唐·杜甫《院中晚晴懷西郭茅舍》："浣花溪裏花饒笑，肯信吾兼吏隱名。"

〔4〕"斗色"句：用豐城劍典。

〔5〕鄉心：思念家鄉的心情。唐·白居易《望月有感》："共看明月應垂淚，一夜鄉心五處同。"五老：神話傳説中的五星之精。《竹書紀年》卷上："率舜等昇首山，遵河渚，有五老游焉，盖五星之精也。"

〔6〕薄游：隨意的游玩，有時用爲謙辭。唐·杜甫《夜雨》："通籍恨多病，爲郎忝薄游。"未效，底本譌作"未郊"。投冠：指辭去官職。手鈔本作"投簪"。晋·陶潛《辛丑歲七月赴假還江陵夜行塗口作》："投冠旋舊墟，不爲好爵縈。"

〔7〕小試：小加試驗。宋·辛棄疾《木蘭花慢·席上送張仲固帥興元》："一編書是帝王師。小試去征西。"手鈔本作"少試"。捧檄：東漢的毛義有孝名。張奉去拜訪他，剛好府檄至，要毛義去任守令，毛義拿到檄，表現出高興的樣子，張奉因此看不起他。後來毛義母死，毛義終於不再出去做官，張奉纔知道他不過是爲親屈，感嘆自己知他不深。見《後漢書·劉平等傳序》。後以"捧檄"作爲母出仕的典故。

〔8〕頻向説：多次向人表白。

〔9〕此君清，手鈔本作“此君心”。

*奉邸中吴越游

神京消息渺難真[1]，北斗城高近紫宸[2]。雲裏金莖雙掌露[3]，宫中玉樹萬年春。晴憐柳色吴閶遠[4]，曉聽鶯聲薊苑新[5]。解道孤雲常捧日[6]，肯飛黄鵠楚江濱[7]。

【校注】

〔1〕神京：帝都，首都。唐·張大安《奉和别越王》：“麗日開芳甸，佳氣積神京。”渺：茫然，不真切。

〔2〕北斗城：皇城，皇宫。因爲北斗是衆星朝拱之星宿，故此比喻。紫宸：借指帝王。《梁書·元帝紀》：“紫宸曠位，赤縣無主，百靈聳動，萬國回皇。”

〔3〕“金莖”句：見卷之一《遠游篇》注釋。雙掌，手鈔本作“仙掌”。

〔4〕吴閶：蘇州故城閶門，借指吴地，今蘇州一帶。明·王世貞《登岱》：“依微白馬吴閶在，欲向秋風問羽翰。”

〔5〕薊苑：古園林。在今北京西南。

〔6〕解道：懂得，知道。唐·張籍《凉州詞》：“邊將皆承主恩澤，無人解道取凉州。”孤雲：孤飛的片雲，喻客居他鄉。

〔7〕肯：願意。黄鵠：鳥名。即天鵝。《商君書·畫策》：“黄鵠之飛，一舉千里。”唐·杜甫《秋興》詩之六：“珠簾繡柱圍黄鵠，錦纜牙檣起白鷗。”

*庚寅元日立春[1]

元日韶華動管灰[2]，楚宫花鳥近昭回[3]。輕寒漫逐初陽散[4]，明月還遲宿霧開〔5〕。象緯夜旋天北極〔6〕，芙荷春入地南限〔7〕。何人解致椒花頌〔8〕，直取南山作壽杯〔9〕。

【校注】

〔1〕庚寅：即1590年。元日：正月初一。唐·杜甫《元日到人日》："元日到人日，未有不陰時。"

〔2〕管灰：亦作"灰管"，指時序，節候。北周·庾信《竇氏墓志銘》："風霜所及，灰管遂侵。"

〔3〕近：親近，接近。昭回：見本書卷之六《姜公子入對》注釋。

〔4〕輕寒：微寒。初陽：初春。唐太宗《正日臨朝》："條風開獻節，灰律動初陽。"

〔5〕宿霧：夜霧。晉·陶潛《咏貧士》："朝霞開宿霧，衆鳥相與飛。"手鈔本作"宿露"。

〔6〕象緯：見卷之六《子東過訪草堂賦贈》注釋。

〔7〕芙荷：即芙蓉荷花。隈：山或水彎曲的地方。

〔8〕解致：細緻、充分地瞭解。宋·王遂《題順寧壁》："自知只道歸耕手，不比斯人解致君。"椒花頌：典出《晉書》卷九十六《列女傳·劉臻妻陳氏傳》。晉人劉臻的妻子陳氏，聰慧能寫文章，曾經在正月初一獻《椒花頌》。後遂用爲典實，指新年祝詞。南北朝·梁·宗懍《荆楚歲時記》："俗有歲首用椒酒。椒花芬香，故採花以供樽。"

〔9〕壽杯：祝壽的酒。古俗有農曆元日向雙親獻椒酒，以示祝壽、拜賀之意。宋·姚勉《沁園春》："制菊齡高，看萸人健，萬頃秋江入壽杯。"

*寄題國華侄離騷草堂

羡爾離騷勝事弁〔1〕，涉江遥誦卜居成〔2〕。芙蓉華集爲裳句〔3〕，蘭芷香沉結佩名〔4〕。水帶湘痕流浩浩〔5〕，雲來獄色吐英英〔6〕。憑君莫話人皆醉[7]，昭代于今漸解酲[8]。

【校注】

〔1〕勝事：美好的事情。唐·劉長卿《送孫逸歸廬山》："常愛此中多勝事，新詩他日佇開緘。" 弁：音 pán。毛亨傳："弁，樂也。" 手鈔本作"并"。

〔2〕涉江：指《楚辭·九章·涉江》，爲屈原所作。卜居：亦爲《楚辭》篇名。亦屈原所作。漢·王逸注："卜居者，屈原之所作也。屈原體忠貞之性，而見嫉妒……卜己居世，何所宜行。" 這兩句用楚辭名篇借代田國華的詩歌活動，亦諧指田國華卜居離騷草堂築成。成，手鈔本作"城"。

〔3〕"爲裳"句：指《楚辭·離騷》："製芰荷以爲衣兮，集芙蓉以爲裳。"

〔4〕蘭芷結佩：指用蘭芷等香草編結佩飾。《楚辭·離騷》："紉秋蘭以爲佩。" 香沉：指香氣濃重强烈。名：給草堂命名。

〔5〕湘痕：湘妃竹上的斑點。傳説舜帝南巡，死於蒼梧。俄皇、女英二妃尋帝於江湘之間，以淚揮竹，竹盡是斑痕。後歿於湘水之渚，化爲湘君。浩浩：水流壯闊貌。

〔6〕雲來：如雲飛卷而來。嶽色：南嶽的景色。英英：輕盈明亮貌。《詩·小雅·白華》："英英白雲，露彼菅茅。"

〔7〕憑：請，請求。人皆醉：指屈原《漁父》中"舉世皆濁我獨清，衆人皆醉我獨醒"句。

〔8〕昭代：政治清明的世代。唐·崔塗《問卜》："不擬逢昭代，悠悠過此生。" 解酲：解除醉酒狀態。酲，音 chéng，醉酒，神志不清。

卷之八　五七言絶

*閨情二首

香風吹紫陌〔1〕，春草發華滋〔2〕。縱得封侯印，紅顏恐後時。

【校注】

〔1〕紫陌：見卷之二《古大梁行》注釋。

〔2〕華滋：形容草枝繁茂。漢·無名氏《古詩十九首》："庭中有奇樹，緑葉發華滋。"

*其　　二

從軍砂磧外〔1〕，破虜玉關東〔2〕。見説今秋戰，含愁問塞鴻〔3〕。

【校注】

〔1〕磧：音 qì，不生草木的沙石地。

〔2〕破虜，手鈔本作"破敵"。

〔3〕塞鴻：塞外的鴻雁。古人常以之比作信使，表示對遠離家鄉親人的懷念。

*秋色二首

秋色隨鴻到，人情逐水流。滄波洲上月[1]，身世兩悠悠。

嚴平子評：秀色可飧[2]。

【校注】

〔1〕滄波洲，手鈔本作“滄浪洲”。唐·蘇鶚《杜陽雜編》卷下：“處士元藏幾……大業元年，爲過海使判官，遇風浪壞船，黑霧四合，同濟者皆不救，而藏幾獨爲破木所載，殆經半月，忽達於洲島間，洲人問其從來，藏幾具以事對。洲人曰：此乃滄浪洲，去中國已數萬里。”

〔2〕飧：同“餐”。

*其　二

鴻雁天邊度，流年暗裏過[1]。黄金與白髮，莫漫怨蹉跎[2]。

嚴平子評：至今諷味，猶難爲懷。

【校注】

〔1〕流年：指光陰，也指一年的運氣。宋·蘇軾《浣溪沙》：“老魚跳檻識清謳。流年未肯付東流。”

〔2〕蹉跎：指把時光白白地躭誤過去，虚度光陰。三國·魏·阮籍《咏懷》：“娱樂未終極，白日忽蹉跎。”

*中　秋

去年中秋月，長筵緑酒新[1]。今霄月更好[2]，不見去年人。

【校注】

〔1〕長筵：排成長列的宴飲席位，或宴飲時間過長。绿酒：古時一種美酒，或云將美酒裝在翡翠酒杯中，呈绿色，故稱。這裏當是泛指美酒。

〔2〕今霄，手鈔本作“今宵”。霄，通“宵”。

*春途懷内〔1〕

短劍重離家，間關道路賒〔2〕。壽陽妝在眼〔3〕，不忍看梅花〔4〕。

【校注】

〔1〕春途：春天的旅途。懷内：懷念妻子。

〔2〕間關：形容旅途崎嶇，輾轉難行。賒：遥遠。

〔3〕壽陽妝：指古代漢族女子在額上貼一梅花形的妝飾，也稱梅花妝，這裏代指壽陽妝的美人。宋·范仲淹《和提刑趙學士探梅三絶》：“静映寒林晚未芳，人人欲看壽陽妝。”

〔4〕看，手鈔本作“見”。

*閨　怨

郎逐征人去，書隨塞雁來。何時沙漠外〔1〕，剗却望鄉臺〔2〕。

【校注】

〔1〕沙漠外：這裏代指邊疆地帶。何時，手鈔本作“莫將”。

〔2〕剗却：除去。剗，音 chǎn，同“鏟”。

*秋　　風

長憶燕山客[1]，空餘素月輝[2]。洞庭風葉下[3]，不見雁南飛[4]。

【校注】

〔1〕燕山客：又稱燕客，古時客居在燕山一帶的進京朝貢的貢使或在京做官的异鄉人。

〔2〕素月：皓白的月亮。晉·陶潛《雜詩十二首》其二："白日淪西阿，素月出東嶺。"

〔3〕風葉下：風吹葉落。《楚辭·九歌》："嫋嫋兮秋風，洞庭波兮木葉下。"

〔4〕雁南飛：秋日景象。這裏或借代遠方傳回的書信。

*悶坐小窗内具酒饌有怍[1]

月色當軒度[2]，熒光拂案流。文君應有意[3]，漉酒爲消愁[4]。

【校注】

〔1〕怍：音 zuò，慚愧，愧怍。《孟子·盡心下》："仰不愧於天，俯不怍於人。"具酒饌：備辦酒食。

〔2〕當軒：對着窗户或門。唐·杜甫《麗人行》："後來鞍馬何逡巡，當軒下馬入錦茵。"

〔3〕文君：指漢代才女卓文君，見卷之一《當壚曲》注釋。

〔4〕漉酒：濾酒。古時多飲一種相當於醪糟水的麯酒，飲用前需將内中米黍殘渣過濾掉。

*山　居

風高木葉落，江净白鷗遲[1]。獨步南山下[2]，東籬菊幾枝[3]。

【校注】

〔1〕白鷗：水鳥名。唐·李白《江上吟》："仙人有待乘黄鶴，海客無心隨白鷗。"遲：逗留貌。

〔2〕獨步，手鈔本作"獨坐"。

〔3〕東籬菊：語出晉·陶淵明《飲酒》："採菊東籬下，悠然見南山。"後文人多用東籬菊指代菊花。

東途造成[1]

一别忽數載，行蹤渺何地[2]。今晨銀鹿來[3]，報自豫章至[4]。

【校注】

〔1〕東途：詩人游歷地在東境，故云。造成：吟成。

〔2〕渺何地：指行蹤渺然，居無定所。

〔3〕銀鹿：家僕。銀鹿原爲唐·顔真卿的家僮名，後唐·李肇《唐國史補》載："顔魯公之在蔡州，再從侄峴家僮銀鹿始終隨之。"後便以銀鹿代稱僕人。明·張煌言《僕還》："自是無銀鹿，猶勝形影單。"

〔4〕豫章：在江西省。

*四時宮詞[1]

*春

六宮花月擁笙歌[2]，争待君王玉輅過[3]。自分御前元却輦[4]，新妝不忍畫雙蛾[5]。

【校注】

〔1〕宫詞：是中國古代詩歌中的一個特殊命題，專門描寫皇宫中后妃、宫女的生活和活動場景。

〔2〕六宫：帝王寢宫常分正寢一、燕寢五，合稱六宫。此處泛指宫内。笙歌：合笙之歌。亦謂吹笙唱歌。此處泛指樂曲。

〔3〕玉輅：輅音 lù，古代帝王所乘之車，以玉爲飾，故用玉輅代指車輦。宋・范成大《次韻郊祀慶成》："日月青旗色，雷霆玉輅塵。"

〔4〕自分：自以爲，自己估量。御前：帝王面前。卻輦：用班倢伃典。《漢書・外戚傳》載："成帝游於後庭，嘗欲與倢伃同輦載。倢伃辭曰：'觀古圖書，賢聖之君，皆有名臣在側，三代末主迺有嬖女，今欲同輦，得無近似之乎？'上善其言而止。"

〔5〕雙蛾：指女子細長彎曲的眉毛。

*夏

影娥池畔月團圞[1]，銀箭頻催曲未殘[2]。莫向殿頭歌白苧[3]，宫中九夏易爲寒[4]。

【校注】

〔1〕影娥池：漢宫中的池塘名，這裏泛指照見美人倩影的池塘。團圞：形

容圓的樣子，常用來形容秀竹、美池和圓月，這裏是圓月貌。圞，音 luán，圓。

〔2〕銀箭：古時用銀箭和金漏計時。唐·李白《烏棲曲》："銀箭金壺漏水多，起看秋月墜江波。"這裏形容時間過得快，催散場時間到了，但歡歌還未終了。

〔3〕歌白苧：見卷之一《白紵舞歌》注釋。這裏泛指優美的樂府詞。

〔4〕九夏：古樂名。《周禮·春官·鍾師》："鍾師掌金奏。凡樂事以鍾鼓奏九夏：《王夏》《肆夏》《昭夏》《納夏》《章夏》《齊夏》《族夏》《祴夏》《驁夏》。"漢·鄭玄注："九夏皆《詩》篇名，頌之族類也。此歌之大者，載在樂章，樂崩亦從而亡。"

*秋

一夜凉生水殿頭[1]，芙蓉深鎖六宫秋。莫將明月鏤紈扇[2]，無限班姬不奈愁[3]。

【校注】

〔1〕水殿頭：即殿頭水。指宫殿邊的水渠或池塘。

〔2〕"莫將"句：不要拿明月來鏤刻團扇。形容月亮長時間照着，團扇的花紋象是明月鏤成。極言宫女之寂寞與憂愁。鏤，音 lòu，雕刻。紈扇，細絹製成的團扇。團扇骨常用珍貴的竹木雕鎸而成，有鏤空的花紋。

〔3〕班姬：西漢女文學家班倢伃，名不詳，成帝時被選入宫，立爲倢伃，相當於後世的貴妃。後爲趙飛燕所譖，退處東宫永巷，作賦自傷。她的辭賦多憂傷愁緒。明·高啓有《秋風引》賦云："入班姬之永巷，過襄王之高臺。"

*冬

萬行琪樹擁雕欄[1]，粉黛三千侍夜闌[2]。無那掖庭殊氣候[3]，南宮自暖北宮寒。

【校注】

〔1〕琪樹：常指仙境中的玉樹。《文選·孫綽〈游天台山賦〉》："建木滅景於千尋，琪樹璀璨而垂珠。"

〔2〕粉黛：婦女化妝用的白粉和青黑色的顏料。常以此借指宫廷婦女，如"六宫粉黛"。侍夜：指侍奉皇上過夜。夜闌：指夜深。闌，殘、盡之意。

〔3〕無那：無可奈何。掖廷：又稱"永巷"，宫中旁舍，妃嬪居住的地方。漢武帝太初元年改稱掖廷。有掖廷令管理。《後漢書·班固傳》："後宫則掖庭、椒房，后妃之室。"

*秋宫曲

遥夜璚樓鳳吹殘[1]，仙妃玉女慕乘鸞[2]。月明高映天牀影[3]，羽帳玲瓏七寶寒[4]。

嚴平子評：佳景無奈寒。

【校注】

〔1〕璚：音 qióng，同"瓊"。鳳吹殘：美妙的簫聲將盡。

〔2〕乘鸞：坐乘鸞鳳飛天。亦比喻結成美好佳偶。宋·蘇軾《念奴嬌》："玉宇瓊樓，乘鸞來去，人在清凉國。"這裏指宫妃們希望得到皇帝寵倖。

〔3〕天牀：本爲紫微垣中星官之名，主寢舍解息燕休。可引申爲後宫之象徵。

〔4〕羽帳：以翠羽爲飾之幃帳。南朝·鮑照《擬行路難》之一："奉君金

巵之美酒，瑇瑁玉匣之雕琴，七彩芙蓉之羽帳，九華蒲萄之錦衾。”七寶：佛教指七種珍寶，説法不一，《法華經》以金銀、硨磲、碼碯、真珠、玫瑰爲七寶。此言宫中珍寶之多。

* 春宫曲

十二珠樓不動塵〔1〕，春光一曲物華新。百花仙隊紛歌舞，閒殺長門望月人〔2〕。

嚴平子評：真苦莫如閒。

【校注】

〔1〕十二珠樓：泛指宫廷樓臺。唐·李白《經亂離後天思流夜郎憶舊游贈江夏韋太守良宰》："天上白玉京，十二樓五城。"

〔2〕閒殺，手鈔本作"間殺"。長門：漢宫名，原是館陶長公主劉嫖的私家園林，後用作皇帝往祭祀先祖時休息的地方。後來劉嫖的女兒陳阿嬌被廢，遷居長門宫，相傳她不甘被廢，千金買賦，得司馬相如所做《長門賦》，以期君王回心轉意。此賦使長門之名千古流傳。長門宫亦成爲冷宫的代名詞。自漢以來古典詩歌中，常以"長門怨"爲題發抒失寵宫妃的哀怨之情。

* 莫愁樂〔1〕

郢里佳人最善謳，聽來何客不忘憂。一聲意外陽關曲〔2〕，翻恨尊前有莫愁。

【校注】

〔1〕莫愁樂：古樂府名曲。此處只是借用其名，并不是"莫愁樂"原體式。

唐·張祜有“儂居石城下，郎到石城游。自郎石城出，長在石城頭”的《莫愁樂》樂府詩。

〔2〕陽關曲：琴曲名，即《陽關三疊》。也作詞牌名，因唐·王維《送元二使安西》“西出陽關無故人”句而得名。後作爲表達離情別恨的代名詞。

* 長門怨〔1〕

金屋流塵黯黯生〔2〕，寒蛩四壁起秋聲〔3〕。誰憐一片長門月，不似昭陽分外明〔4〕。

【校注】

〔1〕見本卷《春宫曲》注釋。

〔2〕金屋：華貴之屋，指帝王宫殿。黯黯：昏闇的樣子。

〔3〕寒蛩：深秋的蟋蟀。

〔4〕昭陽：漢宫殿名，漢成帝爲寵妃趙合德而建。這裏指得寵后妃所住宫殿。

* 平陽妓〔1〕

葡萄新酒潑金波，露井香風散綺羅〔2〕。總是流黄機外月〔3〕，平陽歌舞得來多〔4〕。

【校注】

〔1〕平陽妓：原爲漢武帝平陽公主的歌女，善歌舞，身妙曼，被漢武帝看中而入宫受寵。這裏非實指，借用描寫當時的宫女生活。

〔2〕露井：没有上蓋的井。綺羅：泛指華貴絲織品或絲綢衣。

〔3〕流黄機：見卷之一《燕歌行》注。

〔4〕得來多：指去表演歌舞比月下織布所得要多。

*其　　二[1]

參差雁柱促敂瑰[2]，錯落銀盤捧玉杯。忽訝廣寒金鎖掣[3]，新妝一片月中來。

【校注】

〔1〕其二，校注者加。底本有毛筆在“一片”二字之旁批注“逃出”二字。

〔2〕雁柱：樂器筝上整齊排列的弦柱。唐·路德延《小兒詩》：“簾拂魚鈎動，筝推雁柱偏。”詩中代指音樂。敂，疑爲“玫”字譌刻。

〔3〕掣：拉。

*古　　意

奇兵十萬擁雕戈[1]，一夜秋風瀚海波。漫訝天南多戍婦[2]，月中猶自隱常娥。

【校注】

〔1〕雕戈：鎸有花紋的戈矛，這裏泛指兵器。

〔2〕漫訝：隨意驚异。戍婦：戍邊軍士的女人，這裏泛指留守家屬。

橫江詞[1]

楚腰纖細曳修羅[2]，隔岸愁聽榜枻歌[3]。未信爾來心性事[4]，莫教儂獨任風波[5]。

【校注】

〔1〕橫江詞：古詞名。橫江是個長江古渡口，在安徽和縣東南。唐·李白曾有《橫江詞》："人道橫江好，儂道橫江惡。一風三日吹倒山，白浪高於瓦官閣。"

〔2〕楚腰：即細腰。戰國·墨子《兼愛中》記載："昔者楚靈王好士細腰，故靈王之臣皆以一飯爲節，脅息然後帶，扶墻然後起。比期年，朝有黧黑之色。"世有"楚王好細腰、宮中多餓人"説法。曳修羅：拖着長長的羅裙。

〔3〕榜枻歌：指漁歌。榜枻，船槳。引申爲使船。漢·劉向《説苑·善説》："會鐘鼓之音畢，榜枻越人，擁楫而歌。"

〔4〕心性事：率性而快樂的行事。

〔5〕儂：我。古代吴人自稱。獨任風波：獨自承擔風波。

*閨怨二首[1]

見説從軍樂事强，東方千騎領輝光[2]。不知羌笛聲中月[3]，曾是菱花鏡裏霜[4]。

【校注】

〔1〕閨怨：是古樂府詩題。以戍婦代言體居多。主要代表作集中在南朝·陳·徐陵編撰的一部詩集《玉臺新詠》裏。如内中西晉·傅玄的《苦相篇》裏就留下了爲女性代言訴苦的名句："苦相生爲女，卑陋難再陳。"這兩首詩，可能表達了作者厭惡戰爭、同情民衆的思想。

〔2〕“東方”句：詩人寫詩的時間，疑正值其父兄領萬餘武陵土家兒男遠赴江浙抗倭的時期，按地理位置分析，“東方千騎”正是指的抗倭土兵。領輝光：當指容美土兵因立下多次戰功累獲朝廷封賞之事。

〔3〕羌笛：胡笛，軍旅中常見樂器。聲中月：即見明月而思故鄉。這裏指前綫將士思鄉戀婦的心聲。

〔4〕菱花鏡：古代銅鏡名。鏡多爲六角形，背面刻有菱花。元·關漢卿《玉鏡臺》第二折：“綵山無夢碧瑶笙，玉臺有主菱花鏡。”菱花鏡裏霜：指鏡子裏映照出的在家留守的婦女憔悴衰老的容顔。霜，比喻白髮。

其　二

百戰奇勳擬博侯[1]，賣珠兒更氣横秋[2]。無端却讀文君賦[3]，不信青蛾不白頭[4]。

【校注】

〔1〕博侯：博取封侯。侯，底本中譌刻爲“候”。

〔2〕賣珠兒：指漢代男寵董偃的事。董偃年幼時，與母以賣珠爲事。隨母出入武帝姑館陶公主家，爲館陶公主所近幸，後貴寵無比。唐·李白《古風》之八：“緑幘誰家子，賣珠輕薄兒。”氣横秋：原意是氣氛彌漫秋日的天空，這裏作傲氣很盛的樣子。南齊·孔稚珪《北山移文》：“風情張日，霜氣横秋。”

〔3〕文君賦：指司馬相如爲漢代才女卓文君作的賦。

〔4〕青娥：指美麗少女。唐·白居易《長恨歌》：“梨園弟子白髮新，椒房阿監青娥老。”

*青樓曲〔1〕

争夸夫婿執金吾〔2〕，裘馬千金意氣殊〔3〕。踏遍春風楊柳陌，壚頭調笑酒家胡〔4〕。

【校注】

〔1〕青樓曲：古曲名。唐代詩人王昌齡創作有《青樓曲二首》，均爲七言絶句。主題是描寫征夫凱旋之後留守婦女得意心情的。此作有异曲同工之妙。

〔2〕“争夸”句：典出自《後漢書·光烈陰皇后紀》：“仕宦當作執金吾，娶妻當得陰麗華。”光烈皇后陰麗華，南陽人，以美貌和賢惠聞名。劉秀少年喪父，寄居叔父劉良家中，把娶陰麗華爲妻當成了一件可望而不可及的事。青年劉秀來到長安學習，一日在街上遇到了出巡的執金吾，高頭大馬，好不威風，不禁感嘆：“仕宦當作執金吾，娶妻當得陰麗華。”後來劉秀乘勢而起，不僅光復漢室，成就了帝業，也實現了娶陰麗華爲妻的夙願。執金吾，漢代時稱保衛京城和宫城的官員。

〔3〕裘馬：輕裘肥馬，形容生活豪華。語出《論語·雍也》：“赤之適齊也，乘肥馬，衣輕裘。”

〔4〕壚頭：見卷之七《歸憶桂亭宗侯却寄》注釋。酒家胡：原指當壚賣酒的胡姬。後亦泛指酒家侍者或賣酒婦女。

*青樓怨〔1〕

乍凉如水透蘭房〔2〕，静數銀虬滴正長〔3〕。芳夢不教來枕畔，怕乘雲雨向瀟湘〔4〕。

【校注】

〔1〕青樓怨：古曲名。唐·王昌齡的《青樓怨》：“香幃風動花入樓，高

調鳴箏緩夜愁。腸斷關山不解説，依依殘月下簾鈎。”代言了留守怨婦對征夫的思戀和留守的哀愁。作者也有同樣的情愫，狀物抒情却更加細膩逼真。該處青樓并非烟花之地，青樓原本指豪華精緻的雅舍，有時則作爲豪門高户的代稱。

〔2〕蘭房：猶香閨，舊時婦女所居之室。唐・王績《咏妓》：“妖姬飾靚妝，窈窕出蘭房。”手鈔本中作“蘭芳”。

〔3〕銀虬：見卷之六《和鵬初元夕燕邸晤太倉王孝廉》注釋。

〔4〕芳夢：美好的夢。怨女最美好的夢莫過於與心上人相會。瀟湘：湖南的代稱。這兩句詩有兩解：一、作者反其意，明明想做芳夢，却説不使芳夢來枕畔，害怕一番雲雨波濤被沖向遠方。二、詩人在這裏可能是實指，其兄田九霄任容美土司宣撫使期間，除了出兵抗倭，還曾奉命徵調土兵數千，赴贛西湘東一帶征剿叛民數年。怨女思念遠在瀟湘的丈夫。

寄遠曲〔1〕

點點蓮花曉漏稠〔2〕，凉風偏識玉雕鎪〔3〕。可憐一夜梧桐露，任是芙蓉不耐秋。

【校注】

〔1〕寄遠曲：古曲名。唐・張籍有《寄遠曲》：“美人來去春江暖，江頭無人湘水滿。浣沙石上水禽棲，江南路長春日短。”

〔2〕曉漏：拂曉之時。漏，古代計時工具刻漏。

〔3〕玉雕鎪：經過雕鎪的玉石飾物。鎪，音 sōu。刻鏤。唐・李商隱《富平少侯》：“彩樹轉燈珠錯落，繡檀回枕玉雕鎪。”

*採蓮曲[1]

枝枝婀娜媚朝霞[2]，莫把潘奴步并夸[3]。好是空王翻妙法[4]，拈來種種出塵花[5]。

【校注】

〔1〕採蓮曲：古曲名。唐·李白有《採蓮曲》："若耶溪傍採蓮女，笑隔荷花共人語。日照新妝水底明，風飄香袂空中舉。"

〔2〕婀娜：形容柳枝等纖細優美或女子身姿優雅。媚朝霞：嫵媚若比朝霞。

〔3〕潘奴步：即蓮步，形容女子步態輕盈。出自《南史·齊紀下·廢帝東昏侯》："又鑿金爲蓮，華以貼地，令潘妃行其上，曰：'此步步生蓮華也。'"

〔4〕空王：佛教語。爲佛的尊稱。佛言世界一切皆空，故稱。

〔5〕出塵花：即蓮花。宋·周敦頤《愛蓮説》："出淤泥而不染，濯清漣而不妖。"

*凉州曲[1]

美酒春濃琥珀流[2]，葡萄莫漫羡凉州[3]。縱令醉卧沙場月，無那關山萬里秋[4]。

【校注】

〔1〕凉州曲：樂府古曲。《新唐書·禮樂志十二》："《凉州曲》，本西凉所獻也，其聲本宫調，有大遍、小遍。貞元初，樂工康崑崙寓其聲於琵琶，奏於玉宸殿，因號《玉宸宫調》。"凉州，今屬於甘肅武威市，地處甘肅河西走廊東端，祁連山北麓，是古邊關所在。此曲翻出唐·王翰《凉州詞二首》之一："葡

萄美酒夜光杯，欲飲琵琶馬上催。醉卧沙場君莫笑，古來征戰幾人回。”

〔2〕琥珀：一種很硬的、由微黄到微褐色半透明的樹脂化石。容易抛光，主要用於裝飾品，也用於製作酒杯。這裏指酒杯内光彩流動。

〔3〕葡萄：這裏指葡萄美酒。

〔4〕無那：無奈。宋·柳永《定風波慢》：“無那，恨薄情一去，音書無個。”

*楊柳枝〔1〕

館娃宫畔楚章臺〔2〕，長傍臨風玉笛哀〔3〕。空令漠北征人怨，那繫江南估舶回〔4〕。

【校注】

〔1〕楊柳枝：古樂府曲名。本爲漢樂府横吹曲辭《折楊柳》，至唐易名《楊柳枝》，至白居易依舊曲作辭，翻爲新聲。其《楊柳枝詞》之一云：“古歌舊曲君休聽，聽取新翻楊柳枝。”七言四句，與“竹枝詞”相類。

〔2〕館娃宫：古代吴國宫名。春秋吴王夫差爲美女西施所造，在今江蘇省蘇州市西南靈岩山上，靈岩寺即其舊址。

〔3〕傍：靠近，臨近，這裏作依傍意。

〔4〕估舶：經商的大船。估：同“賈”，商人。《新唐書》：“北有市，諸國估舶所湊，越海即闍婆也。”

邊庭春曲〔1〕

春到邊庭花亂披，胡兒笑瞰向南枝〔2〕。漢將寶刀横絶漠，單于翻畏失燕支〔3〕。

【校注】

〔1〕邊庭：猶邊地。隋・盧思道《從軍行》："邊庭節物與華异，冬霰秋霜春不歇。"該曲爲詩人自度曲。

〔2〕胡兒：中原對西北少數民族的貶稱。笑瞰：笑看。

〔3〕單于：匈奴人對部落聯盟首領的專稱。這裹代指敵軍頭領。燕支：山名，即焉支山。唐・李吉甫《元和郡縣志》："焉支山，一名删丹山，故以名縣，山在縣南五十里。東西百餘里，南北二十里，水草茂美，與祁連同。"也泛指北地、邊地。唐・李白《代贈遠》："燕支多美女，走馬輕風雪。"

邊庭秋曲

飲馬河源血洗刀〔1〕，翹關十萬羽林豪〔2〕。旄頭夜落胡星暗〔3〕，烏壘秋懸太白高〔4〕。

【校注】

〔1〕河源：黄河源頭。此處泛指邊關。

〔2〕翹關：《文選・左思〈吴都賦〉》："翹關扛鼎，拚射壺博。"唐・李周翰注："翹、扛皆舉也。關，門關也。"後用作武試科目名，此處借代武兵。羽林：見卷之六《李大將軍詔自嶺外入領團營書來見訊》注釋。詩中代指軍隊。豪：意氣高昂貌。

〔3〕旄頭：古代皇帝儀仗中擔任先驅的騎兵，旄，爲古代用牦牛尾裝飾的旗子。胡星暗：胡地星光暗淡。

〔4〕烏壘：古西域國名。《漢書・烏壘傳》載："烏壘，户一十，口千二百，勝兵三百。城都尉、驛長各一人。與都護府同治。其南三百三十里至渠犁。"故址在今輪臺縣。詩中不是實指。太白：我國古代指金星，又名啓明星。傳説太白主征戰，詩中用來比喻兵事。

*秋　　思

户外風飄萬葉聲，乍寒如水透疏欞[1]。誰憐楊柳樓頭月，獨抱嫦娥影到明[2]。

【校注】

〔1〕欞：窗户或欄杆上雕花的格子。宋·陸游《新闢小園》："東軒嫩日上疏欞，吹盡浮雲作意晴。"

〔2〕嫦娥影：代指月光。

*劉　　生[1]

馬首黄金意氣横[2]，由來俠客有劉生。憑將尺八專諸鐵[3]，報盡人間事不平。

【校注】

〔1〕劉生：劉姓年輕人，名號生平不詳。

〔2〕馬首，手鈔本作"馬頭"。

〔3〕專諸鐵：泛指寶劍。《吴越春秋》："使專諸置魚腸劍炙魚中進之。"

*吊明妃[1]

琵琶聲斷塞垣春[2]，青冢年年草自新。何似文姬歸萬里[3]，胡笳拍盡九邊塵[4]。

【校注】

〔1〕明妃：漢元帝宫人王嬙，字昭君，南郡秭歸（今湖北興山縣）人。晉代避司馬昭諱，改稱明君，後人又稱之爲明妃。宋・王安石《明妃曲》："明妃初出漢宫時，淚濕春風鬢脚垂。"

〔2〕塞垣：邊塞的城垣。

〔3〕文姬：指的是漢代才女蔡文姬，在漢末戰亂中被擄匈奴，爲左賢王妻，生有子女。曹操平定中原後，重金贖回文姬。作有《悲憤詩》《胡笳十八拍》。

〔4〕九邊：見卷之七《送人游塞外》注釋。

*長安俠少年〔1〕

長安俠少恣春游，寶馬千金玉絡頭〔2〕。醉殺五陵偏意氣〔3〕，狂來花下説風流〔4〕。

【校注】

〔1〕長安俠少年：在唐詩中常有長安游俠矯健英武的身姿，唐・王維《燕支行》："趙魏燕韓多勁卒，關西俠少何咆勃。……拔劍已斷天嬌臂，歸鞍共飲月支頭。"作者同王維一樣，十分仰慕憧憬那行俠仗義武藝非凡的長安俠。這只是表達詩人一種情懷，并非寫實。

〔2〕絡頭：此處指馬絡頭，也稱勒，俗稱馬籠頭。

〔3〕五陵：見本書卷之一《楊花篇》注釋。

〔4〕説風流，手鈔本作"話風流"。

*出塞曲[1]

霜落滹沱塞草腓[2]，單于臺畔旅鴻飛[3]。笛聲吹落關山月[4]，多少征夫淚并揮。

【校注】

〔1〕出塞曲：是漢唐詩人寫邊塞生活的常用的題目。最著名的有唐・王昌齡的《出塞》："秦時明月漢時關，萬里長征人未還。但使龍城飛將在，不教胡馬度陰山。"是邊塞詩的典型代表。

〔2〕滹沱：音 hū tuó，水名。又稱滹池，即滹沱河。在河北省西部。腓：音 féi，草木枯萎的樣子。

〔3〕單于臺：地名，據《元和郡縣志》載在云中縣西北四十餘里。手鈔本作"李陵臺"。旅鴻：遷徙的候鳥。

〔4〕關山月：見卷之一《關山月》注釋。

*古思邊[1]

秋風一夜度關河，響落寒雲雁陣過。夢斷白狼山下客[2]，流黄機外月明多[3]。

【注】

〔1〕思邊：是古今詩人一個常見的詩題，唐・李白《思邊》詩中有名句："玉關去此三千里，欲寄音書那可聞。"

〔2〕夢斷：即戰死。白狼山：也叫大黑山，在遼寧省建昌縣。曹操東征烏桓時曾登臨過。

〔3〕"流黄"句：喻在月光下孤獨紡織的人很多。

*昭君詞二首

愁對酡酥潑紫霞[1]，朔風凄斷戍樓笳[2]。請看十月天山雪，争似昭陽玉樹花[3]。

【校注】

〔1〕酡酥：音 tuó sū，即酥酡，用牛羊奶製成的食物酥奶酪。唐·岑參《玉門關盖將軍歌》："燈前侍婢瀉玉壺，金鐺亂點野酡酥。"

〔2〕戍樓：古時軍中警戒瞭望的高樓。

〔3〕請看，手鈔本作"試看"。昭陽：見本卷《長門怨》注釋。手鈔本作"甘泉"。

其　二

辛苦蛾眉拂戰塵[1]，玉庭無復漢宫春[2]。不知帶甲兵多少，羞作閼氏第一人[3]。

【校注】

〔1〕蛾眉：這裏代指跋涉數千里到北方大漠的王昭君。拂戰塵：拂去戰争的烟塵，這裏指和親息戰。

〔2〕玉庭：指匈奴單于的王庭。

〔3〕閼氏：音 yān zhī，單于的正室。

*從軍行五首[1]

大將龍駒掣電開[2]，牙旗高擁白登臺[3]。前軍未出飛狐道[4]，已報先平虎穴回。

【校注】

〔1〕從軍行：寫邊塞詩的樂府古題。最顯著的特點常常是組詩，最著名的當是唐・王昌齡的《從軍行》七首，其一曰：“琵琶起舞换新聲，總是關山舊别情。撩亂邊愁聽不盡，高高秋月照長城。”作者此詩，盡得王詩之妙。底本無其二、其三、其四、其五，係校注者所加。

〔2〕龍駒：指駿馬。掣電：比喻閃電般迅疾。

〔3〕牙旗：古代軍中有象牙裝飾的大旗，也泛指軍中各類旗幡。白登臺：即白登山，在山西平城，漢代屬軍事重地，曾發生過著名的“白登之圍”。這裏泛指被勁旅占領的山臺。蔡文姬有“閼氏黄葉落，妾望白登臺”佳句。

〔4〕飛狐道：古道名。《東觀漢記・王霸傳》：“爲上谷太守，修飛狐道至平城，堆石布土三百餘里。”這裏非實指。

*其　二

白日不臨青海嶂[1]，秋風偏到玉門關[2]。可憐一片秦時月[3]，猶照征夫馬上環。

嚴平子評：思調俱佳。

【校注】

〔1〕白日：太陽。青海嶂：指西北邊關的山嶺。嶂，形容高險像屏障的山。

〔2〕“秋風”句：由唐・王之涣《凉州詞》“春風不度玉門關”化用。彼“春風不度”，此秋風偏到。偏到，手鈔本作“偏至”。

〔3〕“可憐”句：由唐・王昌齡《出塞》中“秦時明月漢時關”句化用而來。用以形容此時的戰場凄凉氛圍。

其　三

飲馬河源萬里流，奮身期克月支頭[1]。但令生脱亡胡境[2]，不願人間萬户侯[3]。

【校注】

〔1〕期克：按預定的時限攻克。月支：見卷之七《蜀葵花》注釋。

〔2〕胡境：指西域各地。

〔3〕萬户侯：漢代侯爵最高一級，享有食邑萬户。泛指高官貴爵。

其　四

頻年百戰立奇勳[1]，鐵券丹書敢望分[2]。但使霸陵無醉尉[3]，不妨歸臥李將軍。

【校注】

〔1〕頻年：連年，多年。

〔2〕鐵券丹書：見卷之六《于少保祠》注釋。望分：希望有自己的名分。

〔3〕霸陵醉尉：典出《史記·李將軍列傳》。漢飛將軍李廣失官時，曾打獵到霸陵驛亭，遭到了醉酒的霸陵尉欺辱。

其　五

蹀馬黄雲日色昏[1]，王庭從去不稱尊[2]。殷勤更挽交河水[3]，一洗明妃萬古魂。

【校注】

〔1〕蹀馬：能舞蹈的馬。蹀，音 dié。黄雲：指沙漠在夕陽映照下産生的黄

色。該句描寫軍隊黄昏時慶祝勝利的情景。

〔2〕“王庭”句：是當時俗語“漠南無王庭”句的化用。漢武帝時期，衛青占據河套地區，霍去病打通河西走廊，將匈奴趕出河套一帶。沙漠以南便没有匈奴的王庭了。

〔3〕交河：新疆吐魯番的交河古鎮，唐西域最高軍政機構安西都護府就設在這裏。

〔4〕明妃：指遠嫁蒙古草原的漢家女王昭君。

*還宫怨〔1〕

阿監傳宣出洞房〔2〕，六宫花月妒人長〔3〕。可憐舊是增成妓〔4〕，肯列昭陽姊妹行〔5〕。

【校注】

〔1〕還宫怨：是明代詩人自創的宫詞。與田子壽過從甚密的明七子之首王世貞，就有《還宫怨》七言絶句：“阿監初傳喚故姬，六宫先已妒蛾眉。昭陽夜甃寒如水，元似增成奉帚時。”

〔2〕阿監：宫中管理宫女的女官。唐·白居易《長恨歌》：“梨園子弟白髮新，椒房阿監青蛾老。”

〔3〕六宫：本意是指古代皇后的寢宫，後用六宫稱后妃所居之處。

〔4〕增成：亦作“增城”，漢宫名。漢·班固《西都賦》：“後宫則有掖庭、椒房，后妃之室，合歡、增城……鴛鸞、飛翔之列。”

〔5〕肯列：願意名列。昭陽：見本卷《長門怨》注釋。

*上元夜望月[1]

滿城燈燭競繁華，火樹銀花爛彩霞。今夜月明人盡樂，阿誰春思繞天涯[2]。

【校注】

〔1〕上元：即元宵節、燈節，每年農曆正月十五，各地都有元宵節賞燈習俗。

〔2〕阿誰：唐宋時期口頭語言，不定指人稱代詞，乃"何人"之意。唐·白居易《楊柳枝》："永豐南角荒園裏，盡日無人屬阿誰。"

*秋　　興[1]

西風白露浥庭柯[2]，湘水鄢雲悵望多[3]。一曲高歌明鏡裏，少年人奈白頭何[4]。

嚴平子評：每每借徑唐賢，當是熟處難忘。

【校注】

〔1〕秋興：古代常用的樂府詩題，唐·杜甫有著名的《秋興八首》，其一有"江間波浪兼天涌，塞上風雲接地陰"句被傳爲千古名句。

〔2〕浥：音 yì，濕潤，"渭城朝雨浥輕塵"即此意。庭柯：庭園中的樹木。晉·陶潛《停雲》："翩翩飛鳥，息我庭柯。"

〔3〕鄢雲：鄢地之雲。鄢，古邑名，春秋時楚別都，漢惠帝時改爲宜城（今湖北省宜城市）。明·袁宏道《古荊篇》："花開花落迴生愁，郢樹鄢雲幾度秋。"

〔4〕"一曲"兩句：化用唐人許渾《秋興》："高歌一曲掩明鏡，昨日少年今白頭。"

塞上曲[1]

歲歲驅馳左右賢[2]，秋風鐵騎又燕然[3]。何來夜半樓頭笛，一曲關山月滿天[4]。

【校注】

〔1〕塞上曲：是一首琵琶傳統大套文曲，樂曲通過描寫王昭君對故國的思念，表達了哀怨悲切之情。曲譜最早見於李芳園的《琵琶譜》，全曲分爲五個部分，且僞托爲王昭君所作。内有名句："大漢無中策，匈奴犯渭橋。五原秋草緑，胡馬一何驕。"這裏，作者只是借用這題目，抒寫邊塞軍旅主題。

〔2〕左右賢：即左賢王、右賢王。匈奴貴族封號。左賢王管轄匈奴東部地區，右賢王管轄匈奴西部地區。相當於匈奴單于的左右助手。匈奴在冒頓單于時期，成爲北方草原的霸主，疆域遼闊，爲了管轄這片遼闊的土地，除了原來的單于王庭外，還增設了左賢王庭與右賢王庭。

〔3〕燕然：古山名。見卷之三《寶馬篇》注釋。

〔4〕關山月：見本書卷之一《關山月》注釋。

鐃歌曲[1]

號令纔傳迅若雷，胡驚漢將怕飛來[2]。等閒斬取名王首[3]，獻作轅門飲酪杯[4]。

【校注】

〔1〕鐃歌：軍中樂歌。用來激勵士氣和宴享功臣。所用樂器爲鼓、鉦、簫、笳等。鐃歌是樂府《鼓吹曲》的一部。魏晉以後，文人根據漢《鐃歌》篇名寫作的歌詞頗多。

〔2〕胡：這裏指匈奴軍隊。

〔3〕名王首：指出名的敵軍頭領的首級。

〔4〕轅門：古代帝王出行，宿營時以車爲屏，出入處以兩轅架相對而立形如拱門，設車宮轅門。後用來指將帥營帳、官署的外門。飲酩：喝酒。

*竹枝詞二首

郎去湘江經幾秋，西風北雁又南洲[1]。含顰日日江頭望[2]，不見郎舟見客舟[3]。

【校注】

〔1〕又南洲：回到南方大地。

〔2〕含顰：皺眉，形容哀愁。唐·劉禹錫《春去也》：“叢蘭裛露似沾巾，獨坐亦含嚬。”日日，手鈔本作“日月”。

〔3〕見客舟：只見别人的船。底本中“見”字旁有人批“盡”字。

其　二[1]

稾砧今春又不歸[2]，愁隨芳草轉菲菲[3]。儂心好是江頭石[4]，不似楊花到處飛。

【校注】

〔1〕其二，底本無，爲校注者所加。

〔2〕稾砧：音 gǎo zhēn。農村常用的鍘草工具，俗稱側刀。稾，同“稿”，稻草，禾杆。砧，砧板。稾砧又名鈇，鈇因與“夫”諧音，又或有菜刀離不開砧板之意，後因以“槁砧”爲婦女稱丈夫的隱語。古詩中多有使用。

〔3〕菲菲：形容花艸茂盛、美麗的樣子。

〔4〕儂：吴語中的自稱。

*金陵二首〔1〕

蓬萊宫殿鬱蒼蒼，雙闕岧嶢隱鳳凰〔2〕。桃葉渡頭花似錦〔3〕，長干市上月如霜〔4〕。

【校注】

〔1〕金陵：南京的别稱。

〔2〕雙闕：古代宫殿、祠廟、陵墓前兩邊高臺上的樓觀，借指宫門或京都。岧嶢：山高峻貌。鳳凰：代指杰出人物。

〔3〕桃葉渡：是南京東門桃葉山下的古渡口，也稱“晉王渡”。它和“宣化古渡”“大碼頭渡”同屬南京浦口東門三大古渡。

〔4〕長干：古建康里巷名，借指南京。晉·左思《文選》：“長干延屬，飛甍舛互。”

*其　二〔1〕

白鷺洲連渤海潮〔2〕，青龍山接午門橋〔3〕。空勞秦帝三千衆〔4〕，遮莫東南紫氣饒〔5〕。

【校注】

〔1〕其二，底本無，爲校注者所加。

〔2〕白鷺洲：位於南京城東南隅，此地在明朝永樂年間是開國元勳中山王徐達家族的别墅，故稱爲徐太傅園或徐中山園。天順年間，在園内建有鷲峰寺，烟火鼎盛一時。至正德年間，徐達後裔徐天賜將該園擴建成當時南京最大的園林，取名爲東園。該園成爲園主與王世貞、吴承恩等很多著名文人詩酒歡會的雅集之所。詩人田子壽當與其中。連，底本作“蓮”。從與下句“接”字對仗上看，當爲“連”。從手鈔本改。

〔3〕青龍山：位於今南京市。午門橋：指南京皇城正門，即今故宫正門護

城河上的橋。

〔4〕空勞：徒然辛勞，白白地勞累。

〔5〕遮莫：亦作“遮末”“折莫”“者麼”。這裏是任憑、盡管之意。紫氣饒：祥瑞之氣很豐裕。《史記·高祖本紀》：“秦始皇帝常曰：‘東南有天子氣。’於是東游以厭之。”

*采石懷李白七首〔1〕

仙客騎鯨去不回〔2〕，斜陽芳草獨徘徊。娥眉亭下金波影〔3〕，疑挾馮夷抱月來〔4〕。

【校注】

〔1〕采石：指的是今安徽省當塗縣牛渚山下的采石江邊采石磯。采石磯歷來爲江南名勝，古往今來，吸引着許多文人名士，像白居易、王安石、蘇東坡、陸游、文天祥等曾來此題詩咏唱，特别是傳説唐代大詩人李白在這裏飲酒賦詩，最後因酒醉赴水中捉月而亡。很多文人雅士便來此悼亡懷古。以下各首序號底本無，爲校注者所加。

〔2〕騎鯨：出自漢·揚雄《羽獵賦》，後因以比喻隱遁或游仙。這裏是不忍説李白溺水而亡，而婉曲地説他像神仙一樣騎鯨而去，跟“駕鶴西歸”一樣。

〔3〕娥眉亭：建於北宋，在牛渚山據險而建。亭前臨江有一塊平坦巨石，爲聯璧臺。此石嵌在葱鬱陡峭的絶壁上，伸向江中。傳説詩人李白就是在這裏跳江捉月，故又稱捉月臺或捨身崖。

〔4〕馮夷：也作“冰夷”。神話中的黄河水神。《經典釋文·莊子音義上》：“馮夷，華陰潼鄉隄首人也。服八石，得水仙，是爲河伯。”

*其　二

乘醉花前奏彩毫〔1〕，君王寧復愛宫袍〔2〕。可憐一曲昭陽燕〔3〕，從此江湖遠鳳毛〔4〕。

【校注】

〔1〕彩毫：絢麗的文筆。

〔2〕寧復：怎麼會再。

〔3〕昭陽燕：詞牌名。宋・柳永《柳腰輕》："英英妙舞腰肢軟。章臺柳、昭陽燕。錦衣冠盖，綺堂筵會，是處千金争選。"

〔4〕鳳毛：鳳凰的羽毛。亦比喻珍貴稀少之物，或杰出才華的人。唐・杜甫《崔駙馬山亭宴集》："蕭史幽棲地，林間踏鳳毛。"

*其　三

日日蒼悟醉白雲〔1〕，九疑秋色散氤氲〔2〕。至今留得瀟湘曲〔3〕，常使皇英泣紫氛〔4〕。

【校注】

〔1〕蒼悟：即蒼梧，九嶷山。位於湖南省寧遠縣境内，屬南嶺山脉之萌渚嶺，南接羅浮山，北連衡嶽，這裏非實指。日日，手鈔本作"日月"。

〔2〕九疑：即九嶷山。

〔3〕瀟湘曲：爲唐・劉禹錫所作，借咏斑竹以寄懷古之幽思："斑竹枝，斑竹枝，淚痕點點寄相思。楚客欲聽瑶瑟怨，滿江深夜月明時。"

〔4〕皇英：娥皇、女英的并稱。傳説中的堯女、舜妃。漢・班倢伃《自悼賦》："美皇英之女虞兮，榮任姒之母周。"紫氛：猶指紫氣，祥瑞的光氣、氣象。

*其　四

當年豪興繞天涯，南去匡廬復九華[1]。萬里江潮餘醉色[2]，山靈猶爲護烟霞[3]。

嚴平子評：韻語可思。

【校注】

〔1〕匡廬：指江西廬山。唐・白居易《草堂記》："匡廬奇秀，甲天下山。"九華：指九華山。位於安徽省青陽縣境内。是安徽省三大名山（黄山、九華山、天柱山）之一。

〔2〕醉色：醉人之色，緋紅色。或云醉人眼裏看到的顔色，則爲飄忽朦朧之色。

〔3〕山靈：山神。漢・班固《東都賦》："山靈護野，屬御方神。"李善注："山靈，山神也。"

*其　五

飛來明月滿長空[1]，我亦吴山駕彩虹[2]。惆悵秋風雲水外，落霞疑是錦袍紅。

【校注】

〔1〕飛來：見卷之七《贈張録事》注釋。

〔2〕吴山：又名"胥山"，俗稱"城隍山"。在今浙江杭州西湖東南。

*其　六

錦水烟霞賦興豪[1]，巫山秋色楚天高。詞源瀉作東流水，萬里風雲起壯濤。

【校注】

〔1〕錦水：這裹不是實指錦江，而是形容像錦緞一般美麗的采石江之水。

*其　七

明月高懸萬里秋，笛聲忽復起江樓。鳳凰臺上浮雲色〔1〕，别作懷君一段愁。

【校注】

〔1〕鳳凰臺：金陵鳳凰臺。唐·李白《登金陵鳳凰臺》："鳳凰臺上鳳凰游，鳳去臺空江自流。"

*姑蘇臺〔1〕

舊苑深花春自開，荒臺麋鹿晝還來〔2〕。可憐一醉西施後〔3〕，長使吴宫没草萊〔4〕。

【校注】

〔1〕姑蘇臺：又名姑胥臺，在蘇州城外西南隅的姑蘇山上。遺址即今靈岩山。傳説爲吴王夫差所造。勾踐滅吴時，姑蘇臺被越兵付之一炬。

〔2〕麋鹿：一種珍貴的動物，兼有鹿、馬、驢、牛四種身形特徵，故稱"四不像"。此言昔日姑蘇臺已荒蕪，麋鹿都敢白天出没於此。

〔3〕西施：又稱西子，中國古典四大美女之一。是越王勾踐爲報仇復國獻給夫差的美女。

〔4〕草萊：雜生的草，也指荒蕪之地。常代指鄉野民間或平民百姓。底本作"草來"，這樣就和上聯的"來"重複了。手鈔本作"草萊"，從之。

* 洞庭湖二首

南望蒼梧鎖白雲，九嶷秋色碧氤氲。夜深誰鼓湘靈瑟[1]，凄斷清商不忍聞[2]。

【校注】

〔1〕湘靈：古代傳説中的湘水之神。《楚辭・遠游》："使湘靈鼓瑟兮，令海若舞馮夷。"傳説湘靈善鼓瑟。瑟是一種彈撥樂器，與古琴同類。

〔2〕清商：商聲，古代五音之一。古謂其調凄清悲凉，故稱。底本刻爲"青商"，應係譌刻。

* 其　二[1]

明月懷人倚暮愁，星河不動白雲流。一聲何處來鴻雁，忽送人間萬里秋。

【校注】

〔1〕其二，底本無，爲校注者所加。

* 聞宋山人應元游南嶽[1]

山人自是子長流[2]，最愛名山汗漫游[3]。七十二峰明月夜[4]，碧簫吹徹洞庭秋。

【校注】

〔1〕宋山人應元：宋登春，字應元。趙郡新河人，號海翁。一生頗具傳奇色彩，足迹幾遍天下，能詩善畫，却窮困潦倒。《千頃堂書目》録其《鵝池山人

集》二卷，晚年定居江陵鵝池（今湖北荆州市），自號鵝池生。南嶽：指衡山。

〔2〕子長：司馬遷，字子長。喜游覽名山大川。

〔3〕汗漫游：典出《淮南子·道應訓》："吾與汗漫期於九垓之外。"後遂以"汗漫游"指世外之游，形容漫游之遠。

〔4〕七十二峰：指的是衡山七十二峰。

*雲夢師寄游太和近作兼附弇州公諸刻

美人遥曳薜蘿衣〔1〕，知是朝元跨鶴歸〔2〕。寄我崑崙山巔石〔3〕，開函片片彩雲飛。

【校注】

〔1〕薜蘿衣：指隱者的衣服。薜，音 bì。元·倪瓚《寄張貞居》："蒼蘚渾封麋鹿逕，白雲新補薜蘿衣。"

〔2〕朝元：即朝拜太和玄嶽。跨鶴：乘鶴，騎鶴。常稱得道神仙。宋·林景熙《簡衛山齋》："何當躡飛佩，跨鶴青雲端。"

〔3〕崑崙山巔石：非實指，乃仙山美石。巔，即山頂。

*寄洪明瑞〔1〕

天外寒驚雁陣流，白榆花落洞庭秋。三湘月色渾如洗〔2〕，誰共幽人鼓枻游〔3〕。

【校注】

〔1〕洪明瑞：田子壽文友，身世失考。

〔2〕三湘：見卷之六《黄鶴樓》注釋。

〔3〕鼓枻：泛舟。枻，音 yì，船桨。幽人：隱士，幽居之士。

夏日懷友

愁聽黄鸝唤友頻，一聲才盡一聲新。相思空折相思樹，悵望無因寄美人〔1〕。

【校注】

〔1〕悵望：惆悵觀望。無因：没有由頭。

*歸五峰莊作〔1〕

才到紅塵便憶山〔2〕，山中叢桂待予攀。情知世事非身事〔3〕，昨日歸來今日閑。

【校注】

〔1〕五峰莊：見本書卷之四《五峰山莊》注釋。

〔2〕紅塵：這裏指的山外平埠熱鬧之地。

〔3〕身事：關乎自身的事情。唐·趙嘏《寄歸》："早晚粗酬身事了，水邊歸去一閑人。"手鈔本作"真事"。

*武當道上示兒宗鼎〔1〕

黄金爲闕玉爲楹〔2〕，瑶草琪花雜眼明〔3〕。好是淮南成道後，共携雞犬踏空行〔4〕。

【校注】

〔1〕示兒宗鼎：給兒子宗鼎的書信。據傳詩人有三個兒子：長子宗鼎，次子夭，三子宗陽，名諱失考。

〔2〕闕：宮闕，城闕，指城樓。

〔3〕瑶草琪花：原爲古人想象中仙境的花艸。後也形容晶瑩美麗的花艸。出自唐・王轂《夢仙謡》："前程漸覺風光好，琪花片片粘瑶草。"

〔4〕"好是"二句：出自"一人得道，雞犬昇天"典故。漢・王充《論衡・道虚》載："儒書言：淮南王學道，招會天下有道之人，傾一國之尊，下道術之士，是以道術之士并會淮南，奇方异術，莫不争出。王遂得道，舉家昇天，畜産皆仙，犬吠於天上，雞鳴於雲中。"

*謁帝玄〔1〕

五城深處響瓊簫〔2〕，排比雲輜次第朝〔3〕。何似天台圖畫裏〔4〕，但憑遥想見霞標〔5〕。

【校注】

〔1〕謁帝玄，手鈔本作"武當謁帝"。帝玄，即真武大帝。真武大帝又稱玄天上帝、玄武大帝、佑聖真君玄天上帝、無量祖師，全稱真武蕩魔大帝。是中國神話傳説中的北方之神，爲道教神仙中赫赫有名的玉京尊神。現在湖北武當山供奉的主神就是真武大帝，道經中稱他爲"鎮天真武靈應佑聖帝君"，簡稱"真武帝君"。

〔2〕五城：明成祖定都北京後，將京都分設爲中、東、西、南、北五城，設五城兵馬司進行管理。此處把仙都武當山比作京城，故曰"五城"。瓊簫：玉簫，這裏代指美好的音樂。

〔3〕排比雲輜：車輛排列盛多如雲。明・王世貞《雞鳴峰》："九關應是無豺虎，排比雲輜覲玉京。"朝：拜見，朝見。

〔4〕天台：神話中的仙境。

〔5〕霞標：日出日落前後，天空或雲層出現的柱狀彩光，或指虹霓。明·王世貞《過天寧寺望塔有作》："霞標象外矗，色界望中新。"

*寄沈比部[1]

去年南下楚江濆[2]，青草湖邊一見君。今日獨來湖上水，想思已隔萬重雲[3]。

【校注】

〔1〕沈比部：指的是沈襄，見"附録·附三"説明。比部，職官名。主管审記職務，歷代職权不一，金、元以後無此名。明、清將之作爲刑部及其司官的習稱。

〔2〕楚江：長江流經楚地的部分又稱楚江。濆：音 fén，水邊，岸邊。手鈔本作"濱"。

〔3〕想思，手鈔本作"相思"。

*寄魏解元懋權[1]

魏家公子擅才雄，每向蘭臺賦大風[2]。爲問于今門下客[3]，幾人迎自市屠中[4]。

【校注】

〔1〕魏懋權：字雲中，明南樂郡人。爲王世貞學生，深得器重。曾得鄉試第一名，即解元。

〔2〕蘭臺：漢代宫内收藏典籍之處，也指御史臺。大風：指的是戰國·宋

玉的《風賦》，這裏代指才華横溢的作品。

〔3〕門下客：即門客。唐・李白《少年行》："府縣盡爲門下客，王侯皆是平交人。"

〔4〕"幾人"句：用信陵君用屠夫做門客的典故，隱喻魏解元瞧不起出身低微的人。《史記・魏公子列傳》載："侯生又謂公子曰：臣有客在市屠中，願枉車騎過之！"

*寄李别駕彦孚〔1〕

天馬由來産渥洼〔2〕，行看掣電涉流沙〔3〕。即今太乙多靈況〔4〕，不獨當年屬漢家。

【校注】

〔1〕寄李别駕彦孚，手鈔本作"寄李别駕"。李彦孚，見"附録・附三"説明。别駕，古代官名。漢代曾設立"别駕從事使"，爲刺史副手。刺史出行時，他須乘車别駕跟隨，故稱别駕。

〔2〕渥窪：水名。在今天的甘肅省安西縣境内。傳其地産神馬，名"渥水駒"。此句詩比喻李彦孚天賦極佳。

〔3〕掣電，底本作"製電"。從手鈔本。掣，音 chè，極言速度快。涉流沙：横越沙漠。

〔4〕太乙：太乙真君，道教中的天神名。靈況：靈驗的表現。況，通"貺"，賞賜。手鈔本作"靈貺"。

*客中聞樂

羌笛誰將月下吹，秋風楊柳不勝悲。醉來怳覺身爲客，瑶瑟休彈遠别離[1]。

【校注】

〔1〕瑶瑟：精美的琴瑟。遠别離：樂府歌曲名，唐·李白、張籍等詩人都填過該曲。

*寄苟元君[1]

得道元君不易逢，幾時蓬閣得相從[2]。他年南岳朝元去[3]，知在雲端第幾峰。

【校注】

〔1〕苟元君：即觀國山寺霞洞修道的道姑苟正覺。見“附録·附三”。元君：道教稱女道姑爲元君。

〔2〕蓬閣：海上仙山蓬萊閣。底本作“逢閣”，手鈔本爲“蓬閣”，從之。得相從：能够跟隨你。

〔3〕南岳朝元：赴衡山朝拜老子。

*改歲感憶兆孺師却寄[1]

芙蓉渚外騷人徑[2]，杜若洲邊處士家[3]。記得去年嘉會日[4]，疑開醽醁泛桃花[5]。

嚴平子評：先生詩風骨内含，韻度外朗，居然大雅元音[6]。雖間落時蹊[7]，未去陳言，而造詣深厚之力不可誣也。諸絶尤有朱弦洞越一唱三嘆之致[8]。惜呼！未睹其全集，令人想象不盡。

【校注】

〔1〕改歲：年初之意。却寄：回寄。兆孺：孫兆孺，即前述孫斯億。

〔2〕芙蓉渚：具體地點不詳。騷人徑：騷客詩人行走之路，宋・方岳《次韻辟雍同舍用予魁字韻》："斷槁略堪供醬瓿，騷人徑欲築詩臺。"

〔3〕杜若：香草名，杜若洲之名不止一處，最著名的有浙江義烏繡湖杜若洲。明・王褘《繡湖》："漠漠芙蓉浦，依依杜若洲。"底本譌作"杜苦"，手鈔本作"杜若"，從之。處士：稱有才德而隱居不仕的人，此處當指孫兆孺。

〔4〕嘉會日：相會的美好日子。

〔5〕醽醁：音 líng lù，古時候的一種美酒。這裏是泛指美酒。

〔6〕大雅：《詩經》有大、小雅。古以大雅爲正聲。唐・李白《古風》："大雅久不作，吾衰竟誰陳。"元音：純正而完美的聲音。代詩歌。清・袁枚《隨園詩話》："夫詩爲天地元音，有定而無定，到恰好處，自成春節。"

〔7〕時蹊：時人常走的路。

〔8〕朱弦洞越：漢・鄭玄曰："朱弦，練朱絲弦也。越，瑟底孔。"

* 西寧曲八首爲艾和甫賦〔1〕

白草茫茫空復春，秋風吹度玉關塵。寄聲爲問中朝舊〔2〕，此日誰憐折檻人〔3〕。

嚴平子評：才力宏厚，足鎮浮靡〔4〕。

【校注】

〔1〕西寧曲：是仿古曲，八首應該都可以合樂演唱的。當是詩人在西寧一帶游歷所作，諸詩場景和人物多與西寧有關。艾和甫：即艾穆，生平見"附録・附三"當時著名學者、詩人，湖廣平江（今湖南平江）人，曾官至刑部員外郎。與田子壽交往深厚。

〔2〕中朝舊：相當於"高官中的老友"。中朝，又稱内朝，是皇帝身邊的決

策班子。常指尚書一類的高官。艾和甫曾做到刑部員外郎，這裏是高稱、敬稱。宋・陸游《宦游三十秋》："殷勤爲報中朝舊，睡足平生是建州。"

〔3〕折檻：典出《漢書・楊胡朱梅雲列傳》：漢槐里令朱雲朝見成帝時，請賜劍以斬佞臣安昌侯張禹。成帝大怒，命將朱雲拉下斬首。朱雲情急中攀上殿檻，仍抗聲不止，檻爲之折。經大臣勸解，朱雲始得免。後修檻時，成帝命保留折檻原貌，以表彰直諫之臣。後用爲直言諫諍的典故。

〔4〕浮糜：虛華不實。明・張居正《辛未曾試録序》："無或眩華遺實，以滋浮糜。"

*其　二[1]

湟中□□萬山青[2]，向夕胡笳不忍聽[3]。爲報匈奴休近塞[4]，郅都今已在邊庭[5]。

【校注】

〔1〕"其二"以下各首序號爲校注者所加。

〔2〕湟中：湟中縣是青海省下轄縣，位於青海省東部。湟，音 huáng。□□，底本脱兩字，被人用毛筆在旁添加"西望"兩字。手鈔本又將這兩字改爲"南望"。

〔3〕向夕：臨近傍晚。胡笳，底本譌刻爲"孤茄"。

〔4〕塞：邊塞、邊關。匈奴，手鈔本作"故人"。

〔5〕郅都：酷吏之名。西漢時期河東郡楊縣（今山西洪洞縣）人，一作大陽（今山西平陸）人，主要活動於漢景帝時期，是西漢最早以嚴刑峻法鎮壓不法豪强者，亦爲匈奴所懼。

*其　三

輪臺西望黑山頭[1]，萬里交河水北流[2]。一自孤臣嚴遣令[3]，誰人不忍唱涼州[4]。

【校注】

〔1〕輪臺：地處天山南麓，塔里木盆地北緣，現爲新疆輪臺縣，歸新疆巴音郭楞蒙古自治州管轄，是古西域都護府所在地，古人常用輪臺代指邊庭。唐・李商隱《無題》："嗟余聽鼓應官去，走馬輪臺類轉蓬。"黑山頭：現地處新疆呼倫貝爾市拉布達林鎮，現爲中俄邊境口岸，古爲兵家必争之地。山頭建有古城堡。

〔2〕交河：流經新疆吐魯番市，因河水分流繞城下，故稱交河。車師曾建交河城。

〔3〕一自：自從。孤臣：古指孤立無助或不受重用的遠臣。常代指有自己的思想和個人操守，不追求名利權勢而趨炎附勢的人。唐・柳宗元《入黄溪聞猿》："孤臣淚已盡，虛作斷腸聲。"嚴遣令：嚴詞派送就任官員的命令。手鈔本作"去國後"。

〔4〕不忍，手鈔本作"忍復"。唱涼州：指的是吟唱《涼州詞》，《涼州詞》是一首古樂府曲，以唐・王之涣的《涼州詞》影響最大，有名句："羌笛何須怨楊柳，春風不度玉門關。"

*其　　四

祁連山下曉霜飛[1]，滿目風烟塞草腓[2]。最苦白頭人北望[3]，玉門哀雁幾行歸[4]。

【校注】

〔1〕祁連山：祁連山脉位於青海省東北部與甘肅省西部邊境，由多條西北—東南走向的平行山脉和寬谷組成。因位於河西走廊南側又名南山。

〔2〕腓：音 féi，草木枯萎貌。

〔3〕"最苦"句，手鈔本作"最苦回頭天莫望"。

〔4〕玉門：指玉門關。漢武帝置，因西域輸入玉石時取道於此而得名。漢時爲通往西域各地的門户。故址在今甘肅敦煌西北小方盤城。

*其　五

蘭州一綫路孤縣[1]，五郡風烟自渺然[2]。此日籌邊恩報主[3]，何如充國舊屯田[4]。

【校注】

〔1〕孤縣：孤立無依，這裏是路途遥遠，行路孤寂，風險很多之意。縣，通“懸”。

〔2〕五郡：河西五郡，漢武帝時置酒泉、武威、敦煌、張掖河西四郡，至昭帝時又置金城郡，合稱河西五郡。這裏代指西北荒漠大地。渺然：微小的樣子。孤孤單單一個人。這裏是茫然無際貌。

〔3〕籌邊：籌劃邊防邊墾之事。恩報主，手鈔本作“思報主”。

〔4〕充國：趙充國，西漢大將。武帝、昭帝時曾率軍反擊匈奴，英勇善戰。曾在西北屯田，對當時當地農業生産發展和解决軍需起了很大作用。舊屯田：屯田制度是曹魏時期發明的一種軍糧生産制度，分軍屯、民屯兩種。軍屯是調軍隊去開荒種地，民屯是遷移民户去開墾土地以提供國家糧草物資之需。

其　六

崑崙西度白龍堆[1]，月色沙場影重回[2]。照罷流蘇驚夢杳[3]，碧雲黄葉起登臺。

【校注】

〔1〕崑崙：指崑崙山。在新疆西藏之間，西接帕米爾高原，東延入青海境内。是漢族神話中最重要的神山，中國許許多多的神話傳説都和崑崙山有關。

傳説西王母就住在崑崙山。白龍堆：沙漠名，即今新疆庫穆塔格沙漠，與大戈壁塔里木盆地毗連，古人稱萬里龍沙。

〔2〕重回：叠纍環繞。

〔3〕流蘇：見卷之一《行路難》注釋。

其　　七

秋色西來滿雪山，流沙千里看刀環〔1〕。只今青海無傳箭〔2〕，忍見班生老玉關〔3〕。崑崙山，世呼雪山。

【校注】

〔1〕看刀環：《漢書·李廣蘇建列傳》載："昭帝立，大將軍霍光、左將軍上官桀輔政，素與（李）陵善，遣陵故人隴西任立政等三人俱至匈奴招陵。立政等至，單于置酒賜漢使者，李陵、衛律皆侍坐。立政等見陵，未得私語，即目視陵，而數數自循其刀環，握其足，陰諭之，言可還歸漢也。"後用"看刀環"表示意欲歸家。

〔2〕青海無傳箭：典故見唐·杜甫《投贈哥舒開府翰二十韻》："先鋒百勝在，略地兩隅空。青海無傳箭，天山早挂弓。"無傳箭：没接傳令。

〔3〕班生：指的是漢代著名的棄文從武的將軍班超。

其　　八

把劍胡天斷月支〔1〕，戍樓羌笛莫頻吹。關山明月無南北，腸斷昆朋淚共垂〔2〕。

【校注】

〔1〕月支：見本書卷之七《蜀葵花》注釋。

〔2〕昆朋：衆多朋友。

懷沈比部叔成[1]

論交曾識沈休文[2]，俠氣翩翩最不群[3]。獨倚停雲揮第處[4]，無人知道是惡君。

【校注】

〔1〕沈比部：見本卷《寄沈比部》注釋及本書“附録·附三”。

〔2〕論交：結交。唐·高適《送前衛縣李寀少府》：“怨別自驚千里外，論交却憶十年時。”沈休文：南朝史學家、文學家。博通群籍，擅長詩文。仕宋、齊、梁三朝。曾官尚書左僕射，後遷尚書令，領太子少傅銜。這裏用以類比沈襄。

〔3〕翩翩：形容動作姿態輕盈優美，也用於書面語中形容舉止灑脱，儀態大方。不群：不平凡，高出於同輩。晉·左思《咏史》詩之三：“功成不受賞，高節卓不群。”

〔4〕停雲：晉·陶潛《停雲詩序》：“停雲，思親友也。”

觀豪家妓[1]

屯雲臺榭簇朱霞[2]，笑擁紅妝逐隊斜[3]。却似春風一夜至，武陵開遍碧桃花。

【校注】

〔1〕豪家：指有錢有勢的人家，豪門。《管子·輕重甲》：“吾國之豪家遷封食邑而居者，君章之以物，則物重；不章以物，則物輕。”妓：亦作“伎”，富家豢養的專門從事歌舞器樂演藝的男女藝人。

〔2〕屯雲臺榭：指房舍修在高處，有雲霧駐繞。屯，聚集。簇：聚集，叢凑。

〔3〕斜：古讀 xiá，這裏是歌舞隊列變化貌。

紀艷曲八首〔1〕

寶髻雙鬟巧様新〔2〕，流蘇帳底夢相親〔3〕。覺來忽覩雲間月〔4〕，錯忍陳王賦里人〔5〕。

【校注】

〔1〕紀艷曲八首：是反映紅顔美女日常起居生活的組詩。以下各首序號底本無，爲校注者所加。

〔2〕寶髻雙鬟：盤在頭頂或腦後的髮結。鬟：音 huán，總髮也。清・鄭珍注："謂盤鬟如環。"是古代漢族未婚女子的一種環形髮式。這裏泛指髮式的梳理。

〔3〕流蘇帳：是一種裝飾有五彩羽毛或絲綫穗子的帳子。唐・韋莊的《菩薩蠻》："紅樓別夜堪惆悵，香燈半卷流蘇帳。"帳底：帳裏。

〔4〕覺來：醒過來。

〔5〕忍：通"認"。陳王賦：即指陳思王曹植的《洛神賦》。明・高啓《十宮詞・魏宮》："至尊莫信陳王賦，那得人間有洛神。"

其　二

飛來雙袖掌中輕〔1〕，色比瓊花玉作笙。無限彩雲低不度，不知曾是柘枝聲〔2〕。

【校注】

〔1〕掌中輕：見本書卷之七《牡丹花》注釋。

〔2〕柘枝：柘枝舞。來自西域石國，後傳入中原。唐・盧肇《湖南觀雙

柘枝賦》中有“古也郅支之伎，今也柘枝之名”句。唐・白居易《柘枝妓》有“紫罗衫動柘枝來”句。這種舞蹈有獨舞、雙人舞，後來有隊舞，多以鼓伴奏。

其　三

佳人十五恁妖嬈[1]，珠翠翹花步步搖[2]。怪殺瓊漿曾未飲[3]，幌來雲外度藍橋[4]。

【校注】

〔1〕恁：音 nèn。如此，這樣。妖嬈：嬌艷美好，有誘惑感。

〔2〕珠翠翹花：原指頭上的髮髻飾物，這裏泛指裝束美好。步步搖：婀娜搖擺的姿態。

〔3〕瓊漿：用美玉製成的漿液，比喻美酒或甘美的漿汁。怪殺：後悔，責怪意。

〔4〕藍橋：在今陝西藍田縣藍溪之上。相傳藍橋有仙窟，爲唐・裴航遇仙女雲英處。傳説裴航爲唐長慶間秀才，游鄂渚，同船樊夫使婢女裊烟持詩一章，曰：“一壺瓊漿百感生，玄霜搗盡見雲英。藍橋便是神仙宮，何必崎嶇上玉清。”後裴航路過藍橋驛，遇見一織麻老嫗，航渴甚求飲，嫗呼女子雲英捧一甌水漿飲之，甘如玉液。航見雲英姿容絶世，因謂欲娶此女，嫗告：“昨有神仙與藥一刀圭，須玉杵臼搗之。欲娶雲英，須以玉杵臼爲聘，爲搗藥百日乃可。”後裴航終於找到月宮中玉兔用的玉杵臼，娶了雲英，夫妻雙雙入玉峰，成仙而去。

其　四

浮生曾未識仙姿[1]，錯向人間問玉卮。玉卮，西王母三女[2]。别有動人春色在[3]，新妝巧簇遠山眉[4]。

【校注】

〔1〕浮生：典出《莊子·刻意第十五》："其生若浮，其死若休。"後人便以此形容空虚不實的人生。

〔2〕玉巵：《玄怪録》載，唐玄宗時，有崔書生愛種名花，忽遇殊色女子，并聘爲妻。崔母認爲美女是狐仙，女贈白玉盒子，各揮淚而别。忽有胡僧扣門求食，崔生問曰："女郎誰耶？"曰："君所納妻，西王母第三女，玉巵娘子也。"

〔3〕有，底本作"人"，旁有毛筆添"有"字，從之。

〔4〕遠山眉：漢·劉歆《西京雜記》卷二："文君姣好，眉色如望遠山，臉際常若芙蓉，肌膚柔滑如脂，十七而寡，爲人放誕風流，故悦長卿之才而越禮焉。"宋·賀鑄《木蘭花》："遠山眉樣認心期，流水車音牽目送。"

其　五

十三十四鬥花容[1]，花自嬌嬈面自紅。寄與韶光應惜取[2]，莫將春色隱墻東[3]。

【校注】

〔1〕鬥花容：與花媲美。

〔2〕韶光：美好時光。見南朝·梁簡文帝《與慧琰法師書》："五翳消空，韶光表節。"

〔3〕墻東：《後漢書·逸民傳》："君公遭亂獨不去，儈牛自隱。時人謂之論曰：'避世墻東王君公。'"後因以"墻東"指隱居之地。

其　六

飛來明月影朧朧[1]，十二巫山處處同[2]。一自無情雲雨散，錯教人恨楚王宫[3]。

【校注】

〔1〕朧朧：微明或昏闇貌。晉·夏侯湛《秋可哀》："月翳翳以隱雲，星朧朧以投光。"

〔2〕十二巫山：巫山有十二峰，起雲峰、翠屏峰、飛鳳峰、上昇峰、聚鶴峰、朝雲峰、集仙峰、望霞峰、聖泉峰、净壇峰、登龍峰。此諧指天下美女。

〔3〕楚王宮：在重慶巫山縣西陽臺古城内。相傳爲楚襄王所游之地。唐·皇甫冉《巫山峽》："巫峽見巴東，迢迢出半空。雲藏神女館，雨到楚王宮。"傳説楚王游覽高唐，夢見一仙女自薦枕席，遂成雲雨之歡。臨别時，神女説："妾在巫山之陽，高丘之阻。旦爲朝雲，暮爲行雨。朝朝暮暮，陽臺之下。"

其　七

樓舡十萬下江東[1]，曾醉長干萬樹紅[2]。留取江妃舊時佩[3]，至今明月影長空。

【校注】

〔1〕樓舡：漢武帝《秋風辭》："泛樓舡兮濟汾河，横中流兮揚素波。"舡，同"船"。

〔2〕長干：見本卷《金陵二首》注釋。干，底本譌刻爲"十"，被人添一筆改爲"干"。

〔3〕江妃佩：漢劉向《列仙傳》載，江妃二女游於江漢之濱，逢鄭交甫，交甫求佩，遂解與之。後因以"江妃佩"爲女子示愛男子的贈品。

其　八

響屧廊前花月明[1]，吴娃侑酒太多情[2]。至今弦管娱人處，猶憶陽關送别聲[3]。

【校注】

〔1〕響屧廊：即响屐廊，春秋時吴王宫中的廊名。遺址在今江蘇省蘇州市西靈岩山，傳説吴王夫差得到越國進獻的美女西施，命人造了一條“響屐廊”，即在雕樑畫棟的長廊之下挖坑，埋下成排陶缸，再在上面鋪設一層有彈性的木板，讓身繫小銅鈴佩帶種種寶玉飾品衣裙，脚着精巧木屐的西施於廊中翩翩起舞，讓長廊發出琴瑟般的節奏，與清脆的鈴聲、玉佩聲共鳴，伴隨着西施優美舞姿，使夫差爲之傾倒。宋・王禹《游靈岩山・響屐廊》：“廊壞空留響屐名，爲因西施繞廊行。可憐五相終死諫，誰記當時曳屐聲。”屧，音 xiè，古代鞋的木底。

〔2〕吴娃：指的是吴越西施。唐・白居易《憶江南》其三：“江南憶，其次憶吴宫。吴酒一杯春竹葉，吴娃雙舞醉芙蓉。早晚復相逢。”侑酒：勸酒，爲飲酒者助興。

〔3〕陽關：指的是唐朝詩人王維的《陽關三叠》：“勸君更飲一杯酒，西出陽關無故人。”

偶志别感〔1〕

解道名園花百合〔2〕，曾聞嶺外樹相思〔3〕。無情最是河橋柳〔4〕，舞盡春風萬萬絲。

【校注】

〔1〕志：記録之意。别感：别離之感。

〔2〕解道：懂得，知道。唐・張籍《凉州詞》：“邊將皆承主恩澤，無人解道取凉州。”花百合：百合花。

〔3〕嶺外：指五嶺以南地區。唐・高適《送柴司户之嶺外》：“嶺外資雄鎮，朝端寵節旄。”樹相思：即“相思樹”。有些具有紅色種子的樹也稱相思樹。唐・李商隱《相思》：“相思樹上合歡枝，紫鳳青鸞共羽儀。”

〔4〕河橋柳：即河岸橋旁之柳，唐·毛文錫《柳含烟》："河橋柳，占芳春，映水含烟拂路。"

春日即興

卷髮如雲寶髻新，春鶯一轉翠眉顰[1]。尊前莫奏回風曲[2]，花落深秋惱殺人[3]。

【校注】

〔1〕轉：婉囀。翠眉：古代女子用青黛畫眉，故稱。也作爲美女的代稱。顰：音 pín，皺眉。

〔2〕尊：同"樽"，酒器。回風曲：《洞冥記》載，漢武帝宫人麗娟在芝生殿唱《回風曲》，庭中花皆翻落。

〔3〕惱殺人：很使人煩惱。

酒酣即興

酒酣壯氣益難持，撫劍縱横萬里馳。説看精靈曾未試[1]，令人長自憶陳思[2]。

【校注】

〔1〕精靈：鬼怪，神靈。未試，底本刻爲"來試"，不協平仄，有旁批"未試"，從之。

〔2〕陳思：陳思王曹植。被尊爲"才高八斗"的一代才子曹植曾深得曹操的寵信。但其兄長曹丕在立儲鬥争中漸占上風。曹操病逝後，曹丕繼魏王位，不久又稱帝。曹植的生活從此發生了根本性的變化。他處處受到限制和打擊。

曹丕病逝，其子曹睿繼位。曹睿對其叔仍嚴加防範和限制，他的處境并没有根本好轉。詩人在土司家族中感同身受，酒酣便憶陳思王憂鬱不得志之事。

秋曉一首

桂子秋清風氣冷，愁來雲雨夢偏長。月明霜露星河曙〔1〕，二十年前夜度娘〔2〕。

【校注】

〔1〕曙：破曉之光，喻已經在望的美好前景。

〔2〕夜度娘：古樂府清商曲辭名。《樂府詩集》裹有無名氏《夜度娘》一首。也指娼妓爲夜度娘。這首詩可能是描寫詩人觸景生情對二十年前一個紅塵娼女的回憶。

纪　　艷〔1〕

憶按關山意外聲〔2〕，夜深明月轉關情〔3〕。夢中不覺羅幃遠〔4〕，猶抱簫娘唤細名〔5〕。

【校注】

〔1〕艷：或指美人，或指春夢艷遇。

〔2〕按：壓抑住。關山意外聲：指闖越關山發出不一般的聲音。

〔3〕關情：牽動情懷。

〔4〕羅幃：羅帳，絲織簾幕。唐·盧照鄰《長安古意》："雙燕雙飛繞畫梁，羅幃翠被鬱金香。"

〔5〕簫娘：可能指的是吹簫樂伎，或爲人名。細名：乳名，小名。

宫　怨〔1〕

晚來妝罷候瓊軒〔2〕，忽見羊車度别門〔3〕。妾自紅顔多薄命，親竦不敢怨君恩〔4〕。

【校注】

〔1〕宫怨：是一首古樂府曲名，多寫宫中被冷落的棄婦。

〔2〕瓊軒：用玉石裝飾的長廊，用爲廊臺的美稱。

〔3〕羊車：古代一種裝飾精美的宫車。西晉武帝時，宫中有上萬嬪妃，他就駕着羊車在宫裏巡視，車停在哪就在哪住；後來嬪妃們爲了留中武帝司馬炎，就在門口灑鹽水及插竹葉讓羊停下來，以求他的寵倖。金・王若虚《宫女圍棋圖》："盡日羊車不見過，春來雨露向誰多。"

〔4〕竦：引頸舉踵而立。

塞垣曲〔1〕

滿朝海霜縮馬毛〔2〕，葱山夜雪滿弓刀〔3〕。由來漢將偏驍勇，翻恨單于夜遁逃〔4〕。

【校注】

〔1〕塞垣：本指漢代在邊關所設的兵塞，後亦指長城。清・張銑注："塞垣，長城也。"金・元好問《發南樓度雁門關》："總爲古來征戍苦，宿雲常傍塞垣低。"

〔2〕滿朝海霜：一眼望去，滿天霜雪如海。縮馬毛：即在那大雪奇寒環境裏，馬的皮毛都凍縮了。唐・岑参的詩《酬成少尹駱谷行見呈》裏就有"飛雪縮馬毛"句。

〔3〕葱山：即葱嶺。帕米爾高原，中國古代稱不周山、葱嶺，古絲綢之路

在此經過。地處中亞東南部、中國的西端，橫跨塔吉克斯坦、中國和阿富汗。

〔4〕翻恨：遺憾。

餞友人

征傳駸駸楚水流〔1〕，殷勤斗酒暫離筵。只今已自腸堪斷，莫讀江淹賦黯然〔2〕。

【校注】

〔1〕征傳：遠行人所乘驛車。傳，驛車。駸駸：音 qīn qīn，形容馬跑得很快的樣子。楚水：楚地的水。唐·白居易《江南送北客因憑寄徐州兄牙書》："故園望斷欲何如，楚水吳山萬里餘。"

〔2〕江淹賦：指南朝·宋·江淹的《別賦》，該賦開篇言道："黯然銷魂者，唯別而已矣！"黯然：情緒低落、心情沮喪的樣子。

桃花詞

千樹桃花做好春，山靈風月迴相親〔1〕。軒然一笑紅塵外〔2〕，白眼從他世上人。

【校注】

〔1〕山靈：見卷之三《登太和絶頂作五游歌》注釋。風月：指清風明月，後代指男女情事。

〔2〕軒然：形容笑的樣子。

途　　次[1]

峭壁危峰客路顰[2]，馬蹄曾不委埃塵[3]。黄花解是無情物[4]，開遍秋風笑向人。

【校注】

〔1〕途次：途中停留。

〔2〕客路顰：道路險峻，讓人皺眉頭。顰：皺眉，同“顰”。

〔3〕委埃塵：落於地面。這裏形容山高，馬像在空中行走一樣。

〔4〕黄花：即菊花。

寺月望峽中

雁塔猊牀夢未成[1]，肖條仙梵雜秋聲[2]。數千里外仍爲客，十二峰頭月自明。

【校注】

〔1〕雁塔：指雁塔題名。古時考中進士之後，要到西安慈恩寺内的大雁塔上題名，故後世用“雁塔”“題雁”表示考中進士。猊牀：尊貴之牀。猊，音ní，也稱狻猊，即獅子。

〔2〕肖條：同“蕭條”，寂寥冷落。仙梵：指佛道教徒誦經（梵歌）的聲音。

枝江道中[1]

露浥黄花送客程[2]，豪游真覺四愁輕[3]。江山到處題名好，更切平生五岳盟〔4〕。

【校注】

〔1〕枝江：在湖北境内，乃縣邑名。據清・顧祖禹《讀史方輿紀要》載："以蜀江至此分枝爲諸洲，而得名，屬南郡，蜀江即長江。"

〔2〕浥：濕潤。

〔3〕四愁：泛指愁思。有説四愁乃"衣食住行"生活之憂的，唐・王維《送丘爲往唐州》："四愁連漢水，百口寄隨人。"

〔4〕切：貼近。盟：約定。

泊蘭江〔1〕

扁舟暫泊楚江涯，采采蘭花擬寄誰〔2〕。千古忠魂何處是，重教公子繫人思〔3〕。

【校注】

〔1〕蘭江：古名蘭溪、瀫水，錢塘江支流，是錢塘江幹流從蘭溪市至建德市間的名稱，上游兩水匯合於蘭溪市西南的蘭陰山下，因岩多蘭茝，故名蘭溪。但此詩之蘭江可能是指長江某處，詩中的"楚江涯""千古忠魂"肯定與屈原有關。

〔2〕采采：美好繁盛貌。《文選・禰衡〈鸚鵡賦〉》："采采麗容，咬咬好音。"

〔3〕繫人思：對人的思念之情纏繞難解。

田子壽佚詩一首

寄懷王行甫[1]

才名江左尚烏衣[2]，瓠落林塘静掩扉[3]。短夢聽猿和雨斷，尺書有燕背人飛[4]。澧蘭顧我秋紉佩，楚菊同君日療飢[5]。占勝柯園容結社，相尋一舸淡忘歸[6]。

【校注】

〔1〕摘自明·胡震亨《讀書雜録》。

〔2〕王行甫：田子壽的朋友。據三峽大學吴柏森先生考證：王行甫，當爲王同軌。據錢謙益《列朝詩集小傳》載："王同軌，字行父，黄岡人。穉欽（王廷陳，字穉欽。正德丁丑（1517）舉進士。其詩婉麗多風，爲詞人所稱）之從孫也。以貢生爲江寧令。嘗從吴明卿出游，與王弇州、李雲杜善。作詩不多，自有風格，不欲寄諸公籬下。"烏衣：黑色衣。古代貧賤者之服。《三國志·魏志·鄧艾傳》："值歲凶旱，艾爲區種，身被烏衣，手執耒耜，以率將士。"《隋書·五行志上》："後主於苑内作貧兒村……多令人服烏衣，以相執縛。"

〔3〕瓠：音 hù，爲葫蘆科葫蘆屬一年生蔓性草本。瓠瓜幼果味清淡，品質柔嫩，適於煮食。在河北一帶的某些地區，"瓠瓜"專指西葫蘆。

〔4〕尺書：一指書籍。古代簡牘的長度有一定規定，官書等長二尺四寸，書非經律者，短於官書，稱爲短書。借指書信。漢·趙曄《吴越春秋·勾踐歸國外傳》："越王悦兮忘罪除，吴王歡兮飛尺書。"

〔5〕澧蘭、楚菊：兩種香草，均比喻高潔的人品或高尚的事物。澧蘭，戰國·屈原《九歌·湘夫人》："沅有茝兮澧有蘭。"可作佩飾。楚菊，《楚

辭·離騷》："夕餐秋菊之落英。"可療飢餓。

〔6〕柯園：紹興柯園。其中鑒湖爲其重要景點之一。無錫也有柯園。此處可能指前者，因後面提到尋舸蕩舟。

田子壽詩集跋

噫嘻[1]！此予先世從祖子壽公集也[2]。子壽祖賦性豪宕[3]，明敏慧照[4]，泊如寒生[5]。家無長物，落落耽書史[6]，朝暮不釋卷，即善壯飲亦不足亂書史之一念[7]。裹糧無處不至[8]，俠游無人不賞[9]。師氏章華孫太史[10]，生死大見交情。其所歷覽名公，靡不激拔孤裁[11]，爲其掞藻鍾錬[12]，大擅登壇[13]，漢魏而下，迥邁風馬牛也。愧我家鄄，曾未一付梨棗[14]。緣我祖存，尚未橐脱[15]。迄予父總理世傳，援刀待梓，竟以家難不遂所願。藐予不斐，翻思歲月，悚然汗下[16]。乃手録一帙，從敝篋中掃來以付剞劂[17]。雖不足以盡當時之所長，然一斑一臠[18]，皆足表見，聊以慰前人之苦心，亦以畢吾三世殷殷無已之念也。

歲丁卯蚕秋望日[19]，從曾孫玄沐手書[20]。

【校注】

〔1〕噫嘻：嘆詞。表示讚嘆。

〔2〕從祖：即叔祖，古時凡叔伯同宗之旁系用“從”稱。

〔3〕賦性：天賦秉性。豪宕：謂意氣洋溢，器量闊大。

〔4〕明敏：聰明機敏。慧照：佛教語，猶慧光普照。

〔5〕泊如：恬淡無欲貌。寒生：貧苦的讀書人。

〔6〕落落：形容孤高，與人難合。宋·李綱《辭免尚書右僕射第一表》：“志廣材疏，自笑落落而難合。”

〔7〕亂：即酒醉亂性。書史：經史一類的書籍。

〔8〕裹糧：帶着乾糧。

〔9〕俠游：如俠士般游歷。

〔10〕師氏：老師。章華孫太史：即雲夢孫斯億。

〔11〕靡不：無不，都。激拔孤裁：激励提携。

〔12〕掞藻：音 shàn zǎo。鋪張辭藻。鍾鍊：專注於鎚煉文句。

〔13〕大擅登壇：詩文造詣較高。唐・賈彦璋《王龍驤墓》："昔擅登壇龍，爰光典午朝。"

〔14〕家郵：指田子壽著作。付之梨棗：指刻版刊印書籍。梨棗，舊時刻書多用梨木、棗木，因代稱書版。

〔15〕藁脱：即爲脱稿。這裏是成書的意思。

〔16〕不斐：自愧我的（文才）不够顯著。悚然：形容害怕的樣子。

〔17〕敝篋：破舊的箱子，篋，同"匣"。帙，音 zhì。帛書用囊盛放，叫作帙。後來指書畫外面包着的套子，再演變爲書一套叫作一帙。剞劂：音 jī jué，刻鏤的刀具。《楚辭・嚴忌〈哀時命〉》："握剞劂而不用兮，操規榘而無所施。"這裏指雕版印書。

〔18〕一斑一臠："豹窺一斑，鼎嘗一臠"的簡説。比喻只看到事物的一部分，指所見不全面或略有所得。

〔19〕歲丁卯蚤秋望日：明天啓七年（1627）七月十五日。蚤，通"早"。

〔20〕玄：田玄（1590—1646），字太初，號默顛，容美土司第十九任土司王。是繼田子壽之後最有成就的田氏家族詩人之一，爲田子壽仲兄田九龍曾孫。沐手：洗手，表示敬重虔誠。

田國華詩集

（明）澧水田宗文　著
侄田楚産　輯
華容孫羽侯　選

目　録

*丙戌春日試筆柬六季父〔1〕

梅花樹樹滿江春，憐客經春鬢又新〔2〕。世事變遷驚歲月，人情翻覆失疏親〔3〕。山頭雨色堪供醉，圃外鶯花不厭貧。搔首自慚多萎頓〔4〕，何如石上坐垂綸〔5〕。

【校注】

〔1〕試筆：動筆。唐・陸龜蒙《村夜》："開瓶浮蟻緑，試筆秋毫勁。"季父，叔父。六季父：即田子壽。

〔2〕憐客：指詩人與六季父客居他鄉，同病相憐。

〔3〕人情：人的常情、世情。莊子《逍遥游》："大有徑庭，不近人情焉。"翻覆：反復無常，變化不定。唐・王維《酌酒與裴迪》："酌酒與君君自寬，人情翻覆似波瀾。"

〔4〕萎頓：疲困，没有精神。

〔5〕垂綸：即垂釣。唐・胡令能《小兒垂綸》："蓬頭稚子學垂綸，側坐莓苔草映身。"

*六季父苦雨不至作此促之〔1〕

數椽茅屋倚江灣，寒雨瀟瀟草徑間。望裏白雲常自變，愁來世路總多關。林花紅濕誰同醉，堤柳青垂好共攀。莫惜障泥防度馬〔2〕，須期竹葉破愁顔〔3〕。

【校注】

〔1〕苦雨：久下成灾的雨。《左傳》昭公四年："春無淒風，秋無苦雨。"

〔2〕障泥：位在馬韉兩旁下垂的馬具，用來擋避泥土，所以稱爲"障泥"。北周・庾信《楊柳歌》："連錢障泥渡水騎，白玉手板落盤螭。"

〔3〕竹葉：酒名，竹葉青酒。破愁顏：改變愁苦容顏，即高興起來。唐·李白《登邯鄲洪波臺置酒觀發兵》："擊筑落高月，投壺破愁顏。"

*登山以雨留山院

丹丘風雨氣蕭森[1]，石徑迢遥路轉深。總爲青山堪避世[2]，還因仙院可持心[3]。橋邊瀑布飛瓊屑，雲裏簫聲落鳳音。永夜放歌渾不寐，赤松何處可招尋[4]。

嚴平子評：讀此如皆留山畔[5]。

【校注】

〔1〕丹丘：晝夜長明的神仙處所。唐·韓翃《同題仙游觀》："何用別尋方外去，人間亦自有丹丘。"

〔2〕避世：避開塵世的煩擾。唐·李白《山人勸酒》："稱是秦時避世人，勸酒相歡不知老。"

〔3〕仙院：本指唐代的集賢殿書院。此指詩題中的山院。持心：把握心理狀態，保持平静。

〔4〕赤松：赤松子。古代神話中的仙人。《漢書·張良傳》："願棄人間事，從赤松子游耳。"

〔5〕皆留：偕留。皆與偕通，亦有讀作偕者。《管子·大匡》："公將如齊，與夫人皆行。"郭沫若等集校引李哲明曰："皆，讀爲偕，古字通用。"

*寄方道輿[1]

幾年詞客滯荆州[2]，寥落那堪宋玉秋[3]。風雨薜蘿湖外寺[4]，烟花潮汐海門舟[5]。天回島嶼生歸興[6]，日落衡湘動遠愁[7]。知爾登樓仍有賦[8]，可無飛夢到瀛洲[9]。

【校注】

〔1〕方道與：詩人的朋友。生平失考。

〔2〕詞客：指擅長文辭的人。王維《偶然作》詩之六："宿世謬詞客，前身應畫師。"詩中指方道與。

〔3〕寥落：衰敗，冷落。陶潛《和胡西曹示顧賊曹》："悠悠待秋稼，寥落將賒遲。"宋玉秋：宋玉《九辯》："悲哉，秋之爲氣也！蕭瑟兮草木摇落而變衰。憭慄兮若在遠行。"宋玉，又名子淵，戰國時鄢人，楚辭代表作家之一。生於屈原之後，或曰是屈原弟子。曾事楚頃襄王，好辭賦，有《九辯》《風賦》《高唐賦》《登徒子好色賦》等流傳。

〔4〕薜蘿：薜荔和女蘿。兩者皆野生植物，常攀緣於山野林木或屋壁之上。《楚辭·九歌·山鬼》："若有人兮山之阿，被薜荔兮帶女蘿。"王逸注："女蘿，兔絲也。言山鬼仿佛若人，見於山之阿，被薜荔之衣，以兔絲爲帶也。"後借以指隱者或高士的衣服或高士的住所。《南齊書·高逸傳·宗測》："量腹而進松术，度形而衣薜蘿。"

〔5〕烟花：春天繁花盛開，如烟如霧的樣子。唐·李白《黄鶴樓送孟浩然之廣陵》："故人西辭黄鶴樓，烟花三月下揚州。"潮汐：通常指由於月球和太陽的引力而産生的水位定期漲落的現象。海門：海口。内河通海之處。韋應物《賦得暮雨送李胄》："海門深不見，浦樹遠含滋。"此指長江入海處。

〔6〕天回：天體運轉，時光流逝。漢·桓譚《新論·惜時》："天回日轉，其謝如矢。"歸興：回鄉的興致。

〔7〕衡湘：衡山和湘水的并稱。鄭澤《佩忍初來長沙即席奉贈》："衡湘秋氣清，識子翩來游。"手鈔本作"衡山"，誤抄。

〔8〕登樓：漢末文學家王粲依荆州劉表，不爲所重。偶登麥城城樓，極目四望，感到"紛濁"未已。自己離鄉日久，功業不就，因而渴望改變這種政治局面，藉以施展自己的才能。因作《登樓賦》。後常以"王粲登樓"作爲文人思鄉，懷才不遇的典故。

〔9〕瀛洲：傳説中的仙山。《史記·秦始皇本紀》："海中有三神山，名曰蓬萊、方丈、瀛洲，仙人居之。"唐·李白《夢游天姥吟留别》："海客談瀛洲，烟濤微茫信難求。"

*客有邀飲者有感賦此

送客留髡醉晚風[1]，飛來鴻雁暮雲中[2]。簾前山削芙蓉峻[3]，席上杯傳琥珀濃[4]。客有壯心迴太白[5]，人携匕首是長虹[6]。歡歌莫計藤蘿暝[7]，世路明朝任轉蓬[8]。

【校注】

〔1〕留髡：《史記·滑稽列傳》："日暮酒闌……主人留髡而送客。"謂送走他客而獨留淳于髡極飲盡歡。後因稱留客痛飲爲"留髡"。蘇軾《聞李公擇飲傳國博家大醉》："縱使先生能一石，主人未肯獨留髡。"

〔2〕鴻雁：《漢書·蘇武傳》中有大雁傳書事，後因以喻書信或傳送書信人的代稱。唐·王勃《蜀中九日》："人情已厭南中苦，鴻雁那從北地來。"

〔3〕削：形容陡峭如刀削一般。芙蓉峻：像芙蓉峰般峻秀。亦或指衡山芙蓉峰。

〔4〕琥珀：一種色蠟黄至紅褐，透明，樹脂光澤的有機質礦物。此指色如琥珀的美酒。宋·李清照《浣溪沙》："莫許杯深琥珀濃，未成沉醉意先融。"杯傳，手鈔本作"傳杯"，誤抄。

〔5〕太白：即太白星，金星的别名，因其明亮而大，故稱。又名啓明星、長庚。主兵戈。唐·李白《胡無人行》："雲龍風虎盡交回，太白入月敵可摧。"詩中暗指客詩如"太白"。

〔6〕"人携"句：《戰國策》："聂政之刺韩傀也，白虹贯日。"意謂懷抱利器，胸有韜略。

〔7〕藤蘿：紫藤的通稱。亦泛指有匍匐莖和攀援莖的植物。唐·楊炯《群

官尋楊隱居詩序》："寒山四絶，烟霧蒼蒼；古樹千年，藤蘿漠漠。"瞑：夜晚。比喻昏闇。戰國・宋玉《神女賦》："闇然而瞑，忽不知處。"

〔8〕轉蓬：蓬轉。蓬草隨風飛轉，比喻行蹤無定。唐・李商隱《無題二首》："嗟余聽鼓應官去，走馬蘭臺類轉蓬。"

*艾和甫先生謫西寧有贈〔1〕

逐客飄零萬里游〔2〕，西風黄葉隴山秋〔3〕。白雲不盡思親淚〔4〕，落日長懸去國愁〔5〕。汗血馬牽胡大宛〔6〕，蒲萄人醉漢涼州〔7〕。知君更有劉琨興〔8〕，嘯月悲笳滿戍樓〔9〕。

嚴平子評：大雅之音。

【校注】

〔1〕艾和甫：名穆，字和甫，號純卿，湖南平江人。嘉靖三十七年（1558）舉人，累遷刑部員外郎。因直諫被貶涼州（今甘肅青海一帶），後復起，遷僉都御史巡撫四川，以病歸。西寧：州、衛、府名。宋崇寧三年（1104）置，治今青海西寧市。轄境相當今西寧市及大通、互助、湟中等縣地。元仍爲西寧州，明初改爲衛。

〔2〕逐客：被貶謫遠地的人。唐・杜甫《夢李白》詩之一："江南瘴癘地，逐客無消息。"

〔3〕隴山：六盤山南段的别稱。古時又稱隴坂、隴坻。北魏・酈道元《水經注・斤江水》："隴山、終南山、惇物山在扶風武功縣西南也。"

〔4〕白雲：諭思親。《舊唐書・狄仁傑傳》："其親在河陽别業，仁傑赴并州，登太行山，南望見白雲孤飛，謂左右曰：'吾親所居，在此雲下。'瞻望佇立久之，雲移乃行。"

〔5〕去國：離開京都或朝廷。南朝・宋・顔延之《和謝靈運》："去國還故里，幽門樹蓬藜。"

〔6〕汗血馬：古代西域駿馬名。流汗如血，故稱。後多以指駿馬。《史記·大宛列傳》："得烏孫馬好，名曰'天馬'。及得大宛汗血馬，益壯，更名烏孫馬曰'西極'，名大宛馬曰'天馬'云。"大宛：古國名。爲西域三十六國之一，北通康居，南面和西南面與大月氏接，産汗血馬。見《史記·大宛列傳》《漢書·西域傳上·大宛國》。

〔7〕蒲萄：同"葡萄"。涼州：州、衛、府名。西漢武帝置涼州，爲十三刺史部之一。東漢時治隴縣（今甘肅張家川）。自唐人王之涣的《涼州詞》聞名以後，便常作爲邊塞的代稱也作邊塞詩詞和邊塞歌舞的代稱。唐·王昌齡《殿前曲》之二："胡部笙歌西殿頭，梨園弟子和涼州。"

〔8〕劉琨：西晉將領，詩人。字越石，中山魏昌（今河北無極）人。因其邊塞詩寫得好，劉琨興即反映邊塞軍旅生活的興趣。唐·劉闢《登樓望月二首》："嘯逸劉琨興，吟資庾亮情。"

〔9〕戍樓：邊防駐軍的瞭望樓。南朝·梁元帝《登堤望水》："旅泊依村樹，江槎擁戍樓。"

*春日與六季父飲東墅酒家〔1〕

芳郊藉草共招呼〔2〕，花下開樽興不孤。人自竹林成二阮〔3〕，山從物外似方壺〔4〕。春風曲曲吹芳芷〔5〕，明月亭亭挂碧梧〔6〕。世事浮沉那足問〔7〕，且將身逐酒家胡〔8〕。

嚴平子評曰：澹蕩自賞。

【校注】

〔1〕東墅酒家：酒店名。手鈔本無"家"字。

〔2〕藉：坐卧其上。晉·孫綽《游天台山賦》："藉萋萋之纖草。"唐·李善注："以草薦地而坐曰藉。"

〔3〕二阮：魏晉間的嵇康、阮籍、山濤、向秀、阮咸、王戎、劉伶七人相

與友善，游於竹林，號爲七賢。其中阮籍、阮咸爲叔侄，詩人與田九齡亦爲叔侄，故有此喻。

〔4〕物外：世俗之外。《晉書·單道開傳》："後至海南，入羅浮山，蕭然物外。"方壺：傳説中的東海神山。

〔5〕曲曲：輕勻貌。芷：香草名。此指芳草。

〔6〕亭亭：高貌。曹丕《雜詩》："西北有浮雲，亭亭如車蓋。"碧梧：緑色的梧桐樹。唐·杜甫《秋興詩八首》之八："香稻啄餘鸚鵡粒，碧梧棲老鳳皇枝。"

〔7〕那，底本作"郡"，該字旁邊批有"那"字，從之。

〔8〕酒家胡：原指當壚侍酒的胡姬。後亦泛指酒家侍者或賣酒婦女。宋·黄庭堅《奉和文潛贈無咎以既見君子云胡不喜爲韻》："但見索酒郎，不見酒家胡。"

又

結轡晴郊外[1]，徘徊北浦前[2]。酒邀山逕月，衣帶石湖烟[3]。野吹驚幽鳥[4]，溪花撲釣船。興來還欲賦，佳思滿前川[5]。

【校注】

〔1〕結轡：拴住馬。轡，馭馬的繮繩。

〔2〕北浦：北面的水邊。唐·盧尚書《哭李遠》："才收北浦一竿釣，未了西齋半局棋。"手鈔本作"兆浦"，誤抄。

〔3〕石湖：在蘇州市盤門外西南十里，相傳爲范蠡泛舟五湖之入口。南宋范成大晚年隱居於此，號"石湖居士"。詩人這裏非實指，借其隱逸之意。

〔4〕野吹：指曠野上的管樂吹奏。唐·李端《代宗挽歌》："寒霜凝羽葆，野吹咽笳簫。"

〔5〕佳思：良好的心緒和構思。宋·陳師道《晚望》："稱目有佳思，側徑無好步。"

* 答寄武陵龍君超〔1〕

天清一葉下丹楓〔2〕，忽謾題詩問桂叢〔3〕。萬里壯懷愁未減〔4〕，十年塵事坐來空〔5〕。虛堂蟋蟀西風裏，別浦蒹葭白露中〔6〕。一自武陵人去後〔7〕，桃花開處與誰同。

【校注】

〔1〕答，手鈔本無。武陵：郡名。漢高帝改黔中郡爲武陵郡，隸屬荆州刺史部，"武陵"這個名詞便在歷史上長期使用。《水經注·沅水》載："漢高祖二年（前205），割黔中故治爲武陵郡。"詩中的武陵僅指武陵源而已。龍君超：武陵常德人，生平不詳。

〔2〕天清：天氣清朗。丹楓：經霜泛紅的楓葉。唐·李商隱《訪秋》："殷勤報秋意，只是有丹楓。"

〔3〕謾：通"漫"。聊且。桂叢：古謂科舉及第爲"折桂"。

〔4〕壯懷：豪壯的胸懷。唐·韓愈《送石處士赴河陽幕》："風雲入壯懷，泉石別幽耳。"

〔5〕塵事：塵俗之事。晉·陶潛《辛丑歲七月赴假還江陵夜行塗中》："閒居三十載，遂與塵事冥。"

〔6〕虛堂：高堂。唐·戎昱《客堂秋夕》："隔窗螢影滅復流，北風微雨虛堂秋。"蒹葭：古詩中指蘆葦類植物。

〔7〕武陵人：用《桃花源記》中武陵捕魚人典。

* 山房夜坐感季父近築有遯意〔1〕

嗷嗷猿聲夜已分〔2〕，松風寂歷醉中聞〔3〕。空山野笛吹寒月〔4〕，古寺疏鐘度白雲〔5〕。客在義熙身是酒〔6〕，人歸愚谷鹿爲群〔7〕。比年共有幽棲興〔8〕，獨往飄飄總愧君〔9〕。

【校注】

〔1〕築：所建房屋。遯：隱遯，回避，隱居。

〔2〕噭噭：猿叫聲。晉・謝靈運《登石門最高頂》：“噭噭夜猿啼。”

〔3〕松風：松林之風。唐・杜甫：《玉華宫》：“溪回松風長，蒼鼠竄古瓦。”寂歷：冷清。明・湯顯祖《江宿》：“寂歷秋江漁火稀，起看殘月映林微。”

〔4〕野笛：野外傳來的笛聲或放浪不羈的笛聲。宋・劉辰翁《水調歌頭》：“恨無人，横野笛，叫關山。”寒月：清寒的月光。宋・文天祥《金陵驛二首》：“老去秋風吹我惡，夢回寒月照人孤。”

〔5〕疏鐘：稀疏的鐘聲。清・陳廷敬《送少師衛公致政還曲沃》：“夢繞細旃聞夜雨，春回長樂遠疏鐘。”

〔6〕義熙：東晉安帝年號（405—418）。陶淵明於義熙元年歸田，不再出仕，長期躬耕，以詩酒爲伴。

〔7〕愚谷：即愚公谷。見本書《田子壽詩集》卷之四《山居雜咏》其二注釋。

〔8〕比年：近年。幽棲：隱居。唐・杜甫《寄李十二白二十韻》：“未負幽棲志，兼全寵辱身。”

〔9〕獨往：猶言孤往獨來。飄飄：輕盈舒緩，超塵脱俗的樣子。

*投贈陳長陽〔1〕

仙吏星軺出建章〔2〕，到來花色似河陽〔3〕。尊前客下陳蕃榻〔4〕，賦裹蘭裁楚國香〔5〕。夢斷薜蘿回洛水〔6〕，興高雲物滿瀟湘〔7〕。陽春欲和慚非調〔8〕，北望空懸宓子堂〔9〕。

【校注】

〔1〕投贈：贈送。唐・王昌齡《何九於客舍集》：“此意投贈君，滄波風

梟梟。”陳長陽：即長陽縣令陳元勳，見本書《田子壽詩集》卷之五《長陽懷陳元勳明府》注釋。

〔2〕仙吏：仙界、天庭的職事人員。此處美稱皇帝使者。星軺：古代稱皇帝的使者爲“星使”，因稱使者所乘車爲“星軺”。代稱使者。軺，音 yáo。建章：漢代長安宫殿名。這裏代指京城宫闕。南朝・齊・謝朓《暫使下都夜發新林至京邑贈西府同僚詩》：“金波麗鳷鵲，玉繩低建章。”

〔3〕河陽：用“河陽一縣花”典。晉潘岳任河陽（今河南省孟縣西）縣令，於一縣遍種桃李，傳爲美談。後遂用“河陽一縣花”“花縣”喻地方官善於治理。唐・李商隱《縣中惱飲席》：“若無江氏五色筆，争奈河陽一縣花。”

〔4〕陳蕃榻：後漢陳蕃爲太守，在郡不接賓客，唯徐穉來特設一榻，去則懸之。見《後漢書・徐穉傳》。後因以“陳蕃榻”爲禮賢下士之典。唐・李白《寄崔侍御》：“高人屢解陳蕃榻，過客難登謝朓樓。”

〔5〕裁：寫作。屈賦中用香草比喻忠臣之士，用“滋蘭”“樹蕙”比喻培育人才。

〔6〕薜蘿：見本卷《寄方道與》注釋。洛水：古水名。河南、陝西、四川均有洛水。此當指河南洛水，即今之洛河。

〔7〕雲物：景物，景色。南朝・齊・謝朓《高松賦》：“爾乃青春受謝，雲物含明，江皋緑草，暖然已平。”瀟湘：湘江與瀟水的并稱。多借指今湖南地區。唐・杜甫《去蜀》：“如何關塞阻，轉作瀟湘游。”

〔8〕陽春：用“陽春白雪”典。原指戰國時楚國的高雅曲子。《文選・宋玉〈對楚王問〉》：“其爲《陽阿》《薤露》，國中屬而和者數百人。其爲《陽春》《白雪》，國中有屬而和者，不過數十人而已。”唐・李周翰注：“《陽春》《白雪》，高曲名也。”後因用以泛指高雅的曲子及詩文。

〔9〕北望：面北而望。宋・陸游《書憤》：“早歲那知世事艱，中原北望氣如山。”宓子：即宓子賤。見本書《田子壽詩集》卷之三《寄沈明府》注釋。

* 寄郭美命太史〔1〕

仙郎起草侍黄麻〔2〕，白玉堂開紫禁斜〔3〕。池泛濯龍沾雨露〔4〕，城窺丹鳳入雲霞。歌邊人醉新豐月〔5〕，柳外衣沾上苑花〔6〕。揮灑定應饒楚調〔7〕，陽春早已獻重華〔8〕。

【校注】

〔1〕郭美命：郭正域，字美命。江夏人。萬曆十一年（1583）進士，選庶吉士，授編修。博通典籍，曾爲光宗講官。累遷禮部侍郎。嘗上疏議奪黄光昇、許論、吕本謚號。終不行。忤首輔沈一貫。後妖書事起，或引正域，將置之死，以舉朝不平，且無佐證，得免。卒於家。

〔2〕黄麻：用黄麻製成的紙，古代詔書用。亦借指詔書。據唐·李肇《翰林志》載，凡賜與、徵召、宣索、處分曰詔，用白藤紙；凡慰軍旅，用黄麻紙并印。宋·葉適《直院中書莫公殂往哀痛不能成文輒留小詩靈几并致鱸魚金柑爲奠》："閣老今無地上身，黄麻紫誥兩沉淪。"

〔3〕白玉堂：指翰林院。唐·杜甫《八哀詩·故右僕射相國曲江張公九齡》："上君白玉堂，倚君金華省。"開，手鈔本作"前"，誤抄。紫禁：古人以紫微垣比喻皇帝的居處，因稱皇宫爲紫禁。此處當實指紫微垣。斜：向偏離正中或正前方的方向移動。唐·杜甫《杜衛宅守歲》："四十明朝過，飛騰暮景斜。"

〔4〕濯龍：漢代宫苑名，在洛陽西南角，也泛指池名。《後漢書·皇后紀上·明德馬皇后》："帝幸濯龍中，并召諸才人。"《後漢書·桓帝紀》："庚午，祠黄老於濯龍宫。"南朝·陳·徐陵《洛陽道》詩之二："濯龍望如霧，河橋渡似雷。"沾，手鈔本作"生"，誤抄。

〔5〕新豐：指美酒。王維《少年行》："新豐美酒斗十千，咸陽游俠多少年。"

〔6〕上苑：即上林苑。古代供帝王游賞或打獵的園囿。

〔7〕揮灑：揮毫灑墨。楚調：楚地的曲調。唐陶翰《燕歌行》："請君留

楚調，聽我吟燕歌。”

〔8〕重華：虞舜名。漢·王逸《九思》：“周八極兮歷九州，求軒轅兮索重華。”

*張公叔見佐郡武昌投贈〔1〕

武昌南面有高樓〔2〕，萬古雄風覽勝游。懷抱渾如雲夢闊〔3〕，詞源遥帶錦川流〔4〕。樽前水月頭陀寺〔5〕，檻外烟花處士洲〔6〕。爲問登臨江上日〔7〕，可能不使使君愁〔8〕。

嚴平子評：軒軒霞舉〔9〕。

【校注】

〔1〕張叔見：生平不詳。郡：地方行政區域名。明時不設，此指相當於郡的行政區域。張叔見爲武昌郡丞，係副職，故稱“佐郡”。

〔2〕南面有高樓：即武昌南樓。亦稱“庾公樓”。據《武昌縣志》記載，此樓原爲三國時吴王孫權之端門，迄今已有一千七百年的歷史。因其在古武昌郡治之南，又因樓閣朝南而立，所以被稱爲“南樓”。

〔3〕雲夢：見本書《田子壽詩集》卷之七《國華侄卜居澧上賦寄》。

〔4〕錦川：即錦江。唐·王勃《重别薛華》：“明月沉珠浦，秋風濯錦川。”手鈔本作“歸川”，誤抄。

〔5〕頭陀寺：此指漢陽歸元寺。

〔6〕處士洲：此指漢陽西南長江中的鸚鵡洲。

〔7〕江上日，手鈔本作“江上月”，誤抄。

〔8〕使君：漢時稱刺史爲使君，此處是對張叔見的尊稱。

〔9〕軒軒：高揚貌，飛舉貌。南朝·宋·謝惠連《長安有狹斜行》：“帟帟雕輪馳，軒軒翠盖舒。”霞舉：喻高遠。道宣《續高僧傳·譯經四·梵僧那提》：“詞出珠聯，理暢霞舉。”

*寄江夏彭東澤[1]

羡爾千夫俊[2]，憐予萬里愁[3]。春風迴遠嶂[4]，草色滿滄州[5]。月出漢陽樹[6]，人依黄鶴樓。試看飛動意[7]，飽翮好搏秋[8]。

嚴平子評：平淡語，却有真意。

【校注】

〔1〕江夏：舊縣名。即今武昌。彭東澤：生平未詳。

〔2〕千夫俊：指彭東澤是千裏挑一的俊才。夫，成年男子。

〔3〕憐：哀憐，同情。

〔4〕嶂：高險如屏障的山。范仲淹《漁家傲》："千嶂裏，長烟落日孤城閉。"

〔5〕滄州：濱水之地。古時常用來稱隱士居處。南朝·齊·謝朓《之宣城郡出新林浦向板橋》："既歡懷禄情，復協滄州趣。"

〔6〕漢陽：即今湖北武漢市三鎮之漢陽。

〔7〕飛動：猶振奮。唐·杜甫《贈高式顔》："平生飛動意，見爾不能無。"

〔8〕飽翮：羽翼豐健。搏：盤旋飛翔。手鈔本作"摶"，誤抄。

*山莊小築謝客有懷武陵龍君善君贇陳智夫諸君[1]

春風習習滿松筠[2]，山館新開絶四鄰[3]。却憶仙源花下客[4]，息機終日對漁人[5]。

【校注】

〔1〕山莊小築：從詩景詩意，當指詩人在湖南澧州的山館。龍君善、君贇、

陳智夫：後二人生平均不詳。按詩題似是武陵常德人。龍君善、君贊與詩中多處出現的龍君超當是同宗。龍君善，嘉靖三十七年（1558）舉人，時任金椒縣知縣的佘翔有《寄龍君善》五言律三首，王世貞亦有《寄龍君善博士》詩。

〔2〕習習：微風和煦貌。�：細竹。

〔3〕山館：山中的宅舍。即“山莊小築”。清·顧炎武《攝山》：“徵君舊宅此山中，山館孱顔往迹空。”

〔4〕仙源：特指理想境地桃花源，借指風景勝地或安謐的僻境。唐·王維《桃源行》：“春來遍是桃花水，不辨仙源何處尋。”

〔5〕息機：息滅機心。王禹偁《前普州刺史康公預撰神道碑》：“君子知命，達人息機。”

又

清溪遥帶石堂斜[1]，謝客仍稱處士家[2]。白眼醉來還自傲[3]，誤疑身在武陵花。

【校注】

〔1〕石堂：指“山莊小築”。

〔2〕處士：有才德而隱居不仕的人。

〔3〕白眼：露出眼白。《晉書·阮籍傳》：“籍又能爲青白眼，見禮俗之士，以白眼對之。”

又

空山日日採芳蓀[1]，野色晴雲護石門[2]。西極從來霜雪冷[3]，欲騎黄鶴向崑崙[4]。

【校注】

〔1〕芳蓀：香草名。唐・杜甫《別李義》："憶昔初見時，小襦繡芳蓀。"

〔2〕野色：野郊的景色。唐・白居易《冀城北原作》："野色何莽蒼，秋聲亦蕭疏。"石門：山名。《方輿紀要・湖廣岳州府澧州石門縣》："石門山，縣西二十五里。岩石壁立如門，縣以此名。"

〔3〕西極：謂西方極遠之地。《楚辭・離騷》："朝發軔於天津兮，夕余至乎西極。"

〔4〕向，手鈔本作"上"，誤抄。

*奉呈殷夷陵海岱公〔1〕

使君爲政楚西隅，鎮日風流吏事無。千載秦灰餘劫土〔2〕，一天湘月藹和珠〔3〕。猿啼旅夢醒巫峽，花發鄉心滿石湖。白雪倡來高自絶〔4〕，和歌寧復數巴渝。

【校注】

〔1〕奉呈：獻上。蘇軾《與趙德麟書》之二："三日臂痛，今日幸減，録舊詩一首奉承。"殷夷陵：見本書"附録・附三"。

〔2〕秦灰：《史記・楚世家》載：楚頃襄王二十一年（前278），"秦將白起遂拔我郢，燒先王墓夷陵"。田詩所説"秦灰"當指此事。詩人因殷都任夷陵知州，故用此典。劫土：經過災難後的土地。

〔3〕藹：映照。《文選・江淹〈雜體詩・效袁淑從駕〉》："羽衛藹流景，彩吹震沉淵。"唐・張銑注："藹，映也。"和珠："和氏璧"與"隋珠"的合稱。

〔4〕白雪：雅曲名。與《陽春》同爲戰國時期楚國的兩支高雅歌曲。徐霖《繡襦記・鳴珂嘲宴》："白雪陽春無敵，行雲響遏。"詳見前《投贈陳長陽》注。手鈔本作"白雲"，誤抄。

*從季父飲中得龍君超君善書因有卜居桃川之約[1]

數椽茅屋倚江濱[2]，縱飲雄談不計貧。霄漢故交鴻雁字[3]，舟航漁父晉秦人。溪沿桃樹應含笑，水泛胡麻易問津[4]。任是風流嗣阮籍[5]，那如同卜武陵春。

嚴平子評：字句渾融，一掃綺羅之風。[6]

【校注】

〔1〕桃川：即湖南桃源縣之桃花源。建有桃川萬壽宮。宋・王十朋《過桃川萬壽宫》："翁子洞頭魂黯黯，桃川山上目凄凄。"翁子洞在桃源與沅陵交界處的柳林汊。

〔2〕椽：椽子，放在檩上架着屋面板或瓦的木條。宋・陸游《夜雨》詩之二："寒雨連三夕，幽居只數椽。"

〔3〕霄漢：高天，喻遥遠，高遠。唐・杜甫《送陵州路使君之任》："霄漢瞻佳士，泥塗任此身。"鴻雁字：喻指書信。

〔4〕"水泛"句：用劉晨、阮肇典。見本書《田子壽詩集》卷之三《觀國山贈女道士苟正覺》注釋。

〔5〕嗣：繼承，接續。阮籍：魏晉"竹林七賢"之一。

〔6〕渾融：謂融會不顯露，這裏是厚重和諧之義，跟下文的"綺羅"成相反意義。《資治通鑒續編・宋紀・一百七十》："精思明辨，表裏渾融。"

*奉送殷夷陵開美入覲[1]

五馬翩翩戀闕遥[2]，裔雲旭日滿征軺[3]。風高客路夷門道[4]，傳擁奚囊豫讓橋[5]。柳色晴牽南國興，鶯聲春答漢宫韶[6]。共知薦最明堂日[7]，獨有循良早見招[8]。

【校注】

〔1〕奉送：恭送。殷夷陵：詳見“附録・附三”。入覲：指地方官員入朝進見君王。《詩・大雅・韓奕》：“韓侯入覲，以其介圭，入覲于王。”

〔2〕五馬：漢時太守乘坐的車用五匹馬駕轅，因借指太守的車駕。後用作太守的代稱。《玉臺新咏・日出東南隅行》：“使君從南來，五馬立踟躕。”

〔3〕矞雲：三色彩雲，古代以爲瑞徵。矞，音 yù。《文選・左思〈魏都賦〉》：“矞雲翔龍，澤馬於阜。”征軺：遠行的車。清・曹寅《過沂水有懷芷園弟》：“寒事顓臾早，征軺沂水初。”

〔4〕夷門：戰國魏都城的東門。故址在今河南開封城内東北隅。因夷山而得名。故開封亦别稱夷門。

〔5〕傳擁奚囊：書傳、著作裝滿了詩囊。豫讓橋：即汾橋。古橋名。故址在今山西陽曲縣東的汾水之上。相傳戰國初晉刺客豫讓爲其主智伯報仇，暗伏於此橋下刺殺趙襄子。

〔6〕韶：虞舜時的樂名。亦指美好。

〔7〕薦最：薦引優秀的。明堂：古代天子宣明政教舉行大典的地方。漢・曹植《七啓》：“贊典禮於辟雍，講文德於明堂。”

〔8〕循良：奉公守法的官吏。唐・柳宗元《柳州謝上表》：“常以萬邦共理，必藉於循良。”

*出谷亭在九谿仙侣洞[1]

鳴榔隨曉浪[2]，出谷此登亭。洞自仙爲侣，人慚客是星[3]。月華虚動白[4]，蘿薜半垂青。放逐憂讒者[5]，凄然咏采苓[7]。

嚴平子評：翩翩可愛。

【校注】

〔1〕出谷亭：容美九溪古城東二百米的漤水岸有仙侣洞、出谷亭、興國寺、文廟、城隍廟、玉皇閣、六陽樓等名勝古迹，至今地名尚存。

〔2〕鳴榔：在船上唱歌時，敲船舷作節拍。唐·李白《送殷淑》："惜别耐取醉，鳴榔且長謡。"

〔3〕客是星：用乘槎泛天河典。感嘆人的一生匆匆而過，就像流星一般。

〔4〕月華：即月光，亦指月周圍的暈光。《文選·沈休文〈應王中丞思遠咏月〉》："月華臨静夜，夜静滅氛埃。"虚動白：取"虚室生白"之意，指在月光下的澄澈明朗的境界。

〔5〕放逐：被貶官後放到離京較遠的邊荒之地。憂讒者：憂慮在皇帝或上官面前進讒言説壞話的人。

〔6〕采苓：《詩·唐風》篇名。苓，即茯苓，一種植物。手鈔本作"采芩"，誤抄。

*登遇仙樓〔1〕

飛樓縹緲思悠悠，仙客虚無野客游〔2〕。芳草寒雲人代謝〔3〕，紅塵赤日古今愁。薜□夢繞空山月〔4〕，風雨心懸故里秋。多難不堪摇落後〔5〕，潸然雙淚俯江流。〔6〕

【校注】

〔1〕遇仙樓：在澧州城東，即今澧縣縣城東面。

〔2〕野客：村野之人。多借指隱者。

〔3〕代謝：新舊交替。唐·孟浩然《與諸子登峴山》："人事有代謝，往來成古今。"

〔4〕薜□，手鈔本作"薜蘿"，似應從之。空山：幽深少人的山林。唐·韋應物《寄全椒山中道士》："落葉滿空山，何處尋行迹。"手鈔本作"空中"，

誤抄。

〔5〕摇落：凋殘，零落。明·何景明《答望之》："江湖更摇落，何處可安棲。"

〔6〕潸然：流淚的樣子。唐·劉長卿《新年作》："鄉心新歲切，天畔獨潸然。"

*賓鶴樓澧陽郭仁父家園[1]

樓居頻謝客，孤鶴自爲群。夢繞青田月[2]，神游紫蓋雲[3]。舞將花影亂，鳴與澗流分。不盡尋仙興[4]，相期逐紫氛[5]。

嚴平子評："乃無膚語犯其筆端。"

【校注】

〔1〕賓鶴樓：當在澧陽的某個地方。澧陽：在湖南澧縣，位置不詳，也可能在湖南石門縣，因石門縣舊稱澧陽。父：對老人的尊稱或對男子的美稱。田國華叔父田子壽有《賓鶴樓爲郭仁所翁賦》詩。

〔2〕青田：縣名。在浙江省東南。以青田山得名。青田山爲道教所稱三十六洞天之一，名"青田大鶴天"。

〔3〕紫蓋：南嶽衡山有紫蓋峰。借指衡山。這裏用紫蓋雲借代仙界祥雲。

〔4〕不盡，手鈔本作"不興"，誤抄。

〔5〕逐紫氛：即追求神仙境界。紫氛，紫氣，祥瑞之氣。

*似默李丈過訪言愁酒酣賦贈[1]

片月石門高[2]，溪聲落遠濤。庭花開夜合，卮酒薦松醪[3]。舌在心猶壯，愁多思轉勞。踟躕風雨夕[4]，拉淚讀離騷[5]。

【校注】

〔1〕李似默：岳陽人。或爲劍客，餘不詳。

〔2〕片月：弦月。南朝·陳·徐陵《走筆戲書應令》："片月窺花簟，輕寒入錦巾。"石門：指石門山。詳見《山莊小築謝客有懷武陵龍君善君贊陳智夫諸君》注釋。這裏的石門也許就是實景。

〔3〕巵酒：一杯酒。《戰國策·齊策二》："楚有祠者，賜其舍人巵酒。"松醪：用松肪或松花釀的酒。唐·戎昱《送張秀才之長沙》："松醪能醉客，慎勿滯湘潭。"

〔4〕踟躕：徘徊不前的樣子。《樂府詩集·陌上桑》："使君從南來，五馬立踟躕。"

〔5〕抆淚：擦眼淚。《楚辭·九章·悲回風》："孤子唫而抆淚兮，放子出而不還。"宋·洪興祖補注："抆，拭也。"手鈔本作"放淚"，誤抄。

*泊舟石門呈張明府〔1〕

孤舟牽宿霧〔2〕，長嘯寄山川〔3〕。賦識張衡秀〔4〕，琴多宓子賢〔5〕。心飛閩海月〔6〕，興滿石門烟。欲和陽春調，應慚下里篇。

【校注】

〔1〕石門：今湖南石門縣。晉置澧陽縣，南朝陳改石門縣。張明府：見"附録·附三"。

〔2〕宿霧：夜霧。晉·陶潛《咏貧士》："朝霞開宿霧，衆鳥相與飛。"

〔3〕長嘯：撮口發出悠長清越的聲音。古人常以此述志。晉·曹植《美女篇》："顧盼遺光彩，長嘯氣若蘭。"

〔4〕張衡：東漢人，著有《二京賦》《歸田賦》等。

〔5〕宓子：即宓子賤。

〔6〕閩海：指福建近海地帶。明·徐渭《君從》："君從閩海下南昌，正

值中官降玉皇。”

*山房秋興

丹楓淅淅下林皋[1]，細雨西風對濁醪[2]。讀罷離騷回首處，瀟然一榻白雲高[3]。

又

嶺上猿聲月下聞，蕭條清興出塵氛[4]。醉騎野鶴空山外，兩腋西風萬壑雲。

【校注】

〔1〕林皋：水邊高低生林木處，也泛指山林。《莊子・知北游》："山林與！皋壤與！使我欣欣然而樂與！"手鈔本作"裹皋"，誤抄。

〔2〕濁醪：鄉間土法釀製的一種濁酒。

〔3〕瀟然：這裏是自由放縱的意思。

〔4〕塵氛：見本書《田子壽詩集》卷之三《山居秋夜》注釋。

*寄碧霞元君[1]

十二峰頭鼓八璈[2]，青風綷綵赤霜袍[3]。探奇我亦東方朔[4]，何日山頭採碧桃[5]。

【校注】

〔1〕碧霞元君：道教神名。傳説是東嶽大帝之女，宋真宗時封爲天仙玉女

碧霞元君。這裏可能是高稱女道士苟正覺。見“附録·附三”苟正覺條。

〔2〕八璈：八琅之璈，古樂器名。璈，音 áo。《漢武帝内傳》：“王母乃命諸侍女王子登彈八琅之璈。”

〔3〕青風：春風。綷縩：音 cuì cài，衣服摩擦聲。《漢書·外戚傳下·孝成班婕妤》：“感幃帳兮發紅羅，紛綷縩兮紈素聲。”顔師古注：“綷縩，衣聲也。”

〔4〕東方朔：西漢人，字曼倩。武帝時，爲太中大夫。性詼諧滑稽，知識淵博。傳本是天上神仙，西王母種桃，三千年一結實，東方朔曾三次偷食。事見《漢武故事》。

〔5〕碧桃：即傳説中三千年花三千年實的仙桃。唐·高蟾《下第後上永崇高侍郎》：“天上碧桃和露種，日邊紅杏倚雲栽。”

*攜家澧浦諸昆季餞送志别〔1〕

山川迢遞草菲菲〔2〕，送别關頭客漸稀。世事久拚莊叟夢〔3〕，去來難辨塞翁機〔4〕。蕭條馬色凌風遠〔5〕，歷亂鴻聲帶雨飛〔6〕。惆悵有誰同吊古〔7〕，屈原祠畔淚沾衣〔8〕。

嚴平子評：熟景説來得人，未有深心至情，何以少年遂臻此景？大是俊物。

【校注】

〔1〕澧浦：澧水邊。具體位置約指今湖南澧縣澧陽鎮一帶的澧水岸邊。昆季：兄弟。長爲昆，幼爲季。北朝·顔之推《顔氏家訓·風操》：“行路相逢，便定昆季；望年觀貌，不擇是非。”餞送：設酒送别。

〔2〕迢遞：遥遠貌。晉·嵇康《琴賦》：“指蒼梧之迢遞，臨迴江之威夷。”手鈔本作“迢遥”，誤抄。菲菲：花草盛多貌。唐·杜甫《甘林》：“相攜行豆田，秋花靄菲菲。”

〔3〕拚：同“翻”。《集韻》：“孚袁切，與翻同。”莊叟夢：即“莊生夢蝶”。《莊子・齊物論》：“昔者莊周夢爲胡蝶，栩栩然胡蝶也；自喻適志與，不知周也；俄然覺，則蘧蘧然周也。不知周之夢爲胡蝶與，胡蝶之夢爲周與？周與胡蝶，則必有分矣，此之爲物化。”

〔4〕塞翁機：即“塞翁失馬，焉知非福”。見《淮南子・人間訓》。後因以喻禍福相倚，壞事變成好事。機，事物發展之所由。

〔5〕蕭條：寂寞冷落。宋・王安石《離鄞至菁江東望》：“村落蕭條夜氣生，側身東望一傷情。”馬色：指馬奔跑的狀態。《莊子・盗跖篇》：“今者闕然數日不見，車馬有行色，得微往見跖耶？”

〔6〕歷亂：紛亂，雜亂。唐・盧照鄰《芳樹》：“風歸花歷亂，日度影参差。”

〔7〕惆悵：因失意或失望而傷感、懊惱。宋・蘇軾《夢中絶句》：“落英滿地君不見，惆悵春光又一年。”吊古：憑吊往古之事。唐・陳與義《登岳陽樓》：“白頭吊古霜風裏，老木蒼波無限悲。”

〔8〕屈原祠：紀念屈原的祠廟。在洞庭湖流域多見。詩中係指湖南澧縣的“三閭大夫祠”。

*感　述

五溪銅柱暗寒烟〔1〕，回首依然抱病年〔2〕。有地已全歸禹貢〔3〕，殊方何事异堯天〔4〕。愁聞豺虎横原野〔5〕，不見南風起陌阡〔6〕。只尺講堂餘化在〔7〕，願同文物入薰弦〔8〕。

嚴平子評：如讀《難蜀父老》文〔9〕，身處其中，信自難堪。

【校注】

〔1〕五溪銅柱：溪州銅柱。五代十國時楚王馬希範所立。後晉天福五年，楚劉勍以火箭焚溪州首領彭士愁寨，士愁大敗，遣其子帥諸酋長納溪、錦、奬

三州印，請降於楚。楚王以銅五千斤鑄柱，高丈二尺，入地六尺，命學士李皋銘誓狀於其上。見《舊五代史·晉書·高祖紀五》《資治通鑒·後晉天福五年》。銅柱原立於湖南省永順縣酉水河岸，後因修建鳳灘水庫和電站而幾經遷移。現存放王村溪州民俗風光館。

〔2〕抱病年：東漢光武帝建武二十四年（48），一説爲二十五年，伏波將軍馬援率軍平武谿蠻，翌年三月染病在軍中病故。“抱病年”似指此事。

〔3〕已全，手鈔本作“已經”，誤抄。

〔4〕殊方：遠方，异域。唐·王維《曉行巴峽》：“人作殊方語，鶯爲舊國聲。”

〔5〕豺虎：喻兇狠殘暴的寇盜、异族入侵者。漢·王粲《七哀詩》：“西京亂無象，豺虎方遘患。”

〔6〕南風：古樂曲名，又稱南薰，乃和平繁榮的惠政之歌。相傳爲虞舜所作。《禮記·樂記》：“昔者舜作五弦之琴，以歌南風。”

〔7〕只尺：同“咫尺”。距離近，地方狹小。《左傳》僖公九年：“天威不違顏咫尺。”講堂：儒師講學的堂舍。《後漢書·翟酺傳》：“光武初興，愍其荒廢，起太學博士舍、内外講堂，諸生橫巷，爲海内所集。”

〔8〕文物：舊爲禮樂、典章制度的統稱。這裏是文化風物之義。唐·杜甫《行次昭陵》：“文物多師古，朝廷半老儒。”薰弦：《孔子家語·辨樂》：“昔者舜彈五弦之琴，造南風之詩。其詩曰：‘南風之薰兮，可以解吾民之愠兮；南風之時兮，可以阜吾民之財兮。’”後以“薰弦”指《南風歌》。

〔9〕《難蜀父老》：亦稱《喻難蜀父老書》《與蜀父老詰難》。是司馬相如以中郎將身份出使西南時，托言難蜀父老與之辯詰，上駁朝廷重臣的錯誤認識，爲堅定漢武帝開發西南的決心而作的一篇文章。手鈔本作“蜀難父老”。

*有　感

石門寒雨暗芳蓀〔1〕，霧隱雲霾虎自蹲〔2〕。四海南風時正動〔3〕，五溪白日晝長昏〔4〕。

【校注】

〔1〕石門：或指詩人避居之處。芳蓀：見本卷《山莊小築謝客有懷武陵龍君善君贊陳智夫諸君》注釋。

〔2〕霾：大氣呈混濁狀態的一種天氣現象。《爾雅·釋天》："風而雨土爲霾。"蹲：虎踞伏狀。

〔3〕南風：喻惠政。詳見前篇《感述》注釋。

〔4〕五溪：地名。指雄溪、樠溪、無溪、酉溪、辰溪。一説指雄溪、蒲溪、酉溪、沅溪、辰溪。漢屬武陵郡，爲土家、苗家等少數民族聚居地。北魏·酈道元《水經注·沅水》："武陵有五溪，謂雄溪、樠溪、無溪、酉溪、辰溪其一焉。"白日：太陽；陽光。《文選·宋玉〈神女賦序〉》："其始來也，耀乎若白日初出照屋梁。"

*寄呈周太霞先生〔1〕

憶昔采真浮漢水〔2〕，丈人江閣重相留〔3〕。譚禪花落三千界〔4〕，吹笛寒生十二樓〔5〕。露下雁來梁苑曉〔6〕，月明人醉習池秋〔7〕。只今心逐湘雲斷〔8〕，獨倚西風萬壑愁。

【校注】

〔1〕周太霞：即周紹稷。田國華叔父田子壽有《留别外史周太霞先》《呈太霞周太史先生》《秋日寄周太史漢上》《登襄陽城樓東吴子喬兼呈周太史》等詩篇。周紹稷也給《田子壽詩集》寫了序。見"附録·附三"。

〔2〕采真：道教語。指順乎天性，放任自然。《莊子·天運》："古之至人，假道於仁，托宿於義，以游逍遥之虚，食於苟簡之田，立於不貸之圃。逍遥，無爲也；苟簡，易養也；不貸，無出也。古者謂是采真之游。"晉·郭象

注："游而任之，斯真采也。真采則色不僞矣。"

〔3〕丈人：古時對老人的尊稱。唐·孔穎達疏："丈人，謂莊嚴尊重之人。"《論語·微子》："子路從而後，遇丈人，以杖荷蓧。"

〔4〕譚禪：即談禪。談説佛教教義。宋·葛長庚《沁園春》："燕似談禪，鶯如演史，猶有海棠連夜開。"三千界："三千大千世界"的省稱。清·孔尚任《桃花扇·逃難》："便天涯海崖，十洲方外，鐵鞋踏破三千界。"

〔5〕十二樓：見本書《田子壽詩集》卷之六《送宗文侄游太嶽》注釋。

〔6〕梁苑：見本書《田子壽詩集》卷之四《雪夜宴集遂成艷曲》注釋。

〔7〕習池：習家池。在湖北襄陽峴山南。《晉書·山簡傳》："簡鎮襄陽，諸習氏荆土豪族，有佳園池。簡每出游嬉，多之池上，置酒輒醉，名之曰高陽池。"後多借指園池名勝。

〔8〕逐：跟隨。湘雲：湘地之雲，亦爲相思之雲。唐·李益《鷓鴣詞》："處處湘雲合，郎從何處歸。"

*嵾山會佘斗山使君〔1〕

汗漫嵾山採碧桃〔2〕，雲霞錯落護仙曹〔3〕。風前玉女璚簫落〔4〕，樹裏真人石竇高〔5〕。八極此時同眺望〔6〕，九邊何日可雄豪〔7〕。多君更有飛騰意〔8〕，擊劍還須話六韜〔9〕。

【校注】

〔1〕嵾山：明代以前，武當山曾被稱爲嵾山、嵾上山等，因有"非真武不足以當之"的説法，而更名武當山。佘斗山：生平不詳。使君：舊時尊稱出使的人或刺史，此處是對人的尊稱。

〔2〕汗漫：廣大，漫無邊際。《淮南子·俶真訓》："徙倚於汗漫之宇。"碧桃：古詩文中多指傳説中西王母給漢武帝的仙桃。見本卷《寄碧霞元君》注釋。

〔3〕仙曹：仙群，仙人的行列。《毛詩傳》："曹，群也。"唐·陸龜蒙《寄茅山何威儀》："曾向人間拜節旄，乍疑因夢到仙曹。"

〔4〕璚簫：即玉簫。璚，同"瓊"。唐·王翰《飛燕篇》："朝弄瓊簫下彩雲，夜踏金梯上明月。"

〔5〕真人：道家稱修真得道或成仙的人。《莊子·天下》："關尹老聃乎，古之博大真人哉。"石竇：石穴。北魏·酈道元《水經注·漓水》："驗其山有石竇，下深數丈，洞穴深遠，莫究其極。"

〔6〕八極：八方至遠之地。《莊子·田子方》："夫至人者，上闚青天，下潛黄泉，揮斥八極，神氣不變。"《淮南子·墬形訓》："天地之間，九州八極。"

〔7〕九邊：本爲明代設在北方的九個軍事重鎮，後爲邊境的泛稱。宋·李光《河山四律》："將帥凋零鼙鼓動，四郊壁壘九邊烽。"

〔8〕多：重視，看重，也有賢、好義。唐·高適《送蕭判官賦得黄花戍》："多君莫不推才杰，欲奏平戎赴天闕。"

〔9〕六韜：又稱《太公六韜》《太公兵法》，是中國古代先秦時期著名的黄老道家典籍《太公》的兵法部分。

*早秋有懷姜元渾〔1〕

極浦天空雁影流〔2〕，知君高興滿滄洲〔3〕。輕舠晚載瀟湘月〔4〕，白酒長浮水國秋〔5〕。入夜風飄龍女笛〔6〕，繞汀花發楚王樓〔7〕。凌虚飛度嗟無計〔8〕，便欲移家共狎鷗〔9〕。

【校注】

〔1〕早秋：初秋。唐·王勃《秋江送别》："早是他鄉值早秋，江亭明月帶江流。"姜元渾：田國華文友，生平不詳。

〔2〕極浦：遥遠的水濱。《楚辭·九歌·湘君》："望涔陽兮極浦，横大

江兮揚靈。”漢·王逸注：“極，遠也；浦，水涯也。”天空，手鈔本作“天中”，誤抄。

〔3〕高興：高雅的興致。唐·杜荀鶴《戲題王處士書齋》：“先生高興似漁樵，水鳥山猿一處居。”滄洲：濱水的地方。古時常用以稱隱士的居處。

〔4〕輕舠：輕快的小舟。唐·李白《送當涂趙少府赴長蘆》：“我來揚都市，送客回輕舠。”

〔5〕水國：猶水鄉。宋·歐陽修《南鄉子》詞之一：“翠密紅繁，水國凉生未是寒。”

〔6〕龍女笛：龍女吹笛之聲。明·吴國倫《君山行贈洪原魯》：“湘君鳴環下白露，龍女吹笛乘青霓。”

〔7〕楚王樓：春秋、戰國時，楚郢都的宫樓。

〔8〕凌虚：昇於空際。魏·曹植《七啓》：“華閣緑雲，飛陛凌虚。”無計：無法謀劃。

〔9〕狎鷗：與鷗鷺親昵。謂無機心者，异類亦與之相親。後喻指淡泊隱居。《列子·黄帝》：“海上之人有好漚鳥者，每旦之海上，從漚鳥游，漚鳥之至者百住而不止。其父曰：‘吾聞漚鳥皆從汝游，汝取來，吾玩之。’明日之海上，漚鳥舞而不下也。”漚，同“鷗”。

*秋夜聞笛懷似默李丈〔1〕

誰家長笛怨西風，别思飄飖向楚宫〔2〕。九水仙舟寒雨外〔3〕，三湘孤劍暮烟中〔4〕。酒香客醉蒼山月〔5〕，秋静人愁赤岸楓〔6〕。腸斷慶卿何處所〔7〕，興來雙舄欲凌空〔8〕。

【校注】

〔1〕李似默：岳陽人，生平失考。

〔2〕飄飖：飛翔貌。三國·魏·阮籍《咏懷》之四十：“焉得凌霄翼，飄

飆登雲湄。”楚宫：楚國宫殿。春秋戰國時，楚都郢和别邑在湖北荆州，距岳陽近。此處借指李似默家鄉。

〔3〕九水：見本書《田子壽詩集》卷之六《重登岳陽樓望君山》注釋。仙舟：舟船的美稱。唐·李嶠《送光禄劉主簿之洛》："仙舟窅將隔，芳罼暫雲同。”手鈔本作“舟仙”，誤抄。

〔4〕三湘：見本書《田子壽詩集》卷之六《黄鶴樓》注釋。

〔5〕客醉，手鈔本作“醉客”，誤抄。蒼山：點蒼山，亦稱蒼山。在雲南大理市西北。詩中或泛指青山。

〔6〕赤岸：山名。在江蘇省六合縣東。宋·王象之《輿地紀勝·淮南東路·真州》："赤岸，其山岩與江岸數里土色皆赤。”詩中或泛指秋令紅葉植物引起的鄉愁。

〔7〕慶卿：荆軻。燕太子丹招募以刺殺秦王的俠士。衛人稱慶卿，燕人稱荆卿。因被太子丹尊爲上卿，故有此稱。

〔8〕雙舄：見本書《田子壽詩集》卷之二《擬古十九首》其十五注釋。

*至澧浦别從兄國承〔1〕

南北嘆支離，雙鈎漫解携〔2〕。相看驚是夢，取笑忽成悲。夜月寒侵席，秋花冷映巵。故園摇落後，回首重堪思。

【校注】

〔1〕從兄：堂兄。伯、叔之子。田國承：湖廣容美人，生平不詳。

〔2〕雙鈎：見本書《田子壽詩集》卷之五《憶匯口彭孝廉因寄以詩》注釋。解携：分手，離别。唐·杜甫《水宿遣興奉呈群公》："异縣驚虚往，同人惜解携。”

*澧上思親感作

孤雲落日滿江干[1]，薄暮思親思已殘[2]。夢入故園聞雁斷，愁來風雨畏途難。舟牽荻月過寒浦[3]，人醉蘆烟宿晚湍。咄咄獨慚生計拙[4]，莫從萊彩一承歡[5]。

嚴平子評：婉轉輕便，如流風回雪[6]。

【校注】

〔1〕江干：江邊，江岸。南朝·范雲《之零陵郡次新亭》："江干遠樹浮，天末孤烟起。"

〔2〕思已殘：思緒已經殘存剩餘。手鈔本作"淚已殘"，誤抄。

〔3〕荻月：從荻花上照過來的月光。宋·范成大《倪文舉奉常將歸東林出示綺川西溪二賦輒賦長句爲謝且以贈行》："誰教書劍走長安，荻月霜楓等閒度。"

〔4〕咄咄：感嘆聲。表示感慨。《後漢書·逸民傳·嚴光》："咄咄子陵，不可相助爲理邪！"

〔5〕萊彩：用周代老萊子七十歲着五色斑斕的衣服娱親典。明·高明《琵琶記·蔡宅祝壽》："要將萊彩歡親意，且戴儒冠盡子情。"

〔6〕婉轉輕便，如流風回雪：明·趙與時《賓退録》卷二："梁鍾嶸云：范雲詩宛轉清便，如流風回雪。"

*下澧浦與從弟玉鉉維舟有感[1]

難後驚風雨，飛蓬作遠游[2]。興過南嶽寺，夢繞岳陽樓。月色生鄉思，歌聲起暮愁。扁舟波浪穩[3]，呼酒對雙鈎[4]。

【校注】

〔1〕玉鉉：人名。手鈔本作"玉弦"，誤抄。維舟：繫船停泊。南朝·梁·何遜《與胡興安夜別》："居人行轉軾，客子暫維舟。"

〔2〕難：家難。主要指田九龍之子嫡庶争襲一事。飛蓬：蓬即蓬草，枯後根斷，遇風飛旋，故稱飛蓬。《詩·衛風·伯兮》："自伯之東，首如飛蓬。"常用來比喻行蹤的漂泊不定。

〔3〕扁舟：小船。《史記·貨殖列傳》："范蠡既雪會稽之耻，乃喟然而嘆曰：'計然之策七，越用其五而得意。既已施於國，吾欲用之家。'乃乘扁舟浮於江湖。"手鈔本作"偏舟"，誤抄。

〔4〕雙鈎：此處似指兄弟對飲游戲。參見本書《田子壽詩集》卷之五《憶匯口彭孝廉因寄以詩》注釋。

*仁翁郭先生設祖一粟園留别一律兼訂訪梅之約〔1〕

客散平原酒〔2〕，春回郢上歌〔3〕。空亭寒露下〔4〕，高閣野雲多。别思牽風雨，幽懷黯薜蘿〔5〕。梅花應早發，取醉重相過〔6〕。

【校注】

〔1〕仁翁郭先生：即本卷《賓鶴樓》注釋。設祖：設祭。南朝·齊·謝朓《齊敬皇后哀策文》："其日，至尊親奉奠某皇帝，乃使兼太尉某設祖於行宫，禮也。"一粟園：園苑名，位置失考。

〔2〕平原酒：平原君待客的酒。戰國時趙國貴族公子趙勝封於平原，號平原君。喜賓客，食客多至數千人。

〔3〕郢上，舊指楚地都城郢都，在湖北荆州江陵縣附近，常代指江漢平原一帶。

〔4〕空亭：幽寂的亭院。寒露：寒凉的露水，非指節氣。唐·白居易《池

上》："裊裊凉風動，凄凄寒露零。"

〔5〕幽懷：隱藏在内心的情感。清・袁枚《隨園詩話》評尹似村詩："清談相訂菊花期，正慰幽懷入夢時。"

〔6〕相過：互相往來。唐・韓愈《長安交游者一首贈孟郊》："親朋相過時，亦各有以娱。"

*己丑歲下湘江謁雲夢師〔1〕

問字浮湘日〔2〕，飄零擬壯游〔3〕。荻花牽别思〔4〕，楓月動鄉愁〔5〕。故里寒烟外〔6〕，玄亭水國秋〔7〕。早期傳約束〔8〕，鞭弭向神州〔9〕。

【校注】

〔1〕己丑歲：1589 年。雲夢師：孫斯億。

〔2〕問字：據《漢書・揚雄傳》載，揚雄多識古文奇字，劉棻曾向揚雄學奇字。後稱從人受學或向人請教爲"問字"。浮：泛行。

〔3〕飄零：漂泊流落。唐・杜甫《衡州送李大夫七丈赴廣州》："王孫丈人行，垂老見飄零。"擬：打算。壯游：懷抱壯志而遠游。清・袁桷《送言文子方著作》："壯游詩句豁，古戍角聲悲。"

〔4〕荻：多年生草本植物，秋季開花。古人常以蘆、荻、楓等秋景襯托離愁别緒。

〔5〕楓月：秋楓秋月。詩詞中常見的"楓葉荻花"之楓，爲秋令紅葉植物的代名詞。

〔6〕寒烟：寒冷的烟霧。顔延之《應詔觀北湖田收》："陽陸團精氣，陰谷曳寒烟。"

〔7〕玄亭：指雲夢師家的"洞玄亭"。水國：多水之鄉。唐・孟浩然《洛中送奚三還揚州》："水國無邊際，舟行共使風。"

〔8〕約束：信誓，共同遵守的諾言。

〔9〕鞭弭：馬鞭和弓。弭，弓的彎曲處，借代弓箭。唐・劉禹錫《酬太原狄尚書見寄》："幽并俠少趨鞭弭，燕趙佳人奉管弦。"

*宿伸公房别伸公〔1〕

獨宿伸公院，蓮花漏點微〔2〕。朔風催客思〔3〕，暮靄上僧衣。趺坐翻經罷〔4〕，飄零問偈歸〔5〕。何年南嶽寺〔6〕，振策共相依〔7〕。

【校注】

〔1〕伸公：生平不詳，可能爲一僧人。

〔2〕蓮花漏：古代的一種計時器。唐・李肇《唐國史補》："初，惠遠以山中不知更漏，乃取銅葉制器，狀如蓮花，置盆水之上，底孔漏水，半之則沉。每晝夜十二沉，爲行道之節，雖冬夏短長，雲陰月黑，亦無差也。"

〔3〕客思：客中游子的思緒。宋・蔣捷《少年游》："楓林紅透晚烟青，客思滿鷗汀。"

〔4〕趺坐：專指僧人盤腿端坐的姿勢。趺，音 fū。唐・王維《登辨覺寺》："軟草承趺坐，長松響梵聲。"

〔5〕偈：梵語"偈陀"的簡稱，意爲"頌"，即佛經中的唱詞。後多指釋家雋永含蓄的詩作。

〔6〕南嶽寺：江蘇宜興南嶽山、湖南常德、湖北黄石、江蘇無錫等地都有南嶽寺。此處可能指的湖南常德的南嶽寺。

〔7〕振策：揚鞭走馬。晉・陸機《赴洛道中作》詩之二："振策陟崇丘，案轡遵平莽。"

*飲孫公習孺長嘯亭感贈[1]

卜築塵氛外[2]，高居俯碧岑[3]。醉人花月下，留客水雲深[4]。竹裏聆長嘯[5]，風前自苦吟[6]。世情談轉劇[7]，慷慨各沾襟[8]。

【校注】

〔1〕孫習孺：見本書“附録·附三”。

〔2〕卜築：擇地建築住房，即定居之意。唐·孟浩然《冬至後過吴張二子檀溪别業》：“卜築依自然，檀溪不更穿。”

〔3〕碧岑：青山。唐·杜甫《上後園山脚》：“自我登隴首，十年經碧岑。”

〔4〕水雲：水和雲。多指水雲相接之景。唐·王昌齡《巴陵送李十二》：“山長不見秋城色，日暮蒹葭空水雲。”

〔5〕竹裏：竹林之中。詩人以“竹林七賢”之阮籍、阮咸爲喻，稱六叔田子壽“大阮”，自呼“小阮”。長嘯：撮口發出悠長清越的聲音。古人常以此述志。此處指“蘇門嘯”。《晉書·阮籍傳》：“籍嘗於蘇門山遇孫登，與商略終古及棲神導氣之術。登皆不應，籍因長嘯而退。至半嶺，聞有聲若鸞鳳之音，響乎岩谷，乃登之嘯也。”後以“蘇門嘯”指嘯咏。亦比喻高士的情趣。

〔6〕苦吟：反復吟咏，苦心推敲。言作詩極爲認真。唐·賈島《三月晦日送春》：“三月正當三十日，風光别我苦吟身。”

〔7〕世情：世俗人情、世態之情。宋·唐婉《世情薄》：“世情薄，人情惡，雨送黄昏花易落。”

〔8〕沾襟：浸濕衣襟。唐·白居易《慈烏夜啼》：“夜夜夜半啼，聞者爲沾襟。”

*蓮池宴集代寄武昌所歡[1]

落日滿芳塘[2]，憐芳欲斷腸。折荷驚并蒂，無偶妬鴛鴦[3]。夢入晴川遠[4]，愁添夜雨長。幾時花月下，含笑對蕭娘[5]。

【校注】

〔1〕宴集：相聚宴飲。代寄，手鈔本作“伐寄”，誤抄。

〔2〕芳塘：開滿鮮花泛着草香的池塘。宋·周邦彦《蝶戀花》：“晚步芳塘新霽後。”

〔3〕妬：同“妒”。泛指忌人之長。詩中是“羡慕”的意思。《荀子·仲尼》：“處重擅權，則好專事而妬賢能。”

〔4〕晴川：指晴川閣。在武漢龜山東麓，隔江與黄鶴樓相對。唐·崔顥《黄鶴樓》詩有“晴川歷歷漢陽樹”句，閣名本此。這裏代指遠在武昌的朋友。

〔5〕蕭娘：唐人詩中對女子的泛稱。唐·楊巨源《崔娘詩》：“風流才子多春思，腸斷蕭娘一紙書。”詩中當代“武昌所歡”。

*澧上送伍景光還南昌王子樞還長沙[1]

日没大浮頭[2]，驪歌動客愁[3]。那堪流落後[4]，更是别離秋。夜月尋廬岳[5]，寒烟對橘洲[6]。幽期如不負[7]，早共采真游[8]。

【校注】

〔1〕澧上：指詩人出居之地澧州。宋·蘇轍《逢章户掾赴澧州》：“澧上春蘭早，猶堪吊屈生。”伍景光、王子樞：生平均不詳。

〔2〕大浮頭：即太浮山頂。大，通“太”。太浮山位於湖南臨澧縣城西南十二公里。原名彰龍山，相傳漢代浮邱子在此修行得道，故改名太浮山。詩人出居澧州，當指此山。

〔3〕驪歌：指離別時唱的歌。逸《詩》有《驪駒》篇云："驪駒在門，僕夫具存。驪駒在路，僕夫整駕。"客人臨去歌《驪駒》，後人因而將以代告別。

〔4〕流落：漂泊在外，窮困失意。唐·錢起《秋夜作》："流落四海間，辛勤百年半。"

〔5〕廬岳：廬山。一稱匡山或匡廬。在江西九江市南部，聳立鄱陽湖、長江之濱。唐·杜荀鶴《懷廬岳書齋》："長憶在廬岳，免低塵土顔。"

〔6〕橘洲：橘子洲。在湖南長沙市西湘江中。多美橘，故稱。

〔7〕幽期：隱逸之期約。晉·謝靈運《富春渚》："平生協幽期，淪躓困微弱。"

〔8〕采真：道教語。謂順乎天性，放任自然。宋·黄裳《水龍吟》："誰是采真高士，幻中尋取元非幻。"

*索居澧浦投陳裁甫廣文〔1〕

鱣堂摇落候〔2〕，幽興滿東籬〔3〕。好客頻留榻〔4〕，爲官不顧期〔5〕。風高秋欲暮〔6〕，月冷雁初悲。曲就無人和〔7〕，狂歌自解頤〔8〕。

【校注】

〔1〕索居：孤獨地散處一方。《禮記·檀弓上》："吾離群而索居，亦已久矣。"投：投詩以交，舊時文人交往的一種方式。陳裁甫：生平不詳。廣文：明清時以"廣文"爲學官之雅稱。

〔2〕鱣堂：講學之所。鱣，音 shān，古同"鱔"。《後漢書·楊震傳》："後有冠雀銜三鱣魚，飛集講堂前。都講取魚進曰：'蛇鱣者，卿大夫服之象也，數三者，法三台也。先生自此升矣。'"後因稱講學之所爲"鱣堂"。摇落：凋殘，零落。候：時節，時候。宋·馮取洽《賀新郎·壽張宜軒》："獨占西風摇落候，旋屑黄金點綴。"

〔3〕幽興：幽雅的興味。唐·裴迪《木蘭柴》："緣谿路轉深，幽興何時

已。”東籬：晉・陶淵明《飲酒》：“採菊東籬下，悠然見南山。”借指田園隱居生活。

〔4〕留榻：禮待賢者。《後漢書・徐稺傳》：“時陳蕃爲太守……在郡不接賓客，惟稺來，特設一榻，去則懸之。”

〔5〕顧期：顧惜、等待機運。宋・梅堯臣《李廷老席上送韓持國歸許昌》：“誰言未顧期，登第鬢如葆。”

〔6〕暮：將盡。唐・杜甫《歲宴行》：“歲云暮兮多北風，瀟湘洞庭白雪中。”

〔7〕就：完成。此指（歌曲）吟成。

〔8〕解頤：《漢書・匡衡傳》：“匡説《詩》，解人頤。”顏師古注引如淳曰：“使人笑不能止也。”後因以指“解頤”爲開顏歡笑。頤，音 yí，面頰。

*送吴君翰之銅仁謁譚總戎宗啓〔1〕

孤城疲馬遲斜暉〔2〕，湖上鶯花歷亂飛〔3〕。無那别愁還進酒，忽驚寒盡又更衣。風觀鬼國衣裳别〔4〕，路出盤江故侶稀〔5〕。倡和定知頻入幕〔6〕，狂呼明月醉芳菲。

【校注】

〔1〕銅仁：府名。在貴州省東部、沅江支流辰水上游錦江沿岸，爲銅仁府治。總戎：軍事統帥。亦用作某種武職的别稱。唐人稱節度使爲總戎。唐・杜甫《將赴成都草堂》詩之五：“共説總戎雲鳥陣，不妨游子芰荷衣。”譚宗啓：見“附録・附三”譚總戎條。

〔2〕遲斜暉：到了傍晚。遲，律詩此位置須仄，讀 zhì，猶“比及”。斜暉，亦作“斜輝”。指傍晚西斜的陽光。南朝・梁簡文帝《序愁賦》：“玩飛花之入户，看斜暉之度寮。”

〔3〕歷亂：爛漫。南朝・梁簡文帝《采桑》：“細萍重叠長，新花歷亂

開。”

〔4〕鬼國：即“鬼方”。泛指邊遠地區的少數民族。吴偉業《滇池鐃吹》詩之三：“鬼國三年勞薄伐，王師五月下殊方。”

〔5〕盤江：即流經貴州西南部的北盤江。

〔6〕入幕：入幕賓。《晉書·郗超傳》：“謝安與王坦之嘗詣温論事，温令超帳中卧聽之，風動帳開，安笑曰：‘郗生可謂入幕之賓矣。’”

*登遇仙樓寄玄璞子〔1〕

山陰王逸少〔2〕，瀟灑向來聞。彩筆驚明主〔3〕，幽懷戀白雲〔4〕。尋芳過楚澤〔5〕，取醉吊湘君〔6〕。樓閣風烟外，何時一論文。

【校注】

〔1〕遇仙樓：見本卷《登遇仙樓》注釋。玄璞子：生平不詳。詩人另有《短歌行約玄璞子煉藥君山》一詩，可能是個道士。從詩的首句看，當是山陰人氏。

〔2〕山陰：舊縣名。因在會稽山之陰（北）得名。王逸少：王羲之。晉代書家王羲之字逸少，琅琊人，後遷居山陰。

〔3〕彩筆，這裹指的王羲之書法之筆熠熠生輝。明主：賢明的君主。《史記·刺客列傳》：“臣聞明主不掩人之美，而忠臣有死名之義。”

〔4〕幽懷：隱藏在内心的情感，深遠或優雅的情懷。宋·李清照《浣溪沙·閨情》：“一面風情深有韻，半箋嬌恨寄幽懷。”白雲：喻歸隱。陳師道《再和寇十一》之二：“名字不歸青史筆，形容終老白雲鄉。”

〔5〕尋芳：游賞美景。宋·朱熹《春日》：“勝日尋芳泗水濱，無邊光景一時新。”楚澤：古楚地有雲夢等七澤。後泛指楚地或楚地的湖澤。

〔6〕湘君：湘水之神。《史記·秦始皇本紀》：“上問博士曰：‘湘君何神？’博士對曰：‘聞之，堯女舜之妻葬此。’”

*奉和孫鵬初太史[1]

五陵佳氣鬱葱葱[2]，才子乘春出望同。北闕瑞雲迎旭日[3]，上林新柳變條風[4]。河山舊繞皇居壯[5]，詞賦今看侍從雄[6]。流落獨憐儂未遇，年年空自泣途窮。

【校注】

〔1〕奉和：謂作詩詞與別人相唱和。楊炯有《奉和上元酺宴應詔》詩。孫鵬初：孫羽侯。詳見本書“附録・附三”。

〔2〕五陵：見本書《田子壽詩集》卷之一《楊花篇》注釋。

〔3〕北闕：古代宮殿北面的門樓，爲臣子等候朝見或上書之處。唐・孟浩然《歸終南山》：“北闕休上書，南山歸敝廬。”

〔4〕上林：古宮苑名，故址在今洛陽市東。條風：這裏指東風。一名明庶風，主春分四十五日。唐・羅隱《登宛陵條風樓寄竇常侍》：“亂罹時節懶登臨，試借條風半日吟。”

〔5〕皇居：皇宮，亦指皇城。後來也指天下、全國。唐・駱賓王《帝京篇》：“不睹皇居壯，安知天子尊。”

〔6〕侍從：宋代稱翰林學士、給事中、六尚書、侍郎爲侍從。宋・蘇軾《論役法差雇利害起請劃一狀》：“臣身爲侍從，又忝長民，不可不言。”

*入觀國山贈女道士貞一[1]

採藥來青嶂[2]，尋真不計年[3]。芒鞋時步月[4]，竹杖迥凌烟[5]。樓閣雲霄外，岩巒水石邊[6]。長生吾所慕，從此欲棲玄[7]。

【校注】

〔1〕觀國山：山名，在湖南石門縣蒙泉鎮。相傳爲女道士女苟（瑞）正覺

修真之地。苟瑞與田子壽多有過從，田國華也當有接觸。此“貞一”是苟正覺的弟子還是她本人，不得而知。

〔2〕青嶂：如屏障青山。唐・杜甫《月》：“若無青嶂月，愁殺白頭人。”此指觀國山。

〔3〕尋真：尋求仙道。宋・魏野《尋隱者不遇》：“尋真誤入蓬萊島，香花不動松花老。”

〔4〕芒鞋：草鞋。宋・陳師道《絶句四首》：“芒鞋竹杖最關身，散髮披衣不待人。”

〔5〕竹杖，手鈔本作“竹枝”，誤抄。迴凌烟，手鈔本作“回凌烟”，誤抄。

〔6〕巒：小而尖的山。

〔7〕棲玄：留下來修道。玄，幽深微妙，代高遠莫測的道。

*赤霞洞〔1〕

物外遠游屐，山中道者家。步雲時倚杖，幽興滿烟霞。

【校注】

〔1〕赤霞洞：石洞名。在武夷山赤霞岩半腰。湖南石門縣觀國山亦有赤霞洞，詩人出居澧州，游此洞的可能性大。

*陳廣文裁甫不赴漢中歸武陵有贈〔1〕

抱琴計日卧空林〔2〕，方朔那能久陸沉〔3〕。故里已拚漁父約〔4〕，天涯堪作白頭吟〔5〕。家鄰古洞桃花滿〔6〕，門對芳洲橘樹深〔7〕。借問題銘兼叱馭〔8〕，何如習静自披襟〔9〕。

嚴平子評：秀句不可多得。

【校注】

〔1〕漢中：府名。明洪武三年（1370）置，轄境相當今陝西秦嶺以南，旬河流域以西，鳳縣、寧强以東地區。武陵：郡名。漢高帝五年（前202）置。轄境在湘鄂川黔武陵山區，其後逐漸縮小。

〔2〕空林：渺無人迹的樹林。唐・孟浩然《題大禹寺義公禪房》："義公習禪處，結構依空林。"

〔3〕方朔：東方朔。陸沉：陸地無水而沉。喻不爲人知，有埋没之意。宋・黄庭堅《答張沙河》："丈夫身在要勉力，豈有吾子終陸沉。"

〔4〕漁父約：典見《桃花源記》。漁父發現桃花源，離去時，其中人曰："不足爲外人道也。"後漁父背约，然終找不見。

〔5〕白頭吟：樂府楚調曲名。古辭寫男有二心，女來决絶，并表示"願得一心人，白頭不相離"。《西京雜記》載：司馬相如將聘茂陵女爲妾，卓文君作《白頭吟》表示决絶，相如遂打消此念頭。

〔6〕古洞：指桃源洞。在湖南桃源縣西南的桃源山下，又名"秦人洞""白馬洞"。

〔7〕芳洲：橘子洲。

〔8〕題銘：銘文記載功德。叱馭：《漢書・王尊傳》："琅邪王陽爲益州刺史，行至邛崍九折阪，因道險而返。及王尊爲刺史，行至其阪，叱其馭曰：'驅之，王陽爲孝子，王尊爲忠臣。'"謂忠孝難以兩全。

〔9〕習静：謂使心境沉静清澄，如坐禪之類。唐・王維《積雨輞莊作》："山中習静觀朝槿，松下清齋折露葵。"披襟：敞開衣襟，喻心意舒暢。

*過三閭祠有感〔1〕

紉蘭過古岸〔2〕，選勝吊遺祠〔3〕。積雨迷芳杜〔4〕，那能不損思〔5〕。

【校注】

〔1〕過：過訪，前往拜訪。三閭祠：即屈原祠。洞庭湖流域甚多，此處恐指湖南汨羅縣玉笋山上的屈原祠。該祠始建於漢代。

〔2〕紉蘭：見本書《田子壽詩集》卷之四《東胡人山載道》注釋。

〔3〕選勝：尋游名勝之地。唐・張籍《和令狐尚書平泉東莊近居李僕射有寄十韻》："探幽皆一絶，選勝又雙全。"

〔4〕芳杜：香草名。即杜若，亦名杜衡。《楚辭・九歌・湘君》："採芳洲兮杜若，將以遺兮下女。"

〔5〕損思：減損思慮心智。《隋書・后妃傳・煬帝蕭皇后》："嗤黄老之損思，信爲善之可歸。"

*林扶京來自襄洛過楚騷館有贈〔1〕

梁園楚水足奇觀〔2〕，羡爾登臨興不闌〔3〕。萬里帆檣依極浦〔4〕，十年裘馬倦長安〔5〕。江間白露凋楓葉〔6〕，階上秋風長木蘭〔7〕。吊罷靈均倍惆悵〔8〕，還因濁酒暫爲歡〔9〕。

嚴平子評：可憐之色，紙上如繪。

【校注】

〔1〕林扶京：生平不詳。襄洛：漢於甘肅置有襄洛縣。但此處似指方位，詩中有梁園、長安，當是從襄陽、洛陽方向來。楚騷館：田國華在澧水邊修築的讀書草堂。過：過訪。

〔2〕梁園：見本書《田子壽詩集》卷之四《雪夜宴集遂成艷曲》注釋。

〔3〕登臨：登山臨水，也指游覽。《史記・衛將軍驃騎列傳》："禪於姑衍，登臨瀚海。"闌：將盡。唐・王維《從岐王過楊氏别業應教》："興闌啼鳥换，坐久落花多。"

〔4〕帆檣：挂帆的桅杆。借指帆船。《舊唐書・高駢傳》："風伯雨絲，終

阻帆檣之利。”手鈔本作“航檣”，誤抄。極浦：見本卷《早秋有懷姜元渾》注釋。

〔5〕裘馬：輕裘肥馬。形容生活豪華。語出《論語·雍也》：“赤之適齊也，乘肥馬，衣輕裘。”

〔6〕白露：秋天的露水。唐·韓愈《秋懷》詩之二：“白露下百草，蕭蘭共雕悴。”

〔7〕木蘭：香木名。又名杜蘭、林蘭。皮似桂而香，狀如楠樹。明·李時珍《本草綱目·木蘭》：“木蘭枝葉俱疏，其花内白外紫，亦有四季開者。”

〔8〕靈均：屈原字。《離騷》：“名余曰正則兮，字余曰靈均。”惆悵：因失意或失望而傷感、懊惱。宋·蘇軾《夢中絶句》：“落英滿地君不見，惆悵春光又一年。”

〔9〕還因：憑藉。手鈔本作“還將”，誤抄。

*武昌張郡丞奉使過澧奉呈〔1〕

使星遥入郡〔2〕，車馬又臨邊。博望非開地〔3〕，長征爲獨賢〔4〕。聽猿穿宿霧〔5〕，度嶺覓芳荃〔6〕。飛瀑晴含雨，垂蘿晝裊烟〔7〕。石門秋思遠，仙洞楚心偏〔8〕。絶徼消烽燧〔9〕，嘉禾滿陌阡〔10〕。登高應有賦，虚左竟無緣〔11〕。短棹蘭江上〔12〕，能令一扣舷〔13〕。

【校注】

〔1〕張郡丞：張翼先，雲南太和人，萬曆十年（1582）左右任武昌府同知。前《張公叔見佐郡武昌投贈》中之張公叔見或爲同一人。郡丞，郡守的副職。

〔2〕使星：朝廷派出的使者。即題目中所説的張郡臣。

〔3〕博望：漢·張騫的封號。《漢書·張騫傳》：“騫以校尉從大將軍擊匈奴，知水草處，軍得以不乏，乃封騫爲博望侯。”開地：開拓疆土。《韓非子·十過》：“兼國十二，開地千里。”

〔4〕獨賢：謂獨勞。《詩・小雅・北山》："大夫不均，我從事獨賢。"毛傳："賢，勞也。"亦稱德才突出者。

〔5〕宿霧：夜霧。宋・蘇軾《觀湖》詩之二："山分宿霧盡寬遠，雲駕高風馳送來。"

〔6〕芳荃：芳香的荃草。南朝・沈約《早發定山》："忘歸屬蘭杜，懷禄寄芳荃。"

〔7〕裊烟：烟霞繚繞。

〔8〕仙洞：仙人洞府與道觀皆稱仙洞。澧縣有"漁仙洞"，在欽山寺；石門有"昇仙洞"，在太青山。埜心：閒逸之心。埜，同"野"。唐・白居易《詔授同州刺史病不赴任》："野心常怕鬧，家口莫愁饑。"

〔9〕絶徼：邊荒之地。唐・韓愈《湘中酬張十一功曹》："休垂絶徼千行淚，共泛清湘一葉舟。"

〔10〕嘉禾：好莊稼。陌阡：即阡陌，田間小路，用來區分田界，東西爲阡，南北爲陌。亦有南北爲阡，東西爲陌。這裏代指整個田疇。

〔11〕虛左：古時以左爲尊，空着左邊位置以待賓客叫"虛左"。《史記・魏公子列傳》："公子於是乃置酒大會賓客。坐定，公子從車騎，虛左，自迎夷門侯生。"

〔12〕短棹：短途行船。棹音 zhào，船槳。宋・晏殊《漁家傲》："越女采蓮江北岸。輕橈短棹隨風便"。

〔13〕扣舷：敲擊船舷作節拍而歌。宋・蘇軾《前赤壁賦》："於是飲酒樂甚，扣舷而歌之。"

*奉呈王郡侯〔1〕

漢家岳牧藉才賢〔2〕，五馬翩翩治郡年〔3〕。惠化總如周召伯〔4〕，風流不減謝臨川〔5〕。荒郊共羡棠陰滿〔6〕，澤國争傳麥秀篇〔7〕。擊壤向來同父老〔8〕，還因歌誦奏車前〔9〕。

【校注】

〔1〕王郡侯：生平不詳。郡侯，此處指一郡之長，知府。

〔2〕岳牧：古代傳説中的四岳和十二州牧的合稱。《史記·伯夷列傳》："舜禹之間，岳牧咸薦。"後用來指州府大吏。

〔3〕五馬：見本卷《奉送殷夷陵開美人觀》注釋。翩翩：形容風致、文采的優美。《文選·曹丕〈與吴質書〉》："元瑜書記翩翩，足致樂也。"

〔4〕惠化：仁慈的教化。周召伯：周·召公。姬姓，名奭，采邑在召。曾助武王滅商，武王死，成王年幼，周公攝政，與召公分陝而治。周公制禮作樂，建立典章制度；召公巡行鄉邑，能得民和。

〔5〕風流：風度，標格。亦指文學作品超逸美妙。唐·杜甫《咏懷古迹》："摇落深知宋玉悲，風流儒雅亦吾師。"謝臨川：謝靈運。南朝宋詩人，曾任臨川内史，故稱。善以精麗之語刻畫自然景物，開文學史上山水詩一派。

〔6〕棠陰滿：棠陰，喻惠政或良吏的惠行。周時，召伯巡行南國，曾在甘棠樹下聽訟，時人因敬愛召伯，相戒勿損傷這株甘棠。後因用"棠陰"比喻良吏的政績。宋·蘇軾《沈諫議召游湖不赴》："湖上棠陰手自栽，問公更得幾回來。"手鈔本作"棠滿陰"，誤抄。

〔7〕澤國：多水之鄉。麥秀：表豐年。漢·班固《東觀漢記·張堪》："爲漁洋太守，有惠政。開治稻田八千餘頃，教民種作，百姓殷富。童謠曰：'桑無附枝，麥秀兩歧。張君爲政，樂不可支。'"

〔8〕擊壤：晉皇甫謐《帝王世紀》："帝堯之世，天下太和，百姓無事，有八九十老人擊壤於道，作歌曰：'吾日出而作，日入而息，鑿井而飲，耕田而食。帝何力於我哉！'"後用"擊壤"爲歌頌太平盛世之典。

〔9〕歌誦：亦作"歌頌"。用詩歌頌揚。《左傳》襄公二十九年："爲之歌《頌》，曰：'至矣哉！'"杜預注："《頌》者，以其成功告於神明。"唐·許渾《寄獻三川守劉公》："三川歌頌徹咸秦，十二樓前侍從臣。"

*吴君翰自燕抵汴晤孔炎子厚遠歷羅施譚元戎宗啓兹來山中訪季父與文感而贈之工拙不論〔1〕

翩翩孤騎渡西河〔2〕，愛竹移情到薜蘿。楚客却慚巴里曲，吴郎翻作郢中歌。春生夢渚歸心遠〔3〕，日落黄山旅思多〔4〕。五岳自來饒异草，尋仙好共白雲過。

【校注】

〔1〕吴君翰：字子喬，號山人，江蘇新安（現屬新沂市）人，田子壽的文友。具體生平失考。孔炎、子厚：生平不詳。譚元戎宗啓：見“附録·附三”譚總戎條。遠歷羅施：指譚宗啓任貴州總戎征播之事。遠歷，手鈔本作“遠離”，誤抄。

〔2〕西河：古地區名。春秋時衛地，即今河南浚縣、滑縣一帶。借指吴君翰自燕抵汴，兹來山中事。

〔3〕夢渚：雲夢澤。唐·李白《留别曹南群官之江南》：“朝雲落夢渚，瑶草空高唐。”清·王琦注：“夢渚即雲夢之渚也。”

〔4〕旅思：羈旅的愁思。唐·王勃《羈旅餞别》：“寧覺山川遠，悠悠旅思難。”

病中送劉功甫之南岳〔1〕

風雨江城暮〔2〕，離歌動客愁。馬頭湘浦路〔3〕，輿裏祝融秋〔4〕。采藥尋貞白〔5〕，探奇想少游〔6〕。平生懷結宇〔7〕，多病媿淹留〔8〕。

【校注】

〔1〕劉功甫：生平不詳。南岳：衡山。

〔2〕暮，手鈔本作“慕”，誤抄。

〔3〕湘浦：湘江沿岸。

〔4〕祝融：祝融峰，衡山五大名峰之一。

〔5〕貞白：陶弘景。南朝齊梁時道士。曾仕齊拜左衛殿中將軍，後隱居茅山。入梁，武帝禮聘不出。但朝廷大事輒就諮詢，時稱“山中宰相”。宋・張君房《雲笈七籤》：“大同二年告化，時年八十五，顏色不變，屈伸自如。屋中香氣，積日不散。詔贈中散大夫，謚‘貞白先生’。”

〔6〕少游：北宋詞人秦觀字。工詩詞，文辭爲蘇軾所賞識。風格委婉含蓄，清麗淡雅。句意或指秦觀《雨中花》“指點虛無征路，醉乘斑虯，遠訪西極。……玉女明星迎笑，何苦自淹塵域”之奇想。

〔7〕結宇：造房子。《宋書・宗炳傳》：“好山水，愛遠游，西陟荊巫，南登衡岳，因而結宇衡山，欲懷尚平之志。”

〔8〕媿：同“愧”。淹留：停留，久留。《離騷》：“時繽紛其變易兮，又何可以淹留。”

*過掇刀祠見姚釧兄弟壁間詩感作〔1〕

疲馬愁岐路，他鄉感別離。田郎元好客〔2〕，姚氏解談詩。遠色荊門樹，秋風漢將祠〔3〕。慶卿何處所〔4〕，擊筑自成悲〔5〕。

【校注】

〔1〕姚釧：生平不詳。可能早於田國華時代。有《游仙居寺》五律一首存世，詩曰：“昔負禪林約，捫蘿此共躋。飛泉吹法雨，老樹散菩提。峰古僧依静，岩懸雲自棲。曾聞卓錫後，靈響勝曹溪。”掇刀祠：關公祠。《荊門州志》掇刀石圖說：“掇刀石在州南二十里，在虎牙關南黃嶺鋪北。周圍數十里，地面高敞。關夫子往來荊襄，常屯兵於此。帳前有石，巑岏碧色，嘗竪青龍刀於石罅中。今以手摩之輒動，然千夫之力不能舉也，故名掇刀石。”明・王格賦《掇刀石》：“雲長骨已朽，石上劍還留。”

〔2〕田郎：作者自稱。

〔3〕漢將祠：即漢將關羽的掇刀祠。

〔4〕慶卿：即荆軻。

〔5〕擊筑：《史記·刺客列傳》："至易水之上，既祖，取道，高漸離擊筑，荆軻和而歌，爲變徵之聲，士皆垂淚涕泣。"後以"擊筑"喻指慷慨悲歌或悲歌送别。

*重登太岳絶頂〔1〕

失路憐風雨〔2〕，登臨萬里秋。烟霞參嶺外〔3〕，猿鶴紫霄頭〔4〕。晚色通秦樹〔5〕，峰陰入漢流〔6〕。故園何處是，極目不勝愁〔7〕。

【校注】

〔1〕太岳：武當山。

〔2〕失路：迷失道路，借指在外漂泊。唐·錢起《送鄔三落第還鄉》："十年失路誰知己，千里思親獨遠歸。"

〔3〕參嶺：指武當諸峰。

〔4〕紫霄：即紫霄宫。在武當主峰天柱峰東北的展旗峰下。

〔5〕通秦樹：通連遠方（秦地在其北）的樹林。這是時空上的"通秦"。唐·李商隱《寄令狐郎中》："嵩雲秦樹久離居，雙鯉迢迢一紙書。"手鈔本作"連秦樹"，誤抄。

〔6〕峰陰：太岳的陰影。漢流：漢水，源出陝西省寧强縣，東流至勉縣與褒河匯合後稱漢水，爲長江最長支流。

〔7〕不勝：無法承擔，承受不了。愁，手鈔本作"悲"，誤抄。

*九日與虞子墨對酌楚騷館有贈[1]

大浮山下雁來時[2]，節序驚心旅思危[3]。岐路幾人能勿哭[4]，當秋何客不成悲。風高古木凋前檻[5]，雨外疏花護短籬[6]。誰道散愁惟有酒[7]，萸樽偏遣淚如絲[8]。

嚴平子評：如聞嶺上哀猿。

【校注】

〔1〕九日：九月九日重陽節。虞子墨：河北遵化人。見“附録・附三”。

〔2〕大浮山：即太浮山。

〔3〕節序：節令，節氣；節令的順序。南朝・江淹《謝僕射游覽》：“時菊耀岩阿，雲霞冠秋嶺。”危：憂懼，不安。

〔4〕岐路：此指離别分手處。唐・王勃《杜少府之任蜀州》：“無爲在歧路，兒女共沾巾。”

〔5〕前檻：檻前，窗前或門前。唐・薛瑩《宿東岩寺曉起》：“吟餘憑前檻，紅葉下紛紛。”

〔6〕疏花：正在凋謝零落的花。宋・辛棄疾《鷓鴣天》：“恨無飛雪青松畔，却放疏花翠葉中。”

〔7〕散愁：遣散愁緒。唐・杜甫《簡吴郎司法》：“却爲姻婭過逢地，許坐曾軒數散愁。”

〔8〕萸樽：借指茱萸酒。明・張居正《九日宴汪年兄宅得清字》：“未嗟萬里長爲客，坐對萸尊笑語清。”偏遣：偏使，偏讓。

*送似默丈還岳陽因呈太素公先輩[1]

朝發蘭浦曲[2]，暮登江上樓[3]。酒邊林是竹[4]，賦裏思皆秋[5]。學釣同公子[6]，操琴類楚囚[7]。君山明月下[8]，何處共仙舟[9]。

【校注】

〔1〕太素公：即李太素，餘不詳。或與李似默有親友關係。

〔2〕蘭浦：長滿香草的河岸。手鈔本作“南浦”，誤抄。曲：彎曲的地方，指水灣。《詩·魏風·汾沮洳》：“彼汾一曲，言采其藚。”宋·朱熹集傳：“一曲，謂水曲流處。”

〔3〕江上樓：指岳陽樓。

〔4〕林是竹：把樹林當竹林，效前人以詩文交友，隱用“竹林七賢”之典。

〔5〕賦裏思皆秋：戰國·宋玉《九辯》：“悲哉秋之爲氣也，蕭瑟兮草木搖落而變衰。”詩句中的賦并非專指文體“賦”，泛指吟誦或詩詞創作。秋，在文人的筆下，更不單是季節，主要表現的是肅殺蕭索零落景象，喻指人生秋色。

〔6〕公子：或指垂釣於富春江的隱士嚴子陵。

〔7〕操琴：彈奏琴。楚囚：《左傳》成公九年：“晉侯觀於軍府，見鍾儀。問之曰：‘南冠而縶者，誰也？’有司對曰：‘鄭人所獻楚囚也。’使税之……問其族，對曰：‘泠人也。’公曰：‘能樂乎？’對曰：‘先人之職官也，敢有二事！’使與之琴，操南音。”

〔8〕君山：山名，古稱洞庭山、湘山、有緣山，是洞庭湖中一個小島，與岳陽樓遥遥相對。

〔9〕仙舟：舟船的美稱。南朝·陳·江總《洛陽道》詩之一：“仙舟李膺棹，小馬王戎鑣。”

*哭雲夢師二首

擬從浮滄海，那知遽返真[1]。修文君地下[2]，張楚更何人[3]。百歲期雖促，千秋賦自新。試歌薤上露[4]，寂寞益傷神。

【校注】

〔1〕遽：驟然。返真：道教認爲人死後歸於自然，故“返真”爲死之婉辭。

〔2〕修文：修明文教。古代傳説，孔子弟子顔淵、子夏死後在地下爲修文郎。後因稱文人死亡爲“修文”或“修文地下”。唐·杜甫《哭李常侍峰》：“一代風流盡，修文地下深。”

〔3〕張楚：意謂張揚楚國（文翰）。雲夢師家在華容，古屬楚地，故亦取“張大楚國（文翰）”之義。

〔4〕薤上露：薤露。樂府《相和曲》名，爲挽歌，出殯時挽柩人所唱。歌謂人的生命短促，有如薤葉上的露水，一瞬即乾。薤，音 xiè。

其　二

不堪流落際〔1〕，又是哭君時。萬事已云畢〔2〕，交情難重期。寒松風户寂，白日竹臺迷。欲作招魂賦〔3〕，浮生自轉悲〔4〕。

【校注】

〔1〕流落：漂泊他鄉，窮困潦倒。唐·李白《與韓荊州書》：“白隴西布衣，流落楚漢。”

〔2〕畢：結束。句意謂人死了萬事皆休。

〔3〕招魂賦：《楚辭》篇名。王逸謂宋玉所作，因“憐哀屈原忠而斥棄，愁懣山澤，魂魄放佚，厥命將落，故作《招魂》”。

〔4〕浮生：《莊子·刻意》：“其生若浮。”謂人生在世，虛浮無定。後因稱人生爲浮生。

*送林扶京之江西便歸

別酒不成醉，離歌易愴神〔1〕。尊前今夜雨，明日异鄉人。廬月寒侵舫，湖風晚拂纓〔2〕。經過莫留滯，須念倚門親〔3〕。

【校注】

〔1〕離歌：傷别之歌。愴神：傷心。宋・陸游《夜登千峰榭》："危樓插斗山銜月，徙倚長歌一愴神。"

〔2〕湖風：鄱陽湖的晚風。纓：繫冠的帶子。

〔3〕倚門：形容父母盼望子女歸來的殷切心情。《戰國策・齊策六》："王孫賈年十五，事閔王。王出走，失王之處。其母曰：'女朝出而晚來，則吾倚門而望；女暮出而不還，則吾倚閭而望。'"

*短歌行約玄璞子鍊藥君山〔1〕

我聞玄璞子，家在會稽山〔2〕。觀日滄海上，餐霞天姥間〔3〕。尋仙興不盡〔4〕，忽到洞庭灣〔5〕。洞庭瀟湘多白雲，君山之上氣氤氲。鼎湖丹竈雲邊古〔6〕，瑶瑟哀音月下聞〔7〕。玄璞子，吾與爾爲期〔8〕。行吟竹杖相追隨，君山老人實可師〔9〕。有身不就黄金藥〔10〕，寂寞空爲世所悲。

【校注】

〔1〕君山：見本卷《送似默丈還岳陽樓因呈太素公先輩》注釋。

〔2〕玄璞子：見本卷《登遇仙樓寄玄璞子》注釋。會稽山：在今浙江中部紹興、嵊州、諸暨、東陽等市縣間。浦陽江與曹娥江的分水嶺。

〔3〕餐霞：餐食日露，指修仙學道。《文選・顏延之〈五君咏〉》："中散不偶世，本自餐霞人。"天姥：山名。在浙江東部，與天台山相對。唐・李白《夢游天姥吟留别》："天姥連天向天横，勢拔五嶽掩赤城。"

〔4〕尋仙，手鈔本作“尋山”，誤抄。

〔5〕洞庭灣，手鈔本作“洞庭邊灣”，誤抄。

〔6〕鼎湖：古代傳説黄帝乘龍昇天之處。《史記·封禪書》：“黄帝採首山銅，鑄鼎於荆山下。鼎既成，有龍垂鬍髯下迎黄帝……故後世因名其處曰鼎湖。”丹竈：煉丹的爐竈。

〔7〕瑶瑟：飾以美玉的琴瑟。哀音：悲傷之音。清·黄景仁《典衣行》：“誰家箜篌傷客心，鄰舟少女彈哀音。”

〔8〕爲期：作爲約定的期限或日期。《詩·小雅·采緑》：“五日爲期，六日不詹。”

〔9〕君山老人：即“君山老父”。傳説中吹笛於君山的老仙人。谷神子《博异志·吕鄉筠》：洞庭賈客吕鄉筠，春夜泊舟於君山側，飲酒吹笛於月下。忽一老父泛舟至，與之共飲暢談，并出懷袖間笛吹奏。曲未終，而君山鳥獸叫噪，月色昏昧，舟人大怒。老人於是飲酒數杯，鼓棹而去。明·高啓《青丘子歌》：“欲呼君山老父，携諸仙所弄之長笛，和我此歌吹月明。”

〔10〕黄金藥：道教煉丹所得，謂之仙藥。唐·李白《潁陽别元丹丘之淮陽》：“當餐黄金藥，去爲紫陽賓。”

*江亭與武昌張郡丞飲别〔1〕

江雲漠漠月娟娟〔2〕，長憶追陪使者筵〔3〕。别思揔如湖上水〔4〕，朝朝暮暮到晴川〔5〕。

【校注】

〔1〕張郡丞：見本卷《武昌張郡丞奉使過澧奉呈》注釋。

〔2〕漠漠：迷蒙貌。宋·鄭俠《烟雨樓》：“群岫西來烟漠漠，大江南去雨濛濛。”娟娟：明媚貌。漢·司馬光《和楊卿中秋月》：“嘉賓勿輕去，桂影正娟娟。”

〔3〕筵：宴席。南朝·齊·謝朓《始出尚書省》："既通金閨籍，復酌瓊筵醴。"

〔4〕别思：離别的思念。唐·張籍《送從弟蒙赴饒州》："京城南去鄧陽遠，風月悠悠别思勞。"揔：同"總"。

〔5〕晴川：晴川閣。這裏代指武昌。

*病起思親感作〔1〕

病起春將盡，愁多思亦危〔2〕。可憐望雲日〔3〕，正是倚門時〔4〕。淚逐楊花落〔5〕，心隨塞雁遲〔6〕。題詩聊自遣〔7〕，醉舞不勝悲〔8〕。

【校注】

〔1〕病起：病愈。宋·蘇舜欽《病起》："昊天摇落奈愁何，病起風前白髮多。"

〔2〕危：憂懼，不安。《戰國策·西周策》："夫本末更盛，虚實有時，竊爲君危之。"

〔3〕望雲：謂思念父母。見本卷《艾和甫先生謫西寧有贈》注釋。

〔4〕倚門：見本卷《送林扶京之江西便歸》注釋。

〔5〕淚逐楊花落：化用宋·蘇軾《水龍吟·次韻章質夫楊花詞》："細看來，不是楊花，點點是、離人淚。"

〔6〕塞雁：塞外的鴻雁。元·薩都剌《題揚州驛》："寒砧萬户月如水，塞雁一聲霜滿天。"遲：徐緩貌。謂心隨雁陣徐徐而動。

〔7〕自遣：發抒排遣自己的感情。唐·元稹《進詩狀》："自律詩百韻，至於兩韻七言，或因朋友戲投，或以悲歡自遣。"

〔8〕醉舞：猶狂舞。唐·李白《邠歌行上新平長兄粲》："趙女長歌入彩雲，燕姬醉舞嬌紅燭。"

* 病起過隆興寺訪毛茂才〔1〕

病起從初地〔2〕，行吟傍佛筵〔3〕。談經飜貝葉〔4〕，趺坐擁青蓮〔5〕。樹裏雲依席，花間竹映泉。醍醐聊共酌〔6〕，清興自泠然〔7〕。

【校注】

〔1〕毛茂才：生平不詳。茂才，即秀才。因避漢光武帝名諱，改秀爲茂。明清時入府州縣學的生員叫秀才，也沿稱茂才。《南史・劉之遴傳》："年十五，舉茂才，明經對策，沈約、任昉見而异之。"

〔2〕初地：佛教寺院。唐・王維《登辨覺寺》："竹徑從初地，蓮峰出化城。"此指隆興寺。

〔3〕佛筵：此指僧侣講經處的講筵。筵，竹席。古人席地而坐，用筵作坐具，所以座位也叫筵。

〔4〕飜：同"翻"。翻閲，披覽。貝葉：貝多樹的葉子。原産於印度等地，加工後可代紙，常用來鈔寫經文。後因稱佛經爲貝葉經。

〔5〕趺坐：見本卷《宿伸公房别伸公》注釋。青蓮：青蓮花。蓮花不染纖塵，佛家用比佛眼。《佛法妙音品》："目如廣大青蓮花。"

〔6〕醍醐：佛教喻最高妙的佛法或智慧。唐・白居易《和夢游春詩一百韻》："垢待醍醐浴，障要智燈燒。"

〔7〕泠然，手鈔本作"冷然"，誤。

* 將泛舟歸别毛茂才〔1〕

結客從誰定〔2〕，談詩賴有君。聯牀尊對月〔3〕，解榻席留雲〔4〕。羡爾同毛遂〔5〕，憐予愧右軍〔6〕。茫茫江水上，惆悵若爲分〔7〕。

【校注】

〔1〕泛舟：行船。毛茂才：見本卷《病起過隆興寺訪毛茂才》注釋。

〔2〕結客：結交賓客、朋友。常指結交豪俠之士。《後漢書》卷十一《劉玄傳》："弟爲人所殺，聖公結客欲報之。"

〔3〕聯牀：并榻同牀而卧。形容情誼深厚。唐·伍元衡《秋夜雨中懷友》："幾年不與聯牀吟，君方客吴我猶楚。"

〔4〕解榻：謂熱情接待賓客，禮賢下士。東漢陳蕃任豫章太守時，不接待賓客，只有南州高士徐穉來時特設一榻，徐穉走後即懸挂起來。唐·高適《奉酬睢陽李太守》："好賢常解榻，乘興每登樓。"

〔5〕毛遂：戰國平原君門下食客。趙孝成王九年（前257），秦攻趙，王命平原君赴楚求救，毛遂自薦同往。既至楚，平原君與楚王談判，自日出迄日中不决。毛遂按劍上階，直陳利害，終使楚王歃血定盟，聯合抗秦。

〔6〕右軍：晉·王羲之曾任右軍將軍，後以之稱王羲之。唐·高適《途中寄徐録事》："空多篋中贈，長見右軍書。"

〔7〕若爲：怎堪。唐·杜甫《和裴迪登蜀州東亭》："幸不折來傷歲暮，若爲看去亂鄉愁。"

*送羅泰階上舍赴試留都〔1〕

羅郎多麗藻〔2〕，少小擅詞名〔3〕。欲奏凌雲賦〔4〕，應爲鼓枻行〔5〕。月明京口驛〔6〕，秋爽石頭城〔7〕。牓有題橋志〔8〕，知君似長卿〔9〕。

【校注】

〔1〕羅泰階：生平不詳。上舍：宋制，太學分外舍、內舍、上舍，學生在一定年限和條件下，可依次而昇。留都：明永樂十九年（1421）成祖遷都北京後，稱原國都南京爲留都。

〔2〕麗藻：華麗的辭藻。唐·王勃《爲人與蜀城父老書》："麗藻華文，

代有雲泉之氣。”

〔3〕擅：專，精。南朝·梁·任昉《宣德皇后令》：“文擅雕龍，而成輒削藁。”

〔4〕凌雲賦：司馬相如奏《大人賦》，漢武帝讀之，“飄飄有凌雲之氣，似游天地之間意”。宋·曾紆《洞仙歌》：“相如當日，曾奏凌雲賦。落筆縱橫妙風雨。”

〔5〕鼓柁：操縱船舵，這裏有指引、掌控方向之義。柁，同“舵”，船的方向控制裝置。

〔6〕月明，手鈔本作“明月”，誤抄。京口：古城名，故址在今江蘇鎮江市。驛：驛站。古時供傳遞公文的人或往來官員途中歇宿、换馬的住所。

〔7〕石頭城：古城名，故址在今南京市清涼山。本楚金陵邑。因以爲南京的别稱。

〔8〕賸有：猶有。賸，同“剩”。宋·盧祖皋《漁家傲》：“不用五湖尋小艇，吾廬賸有閑風景。”題橋：即“題橋柱”。《華陽國志·蜀志》：“城北十里有昇仙橋，有送客觀。司馬相如初入長安，題市門曰：‘不乘赤車駟馬，不過汝下也。’”後用爲矢志功名之典。唐·韋莊《東陽贈别》：“此時此地題橋去，歸日何年佩印歸。”

〔9〕長卿：司馬相如字。

*過華容奉呈周明府〔1〕

浪游過洞浦〔2〕，取醉上章臺。興裏雲依舍，愁邊雨濺苔。政成推魯宓〔3〕，賦就失鄒枚〔4〕。欲和陽春曲，慚非倒屣才〔5〕。

【校注】

〔1〕華容：即今湖南洞庭湖畔之華容縣。周明府：周元勳。詳見本書“附録·附三”。

〔2〕浪游：漫游。唐・崔道融《旅行》："少壯經勤苦，衰年始浪游。"洞浦：洞庭湖岸。宋・葉適《送蔣少韓》："濯足洞庭浦，晞髮君山巔。"

〔3〕政成：政績有成。魯宓：魯恭與宓子賤。德政典範。魯恭，《後漢書・魯恭傳》："（魯恭）拜中牟令。恭專以德化爲理，不任刑罰……"宓子賤，見本書《田子壽詩集》卷之三《寄沈明府》注釋。魯宓或指一人，即魯國宓子賤。因魯恭在宓子賤之後不應并談。

〔4〕鄒枚：鄒陽、枚乘的并稱。兩人皆以才辯著名當時。唐・李白《贈王判官時余歸隱居廬山屏風叠》："荆門倒屈宋，梁苑傾鄒枚。"手鈔本先作"鄒梅"，後删"梅"字，未補。

〔5〕倒屣：急於出迎，把鞋倒穿。《三國志・魏志・王粲傳》："時邕才學顯著，貴重朝廷，常車騎填巷，賓客盈坐。聞粲在門，倒屣迎之。粲至，年既幼弱，容狀短小，一坐盡驚。邕曰：'此王公孫也，有异才，吾不如也。'"後因以形容熱情迎客。

*歸澧後憶在華容習孺叔成孝廉鵬初太史道伸和尚醉游有述〔1〕

憶昨興來尋二阮〔2〕，竹林雲石漫躋攀〔3〕。聯牀屢夜愁秋雨〔4〕，倚杖終朝看遠山〔5〕。斗室琴尊聊共適〔6〕，化城猿鶴與僧閒〔7〕。過從更有張公子〔8〕，載酒時時换客顔〔9〕。

【校注】

〔1〕叔成：或指後詩《送張叔成入對》中的張叔成。即本詩中之張公子。其生平不詳。孝廉：明清兩代對舉人的雅稱。道伸和尚：生平亦不詳。孫習孺和孫鵬初均見"附録・附三"有關條目。

〔2〕二阮：以"竹林七賢"之"二阮"喻孫習孺、孫鵬初叔侄。

〔3〕躋：登，昇。《易・震》："躋于九陵。"

〔4〕聯牀：見本卷《將泛舟歸别毛茂才》注釋。

〔5〕終朝：竟日，整天。唐·杜甫《冬日有懷李白》："寂寞書齋裏，終朝獨爾思。"

〔6〕琴尊：琴和酒樽。古時文人雅士閒暇或宴集時常用。唐·杜審言《贈崔融》："琴樽横宴席，岩谷卧詞場。"

〔7〕化城：指佛寺。唐·王維《登辨覺寺》："竹徑從初地，蓮峰出化城。"猿鶴：《藝文類聚》引《抱朴子》："周穆王南征，一軍皆化，君子爲猿爲鶴，小人爲蟲爲沙。"

〔8〕過從：互相往來。明·歸有光《邢州叙述》："得友天下士，旦夕相過從。"張公子：應指富平侯張放。張放爲漢成帝近臣，時有童謠，有"燕燕尾涎涎。張公子時相見"句。此喻富貴之人。

〔9〕載酒：携酒，或用揚雄典。《漢書·揚雄傳》："家素貧，嗜酒，人希至門。時有好事者載酒從游學。"

*慧真禪師來憩石人峰倚杖訪之因贈一律〔1〕

選勝遥飛錫〔2〕，安禪暫閉關〔3〕。峰高寒自早，市遠寺逾閒。梵雜空中雨〔4〕，鐘鳴霧裏山。浮生無住着〔5〕，相對不知還。

【校注】

〔1〕慧真禪師：僧人法號。其餘未詳。石人峰：峰名。具體位置不詳。根據詩題中"來憩"之意，似在澧州一帶，顯然不是黄山西南部的石人峰。

〔2〕飛錫：佛教語。指僧人游方。宋·王安石《寄國清處謙》："近有高僧飛錫去，更無餘事出山來。"

〔3〕安禪：佛教語。指静坐入定。俗稱打坐。唐·王維《過香積寺》："薄暮空潭曲，安禪制毒龍。"閉關：佛教用語，指僧人獨居一處，静修佛法，不與任何人交往，滿一定期限方外出。唐·王維《歸嵩山作》："迢遞嵩高下，

歸來且閉關。”

〔4〕梵：此指誦唱佛經。唐·王維《藍田山石門精舍》：“朝梵林未曙，夜禪山更寂。”

〔5〕浮生：《莊子·刻意》：“其生若浮。”謂人生在世，虛浮無定，後因稱人生爲浮生。唐·李白《春夜宴從弟桃花園序》：“光陰者，百代之過客也，而浮生若夢，爲歡幾何。”住着：謂拘管羈絆。

*得伍儀部書知儀部與龔孝廉邂逅有寄〔1〕

不赴尚書會〔2〕，狂來作壯游〔3〕。江山謝公屐〔4〕，人物李膺舟〔5〕。明月金山寺〔6〕，寒烟白露洲〔7〕。匏尊兼桂楫〔8〕，那得共夷猶〔9〕。

【校注】

〔1〕伍儀部：湖北松滋人，伍文定後裔。曾就職於澧州、荆州等地，有伍蠡湖、伍荆州等稱號。餘不詳。儀部，禮部主事及郎中。龔孝廉：龔天申。湖南澧州人，嘉靖乙卯（1555）舉人。歷官浙江嚴州、山東兗州同知。

〔2〕尚書會：《太平御覽》卷八百五十《飲食部八》載：“盧道虔爲尚書，會同僚於草屋下，設雞黍之膳，談者以爲高。”尚書，官名。明以六部（吏、户、禮、兵、刑、工）尚書分掌政務。

〔3〕壯游：懷抱壯志而遠游。元·袁桷《送文子方著作受交趾使於武昌長律二十韻》：“壯游詩句豁，古戍角聲悲。”手鈔本作“北游”，誤抄。

〔4〕謝公屐：《宋書·謝靈運傳》：“（謝靈運）登躡嘗著木履，上山則去前齒，下山去其後齒。”屐，一種有齒的木鞋。

〔5〕李膺舟：《後漢書·郭太傳》：“（郭太）游於洛陽，始見河南尹李膺。膺大奇之，遂相友善，於是名震京師。後歸鄉里，衣冠諸儒送至河上，車數千兩。林宗唯與李膺同舟而濟，衆賓望之，以爲神仙焉。”唐·許渾《將爲南行陪尚書崔公宴海榴堂》：“賓館盡開徐穉榻，客帆空戀李膺舟。”

〔6〕金山寺：在江蘇鎮江市西北金山上。東晉時建。

〔7〕白露洲：或爲“白鷺洲”。古代長江中的沙洲。在南京水西門外。後世江流西移，遂與陸地相連。明朝永樂年間開國元勳中山王徐達在這裏建有家族別墅。天順年間，在園内建有鷲峰寺，烟火鼎盛一時。至正德年間，徐達後裔徐天賜將該園擴建成當時南京“最大而雄爽”的園林，取名爲東園。該園成爲園主與王世貞、吴承恩等許多著名文人詩酒歡會的雅集之所。

〔8〕匏尊：葫蘆製的酒樽。亦泛指飲具。宋·蘇軾《前赤壁賦》：“駕一葉之扁舟，舉匏尊以相屬。”桂楫：桂木船槳。代華麗的船。宋·陸游《蹋磧》：“何日畫船摇桂楫，西湖却賦探春詩。”

〔9〕夷猶：猶豫，遲疑不前。唐·李白《經亂離後天恩流夜郎憶舊游書懷贈江夏韋太守良宰》：“連雞不得進，飲馬空夷猶。”

*宿荆藩載陽王孫桂叢深處題壁〔1〕

王孫别館隱城幽，飛蓋朝朝共客游〔2〕。樹裏墻鄰庾信宅〔3〕，池邊徑接仲宣樓〔4〕。歌傳白雪難爲和〔5〕，酒出中山易散愁〔6〕。浪説淮南多桂樹〔7〕，衹今争欲識荆州〔8〕。

【校注】

〔1〕荆藩載陽王孫：關於荆藩載陽王孫，詩人另有《載陽王孫席送諸葛元聲向吴中尋東海小馮君咸甫》與《載陽宗侯桂叢深處新居子侯戲贈一律因柬子侯》。有史料記載，自明永樂二年（1404）朱元璋第十五子遼簡王朱植從遼東廣寧移藩荆州，在明代荆州三藩王中，遼王世系延續時間最長，衆多子孫中，享有郡王封號的就有二十個，如長陽王、遠安王、松滋王、益陽王、衡陽王、應山王、麻陽王、蕲水王、沅陵王等，載陽王應是其中之一。《載陽宗侯桂叢深處新居子侯戲贈一律因柬子侯》詩中的“鶴澤”“龍山”，均爲江陵地名，佐證了荆藩居住地。

〔2〕飛盖：馳車，驅車。三國・曹植《公宴》："清夜游西園，飛盖相追隨。"

〔3〕庾信：北周文學家。字子山，南陽新野人。官至驃騎大將軍。

〔4〕仲宣：漢末文學家王粲字，爲"建安七子"之一。博學善詩賦，尤以《登樓賦》著稱。

〔5〕白雪，手鈔本作"白雲"，誤抄。

〔6〕中山：《周禮・天官・酒正》："三曰清酒。"漢・鄭玄注："清酒，今中山冬釀接夏而成。"晉・張華《博物志》卷五："劉元石於中山酒家酤酒，酒家與千日酒飲之，忘言其節度。歸至家大醉，不醒數日，而家人不知，以爲死也，具棺殮葬之。酒家計千日滿，乃憶元石前來酤酒，醉當醒矣。往視之，云：'元石亡來三年，已葬。'於是開棺，醉始醒。"後因以"中山"作爲美酒的代稱。手鈔本作"山中"，誤抄。

〔7〕浪説：漫説。淮南：指淮河以南、長江以北的地區。隱含淮南王劉安。桂樹：比喻人才。

〔8〕祇今：如今。唐・岑參《獻封大夫破播仙凱歌》之一："天子預開麟閣待，祇今誰數貳師功！"識荆州：識荆。唐・李白《與韓荆州書》："白聞天下談士相聚而言曰：'生不用封萬户侯，但願一識韓荆州。'何令人之景慕於此耶！"後因以"識荆"爲初次見面的敬詞。"争欲識荆州"即争相和荆藩載陽王孫相交。

*早秋寄龍博士雲輿〔1〕

九陌雁初過〔2〕，仙郎逸興多〔3〕。小姬雲作髻〔4〕，新曲雪爲歌。涼月愁砧杵〔5〕，秋風怨綺羅〔6〕。相思兼旅思〔7〕，無那夜如何〔8〕。

【校注】

〔1〕龍雲輿：生平不詳。博士：官名。源於戰國。因其掌通古今，以備諮

詣，爲學術顧問的性質。亦指專精一藝的職官。

〔2〕九陌：都城中的大道。《三輔黄圖》謂長安城中有八街九陌。唐·駱賓王《帝京篇》："三條九陌麗城隈，萬户千門平旦開。"亦指田間的道路。

〔3〕仙郎：俊美的青年男子。唐人對尚書省各部郎中、員外郎的慣稱。逸興：超逸豪放的意興。唐王勃《滕王閣序》："遥襟甫暢，逸興遄飛。"

〔4〕小姬：指年輕的妾侍、藝妓。

〔5〕凉月：秋月。砧杵：搗衣石與棒槌。比喻洗濯。南朝·鮑令暉《題書後寄行人》："砧杵夜不發，高門晝常關。"

〔6〕綺羅：泛指華貴的絲織品。亦指穿着綺羅的人。多爲貴婦、美女之代稱。唐·秦韜玉《貧女》："蓬門未識綺羅香，擬托良媒益自傷。"

〔7〕相思：彼此想念。旅思：羈旅的愁思。

〔8〕無那：無可奈何。唐·杜甫《奉寄高常侍》："汶上相逢年頗多，飛騰無那故人何。"

出塞曲

三十年來滯楚山〔1〕，今秋走馬向蕭關〔2〕。摐金直渡飛狐道〔3〕，斬將先平虎穴還。

其　二〔4〕

人奴猶自會封侯〔5〕，司馬家兒尚敝裘〔6〕。愛妾直須還换馬〔7〕，請纓一繫月支頭〔8〕。

其　三

屈首窮經計已疏，彎弧走馬事輕車〔9〕。先鋒只突賢王陣〔10〕，大捷須令太史書[11]。

其　四

燕然山外火雲流，虎旆奔騰塞上游[12]。轉戰但能摧逆虜，論功何必話封侯。

其　五

冽冽邊風塞草枯[13]，九關兵馬備强胡[14]。長驅直到燕支下[15]，奪取祁連入漢圖[16]。

其　六

隴山月出隴雲飄[17]，鐵馬狐裘出塞遥。須使王庭空大漠[18]，莫令仍自唤天驕[19]。

【校注】

〔1〕楚山：泛指楚地之山。借指家園。唐・張説《對酒行巴陵作》："鳥哭楚山外，猿啼湘水陰。"

〔2〕蕭關：古關名。故址在今寧夏固原東南，爲自關中通向塞北的交通要衝。這裏代指邊關。唐・王維《使至塞上》："蕭關逢候騎，都護在燕然。"

〔3〕摐金：撞擊金屬樂器。唐・高適《燕歌行》："摐金伐鼓下榆關，旌旗逶迤碣石間。"飛狐道：古道名。《東觀漢記・王霸傳》："爲上谷太守，修飛狐道至平城，堆石布土三百餘里。"

〔4〕"其二"以下标題底本無，爲整理者所加。

〔5〕人奴：奴僕。《史記・衛將軍驃騎列傳》："青笑曰：'人奴之生，得毋笞罵即足矣，安得封侯事乎！'"

〔6〕司馬家兒：西晉末司馬氏子弟。家兒，子弟。《後漢書·馬援傳》："今獲所願，甘心瞑目，但畏長者家兒或在左右，或與從事，殊難得調，介介獨惡是耳。"唐·李賢注："長者家兒謂權要子弟等。"敝裘：破舊的皮衣。唐·岑參《聞宇文判官西使還》："白髪悲明鏡，青春换敝裘。"

〔7〕愛妾换馬：戰國·李冗《獨异志》卷中："後魏曹彰，性倜儻，偶逢駿馬，愛之，其主所惜也。彰白：'余有美妾可换，唯君所選。'馬主因指一妓，彰逐换之。"

〔8〕請纓：《漢書·終軍傳》載：漢武帝派遣終軍出使南越，欲説服南越王歸順。終軍自請"願受長纓，必羈南越王而致之闕下"。後因以"請纓"指投軍殺敵。宋·岳飛《滿江紅·登黄鶴樓有感》："何日請纓提鋭旅，一鞭直渡清河洛。"月支：音 ròu zhī。亦稱"月氏"，中國西北古代民族。

〔9〕彎弧：拉弓。《太平廣記》引《述异記》："有一人，披錦袍，彎弧注鏃，直向紹之。"

〔10〕賢王陣：匈奴賢王所布之軍陣。賢王，匈奴貴族的封號。有左賢王、右賢王。共同襄助大單于處理國事。唐·李白《出自薊北門行》："揮刃斬樓蘭，彎弓射賢王。"

〔11〕太史書：指載入史册。太史，官名。三代爲史官與歷官之宅，朝廷大臣。後職位漸低，秦稱太史令，漢屬太常，掌天文曆法。魏晉以後太史僅掌管推算曆法。至明清兩朝，修史之事由翰林院負責，又稱翰林爲太史。

〔12〕虎斾：猶虎旗。繪有虎形的旗幟。古代軍中所用。唐·李白《司馬將軍歌》："揚兵習戰張虎旗，江中白浪如銀屋。"

〔13〕冽冽：寒冷貌。三國·魏·曹丕《清河見挽船士新婚與妻别作》："冽冽寒蟬吟，蟬吟抱枯枝。"

〔14〕九關：王夫之通釋："九關，九天之關。"後代指宫闕，朝廷。宋·陸游《言懷》："孰云九關遠，精意當徹聞。"

〔15〕燕支：山名。清·王琦注引《元和郡縣志》："燕支山，一名删丹山，在丹州删丹縣南五十里。東西百餘里，南北二十里，水草茂美，與祁連同。"後以泛指北地，邊地。明·屈大均《寄沈陽剩人和尚》："莫厭天花隨玉

塵，何妨霜鬢老燕支。”

〔16〕祁連：山名。匈奴語，意爲“天山”。廣義的祁連山是甘肅省西部和青海省東北部邊境山地的總稱。綿延一千公里。狹義的祁連山系指最北的一支。清·趙翼《張甥聖時俸滿告歸》：“疏勒泉清禾滿野，祁連山迴雪彌天。”漢圖：大漢版圖。

〔17〕隴山：山名。六盤山南段的别稱。古時又稱隴坂、隴坻。北魏·酈道元《水經注·斤江水》：“隴山、終南山、惇物山在扶風武功縣西南也。”

〔18〕王庭：亦作“王廷”。謂指古代西北民族君長設幕立朝之地。

〔19〕天驕：天之驕子。漢時匈奴用以自稱。後亦泛稱强盛的邊地少數民族或其首領。唐·李白《塞下曲六首》：“彎弓辭漢月，插羽破天驕。”

庚寅潼口水驛聞邊人話邊警〔1〕

大漠茫茫秋正高，胡兒胡馬不知勞〔2〕。從來漢室多飛將〔3〕，三月何無人渡洮〔4〕。

其　二〔5〕

綏州城外草連天〔6〕，胡騎繞城三月眠。父老不聞軍國令〔7〕，尚書何以答防邊〔8〕。

【校注】

〔1〕庚寅：即1590年。潼口水驛：即潼口驛。在襄陽到宜城的折中地段，北靠襄江（那時襄江還未東移），南毗襄沙古道。

〔2〕胡兒：指胡人。多用於蔑稱。唐·李頎《古從軍行》：“胡雁哀鳴夜夜飛，胡兒眼淚雙雙落。”

〔3〕飛將：飛將軍李廣。唐·王昌齡《出塞》：“但使龍城飛將在，不教

胡馬度陰山。”

〔4〕洮：音 táo，洮河。在甘肅省西南。這裏代指邊境。

〔5〕其二，底本無，爲整理者所加。

〔6〕綏州：舊州名。西魏置，治所在上縣（今陝西綏德縣）。隋大業初改爲雕陽郡。唐武德三年（620）復置綏州，移治豐林縣（今延安市東北），六年移治延川縣（今陝西延川縣），七年移治魏平縣（今陝西子長縣東南）。貞觀二年（628）復移上縣，天寶元年（742）改爲上郡，乾元元年（758）復爲綏州。

〔7〕軍國令：軍事命令和國家政令。

〔8〕防邊：防守邊地。唐·元稹《酬段丞與諸棋流會宿弊居見贈二十四韻》：“退引防邊策，雄吟斬將詩。”

*習孺先生六上春官矣兹復將挾篋宗文爲先生門人知先生所就因作律一章壯先生行色〔1〕

惜别愁無泣，聞雞起即行。從來蘇季子〔2〕，亦有倦游情〔3〕。曉色五陵樹，春風三月鶯。叔敖千載後〔4〕，獻賦更誰并。

【校注】

〔1〕春官：唐光宅年間曾改禮部爲春官，後“春官”遂爲禮部的别稱。禮部職掌科舉。明·歸有光《亡友方思曾墓表》：“既一再試春官不利，則自叱而疑。”篋：小箱子。門人：弟子。

〔2〕蘇季子：戰國時洛陽人蘇秦。游説之士。因在家排行老三故稱季子。唐·李白《魏郡别蘇明府因北游》：“洛陽蘇季子，劍戟森詞鋒。”

〔3〕倦游：厭倦游宦生涯。南北朝·王籍《游羅耶溪》：“此地動歸念，長年悲倦游。”

〔4〕叔敖：孫叔敖。春秋時期楚國名相，於水利兵法均有極大貢獻。因此長做善政之官典型。唐·李瀚《蒙求》：“柳下直道，叔敖陰德。”

*姜元渾入對[1]

天下論才子，從來楚士多[2]。騰騫看腰褭[3]，南陌早鳴珂[4]。鳳閣乘春望[5]，龍池待月過[6]。上林新賦就[7]，何日寄烟蘿[8]。

【校注】

〔1〕姜元渾：生平不詳。

〔2〕楚士：楚地才士。

〔3〕騰騫：奔騰，昇騰。喻仕途得意。明孫柚《琴心記·陽關送别》："前程萬里，指日騰騫。" 腰褭：音 yāo niǎo。良馬的名稱。

〔4〕南陌：南面的道路。南朝·宋·沈約《鼓吹曲同諸公賦·臨高臺》："所思竟何在，洛陽南陌頭。" 鳴珂：顯貴者所乘之馬以玉爲飾，行則作響，故名。唐·李泌《長歌行》："不然絶粒升天衢，不然鳴珂游帝都。"

〔5〕鳳閣：中書省。泛指中央官邸。五代·李煜《破陣子》："鳳閣龍樓連霄漢，玉樹瓊枝作烟蘿，幾曾識干戈。"

〔6〕龍池：池名。其一在長安隆慶坊玄宗舊邸旁。中宗時數有雲龍之祥，遂引龍首堰之水注池，即龍池，此喻指皇上所居。唐·李商隱《龍池》："龍池賜酒敞雲屏，羯鼓聲高衆樂停。"

〔7〕上林新賦：指司馬相如《上林賦》。

〔8〕烟蘿：草木茂盛，烟聚蘿纏之地。喻幽居之處。明·王守仁《春晴》："忽向山中懷舊侶，幾從洞口夢烟蘿。"

*華容周明府入覲[1]

湖邊暫解宓公琴[2]，車馬翩翩入上林[3]。雲繞鳳城佳氣逈[4]，日臨雉尾瑞烟深[5]。催科自昔憂民瘼[6]，撫字于今識吏心[7]。聖主從容頻問俗[8]，定知花縣有棠陰[9]。

【校注】

〔1〕入覲：見《奉送殷夷陵開美入覲》注釋。周明府：即周元勳，詳見“附録·附三”。

〔2〕宓公琴：宓子賤先生彈奏的琴，比喻他任單父宰的治政方法。《吕氏春秋·察賢》：“宓子賤治單父，彈鳴琴，身不下堂而單父治。”後因用“鳴琴”稱頌地方官簡政清刑，無爲而治。唐·高適《宓公琴臺詩三首》：“宓子昔爲政，鳴琴登此臺。琴和人亦閑，千載稱其才。”

〔3〕上林：指上林苑。這裹代指京城。

〔4〕鳳城：舊時京都的美稱，謂帝王所居之城。唐·杜甫《夜》：“步蟾倚杖看牛斗，銀漢遥應接鳳城。”

〔5〕雉尾：雉尾扇。古代儀仗的一種，以雉羽爲飾。唐·杜甫《秋興》：“雲移雉尾開宫扇，日繞龍鱗識聖顔。”

〔6〕催科：催徵賦税。明·方向《咏儋耳二首》：“相逢盡道年來好，不見催科夜打門。”民瘼：老百姓的苦難。唐太宗《出獵》：“所爲除民瘼，非是悦林叢。”

〔7〕撫字：對子女的愛護養育，喻指良吏愛護人民。《北齊書·封隆之傳》：“隆之素得鄉里人情，頻爲本州，留心撫字。”吏心：猶作官的心性。唐·韋莊《寄湖州舍弟》：“雲烟但有穿楊志，塵土多無作吏心。”手鈔本作“聖心”，誤抄。

〔8〕問俗：訪問民風民俗。《禮記·曲禮上》：“入竟而問禁，入國而問俗，入門而問諱。”

〔9〕花縣：晉·潘岳爲河陽令，全縣種桃樹，有“河陽一縣花”之譽。唐·李商隱《石城》：“石城夸窈窕，花縣更風流。”棠陰：周時召伯巡行南國，曾在棠樹下聽訟理事。召公死後，後人愛其樹不忍翦伐。見《史記》卷三十四《燕召公世家》。後以棠陰譽稱去職官吏的政績。宋·史浩《滿庭芳》：“真美行，棠陰善政，槐市高名。”

* 送龍君超上春官[1]

秋聲催别思[2]，車馬又長征[3]。風雨題橋志[4]，關山戀闕情[5]。月臨鳷鵲觀[6]，春滿鳳凰城[7]。射策知才子[8]，驚人定一鳴[9]。

【校注】

〔1〕龍君超：武陵常德人。和“公安派”袁宏道往來密切。袁宏道有《托龍君超爲覓仙源隱居詩以寄之》《别龍君超君御兄弟》《夏日同龍君超君善家伯修郊外小集》《又和龍君超韻》等詩作。餘不詳，春官：禮部的别稱。見本卷《習孺先生六上春官矣兹復將挾篋宗文爲先生門人知先生所就因作律一章壯先生行色》注釋。此處指送龍君超赴禮部參加進士考試。

〔2〕别思：離别的思念。唐·高蟾《歸思》：“紫府歸期斷，芳洲别思迢。”

〔3〕長征：長途遠行。宋·耶律鑄《磨劍行》：“故國江山夢裏行，不期今日果長征。”

〔4〕題橋志：指求取功名榮顯的壯志。見本卷《送羅泰階上舍赴試留都》注釋。

〔5〕戀闕：留戀宫闕，心不忘君。唐·杜甫《散愁》詩之二：“戀闕丹心破，沾衣皓首啼。”

〔6〕鳷鵲：漢宫觀名。在長安甘泉宫外。鳷，音 zhī。

〔7〕鳳凰城：喻指京城。唐·杜甫《復愁》詩之九：“由來貔虎士，不滿鳳凰城。”

〔8〕射策：漢代考試取士方法之一。亦泛指應試。《漢書·蕭望之傳》：“望之以射策甲科爲郎。”唐·皮日休《三羞》詩序：“丙戌歲，日休射策不上，東退於肥陵。”

〔9〕一鳴：一鳴驚人。比喻平時默默無聞，一旦科舉得中，便天下揚名。《韓非子·喻老》：“雖無飛，飛必衝天；雖無鳴，鳴必驚人。”

* 送張叔成入對[1]

楚國多才子，人龍總讓君[2]。昔懷和氏璧，今獻長卿文[3]。上苑鶯初囀，春池柳欲分。名高射策後[4]，袍袖紫烟芬。

【校注】

〔1〕張叔成：生平不詳。

〔2〕人龍：人中之龍。謂人中之俊杰。讓君：輸給你。君是敬詞。

〔3〕長卿：西漢詞賦家司馬相如字。曾作《上林賦》。

〔4〕射策：見本卷《送龍君超上春官》注釋。手鈔本作“謝策”，誤抄。

* 走筆送陳明府[1]

琴聲初散宓公堂[2]，雙舄遥飛入尚方[3]。驛路鴻聲喧朔氣[4]，河橋馬色趁斜陽[5]。梅邊瑞雪凝長樂[6]，花底晴雲度建章[7]。前席定知承顧問[8]，好將民瘼諷明王[9]。

【校注】

〔1〕明府：唐時稱縣令爲明府。

〔2〕宓公堂，手鈔本作“宓分堂”，誤抄。

〔3〕雙舄：用王喬典。尚方：官署名。秦置。主造、儲皇室兵器與玩物。明以後不設。此指宫廷。

〔4〕朔氣：北方的寒氣。古樂府《木蘭詩》：“朔氣傳金柝，寒光照鐵衣。”

〔5〕馬色：見本卷《携家澧浦諸昆季餞送志别》注釋。

〔6〕長樂：西漢主要宫殿名。遺址在今西安市西北郊。此指宫中殿堂。

〔7〕建章：漢宫名。《史記·封禪書》：“於是作建章宫，度爲千門萬

户。”亦泛指宫闕。

〔8〕前席：古時席地而坐，謂移坐向前。《史記·屈原賈生列傳》：“上因感鬼神事，而問鬼神之本。賈生因具道所以然之狀。至夜半，文帝前席。”唐·李商隱《賈生》：“可憐夜半虚前席，不問蒼生問鬼神。”

〔9〕諷：用委婉的語言暗示、勸告或指責。《文心雕龍·雜文》：“夫諷一勸百，勢不自反。”明王：聖明的君主。《左傳》宣公十二年：“古者明王伐不敬。”

*中酒朝眠忽報梅花初放徘徊起視適馮老師踏雪至〔1〕

清夢朝常有〔2〕，芳心老未灰。山光隨户入，湖色共君來。雪裹襄陽興〔3〕，梅邊水部才〔4〕。劇談情不淺〔5〕，佳思自悠哉。

【校注】

〔1〕馮老師：生平不詳。老師，年老資深入傳授學術的人；科舉時代，生員和舉子對主試的座主和學官也稱老師；舊時亦是對僧侣的尊稱。從詩中難以確知馮老師是何種人。

〔2〕清夢：猶美夢。宋·陸游《枕上述夢》：“江湖送老一漁舟，清夢猶成塞上游。”

〔3〕襄陽興：踏雪之興，唐朝詩人孟浩然，今湖北襄陽人，世稱孟襄陽。據《詩本事》載：“孟浩然詩思在灞橋風雪驢子背上。”馬致遠《雙調·撥不斷》：“孟襄陽，興何狂，凍騎驢灞陵橋上。”

〔4〕水部才：咏梅之才，南朝·梁·何遜任安成王參軍事兼尚書水部郎，時稱“何水部”。喜咏梅，如《范廣州宅聯句》：“洛陽城東西，却作今年别。昔去雪如花，今來花似雪。”

〔5〕劇談：猶暢談。元·元好問《空山何巨川虚白庵》詩之二：“劇談不

盡江湖景，重與青燈約對牀。”

馮老師過訪感贈〔1〕

病裏難相問，狂來且自嘲。窮愁須作賦，衰老莫論交。北渚鴻初散〔2〕，南枝鳥未巢〔3〕。驅馳竟何益，寂寂願如匏〔4〕。

【校注】

〔1〕馮老師：見前篇解釋。

〔2〕北渚鴻：北地的鴻雁。宋·宋祁《答燕龍圖對雪宴百花見寄》："斜霏北渚離鴻下，密灑東風寶騎攢。"

〔3〕南枝鳥：南枝謂故鄉，未巢南枝的鳥即爲漂泊之鳥。《古詩十九首·行行重行行》："胡馬依北風，越鳥巢南枝。"因以指懷念故土、故國。清·王士禎《息齋夜宿即事懷故園》："此夕南枝鳥，無因到故鄉。"

〔4〕寂寂：孤單，冷落。願：願望，心願。匏：音 páo，葫蘆的一種。古人常用"匏"比喻人不受重用或無所作爲。《論語·陽貨》："吾豈匏瓜也哉！焉能繫而不食？"

西鄰老人還故園因寄内〔1〕

别君已自淚沾衣，况説君歸向竹扉〔2〕。兒女歲時空望遠，弟兄風雨願多違〔3〕。疏林月出猿初斷〔4〕，極浦霜繁雁正飛〔5〕。小婦近來能作字〔6〕，平安何事素書稀〔7〕。

【校注】

〔1〕西鄰老人：或是離騷草堂西邊的一位老鄰居，似是容美故人。餘不詳。

寄内：寄信給妻子。

〔2〕竹扉：用竹子做的門。唐・白居易《歸履道宅》："驛吏引藤輿，家童開竹扉。"

〔3〕多違：謂久别。唐・王勃《送盧主簿》："開襟方未已，分袂忽多違。"

〔4〕疏林：稀疏的林木。唐・王昌齡《途中作》："墜葉吹未曉，疏林月微微。"

〔5〕極浦：遥遠的水濱。《楚辭・九歌・湘君》："望涔陽兮極浦，横大江兮揚靈。"漢・王逸注："極，遠也；浦，水涯也。"

〔6〕小婦：妾；妯娌行次最幼者。作字：猶寫字。

〔7〕素書：古人以白絹作書，故以稱書信。漢・蔡邕《飲馬長城窟行》："呼兒烹鯉魚，中有尺素書。"

送人之五溪軍幙〔1〕

方喜尊前醉，那堪即别離。征車明日遠〔2〕，何處更相期。石窟寒烟迥〔3〕，辰溪暮雨垂〔4〕。慣知陪校獵〔5〕，莫自懈驅馳。

【校注】

〔1〕五溪：見本卷《有感》注釋。軍幙：同"軍幕"。行軍宿營的帳幕。代指軍營。唐・韋元甫《木蘭歌》："馳馬赴軍幕，慷慨携干將。"

〔2〕征車：遠行人乘的車。明・文徵明《馬上口占謝諸送客》詩之九："立馬雙橋日欲斜，沙塵吹霧暗征車。"

〔3〕石窟：依山岩鑿成的石室。亦泛指石洞。寒烟：寒冷的烟霧。宋・顔延之《應詔觀北湖田收》："陽陸團精氣，陰谷曳寒烟。"

〔4〕辰溪：五溪之一。亦即今湖南辰溪縣。因辰水而得名。漢置辰陽縣，唐改辰溪縣。

〔5〕校獵：遮攔禽獸以獵取之。亦泛指打獵。唐·杜甫《冬狩行》："君不見東川節度兵馬雄，校獵亦似觀成功。"

哭亡妹

正喜牽兄臂，何堪泣汝餘〔1〕。月沉蟾影滅〔2〕，雲斷雁行疏。曲榭摧芳草〔3〕，泉臺掩玉魚〔4〕。他時愁遠道，誰寄大雷書〔5〕。

【校注】

〔1〕餘：遺物。

〔2〕月沉：月落。死亡的婉辭。蟾影：月光。唐·杜牧《張好好詩》："洞閉水聲遠，月高蟾影孤。"

〔3〕曲榭：彎曲相連的亭榭。唐·朱慶林《杭州盧録事山亭》："解衣臨曲榭，隔竹見紅蕉。"

〔4〕泉臺：墓穴。亦指陰間。玉魚：玉制的魚形佩飾。傳説吴楚七國反時，楚王戊太子適朝京師，未從坐，死於長安，天子斂以玉魚一雙。後因以指殉葬品。唐·杜甫《諸將》："昨日玉魚蒙葬地，早時金碗出人間。"

〔5〕大雷：地名。在今安徽望江縣。南朝·宋·鮑照有《登大雷岸與妹書》。

挽六季父四韻〔1〕

尋仙無大藥〔2〕，服食遂傷神。白日泉臺掩〔3〕，陽春大塊新〔4〕。遠山寒入户，林竹晚愁人。莫作楊朱哭〔5〕，於今自返貞〔6〕。

【校注】

〔1〕六季父，指田九齡。四韻：一首律詩有八句四韻，首句可不入韻，因稱四韻。即近體詩中的五言、七言律詩。

〔2〕大藥：道家的仙丹。

〔3〕白日：人世，陽間。唐·杜牧《忍死留别獻鹽鐵相公二十叔》："青春辭白日，幽壤作黄埃。"

〔4〕大塊：大自然，大地。《文選·張華〈答何劭〉》詩之二："洪鈞陶萬類，大塊稟群生。"唐·李善注："大塊，謂地也。"唐·李白《春夜宴從弟桃李園序》："陽春召我以烟景，大塊假我以文章。"

〔5〕楊朱哭：即"楊朱泣歧"。《荀子·王霸》："楊朱哭衢途曰：'此夫過舉跬步而覺跌千里者夫！'哀哭之。"謂在十字路口錯走半步，到覺悟後就已經差之千里了，楊朱爲此而哭泣。後常引作典故，用來表達對世路崎嶇，擔心誤入歧途的感傷憂慮，或在歧路的離情别緒。田玄本作"楊末"，或許是短撇剥蝕了。

〔6〕返貞：即"返真"。即道家教義"返璞歸真"。道教認爲，人通過逆行修煉，便可返還到生命的初始之嬰兒狀態，復歸於真常之道，達到長生久視之目的。詩人故以此婉稱六季父之死。唐·錢起《過温逸人舊居》："返真難合道，懷舊仍無吊。"

諸葛元聲因訂游黄嶽訪司馬汪公伯玉〔1〕

别騎踟蹰蘭浦前〔2〕，愁中相送倍相憐。明珠無處堪投客〔3〕，駿骨何勞更市燕〔4〕。曉日聽猿過嶺樹，春風隨雁入江烟。黄山自古多靈草，選勝須期共往還〔5〕。

【校注】

〔1〕諸葛元聲：《四庫全書總目提要》載其爲會稽人。《大清一統志》卷

三百七十《曲靖府志·流寓志》有其傳。黄嶽：即黄山。原名黟山，因峰岩青黑，遥望蒼黛而名。後因傳説軒轅黄帝曾在此煉丹，故改名爲“黄山”。汪伯玉：明代文學家，名道昆，號南溟，又號太函。見“附録·附三”説明。

〔2〕踟躕：徘徊不前貌，緩行貌。《詩·邶風·静女》：“愛而不見，搔首踟躕。”蘭浦：長有香草的河岸水濱。

〔3〕明珠：比喻珍愛的人或美好珍貴的事物。唐·韓愈《奉酬盧給事雲夫四兄曲江荷花行》：“遺我明珠九十六，寒光映骨睡驪目。”

〔4〕“駿骨”句：用燕昭王千金市骨典。

〔5〕往還：交游。《魏書·劉廞傳》：“靈太后臨朝，又與太后兄弟往還相好，太后令廞以詩賦授弟元吉。”

山館餞别一之歸容城因呈鄭虚中先輩〔1〕

送别過南浦〔2〕，移尊陟翠薇〔3〕。如何春色裏，却與故人違。思逐征鴻亂〔4〕，愁隨塞柳飛〔5〕。鄭莊能好客〔6〕，飄泊欲同歸。

【校注】

〔1〕一之：生平不詳。容城：縣名。漢置。在河北保定市北部，拒馬河流域。鄭虚中：生平不詳。

〔2〕南浦：南面的水邊。多見於南方水路送别的詩詞中，它成爲送别詩詞中常見的空間意象。在唐宋送别詩詞中出現得則較爲普遍，致使它在不是描寫送别的詩詞中，也浸染了離情别恨，像“長亭”一樣成爲唐代送别之處的代名詞。唐·李賀《黄頭郎》：“南浦芙蓉影，愁紅獨自垂。”

〔3〕陟：登。翠薇：即“翠微”。指青翠掩映的山林幽深處，也泛指青山。唐·李白《贈秋浦柳少府》：“摇筆望白雲，開簾當翠微。”

〔4〕征鴻：即大雁，因其有長征遷徙的習性，故稱。宋·陳亮《好事近》：“懶向碧雲深處，問征鴻消息。”

〔5〕塞柳：邊塞的柳樹飛絮。宋・柳永《定風波・伫立長堤》："驟雨歇，極目蕭疏，塞柳萬株，掩映箭波千里。"

〔6〕鄭莊好客：《史記・汲鄭列傳》："鄭當時者，字莊……孝景時，爲太子舍人。每五日洗沐，常置驛馬長安諸郊，存諸故人，請謝賓客，夜以繼日，至其明旦，常恐不徧。"後用爲好客之典。宋・姚述堯《減字木蘭花》："鄭莊好客，故遣紅妝飛大白。"

寄遠曲〔1〕

爛熳桃花開別浦〔2〕，参差柳色近西樓〔3〕。春光無處不愁客，何事良人愛遠游〔4〕。

【校注】

〔1〕寄遠：寄送遠方。此詩爲代言體，謂寄給遠方的丈夫。元・陳基《秋日雜興》詩之四："銀燈夜照還家夢，金剪秋裁寄遠衣。"

〔2〕別浦：河流入江海之處稱浦，或稱別浦，亦跟"南浦"同義。南朝・宋・謝莊《山夜憂》："凌別浦兮值泉躍，經喬林兮遇猨惊。"

〔3〕西樓：西頭或西向的樓閣。此"西樓"不單指景物，而是一種意象。就如言紅豆即言相思，言殘月即言憂愁。西樓，就是一種很憂傷的意象。五代・李煜《相見歡》："無言獨上西樓，月如鈎。寂寞梧桐深院鎖清秋。"

〔4〕良人：古時女子對丈夫的稱呼。《孟子・離婁下》："其妻歸，告其妾，曰：'良人者，所仰望而終身也，今若此！'"

* 寄懷故園諸兄弟

門接巴西古〔1〕，山連蜀道難〔2〕。荆花空自發〔3〕，玉樹許誰看〔4〕。旅夢驚鴻斷〔5〕，離心帶雨殘〔6〕。何時北堂下〔7〕，長日共承歡〔8〕。

【校注】

〔1〕巴西：郡名。東漢建安六年（201）劉璋置巴郡。轄今四川閬中市、武勝以東，廣安、渠縣以北，萬源市、開江以西地區，後縮小。也可理解爲“巴山蜀水”的巴山之西。

〔2〕蜀道：入蜀的道路。此指澧州至容美的道路像蜀道一樣難走。

〔3〕荆花：比喻兄弟同枝并茂。典故可參見“荆枝”。明·陳汝元《金蓮記·同夢》：“坡（軾）對潁（轍）介：‘分離累歲，多縈棣萼之懷；相聚一堂，實切荆花之喜。’”

〔4〕玉樹：言树美。唐·宋之问《折揚柳》：“玉樹朝日映，羅帳春風吹。”許：期望。

〔5〕旅夢：漂泊他鄉時所做的夢。驚鴻斷：猶“斷雁”。是説自己像驚飛失群的孤雁。隋·薛道衡《出塞》詩之二：“寒夜哀笛曲，霜天斷雁聲。”

〔6〕離心：别離之情。隋·楊素《贈薛播州》：“木落悲時暮，時暮感離心。”

〔7〕北堂：古代士大夫家主婦常居留之處。《儀禮·士昏禮》：“婦洗在北堂。”漢·鄭玄注：“北堂，房中半以北。”唐·賈公彦疏：“房與室相連爲之，房無北壁，故得北堂之名。”後因以“北堂”指母親的居室，借指母親。

〔8〕承歡：迎合他人的意思而博取歡心。唐·白居易《長恨歌》：“承歡侍宴無閒暇。”後多用以指侍奉父母。

同劉子文訪龔子弓西城精舍〔1〕

結伴尋幽徑〔2〕，相期遇友生〔3〕。問年慚老我，得句愧驚人〔4〕。思與雲俱適〔5〕，心將月共鳴〔6〕。子弓雅好禪〔7〕。坐談不覺暮〔8〕，更漏雜鐘聲〔9〕。

【校注】

〔1〕劉子文、龔子弓：生平均未詳。精舍：一爲學舍、書齋。二指道士或僧人修煉居住之所。從詩人自注“子弓雅好禪”看，應爲僧居。

〔2〕幽徑：僻静的小路。隋·王績《贈李徵君大壽》：“灞陵幽徑近，磻谿隱路長。”

〔3〕友生：朋友。《詩·小雅·常棣》：“雖有兄弟，不如友生。”

〔4〕驚人：使人驚奇。此句出韻，乃方音所致。

〔5〕思：心情，體味。適：悦樂，閒適。此句有“心似白雲常自在”之意。

〔6〕將：與，和。共鳴：思想感情相同。

〔7〕雅好：平素愛好。

〔8〕坐談：此指詩人與友人談詩論禪。

〔9〕更漏：漏壺，古代計時器。

歸自家園王子獻同諸葛元聲過訪有贈〔1〕

曲巷通漁浦，柴扉接水蘅〔2〕。何來高士駕，亦問酒人名〔3〕。風雨三年別〔4〕，江湖萬里情。病同司馬渴〔5〕，言似褚裒清〔6〕。白髮誰知己，青雲羨友生〔7〕。望中夔子國〔8〕，夢裏越王城〔9〕。旅思迷朝狖〔10〕，鄉心亂曉鶯。散愁惟有酒，達曙莫辭傾〔11〕。

【校注】

〔1〕王子獻：詩人的朋友、鄉鄰。生平不詳。諸葛元聲：見本卷《諸葛元聲因訂游黄嶽訪司馬汪公伯玉》注釋。過訪：登門探視訪問。宋·張舜民《與石司理書》：“近吕主簿過訪，蒙示長函大編，副以手書。”

〔2〕水蘅：長在水邊的杜衡。

〔3〕酒人：好酒的人。《史記·刺客列傳》：“荆軻雖游於酒人乎，然其爲

人深沉好書。”裴駰集解引徐廣曰：“飲酒之人。”

〔4〕三年别：分别了三年。

〔5〕司馬渴：西漢辭賦家司馬相如患有消渴病，即現代西醫所稱糖尿病。《西京雜記》："相如死渴。”由於司馬相如的文名太盛，就連折磨他的消渴病也跟着出了名，後世不少文人在提到此病時，都以“相如病”、“長卿病”（司馬相如字長卿）、“臨邛渴”（臨邛曾爲其居住地）等來代替。唐·杜甫《同元使君春陵行》：“我多長卿病，日夕思朝廷。”

〔6〕褚裒清：褚裒，字季野。東晉名士。《晉書·褚裒傳》載：“譙國桓彝見而目之曰：‘季野有皮里《春秋》。’其言外無臧否，而内有褒貶也。”言其表面上對别人不做任何評論，而心裏却褒貶分明。褚，底本譌作“楮”。

〔7〕青雲：青雲友。指志在隱逸的同道者。郭璞《游仙詩》之十二：“尋我青雲友，永與世人絶。”

〔8〕夔子國：古國名。又稱隗國、歸國，爲楚國國君熊繹的六世孫熊摯的後代所建立。僖公二十六年（前634），楚國滅夔，後代子孫就以故國號爲氏。周時楚國的後裔封於夔，即在今湖北秭歸一帶。明·滕毅《過秭歸》：“春風夔子國，落日楚王臺。”

〔9〕越王城：古城堡名。遺址位於浙江杭州市蕭山區、湘湖城山之巔，是越王勾踐屯兵抗吴的重要軍事城堡，素有“周朝勝迹，越代名山”之稱。

〔10〕朝狖：清晨的啼猿。狖，音yòu，長尾猿。《楚辭·九歌·山鬼》：“雷填填兮雨冥冥，猨啾啾兮狖夜鳴。”

〔11〕達曙：猶達旦。唐·劉得仁《聽夜泉》：“幽人聽達曙，相和蘚牀吟。”

管郡侯之岳陽奉上四韻〔1〕

訟堂無吏事〔2〕，選勝漫經過〔3〕。僕馭穿蘆葦〔4〕，旌旗拂芰荷〔5〕。路臨雲夢澤，天接洞庭波。騁望登樓日〔6〕，應知逸興多〔7〕。

【校注】

〔1〕管郡侯：管宗泰，永豐人。萬曆元年（1573）舉人，澧州知州，曾任廣東南雄知府。郡侯：一郡之長，即知府。

〔2〕訟堂：舊時審理訴訟案件的場所。吏事：政事，官務。也指刑獄之事。

〔3〕選勝：尋游名勝之地。唐·張籍《和令狐尚書平泉東莊近居李僕射有寄十韻》："探幽皆一絕，選勝又雙全。"

〔4〕僕馭：車夫駕車。僕，駕車的人。《詩·小雅·正月》："無棄爾輔，員于爾輻；屢顧爾僕，不輸爾載。"鄭玄箋："僕，將車者也。"

〔5〕芰荷：荷葉。芰，音 jì。《離騷》："制芰荷以爲衣兮，集芙蓉以爲裳。"宋·洪興祖補注："芰，荷葉也，故以爲衣；芙蓉，華也，故以爲裳。"

〔6〕騁望：放眼遠望。《楚辭·九歌·湘夫人》："登白薠兮騁望，與佳期兮夕張。"

〔7〕逸興：超逸豪放的意興。《藝文類聚》引湛方生《風賦》："軒濠梁之逸興，暢方外之冥適。"

走筆約管大天過小堂一首〔1〕

家居漁浦曲〔2〕，門對洞庭灣。月出疏林静，雲深野墅閑〔3〕。轍非留長者〔4〕，君自愛青山。風雨蓬蒿徑，能來一醉還。

【校注】

〔1〕走筆：運筆疾書。唐·白居易《初冬即事呈夢得》："走筆小詩能和否？潑醅新酒試嘗看。"管大天：生平不詳。小堂：猶小宅。詩人對自己居所"離騷草堂"的謙稱。

〔2〕漁浦：江河邊打魚的出入處。

〔3〕野墅：村舍，田廬。唐·元稹《生春》之七："何處生春早，春生野

墅中。”

〔4〕“轍非”句：語本《史記·陳丞相世家》：“(陳平)家乃負郭窮巷，以弊席爲門，然門外多有長者車轍。”長者，德高望重之人。唐·杜甫《對雨書懷走邀許十一簿公》：“座對賢人酒，門聽長者車。”

載陽宗侯桂叢深處新居子侯戲贈一律因柬子侯〔1〕

聞説淮南桂〔2〕，新叢帝子居〔3〕。天香承月吐〔4〕，清影接雲疏。鶴澤斜連徑〔5〕，龍山曲抱墟〔6〕。可能尚招隱〔7〕，長醉共蘧蘧〔8〕。

【校注】

〔1〕載陽宗侯：詳見“附録·附三”。子侯：不詳。

〔2〕淮南桂：淮南王劉安的門客小山《招隱士》：“桂樹叢生兮山之幽，偃蹇連蜷兮枝相繚。”因此“淮南桂”喻退隱山林，潔身避俗。此美稱載陽宗侯桂叢。

〔3〕帝子：帝王後代，這裏溢美載陽宗侯。

〔4〕天香：芳香的美稱。此特指桂的香味。

〔5〕鶴澤：劉義慶《世説新語》：“晉羊祜鎮荆州，於江陵澤中得鶴，教其舞動，以樂賓友。”後即以江陵澤爲鶴澤。亦用以指江陵郡、荆州之地域。斜：音 dǒu，酌酒器。疑爲“斜”字形譌。

〔6〕龍山：山名。南宋祝穆編纂的《方輿勝覽》：“龍山，在江陵縣西，有落帽臺。”

〔7〕尚招隱：漢·王逸《楚辭章句》：“《招隱士》者，淮南小山之所作也。昔淮南王安，博雅好古，招懷天下俊偉之士。”此處借其意贊美載陽王孫。

〔8〕蘧蘧：驚喜的樣子。《莊子·齊物論》：“昔者莊周夢爲蝴蝶，栩栩然

蝴蝶也。自喻適志與，不知周也。俄然覺，則蘧蘧然周也。”

再渡南郡奉上叔和宗侯〔1〕

乘興尋同調〔2〕，那論褦襶評〔3〕。歲時雙鬢改〔4〕，風雨四愁生〔5〕。好客推曹植〔6〕，能文愧馬卿〔7〕。兔園雲接蓋〔8〕，龍岫水調笙〔9〕。夢逐巫山遠〔10〕，心隨海月明〔11〕。重來多逸況〔12〕，長日共談清〔13〕。

【校注】

〔1〕南郡：郡名。始置於秦朝，治所在荆州江陵，東漢末年和三國時期治所在公安。上叔：指田子壽。上，指尊長或在上位的人。宗侯：或指載陽王孫朱桂亭。

〔2〕同調：喻指志趣或主張一致的人。明·顧炎武《寄張文學弨時淮上有築堤之役》：“愁絶無同調，蓬飄久索居。”

〔3〕褦襶：音 nài dài。衣服粗重寬大，既不合身，也不合時。比喻不曉事。

〔4〕歲時：歲月，時間。唐·韓愈《贈族侄》：“歲時易遷次，身命多厄窮。”

〔5〕四愁：泛指愁思。唐·王維《送丘爲往唐州》：“四愁連漢水，百口寄隨人。”

〔6〕曹植：三國時期曹魏著名文學家，建安文學的代表人物。其代表作有《洛神賦》《白馬篇》《七哀詩》等。

〔7〕馬卿：司馬相如字長卿，後人在某種需要時稱“馬卿”。唐·駱賓王《帝京篇》：“馬卿辭蜀多文藻，揚雄仕漢乏良媒。”

〔8〕兔園：即梁園。雲接蓋：賓客甚多，有車水馬龍之意。蓋，車蓋。

〔9〕龍岫：《西京雜記》卷二：“梁孝王好營宫室苑囿之樂，作曜華之宫，築兔園，園中有百靈山，山有膚寸石、落猿岩、棲龍岫，又有雁池。”後因

以“龍岫”泛指精美的湖山建築。唐·李嶠《劉侍讀見和山邸十篇重申此贈》：“對岩龍岫出，分壑雁池深。”水調笙：笙歌調和流水聲。

〔10〕巫山夢：戰國·宋玉《高唐賦》：“昔者先王嘗游高唐，怠而晝寢，夢見一婦人曰：‘妾，巫山之女也。爲高唐之客。聞君游高唐，願薦枕席。’王因幸之。去而辭曰：‘妾在巫山之陽，高丘之陰，旦爲朝雲，暮爲行雨。朝朝暮暮，陽臺之下。’旦朝視之，如言。故爲立廟，號曰朝雲。”這個夢對中國文學産生了極其深遠的影響。爲中國文學提供了諸如“雲雨”“巫山”“高唐”“神女”等衆多的表現艷情的經典意象。這些意象遍佈於兩千多年來的詩、詞、歌、賦、曲及話本、小説之中。

〔11〕海月：海上的月亮。唐·白居易《飲後夜醒》：“枕上酒容和睡醒，樓前海月伴潮生。”

〔12〕逸況：閒適超逸的景況。

〔13〕談清：猶清談。

武侯祠〔1〕

選勝漫招尋〔2〕，遺祠試一臨。艱難存漢日，生死出師心〔3〕。白月横孤壘〔4〕，寒雲覆遠岑。錦官回首處〔5〕，今古柏森森〔6〕。

【校注】

〔1〕武侯祠：紀念三國時期蜀漢丞相諸葛亮的祠堂，因諸葛亮生前被封爲武鄉侯而得名。

〔2〕選勝：尋游名勝之地。招尋：訪求尋找。唐·駱賓王《夏日游山家同夏少府》：“返照下層岑，物外狎招尋。”

〔3〕出師心：諸葛亮生前曾兩進《出師表》，表明北伐中原恢復漢室的決心。言辭懇切，展示出一片忠誠。

〔4〕白月：皎潔的月光。唐·劉長卿《宿北山禪寺蘭若》：“青松臨古路，

白月滿寒山。”孤壘：孤立的堡寨。宋·陸游《自興元赴官成都》：“梁州在何處，飛蓬起孤壘。”宋·柳永《竹馬子》：“登孤壘荒凉，危亭曠望，静臨烟渚。”

〔5〕錦官：城名。故址在今成都市南。成都舊有大城、少城。少城古爲掌織錦官員之官署，因稱“錦官城”。後用作成都的别稱。唐·杜甫《蜀相》：“丞相祠堂何處尋，錦官城外柏森森。”

〔6〕柏森森：用杜甫詩“錦官城外柏森森”詩意。

載陽王孫席送諸葛元聲向吴中尋東海小馮君咸甫〔1〕

玉壺金盌醉花前〔2〕，無那初筵即别筵〔3〕。明月送君當此地，青山載酒復何年〔4〕。孤帆晚泊松江雨〔5〕，游騎晴過茂苑烟〔6〕。東海舊爲同社侣〔7〕，賦風應有大王篇〔8〕。

【校注】

〔1〕載陽王孫：詳見“附録·附三”。席送：設宴相送。吴中：泛指吴地。東海：指我國東方濱海地區。小馮君：據《漢書》卷七十九載，馮奉世子馮野王、馮立兄弟先後爲上郡太守，皆居職公廉，時人稱之爲大、小馮君。後用以稱譽他人之弟。咸甫：馮大受，字咸甫。從屠隆《〈馮咸甫詩草〉序》中知其爲華亭（今上海松江）人，萬曆己卯（1579）舉人。王世貞、董其昌有贈馮咸甫的詩作。有《馮咸甫詩集》九卷現存臺灣。

〔2〕盌：同“碗”。一種敞口而深的食器。

〔3〕無那：無奈，無可奈何。唐·杜甫《奉寄高常侍》：“汶上相逢年頗多，飛騰無那故人何。”

〔4〕青山載酒：在隱居之地縱酒吟詩。青山，指歸隱之處。宋·范仲淹《寄石學士》：“與君嘗大言，定作青山鄰。”

〔5〕松江：吴淞江的古稱。也爲府名。元至元十四年（1277）置華亭府，次年改爲松江府。治華亭，轄今上海市吴淞江以南地區。

〔6〕茂苑：古苑名。又名長洲苑。故址在今江蘇省吴縣西南。後也作蘇州的代稱。晉·左思《吴都賦》："造姑蘇之高臺，臨四遠而特建。帶朝夕之浚池，佩長洲之茂苑。"

〔7〕同社侣：謂同在一社。

〔8〕大王篇：大王風。戰國·楚·宋玉《風賦》："有風颯然而至，王乃披襟而當之曰：'快哉此風，寡人所與庶人共者邪！'宋玉對曰：'此獨大王之風耳，庶人安得而共之？'"本爲諷喻，後轉爲對帝王的諛辭。猶言帝王的雄風。

避暑章臺寺忽枉崔茂才卓爾詩賦答〔1〕

褦襶慚爲客〔2〕，隨緣乞上方〔3〕。登臨逢勝迹，懷抱每多傷〔4〕。吐納持高論〔5〕，風流見和章。勒燕心未已〔6〕，横海興空長〔7〕。潦倒詩成癖，迂疏醉似狂〔8〕。座銘非子玉〔9〕，逃暑學嵇康〔10〕。

【校注】

〔1〕章臺寺：即章華寺。位於湖北省沙市太師淵，爲荆楚名刹。忽枉：謙詞。謂不經意間使對方受屈。崔茂才：崔秀才。餘不詳。卓爾詩：形容超群出衆的詩。

〔2〕褦襶：見本卷《再渡南郡奉上叔和宗侯》注釋。

〔3〕隨緣：佛教語。佛謂應衆生之緣而施教化。緣，指身心對外界的感觸。也指順應機緣；順其自然。上方：住持僧居住的内室。亦借指佛寺。宋·孔武仲《清凉寺》："白寺荒灣略艤舟，携筇來作上方游。"

〔4〕懷抱：心懷，心意。引申爲抱負。杜甫《遣興》詩之三："有子賢與愚，何其挂懷抱。"

〔5〕吐納：言談，談吐。《魏書·元翼傳》："美姿貌，善吐納，兼有將

略。”

〔6〕勒燕：即勒銘燕然。謂建立武功。語本《後漢書·竇憲傳》：“（竇憲）與北單于戰於稽落山，大破之，虜衆崩潰，單于遁走，追擊諸部，遂臨私渠北鞮海。斬名王已下萬三千級，獲生口馬牛羊橐駝百餘萬頭。於是温犢須、日逐、温吾、夫渠王柳鞮等八十一部率衆降者，前後二十餘萬人。憲秉遂登燕然山，去塞三千餘里，刻石勒功，紀漢威德，令班固作銘。”

〔7〕横海：漢將軍名號。謂能横行海上。《史記·衛將軍驃騎列傳》：“將軍韓説……元鼎六年，以待詔爲横海將軍，擊東越有功，爲按道侯。”《文選·陳琳〈檄吴將校部曲文〉》：“江夏、襄陽諸軍，横截湘沅，以臨豫章；樓船横海之師，直指吴會。”唐·劉良注：“樓船、横海皆將軍號也。”唐·劉長卿《送張司直赴嶺南謁張尚書》：“盛府依横海，荒祠拜伏波。”

〔8〕迂疏：猶言迂遠疏闊。宋·蘇舜欽《杜公謝官表》：“臣立性褊直，有不可移之資；臨事迂疏，無必能成之策。”

〔9〕座銘：指座右銘。子玉：崔瑗，字子玉，涿郡安平（今屬河北）人，崔駰之子。東漢書法家，尤善草書，師法杜度，時稱“崔杜”。後來張芝取法崔、杜，其書大進，成爲漢代草書之集大成者，被譽爲“草聖”。對於崔瑗的草書，後世評價很高。曾“作銘以自戒，嘗置座右”，開座右銘之先河。其《座右銘》被蕭統作爲銘文典範收入《文選》，受到後人景仰。

〔10〕逃暑：消暑，避暑。謂嵇康與其他名士游於竹林等清幽之地。

功甫社兄訪渚宫髮僧詩以餞之〔1〕

解纜乘秋水〔2〕，含情倒緑尊〔3〕。同聲推大雅〔4〕，屈指説王孫。蟬向高梧樹，螢明故郢村〔5〕。和歌多白雪，早與故人論。

【校注】

〔1〕功甫：或是劉功甫。前詩中有五律《病中送劉功甫之南岳》。其生平不

詳。社兄：對社友的敬稱。渚宫：春秋楚國的宫名。故址在今湖北江陵縣。髮僧：戴髮出家的僧人。

〔2〕解纜：解去繫船的纜繩。指行船。南朝·梁·江淹《謝法曹贈别》："解纜候前侶，還望方鬱陶。"

〔3〕緑尊：酒杯。唐·錢起《送族弟赴任》："賓至下塵榻，憂來命緑尊。"

〔4〕同聲：猶衆口一辭。大雅：謂高尚雅正。

〔5〕郢村：楚地的村落，鄉野。

送劉功甫之荆因呈繆郡丞有序〔1〕

宗文從洞衡先生游〔2〕，蓋習知繆公已〔3〕。今年，公莅荆州，功甫兄往謁，宗文不能從，因作二律以上〔4〕。

新政近從期月得〔5〕，才名元自十年聞〔6〕。孤舟送客空愁我，東閣裁詩獨有君〔7〕。夢裏鄉心滇海月〔8〕，尊前秋色洞庭雲。應知同調還同賞〔9〕，王粲樓頭日共醺〔10〕。

其　二〔11〕

天曙雞欲鳴，出門送友生〔12〕。雖無千里隔，難使别愁輕。凉月明沙岸，寒蛩度郢城〔13〕。李膺門下士〔14〕，從此更知名。

【校注】

〔1〕劉功甫、繆郡丞：生平均不詳。

〔2〕洞衡：《澧州志·文苑》載："劉崇文，字汝質，號洞衡。嘉靖辛酉（1561）舉人，除廣元令，轉知蓬州。"此人與澧州三友之宋登春（應元）交往

甚密。

〔3〕習知：熟知。已：語氣詞。相當於“矣”。

〔4〕上：奉獻，送上。

〔5〕新政：新的政治舉措。期月：一整月或一整年。《論語·子路》：“子曰：‘苟有用我者，期月而已可也，三年有成。’”宋·邢昺疏：“期月，周月也，謂周一年之十二月也。”

〔6〕元自：猶言原本，本來。唐·杜甫《傷春》詩之二：“鬢毛元自白，淚點向來垂。”

〔7〕東閣：東廂的居室或樓房。古樂府《木蘭詩》：“開我東閣門，坐我西間牀。”

〔8〕滇海：即雲南滇池。清·吴偉業《贈蒼雪》：“法師滇海來，植杖渡湘浦。”

〔9〕同調：志趣、主張一致。

〔10〕王粲樓：即麥城樓。在湖北當陽東南，漳、沮二水交匯處。東漢文學家“建安七子”之一的王粲生逢亂世，長期客居他鄉。流落荆州時曾登此樓，并寫下傳世名篇《登樓賦》，後人因之稱此樓爲“王粲樓”。醺：醉。唐·杜甫《撥悶》：“聞道雲安麴米春，才傾一盞即醺人。”

〔11〕其二，底本無，爲整理者所加。

〔12〕友生：見本卷《同劉子文訪龔子弓西域精舍》注釋。

〔13〕郢城：郢都。春秋、戰國時楚國都。故址在今湖北江陵東北。《楚辭·九章·哀郢》：“發郢都而去閭兮，怊荒忽其焉極。”

〔14〕李膺門：用登龍門典。李膺，漢桓帝時司隸校尉。據《後漢書·黨錮傳·李膺》載：“是時朝廷日亂，綱紀穨阤，膺獨持風裁，以聲名自高。士有被其容接者，名爲登龍門。”

贈管長公二首[1]

流落無知己，憐才賴有君。佳期違世路[2]，幽賞共烟雲。白鹿春泉細[3]，香爐紫氣氲[4]。何時結蓮社[5]，長守太玄文[6]。

其　二

看山頻載酒，見月每相思。義氣猶千古，風流况一時。湘江秋水闊，楚岫暮雲垂[7]。處處堪乘興，幽尋好共期[8]。

【校注】

〔1〕管長公：或是管大天的字。古人以“長公”爲字，取行次爲長之意。《漢書·夏侯勝傳》：“夏侯勝字長公。”

〔2〕佳期：美好的時光。多指與親友重晤或故地重游之期。世路：世道，世情。宋·張孝祥《西江月》：“世路如今已慣，此心到處悠然。”

〔3〕白鹿：當指白鹿洞。在廬山五老峰下，旁有白鹿洞書院。

〔4〕香爐：當指廬山香爐峰。爲廬山名峰。奇峰突起，狀似香爐，峰頂水氣鬱結，雲霧迷漫，如香烟繚繞，故名。氲：氣或光混合動蕩的樣子。

〔5〕蓮社：佛教净土宗最初的結社。晉代廬山東林寺高僧慧遠，與僧俗十八賢結社念佛，因寺池有白蓮，故稱。後也喻指詩文結社。宋·晁補之《滿庭芳》：“自晝遠公蓮社，教兒誦、李白長歌。”

〔6〕太玄：虚無恬淡之道。三國·嵇康《贈兄秀才入軍》詩之十五：“俯仰自得，游心太玄。”或指揚雄《太玄經》。

〔7〕楚岫：楚地山巒。岫，音 xiù。唐·韋迢《早發湘潭寄杜員外院長》：“楚岫千峰翠，湘潭一葉黄。”

〔8〕幽尋：探幽，尋求幽勝。宋·唐肅《宿真慶庵》：“不因支許舊，那得遂幽尋。”

走筆約陳性甫[1]

移家近澹源[2]，寂莫事玄言[3]。叢桂繞茅屋，房蓀映蓽門[4]。蒹葭秋水寺，砧杵夕陽村[5]。遮莫遲乘興[6]，新詩好共論。

【校注】

〔1〕走筆：謂揮毫疾書。唐・白居易《餘思未盡加爲六韻重寄微之》："走筆往來盈卷軸，除官遞互掌絲綸。" 陳性甫：生平不詳。

〔2〕移家：搬家。澹源：或澹水源頭。湖南石門縣有澹水，源出仙鳳山，注入涔水。安鄉縣東亦有澹水，今名後河。九澧之一，東注澧水處謂之澹口。

〔3〕寂莫：同"寂寞"。玄言：老莊玄理的言論或言談。唐・王維《黎拾遺昕裴秀才迪見過秋夜對雨之作》："白法調狂象，玄言問老龍。"

〔4〕房蓀，疑爲"芳蓀"。蓽門：常指房屋簡陋破舊。蓽，音 bì，用竹荊編織的門。《孔叢子・抗志》："亟臨蓽門，其榮多矣。"

〔5〕砧杵：音 zhēn chǔ，搗衣石和棒槌。亦代搗衣。宋・陸游《秋思》"砧杵敲殘深巷月，井梧搖落故園秋。"

〔6〕遮莫：莫要，不必。宋・晏殊《秋蕊香》詞之二："今朝有酒今朝醉，遮莫更長無睡。"

北行不遂將振衣蓼岳留別陳性甫孫習孺李小白李明卿諸朋好[1]

侵曉戒棠舟[2]，尋仙浪出游[3]。積烟依古戍[4]，旭日滿寒洲[5]。淚爲憂時墮，身因愛日留[6]。此行非萬里，何以慰朋儔[7]。

【校注】

〔1〕振衣：抖衣去塵，整衣。《文選・左思〈咏史〉》："振衣千仞岡，濯

足萬里流。”參岳：即武當山。陳性甫、李小白、李明卿：生平均不詳。孫習孺，見“附録·附三”介紹。

〔2〕侵曉：接近拂曉。戒：準備。棠舟：棠木製的船，這裏是對船的美稱，非實指。唐·李白《江上吟》：“木蘭之枻沙棠舟，玉簫金管坐兩頭。”

〔3〕浪：隨便，放縱。唐·李白《嘲王歷陽不肯飲酒》：“浪撫一張琴，虚栽五株柳。”

〔4〕積烟：留滯的雲霧。古戍：往昔駐軍的城堡、營壘。劉基《古戍》：“古戍連山火，新城殷地笳。”底本譌爲“古成”。依韻律，這裏也應該是仄聲字，不會是“成”。

〔5〕寒洲：稱秋冬的水中可居的陸地。南朝·宋·鮑照《望水》：“苕苕嶺岸高，照照寒洲爽。”

〔6〕愛日：詩人十幾歲便出居澧州，没供養父母，應是珍惜時日。《吕氏春秋·上農》：“敬時愛日，至老不休。”

〔7〕朋儔：朋輩，伴侣。元·薩都剌《無題》：“時有山禽呼姓字，或從海鳥作朋儔。”

結束之寥山聞張叔成進士歸寄[1]

臨發逢征雁[2]，遥聞季子歸[3]。紫衣嬌膝下[4]，駟馬到柴扉[5]。瑞色流書幌[6]，晴雲繞蕙幃[7]。石麐新應夢[8]，少媍更光輝[9]。

【校注】

〔1〕張叔成：生平不詳。前有詩《送張叔成入對》。根據詩中描寫，應是一個貧困家庭讀書有成之人。

〔2〕征雁：遷徙的雁，多指秋天南飛的雁。唐·李涉《送魏簡能東游》詩之二：“燕市悲歌又送君，日隨征雁過寒雲。”此處代指音訊。

〔3〕季子：指戰國時洛陽人蘇秦。秦早年外出游説，黄金耗盡，窮困而歸，

家人皆耻笑之。後佩六國相印，又經洛陽，兄弟妻嫂不敢仰視。秦問其嫂："何前倨而後恭也？"嫂答："見季子位高金多也。"一説蘇秦字季子，一説嫂呼小叔爲"季子"。事見《史記·蘇秦列傳》。牟融《贈歐陽詹》："爲客囊無季子金，半生蹤迹任浮沉。"

〔4〕紫衣：古代公服。唐·劉昭禹《贈惠律大師》："滿城誰不重，見著紫衣初。"膝下：指父母的身邊。唐·駱賓王《疇昔篇》："既托寰中賞，方承膝下歡。"

〔5〕駟馬：指張叔成高中後所乘的四馬高車。柴扉：柴門。亦指貧寒的家園。唐·王維《山中送别》："山中相送罷，日暮掩柴扉。"

〔6〕瑞色：猶瑞氣。唐·駱賓王《秋雲》："泛斗瑶光動，臨陽瑞色明。"書幌：書幃。亦指書房。唐·劉長卿《過裴舍人故居》："書幌無人長不卷，秋來荒草自爲螢。"

〔7〕晴雲：晴光祥雲。形容喜慶。唐·杜甫《柏學士茅屋》："晴雲滿户團傾盖，秋水浮階溜决渠。"蕙幃：佩帶的香囊。明·高啓《聖姑廟》："花落閑祠謝古春，蕙幃瑶席掩香塵。"

〔8〕"石麐"句：南朝·陳·徐陵，字孝穆。他母親臧氏，曾經夢見五色彩雲化爲鳳鳥，停在自己的左肩上，後來便生下徐陵。當他幾歲時，家里人帶他去問候僧人釋寶志，釋寶志撫摸着他的頭頂説："天上石麒麟也！"事見《南史·徐陵傳》。麐，同"麟"。應夢，應驗夢境。

〔9〕媍：同"婦"。

十七夜至江陵寄兒楚球〔1〕

青山處處輿堪乘，庾宅王樓不厭登〔2〕。知汝思親情更切，瀠洲回浦到江陵〔3〕。

【校注】

〔1〕江陵：此指古荆州城。楚球：田國華之子。生平不詳。

〔2〕庾宅：庾信宅。庾信，《周書》與《北史》都稱他爲南陽新野（今河南新野）人。唐人張説有《過庾信宅》五律一首，稱贊其"蘭成追宋玉，舊宅偶詞人。筆涌江山氣，文驕雲雨神"。抑或是侯景叛亂時，庾信逃往江陵，輔佐梁元帝時的住宅。王樓：即王粲樓。見本卷《送劉功甫之荆因呈繆郡丞有序》注釋。

〔3〕瀠：水回旋貌。

曉宿團林何氏憩車處〔1〕

暝色愁僮僕〔2〕，遺祠尚阻尋〔3〕。憩車聊取醉〔4〕，遣興一長吟〔5〕。新月生鄉思，孤雲動遠心。群山兼萬壑，來日足登臨。

【校注】

〔1〕團林：位於今湖北省荆門市掇刀區境内，是秦楚古道荆門段的一處驛站。何氏憩車處未考。

〔2〕暝色：暮色。亦指昏闇的天色。唐·李白《菩薩蠻》："暝色入高樓，有人樓上愁。"僮僕：僕役。

〔3〕遺祠：古祠，或是廢棄的祠堂。北魏·酈道元《水經注》卷二十二："城内有遺祠，名曰章乘是也。"阻尋：排除險阻尋訪。宋·温庭筠《雪夜與友生同宿曉寄近鄰》："寂寞寒塘路，憐君獨阻尋。"

〔4〕憩車：停車休息。取醉：喝酒致醉。唐·杜甫《上白帝城》詩之一："取醉他鄉客，相逢故國人。"

〔5〕遣興：抒發情懷，解悶散心。元·曾瑞《喜春來·尋樂》："湖山遣興還詩債，杖履尋芳釋悶懷。"

峴山阻雨〔1〕

雨色愁行役〔2〕，羈懷對緑樽〔3〕。羊公不可見〔4〕，遺愛至今存〔5〕。積水浮蛟浦〔6〕，閑雲覆鹿門〔7〕。長吟□遣興〔8〕，吟罷更消魂〔9〕。

【校注】

〔1〕峴山：見本書《田子壽詩集》卷之四《峴山懷古》注釋。

〔2〕行役：泛指行旅，出行。唐·李白《估客行》："海客乘天風，將船遠行役。"

〔3〕羈懷：寄旅的情懷。唐·司空曙《殘鶯百囀歌》："謝朓羈懷方一聽，何郎閑咏本多情。"緑樽：酒杯。唐·錢起《送族侄赴任》："此時知小阮，相憶緑樽前。"

〔4〕羊公：即羊祜，字叔子，泰山郡南城（今山東新泰）人。博學能文，清廉正直，娶夏侯霸之女爲妻。曾拒絶曹爽和司馬昭的多次徵辟，後爲朝廷公車征拜。司馬昭建五等爵制時以功封爲鉅平子，與荀勖共掌機密。晉代魏後司馬炎有吞吴之心，乃命羊祜坐鎮襄陽，都督荆州諸軍事。在之後的十年裏，羊祜屯田興學，以德懷柔，深得軍民之心。

〔5〕遺愛：指留於後世而被人追懷的德行、恩惠、貢獻等。晉·陶潛《影答形》："立善有遺愛，胡可不自竭。"

〔6〕蛟浦：即斬蛟浦。《晉書·鄧遐傳》："遐字應遠，勇力絶人，氣盖當時，時人方之樊噲。桓温以爲參軍……歷冠軍將軍，數郡太守，號爲名將。襄陽城北沔水中有蛟，常爲人害，遐遂拔劍入水，蛟繞其足，遐揮劍截蛟數段而出。"後其處曰斬蛟浦。唐·崔湜《襄陽作》："蛟浦菱荷净，漁舟橘柚香。"

〔7〕鹿門：山名。原名蘇嶺山，在襄陽東津鎮境内。唐代著名山水詩人孟浩然和皮日休先後來此隱居，留下許多千古名篇。後因用指隱士所居之地。唐·杜甫《冬日有懷李白》："未因乘興去，空有鹿門期。"

〔8〕□，該字缺。底本此處被浸蝕，右邊尚存一抹墨迹，可能爲"聊"。遣

興：抒發情懷，解悶散心。元・曾瑞《喜春來・尋樂》："湖山遣興還詩債，杖履尋芳釋悶懷。"

〔9〕消魂：銷魂。靈魂離散。形容極度的陶醉、歡樂、悲愁、恐懼等。宋・陸游《夜與子遹説蜀道因作長句示之》："憶自梁州入劍門，關山無處不消魂。"

鳳林關寄陳孝廉〔1〕

江陵分手各愁顏，别後應憐跋涉間。千古交情殊不淺，夢魂猶聚鳳林關。

【校注】

〔1〕鳳林關：在今湖北襄陽市附近。陳孝廉：生平不詳。

襄陽寄内〔1〕

湖邊鴻雁起參差〔2〕，峴首寒雲歷落垂〔3〕。可憐客路魂銷處〔4〕，更是秋閨腸斷時〔5〕。

【校注】

〔1〕寄内：寄給妻子。

〔2〕參差：紛紜不齊貌。《莊子・秋水》："無一而行，與道參差。"

〔3〕峴首：即峴山。寒雲：寒天之雲。唐・郎士元《盩厔縣鄭礒宅送錢大》："荒城背流水，遠雁入寒雲。"歷落：疏落參差貌。唐・張九齡《九月九日登龍山》："清明風日好，歷落江山望。"

〔4〕客路：旅途。唐・戴叔倫《江干》："予生何濩落，客路轉辛勤。"

魂銷：指心神沮喪，好像失去了靈魂。

〔5〕秋閨：秋日的閨房。指易引秋思之所。唐·賈至《寓言二首》："凜凜秋閨夕，綺羅早知寒。"

青石鋪王家鑑玉亭子口號〔1〕

爲息少游馬〔2〕，偶觀惠子魚〔3〕。菊花寒對客，叢竹净環居。勝地分靈嶽〔4〕，清光接太虚〔5〕。旅愁真可散〔6〕，吟賞夜躊躇。

【校注】

〔1〕青石鋪：在今湖北省十堰市丹江口浪河鎮。口號：古詩標題用語。表示隨口吟成，和"口占"相似。

〔2〕少游馬：用款段馬典。馬少游，漢代伏波將軍馬援從弟，志向淡泊，知足求安，無意功名，他認爲優游鄉里即足以了此一生。嘗曰："士生一世，但取衣食裁足，乘下澤車，御款段馬，爲郡掾史，守墳墓，鄉里稱善人，斯可矣。致求盈餘，但自苦爾。"唐·李頎《送劉十一》："房中唯有老氏經，櫪上空餘少游馬。"

〔3〕惠子魚：見本書《田子壽詩集》卷之四《依韻答吴山人君翰見訪山墅》其二注釋。

〔4〕靈嶽：靈秀的山嶽。三國·嵇康《答二郭》詩之二："結友集靈嶽，彈琴登清歌。"

〔5〕清光：清亮的光輝。多指月光、燈光之類。南朝·齊·謝脁《侍宴華光殿曲水》："歡飫終日，清光欲暮。"太虚：指天，天空。《文選·孫綽〈游天台山賦〉》："太虚遼廓而無閡，運自然之妙有。"

〔6〕旅愁：羈旅愁思。宋·黄庚《書山陰驛》："寄驛通鄉信，題詩記旅愁。"

武當排悶贈鎦羽士鶴徵[1]

危樓初極目[2]，徙倚興仍孤[3]。落日臨窗瀹，松濤入檻迂。雲岑空是市[4]，幽谷孰名愚[5]。旅思殊愁絶[6]，清樽頻汝呼[7]。

【校注】

〔1〕鎦羽士：《萬姓統譜》中有鎦姓。羽士，道士。鶴徵：鎦羽士的名字。

〔2〕危樓：高樓。北魏·酈道元《水經注·沮水》："危樓傾崖，恒有落勢。"

〔3〕徙倚：徘徊，逡巡。三國·魏·曹植《洛神賦》："於是洛靈感焉，徙倚仿徨，神光離合，乍陰乍陽。"

〔4〕雲岑：雲霧繚繞的山峰、高山。

〔5〕"幽谷"句：用愚公谷典。見本書《田子壽詩集》卷之四《山居雜咏》其二注釋。

〔6〕愁絶：極端憂愁。唐·戴叔倫《轉應詞》："明月，明月，胡笳一聲愁絶。"

〔7〕清樽：酒器。亦借指清酒。唐·王勃《寒夜思》："復此遥相思，清尊湛芳渌。"

答鵬初燕市晤魏太常懋權王省元冋伯[1]

仙郎匹馬帝城東[2]，擊筑高歌興轉雄[3]。夜雨太常偕魏絳[4]，春風燕市晤王充[5]。鶯啼御柳千條緑[6]，鳥弄宫花萬樹紅[7]。况是少年多俠氣，一尊明月醉新豐[8]。

【校注】

〔1〕燕市：指燕京。即今北京市。太常：官名。秦置奉常，漢景帝中元六年（前144）更名太常，掌宗廟禮儀，兼掌選試博士。隋至清皆稱太常寺卿。魏懋權：魏允中。河南南樂人，字懋權。早年鄉試第一，爲王世貞所賞識，與顧憲成、劉廷蘭并稱“三解元”。萬曆時與其兄魏允貞、弟魏允孚先後舉進士，時稱“三魏”。任太常博士、吏部主事，彈劾執政，時人側目。不久病卒。爲政與顧憲成齊名，爲文與李維楨、屠隆、胡應麟齊名。有《魏仲子集》傳世。省元：元以後稱分省考試中式的第一名。李東陽《魯編修鐸頒詔安南》：“命使炎邦帝選才，狀元剛去省元來。”王冏伯：王士騏，字冏伯。江蘇太倉人。王世貞子。萬曆十年（1582）江南鄉試解元，十七年登進士，與睢州袁可立、雲間董其昌同科。授兵部主事，任至禮部員外郎，有政績。後署吏部郎中。三十一年，爲權者所嫉，坐妖書獄削籍歸。屢薦不起，剛直以終。天啓初録國本功，贈太僕寺少卿。《明史》王世貞傳附。著作主要有《晉史》《四侯傳》《醉花庵詩選》等。

〔2〕仙郎：唐人對尚書省各部郎中、員外郎的慣稱。唐·李白《江夏使君叔席上贈史郎中》：“仙郎久爲别，客舍問何如。”帝城：京都，皇城。唐·王維《奉和聖制春望之作應制》：“雲裏帝城雙鳳闕，雨中春樹萬人家。”

〔3〕擊筑：見本卷《過掇刀祠見姚鍘兄弟壁間詩感作》注釋。

〔4〕魏絳：姬姓，魏氏，名絳，謚號爲莊，故史稱魏莊子，春秋時晉國卿。“魏絳和戎”也是盛傳不衰的故事。魏絳用議和的策略，争取到晉國周邊各少數民族的擁護，使晉國穩定，同時也爲民族融合創造了條件。

〔5〕王充：字仲任，東漢會稽上虞（今屬浙江）人。王充年少時就成了孤兒，鄉里人都稱贊他孝順。後來到京城，進太學學習，拜班彪爲師。《論衡》是王充的代表作品，也是中國歷史上一部不朽的無神論著作。

〔6〕御柳：禁宫中的柳樹。元·沈佺期《和户部岑尚書參迹樞揆》：“御柳垂仙掖，公槐覆禮闈。”

〔7〕宫花：皇宫庭苑中的花木。唐·杜牧《早春閣下寓直蕭九舍人亦置内署因寄書四韻》：“御水初消凍，宫花尚怯寒。”科舉時代考試中選的士子在皇

帝賜宴時所戴的花也稱宮花。明·高明《琵琶記·杏園春宴》："宮花斜插帽檐低，一舉成名天下知。"

〔8〕新豐：新豐客。《舊唐書·馬周傳》載，馬周早年窮困不得志，初游長安，路過新豐，住於旅店中，受到店主的冷遇。後到京城，住在大將常何家裏，替常何向唐太宗寫條陳，爲唐太宗賞識，得到破格任用。後因以"新豐客"指懷才不遇，行旅在外遭冷落的人。

田子壽、田國華詩集傳世殘本題跋[1]

田子壽詩集八卷，題楚西田子壽甫撰，章華孫斯億兆孺甫校，東陵楊邦憲洞岳甫閲，從孫裔田玄太初甫編。前有萬曆丙子華容孫斯億序，次萬曆辛巳大梁方岳下雉吴國倫序，次琅琊殷都序，次萬曆二十九年華容湘山孫羽侯序，次巴陵楊邦憲序，次萬曆庚辰博南周紹稷序，末有天啓丁卯從曾孫玄跋。按子壽事迹未詳，據諸家序稱："嘗少游吴越，經天台，臨滄海，大觀遠覽，思放氣豪，又嘗欲見王弇州先生，以千里負笈，裹糧爲難。知其人僻處徼外，爲巫黔溪峒間鉅姓[2]，佼然自拔流俗，而能匠心矢筆，亦絶域瑰奇之士[3]。惜其明超無聞，懷才自放，豈志有所不逮歟[4]！"後附其從子國華詩集一卷，題澧水田宗文著，侄田楚産輯，華容孫羽侯選，前有萬曆二十九年孫羽侯序及天啓二年田楚産序[5]，知其人享年不滿三十，詩格業已老成[6]，所爲詩多憂鬱蕭瑟之語，豈亦感時不遇者耶[7]！審是書刊成於天啓時，盖出於子壽從曾孫所輯[8]。而子壽當爲嘉、隆時人無疑焉[9]。旅居惜無從檢考矣。此書藏家未有著録，有太原叔子藏書記一印，審是孝慈堂故物[10]。丙子季春以六金得諸坊肆[11]，戊寅仲秋携來滬[12]，商瞟書，檢得此帙，爲識數語於尾。

是月二十二日，吴縣潘承弼跋於滬濱潤康村宕廬[13]。

【校注】

〔1〕本文附於底本之末。題目爲校注者所擬。

〔2〕僻處徼外：處於偏僻的邊荒之地。巫黔溪峒間：巫溪黔江溪峒一帶，即楚西武陵山區。鉅姓：大姓家族。鉅，通"巨"，大。

〔3〕佼然：出衆貌。自拔流俗：超脱於世俗。匠心：指精巧的構思和設計。矢筆：指正直而犀利的文筆。絶域瑰奇之士：邊荒之地難得的人才。

〔4〕明超：才幹超衆。懷才自放：懷才不遇，自我放任。

〔5〕萬曆二十九年：即 1601 年。天啓二年：即 1622 年。

〔6〕詩格：指詩的體例與風格。老成：老練成熟。

〔7〕憂鬱蕭瑟之語：沉鬱蒼凉的詩句。蕭瑟，本爲秋天的風聲，這裏形容寂寞凄凉的心境。感時不遇：感慨時序變遷或時勢變化，感嘆生不逢時，無人賞識。

〔8〕審：辨别，考察。從曾孫：兄弟的曾孫。

〔9〕嘉、隆時人：即明嘉靖、隆慶年間的人。據推論，田子壽生於嘉靖九年，卒於萬曆十九年或萬曆二十一年。

〔10〕太原叔子：即清目録學家、藏書家王聞遠，江蘇吴縣（今蘇州）人，字聲宏，又字叔子，著述有《孝慈堂書目》。太原可能是作者誤記，也許是其爲官之地。

〔11〕丙子季春：即 1936 年春末。坊肆：街市小市場。

〔12〕戊寅：即 1938 年。

〔13〕潘承弼：藏書家、目録學家。字良甫，號景鄭，江蘇吴縣（今蘇州）人，早年受業於章炳麟和吴梅門下，抗日戰爭時期應顧廷龍邀，前往合衆圖書館任職，後入上海圖書館工作。潘氏家藏書淵源可溯至乾隆時代的潘奕雋的“三松堂”，後有潘祖蔭的“滂喜齋”，祖父潘祖同“竹山堂”等，再經他及兄潘承厚極力搜集，積書至二十餘萬册。藏書樓名“寶山樓”“著硯樓”。所藏圖書、金石，中華人民共和國成立後捐獻給上海圖書館。該館編有《吴縣潘氏寶山樓藏書目録》六卷。藏書有許多題跋，對各書的傳世版本做了總結性的論述。

附　　一

《田氏世家》（手抄）附記

此世家乃容陽田氏土司歷代之陳迹也，係嚴守昇所作。守昇以華容人爲明太史，當清代鼎革之初，流寇李自成、張獻忠倡亂，而吴三桂復繼之。海内分崩，惟容美一隅，可稱净土。於時名貴縉者流，多避亂於此。夫守昇避此之日，正值田舜年居位之時，原康熙年間也。舜年固非常大才，其所著作極多，守昇寓此有年，故凡田氏先代《一家言》諸詩集，皆屬守昇所評，且爲之序。其序已經收入邑志中，更作有此《世家》一册，可遥遥與史遷相輝映。今二百餘載矣。田氏先代之書，如《一家言》詩集，既付殘缺無幾，而舜年所作之《白鹿堂詩集》，與《世述録》《許田射獵傳奇》等書，更多湮滅殆盡，考古家不能不爲之心焉最傷。猶幸於田氏遠裔處獲睹此《世家》，然恨屬蠹簡，又僅此一册，毫無副本。園懼其久而同歸於盡也，爰囑學子輩，以抄出多本爲計，以俟他日有雞林舍人復出，壽諸梨棗，永垂億年，免致概失而無考。匪特爲言未已人仁厚之念所宜然，且關一邑之文獻，而可無徵乎！果爾，使田氏先代有知，必當有以冥鑒而默喜焉。時在民國十九年歲，官庚午季春月二十七日。

五峰清庠生張西園韓香氏謹識。

摘自容陽堂《田氏族譜》卷三

紫芝亭詩集小叙

子壽諱九齡，先六世祖龍溪公第六子也。龍溪公自以幼遭家難失學，及生五世祖輩八人，咸聘名儒以教之。子壽乃從華容孫太史學，性耽書史，喜交游，足迹遍兩都，所交與唱和多當時名士，有詩文二十卷，武昌吴明卿爲之序。其詩沖融大雅，聲調諧和，殆與七子相近。奈昔年兵燹悉失去。兹予匯梓先祖父詩，因搜求，止得其第七、八卷各半，唯七言近體與絶句耳，汰其太染時調者，得若干首付焉。嗟呼！余先世能文者不少矣，而皆失傳，即卓卓如子壽公者，猶以家雞見輕，漸至淪盡，其何以啓迪後人乎？予之兹役又曷能已！

康熙丁巳孟冬月，五世從孫舜年謹識。

録自手鈔本

家叔國華詩集跋

余叔國華，性敏好學，尤耽詩。冥搜玄索，追蹤先哲，軼駕時流。其志偉，其養粹，翩翩乎風人韻士也。奈何數奇，命不逮顔氏子。或以爲天生彦俊，若寄寶於人，取不越宿；又或以爲作詩之苦，潰靡精靈，要不可解。先王父命楚産收輯遺編，從笥中僅得五七言律、排律、絶句若干首，謄脱就帙，丐湘山太史言於簡端，以付剞劂。時余以家難坎壈，黄裳易位，寢閣未果。洎癸丑，觀察侯公、今大司馬王公以倫序上聞。旨俞楚産承褚，蓋萬曆甲寅歲也。迄今雖八閲年華，而負荷是懼，拮据轉辛，前所欲舉，尚爲闕事。偶客有東來者，感憤即事，誦吾叔《出塞》之二章，余愴然不能自禁。亟取原帙載録，遴棗梨而鎸焉。客曰：國華立言，不朽之業，將在兹矣。余對：主臣國華叔，自山中（出）居，交游海内賢豪、江漢諸名達，倡酬寄贈，翩章伙伙，諸大刻足徵也。兹何是重！亦惟俍山以西，固稱僻陋，其人類强毅果敢，漁獵耕稼而外，一切不習。余家叨沐國恩，世守疆界，所謂便纖綺、甘肥脆者，又其故態。余叔則卓不受變，如蟬蜕污泥，自致塵壒之表。高山仰止，景行（行）止，异地异世，尚有遐思，而况親炙一堂者哉！且風流韞藉，慷慨飛騰，非徒握柔翰以侈坐談者比。長轡遠道，應有以自見。亡何，人之云亡，亦孔之哀已。嗣是見賢思齊，淘洗一切，免步以學芳躅躅，余於後世小子有深望焉。倘有更以和樂之章進者乎，或有感於是帙。

天啓壬戌夏五，容美宣慰使田楚産郢陽謹識。

録自手鈔本

附　　二

土司後裔田培林

田培林，學名田厚德，1917 年 9 月出生於長樂坪鎮洞口村二組。曾爲長樂坪鎮衛生院中醫師。老人是容美田氏長樂坪支系後裔，遠祖當溯到《田氏一家言》的開山祖田九齡。田九齡之玄孫田勸，於雍正年間，堅辭不受容美參將之職，舉家遷徙至長樂坪落業，迄今已歷十六代，培林老人當爲第九代傳人。老人少聰，篤實無華，素念先祖家聲。1944 年，長樂坪田氏家族合議續修《田氏族譜》，并以二十擔包穀的酬金聘姻親才子張金園擔綱主修。田培林那時年輕勤謹，爲參編訪察之任。後來世代滄桑，培林老人因爲是階級鬥爭中的依靠對象，得以方便保存《田氏族譜》（甲申刊刻本）全套八册；退休之後，又從田泰斗嫡後田登雲處抄得《田氏一家言》殘本及田氏後裔如田道生之《率性録》、田嶧南之《醉仙亭》、田卓然之《無聲録》等諸多未刻詩稿，多達十三册。

1983 年，爲恢復五峰土家族民族成分，以設立土家族自治縣，培林老人將保存的文史資料獻出，提供了大量翔實可信的歷史文獻資料；隨後，鶴峰、五峰兩縣的民族工作部門着手整理《容美土司史料匯編》，培林老人保管的資料多被采納入書；亦爲後來專家學者進行土家族文化研究提供了初期素材。1999 年出版的由陳湘鋒、趙平略編撰的《田氏一家言詩評注》就是運用培林老人保存資料整理出版的經典之作。

田培林老人文化不高，常年抱病，但是他數十年悉心覓索，精心謄抄，可謂殫精竭慮。他在整理史料殘簡“略述”中自陳：“林今尋遍鶴、五，精心收輯。雖屬殘篇遺簡，誠不足於敷後世慕切之望，但庶不至於殆盡已耳。倘欲睹全集，余待有志之士而有後望焉。”其用心可謂良苦之至。

人傳田培林先生爲人刻板，性情古怪，不好交道。資料從不離家，即便親族侄孫輩想借亦難。若非如此謹慎，他又怎能將如此豐富的史料保存下來？2004 年 12 月初，我專程前往長樂坪，經朋友介紹，與老人首次晤面。他語言不多，雖已耄耋高齡，却思維清晰，應我之請從卧室裏搬出了他視若生命的史料：《容陽田氏世家》一册（三十頁），田飛鷺、田福超、田卓然的《天聲録詩集》三册（原有五册，缺二册，現有一百二十九頁），田玄《秀碧堂詩集》一册，田舜年《白鹿堂詩文集》一册，田九齡、田宗文、田圭、田珠濤《紫芝亭詩集》《楚騷館詩集》《田信夫詩集》一册（二卷，七十七頁），田霈霖、田既霖、田甘霖《鏡池閣詩集 / 卷二》《止止亭詩集 / 卷三》《敬簡堂詩集 / 卷四、五》一册（七十六頁），田道生《率性録詩集 / 卷十八》一册（十五頁），田嶧南《醉仙亭詩集》一册，田泰斗《望鶴樓詩鈔》三册，以上共十三册；隨後又搬出《容陽田氏族譜》舊版二册，《田氏族譜》（續譜）八册。我當即一一檢視，簡略筆記。因爲事先知道田老的規矩，没有提及借出的要求。但是這番接觸，我却絲毫没有感到老人不通情理。後來幾次到長樂坪，聞知老人身體欠佳，就没有去驚動他。

2008 年 9 月，我再次到長樂坪采風，聽説老人痼疾纏身，卧病在牀。那天，我與田東登先生尋找到了田氏家族（長樂坪支系）夢寐以求的進山始祖——田勸的墓碑，我想親自把這個消息告知老人，於是簡單地提了點水果前往探視，站在老人卧室前，看見棉被下難得入睡的孱弱老人，我猶豫片刻，留下水果，默默地退出了房門。不久，即聞知老人謝世的消息。

獨嶺山人李詩選於 2008 年

附　　三

田子壽、田國華詩中涉及的主要人物簡介

田子壽詩集中出現的有名有姓與之唱酬、交往者不下百餘人次，按照類型區分主要有社會賢達、佛道尊者、文武官員、底層文人墨客，可謂唱酬皆鴻儒，往來無白丁。

最多的是底層文人墨客，諸如徐畫工、劉山人、胡煉師、吴生、哈仙、孫煉師、劉生、山人宋應元、洞庭漁人孫君、五鄉山人子、山人吴子喬（君翰）、匯口彭孝廉、孝廉何可當、太倉王孝廉、武陵魯山人、杭州張文學、畫工魯梅上、芙蓉莊之韶兄、李鶴亭丈、李太素、宜都李上舍、蕭丈、孫九、林扶京、洪明瑞、郭仁、台州馮仁卿、姜公子、徐明仲、武陵龍思所伯仲、山人龍介夫、子東等，均未能考證。

佛道尊者類，主要有承天寺萬上人、慶賀寺慧光老禪、通上人、圓通寺法界上人、宜都資福寺空上人、孔道人、明月寺太空禪師等。

文武官員類，主要有長陽、崇陽明府陳元勳、義巷張公、建始郭明府、方長陽、賀監、荆州許大夫、蔣公、馬將軍、憲副余午渠、李大將軍、武昌張儀庵等。

有據可考的社會名流如下：

孫斯億（1529—1590），字兆孺，號雲夢山人，湖南華容城東二十里孫家嶺人。孫斯億少負文名，生質穎异，七歲能賦詩，十四歲應試以優异成績補博士弟子員。其一生博覽群書，著書立説，遍游海内名山大川數十年，廣泛結交天下賢豪之士，與太倉王世貞、雲間袁福徵、

姑蘇皇甫子循、西湖徐子與、豫章余德甫、淮河陳玉叔、平江艾和甫等交往甚密。自稱所歷天下郡國十之五、所探名山水十之七、所交天下賢豪大夫士十之九。明代文壇給孫斯億的評價很高，稱其“文法秦漢，詩步盛唐，名若孟浩然”，認爲他博學宏詞，爲布衣雄長。有嚴守昇作《雲夢山人傳》稱其爲“山人君子人也”。孫斯億僅比田子壽年長一歲，可是田子壽却終身視孫斯億爲師長，與其父子兩代交好，追隨求教。

孫羽侯（1556—1617），孫斯億之子，字鵬初，號湘山。萬曆十七年（己丑，1589）進士，選爲翰林院庶吉士，歷任禮、刑二科給事中。萬曆二十三年冬被罷官。孫羽侯罷官後回歸故里，杜門博覽，文友四海，矢志著述，倡修《儒藏》，悉心教子，名顯海内。曾得到明代著名戲劇學家湯顯祖的高度評價：“公之所以爲文也，盖江漢洞庭爲水，淵鉅足以滋演文貌；鶉首祝融爲火，雄精足以顯發神明。然則公之文爲必傳，傳必久，李何七子之間有以處公矣。”其子孫穀文武兼備，詩文雄渾，與容美田氏後裔交往甚密。

此外，孫氏家族還有一批在學業上頗具成就的文化人。孫斯傳（1544—1613），字習孺，號洞湘，中舉後官至山東成武縣令，亦在田詩中多次出現。

王世貞（1526—1590），生於嘉靖五年（1526）十一月初五，卒於萬曆十八年十一月二十七日，字符美，號鳳洲，又號弇州山人，明代南直隸蘇州府太倉州人。王世貞十七歲中秀才，十八歲中舉人，二十二歲中進士，先後任職大理寺左寺、刑部員外郎和郎中、山東按察副使青州兵備使、浙江左參政、山西按察使，萬曆時期出任過湖廣按察使、廣西右布政使，鄖陽巡撫，後因惡張居正被罷歸故里。張居正死後，王世貞起復爲應天府尹、南京兵部侍郎，累官至南京刑部尚書，卒贈太子少保。王世貞與李攀龍、徐中行、梁有譽、宗臣、謝榛、吴國倫合稱“後七子”。李攀龍死後，王世貞獨領文壇二十年，著有《弇州山人四部稿》《弇山堂别集》《嘉靖以來首輔傳》《觚不觚録》等。田詩中尊稱他大中丞、王弇州等，爲田子壽仰慕對象。

吴國倫（1524—1593），字明卿，號川樓子、惟楚山人、南嶽山人，武昌府興國州尊賢坊人（今湖北省陽新縣浮屠鎮吴智村）人，明朝嘉靖、萬曆年間著名文學家，與李攀龍、王世貞七人并稱“後七子”。王世貞死後，吴國倫成爲文壇盟主。著有《吴川樓集》《甔甀洞稿》《藏甲巘稿》等。吴國倫詩作風格主張格調高古，追求發乎情性，文質相兼，意境渾成，氣勢沉雄，音調婉亮，神韻流動。善於運用“奇警”之筆描寫景物和奇風异俗。吴國倫輕財好客，交游廣泛，當時許多著名的文化名人都以與他交往爲榮。經孫斯億等人推薦，吴國倫欣賞田子壽的詩文才華，欣然爲其詩集作序。

殷都，字無美，又字開美，號斗墟子，山東琅琊人，因琅琊位於海岱間，故詩人以海岱爲别稱。田詩中稱之爲殷公海岱、殷使君、殷夷陵者。隆慶元年（丁卯，1567），結詩社於南京鷲峰禪寺，被推爲社長；萬曆十一年進士，歷任官兵部職方郎，曾任夷陵郡守。以耿介而罷歸。王世貞稱其“詞翰渚麗”。屠隆《送殷無美出守夷陵序》稱：殷無美江左名士，結髮讀書，以鳌弧先登藝壇，南國之彦，靡然從風，年逾四十，始起家進士（以此推其出生於嘉靖二十二年左右）。殷都與田子壽可算同齡人，惺惺相惜，田子壽結識殷都是在其任職夷陵時。其爲田詩作序者之一。

楊邦憲，巴陵（今岳陽）人，萬曆八九年間曾任順德府知府、御史。爲田詩作序者之一。《巴陵縣志·人物志》載：楊氏爲嘉靖壬子舉人，“以通天文、曆法，授欽天監博士，神宗郊天，偉其儀表，擢御史，累官山東按察使，廉慎有聲，致仕歸，神宗遣使存問，卒祀鄉賢”。

周紹稷，字象賢，又字太暇，亦寫作太霞，雲南永平人，他爲人文雅、重視人才，對生員進行獎勵，深得人心。《鄖陽志》載其“以公車士備襄藩文學掌故”，萬曆六年纂修《鄖陽府志》，任襄陽知府期間修復仲宣樓，故有賢名。《永昌府志·人物志·文學》云：周紹稷，字太暇，嘉靖壬午舉鄉，薦仕至王府紀善（藩王屬官），博學能文，賦才獨擅，王元美司寇雅重之，唱和爲多。經孫斯億介紹，是田子壽在武當山結識的文友。其爲田詩作序者之一。

王世懋（1536—1588），字敬美，别號麟州，又號損齋、墻東生，時稱少美，江蘇太倉人。嘉靖進士，累官至太常少卿，是王世貞之弟，好學，善詩文，著述頗富，而才氣名聲亞於其兄，故田子壽稱爲王次公。喜收藏古今刻印之書，建有藏書“萬卷樓”。他爲人能自我警醒，任職江西時遇三月炎熱難當，好友張右伯爲其送來西山雲霧新茶。細品其茶，但覺清香甘飴，潤澤肺腑，滲透四肢，如兩腋生風，飄飄欲仙；就在似醉非醉之際，猛然醒悟，覺得這不該是仕途之人所有，頓時悔悟。王世懋於萬曆十六年閏六月十四日病卒。據考證，王世懋未在湖廣任職，其與容美田氏的交往，很可能是通過王世貞的引見，即王世懋來湖廣探望兄長時，被王世貞介紹給容美田氏，或者田氏借類似的機會主動與世懋交往。

向將軍，田子壽姊丈，田世爵女婿。據《容美宣撫使田世爵世家》載：“公生八男八女……八女適諸鄰及各屬司，皆佩誥封。”田世爵幼年遭家難，賴土經歷向大保者，輔佐其除害襲職。向將軍者，當爲向大保兒或者孫，擔當容美宣撫司旗鼓大將之軍職。推測其後來容美土司百年倚重的武將向遇春、向文憲、向日芳等數代向氏，皆爲向大保後裔。

荀正覺，觀國山女道士，田子壽在其詩詞中多次涉及的觀國山及女道士荀正覺，或稱其爲荀仙姑、荀道姑、荀瑞等。據傳，嘉靖年間，荀瑞采蕨觀國山，遇仙人授草爲食而不飢，遂於觀國山赤霞洞潛修十年，修成正果後遂名動京師，人傳爲神。平民百姓，王公貴胄，慕名來謁者絡繹不絶。觀國山，爲楚南名山，澧水流域的道教聖地，位於今湖南省石門縣南蒙泉鎮境内。原名小仙臺，人稱“小武當”，後以《易經》卦辭“觀國之光，尚賓也”之義而名觀國山。史載，觀國山始自唐代尉遲敬德將軍在此草創聖母祠和二王廟，又傳是篤信佛道的明世宗賜名。寺院有楹聯云：“觀國山頭，八百奇峰連玉柱；赤霞洞口，三千弱水繞瓊溪。”荀瑞亦有詩作流傳：“辟穀修行數十年，蒲團坐破自悠然。采芝和葉連根煮，枕石棲霞帶影窻。兩幅布袍身上挂，一輪明月枝頭懸。賢侯若問真消息，太極圖中一個圈。”苟道姑修道之時，正是田子壽青壯年時期，且與其居所臨近。田子壽追隨其學修身之法，也有相互酬唱的詩歌。她在田子壽詩集中被多次提及。

魏允中（1544—1585），字懋權，直隸南樂人。《畿輔通志·人物志》載：“總角時，即擅文譽，且負奇節。”萬曆丙子（1576）鄉試，與無錫顧憲成、漳浦劉廷蘭并爲舉首，時人稱爲“三解元”。“庚辰成進士，授太常博士。時張居正勢焰方熾，允中挺然以正自持，絶不相附。居正病，百官爲禱於都之東嶽廟，允中獨不往，時人以中流砥柱目之。遷吏部郎，卒，有文集行世”。與田子壽爲同時期人。田詩中稱其爲荆州解元。明王世貞《魏考功懋權哀辭》稱魏允中“中寒疾，醫者藥之誤以死，春秋僅四十二而已”。王世貞在諸多晚生後學中尤其喜愛他，認爲魏懋權，不會爲了合乎格律而湊字數，他的文章不僅合乎“格”的要求，而且文采斐然、氣質不凡，很有杜少陵沉鬱頓挫的風格，與陸子韶的文風迥然不同。《明史·藝文志》載其有文集八卷，《千頃堂書目》録其有《魏仲子集》八卷，《御定四朝詩》選其詩二十三首，《明詩綜》選其詩四首。

王穉登（1535—1612），字伯穀、百穀，號半偈長者、青羊君、廣長庵主、松壇道人、長生館主、解嘲客卿、玉遮山人等，生於江陰，後移居吴門。明朝詩人，擅長書法，行、草、篆、隸皆精。《明史》本傳載其“四歲能屬對，六歲善擘窠大字，十歲能詩，長益駿發有盛名”。閩、粵之人過吴門者，雖賈胡窮子，必踵門求其片縑尺素然後去。名滿吴會，有名作《黄浦夜泊》。嘉靖四十三年至北京，在授翰林院編修袁煒家任記室，輯《燕市集》。嘉靖四十五年訪慈溪、寧波，歸著《客越志》。隆慶元年再至京師，輯《燕市後集》。萬曆十四年曾與汪道昆、王世貞、屠隆、汪道貫、汪道會等在杭州共舉“南屏社”。吴中自文徵明後，風雅無定屬，穉登嘗及徵明門，遥接其風，主詞翰之席三十餘年。申時行以元老里居，特相推重。王世貞與同郡友善，顧不甚推之。及世貞歿，其仲子士驌坐事繫獄，穉登爲傾身救援，人以是重其風義。萬曆中，詔修國史，大學士趙志皋薦王穉登，有詔徵用，未上，而史局罷。

李大將軍、將軍仁宇，爲四川總兵李應祥。《明史》本傳載："李應祥，湖廣九溪衛人。……十三年改南京左府僉事，出爲四川總兵官。"并詳細記載了其平定松茂、建昌諸番的事迹，及其被罷經過，"論功，應祥屢加都督同知……當是時，蜀中劇寇盡平，應祥威名甚著。御史傅霈按部，詰應祥冒餉。應祥賄以千金，爲所奏，罷職。兵部舉應祥僉書南京右府，給事中薛三才持不可"。直到萬曆二十八年明廷大征播州，才又重新起用李應祥。則應祥罷歸在萬曆十五年至萬曆二十八年之間，這與田子壽的活動時期正相符合，且李氏被罷之前已官至都督同知，也配得上"大將軍"之稱。另，田子壽還有《贈大將軍仁宇》一首，詩中有"誰將刳木小爲舟，下峽今因訪舊游。虎旅暫看雲外卧，龍光偏識斗間浮"之句。據詩義，這位"仁宇"將軍境遇與李應祥無异，疑即李應祥，仁宇或爲應祥之字。其詩又稱許李將軍文武兼長，查民國《慈利縣志·藝文志》載：李應祥著有《平播傳》一部，可見其有文才，"詞人"之譽當不爲過。

唐將軍，具體生平名號無考。據與田子壽同時代的《唐氏族譜》所載：石梁安撫司唐正（鎮）者，值嘉靖中年，曾從田九霄隨胡宗憲征倭。按年齡，當與田子壽同時。另有水濜安撫司支系載："唐臣，嘉靖二十六年襲職；唐仁，嘉靖三十年以廩庠頂兄（唐臣）職；三十七年，征海賊，封鎮國公；三十八年，丙辰秋，征杭州平賊而卒，欽節建忠臣牌坊，贈'海上知名'匾額。"如其屬實，則和田詩"唐將軍"條件相似。田子壽《山中席間贈唐將軍》所指，當指此二者之一。

徐右川，即徐中行，字子與，號龍灣，又號天目山人，又別號右川，浙江長興人，"後七子"之一，嘉靖二十九年進士。初授刑部主事，歷員外郎、郎中，稍遷汀州知府，丁憂歸後補汝寧，坐大計貶長蘆鹽運判官，行湖廣僉事。遷端州同知、山東僉事、雲南參議、福建副使、參政等職，累官至江西布政使。《明史》本傳載其"美姿容，善飲酒"，

“性好客，無賢愚貴賤，應之不倦”。著有《天目山堂集》二十卷。田子壽因王世貞、吴國倫的關係，與徐有較深的交往，且視同老師。萬曆六年十月中旬，徐中行辭世，田子壽作詩悼念。

伍蠡湖，生卒年不詳，松滋人，乃被稱爲强吏的伍文定（1470—1530，字時泰，號松月，嘉靖九年卒，天啓初，追謚忠襄公）之後裔，曾任職於澧州、荆州，後昇遷爲留都南京禮部主事、儀部郎中。故田詩稱其爲澧守伍蠡湖公、伍荆州、南儀部伍公等。松滋伍氏此後與容美田氏成爲世交，百年之後尚有伍蠡湖後人伍鷺爲田舜年作《白鹿堂詩集》序，稱：“田氏以勳爵居楚西南奥區，唐人所云‘鳥飛猶是半年程’，渾乎天際矣。而詩文則所謂名山大業也，百年來與中原諸名家倡和，故風氣亦乘之屢變。”他贊賞田舜年：“韶初使君博極群書，風采如高岡鳳，珠璣如萬斛泉。”追憶伍氏與田氏自其祖忠襄公伍文定開始，就世代交好，從來久矣。

汪道昆（1525—1593），字伯玉，號南明，一作南溟，歙縣人。嘉靖二十六年進士，授義烏知縣，與戚繼光募義烏兵破倭寇，擢司郎中，累昇兵部侍郎，乞歸里。年六十九卒。曾與李攀龍、王世貞切磋古文辭，世貞稱其文簡而有法，由是聲名大起。世貞曾貳兵部，天下稱“兩司馬”，即是“王汪”二人。有《太函集》等傳世。田子壽詩中稱其爲“汪司馬南溟公”。據考證：汪氏曾創立新安詩派，主持豐干社、白榆社、南屏社等重要的詩壇群體活動，參加的成員包括李維楨、屠隆、胡應麟等著名的文士。此外，汪道昆的文章不僅得到王世貞的高度評價，還受到了首輔張居正的賞識，名聲大噪，後與王世貞“名位相當，聲名相軋，海内之山人詞客望走唉名者，不東之婁水，則西之谼中。又或以其官稱之，曰兩司馬”。汪氏在文壇確實居有領袖之地位，故田子壽才會以“赤幟”之語譽之。

朱桂亭，明仁宗（洪熙）第六子朱瞻堈封荆王，荆王府原設於江西建昌。明正統八年（1443）遷移至蘄州城内麒麟山西北麓。荆憲王在蘄州共世襲了十代一百九十八年，歷代荆王在蘄州生活，網羅天下騷客，喝酒吟詩作賦；荆王後代的郡王、郡主府有幾十處，這些王府俱富麗堂皇。載陽王爲其五代孫。田詩中所稱王孫桂亭、荆南王孫、桂亭宗侯、斗西宗侯、載陽宗侯、王孫嘉齊、申齊者，均爲載陽郡王後裔者。

沈襄，浙江會稽人，字叔成，號小霞，田詩中多稱沈比部、沈明府者。其父沈煉（1507—1557）以劾嚴嵩謫戍，繼又論死，沈襄亦生命瀕危，《明史・沈煉傳》載：其時，嚴嵩黨羽、宣大總督楊順與嚴氏父子謀害沈煉後，爲了進一步討好嚴氏父子，楊順“取煉子衮、褒杖殺之，更移檄逮襄。襄至，掠訊方急，會順、楷以他事逮，乃免。”嚴嵩倒臺後，因父蔭補官，任職刑部，遷姚安太守。沈襄少好學劍，縱橫擊刺得其法，以寫梅、竹稱絶藝。尤善墨梅，枯潤咸有天趣，有自題梅花詩一百九十首。

艾穆，字和甫，號熙亭，岳州府平江縣人。據《明史》本傳記載，其先後任國子助教，刑部主事、員外郎，録囚陕西，“時居正法嚴，决囚不如額者罪。穆與御史議，止决二人。御史懼不稱，穆曰：‘我終不以人命博官也。’”後因抗疏張居正遭喪奪情事，被遣戍凉州。及居正死，起爲户部員外郎，遷西川僉事、太僕少卿、右僉都御史，巡撫四川。《甘肅通志・流寓》載其“嘗游終南山水間，與一時詞人結社賦詩”。著有《熙亭集》，《千頃堂書目》録之。《御定四朝詩》選其詩二首，《明詩綜》選其詩七首。

胡伯良，號山人，與其弟胡伯舉均爲田子壽文友，該集中竟有近十首詩與伯良兄弟有關。然未有查閲到胡伯良生平籍貫。從對《江文通集彙注》的編著者胡之驥考證，其與田子壽所接觸的這個胡伯良極爲相似，現將有關資料節録於後：胡之驥，字伯良，號蘇州山人。主要活動在明萬曆年間，祖籍蘇州，五世積書，後因倭寇擾邊，舉家内遷，流寓於湖北黄州蕲水縣（今浠水）。爲游歷甚廣、交友衆多的學者，曾在《江文通集彙注》自序中説：“余少産東吴，壯游西楚。”浠水方志對胡之驥有簡單的介紹：“嘗客燕趙，南浮江淮，北出雲中、上谷，與諸巨公子游，而瀟湘雲夢尤同堂也！”西楚、瀟湘、雲夢正是田子壽和王世貞等“巨公子”詩文活動的主要區域。

圓通寺法界上人，圓通寺在今五峰縣城南之寶塔坡，現有遺存碑刻載：圓通古刹創自明洪武年間，後爲五峰司張氏家廟。法界上人當指寺廟主持。

太空禪師，明月寺太空禪師。明月寺在今松滋與宜都交界處的枝城鎮孔家榨坊西北約一公里處，曾是當地有名的古刹。明代顧元慶在《茶譜》中記載：“茶之産於天下多矣……峽州有碧澗、明月，其名皆著。”據考：碧澗茶在松滋市的碧澗山，而明月茶則産於宜都市枝城鎮的古刹明月寺附近。故而可以推斷，田子壽從“五峰茶墅”帶着峒茶出山，常在此盤桓，與寺中方丈接觸頻繁，可能也與茶文化的交流有關。

吴君翰，生卒年不詳。保定府新安縣人，田子壽稱其新安山人。有《送新安吴山人君翰之銅仁》詩。

毛仲選，生卒年、籍貫不詳。田詩稱其爲三尹。三尹：官名，各級主官屬下掌管文書的佐吏。明朝太僕、鴻臚二寺及欽天監稱主簿，太常、光禄二寺及國子監稱典簿，縣署則仍稱主簿。均係低級之事務官，敬稱爲三尹。

李彦孚，生卒年、籍貫不詳。田詩中稱别駕、魯内史李彦孚者。别駕：官名，亦稱别駕從事，通常簡稱“别駕”，宋朝各州通判之職稱别駕，後世因以别駕爲通判之習稱。

以下所列張明府等人物簡介，由中南民族大學李鋒先生考證。現輯録於後以供參考。

張明府：張履祥。張爲福建長汀人，隆慶元年解元，并曾任曲江知縣。嘉慶《石門縣志・職官》載張履祥“字考吾，長汀解元，(萬曆)十五年任，有文學，治行，卒於官”。

陳明府：陳洪烈。同治《崇陽縣志》本傳載：“陳洪烈，字復泉，光山人，進士，萬曆戊子由長陽調任。”又説：陳洪烈到任以後，“風裁自勵，留心民瘼”，不僅“建義倉十二所”，使人民在荒年得以活命，還“立講約所，注《皇祖六諭》（附二十六條），刻書曉民，月旦集鄉約所宣講，民風丕變”，是一個頗有德政建樹的縣令。

周明府：周元勳。光緒《華容縣志》載：周元勳，江西南昌人，爲萬曆元年舉人，“鄉貢，文儒，謹守不自污，上官摭故周令事劾，調裕州學正，稍遷爲上思州知州”。

譚總戎：譚敬承，字宗啓。乾隆《長沙府志・人物》載：“譚敬承，長沙衛人，丰標勁挺，幼習經書，長學劍術，工騎射。以武進士授衛使，掌篆務，昇守備，轉山東僉書，修古北口邊城，旋擢鄖陽參將。”在任七年，地方整飭，昇貴州總戎，征播，播畏，歸附。《長沙府志・藝文》載其有文集三部，分爲《按劍集》《清美堂集》《行邊集》。

張郡丞：張翼先。乾隆《雲南通志・選舉》載：張翼先，太和人，爲明嘉靖甲子科（1564）舉人，又據光緒《黎平府志》載，張翼先曾在萬曆年間任黎平府知府，當是由武昌同知昇任。另外，1937 年武漢抗日群衆團體清理傾圮的大東門岳王廟時，曾發現一塊紅砂石碑，碑上鎸刻有岳飛半身像，并有雲南太和人張翼先於萬曆十年所寫的四言像讚。證明張翼先在萬曆十年左右在武昌任同知，其活動的時間段正與田宗文相重合。

虞子墨：虞客卿。乾隆《華容縣志・志餘》載：“後四十年，有東陵虞客卿，字子墨，雅負節概，家累千金，一旦散盡，尋山探奇，貧窘不悔，苟非其人，一飯不及。從孫山人父子游，遂欲卜居元石，娶妻耕畝以自娱樂。”光緒《華容縣志・流寓》亦載其事。可見，虞客卿爲岳州府（即巴陵，亦稱東陵）人，其爲人慷慨負節、雅好雲游，家道中落後，曾受到孫斯億的資助，并曾隨孫氏在元石山居住，田宗文與虞客卿相識，當是通過孫斯億的引見。

管郡侯：管宗泰。《直隸澧州志》，管宗泰曾在明萬曆二十二年前後任澧州知州，并有主持修建的“管公堤”留存後世。

馮咸甫：馮大受。

孫中丞啬齊：即孫穀。

王冏伯：即王士騏。

諸葛元聲：曾任曲靖府書院教授，著有《咏水集》《五經闡蘊》《詩雅詞林》《兩朝平攘録》。

後　記

2015年7月4日，在德國波恩召開的聯合國教科文組織第39屆世界遺産大會上，中國“土司遺址”通過審議，成功列入《世界遺産名録》。這表明在中國歷史上存在千餘年的土司文化，得到了世界的認可。

就在這一重大文化事件發生的前一周，即2015年6月30日，我們得到了夢寐以求的湖廣容美土司詩人群諸多佚世著作中的《田子壽詩集》和《田國華詩集》的明刊本複印件。

五峰土家族自治縣和恩施土家族苗族自治州鶴峰縣曾是湖廣容美宣慰司的中心領地，從元至大元年（1308）到清雍正十三年（1735），容美土司有史記載長達427年。鼎盛時期，雍正皇帝有御批：“楚、蜀各土司中，惟容美最爲富强。”

容美土司不僅在政治、軍事、經濟上在武陵山諸土司中首屈一指，更難能可貴的是在漢土文化交流方面，始終處於明清西南諸土司的領軍位置。自明萬曆年間田九齡開山肇起，田氏子弟連續六代九位詩人佳作連連；先是田玄於明天啓七年（1627）刊印《田子壽詩集》和《田國華詩集》，入編551題、659首。嗣後，康熙十八年（1679），承襲容美宣慰司使不久的田舜年整理輯著田氏土司家族詩人合集《田氏一家言》。

《田氏一家言》這部在中國文學史上珍稀的少數民族家族詩人鴻篇巨製，可惜由於諸多歷史的原因，世人一直未能得窺全豹。此前，僅有手鈔殘本500餘首面世，不及該叢書的四分之一。由於該作品不僅具有較高的文學價值，更是難得的歷史文獻史料，具有獨特的研究價值。因此，尋找這些珍貴的民族文化古籍，是海内外專家學者多年關注的事情，也是本民族學子應該自覺擔當的責任。

我等退休賦閒以來，把潛心搜求民族文化史料當作己任。2014 年 5 月，李詩選參與整理五峰縣《長樂縣志》時，在南京大學圖書館偶爾發現一條重要綫索，即上海圖書館珍藏有《田子壽詩集》八卷、《田國華詩集》一卷，均係明朝天啓七年由容美宣慰使田玄主導刊刻。李詩選對獲得的綫索鍥而不捨地追尋。輾轉數次，終於取得了此二集的複印件。

這次《田子壽詩集》《田國華詩集》明代刻本的發現，將原來手鈔本留存《田氏一家言・紫芝亭詩集》129 首增加到 534 首，也彌補了田舜年當初編纂《田氏一家言・紫芝亭詩集》時只找到七、八兩個殘卷的缺憾。《田國華詩集》在原存《田氏一家言・楚騷館詩集》84 首的基礎上增至 125 首。

田九齡，字子壽，自號八溟山人。明嘉靖、隆慶、萬曆年間人。乃土家族田氏詩歌的開山鼻祖，一生作品頗豐，此前存世詩稿殘卷不及其十分之一。田國華，名田宗文，字國華。與田子壽同時代人，亦是田氏詩歌族群的主要作者之一。此次的發現是發掘《田氏一家言》的重大突破，不僅首次見到了田氏詩歌的最早刻本，詩歌數量也遠遠超出了原來知道的情況，而且在時間上比《田氏一家言》整整提前了半個多世紀。可以斷言，此後定當繼續有更多欣喜的發現。

土家族文人文學起步較早，據酉陽、思南等土司史料記載，在十五世紀之前即代有詩人詩集，但世事烟雲，存世甚少。從目前面世的史料所見，無論從數量、藝術水準，還是影響面，《田子壽詩集》堪稱土家族作家文學的開山宏著。

我們志同道合的三個土家族花甲之人（李傳鋒、吴燕山、李詩選），結成“貝錦三夫”，初衷只是想用文學的形式爲土家族繪寫一段歷史，創作長篇歷史系列小説《武陵王》。我們在創作《武陵王・文星曜天》時，就喟嘆於容美土司田氏詩歌的散佚。誰知天緣假我，讓我們有幸搜求到了《田子壽詩集》和《田國華詩集》！當面對《田子壽詩集》《田國華詩集》時，我們一方面被其詩量折服，一方面又感到需要有一個比較好的校注本面世。田子壽、田國華所處的時代距今已近 500 年，我們没想到他們叔侄作爲熟悉畢兹卡語言而又傾心漢文化的詩人，能把漢語詩化到這樣的妙境，而且富含土家人的智慧與詩情。同時，他們耽於書史，學富五車；謁佛訪道，兼收并蓄；長轡遠道，唱和名士；生命詩化，篇章夥夥。難怪當年嚴守昇在評介《紫芝亭詩集》時，由於没有看見田九齡詩集的全貌，而發出喟嘆："先生詩風骨内含，韻度外朗，居然大雅元音。雖間落時蹊，未去陳言，而造詣深厚之力不可誣也。諸絶尤有朱弦洞越一唱三嘆之致，惜呼！未睹其全集，令人想象不盡。"總之，田九齡、田國華都是土家族歷史上少有的奇才，如果不是某些機緣阻隔，他們是可以躋身中國詩壇，占領中國多民族文學史一席之地的。田九齡一生坎坷，懷才自放，理想與現實的矛盾、出世與入仕的糾結、山國與中原的差异、詩境與世俗的難容……加之田詩刻意復古，偏愛用典，給我們的校注工作帶來很大困擾。另外不僅手鈔本殘本幾次傳鈔存异，即是田玄刊刻本《田子壽詩集》《田國華詩集》也存在多處誤刻、脱佚現象，甚或有收藏者幾處改動或旁批。這些也使我們校注時備嘗辛苦。最終我們在尊重田玄刻本的基礎上，和 1983 年長樂坪田氏後人獻出之手鈔本《田氏一家言》中的《紫芝亭詩集》《楚騷館詩集》做了認真比較校勘。在五峰土家族自治縣、鶴峰縣的大力支持下，《田子壽詩集校注》《田國華詩集校注》得以公開出版發行。

適逢新時期政通人和，文藝昌盛，湖北省舉全省之力編修《荆楚文庫》叢書，編委會周百義先生、周國林先生擬將土家族幾部重要古籍入編，其中有《田子壽詩集》和《田國華詩集》，我等至感欣慰與榮光。《田子壽詩集》《田國華詩集》曾分别出版校注本，并得到三峽大學吴柏森教授熱情指謬。此次我們重新注釋和校勘，在編排上，保持底本分卷與順序。田玄刻本將《田子壽詩集》分爲八卷。在每卷卷首均注明：楚西田九齡子壽甫著，章華孫斯億兆孺甫校，東陵楊邦憲洞岳甫閲，從孫裔田玄太初甫編。在各卷詩前注有分類字，如古樂府、五言古、七言古、五言律詩、五言律、七言律、五七言絶，唯卷之七不注。我們基本保持原貌。另收入田楚産《家叔國華詩集跋》、田玄《田子壽詩集跋》、田舜年的《紫芝亭詩集小叙》及潘承弼《田子壽、田國華詩集傳世殘本題跋》等，并有附件入編，以備參考。

原《田子壽詩集校注》（中國文史出版社 2016 年 9 月第 1 版）由貝錦三夫（吴燕山、李傳鋒、李詩選）校注。原《田國華詩集校注》（中國文史出版社 2017 年 8 月第 1 版）校注者署名周西之、李詩選。收入文庫“二田”詩集的重新校注工作由吴燕山、李傳鋒、李詩選完成。書稿交給湖北人民出版社之後，又得到了華中師範大學周國林教授和責任編輯等同志的精心修改，在此一并致以衷心感謝！

現“二田”詩集又納入《荆楚全書》項目，經過編輯重新校對、編輯，再次出版。

李傳鋒民族文學工作室

2023 年 11 月 5 日